Aus der Enge des viktorianischen England flieht die Arzttochter Hannah in die Weiten Australiens. Schon auf der Überfahrt begegnet sie dem Naturforscher Neal, der eine Expedition in die unerforschten Regionen des fünften Kontinents führen will. Dort taucht er ein in die mystische Welt der Aborigines. Während Hannah noch um seine Rückkehr bangt, gerät sie selbst in die Hände von rauen Schatzsuchern. Mit ihnen zieht sie mitten hinein in das Herz der Wildnis ...
Vor der beeindruckenden Kulisse der ungezähmten Landschaft Australiens sucht Hannah nach ihrer Bestimmung. Wie schon bei ihrem Megaerfolg ›Traumzeit‹ führt Bestsellerautorin Barbara Wood in das faszinierende Australien. Voller Mystik, Leidenschaft und Spannung zeichnet sie das Schicksal einer jungen Frau, die ihren Weg sucht.
»Ein wunderbares Gefühlsepos von der Grande Dame herzerwärmender Liebesschmöker.« *Für Sie*

Barbara Wood ist eine der großen Bestsellerautorinnen in Deutschland. Die Gesamtauflage ihrer Bücher liegt bei über 14 Millionen Exemplaren. Für ihren Roman ›Himmelsfeuer‹ wurde sie mit dem Corine-Preis ausgezeichnet. Sie lebt in Kalifornien.

Im Fischer Taschenbuch Verlag ist das Gesamtwerk von Barbara Wood erschienen:
›Rote Sonne, schwarzes Land‹, ›Traumzeit‹, ›Herzflimmern‹, ›Sturmjahre‹, ›Lockruf der Vergangenheit‹, ›Bitteres Geheimnis‹, ›Haus der Erinnerungen‹, ›Spiel des Schicksals‹, ›Die sieben Dämonen‹, ›Das Haus der Harmonie‹, ›Der Fluch der Schriftrollen‹, ›Nachtzug‹, ›Das Paradies‹, ›Seelenfeuer‹, ›Die Prophetin‹, ›Himmelsfeuer‹, ›Kristall der Träume‹, ›Spur der Flammen‹, ›Gesang der Erde‹, ›Das Perlenmädchen‹ und ›Dieses goldene Land‹, sowie die Romane von Barbara Wood als Kathryn Harvey, ›Wilder Oleander‹, ›Butterfly‹ und ›Stars‹.

Weitere Informationen finden Sie auf www.fischerverlage.de

BARBARA WOOD

DIESES GOLDENE LAND

ROMAN

*Aus dem amerikanischen Englisch
von Veronika Cordes*

FISCHER Taschenbuch

Aus Verantwortung für die Umwelt hat sich der S. Fischer Verlag zu einer nachhaltigen Buchproduktion verpflichtet. Der bewusste Umgang mit unseren Ressourcen, der Schutz unseres Klimas und der Natur gehören zu unseren obersten Unternehmenszielen.

Gemeinsam mit unseren Partnern und Lieferanten setzen wir uns für eine klimaneutrale Buchproduktion ein, die den Erwerb von Klimazertifikaten zur Kompensation des CO_2-Ausstoßes einschließt.

Weitere Informationen finden Sie unter: www.klimaneutralerverlag.de

MIX
Papier aus verantwortungsvollen Quellen
FSC® C083411

Erschienen bei FISCHER Taschenbuch
Frankfurt am Main, Dezember 2021

Die amerikanische Originalausgabe erschien 2010
unter dem Titel ›This Golden Land‹
im Verlag St. Martin's Press, New York

Published by Arrangement with Barbara Wood
Dieses Werk wurde vermittelt
durch die Literarische Agentur Thomas Schlück GmbH,
30827 Garbsen.

Druck und Bindung: CPI books GmbH, Leck
Printed in Germany
ISBN 978-3-596-70683-9

Für meinen Mann George in Liebe

ENGLAND

April 1846

1

Ein jäher Schmerz riss Lady Margaret aus ihrem Schlummer.

In der Dunkelheit, die sie einhüllte, überlegte sie, wie spät es sein mochte. Sie hörte den Regen gegen die Fensterscheiben prasseln und erinnerte sich, dass sie sich vor dem Abendessen hatte hinlegen wollen.

Sie musste eingeschlafen sein …

Erneut ein stechender Schmerz. *Nein! Es ist noch zu früh!*

Nur mit Mühe gelang es der Baronin, die im achten Monat schwanger war, sich aufzusetzen und die Beine aus dem Bett zu schwingen. Es war noch hell gewesen, als sie ihr Schlafzimmer aufgesucht hatte; inzwischen war es dunkel geworden, und keine Lampe brannte. Hektisch tastete sie nach der Klingelschnur. Als sie daran zog, spürte sie, wie sich etwas Warmes und Feuchtes unter ihr verbreitete.

»Nein«, flüsterte sie. »Bitte nicht, lieber Gott …« Ein weiterer stechender Schmerz ließ sie aufschreien.

Bis die Haushälterin erschien, waren die Beschwerden schier unerträglich geworden und machten sich in kürzeren Abständen bemerkbar. Der Schein der Öllampe, mit der Mrs. Keen an das Bett geeilt war, fiel auf blutgetränkte Laken. Und Ihre Ladyschaft … »Ach du lieber Gott!«, stammelte die Haushälterin, als sie die leichenblasse Baronin wieder zurück in die Kissen bettete.

»Das Baby«, keuchte Lady Margaret. »Es kommt …«

Mrs. Keen starrte sie an. Lady Margarets langes rotes Haar, das ihr weit über die Schultern reichte, ließ sie jünger als ihre dreiundzwanzig Jahre wirken. Wie zart und zerbrechlich sie aussah! Und jetzt kamen noch diese Wehenschmerzen hinzu!

Als Lady Margaret gesagt hatte, sie fühle sich unwohl, war Lord Falconbridge persönlich aufgebrochen, um den Arzt auf Willoughby Hall zu rufen. Vor mehreren Stunden war das gewesen. Hatte das Gewitter die Straße aufgeweicht? »Keine Sorge, Eure Ladyschaft«, sagte Mrs. Keen begütigend. »Euer Gatte und Dr. Willoughby müssen jeden Augenblick eintreffen.«

Die Haushälterin wies eine Zofe an, bei der Baronin zu bleiben, und eilte die Treppe hinunter. Sie rief nach Luke, ihrem Ehemann und Verwalter des herrschaftlichen Anwesens.

Kaum hatte sich die Kunde von Lady Margarets vorzeitigen Wehen verbreitet, hob in Falconbridge geschäftiges Treiben an. Diener, der Butler, selbst die Köchin samt Gehilfen ließen alles stehen und liegen und stürzten herbei, sogar diejenigen, die bereits ihre Zimmer aufgesucht hatten, um sich zu Bett zu begeben. Lord Falconbridge war sehr reich, und das Anwesen, dessen Grundmauern auf die Zeit Wilhelms des Eroberers zurückgingen, benötigte viel Personal.

»Was ist denn hier los?«, wunderte sich Luke Keen, der gerade nach den Jagdhunden geschaut hatte, weshalb an seiner Kleidung noch die kühle und feuchte Abendluft haftete.

Die Wirtschafterin zog ihn beiseite. »Bei Ihrer Ladyschaft haben die Wehen eingesetzt. Drei Wochen zu früh. Da stimmt was nicht. Du musst jemanden nach Seiner Lordschaft und Dr. Willoughby ausschicken. Sie müssten längst hier sein.«

Luke Keen nickte bedächtig. »Ich schicke Jeremy los. Er ist der Schnellste zu Pferd.«

Ein Schrei aus dem ersten Stock ließ sie jäh nach oben schauen, dann sahen sie sich mit ernstem Blick an. Luke knetete an der Mütze in seiner Hand herum. Seine Schwester, Gott hab sie selig, war im Kindbett gestorben. »Soll ich Doktor Conroy holen?«

Mrs. Keen biss sich auf die Lippe. Obwohl John Conroy ebenfalls Arzt war und nicht allzu weit weg wohnte, nur am anderen Ende des Dorfes, gehörte er nicht der gleichen gesellschaftlichen

Schicht an wie der Baron und seine Gemahlin. Conroy kümmerte sich um die Dorfbewohner und die hier ansässigen Bauern. Und da war da noch diese *andere* Geschichte, die Lord Falconbridge, wie Mrs. Keen wusste, Dr. Conroy übelnahm. Seiner Lordschaft gefiel es bestimmt nicht, wenn so einer, Arzt hin oder her, Hand an seine Frau legte.

Wenn sie allerdings an die Fehlgeburt dachte, die Lady Margaret ein Jahr zuvor erlitten und die ihr fast das Leben gekostet hatte ... »Also gut, Mr. Keen«, meinte sie deshalb. »Reit du nach Bayfield. Gebe Gott, dass Dr. Conroy zu Hause ist!«

Als Keen sein Pferd sattelte, überlegte er, ob das, was er vorhatte, richtig war. Wenn Lord Falconbridge etwas missfiel, bekam jeder seinen Jähzorn zu spüren. Auch an Schuldzuweisungen ließ er es nicht fehlen. Die arme Mrs. Delaney, die Köchin, die seit dreißig Jahren auf Falconbridge das Zepter über Pfannen und Tiegel geschwungen hatte – Knall auf Fall musste sie gehen, weil Seine Lordschaft nicht davon abzubringen war, dass ihre Zwiebelsuppe die Fehlgeburt bei seiner Frau ausgelöst hatte. Wem würde der Baron die Schuld geben, wenn Lady Margaret oder dem Baby heute Nacht etwas zustieß? Keen und seine Frau durften nicht riskieren, ihre Stellung zu verlieren. Die Zeiten waren schlecht, es war schwer, anderweitig unterzukommen.

Andererseits, sagte sich Keen und schwang sich in den Sattel, konnte Seine Lordschaft in punkto Belohnungen durchaus großzügig sein. Wenn die Keens durch rasches Handeln das Leben von Lady Margaret und ihrem Baby retteten, war abzusehen, dass Seine Lordschaft sich dafür erkenntlich zeigen würde. Vielleicht in Form eines eigenen Austragshäuschens und einer kleinen Rente ...

Als Luke Keen in die regnerische Nacht ritt, betete er, dass er nicht im Begriff war, den größten Fehler seines Lebens zu begehen.

Wie schön es doch zu Hause ist, befand Hannah Conroy, als sie den Tisch für das Abendessen deckte. Wieder in Bayfield zu sein, im eigenen Haus, wo ein gemütliches Feuer gegen die unwirtliche Nacht anflackerte und ihr Vater in seinem kleinen Labor arbeitete. Dieses letzte Jahr in London, die intensive Ausbildung zur Hebamme in der Wöchnerinnen-Klinik – die Vorlesungen, der praktische Unterricht und die Prüfungen, die unendlich langen Stunden auf den verschiedenen Stationen, die Versorgung der Patienten, das Ausleeren von Bettpfannen, das Wischen der Fußböden, das Zusammenleben auf engstem Raum in einem Schlafsaal bei lediglich einem freien Nachmittag pro Woche, um in die Kirche zu gehen und sich um die eigene Wäsche zu kümmern –, all dies war die Mühe wert gewesen. Auf dem Kaminsims, fix und fertig, um neben der Haustür angebracht zu werden, thronte das frisch gemalte neue Praxisschild: *Conroy & Conroy ~ Praktischer Arzt & Hebamme.*

Schon immer war es Hannahs Wunsch gewesen, wie ihr Vater einen medizinischen Heilberuf zu ergreifen; da aber Frauen die Ausbildung zur Ärztin versagt war, hatte sie sich, gewissermaßen als Hintertür zu dieser Welt, darauf verlegt, Hebamme zu werden. Als sie siebzehn geworden war, hatte der Vater dann Empfehlungsschreiben an die Wöchnerinnen-Klinik geschickt, Hannah war nach London gefahren, hatte die Aufnahmeprüfung abgelegt und war angenommen worden. An ihrem achtzehnten Geburtstag hatte sie mit ihrer Ausbildung begonnen und ein Jahr später, mit neunzehn, ihr Abschlusszeugnis erhalten. Das war vor einem Monat gewesen. Was ihr vorschwebte, war, eines Tages eine eigene kleine Praxis zu führen, und da bereits feststand, dass Mrs. Endicott, die Frau des Besitzers einer Hühnerfarm, sie bei der Entbindung ihres neunten Kindes, das in einer Woche kommen sollte, in Anspruch nehmen wollte, zweifelte Hannah nicht daran, dass Mrs. Endicott anschließend Miss Conroy an Freunde und Nachbarn weiterempfehlen würde.

Es gab noch einen weiteren Grund, weshalb Hannah froh war, wieder zu Hause zu sein – während ihrer Abwesenheit hatte sich der Gesundheitszustand ihres Vaters verschlechtert, und zwar so erheblich, dass sie ihn unbedingt dazu bewegen wollte, seine Tätigkeit als Arzt einzuschränken und zur Abwechslung mehr sein eigenes Wohlergehen in den Vordergrund zu rücken.

Mit seinen fünfundvierzig Jahren war John Conroy ein hochgewachsener, gutaussehender Mann mit leicht graumeliertem Haar, breiten Schultern und geradem Rücken. Wo immer er sich in seiner schlichten Kleidung zeigte – er trug keinen Gehrock, wie es seinerzeit Mode war, sondern einen langen schwarzen Mantel über schwarzen Hosen, eine schwarze Weste und ein weißes, bis zum Kragen geknöpftes Hemd, keine Krawatte; außerdem einen schwarzen Hut mit flachem Kopfteil und breiter Krempe –, zog er die Aufmerksamkeit auf sich. Wenn er durch das Dorf schritt, drehten sich die Frauen nach ihm um.

Gerührt dachte Hannah an die Zeit zurück, als nach dem Tod der Mutter die Frauen von Bayfield und Umgebung nacheinander vorstellig geworden waren – die Witwen und Jungfern und Mütter von heiratsfähigen Töchtern – und dem blendend aussehenden verwitweten Quäker handgefertigte Decken und Speisen gebracht hatten. Aber keiner von ihnen gelang es, die Mauer seines Kummers zu überwinden oder die Schranke zu durchbrechen, die zwischen ihnen und der Hingabe stand, mit der er sich einer neuen Aufgabe widmete: ein Heilmittel für die Krankheit zu finden, an der Louisa, seine Frau, gestorben war.

Hannah hielt mit dem Brotschneiden inne und lauschte dem Wind und dem Regen. Erklang da in der Ferne das Geräusch von Pferdehufen? Hoffentlich niemand, der den Vater zu einem Notfall rief. Als einziger Arzt in der Gegend würde er sich natürlich ungeachtet des garstigen Wetters auf den Weg machen.

Bayfield, ein Dorf in der Grafschaft Kent, lag auf halber Strecke zwischen London und Canterbury, an einem munteren Fluss, einem Nebenarm des Len. Auch wenn die Mär ging, dass seit dem Steinzeitalter Menschen hier lebten und möglicherweise auch Cäsars Legionen hier durchgezogen waren – eindeutig ließ sich die Ansiedlung bis ins Jahr 1387 zurückverfolgen. Damals hatte eine Gruppe von Pilgern auf dem Rückweg aus Canterbury »neben einem Heufeld« Rast gemacht und sich zum Bleiben entschlossen.

Hannah hörte, wie sich die Pferdehufe näherten und den Hof erreichten. Als sie die Haustür öffnete, schwang sich der einsame Reiter, in dem sie Luke Keen vom Falconbridge Manor erkannte, gerade aus dem Sattel. »Mr. Keen! Kommen Sie doch herein.«

Sie schloss die Tür hinter ihm, derweil Keen seine durchweichte Mütze abnahm und sie gegen sein Bein schlug. »Ist Ihr Vater zu Hause, Miss Conroy? Er wird dringend benötigt.«

Aus dem Sprechzimmer ließ sich John Conroy vernehmen. »Hannah, hab ich da was gehört … Oh, schönen guten Abend, Luke Keen.«

»Tut mir leid, Sie zu stören, Doktor, aber es handelt sich um einen Notfall auf dem Gut.«

»Bin schon unterwegs. Um wen geht's denn?«

»Um Ihre Ladyschaft, Doktor.«

Conroy fuhr herum. »Was sagen Sie da?«

»Sie ist in anderen Umständen, und irgendwas stimmt nicht.«

Conroy wechselte einen Blick mit seiner Tochter. Sie waren schon auf Falconbridge Manor gewesen, aber bislang nur, wenn jemand vom Personal ihrer Hilfe bedurft hatte. Zur Herrschaft selbst waren sie noch nie gerufen worden. »Was ist mit dem Hausarzt der Familie?«

»Seine Lordschaft ist seit Stunden unterwegs, um Dr. Willoughby zu holen, aber er ist noch immer nicht mit ihm zurück. Meine Frau sagt, es ist ernst. Sie befürchtet das Schlimmste für ihre Herrin!«

Luke Keen half ihnen, ihr Pferd vor den Wagen zu spannen, dann machte er sich auf den Heimweg, um Ihre Ladyschaft vorab zu informieren, dass Hilfe nahte.

Die Conroys brachen auf in die Nacht. Der Regen trommelte auf das Lederdach des kleinen Wagens. John griff in die Zügel, worauf die kastanienbraune Stute in einen schnellen Trab fiel und Hannah ihre Haube festhalten musste. Sie forschte im Gesicht des Vaters nach Anzeichen von Müdigkeit. Obwohl sie selbst keine Ärztin war – und nie eine werden konnte –, hatten die Jahre, in denen sie ihm assistiert hatte, ihren diagnostischen Blick geschärft, vor allem für die ersten Anzeichen von Herzbeschwerden, an denen der Vater litt, seit er sich auf seine Forschungsarbeit gestürzt hatte. Die Versuche mit Infektionen und Heilmitteln, die er an sich selbst unternahm, hatten ihm inzwischen chronische Herzbeschwerden eingetragen, gegen die er sich eine Medizin zusammengebraut hatte – einen Extrakt aus Fingerhut, wegen der Ähnlichkeit mit einem menschlichen Finger auch *Digitalis* genannt.

Aber heute Abend verriet sein Gesicht keine Müdigkeit, er war keineswegs blass und schwitzte auch nicht sonderlich, sah im Gegenteil gesund und munter aus. Wie wohl Lord Falconbridge reagieren würde, wenn sie auf dem Landsitz auftauchten? Bei den wenigen Anlässen, bei denen Hannah den Baron erlebt hatte, schien er nicht gerade erfreut über ihre Anwesenheit gewesen zu sein. Wenn der Baron durch Bayfield ritt, zogen die Dorfbewohner respektvoll ihre Hüte, nicht aber Hannahs Vater. Wie alle Quäker verweigerte er diese ehrfurchtsvolle Geste, waren seiner Meinung nach vor Gottes Angesicht doch alle Menschen gleich. Sie erinnerte sich noch an den Blick, den Seine Lordschaft dem dreisten Quäker zugeworfen hatte – ein Blick, der sie auch jetzt bis auf die Knochen frösteln ließ.

»Wir sind da«, sagte John Conroy, als die Lichter von Falconbridge Manor vor ihnen durch den nachlassenden Regen auftauchten. Schon liefen Stallknechte herbei, um sich um ihr Gespann zu kümmern. Conroy und seine Tochter wurden von einem verstörten Luke Keen in Empfang genommen und zum Lieferanteneingang dirigiert, der in die Küche führte. Anstatt zur Hintertreppe und somit zu den Unterkünften der Dienerschaft gebracht zu werden, wo Conroy schon so manche Erkrankung kuriert hatte, ging es diesmal durch einen Korridor in den großen Saal, das Herzstück von Falconbridge. Zum ersten Mal betraten der Arzt und seine Tochter den hochherrschaftlichen Wohnbereich, und Hannah bemühte sich, nicht mit großen Augen die vielen Rüstungen anzustarren, die beeindruckenden Gemälde in verschnörkelten Rahmen, das hinter Glas arrangierte feine Porzellan und die militärischen Erinnerungsstücke.

Nachdem sie ihre feuchten Umhänge und Kopfbedeckungen einer Bediensteten übergeben hatten, wurden die Conroys von der Haushälterin, einer leichenblassen, düster dreinschauenden Frau in schwarzem Bombassin über die geschwungene breite Treppe nach oben geführt.

Sie trafen Lady Margaret in einem großen, mit erlesenen Wandteppichen und eleganten Möbeln ausgestatteten Schlafgemach an, in dessen Kamin ein Feuer brannte. Die Baronin lag auf einem baldachinbekrönten Bett, über ihren gewölbten Leib war eine seidig schimmernde Tagesdecke gebreitet.

»Ich benötige eine Schüssel Wasser«, sagte John Conroy zu Mrs. Keen.

»Sehr wohl, Doktor«, erwiderte die Wirtschafterin hölzern und verschwand in ein Nebenzimmer, in dem Hannah Kleider, Hüte und Schuhe erspähte.

Conroy wandte sich Lady Margaret zu und legte ihr die Hand auf die feuchtkalte Stirn. »Margaret Falconbridge«, sagte er mit ruhiger Stimme, »ich bin John Conroy. Ich bin Arzt. Können Sie sprechen?«

Sie nickte.

»Haben Sie Schmerzen?«

»Nein … jetzt nicht mehr …«

Conroy wechselte einen Blick mit seiner Tochter. Ein Stillstand der Wehentätigkeit konnte ein schlechtes Zeichen sein. »Margaret«, sagte er ruhig, »ich werde Sie jetzt untersuchen. Haben Sie keine Angst.«

Er öffnete seinen schwarzen Arztkoffer, in dem sich neben Spateln, Seidenfaden zum Nähen von Wunden, Gaze und Bandagen auch arsenhaltige Pillen befanden, Kokain in Pulverform und Ampullen mit Strychnin und Opium. Er holte sein Stethoskop heraus, das neueste Modell, aus Gummischläuchen gefertigt und mit einer Hörglocke sowie zwei Ohrstöpseln versehen. Mit diesem Gerät konnte er den verdächtig schwachen Herzschlag der Baronin abhören.

»Hannah, wenn du so gut wärst.« Er zog die weiße Tagesdecke

zurück und bedeutete seiner Tochter, Lady Margarets blutbeflecktes Nachthemd hochzuschieben. Mit Rücksicht auf die Schamhaftigkeit seiner Patientin war es John Conroy lieber, wenn seine Tochter einen prüfenden Blick auf die Schwangere warf.

Hannah kam der Aufforderung nach. »Lady Margaret hat keine Wehen, Vater«, sagte sie dann leise. »Aber sie blutet weiterhin. Ich vermute *placenta praevia.*« Was bedeutete, dass sich die Plazenta von der Uteruswand gelöst hatte und den Geburtskanal blockierte. Wenn man nicht bald etwas dagegen unternahm, würde die Patientin verbluten und das Baby ebenfalls sterben.

Mrs. Keen kam mit einer Porzellanschüssel voll Wasser zurück, die sie auf einem kleinen Schreibtisch absetzte und dann neugierig verfolgte, wie Dr. Conroy eine Flasche aus seiner Tasche nahm. Als er eine dunkelrote Flüssigkeit ins Wasser goss und sich daraufhin ein beißender Geruch verbreitete, rümpfte sie die Nase. Und als Conroy seine Jacke ablegte, die Ärmel seines Hemdes hochkrempelte und seine Hände in die stinkende Brühe tauchte, zog sie die Brauen hoch. Was zum Kuckuck machte er da? Plötzlich bekam sie es mit der Angst zu tun, und als ihr einfiel, dass Quäker nicht als normale Christen galten, erschrak sie noch mehr. Konnte es sein, dass John Conroy etwas völlig Abwegiges mit ihrer Herrin vorhatte?

Sie wollte Einspruch erheben, aber im selben Augenblick vernahm man von unten lautes Lärmen – polternde Ausrufe und stampfende Füße. Die Tür zum Schlafzimmer wurde aufgestoßen, und Lord Falconbridge stürzte herein. Ungeachtet seines durchnässten Umhangs und Zylinders sank er aufs Bett und schloss seine Frau in die Arme. »Maggie, mein Liebes. Ich bin zurück! Die Hauptstraße war ein einziger Morast. Wir mussten einen Umweg machen. Maggie, wie fühlst du dich?«

Um einiges zurückhaltender betrat jetzt noch jemand das Schlafgemach: ein behäbiger Mann mit weißem Backenbart. Er händigte Mrs. Keen seinen Zylinder, seinen Umhang und seinen Stock aus, und trat, ohne die Conroys sonderlich zu beachten, ans

Krankenbett, baute sich seiner Lordschaft gegenüber auf und griff mit Daumen und Zeigefinger Lady Margarets Handgelenk. Hannah und ihr Vater erkannten in ihm Dr. Miles Willoughby, den Arzt der Reichen und Privilegierten in Bayfield.

»Wenn Eure Lordschaft gestatten«, sagte er in einem Ton, der keinen Widerspruch duldete.

Falconbridge ließ seine Frau auf die Kissen zurücksinken. Margaret war jetzt bewusstlos, ihr Gesicht so weiß wie die Bettlaken.

Unter Zuhilfenahme seiner goldenen Taschenuhr prüfte Willoughby den Puls Ihrer Ladyschaft und ließ dann ihren Arm zurücksinken. Als er den gewölbten Bauch unter dem weißen Nachtgewand sah, kräuselte er die Lippen und warf einen Blick auf Margarets Gesicht. »Mrs. Keen«, sagte er zu der Wirtschafterin, ohne seine Patientin aus den Augen zu lassen, »wann ist die Wehentätigkeit zum Stillstand gekommen?«

»Vor etwa einer halben Stunde, Sir.«

»Sehr gut. Wenn Eure Lordschaft jetzt so freundlich wäre, uns alleinzulassen ...«

»Retten Sie sie, Doktor«, beschwor Falconbridge ihn und erhob sich vom Bett. »Ich könnte nicht ertragen, sie zu verlieren.« Sein Gesicht hatte die Farbe von Spinnweben angenommen.

»Seid unbesorgt, Eure Lordschaft. Ein kleiner Aderlass ist alles, was Ihre Ladyschaft braucht.«

John Conroy trat vor. »Freund«, sagte er, »ein Aderlass empfiehlt sich nicht. Bei Margaret Falconbridge hat sich die Plazenta abgelöst, dadurch verliert sie viel Blut. Das Kind muss unbedingt geholt und die Blutung zum Stillstand gebracht werden.«

Willoughby würdigte ihn kaum eines Blickes. »Mrs. Keen, ich schlage vor, Sie begleiten Seine Lordschaft in seine Privatgemächer.«

»Sehr wohl, Doktor«, erwiderte sie, während sie leise bangend darauf wartete, dass Falconbridge sich von der bewusstlosen Margaret löste. Der Baron, ein hagerer, abweisend und humorlos wirkender Mann in den Vierzigern, der sich als geschickter Fasanenjäger hervortat, war bei seinem Personal und den Dorfbewohnern nicht sonderlich beliebt. Margaret war seine zweite Ehefrau, und noch immer wartete er auf einen Erben.

Falconbridge wandte sich an John Conroy, den er erst jetzt wahrzunehmen schien. »Weshalb sind Sie denn hier?«

»Man hat mich gerufen.«

Der Baron nickte kurz, warf einen letzten bekümmerten Blick auf seine Frau und verließ dann, gefolgt von der Haushälterin, das Zimmer. Kaum hatte sich die Tür hinter den beiden geschlossen, stellte Willoughby seine Arzttasche auf das Bett und öffnete den Verschluss. »Sie können ebenfalls gehen«, brummelte er, ohne die Conroys anzusehen. »Ich übernehme jetzt.«

Das Stethoskop, das er gleich darauf aus seiner Tasche zog und Ihrer Ladyschaft auf die Brust setzte, war ein altmodisches Modell – ein langes Holzrohr, dessen eines Ende auf der Brust des Patienten aufgesetzt wurde, das andere Ende ans Ohr des Doktors. Die Länge des Instruments – das bei Weitem nicht so zuverlässige Ergebnisse erbrachte wie das moderne Stethoskop, das Hannahs Vater benutzte – sollte verhindern, dass sich das Gesicht des Arztes zu weit dem weiblichen Busen näherte.

»Meine Tochter kann assistieren«, merkte John Conroy an. »Sie ist ausgebildete Hebamme.«

Willoughby ging auf den Vorschlag nicht ein. Es kam für ihn nicht in Betracht, dass ein einfaches Mädchen vom Lande Hand an die Gemahlin eines Barons legte.

Hannah nahm es ihm nicht übel. Sie hatte noch nie daran gedacht, auch hochwohlgeborenen adligen Damen beizustehen.

Willoughby zog nochmals die Art der Behandlung seiner Patientin in Erwägung. Körperliche Malaisen, vom einfachen Kopfschmerz bis hin zu Krebs, wurden samt und sonders mit einer der vier gängigen Methoden bekämpft: Aderlass, Abführen, Erbrechen, Schröpfen. Im vorliegenden Fall, in dem es darum ging, den Druck auf die Gebärmutter zu lindern, kam Abführen nicht in Frage, schon weil die Patientin bewusstlos war und somit nicht in der Lage, das Quecksilbergemisch zu schlucken. Gleiches galt für die Verabreichung eines Brechmittels. Und Schröpfen, bei dem mit heißer Luft gefüllte kleine Glasballons auf die Haut aufgesetzt wurden, war nach Willoughbys Meinung nicht ausreichend. Blieb also nur, wozu er von Anfang an tendiert hatte: ein Aderlass.

»Jetzt machen Sie schon, Freund«, drängte Conroy. »Dem Baby bleiben nur noch Minuten.«

»Sir, dem Baby geht es gut«, erwiderte Willoughby, als er das Stethoskop beiseitelegte und Lady Margarets gewölbten Leib befühlte. »Das mit der Wehentätigkeit war falscher Alarm. Und die Blutungen, die Sie so beunruhigen, rühren daher, dass Ihre Ladyschaft einfach zu viel Blut hat. Dadurch wird Druck auf die Gebärmutter ausgeübt. Wenn ich sie behandelt habe, wird der Druck beseitigt sein, und die Schwangerschaft wird ihren normalen Verlauf nehmen.«

Er unterbrach sich, schnupperte. »Was ist das?«, fragte er und deutete auf die Schüssel mit der dunkelroten Flüssigkeit auf dem kleinen Schreibtisch.

»Jodtinktur.«

»Was für eine Tinktur?«

»Jod. Es wird aus Seetang gewonnen.«

»Nie davon gehört.« Willoughby rümpfte die Nase. »Was hat dieses Zeug hier zu suchen?«

»Ich wasche mir darin die Hände.«

»Wieso das denn?«

»Dies ist eine antiseptische Lösung, und sie …«

»Ach, kommen Sie mir doch nicht mit diesem Humbug!«

»Die Lösung schützt …«

»Das ist die Meinung von *Franzosen*, Sir, sie entbehrt jeglicher Grundlage.«

»… schützt die Patientin«, schloss Conroy unbeirrt.

»Schützt sie wovor?«

»Vor allem, womit ein Arzt sie infizieren kann.«

»Und dies, Sir, ist eine weitere absurde Ansicht, vermutlich auch aus Frankreich oder aber Deutschland. Patienten vor ihrem Arzt schützen, ich muss schon sagen! Ärzte sind Gentlemen, Sir, und Gentlemen haben saubere Hände.«

»Ich bitte Sie inständig: Waschen Sie sich die Hände, bevor Sie sich mit Margaret beschäftigen.«

Willoughby ignorierte diese Bitte. Er holte scharfe Lanzetten aus seiner Tasche und legte sie auf die Tagesdecke. »Sie haben tatsächlich vor, sie zur Ader zu lassen?«, fragte John Conroy erschrocken.

»Sie sagen es.« Und schon schlang Willoughby einen Stauschlauch, ein sogenanntes Tourniquet, um den Oberarm der Baronin. »Vierundzwanzig Unzen sollten genügen«, murmelte er und sah sich nach einem Auffangbehälter für das Blut um.

»Freund, ein Aderlass ist hier nicht angebracht«, wandte Conroy beschwörend ein.

Willoughby sah ihn an. Es missfiel ihm, dass der Quäker sich weigerte, hochrangige Persönlichkeiten mit dem ihnen zustehenden Titel – Sir, Madam, Euer Ehren oder sogar Euer Majestät – anzusprechen. »Ich fordere Sie nochmals auf, Sir …«, hob er an, um plötzlich innezuhalten, tief Luft zu holen und dann mit vorgehaltener Hand lauthals zu niesen. Daraufhin fuhr er sich mit dem Finger quer über die Nasenlöcher, wischte sich dann die Hand an seiner Jacke ab. »Darf ich Sie bitten, endlich zu gehen. Oder soll ich jemanden rufen, um Sie hinausbegleiten zu lassen?«

Conroy beobachtete, wie Willoughby mit derselben Hand, die er sich eben vor die Nase gehalten hatte, nach einer Lanzette griff. »Nichts für ungut, Freund, aber unserer Patientin zuliebe bitte ich Sie, dass Sie sich erst einmal die Hände waschen.«

Willoughby warf ihm einen finsteren Blick zu. Er war drauf und dran, Conroy zu verbieten, ihn Freund zu nennen. Dann aber sagte er sich: Conroy. Irischer Dickschädel. »Lady Margaret ist nicht *unsere* Patientin, Sir, sondern meine. Und jetzt raus.«

»Bruder Willoughby …«, setzte Conroy an.

»Ich bin nicht Ihr Bruder, Sir, und auch nicht Ihr Freund!«, bellte Willoughby. »Ich bin approbierter Arzt mit abgeschlossenem Medizinstudium an der Universität von Oxford, und ich wäre Ihnen verbunden, wenn Sie mich mit dem mir gebührenden Respekt anreden würden.«

Conroy blinzelte. Was war denn respektvoller als »Freund« und »Bruder«? Er nickte seiner Tochter zu, griff nach seinem Mantel und seiner Tasche. Beim Verlassen des Schlafgemachs bekamen sie noch mit, wie Dr. Willoughby den Nachttopf unter dem Bett hervorzog und ihn unter Lady Margarets Arm stellte. »Wir werden für sie beten«, raunte Conroy Hannah zu.

Als sich die Tür hinter den Conroys schloss, überlief Willoughby ein Frösteln. Vielleicht sollte er noch etwas Kohle im Kamin nachlegen lassen. Infolge des langen Ritts durch den Regen waren seine Kleider durchnässt und sein Körper ausgekühlt. Als er abermals niesen musste, wobei er sich die Hand vorhielt, mit der er die Lanzette festhielt, schaute er sich um, fragte sich, was der Grund für diesen plötzlichen Niesreiz sein könnte.

Sein Blick fiel auf die Schüssel mit der tiefroten Tinktur – wie hatte der Quäker sie genannt? Jod? Ja, *sie* musste der Grund sein, weshalb seine Nase so gereizt war. Sobald der Aderlass beendet war, würde er ein Fenster öffnen und dieses verdammte Gift auskippen.

Er klopfte sacht auf den bleichen Arm, bis eine blaue Ader hervortrat, brachte dann mit der Lanzette einen Schnitt an und verfolgte, felsenfest überzeugt, dass sein medizinisches Wirken in völliger Übereinstimmung mit den Praktiken des Hippokrates vor zweitausend Jahren stand, wie das Blut in den Nachttopf rann.

Der inzwischen fünfundsechzigjährige Miles Willoughby war 1781 als Sohn eines Adligen zur Welt gekommen, und weil er als Jüngster von vier Brüdern weder einen Erbanspruch auf einen Titel noch auf Ländereien geltend machen konnte, hatte er beschlossen, sich als Arzt der gehobenen Gesellschaft einen Namen zu machen. Er hatte an der Universität von Oxford studiert, hatte dort Vorlesungen für Griechisch, Latein, Naturwissenschaften, Anatomie und Botanik absolviert und sich die Kunst des Aderlassens und des Setzens von Blutegeln angeeignet, den seinerzeit gängigen Behandlungsmethoden.

Während das Blut unablässig aus dem Arm Ihrer Ladyschaft rann, dachte Willoughby über diesen unverschämten Quäker nach, der ihm zu verstehen gegeben hatte, dass im vorliegenden Fall von der seit Menschengedenken angewandten und erfolgreichsten Behandlungsmethode abzuraten sei. Ihm, Miles Willoughby, damit zu kommen, ihm, der seinen Beruf schon länger ausübte als dieser Emporkömmling an Jahren zählte! Was fiel Conroy – einem Landarzt, der niemals eine Universität besucht, sondern, nicht anders als ein gewöhnlicher Kaufmann, lediglich eine *Lehre* absolviert hatte –, überhaupt ein, einem *Gentleman* von Arzt Vorschriften machen zu wollen?

Und dieses faulig stinkende Gebräu, das die Luft verpestete! Miles Willoughby war überzeugt, der Begriff »antiseptisch« müsse auf einer europäischen Verschwörung basieren, der die Medizin Tausende von Jahren zurückwarf. Er hatte bereits von dem Irrsinn, dass sich Ärzte die Hände waschen sollten, gehört – eine Theorie, die aus Wien stammte, wo man sogar so kühn war zu behaupten, Ärzte seien *Verursacher* von Infektionen!

»So, Eure Ladyschaft«, sagte er, als der Nachttopf zu gut einem Viertel gefüllt war. »Mal sehen, wie wir vorankommen.« Obwohl Lady Margaret das Bewusstsein noch nicht wiedererlangt hatte, sprach Willoughby in der beruhigenden Weise auf sie ein, die er sich seit Jahren zu eigen gemacht hatte, besonders bei weiblichen Patienten, die seiner Meinung nach dieses Väterlich-Fürsorgliche brauchten, weil sie im Grunde wie Kinder waren.

Er hätte gern ihr Nachthemd hochgeschoben, um nachzusehen, ob die Blutung aus der Gebärmutter zum Stillstand gekommen war. Aber Untersuchungen im Intimbereich waren bei Frauen von niederem Stand gestattet, bei einer hochgestellten Dame wie Margaret Falconbridge dagegen undenkbar, selbst für einen Arzt von Rang und Namen. Deshalb hielt er es für angebracht, noch ein wenig mehr Blut aus dem Arm abzuzapfen.

Mrs. Keen begleitete die Conroys nach unten. Am Fuße der Treppe hielt John Conroy inne, warf nochmals einen Blick nach oben und sagte dann: »Wir sollten vielleicht nicht sofort aufbrechen, Hannah. Warten wir lieber noch ein Weilchen.«

Anstatt in ein Empfangszimmer oder in einen Salon geführt zu werden, wie das bei einem Arzt von Stand wie Dr. Willoughby der Fall gewesen wäre, wurden John Conroy und seine Tochter in die Küche gebracht. Hannah fiel auf, dass ihr Vater erschöpft wirkte. »Es wäre besser, nach Hause zu fahren, Vater.«

Er schüttelte den Kopf. »Noch nicht, Tochter. Die arme Frau da oben bereitet mir Sorgen.« So als wollte er mit seinem Blick Mauerwerk und Gebälk durchdringen und beobachten, was über ihm vorging, schaute John Conroy zur Küchendecke hoch. Er bangte um das Leben von Margaret Falconbridge; weil er aber wusste, dass er sich nicht einmischen konnte, schloss er gleich darauf die Augen, schickte ein Stoßgebet zum Himmel und bat Gott, die Baronin zu beschützen.

Bereits als junger Mann war es für John Conroy eine ausgemachte Sache gewesen, dass er einen Beruf ergreifen wollte, mit dem er sich in den Dienst der Menschheit stellte, etwa als Anwalt oder Geschäftsmann, um es dann mit der Zeit möglicherweise zum Leiter einer wohltätigen Einrichtung zu bringen. Leider aber war es Quäkern verboten, sich an den Universitäten von Cambridge oder Oxford einzuschreiben, wo man die dafür nötige Ausbildung erhielt. Als der junge Conroy dem damals in Bayfield ansässigen Arzt sein Leid klagte, eröffnete ihm dieser, er hoffe, sich in ein paar Jahren aufs Altenteil zurückzuziehen, und überlege schon seit längerem, einen Nachfolger auszubilden. Er bot John an, eine achtjährige Lehrzeit bei ihm zu absolvieren, nach deren Ablauf er das Diplom *medicinae doctor* erhalten würde.

Während seiner Lehrzeit, in der er mit seinem Lehrherrn Patienten besuchte, Griechisch und Latein studierte und lernte, wie man eine Diagnose stellte und die entsprechende Krankheit dann behandelte, erkannte John, wie viel Freude es ihm machte, Menschen auf diese Weise zu helfen. Vielleicht gab es für ihn noch ein weiteres Betätigungsfeld im medizinischen Bereich. Als er damit herausrückte, dass er gern Chirurg werden würde, stieß er bei seinem Mentor keineswegs auf Ablehnung, auch wenn der Ältere insgeheim den jungen Quäker für zu weichherzig und mitfühlend hielt, um sich über die Schmerzensschreie hinwegzusetzen, wie sie im Operationssaal gang und gäbe waren, ganz abgesehen von den Sturzbächen von Blut, die mit den Eingriffen einhergingen, von unvermeidlich nachfolgendem Wundbrand und Eiter und nicht zuletzt der hohen Quote an Todesfällen bei solchen Patienten. Immerhin empfahl er John, sich die öffentlichen chirurgischen Einrichtungen zunutze zu machen. John Conroy war also in die Stadt gezogen und hatte eine Platzkarte für die Besuchergalerie im St. Bart Hospital erstanden, um den Chirurgen bei ihrer Arbeit zuzuschauen – wie sie einer Frau eine von Krebs befallene Brust amputierten.

Im Gegensatz zu einigen anderen Zuschauern wurde John zwar nicht ohnmächtig, als er die durch Mark und Bein gehenden Schreie der Patientin vernahm und die Ströme von Blut sah; was jedoch für ihn den Ausschlag gab, nie und nimmer Chirurg zu werden, war, dass zum Wohle des Patienten ein Chirurg schnell sein, quasi nach der Stoppuhr arbeiten musste. Ein Hoden oder eine Brust mit Krebsbefall war zwingend in weniger als einer Minute zu amputieren, andernfalls starb der Patient infolge des Schocks. John Conroy war zu langsam und gründlich, um Chirurg zu werden.

Praktische Ärzte dagegen verabreichten Medikamente, die Schmerzen und Unwohlsein linderten. Also sah der Quäker von seinen hochfliegenden Plänen ab und fand, dass das Betätigungsfeld des Praktischen Arztes seinem Wesen am besten entsprach. Und wie es sich ergab, beschränkte sich Dr. Conroy nicht nur darauf, Pillen und Salben zu verteilen, Verstauchungen zu bandagieren und Knochen einzurenken. Nein, er hörte sich auch die Probleme seiner Patienten an – ob es sich nun um eine schlechte Ernte handelte oder um eine Kuh, die nicht mehr genug Milch gab –, weil er wusste, dass ein offenes Ohr zuweilen die beste Medizin darstellte.

Jetzt war er tief beunruhigt. Die Kunde von der Geburt des Kindes hätte längst bis zu ihnen dringen sollen. Er hegte die Befürchtung, dass Miles Willoughby nicht so sehr auf das Wohl des Babys bedacht war, sondern wie viele Unzen Blut er Margaret noch abzapfen konnte.

Nicht ohne Stolz konnte Miles Willoughby auf eine erfolgreiche Karriere zurückblicken. Die ersten dreißig Jahre hatte er in London praktiziert, als Arzt der guten Gesellschaft von Belgravia, wo auch er ein elegantes Haus besaß. Mit fünfzig dann musste er feststellen, dass die feuchte Luft und der Nebel seinen Gelenken nicht guttaten, weshalb er in ein milderes Klima, nämlich nach Kent, zog und dort die Praxis eines Arztes übernahm, der sich in den Ruhestand verabschiedete und nicht nur selbst der obersten Schicht angehörte, sondern sich einer Klientel rühmte, der zwei Mitglieder des Parlaments, ein Richter am Obersten Gericht sowie ein Graf angehörten.

In den fünfzehn Jahren, die seither verstrichen waren, hatte sich Willoughby aufs Angenehmste in der Gegend von Bayfield eingerichtet. Er genoss das Ansehen, das man ihm entgegenbrachte, die Wochenenden auf großen Landsitzen, Einladungen zu Bällen und auf die Jagd, und vor allem kam ihm entgegen, dass man ihn als Arzt nur selten in Anspruch nahm. Er brauchte nicht mehr zu tun, als sich um Damen mit Hitzewallungen zu kümmern (jeweils Aderlass), um Kinder mit Bauchweh (Blutegel auf den Leib setzen) und um Rückenschmerzen, wie sie gelegentlich bei Gentlemen auftraten (Opium, vermischt mit Brandy). Alles weniger Angenehme – Eiterbeulen, die aufgestochen werden mussten, oder Schlimmeres – verwies er an Kollegen in London, die er als Spezialisten hinstellte (dabei waren sie nur nicht so verwöhnt wie Willoughby), und hin und wieder an Chirurgen, die auf der gesellschaftlichen Leiter der Mediziner weiter unten angesiedelt waren.

Erfreut stellte Willoughby jetzt fest, dass das Blut aus dem Arm der Baronin nur noch spärlich tropfte, was bedeutete, dass der Überschuss erfolgreich aus ihrem Körper abgeflossen war und nicht länger Druck auf die Gebärmutter ausübte. »Gut gemacht, Eure Ladyschaft«, sagte er und löste den Stauschlauch, stellte auch den zu einem guten Teil mit dunklem Blut gefüllten Nachttopf beiseite. »Ich prüfe nur noch rasch Euren Puls, dann rufe ich die Zofen, damit sie Euch baden und umziehen können, und danach dürft Ihr Euren Gemahl empfangen.« Zusätzlich gedachte er, ihr zur Stärkung ein paar arsenhaltige Tabletten zu verabreichen.

Mit Daumen und Zeigefinger machte er sich an ihrem schlaffen Handgelenk zu schaffen. Er runzelte die Stirn. Schaute ihr ins Gesicht, aus dem – nach einem Aderlass ganz normal – alle Farbe gewichen war. Aber dann stellte er fest, dass sich ihr Brustkasten nicht hob und senkte.

Er ließ ihren Arm los, drückte mit der Fingerspitze an ihren Hals, tastete erst rechts, dann links nach der Halsschlagader.

Nichts zu spüren.

»Lady Margaret?« Er tätschelte ihr die Wangen. Er neigte den Kopf und presste das Ohr auf ihre Brust. Keine Herzgeräusche.

Er richtete sich wieder auf. Die Stirn in Falten gelegt, sah er auf Lady Margaret hinunter. Dann befühlte er ihren Leib, in dem keine Bewegung zu spüren war. »Großer Gott«, flüsterte er. Die Baronin und ihr Kind waren tot.

Wie war das möglich? Sein Blick glitt über Lanzette und Stauschlauch, dann über das dunkle Blut im Nachttopf. Hunderte Male hatte er diese Prozedur durchgeführt. Was mochte diesmal schiefgegangen sein? Als schließlich sein Blick auf die Schüssel mit der ekligen dunkelroten Lösung fiel, durchfuhr es Willoughby: Der Quäker hat die Luft verpestet!

Er riss sich zusammen, ging auf die Tür zu, und da er ahnte, dass Falconbridge unten im Saal aufgeregt hin und her lief, sagte er: »Eure Lordschaft kann jetzt hereinkommen.«

Als der Baron das Schlafgemach betrat, schloss Miles Willoughby die Tür hinter ihm. »Es tut mir leid, Euer Lordschaft. Aber ich habe getan, was ich konnte.«

Falconbridge starrte ihn an. »Was reden Sie da?«

»Wenn ich eher hier gewesen wäre …«

Falconbridge stürzte auf das Bett zu und umfasste die Schultern seiner Frau. »Maggie? Wach auf, mein Liebling!«

Er sah den gewölbten Leib, in dem sein Kind einst geschlummert hatte und jetzt eingeschlossen war. Tränenüberströmt blickte er zu Willoughby auf. »Wie konnte es dazu kommen?«

»Alles verlief wie erwartet, der Aderlass brachte ihr Erleichterung, bis sie dann unerwartet verschied.«

»Aber heute Nachmittag, als ich aufbrach, um Sie zu holen, fühlte sie sich doch noch wohl. Abgesehen von einer leichten Übelkeit.«

»Ich mache mir ja selbst Vorwürfe, Euer Lordschaft. Als ich die Schüssel mit der giftigen Flüssigkeit sah, hätte ich sie sofort aus dem Fenster kippen sollen. Aber verständlicherweise galt mein Augenmerk in erster Linie Ihrer Ladyschaft ...«

Falconbridge blinzelte. »Giftige Flüssigkeit?«

Willoughby deutete auf die Schüssel auf dem kleinen Schreibtisch, woraufhin Falconbridge im Nachhinein konstatierte, dass ihm ein beißender Geruch aufgefallen war, der wohl, wie er jetzt folgerte, aus der Schüssel aufstieg. »Was ist das?«, fragte er und stand vom Bett auf.

»Weiß der Himmel«, erwiderte Willoughby und hob die Hände. »Der Quäker hat das aus für mich unbegreiflichen Gründen hingestellt. In der ärztlichen Praxis ist so etwas nicht üblich, ganz gewiss nicht. Dennoch mache ich mir Vorwürfe, diese Brühe nicht weggekippt zu haben. Meine Befürchtung ist, dass die Luft vergiftet wurde, und deshalb dürfte es auch für Eure Lordschaft und mich ratsam sein, diesen Raum schleunigst zu verlassen.«

Falconbridge starrte auf den ätzend riechenden Inhalt der Schüssel, spürte, wie die Dämpfe seine Nasenlöcher reizten und ihm zu Kopfe stiegen, sein Gehirn vernebelten. Margaret war tot. Das Baby war tot. Alles um ihn herum schien sich zu drehen, durch die geschlossenen Fenster hörte er den Wind heulen. »Was soll ich nur tun?«, schluchzte er auf und vergrub das Gesicht in den Händen.

Willoughby legte ihm begütigend eine Hand auf die Schulter. »Ich kümmere mich um alles, was zu tun ist, Euer Lordschaft. Und ich schlage vor, dass wir den Quäker und seine Tochter festnehmen und den Constable rufen. Heute Nacht ist hier ein Mord verübt worden.«

Luke Keen betrat die Küche. »Bedaure, Sir, aber Seine Lordschaft wünscht, dass Sie noch bleiben. Hier entlang, wenn ich bitten darf.« Der Gutsverwalter führte die Conroys in eine kleine Bibliothek abseits des großen Saals. Da im Kamin kein Feuer brannte und nur eine einzige Kerze angezündet worden war, wirkte der Raum klamm und düster. »Wenn Sie hier warten würden«, sagte er, ohne sie anzuschauen, und ging, schloss die Tür hinter sich.

»Was hältst du davon …«, hob Hannah an, als Willoughby eintrat. Seine Miene war düster und formell.

»Wie geht es Margaret Falconbridge?«, fragte John Conroy. Obwohl er seinen breitkrempigen Quäkerhut abgenommen hatte, überragte er den älteren Kollegen um einiges.

»*Lady* Margaret«, sagte Willoughby gespreizt, »ist verstorben.«

»O nein!«, entrang es sich Hannah. »Und das Kind?«

»Ist ebenfalls tot.«

»Sie konnten sie nicht retten?«, fragte Conroy.

Willoughby richtete sich zu voller Höhe auf und reckte das behaarte Kinn. »Wie hätte ich das bewerkstelligen sollen, wo Sie doch die beiden vergiftet haben?«

Conroy wölbte die Brauen. »Was wollen Sie damit sagen?«

»Dass Sie sie mit diesem Gebräu in der Schüssel vergiftet haben.«

»Dr. Willoughby«, mischte sich jetzt Hannah ein, »Jod verursacht keine Krankheiten. Es *verhindert* sie.«

Willoughby sah sie durchdringend an. Als eingefleischter Junggeselle sah der in Oxford ausgebildete englische Gentleman auf Frauen herab, und das Gleiche galt für Iren, Ausländer und Quäker. »Ich sagte nicht, dass Sie Ihre Ladyschaft krank gemacht haben«, widersprach er wortklauberisch, »ich sagte, dass Sie sie *vergiftet* haben. Sie haben die Luft mit Toxinen verpestet.«

»Das habe ich nicht«, kam es gelassen von John Conroy.

»Können Sie das beschwören?«, fragte Willoughby, der wusste, dass ein Quäker dies niemals tun würde.

»Freund, ich rede nicht um den Brei herum, und was ich sage, ist die reine Wahrheit. Deshalb besteht für mich kein Grund, eine Aussage zu beschwören. Ich kann Ihnen aber versichern, dass alles, was ich sage, der Wahrheit entspricht.«

»Das Hohe Gericht in London wird mehr als das fordern, Sir. Sie werden Ihre Hand auf die Bibel legen müssen.«

»Das kann ich nicht. Aber ich versichere vor Gott, dass ich Margaret Falconbridge nicht vergiftet habe.«

»Das werden wir ja sehen. Seine Lordschaft hat nach dem Constable geschickt. Morgen früh wird Ihr Fall dem Amtsrichter vorgetragen. Es wird zu einer Verhandlung kommen, und ich werde beantragen, auf ärztliches Versagen, Amtsmissbrauch und sträfliche Fahrlässigkeit zu erkennen.«

Willoughby wandte sich zum Gehen, als sein Blick auf Conroys schwarze Tasche fiel. Ohne zu fragen öffnete er die Schließe, schaute in die Tasche hinein und zog eine Flasche mit einer dunkelroten Flüssigkeit heraus, auf der ein Etikett mit der Aufschrift *Proberezeptur # 23* klebte. »Sie haben an der Baronin ein Experiment vorgenommen! Das hätten Sie sich, wenn überhaupt, für eines Ihrer Bauernweiber aufheben können, Sir!«

»Ich habe nicht experimentiert«, gab Conroy zurück. »Ich bezeichne das lediglich als meine Proberezeptur. Das ist ein Unterschied. Ich habe sie bereits bei der Behandlung anderer Patienten angewandt. Ich versichere Ihnen nochmals, Freund, dadurch, dass ich Jod benutzte, ist Margaret Falconbridge keinerlei Schaden zugefügt worden.«

»Und ich wäre Ihnen verbunden, wenn Sie sich, wenn Sie von Ihrer Ladyschaft sprechen, nicht länger auf ihren Taufnamen berufen würden!«

»Mir ist kein anderer bekannt«, merkte Conroy in aller Ruhe an.

»Für Sie ist sie *Ihre Ladyschaft*, Sir. Erweisen Sie gefälligst hochgestellten Persönlichkeiten gegenüber Respekt.«

»Kann er das, Vater?«, fragte Hannah, nachdem Willoughby gegangen war. »Kann er dich dieser Vergehen anklagen?«

»Man kann wegen allem Möglichen verklagt werden, Hannah.« John Conroy sank in einen gepolsterten Sessel und starrte trübsinnig in den Regen hinaus. Schatten krochen über den kalten Teppich, veränderten sich – geisterhafte Phantome, durchzuckte es ihn, die sich zum Angriff sammeln. Sein Blick streifte die Regale voller Bücher, die vernachlässigt wirkten und deren Inhalt – Leidenschaften, faszinierende Lebensläufe, Ekstase – dem Vergessen preisgegeben war.

»Mach dir keine Sorgen, Vater«, sagte Hannah. »Du hast Freunde, und auch deine Patienten werden zu deinen Gunsten aussagen.« Aber gleichzeitig dachte sie daran, wie wohlhabend Lord Falconbridge war und welchen Einfluss er besaß. Ein Richter am Obersten Gerichtshof würde eher ihm und seinesgleichen Glauben schenken als Bauern und Dorfbewohnern, die einen kleinen Laden betrieben.

»Ich werde Mrs. Keen bitten, uns Tee zu bringen.« Hannah zog dreimal nachdrücklich an dem Klingelstrang neben dem dunklen Kamin, schaute sich dann nach einer Decke für den Vater um, allerdings vergeblich. Das modrige Mobiliar, das im Halbdunkel auszumachen war, verlieh dem Raum etwas Unheimliches, Gottverlassenes. Mit Hilfe der einzig brennenden Kerze zündete Hannah einen sechsarmigen Leuchter an, den sie unweit von ihrem Vater abstellte. Aber auch das zusätzliche Licht trug nur wenig dazu bei, die düstere Atmosphäre etwas aufzuhellen.

Während Hannah geschäftig hin und her lief und ganz so, als wäre sie die Dame des Hauses, die schweren Vorhänge zuzog, abermals am Klingelstrang zog, in der Kohlenkiste nach Zunderschwamm zum Entfachen eines Feuers suchte, kam John Conroy nicht umhin, die neu erworbene Selbstsicherheit seiner Tochter zu bewundern. Als scheues, in sich gekehrtes Mädchen von achtzehn Jahren hatte sie vor dreizehn Monaten Bayfield verlassen und war nun als selbstbewusste junge Frau heimgekehrt. Wie begeistert sie von Patienten, Studienkollegen und Professoren erzählte! »Reine Zeitverschwendung, ein Mädchen etwas lernen zu lassen«, hatten Freunde und Dorfbewohner Dr. Conroy gewarnt. »Da werden sie nur hochnäsig und bilden sich ein, was Besseres zu sein. Kein Mann will so eine heiraten.« John Conroy hatte sich taub gestellt. Und es hatte sich gelohnt. Die Ausbildung zur Hebamme hatte seiner Tochter Kenntnisse und Fertigkeiten beschert, die ihr ein Leben lang zugute kommen würden – so jedenfalls empfand es ein überaus stolzer Vater, der sich darauf gefreut hatte, sich seine Arztpraxis mit der Tochter zu teilen.

Bis heute …

»Ärztliches Versagen, Amtsmissbrauch und sträfliche Fahrlässigkeit.«

Begriffe, die schärfer waren als Messer und tödlicher als Kugeln. John Conroy spürte, wie sich sein Herz zusammenkrampfte. Ein Körper kann jedwede Bestrafung über sich ergehen lassen, überlegte er, die Seele hingegen ist etwas unendlich Verletzbares. »Hannah«, flüsterte er, »hol mir meine Tasche.«

Sie stand sofort bei ihm, sah ihn forschend an, griff nach seinem Handgelenk, um ihm den Puls zu fühlen. Bei ihrem Aufbruch nach London war er noch bei guter Gesundheit gewesen, umso mehr erschrak sie bei ihrer Rückkehr darüber, wie sehr er sich verändert hatte. Nicht zuletzt deshalb, weil er sich, wie sie aus ihm herausbekommen hatte, in seinem Eifer, ein Rezept gegen Kindbettfieber zu finden, regelrecht aufgerieben hatte. Bereits an ihrem ersten Abend zu Hause, als ihr Gepäck noch im Flur stand, hatte er aus seinem kleinen Labor gerufen: »Hannah! Hannah! Komm mal ganz schnell!« Worauf sie ihre Röcke gerafft hatte und zu ihm geeilt war. Noch über sein Mikroskop gebeugt, hatte er sie zu sich gewinkt und aufgefordert: »Schau du mal da durch, Hannah. Und sag mir, was du siehst.«

Weil das Labor so klein und mit Werkbänken, Hockern, einem Schreibtisch und Kisten voller Akten und allem möglichen Material zugestellt war, musste sich Hannah vorsichtig zu ihm durchschlängeln, immer darauf achtend, mit ihrem Reifrock nichts umzustoßen, bis sie sich über das Okular beugen konnte. »Ich sehe Mikroben, Vater.«

»Bewegen sie sich?«

»Ja.«

Er hatte den Objektträger gegen einen anderen vertauscht. »Und jetzt schau dir dies mal an.«

Wieder schaute sie durch das Okular. »Die da bewegen sich nicht.«

»Auf dem ersten Träger sind die von Frank Miller vom Bauernhof der Botts. Er hat Wundbrand. Ich habe etwas Eiter aus seiner Wunde auf meine Hand gestrichen und mir dann die Hände mit der neuen Rezeptur gewaschen.«

»Vater! Du hast *an dir* herumexperimentiert?!«

»Pass gut auf, Hannah. Überprüf das für mich.«

Dr. Conroy hatte sich die Überbleibsel des Abstrichs aus der Millerschen Wunde auf die Hände geschmiert und dann etwas davon abgekratzt und auf einem Objektträger unter das Mikroskop geschoben. Wieder schaute Hannah durch das Okular und sah lebhafte Bewegungen der Winzlinge. Jetzt wusch sich Conroy in einer mit einer stark riechenden Lösung gefüllten Schüssel die Hände, tauchte sie in klares Wasser, zog das Spülwasser in eine Pipette und ließ ein wenig davon auf einen Objektträger tropfen, den er unter die Linse schob. »Und was siehst du jetzt?«

»Da bewegt sich nichts, Vater.«

»Gelobt sei Sein Name«, murmelte John Conroy. Dann wurde er lebhafter. »Hannah, ich glaube, das ist sie, die Formel! Endlich! Das Rezept, nach dem ich geforscht habe. Ich werde nach London fahren und meine Ergebnisse der erlauchten Ärzteschaft dort vortragen.«

»Aber Vater, letztes Mal ...« Jener Tag vor zwei Jahren hatte sich schmerzhaft in Hannahs Gedächtnis eingebrannt. Damals waren sie nach London gefahren, wo ihr Vater vor dem Gremium der Medizinischen Fakultät einen Vortrag halten sollte. Davor hatten sie das Guy's Hospital besucht, wo Hannah Ärzte mit blut- und eiterbeschmierten Kitteln über den Weg gelaufen waren.

Was, wie sie erfuhr, für die Popularität eines Mediziners sprach: Je verdreckter sein Kittel, desto größer ganz offensichtlich der Kreis seiner Patienten. Hannahs Vater dagegen vertrat mit Nachdruck die unpopuläre Meinung, dass derartige Absonderungen, selbst wenn sie eingetrocknet waren, ansteckende Keime bargen, die sich von einem Patienten auf den nächsten übertragen konnten. Deshalb plädierte Conroy dafür, dass sich ein Arzt vor der Behandlung eines Patienten die Hände wusch und auch täglich die Kleidung wechselte.

»Keiner weiß, wodurch Fieber verursacht wird«, hatte der sanftmütige Quäker damals zu seinem Vortrag vor der erlauchten Versammlung der britischen Elite-Mediziner angehoben. »Keiner weiß, warum der menschliche Körper lodert, wenn eine Infektion vorliegt. Ich hingegen glaube ...«

Er hatte seiner gelehrten Zuhörerschaft dargelegt, dass seiner Meinung nach Krankheit das Ergebnis von unsichtbaren Wesen ist, die sich im Blutkreislauf einnisteten und die er als »Mikrobioten«, verkürzt »Mikroben«, bezeichnete, abgeleitet aus dem griechischen *mikro,* was übersetzt winzig klein, und *bios,* was Leben hieß. Conroy glaubte, dass Mikroben ein Gift absonderten, das Menschen krank machte.

Seine Zuhörer vermochte er jedoch nicht zu überzeugen. »Immer und immer wieder hat sich gezeigt, dass Fieber von einem Zuviel an Blut im Körper herrührt, Sir, und nur durch einen Aderlass gesenkt werden kann!«, hatte einer der Herren aus dem Auditorium gerufen.

»Ich habe persönlich Blutstropfen von gesunden Personen und von solchen mit Fieber unter dem Mikroskop untersucht«, hatte Conroy entgegnet. »Im Blut von Kranken habe ich erheblich mehr weiße Zellen festgestellt als im Blut von Gesunden.«

»Sie wollten wohl größere *Überheblichkeit* sagen, hm?«, hatte jemand in der vordersten Reihe eingeworfen, worauf schallendes Gelächter ausgebrochen war. »Weiße Zellen! Mikroben! Sind Sie sicher, dass Sie uns da kein Märchen auftischen und alles Ihrer Phantasie entsprungen ist?«

Von der Besuchergalerie aus hatte Hannah miterleben müssen, wie ihr Vater zur Zielscheibe von Beleidigungen und höhnischem Gespött geworden war, wie man mit den Füßen getrampelt hatte, bis er sich schließlich genötigt sah, das Rednerpult zu verlassen. Das hatte er immerhin mit viel Würde getan.

»Tochter, meine Tasche«, sagte er jetzt. »Ich fühle mich nicht wohl.«

Nachdem Hannah ihm das Gewünschte gebracht hatte, ging sie zur Tür und öffnete sie. Der Korridor war leer. Was sie sah, waren lediglich verschlossene Türen unter Tudor-Bögen und zwei stumme Rüstungen. Warum reagierte denn niemand auf ihr Läuten? »Hallo? Könnte jemand so nett sein und im Kamin Feuer machen? Es ist schrecklich kalt hier drin.« Sie lauschte. Gedämpfte Stimmen waren von oben zu vernehmen – männliche, wütende, gebieterische. War der Constable bereits eingetroffen? Unglaublich, wie man sie und ihren Vater behandelte. Wo er sich trotz des Regens zu Lady Margaret auf den Weg gemacht hatte.

Sie trat wieder zu ihm, schob den Leuchter noch näher an ihn heran. Sein verkrampftes leichenblasses Gesicht deutete auf Perikarditis hin. Die Infektion, der er sich ausgesetzt hatte, hatte zu einer chronischen Entzündung des Herzbeutels geführt. Hannah durchsuchte die Arzttasche nach dem ihr wohlbekannten Fläschchen. »Vater, ich kann deine Medizin nirgends finden.«

Sein Kopf sank an die Lehne des Sessels zurück. »Dann muss ich sie wohl zu Hause gelassen haben …« Er schloss die Augen, lauschte dem Regen draußen, spürte, wie die Kälte in der kleinen Bibliothek durch Jacke und Hemd drang und sich zu dem Schmerz gesellte, der sich immer stärker um das Brustbein ausbreitete. Wie in einen Schraubstock eingezwängt meinte er zu sein, und er ahnte, dass er ohne seine Medizin diesen Anfall höchstwahrscheinlich nicht überleben würde. Deshalb wandte er sich Gott zu, erbat von ihm Schutz, Vergebung und Frieden.

»Vater.« Entschlossen stand Hannah auf. »Ich werde nach unserer Kutsche rufen. Meinst du, du hältst durch, bis wir zu Hause sind?« Ein Schluck Brandy oder Wein wäre jetzt angebracht, aber in dem düsteren Raum, der nur gelegentlich von einem Blitz schwach erhellt wurde, war nichts dergleichen aufzutreiben. »Kannst du aufstehen?«

Conroy rang um Luft. »Hannah … ich muss dir die Wahrheit sagen. Weshalb deine Mutter gestorben ist … das lastet auf meinem Gewissen …«

»Sprich jetzt nicht, Vater.«

»Der Brief, Hannah, lies den Brief …«

»Den Brief?«

Entlang den Wänden des Raums, der Hannah immer mehr wie ein Grab vorkam, zog sich eine Ahnengalerie, Porträts von Männern in wattierten Röcken und Frauen in den Gewändern früherer Epochen. Während sie neben ihrem Vater kauerte, meinte sie förmlich ihre Blicke auf sich zu spüren, die gierigen Augen neidischer Toter, die es auf die Lebenskraft ihres Vaters abgesehen hatten. Ihr kriegt ihn nicht!, hätte sie am liebsten gerufen.

John Conroys Atem setzte kurz aus, dann blickte er Hannah an, ihr Gesicht, das dem von Louisa so ähnlich war, die hohe Stirn und die fein modellierten Wangenknochen, die von schwarzen Wimpern gerahmten, wie Perlmutt glänzenden grauen Augen. Auch Hannahs Frisur entsprach der von Louisa: das schwarzgelockte Haar in der Mitte geteilt und wie die Schwingen von Raben über die Ohren gelegt, um dann im Nacken von einem seidenen Netz zusammengefasst zu werden. Mit schwindender Kraft berührte Conroy die Wange der Tochter. »Wie sehr du doch deiner Mutter gleichst.«

Sein Leben hatte, wie er immer sagte, an dem Tag begonnen, da Louisa Reed »wie ein zauberhafter Schmetterling« in sein Leben trat. Für Hannahs Begriffe war es eine Liebesgeschichte gewesen, die ihresgleichen suchte. Louisa Reed, mit ihrer Theatertruppe im Südosten Englands auf Tournee, hatte sich bei ihrem Auftritt in Bayfield den Knöchel verstaucht. Da der distinguierte Vorgänger von Miles Willoughby nicht bereit war, eine Schauspielerin zu behandeln, wurde sie zum Praktischen Arzt im Ort gebracht, einem schüchternen jungen Quäker mit brandneuem Praxisschild.

Was sich wohl an jenem schicksalhaften Tag zugetragen hatte, ging es Hannah zuweilen durch den Kopf, als Louisa mit ihrer Fröhlichkeit und ihrem Überschwang Einzug in dieses stille, bescheidene Häuschen hielt? Was hatte die zitronengelb gewandete, hübsche junge Frau mit dem nachtschwarzen Haar in dem zurückhaltenden, dunkel gekleideten Mann gesehen? John und Louisa mussten wie Nacht und Tag gewesen sein – und doch und wie Nacht und Tag hatten sie einander ergänzt und eine perfekte Einheit gebildet. Hannahs Mutter hatte sich so verliebt, dass sie die Bühne aufgab, um fortan mit John zusammen zu sein, und er hatte sich derart in sie verliebt, dass er sich damit abfand, aus der Gemeinschaft der Quäker verstoßen zu werden, um sie zu heiraten.

Er griff in seine Arzttasche und zog die kleine Flasche mit der Proberezeptur heraus. »Wenn ich dieses Wunder vor sechs Jahren vollbracht hätte, hätte ich deine Mutter retten können.« Er tastete nach Hannahs Hand, drückte das Fläschchen hinein. »Ich reiche dies weiter an dich, Hannah, als mein Vermächtnis. Verwende es, wenn du deinem Beruf als Hebamme nachgehst. Rette Leben.«

»Wir werden es gemeinsam verwenden«, sagte sie gepresst.

Er bewegte den Kopf von einer Seite zur anderen. »Meine Zeit in diesem Leben ist abgelaufen, Tochter. Gott ruft mich. Vorher aber muss ich dir den wahren Grund für den Tod deiner Mutter anvertrauen ... Ich hätte es schon längst tun sollen ...« Er schluckte angestrengt. »Der Brief gibt Aufschluss darüber ... ich habe ihn versteckt ... such ihn ...«

»Vater, ich verstehe nicht. Wovon sprichst du?« Hannah drückte seine erschreckend kalten Hände. »Ich werde Dr. Willoughby holen ...«

»Nein!«, stieß er mit letzter Kraft aus. »Meine Zeit ist um, Hannah. Wir müssen uns damit abfinden.« Er schlug die Augen auf, versuchte, ihr ins Gesicht zu sehen, ließ seinen Blick dann durch das Zimmer wandern. Nach einer Weile runzelte er die Brauen und fragte: »Wer ist das?«

Hannah sah sich um. »Wer soll was sein, Vater? Da ist niemand.«

»O ja …«, flüsterte John Conroy. »Jetzt erkenne ich Dich, Herr …« Seine Miene hellte sich auf, die Schatten schwanden, und zu Hannahs Verblüffung lächelte der Vater unversehens. »Ja«, sagte er und nickte dem Phantom zu, das nur er sah. »Ich verstehe …«

Und gleich darauf: »O Hannah! Das Licht!« Er schaute sie wieder an, und sie war erstaunt, dass sein Blick klar und konzentriert war wie seit Jahren nicht mehr. Erneut griff er nach ihrer Hand, die noch immer das Fläschchen mit der Rezeptur umspannte, und sagte: »Ich sehe auf einmal so vieles. Hannah, das ist der *Schlüssel!*«

Tränen stiegen ihr in die Augen. »Vater, ich weiß nicht, wovon du sprichst. Lass mich dich nach Hause bringen.«

Seine Gesichtszüge verklärten sich, er lächelte voller Freude. »Ich war blind, Hannah. Ich habe nicht verstanden.« Seine kalten Finger drückten ihre Hand so fest, dass sich das Fläschchen schmerzhaft in ihre Handfläche grub. »Das ist es, der Schlüssel für alles. Hannah, liebste Tochter, du stehst an der Schwelle zu einer herrlichen neuen Welt! Ein wundersames Abenteuer …«

Damit starb John Conroy, mit einem Lächeln auf den Lippen, während Generationen stummer Falconbridges schadenfroh von ihrer uralten Leinwand aus auf ihn herabsahen und Hannah, unvermittelt allein gelassen, an seiner Brust weinte, in der krampfhaft verschlossenen Hand das Fläschchen, das ihn letztendlich das Leben gekostet hatte.

DIE CAPRICA

August 1846

2

»Wenn der Junge stirbt, Kapitän, übernehmen wir das Schiff und steuern die nächstgelegene Küste an. Dieses Schiff ist ein Totenschiff, und wir werden nicht zulassen, dass unsere Familien mitten auf dem Ozean krepieren.« Der wütende Ire ballte die Faust, um seiner Drohung Nachdruck zu verleihen.

»Ich kann Ihnen versichern«, entgegnete Kapitän Llewellyn, der das Kommando auf der *Caprica* innehatte, »dass Dr. Applewhite alles daransetzt, um die Gefahr der Ansteckung zu bannen.«

»Ach wirklich?«, rief ein Schotte, die Hand am schweren Belegnagel. »Wieso sterben wir dann hier unten wie die Fliegen, und die da oben bleiben davon unbehelligt?« Er deutete zum Achterdeck hoch, wo die vier zahlenden Passagiere weitaus mehr Annehmlichkeiten genossen als die über zweihundert Auswanderer, die sich im Zwischendeck der *Caprica* drängten.

Llewellyn atmete tief durch, um seinen Unmut im Zaum zu halten. Während der Dreimaster rollend und schlingernd seinem Kurs über das weite Meer folgte, musterte der missmutige Kapitän, ein stämmiger Mann mit buschigem weißen Backenbart und rauen Umgangsformen, den aufgebrachten Iren. Bewaffnet schien er nicht zu sein, befand Llewellyn, dennoch dürften Mannschaft wie Offiziere, wenn es denn zu einer Meuterei kommen sollte, schlechte Karten haben. Der Ire war ja nicht der Einzige, der sich ereiferte. Fast hundert aufgebrachte Schotten, Waliser und Engländer hatten vorübergehend ihre zahlreichen politischen und religiösen Differenzen vergessen und sich neben ihm an Deck aufgebaut, vereint in der Absicht, das Schiff zu übernehmen, falls der kleine Ritchie starb.

Als immer mehr Aussiedler wütend an Deck drängten, warf Kapitän Llewellyn einen Blick hoch zum Achterdeck, von wo aus ein einzelner Passagier das Geschehen verfolgte – Neal Scott, der junge Amerikaner und einer der vier zahlenden Mitreisenden auf der *Caprica,* ein Wissenschaftler auf dem Weg nach Perth, wo er auf einem Forschungsschiff der Kolonialregierung arbeiten sollte. Ein netter Bursche, befand Llewellyn, auch wenn es ein wenig seltsam anmutete, dass er darauf bestanden hatte, seine komischen Kisten mit in die Kabine zu nehmen, statt sie im Frachtraum zu verstauen. Dass Mr. Scott den sich zuspitzenden Aufruhr aufmerksam verfolgte, war dem Kapitän unangenehm: Scott informierte bestimmt die anderen, und dann hätte der Kapitän seine liebe Not, die Wogen zu glätten.

Llewellyn, dessen Augen die Farbe von Glockenblumen hatten und stechend aus den Falten seines verwitterten Gesichts leuchteten, wandte sich wieder dem Iren zu und sah ihn durchdringend an, derweil sich hinter den aufgebrachten Männern jetzt auch Frauen zusammenrotteten, Witwen, die Ehemänner und Kinder auf See begraben hatten und die jetzt mit Besenstielen und Belegnägeln drohten. Es wird zu einem Blutbad kommen, argwöhnte Llewellyn. Und keine Seite wird gewinnen.

Obwohl er ein guter Kapitän war und seine Mannschaft besser behandelte als üblich, wusste er, dass das Leben eines Seemanns schwer genug war und dass seine Leute, falls die Auswanderer die Kontrolle über das Schiff übernahmen und sich, wie zu erwarten, großmütig zeigten, nur allzu bereitwillig den nächstbesten Felsen ansteuern würden. Er wandte sich an seinen Ersten Offizier. »Holen Sie Dr. Applewhite«, sagt er ruhig.

Mister James zögerte. »Halten Sie das für angebracht, Sir? Der Doktor war bereits zum wiederholten Male dort unten.«

Im Laufe seiner vielen Seereisen, bei denen jedes Mal ein Schiffsarzt mit an Bord gewesen war, hatte Kapitän Llewellyn die Erfahrung gemacht, dass man nie genau wusste, woran man mit dem jeweiligen Mediziner war. Schon weil sie, anders als die Besatzung, keinem Reglement unterstanden. Llewellyn hatte jahrelang als Matrose gedient und im Anschluss daran ein umfangreiches Navigationsstudium absolvieren müssen, das neben Sternkunde Kartenlesen beinhaltete, ferner die Bedienung eines Sextanten und die Einschätzung der Windrichtungen, ehe er sein Kapitänspatent erhielt. Im Gegensatz dazu konnte sich quasi jeder x-Beliebige als Arzt ausgeben. Es gab keine bestimmten Voraussetzungen, keine festen Vorschriften, nichts, wodurch die Kompetenz eines Mediziners nachgewiesen werden musste. Private Einrichtungen, in denen man sich in nur sechs Monaten zum Arzt ausbilden lassen konnte und mit einem Diplom entlassen wurde, schossen wie Pilze aus dem Boden. Wenn man einen Schiffsarzt anheuerte, wusste man also nie, ob er zu denen gehörte, die nur über ein Grundwissen und kaum Erfahrung verfügten und eine Eiterbeule nicht von Wundschorf unterscheiden konnten, oder ob es sich um einen Absolventen aus Oxford handelte, der jeden Nerv des menschlichen Körpers benennen konnte und für jedes seiner hochgestochenen Worte einen Schilling in Rechnung stellte. Llewellyn hatte genug solcher Scharlatane und Snobs an Bord gehabt, um Applewhite, mal über den Daumen gepeilt, unter die Fähigeren einzureihen. Wenn einer die Ansteckungsgefahr eindämmen konnte, dann war es Applewhite.

»Bringen Sie ihn her«, wiederholte er leise, »schon um diese Raubeine zum Rückzug zu bewegen.«

»Wie auffallend ruhig es draußen ist«, meinte Mrs. Merriwether und schaute vom Salon aus durch die offene Tür in Richtung Niedergang. »Normalerweise kann man die Pfeifen und Fideln der Aussiedler auf dem Hauptdeck hören. Dass es so still ist, mutet direkt unheimlich an.«

»Nicht doch«, meinte ihr Ehemann, der Reverend Merriwether, begütigend, ohne sich seiner Sache sicher zu sein.

»Ich bin überzeugt, dass Kapitän Llewellyn alles im Griff hat«, warf Hannah Conroy ein, da die beiden so verstört waren.

Die Merriwethers waren ein Missionarsehepaar auf dem Weg nach Australien. Hannah mochte die Frau des Reverends, eine rundliche Mittfünfzigerin, die ein blauweiß gestreiftes Reisekleid trug und wie Hannah ihr Haar in der Mitte gescheitelt und hinten zu einem Knoten zusammengefasst hatte (nur dass sich über ihren Ohren noch ein paar längst aus der Mode gekommene Löckchen ringelten, die beim Sprechen auf und nieder wippten).

Der Reverend selbst war korpulent und wartete neben einem sonnigen Gemüt mit einer spiegelblanken Glatze auf – ein Schönheitsfehler, den er, wie Hannah vermutete, durch einen überaus buschigen grauen Backenbart wettzumachen suchte.

Die Merriwethers hatten Hannah im wahrsten Sinne des Wortes gerettet.

Obwohl eine gerichtliche Untersuchung ergeben hatte, dass Lady Margaret eines natürlichen Todes gestorben und obwohl der Name von Hannahs Vater reingewaschen worden war, schien danach nichts mehr zu sein wie vorher. Mochten die Dorfbewohner John Conroy noch so sehr geschätzt haben – ihre Angst vor Lord Falconbridge war größer. Und je länger der Baron und Dr. Willoughby dem Quäker unterstellten, für den vorzeitigen Tod der Baronin verantwortlich zu sein, umso nachhaltiger wurde der Name Conroy verunglimpft. Mrs. Endicott, die Frau des Geflügelzüchters, die Hannah gebeten hatte, ihr bei ihrer neunten Entbindung zur Seite zu stehen, sagte ihr mit einem »Tut mir leid, aber ich muss Rücksicht auf meine Kundschaft nehmen« ab. Als ob schon der Name Conroy ihren Hühnereiern Schaden zufügen könnte! Für Hannah stand fest, dass niemand ihre Dienste in Anspruch nehmen würde, dass Bayfield nicht länger ihr Zuhause war.

Das galt nicht nur für Bayfield, sondern auch für England. Wo immer sie sich auch niederließe, sie würde auf die gleichen Vorurteile stoßen, auf die gleiche Engstirnigkeit, die letztlich zum Tod ihres Vaters geführt hatte. Hatte er nicht mit ersterbendem Atem gesagt: »Du stehst an der Schwelle zu einer herrlichen neuen

Welt!« Aus diesem Grund wollte Hannah in eine neue Welt aufbrechen. Und wenn sie sich dort ein neues Leben aufbaute, könnte sie möglicherweise hinter das Geheimnis von John Conroys weiteren letzten Worten kommen, für die sie keine Erklärung fand: Zum einen ging es da um die »Wahrheit« über den Tod ihrer Mutter, zum anderen um einen Brief, den sie lesen sollte, den sie aber in seinem Nachlass nicht gefunden hatte.

Nachdem sie den Vater begraben und das Häuschen verkauft hatte, war Hannah nach London gefahren, um eine Passage nach Australien zu buchen, wo, wie sie gehört hatte, die Sonne golden strahlte und sich jedem Möglichkeiten ohne Ende boten. Allerdings musste sie zur Kenntnis nehmen, dass kein Kapitän bereit war, eine junge, unverheiratete Dame ohne Begleitung an Bord zu nehmen. »Sie würden Offizieren und Mannschaft nur den Kopf verdrehen«, hatte einer erklärt. »Ich möchte nicht riskieren, die Moral meiner Leute zu untergraben.« Da sich Hannah nicht leisten konnte, eine Gesellschaftsdame in ihre Dienste zu nehmen, stand zu befürchten, sie würde Britannien nicht verlassen können. Glücklicherweise jedoch machte der Agent, bei dem sie wegen ihrer Passage vorstellig geworden war, ein Missionarsehepaar ausfindig, das nach Perth wollte. Er schickte einen Brief an das Gasthaus, in dem die Eheleute abgestiegen waren, mit dem er anfragte, ob sie etwas dagegen hätten, für die Dauer der Reise eine junge Dame unter ihre Fittiche zu nehmen. Man arrangierte ein Treffen, nach dem die Merriwethers Hannah, auch wenn sie nicht viel Geld hatte, für charakterlich einwandfrei befanden und sich erboten, über ihr Wohlergehen an Bord zu wachen.

Jetzt allerdings, da sie bereits wochenlang auf hoher See unterwegs waren und als drei der vier zahlenden Passagiere im geschmackvollen Salon der *Caprica* saßen, wo sie versuchten, sich auf ihr Mittagessen, bestehend aus Tafelspitz und Kartoffeln, zu konzentrieren, lag Abigail Merriwether ihr eigenes Wohlergehen mehr am Herzen als das von Miss Conroy. Sie hatte ihrem Mann nichts von den Befürchtungen mitgeteilt, die sie zunehmend hegte, weil er ihr dies als mangelndes Gottvertrauen ankreiden würde. Jeder Tag, der sie Australien näher brachte, schürte ihre Ängste. Worauf hatten sie sich da bloß eingelassen? Sie waren eindeutig zu alt für ein derart beschwerliches Unternehmen. Caleb hatte seine besten Jahre längst hinter sich, auch wenn er sich einbildete, noch jung und kräftig zu sein. Umkommen werden wir in dieser Wildnis, ging es Abigail durch den Kopf, während sie etwas verkrampft ihren Tischnachbarn zulächelte. Und jetzt droht auch noch diese schreckliche Gefahr, dass wir uns alle anstecken.

Der Bordeaux funkelte wie Rubin in Kristallgläsern. Porzellan und Tischsilber blitzten auf, reflektierten das Licht der blank polierten Messingleuchter, die von der Decke herabhingen und sich den rollenden Bewegungen der *Caprica* anpassten. In dem kleinen Salon fand man sich nicht nur zu den Mahlzeiten ein. Ein kleiner runder Eichentisch, auf dessen Oberfläche Vertiefungen zum Abstellen von Trinkgläsern angebracht waren, lud dazu ein, Karten und Backgammon zu spielen. Die Trennwände schmückten Lithographien von Segelschiffen und Aquarelle von hübschen Landschaften, der Fußboden war mit erlesenem türkischen Teppich ausgelegt. Ein gediegenes Ambiente für diejenigen, die es sich leisten konnten.

Die drei Passagiere waren allerdings zu nervös, um sich das Essen munden zu lassen. Jegliche Konversation war verstummt, man lauschte dem Knarren und Ächzen des Schiffs.

Seit Madeira, wo sie einen kurzen Zwischenaufenthalt eingelegt hatten, waren der *Caprica* Himmel und Meer gewogen gewesen. Sie »segelte vor dem Wind«, wie Kapitän Llewellyn es nannte, kam deshalb zügig voran und sollte also wie versprochen innerhalb von vier Monaten ihren Zielhafen erreichen. Bislang war die Reise durchaus angenehm verlaufen, die Tage hatten einander abgelöst, während das Schiff unbeirrt seinem Kurs folgte, Segel knatterten und sich bauschten, Matrosen in Rahen und Takelage kletterten oder Reparaturen durchführten, die Decks schrubbten und abends auf der Ziehharmonika spielten. Die vier Passagiere mit eigenen Kabinen verbrachten ihre Zeit mit Lesen, mit Schach oder beim Kartenspiel oder schrieben Tagebuch, um den Verlauf ihrer so angenehmen Reise festzuhalten.

Bis Dr. Applewhite hatte verlauten lassen, dass unerwartet ein Auswanderer verstorben war. Tags darauf waren bereits mehrere von einer höchstwahrscheinlich ansteckenden Krankheit betroffen, und mittlerweile ging im gesamten Schiff die Angst um. Seit Tagen vernahm man vom Salon aus weder Dudelsack noch Fidel vom Hauptdeck, wo sich die Auswanderer tagsüber aufhielten. Und auch wenn es auf jeder langen Reise zu Erkrankungen und Verletzungen kam, erschrak man doch, wenn ein solcher Fall von Ansteckungsgefahr eintrat. Ganze Schiffe, so hieß es, seien schon von bösartigen Krankheiten heimgesucht worden und hätten sich nur mit einem Bruchteil ihrer Besatzung und ihrer Passagiere in den Hafen geschleppt.

»Dr. Applewhite«, sagte Reverend Merriwether, »besteht die Gefahr, dass auch *wir* die Ruhr bekommen?«

Der Schiffsarzt, ein gedrungener Mann mit roten Hängebacken, saß mit am Tisch der Passagiere und war der Einzige, der es sich schmecken ließ. Er schüttelte den Kopf. »Keine Sorge, Sir. Hier oben haben wir frische Luft.« Obwohl der Salon unterhalb des Achterdecks lag, verfügte er über Luken, durch die eine angenehme Meeresbrise wehte. Applewhite, der, wie sein dicker Bauch und sein Doppelkinn verrieten, über einen gesegneten Appetit verfügte, spießte eine Kartoffel auf und schob sie sich im Ganzen in den Mund.

Hannah, deren Essen längst kalt geworden war, beugte sich besorgt zu ihm. »Mr. Simms zufolge ist neuerdings ein Kind davon betroffen.« Sie kannte weder den Namen des Jungen noch wusste sie, zu wem der vielen Auswanderer im Zwischendeck er gehörte. Aber der Anblick dieses etwa sechs Jahre alten Braunschopfs hatte sie jeden Morgen, wenn sie beobachtete, wie sich die Familien vor dem Frühstück zum Appell vor Mister James aufstellten, aufs Neue erfreut. Er war ihr gleich zu Beginn der Reise aufgefallen, als er in einem zerlumpten Pullover und kurzen Hosen zur Inspektion durch den Ersten Offizier strammgestanden hatte. Jemand hatte ihm ein Seemannsschiffchen aus Papier gefertigt, ein Hütchen, das er erhobenen Hauptes trug und in dem er für die Dauer des gesamten Appells vorschriftsmäßig – die Handkante an die Stirn gelegt – salutierte.

Hannahs Herz war dem netten kleinen Jungen zugeflogen. Er schien ihr die Hoffnung und den Optimismus der Menschen zu verkörpern, die sich ans andere Ende der Welt aufmachten, und schon deshalb hatte sie ihn jeden Morgen abgepasst und sich an seinem Auftritt erfreut.

Aber seit Tagen schien er wie vom Erdboden verschluckt zu sein.

Jetzt erschien der vierte Passagier im Salon, füllte, hoch gewachsen und breitschultrig, wie er war, die gesamte Türöffnung aus: Neal Scott, der Amerikaner.

Mrs. Merriwether sah ihn erwartungsvoll an. »Ist da draußen alles in Ordnung, Mr. Scott? Ich finde es geradezu beängstigend ruhig.«

»Der Kapitän bespricht sich mit einigen Passagieren«, erwiderte Scott und nahm Platz. Trotz des beiläufigen Tons fiel Hannah sein besorgter Gesichtsausdruck auf.

Sie fand Mr. Scott durchaus attraktiv. Er war Mitte Zwanzig, hatte dunkelbraunes Haar; lange Koteletten rahmten sein kantiges Gesicht ein. Muskulös gebaut, wie er war, hielt Hannah ihn für die Arbeit im Freien geeigneter als für die geistigen Studien eines Wissenschaftlers. Sein Aufzug war lässig: Tweedhosen und eine ebensolche Jacke, verbrämt mit Lederapplikationen an Schultern und Ellbogen, bunte Weste und locker gebundene Krawatte. Der Filzhut saß ihm wie immer etwas schief auf dem Kopf, was ihn wie einen Zuschauer beim Derby aussehen ließ.

In Bayfield hatte Hannah bereits einige junge Männer kennengelernt, weitere dann unter ihren Studienkollegen im Londoner Krankenhaus. Aber keiner hatte sie so nachhaltig beeindruckt wie dieser Mr. Scott. Lag das etwa an diesem Hauch von Exotik, der von ihm ausging? Weil sie noch nie einen amerikanischen Akzent gehört hatte und deshalb seine Aussprache sie faszinierte? Oder rührte das eher von der eigenartigen Atmosphäre einer Schiffsreise her, die einem monatelang die hautnahe Gesellschaft eines Fremden aufzwang?

Die zahlenden Passagiere belegten vier kleine Kabinen unter dem Achterdeck, und obwohl Hannah wusste, dass Mr. Scott die neben der ihren bewohnte, war sie erschrocken, als sie eines Nachts aus einem Albtraum erwachte – einem sich in Abständen wiederholenden Traum: Hannah, mit ihrem Vater in der kalten Bibliothek eingeschlossen – und von nebenan jemand mit gedämpfter Stimme fragte: »Alles in Ordnung mit Ihnen, Miss Conroy?« Sie habe schlecht geträumt, hatte sie zurückgegeben, mehr nicht, weil sie ja fast auf Tuchfühlung nebeneinander schliefen, mit lediglich einer dünnen Bretterwand zwischen ihren Kojen. Danach hatte Hannah Mühe gehabt, wieder einzuschlafen. Zu wissen, dass unmittelbar neben ihr, auf der anderen Seite der Trennwand, der gutaussehende Amerikaner schlief!

Er sah nicht nur gut aus, dieser Mr. Scott, er verfügte darüber hinaus über eine Energie und eine Begeisterung, die Hannah mitreißend fand. Sie hatte gehört, dass Amerikaner weniger zurückhaltend seien als Engländer und eher bereit, offen zu sagen, was sie dachten, und Mr. Scott war das beste Beispiel dafür. Seiner Ausbildung nach Wissenschaftler mit Schwerpunkt Geologie und Naturwissenschaften, war Neal Scott von der Kolonialregierung in Perth für eine per Schiff durchzuführende Bestandsaufnahme der westlichen Küste und der nahe gelegenen Inseln unter Vertrag genommen worden. »Ich fahre nach Australien«, hatte er am ersten Tag auf See seinen Mitreisenden kundgetan, »um Geheimnisse zu entdecken und Unbekanntes zu erforschen und Antworten auf Fragen zu erhalten, wie beispielsweise auf die, warum es in Australien Tiere gibt, die sonst nirgendwo auf der Welt zu finden sind, und warum andererseits überall auf der Welt bestimmte Tiere anzutreffen sind, die man nur in Australien nicht zu sehen bekommt. In Australien gibt es keine Bären, keine großen Raubkatzen. Löwen, Tiger, Panther hingegen sind allerorten, nur in Australien nicht. Warum? Schon der Name ›Australien‹, der sich übrigens vom lateinischen *terra australis incognito* ableitet, sagt genug aus – unbekanntes Land im Süden.«

Jetzt wandte sich Neal an Dr. Applewhite, der mit Appetit seinem Tafelspitz zusprach. »Doc«, sagte er, »ich glaube, der Kapitän wird Sie gleich rufen lassen. Sie sollen sich da unten mal umsehen. Nichts Besorgniserregendes«, fügte er mit einem raschen Blick auf die anderen zu.

»Ach du meine Güte!«, stieß Mrs. Merriwether, keineswegs von Mr. Scotts abschwächendem Zusatz beruhigt, aus. »Auf welche Symptome ist eigentlich zu achten, Doktor?« Sie fühlte sich den Puls, legte dann die Hand an die Stirn.

»Sie haben nichts zu befürchten, gute Frau«, gab Applewhite zurück und schenkte sich abermals Wein nach.

Hannah merkte, dass Mrs. Merriwether sich nicht damit zufrieden geben wollte, und tätschelte ihr den Arm. »Nichts deutet auf eine Veränderung Ihres Gesundheitszustands hin, Mrs. Merriwether. Ihr Puls und Ihre Temperatur sind völlig normal. Ich glaube, wir sind hier sicher.«

Erstaunt nahm Neal Scott zur Kenntnis, welche Wirkung Hannah Conroys begütigende Worte auf Mrs. Merriwether ausübten, die sich auf der Stelle beruhigte und befand, dass ihr zumindest eine Kostprobe von dem Bordeaux guttun würde. Die junge Dame schien nicht nur die Gabe zu besitzen, aufgebrachte Gemüter zu beschwichtigen; wie sich gezeigt hatte, scheute sie sich auch nicht, Dr. Applewhite, falls nötig, ihre Mithilfe unten im Zwischendeck anzubieten. Eine Geste, die man nicht unbedingt von einer gebildeten jungen Dame erwartete.

Überhaupt steckte Miss Hannah Conroy, wie Neal festgestellt hatte, voller Überraschungen. Als sie an Bord der *Caprica* gegangen waren, hatte er sie für die Tochter der Merriwethers gehalten. Umso erstaunter war er gewesen, als er erfuhr, dass sie allein reiste. Beeindruckend fand er auch, wie sie die *Caprica* als »Traumschiff« bezeichnet hatte, als die Segel gesetzt wurden und alle – Offiziere und Mannschaften, die vier Oberdeck-Passagiere sowie die über zweihundert Aussiedler – Zeugen wurden, wie

England nach und nach zu einer Erinnerung verblasste. »Jeder hier an Bord fährt einem lang gehegten Traum und einem Neuanfang entgegen. Das ist unglaublich spannend, Mr. Scott.«

»Was hat Sie eigentlich bewogen, Hebamme zu werden?«, hatte Neal gefragt, als sie sich bereits auf dem offenen Meer befanden und er erfahren hatte, wie Miss Conroy nach dem Tod ihres Vaters ihr Häuschen verkauft und sich um eine Passage zu den Kolonien auf der anderen Seite der Welt bemüht hatte.

Ihre Begeisterung war ihm nicht entgangen, als sie erwidert hatte: »Als ich acht Jahre alt war, brachte man einen verletzten Bauern zu uns, er blutete und hatte starke Schmerzen. Innerhalb von Minuten linderte mein Vater die Beschwerden, stoppte die Blutung und nähte die Wunde. Wie gebannt sah ich zu und dachte: Das möchte ich auch können. Aber dann erfuhr ich, dass Mädchen nicht zum Medizinstudium zugelassen sind. Als ich dann vierzehn war, kam eine Hebamme nach Bayfield. Sie verstand sich nicht nur darauf, Babys auf die Welt zu verhelfen, sondern Frauen in vielerlei Hinsicht beizustehen. Und da mir das Studium der Medizin versagt war, sah ich darin einen Fingerzeig, über die Ausbildung zur Hebamme auch im medizinischen Bereich Fuß zu fassen.«

»Und weshalb haben Sie sich entschieden, nach Australien zu gehen?«

Sie hatte ihn unverwandt angeschaut und gesagt: »Weil ich nicht in England bleiben konnte, in einem Land, das mit seinen antiquierten Vorstellungen und seinem Standesdünkel meinen Vater umgebracht hat. Ich möchte mir ein neues Leben aufbauen, in einem Land, in dem es keine Lords gibt, keine vererbten Titel und Privilegien, die einem rechtmäßig nicht zustehen.« Was für eine willensstarke, kämpferische junge Dame, die sich da mutterseelenallein ans andere Ende der Welt aufmachte, hatte Neal gefolgert. Dabei sah sie gar nicht so aus. Mit ihrer schlanken Figur, ihrer anmutigen Haltung, ihrer besonnenen Sprechweise, diesen hinreißend weißen Händen und der hohen Stirn über großen, ausdrucksstarken Augen wirkte Miss Conroy eher wie eine junge

Dame aus besseren Kreisen, die sich höchstens Gedanken darüber machte, welche Anweisungen sie der Köchin für die Zubereitung des Abendessens zu geben gedachte.

Sich derart über eine junge Dame den Kopf zu zerbrechen, war bei Neal Scott nicht die Regel. Seit Annabelle – »*Du hättest mir eher reinen Wein einschenken sollen, Neal. Ich kann mich in dieser Stadt nicht mehr sehen lassen. Du hast mich zum Gespött der Leute gemacht.*« – war er bemüht, für eine junge Dame kein allzu großes Interesse zu entwickeln. Da aber seine Reise in Perth endete, während Miss Conroy nach Adelaide und somit mehr als tausend Meilen weiterfuhr, sah Neal keine Gefahr für sich, wenn er die Schranken, die er um sich errichtet hatte, gerade mal weit genug absenkte, um sich in Gedanken mit ihr zu beschäftigen.

Warum war sie zum Beispiel nicht verheiratet? Sie schien nicht mal verlobt zu sein oder einen Verehrer zu haben. Kaum zu glauben. Und dieser Albtraum, der sie da nachts im Schlaf hatte laut aufschreien lassen? Er war davon aufgewacht, hatte lange schlaflos dagelegen und darüber spekuliert, weshalb eine bezaubernde junge Dame wie sie von bösen Träumen heimgesucht wurde. Möglicherweise hing das mit ihrem kürzlich verstorbenen Vater zusammen. Ihr graues, an Manschetten, Kragen und Knöpfen mit schwarzer Paspelierung eingefasstes Kleid und die Haube aus schwarzen Spitzen auf ihrem dunklen Haar deuteten an, dass sie in Trauer war (obwohl ihr nach Neals Meinung die Farbe stand und das hinreißende Graublau ihrer Augen betonte).

Einer von der Mannschaft trat in den Salon und meldete Dr. Applewhite, einer der Aussiedler bedürfe dringend seiner Hilfe.

»Um wen geht es denn?«, fragte der Doktor mit vollem Mund.

»Um den kleinen Jungen, Sir.«

Nicht ohne einen wehmütigen Blick auf seinen Teller hievte der Arzt seine Körperfülle aus dem ächzenden Stuhl, entschuldigte sich und verließ hinter dem Matrosen die Tischrunde.

Tief im Bauch des Schiffes, wo über zweihundert Personen im Gestank von Erbrochenem und Fäkalien schliefen, saß Agnes Ritchie im Dunkeln und strich ihrem kleinen Donny immer wieder über den Kopf. Noch vor kurzem war er gesund und kräftig gewesen. Das hatten die Ärzte in London bestätigt.

Weil die Reise nach Australien lang und beschwerlich war, hatte man noch vor dem Ablegen des Schiffs im Rahmen einer Vorsorgeuntersuchung, der sich die Aussiedler zu unterziehen hatten, Schwache und Unterernährte ausgesondert. An Bord durften vornehmlich kleine Familien gehen, besonders solche mit schon etwas älteren Kindern, die nach Ankunft in der neuen Heimat sofort eine Arbeit aufnehmen konnten. In den Kolonien musste jeder arbeiten, von Sträflingen über Siedler bis hin zu Bürokräften. Und keiner war fleißiger als Agnes Ritchie, eine schottische Presbyterianerin mit abgeschlossener Ausbildung zur Weißnäherin und Schneiderin.

In Sydney wartete eine gute Stellung auf sie – mit dem dreifachen Lohn dessen, was sie in Glasgow verdienen konnte. Darüber hinaus wurde ihre Passage bezahlt. Noch im Aussiedlerlager am Hafen, wo sich alle sammelten, bis es Zeit war, an Bord der *Caprica* zu gehen, hatte sie gebangt, dass durch das plötzliche Untertauchen ihres Mannes ihr Billet ungültig gemacht werden würde. Aber die zuständigen Beamten zeigten Verständnis – die Verheißung von Arbeitsplätzen und Land in Übersee sei zwar verlockend, hatten sie gemeint, wenn es dann aber tatsächlich so weit sei, an Bord zu gehen, würden viele einen Rückzieher machen und im Lande bleiben. Dies genau hatte Andrew, Agnes' Mann, getan; er hatte sie noch gebeten, mit ihm wieder nach Schottland zurückzukehren, und als sie ablehnte, war er einfach abgetaucht. Er hatte nicht einmal versucht, ihren Sohn Donny mitzunehmen, wohl weil er annahm, dass es der Junge in Australien besser haben würde als wieder auf der Farm, die seit drei Jahren nichts mehr abwarf.

Die Beamten hatten sich des Falls angenommen – hatten das Für und Wider erwogen, eben alles, was es zu bedenken gab, wenn sich eine alleinstehende Frau mit einem kleinen Kind auf eine so weite Reise begab, und ihr letztendlich die Genehmigung für die Reise nach Sydney erteilt, schon weil man in den Kolonien händeringend handwerklich geschickte Frauen wie sie benötigte. Außerdem hatte sie ein gesundes Kind bei sich. Agnes Ritchie hatte also sich und ihren Sohn dem Schutz Gottes anvertraut und samt ihrer in einem kleinen Bündel verstauten Habe das Fallreep der *Caprica* erklommen.

Die ersten vier Wochen waren grauenhaft gewesen. Viele litten an Seekrankheit, es war zu Verbrühungen gekommen und bei starkem Seegang zu Knochenbrüchen und Blutergüssen. Stoisch hatte Agnes all dies als den Willen Gottes hingenommen und ihn Tag und Nacht angefleht, sie und ihren Sohn zu behüten. Und dann hatte diese Krankheit um sich gegriffen, die allgemein »der blutige Ausfluss« genannt wurde, weil sie mit schwerem Durchfall einherging. Sie war kurz nach dem Anlegen an einer Insel, wo frischer Proviant geladen wurde, ausgebrochen. Einige waren krank geworden, hatten sich aber wieder erholt. Dann aber gab es den ersten Toten zu verzeichnen und das erste Begräbnis auf hoher See, und danach griff die Seuche so schnell um sich, dass Panik ausbrach. Die Aussiedler scheuten sich, unter Deck zu gehen, und beharrten darauf, die frische Luft auf dem Hauptdeck sei zuträglicher. Aber selbst nachdem sie sich der Aufforderung des Kapitäns, sich nach unten zu begeben, widersetzt und dort oben auf den Planken niedergelassen hatten, kam es zu weiteren Erkrankungen.

Vier weitere Tote. Vier weitere Seebestattungen. Und dann traf es den kleinen Donny. Er aß nichts mehr.

Der Schiffsarzt sprach von Ruhr. Sie trockne den Körper aus, sagte er, Mrs. Ritchie solle dafür sorgen, dass ihr Junge so viel Flüssigkeit wie möglich zu sich nahm. Aber so viel Wasser sie ihm auch einflößte – sein Zustand wurde zusehends bedenklicher. Donnys Haut war heiß und trocken, die aufgeplatzten Lippen bluteten. Er stöhnte vor Schmerzen.

Seit Tagen und obwohl sie selbst geschwächt war und zusammenzubrechen drohte, wich Agnes nicht von seiner Seite. »Du versäumst den Unterricht«, flüsterte sie und strich ihm übers

Haar. Kapitän Llewellyn hatte nämlich dafür gesorgt, dass alle Kinder der Aussiedler Schulstunden absolvierten. Sie mussten sich jeden Tag auf dem Hauptdeck einfinden, wo sie von einem Lehrer, der ebenfalls zu einem neuen Leben unterwegs war, im Schreiben und Rechnen gedrillt wurden. Jedes Kind bekam eine Schiefertafel und Kreide, und je nachdem, wie der Wind stand, konnte man sie das Alphabet und die Multiplikationstabellen aufsagen hören. Donny Ritchie ging gern in den Unterricht, und seine Stimme war immer am lautesten zu vernehmen.

»Komm schon, Donny, mein Junge, trink etwas.« Er lag seit drei Tagen mehr oder weniger regungslos da, schlug nur die Augen auf und trank, wenn die Mutter ihm gut zuredete.

Diesmal aber wollte Donny Ritchie einfach nicht aufwachen.

»Wird verdammt nochmal Zeit!«, donnerte eine Stimme am anderen Ende des überbelegten weitläufigen Schiffsbauchs. Agnes schaute auf und sah, wie Redmond Brown, ein Kartoffelbauer auf der Flucht vor der Hungersnot in Irland, Dr. Applewhite, der eben eintraf, mit der Faust drohte. »Wie kommt's, dass anders als wir die hohen Herrschaften da oben von der Krankheit verschont bleiben?«, brüllte er.

»Lassen Sie mich bitte vorbei, Sir«, sagte Applewhite und machte den Fehler, den Mann mit der Hand beiseitezuschieben.

Brown verpasste dem Doktor seinerseits einen Schubs, worauf der Matrose, der Applewhite begleitete, Brown am Arm packte und so nachdrücklich wegstieß, dass der Ire hinterrücks in ein großes Fass taumelte, das prompt umkippte und gleich einem gebrochenen Damm seinen Inhalt ergoss.

»Da sehn Sie mal, was Sie angerichtet haben!«, schrie Brown und rappelte sich auf. »Das war unser Trinkwasser!«

Da wegen der Feuergefahr nur wenige Lampen im Zwischendeck brannten, musste sich Dr. Applewhite mehr oder weniger durch die Dunkelheit tasten und seine Leibesmassen zwischen Betten und Kisten und vorbei an Kleiderbündeln, die auf dem Boden lagen oder von oben herabbaumelten, hindurchlavieren. Er gelangte zu dem hölzernen Brett, das Donny als Bett diente, und untersuchte im Licht der schwankenden Laterne das bewusstlose Kind. Als er nach dessen Puls tastete, schwor er sich hoch und heilig, sich nie wieder auf einem Aussiedlerschiff anheuern zu lassen. Und dass er, fügte er für sich noch hinzu, sobald sie in Adelaide anlegten, festen Boden betreten und nie wieder verlassen würde.

Der Steward räumte das kaum angerührte Mittagessen ab, als Mister James den Salon betrat. Die Merriwethers hatten sich in ihre Kabine zurückgezogen, während Neal Scott und Hannah Conroy noch auf Dr. Applewhites Rückkehr warteten. Beide fuhren erschrocken hoch, als der Erste Offizier in seinem marineblauen Uniformrock an ihren Tisch trat.

»Mr. Scott«, sagte James ernst, »können Sie mit einer Waffe umgehen?«

»Wie darf ich das verstehen?«

»Der Zustand des Jungen hat sich verschlechtert. Sollte er sterben, drohen die Aussiedler mit einem Aufstand. Deshalb werden wir jeden Mann brauchen, um das Schiff zu verteidigen.«

Hannah legte sich ihren Schal um die Schultern und machte Anstalten, zur Tür zu gehen. »Ich sehe mal nach, ob Dr. Applewhite meine Unterstützung braucht.«

Mister James, der im Begriff war, Neal eine Pistole auszuhändigen, versuchte sie zurückzuhalten. »Sie werden doch nicht da runtergehen wollen, Miss. Das ist wahrlich kein Ort, an dem sich eine Lady aufhalten sollte.«

Aber Hannah schenkte den Worten des Offiziers keine Beachtung und ging. Neal folgte ihr.

Vom Achterdeck aus, über dem sich ein blauer Himmel wölbte und eine steife Brise die Segel blähte, sahen sie die finster dreinschauende Menschenmenge auf dem Hauptdeck. Ihr Schweigen wirkte bedrohlich. Kapitän Llewellyn in seiner langen dunklen Uniformjacke über weißen Hosen, die dunkelblaue Schirmmütze verziert mit den goldenen Tressen, die ihn als Kommandanten der *Caprica* auswiesen, stand einer zerlumpten Meute gegenüber, die zu erkennen gab, dass sie nichts mehr zu verlieren hatte. Neben Llewellyn hatten sich Matrosen der Handelsmarine in Hosen mit weitem Schlag und weißen Hemden mit eckigem Kragen aufgebaut. Da sie ihr langes Haar zum Pferdeschwanz gebunden und mit Teer beschmiert hatten, um zu vermeiden, irgendwo auf dem Schiff damit hängenzubleiben, nannte man diese Männer Teer-Jacks. Sie schienen, dachte Hannah, hart im Nehmen zu sein, waren aber dem wütenden Mob bestimmt nicht gewachsen.

Neal schob sich die Pistole in den Gürtel, fasste Hannah beschützend am Arm und führte sie unter den misstrauischen Blicken der Menge den Niedergang hinunter. Im übelriechenden Bauch des Schiffes angelangt, warnte ein Matrose: »Passen Sie auf, wo Sie hintreten, Miss. Ein Fass mit Trinkwasser ist umgekippt. Der Boden ist rutschig.«

»Ah, Miss Conroy«, sagte Dr. Applewhite, als Hannah und Neal an Donnys Lager traten. »Schön, dass Sie mir helfen wollen. Es gibt drei neue Fälle, um die ich mich kümmern muss. Sorgen Sie dafür, dass der Junge wieder zu Bewusstsein kommt, und verabreichen Sie ihm so viel Wasser, wie er trinken kann. Das muss rund um die Uhr geschehen, wenn wir ihn retten wollen.«

Als Hannah den völlig reglos daliegenden Jungen und seine eingesunkenen Augen sah und als sie seinen kaum zu ertastenden Puls fühlte, musste sie an die Ruhrepidemie denken, die seinerzeit in Bayfield geherrscht hatte. Für sie stand fest, dass der Junge nicht wiederbelebt werden konnte und folglich der Flüssigkeitsmangel zu seinem Tod führen würde. Als sie dies Applewhite sagte, meinte der Arzt: »Nicht doch, über kurz oder lang kommt der Junge wieder zu sich. Ganz bestimmt. Mit Hilfe von dem hier.« Damit entnahm er seiner Arzttasche ein mit einem Korken verschlossenes Fläschchen.

Applewhite entkorkte das Fläschchen, schob seinen Arm unter Donny und hob ihn hoch. Dann bewegte er das Fläschchen unter seiner Nase hin und her. Und tatsächlich schlug Donny gleich darauf die Augen auf und atmete tief ein. Sofort verkorkte Applewhite das Fläschchen wieder und setzte einen Blechbecher an Donnys Mund, behielt ihn so lange dort, bis der Junge ein paar Schlucke getrunken hatte. Als Donny wieder die Augen schloss, ließ Applewhite ihn in das verschmutzte Bettzeug zurücksinken und sagte zu Hannah: »Dies hier nennt sich Salmiakgeist. Wird aus Ammoniumkarbonat gemacht, einer Verbindung, die die Lungentätigkeit anregt und die Atemreflexe reizt, was wiederum dazu führt, dass der Patient zu sich kommt. Ein kleiner Trick, den ich mir in Indien angeeignet habe.«

Hannah war verblüfft. Ihr Vater hatte für sein Riechsalz normales Speisesalz verwendet und es mit einem Dutzend Tropfen Lavendel versetzt. Es wäre bei Weitem nicht stark genug gewesen, um Donny Ritchie wiederzubeleben.

Als Hannah vorschlug, den Jungen nicht länger im Frachtraum zu lassen, stimmte Applewhite zu. »Lassen Sie ihn in meine Kabine bringen. Die Krankenstube verfügt über eine Koje und ist mit einem Bullauge ausgestattet, das frische Luft hereinlässt.« Er händigte ihr das Fläschchen mit dem Riechsalz aus und sagte: »Klopfen Sie dem Jungen auf die Wangen, bis er wieder ganz zu sich kommt, und zwingen Sie ihn dann, Wasser zu trinken. So viel er verträgt und solange es ihm nicht wieder hochkommt. Halten Sie sich daran, Miss Conroy. Sorgen Sie dafür, dass er wach bleibt, zwingen Sie ihn immer wieder zu trinken. Ich kümmere mich inzwischen um die neuen Fälle.«

In diesem Augenblick sank Agnes in sich zusammen. Neal hob sie auf und bettete sie behutsam in eine Nische. Als er sich zum Gehen wandte, packte sie ihn erstaunlich kräftig bei der Hand. »Passen Sie gut auf meinen Jungen auf«, flüsterte sie. »Er ist alles, was ich habe. Seinetwegen habe ich diese Reise auf mich genommen. Ohne ihn ist mein Leben sinnlos.« Obwohl der übelriechende Frachtraum nur schwach erhellt war und das Schiff ächzte und knarrte, war Neal von Agnes' weit aufgerissenen, flehenden Augen aufs Tiefste beeindruckt. Wie gebannt stand er da, verspürte unversehens in seinem Inneren ein unerklärliches Beben, das ihn erschütterte.

Dr. Applewhite trat hinzu. »Jetzt, da Ihr Junge in guten Händen ist, Madam, müssen Sie an sich selbst denken.« Er winkte einen Bootsmann vom Niedergang herbei. »Sie da! Machen Sie noch ein Fass mit Trinkwasser auf!«

Als Neal das Kind auf die Arme nahm, hörte er Mrs. Ritchie mit schwacher Stimme flehen: »Barmherziger Gott, hol lieber mich als ihn.«

3

In dem winzigen Abteil, das an die Kabine des Doktors grenzte, füllte die eine Wand eine schmale Koje aus, auf der anderen befanden sich Schränke und Regale, die vollgestopft waren mit allem, was für eine medizinische Versorgung benötigt wurde. Alles in allem war es im Raum derart beengt, dass Neal Mühe hatte, Donny in die Koje zu betten. Dann machte er Hannah Platz. Sie kauerte sich neben den Jungen und klopfte ihm, wie von Dr. Applewhite demonstriert, auf die Wangen. »Ich weiß nicht, wie lange ich das durchhalte«, meinte sie, während sie das Riechsalz unter Donnys Nase hin und her bewegte. Als Donny unversehens aufwachte und nach Luft schnappte, setzte sie ihm den Wasserbecher an die Lippen. Der Junge trank mit geschlossenen Augen, sank dann in ihren Armen zusammen. »Eigentlich ist das brutal. Aber anders kriege ich kein Wasser in seinen Körper. Und wenn er nicht genug trinkt, wird er unweigerlich sterben.«

Sie wandte sich Neal zu, der sich immer wieder umschaute. »Was ist denn, Mr. Scott?« Und als er schwieg und weiterhin in den Gang starrte, so als lauerte dort Gefahr, wiederholte sie: »Mr. Scott, was haben Sie denn?«

»Entschuldigung«, stammelte er und riss sich zusammen. »Ich hab nur nachgedacht … Agnes Ritchie … über etwas, was sie geäußert hat.«

»Was denn?«

Angestrengt kräuselte er die Stirn, war nicht in der Lage, seine Gefühle in Worte zu fassen. Aus für Neal unerklärlichen Gründen hatte die Schottin ihn tief im Herzen, in seiner Seele berührt.

Noch nie war ihm so etwas widerfahren. Er konnte die Erinnerung an ihre großen Augen, ihre flüsternd vorgebrachte Bitte an Gott einfach nicht abschütteln.

»*Hol lieber mich als ihn …*«

»Miss Conroy«, sagte er unvermittelt, selber verblüfft über das, was ihm da gerade durch den Kopf schoss. »Ich möchte gern etwas versuchen, allerdings brauche ich dazu Ihre Hilfe.« Er wunderte sich selbst über das, was er da sagte, über das gewagte Experiment, auf das er von einer Sekunde zur anderen verfallen war. Es hatte mit Donny und seiner Mutter zu tun, aber da war noch etwas anderes, ein bislang unbekanntes Gefühl, das in ihm aufwallte, das er nicht benennen konnte und das ihm klarmachte, dass er einer spontanen Eingebung folgte. Er musste einfach so handeln. Den Grund dafür würde er später herauszufinden suchen.

»Ich würde gern das Porträt des Jungen fotografisch ablichten.«

»Porträt!«

Je klarer ihm sein Vorhaben vor Augen stand, umso hastiger drängte es aus ihm heraus. »Vor zwei Jahren erlitt das Kind eines Nachbarn durch die Kollision mit einem Lastwagen tödliche Verletzungen. Der Fahrer flüchtete. Die Mutter war untröstlich, an dem Tag, da ihr Kind beerdigt wurde, versuchte sie, sich das Leben zu nehmen. Unter den Trauernden befand sich auch ein Fotograf – Sie haben schon mal was von Fotografie gehört, Miss Conroy?«

Sie nickte.

»Der Fotograf fertigte ein Porträt des im Sarg liegenden toten Kindes an, und – es war wie ein Wunder, Miss Conroy. Für die verzweifelte Mutter war dieses Porträt ein so großer Trost, dass sie ab sofort alle Gedanken an einen Selbstmord weit von sich wies.«

»Donny ist aber nicht tot!«

»Noch nicht. Aber sollte dieser Fall eintreten, Miss Conroy, ist nicht auszuschließen, dass Mrs. Ritchies Kummer darüber so groß ist, dass es hier an Bord zu einer Rebellion kommt. Ein fotografisches Porträt könnte der armen Mutter Trost spenden und dazu beitragen, den Aufruhr zu unterdrücken. Ich würde Donny lieber ablichten, solange er noch am Leben ist. Nicht als Toten. Mrs. Ritchie würde den Unterschied erkennen.«

Hannah sah ihn verunsichert an. »Sie meinen wirklich, dass ein Porträt …«

»Ich verfüge über die entsprechende Ausrüstung«, fiel er ihr ins Wort, fragte sich allerdings, wie das, was er vorhatte, auf einem Schiff, das ständig in Bewegung war, gelingen sollte. »Nicht zuletzt über eine Kamera.«

»Wie viel Zeit nimmt das in Anspruch? Ich muss den Jungen doch wachhalten und ihn zum Trinken bringen.«

»Er darf sich fünfzehn Minuten lang nicht bewegen.«

»Und wie wollen wir das bewerkstelligen?« Sie blickte auf das bewusstlose Kind. Donnys Kopf rollte im Einklang mit den Schaukelbewegungen des Schiffs mal zur einen, dann zur anderen Seite. »Der Bürgermeister von Bayfield hat sich auch fotografieren lassen. Das gesamte Dorf hat dabei zugeschaut, wie er starr und steif und den Kopf mit einem Klemmbügel fixiert dasitzen musste, weil man ihm eingeschärft hatte, sich für die gesamte Dauer der Sitzung mucksmäuschenstill zu verhalten.«

»Ich weiß.« Neal rieb sich die Hände. »Aber vielleicht schaffen wir es ja irgendwie, erst Donnys Kopf und dann meine Kamera so zu stabilisieren, dass die Bewegungen des Schiffs mit denen des Jungen und der Kamera synchron sind. Das wäre dann in etwa so, als würde sich nichts bewegen.«

Viel wichtiger war jedoch, für das richtige Licht zu sorgen. »Kann man das Bullauge in Ihrer Kabine, wenn es geöffnet ist, feststellen, Miss Conroy? Bei meinem geht das nämlich nicht. Das blöde Ding schlägt immer wieder zu, und wir brauchen nun mal zehn Minuten Sonnenlicht, um von dem Negativ ein Positiv zu machen.«

»Ja«, sagte sie, ohne zu verstehen, wovon er sprach.

»Wir müssen uns beeilen.«

»Sagen Sie mir, was ich tun soll«, gab sie zurück.

Es blieb ihnen nicht viel Zeit. Die Aussiedler auf dem Hauptdeck wurden zunehmend aufsässiger. Lautes Geschrei war zu hören und wilde Drohungen. »Ich hole meine Ausrüstung«, sagte Neal.

Inzwischen befeuchtete Hannah ihr Taschentuch und drückte es Donny auf die Lippen. Sie betrachtete sein bleiches, friedlich entspanntes Gesicht. Falls er starb, so viel stand fest, würde es auf der *Caprica* zu einem blutigen Aufstand kommen.

Ausgerüstet mit Kamera und Stativ, zwängte sich Neal wieder in die Krankenstube, ließ der Enge wegen die Tür offen. »Seit Jahren beschäftigen sich Geologen damit, Skizzen von Felsschichten und Gesteinsformationen anzufertigen«, führte er aus, während er seine Gerätschaft in Stellung brachte, »*ich* dagegen bin der Meinung, dass die neue Technologie, fotografische Bilder nämlich, die Wissenschaft revolutionieren wird. Geologen sind dann in der Lage, jede Einzelheit ganz genau festzuhalten. Mögliche Irrtümer werden dadurch ausgeschaltet. Deswegen hat mir die Kolonialregierung ja auch diese Stellung angeboten. Ich soll vom Schiff aus fotografische Aufnahmen von der Westküste Australiens machen.«

Während die *Caprica* rollte und knirschte, stabilisierte Neal das hölzerne Kameragehäuse mit Hilfe von Schnüren auf dem Stativ und richtete dann die Linse auf das Kind. Hannah ihrerseits löste ein Band aus ihrem Haarknoten, legte es Donny quer über die Stirn und verknüpfte die Enden fest mit dem Bett, um zu verhindern, dass der Kopf des Jungen weiterhin von einer Seite zur anderen rollte. Abschließend drapierte sie Donnys Stirnlocke über das Band, dessen Enden sie in den Falten des Lakens verbarg. Sowohl Hannah wie auch Neal bereitete bei ihren Vorbereitungen insgeheim Sorge, was passieren könnte, wenn ihre guten Absichten fehlschlugen. Was, wenn ein fotografisches Bild ihres Kindes bei Mrs. Ritchie eine derartige Hysterie auslöste, dass sich das Hauptdeck in ein Schlachtfeld verwandelte?

Obwohl Neal vollauf damit beschäftigt war, die Kamera am Fußende der Koje zu stabilisieren, entging ihm nicht, wie sich Hannahs schlanke Gestalt über das Kind beugte, wie sie ihm mit einer zärtlichen Geste den Puls fühlte, in seinem Gesicht forschte, seinen kaum wahrnehmbaren Atemzügen lauschte. Ihr Haar hatte sich auf einer Seite gelöst, fiel ihr über die Schulter und ließ sie ein wenig derangiert aussehen, was seltsamerweise direkt erotisch wirkte.

Jetzt klappte Neal die horizontale Glasscheibe im Bullauge hoch, um das Tageslicht einzulassen. Er warf Hannah einen Blick zu. Sie nickte. Beide waren bereit.

Aus seinem Vorrat an Fotopapier, den sich Neal in London zugelegt hatte und unter der Koje in seiner Kabine verstaute, hatte er bereits ein Blatt mit Gallussäure und Nitrat bestrichen und dann in einen hölzernen Rahmen gespannt, den er jetzt hinten in das große Kameragehäuse schob. Nun bewegte er den hinteren Teil der Kamera so lange hin und her, bis sich im Sucher Donnys Gesicht abzeichnete. Als Nächstes nahm Neal die Verschlussklappe aus Messing vor der Linse ab und sah auf seine Taschenuhr. Fünfzehn Minuten würde die Aufnahme in Anspruch nehmen.

Hannah ließ Donny nicht aus den Augen. Sie hoffte inständig, nichts zu tun, was sich nachteilig für ihn auswirken konnte. Waren fünfzehn Minuten, in denen er kein Wasser bekam, etwa zu lange? Sie gestand sich ein, dass sie Angst hatte. Und die Stille in der engen Kabine steigerte diese Angst noch mehr. Sie schaute zu Neal Scott hinüber, der den Blick auf seine Uhr richtete. »Ihre Mutter scheint Ihnen sehr nahezustehen«, merkte sie an.

Sein Kopf fuhr hoch. »Wie bitte?«

»Weil Sie sich so viel Mühe machen, um Mrs. Ritchie zu besänftigen. Sie erwähnten, sie habe etwas gesagt … vielleicht etwas, womit sie Sie an Ihre eigene Mutter erinnert hat.«

Er starrte sie an, spürte, wie um ihn herum das Schiff knirschte und ächzte, spürte, wie es hin und her schaukelte, während mit jeder Minute, die verstrich, im Inneren des Kameragehäuses Donnys Gesichtszüge festgehalten wurden. Würde er es über sich bringen, Miss Conroy die Wahrheit zu sagen?, überlegte er. *Wenn ich mich Annabelle eher anvertraut hätte, wäre es dann anders gekommen?*

Wäre Annabelle die Wahrheit bekannt gewesen, ehe Neal um ihre Hand anhielt, dann hätte sie ihm nicht den Verlobungsring vor die Füße geworfen, und ihr Vater hätte ihn nicht wegen Bruch eines Eheversprechens und Rufschädigung seiner Tochter verklagt, und die ganze hässliche Geschichte, die für Neals Gönner Josiah Scott so beschämend und peinlich gewesen war, wäre nie passiert.

Er sah Hannah an, die auf dem Kabinenboden neben Donnys Bett kauerte und ihn mit diesen von dunklen Wimpern und zart geschwungenen Brauen gerahmten perlmuttfarbenen Augen unverhohlen anschaute …

Auf einmal empfand Neal es als ungemein wichtig, Miss Conroy offen und ehrlich Rede und Antwort zu stehen. »Eine enge Beziehung zu meiner Mutter habe ich nicht, Miss Conroy«, stellte er richtig. »Ich weiß nicht einmal, wer meine Mutter war. Ich bin ein Findelkind.«

Er legte eine kurze Pause ein, damit Miss Conroy die Tatsache verdauen konnte, dass er ihr gerade auf höfliche Art zu verstehen gegeben hatte, dass er ein Bastard war.

»Verstehe«, sagte sie leise.

Neal warf erneut einen Blick auf seine Taschenuhr. »Vor fünfundzwanzig Jahren kam ein junger Anwalt namens Josiah Scott aus seiner Kanzlei in Boston nach Hause und sah eine Wiege vor seiner Haustür stehen. Eine kunstvoll aus Eichenholz gefertigte Wiege mit Verdeck. Ich war wenige Tage alt und in ein Taufkleid aus weißem Satin gehüllt, das mit einer perlendurchwirkten Spitze gesäumt war. Ein Briefchen lag bei, mit dem Josiah Scott gebeten wurde, mich in einer liebevollen Familie unterzubringen. Da Josiah Scott jedoch meinte, derjenige, der mich da ausgesetzt hatte, könnte es sich vielleicht anders überlegen und zurückkommen, behielt er mich bei sich. Aber Wochen und Monate vergingen, ohne dass jemand nach mir fragte, und während dieser Zeit entwickelte Josiah Scott Zuneigung zu mir. Er zog mich auf, dann adoptierte er mich und gab mir seinen Namen.«

Neal hob den Blick von seiner Uhr. »Für mich war es eine

glückliche Fügung. Josiah Scott ist ein freundlicher und hochanständiger Mensch. Er hat nie geheiratet. Nur er und ich, das war's. Wir kamen gut miteinander aus.« Erneut verfolgte er, wie die Sekunden, die Minuten auf dem Zifferblatt verrannen, sah förmlich vor sich, wie das chemisch präparierte Papier im Inneren der Kamera zum Leben erwachte, dachte an einen unverheirateten jungen Anwalt, dem unversehens ein Säugling ins Haus geschneit war.

»Haben Sie je in Erfahrung bringen können …«, hob Hannah an, brach aber gleich wieder ab, um nicht zu neugierig zu erscheinen.

Neals Hemmungen, über das Thema zu sprechen, schwanden. »Ich hatte vor, nach meinen leiblichen Eltern zu forschen. Da sie aber keinerlei Hinweise zurückgelassen hatten, schloss ich daraus, dass sie nicht aufgespürt werden wollten. Außerdem hatte ich keinen Schimmer, wo ich mit der Suche nach ihnen beginnen sollte. Seither sind fünfundzwanzig Jahre vergangen.«

»Sie wissen demnach auch nicht, ob Sie Geschwister haben?«

»Keine Ahnung.« Er räusperte sich und schaute sie an. »Und Sie, Miss Conroy? Haben Sie Geschwister?«

»Ich hatte einen älteren Bruder und zwei jüngere Schwestern, aber alle drei sind an Diphtherie gestorben. Da mittlerweile auch meine beiden Eltern tot sind, stehe ich ganz allein da.«

In der engen Kabine trafen sich ihre Blicke. »So wie ich«, sagte Neal leise.

Gleich darauf besann er sich wieder darauf, den Ablauf der Zeit im Auge zu behalten.

Der Sekundenzeiger seiner Uhr sprang von einem Strich zum nächsten, derweil die *Caprica* stampfend ihrem Kurs folgte. Klirrende und schmatzende Geräusche aus der Takelage wehten durch das offene Bullauge. Schwere Schritte waren vom darüber liegenden Deck zu hören. Noch zwei Minuten. Neal dachte an die wütenden Aussiedler, die drauf und dran waren, es mit der Mannschaft der *Caprica* aufzunehmen. Hannah dagegen musterte besorgt Donnys Gesicht, seine aufgeplatzten Lippen. War es falsch, was sie und Neal taten? Der kleine Junge benötigte dringend Wasser.

»Eigentlich, Miss Conroy«, sagte Neal und fand es eher merkwürdig, warum es ihn drängte, ihr das zu erklären, »eigentlich bin ich ein ausgemachter Glückspilz.«

»Wie das, Mr. Scott?«

»Den meisten Menschen wird mit ihrer Geburt eine gewisse Richtung für ihr Leben vorgegeben. Kaum haben sie das Licht der Welt erblickt, werden Erwartungen an sie gestellt, und nur wenige können sich aus diesen Zwängen befreien. Mir dagegen sind derlei gesellschaftliche und familiäre Anforderungen erspart geblieben. Josiah Scott zog mich auf, um mich das werden zu lassen, was ich werden wollte. An dem Tag, da ich den Wunsch äußerte, die Universität zu besuchen und ein wissenschaftliches Studium aufzunehmen, lehnte er dies aus keinem der üblichen Gründe ab – dass ich den Familienbetrieb übernehmen oder in seine Kanzlei eintreten müsste. Und als ich ihm dann sagte, ich hätte Lust, nach Australien zu gehen und diesen neuen Kontinent zu erforschen, brachte er nichts von dem vor, was man jungen Männern gemeinhin sagt, um sie davon abzuhalten, dem Ruf der großen, weiten Welt zu folgen. Stattdessen gab er mir seinen Segen. Da! Das reicht!«, rief Neal aus, klappte seine Taschenuhr zu und verschloss die Linse der Kamera wieder mit dem Messingdeckel. »Jetzt muss alles schnell-schnell gehen.«

Rasch baute er die Apparatur ab, schlüpfte leise aus dem Krankenraum und verzog sich in seine Kabine.

Hannah löste das Band, mit dem sie Donny fixiert hatte, und brachte rasch ihre Frisur wieder in Ordnung, dann hielt sie dem Jungen das Riechsalz unter die Nase. Er wachte auf, nahm diesmal mehrere Schluck Wasser zu sich, schien etwas länger bei Besinnung zu bleiben. Nachdem sich Hannah vergewissert hatte, dass Donny es in seiner Koje bequem hatte, suchte sie ebenfalls ihre Kabine auf, um Platz zu schaffen und ihr geöffnetes Bullauge festzuhaken, wie Mr. Scott es verlangt hatte.

Im Halbdunkel seiner eigenen Kabine nahm sich Neal, nachdem

er Schutzkleidung angelegt hatte, das dünne, halb transparente Papier vor, welches das Konterfei von Donny Ritchie eingefangen hatte, und tauchte es, um es zu fixieren, in eine Lösung aus Kaliumbromid. Dann drückte er das Blatt in einen Glasrahmen, der mit stärkerem und lichtempfindlichem Papier bestückt war, ehe er sich damit in Hannahs Kabine begab, wo er die gerahmten Papiere dem Sonnenlicht aussetzte, das durch das Bullauge drang. Jetzt hieß es, zehn Minuten zu warten.

Gespannt verfolgte Hannah, wie Neal, angetan mit einer Schutzbrille, Gummihandschuhen und einer Gummischürze, den Glasrahmen auf ihrem Schiffskoffer absetzte, wo das Licht am intensivsten war. Auf ihren fragenden Blick hin begründete er seine Verkleidung: »Chemikalien, wie sie beim Belichtungsprozess verwendet werden, können ziemlich aggressiv, ja sogar gefährlich sein.«

Nach erfolgter Belichtung suchte Neal mitsamt dem Rahmen schleunigst wieder seine Kabine auf, während Hannah nach Donny sah und dort das Ergebnis ihres heimlichen Treibens abwartete.

Bei geschlossener Kabinentür, um kein Licht von draußen eindringen zu lassen, schwenkte Neal das Positiv durchs Wasser, trug eine Schicht Gallussäure und Silbernitrat auf, tauchte es dann in ein Bad mit Natriumhyposulfit. Als er damit fertig war, entledigte er sich seiner Brille und der Handschuhe, tupfte vorsichtig die Fotografie ab und hielt sie, nachdem er sein von Salzwasserspuren fleckiges Bullauge hochgestemmt hatte, ans Licht. Was er sah, verschlug ihm den Atem.

Die Fotografie war vollendet gelungen.

Ganz objektiv überprüfte Neal die Einzelheiten. Das Zusammenspiel von Schatten und Licht war durchaus zufriedenstellend, und dass nichts verschwommen war und sich der Grad der Körnigkeit in Grenzen hielt, höchst erfreulich. Mitsamt der Fotografie begab er sich in die Krankenkammer, wo Miss Conroy Donny einmal mehr kleine Schlucke Wasser verabreichte. Als sie damit fertig war, erhob sie sich und sah ihn erwartungsvoll an.

Er hielt ihr die Aufnahme hin. »Was sagen Sie dazu, Miss Conroy?«

Mit großen Augen starrte sie auf das Bild. »Mr. Scott«, stieß sie aus, »ein Wunder ist das ja!«

Er lächelte. »Nun, es ist schon ein gelungenes Bild.«

»Ein gelungenes Bild?« Wie verzaubert schaute sie ihn mit ihren grauen Augen an. »Mr. Scott, das ist das Schönste, was ich je gesehen habe. Ich wusste gar nicht … Wie friedlich der Junge aussieht. Man käme nie auf die Idee, dass er so krank ist. Mr. Scott, ich sag's nochmals: Sie haben ein Wunder vollbracht!«

Für Neal war es ein eher wissenschaftliches Experiment gewesen, keinesfalls ein Wunder. Als er abermals auf das Abbild von Donny Ritchie blickte, sah er, was Miss Conroy sah: ein engelsgleiches Gesichtchen, die Augen zu friedlichem Schlummer geschlossen, das jungenhaft verstrubbelte Haar, das ihm über die Stirn fiel. Weil die Kalotypie ein Verfahren war, das im Ergebnis nicht die Schärfe aufwies wie eine Daguerreotypie, war Donny Ritchie in einen milden Schein gehüllt, der zu den Rändern hin verschwamm, so dass es aussah, als schwebe er auf einer Wolke. Der Pullover sah nicht ramponiert und verschlissen aus, sondern weich und flauschig wie Lammfell.

»Wunderbar, Mr. Scott!«, wiederholte Hannah, und ihr Lächeln wie auch ihr strahlendes Gesicht brachten ihn schier aus dem Gleichgewicht. Sein Herz pochte ihm bis in die Kehle hinauf. Wie ein süßer Regen ergoss sich ihre Begeisterung über ihn, und ihm wurde bewusst, dass er sich zum ersten Mal seit Jahren wieder rundum glücklich fühlte.

Unvermittelt drang vom Deck her lautes Geschrei an ihr Ohr. Mr. Simms, der Kabinensteward, tauchte im Gang auf und erzählte ihnen, dass Mrs. Ritchie völlig außer sich sei und derart schreie, dass man sie an Deck geschafft und sie dort hingebettet habe. Ihr Jammern indes stachle die Auswanderer umso mehr auf. »Der Kapitän hat Waffen ausgegeben, auch an mich, dabei habe ich zeit meines Lebens noch nie einen Pistolenschuss abgefeuert!«

»Wir könnten die Zeit nicht besser genutzt haben«, raunte Neal

Hannah zu. »Sollen wir Mrs. Ritchie gleich mal diese Fotografie zeigen?«

»Aber ja doch! *Sie* gehen zu ihr. Sie haben das Wunder vollbracht, Mr. Scott. Ich bleibe bei Donny.«

Zwei Seeleute auf dem Achterdeck wollten Neal den Weg versperren. Zu seiner eigenen Sicherheit, wie sie sagten. Aber er ließ sich nicht zurückhalten, bahnte sich den Weg hinunter zum Hauptdeck, durch die Menge hindurch bis dorthin, wo Kapitän Llewellyn einer Gruppe aufgebrachter Männer gegenüberstand.

»Wegtreten, ihr Unruhestifter, oder ich lege euch alle in Eisen.«

»Uns einsperren? Wir sind mehr als zweihundert Leute!«, kam es zurück. »Das schaffen Sie doch gar nicht!« Und mit geballten Fäusten wurde gefordert: »Wir wollen wissen, was Sie gegen die Ansteckungsgefahr unternehmen.«

»Kapitän …«, hob Neal an.

»Sie haben hier nichts zu suchen, Mr. Scott.«

Neal drängelte sich durch zu Mrs. Ritchie, kniete neben ihr nieder und hielt ihr die Fotografie hin. Die Menge verstummte. Was hatte der Gentleman da vor?

Agnes wischte sich die Augen und schaute mit gerunzelter Stirn auf das Papier, auf dem irgendetwas abgebildet war. Sie blinzelte, sah genauer hin, und dann breitete sich auf ihrem Gesicht maßlose Verblüffung aus. Sie öffnete den Mund, ihre Augen wurden kugelrund, ihre verhärmten Züge glätteten sich. »Aber …«, flüsterte sie und griff nach der Fotografie, »das ist ja mein Donny.« Fragend blickte sie Neal an. »Wie haben Sie das gemacht, Sir?«

»Man nennt so etwas eine fotografische Aufnahme, Mrs. Ritchie.«

Agnes sah sich das Bild ganz genau an. »Wie friedlich er aussieht. Als ob er gar nicht krank wäre.«

Man half Agnes, sich aufzurichten, und gleich darauf umringte man sie, um einen Blick auf das Bild zu erhaschen. Schon wanderte das Konterfei von Hand zu Hand, wurde mit überschwänglichem Lob bedacht. Viele, die noch nie eine fotografische Aufnahme gesehen hatten, drehten das dicke Papier um, wollten ergründen, wie das Bild entstanden war.

Lächelnd verfolgte Neal, wie das Porträt die Runde machte und dann wieder bei Agnes Ritchie landete, die sich an Donnys Gesicht nicht sattsehen konnte. Die allgemeine Begeisterung und Freude wärmte ihm das Herz wie schon lange nicht mehr.

»Gott segne Sie, Sir«, sagte Agnes Ritchie schließlich mit ihrem breiten schottischen Akzent. »Jetzt weiß ich, dass es mein Donny schafft. Schaun Sie doch mal, wie gesund er hier aussieht. Ihnen, Sir, ist ein Platz im Himmel gewiss, das steht für mich fest.«

Mit Zurückhaltung ließ Neal die Lobpreisungen über sich ergehen, auch die von Kapitän Llewellyn, der erleichtert feststellte, dass die Gefahr einer Meuterei fürs Erste wohl abgewendet war. Allerdings, knurrte er, hänge das noch immer davon ab, ob der Junge überlebte oder nicht. Eilig begab sich Neal wieder an Donnys Krankenbett, um Hannah die Nachricht vom Erfolg ihrer Mission zu überbringen. Er traf dort Dr. Applewhite an, der eben zu Hannah meinte, sie könne jetzt gehen – wogegen sie sich vehement sträubte –, worauf sich Applewhite seinerseits nach erfolgter Untersuchung seines kleinen Patienten zu einer wohlverdienten Ruhepause in seine Kabine zurückzog.

Neal brachte Hannah einen kleinen Holzstuhl, den sie jedoch zurückwies. »Dafür ist kein Platz.«

»Aber Sie können doch nicht die ganze Nacht auf dem Boden hocken, Miss Conroy.«

»Das geht schon, Mr. Scott.«

Er ging und kehrte gleich darauf mit zwei Kissen aus seiner Kabine zurück. »Dann setzen Sie sich zumindest hier drauf.« Dieses Angebot nahm Hannah dankend an, drückte sich die Polster zu einem bequemen Sitz zurecht, nahm, die perlgrauen Röcke um sich herum breitend, darauf Platz.

Neal setzte sich auf den Stuhl, der jetzt im Türrahmen stand, und beobachtete, wie Hannah ihr Ohr an Donnys Brust legte, wo sie sein Herz hören konnte, das wie ein kleiner Spatz flatterte, der in die Freiheit zu entkommen suchte.

»Wie stehen seine Chancen?«, fragte Neal leise und lauschte dem Hämmern seines eigenen Herzens, überwältigt von Gefühlen, die er kaum verstand und nicht zu beherrschen wusste. Mrs. Ritchie hatte etwas in ihm angerührt – das heißt erst Mrs. Ritchie und jetzt Hannah Conroy, die so hingebungsvoll Donny beistand. Neal Scott, Wissenschaftler und Forscher, ein Mann, für den alles im Universum messbar, begrifflich bestimmbar und nach Kategorien zu ordnen war, gelang es nicht, die verstörenden Gefühle, die ihn heute übermannt hatten, zu analysieren.

»Dr. Applewhite zufolge sind die nächsten Stunden entscheidend«, merkte Hannah an. »Wenn es mir gelingt, Donny so oft wie möglich zu wecken und ihn dazu zu bewegen, etwas zu trinken, ist er morgen früh über den Berg. Leider zeigen die Riechsalze bei ihm zusehends weniger Wirkung. Seine Lungen gewöhnen sich offenbar an die chemische Reizung.«

Es fing an zu dämmern. Simms, der Steward, brachte Neal und Hannah ein Abendessen, bestehend aus Würstchen, Kartoffeln und Erbsen, dazu Wein und Brot und Butter. Nachdem er sich nach dem Befinden des Jungen erkundigt hatte, berichtete er von den anderen an Ruhr Erkrankten im Zwischendeck. Alles weniger gravierende Fälle, die wohl durchkommen würden, meinte er. Mit dem vieldeutigen Zusatz »Einzig und allein der Junge macht uns Sorgen« verließ er sie wieder.

Als es dunkel wurde, schlug Neal vor, an Deck zu gehen und ein bisschen frische Luft zu schnappen.

Da Hannah darauf bestand, bei Donny zu bleiben, ihn immer wieder zum Trinken zu animieren und seine erhitzte Stirn zu kühlen, machte sich Neal allein auf, um sich die Füße zu vertreten und sich ein Bild von der gegenwärtigen Situation zu verschaffen. Als er zurückkam, bat Hannah ihn, den Jungen aus der Koje zu heben, damit sie die Laken wechseln könne. Sie stellte fest, dass die Betttücher diesmal weniger verunreinigt waren, was darauf zurückzuführen war, dass Donny sich seit Stunden nicht mehr erbrochen hatte.

»Wie geht es Mrs. Ritchie?«, fragte sie.

»Schon viel besser. Wenn sie trinkt, kommt nichts mehr hoch. Sie schaut unentwegt das Foto an. Ich glaube, das hilft. Und Sie, Miss Conroy, sollten sich jetzt wirklich ein wenig ausruhen. Sie tun Donny keinen Gefallen, wenn Sie vor lauter Müdigkeit schlappmachen.«

»Ja«, kam es leise zurück. Ganz dicht standen sie in der schwach erhellten Kabine einander gegenüber, leicht schwankend im Rhythmus der *Caprica* auf dem sich kräuselnden Meer. Neal strich ihr eine Haarsträhne von der Wange, die sich dorthin verirrt hatte. Sie blickte zu ihm auf, in sein Gesicht, das ihrem so nahe war, dass sie einen Hauch von Rasierseife schnupperte. Der Wunsch, sich an ihn zu schmiegen, stieg in ihr auf, der Wunsch, sich und ihre Erschöpfung ihm auszuliefern, seine Arme um sich zu spüren. Auch Neal hätte sie am liebsten in die Arme geschlossen und an sich gezogen. Aber das durfte nicht sein. Auf der *Caprica* war eine Epidemie ausgebrochen, und noch immer stand zu befürchten, dass es zu einer Meuterei kommen würde. Dieser Augenblick, diese Nacht war alles andere als geeignet, seinen Gefühlen freien Lauf zu lassen.

Er übernahm die Wache am Krankenbett, Hannah ließ sich auf dem Holzstuhl nieder, wo sie, den Kopf an den Türrahmen gelehnt, fast augenblicklich einschlief. Neal, der sie nicht aus den Augen ließ, dachte an den Albtraum, der Hannah neulich im Schlaf hatte laut aufschreien lassen und von dem er wach geworden war. Was bedrückte sie derart? Etwa der Tod ihres Vaters? Was waren eigentlich die wahren Umstände, die zu seinem Tod geführt hatten? Wenn Hannah von seinem Ableben sprach, drückte sie sich eher rätselhaft aus – »Es waren gesellschaftliche Vorurteile, die ihn umgebracht haben.« Wie können gesellschaftliche Vorurteile einen Mann umbringen?, hätte Neal gern gefragt, und möglicherweise wäre Miss Conroy auch näher darauf eingegangen, aber eigentlich wollte er dieses Geheimnis gar nicht lüften, denn dann liefe er Gefahr, sich zu sehr für sie zu interessieren, sich gar in sie zu verlieben. Und das gestand er sich nicht zu. Für ihn und Miss Conroy gab es keinesfalls gemeinsame Zukunft – sie war eine

Quäkerin, er ein Atheist, sie war von gutbürgerlicher Herkunft, er ein Bastard, sie war von dem Wunsch beseelt, sich als Hebamme niederzulassen, er von einer Abenteuerlust besessen, die so ausgeprägt war, dass er es niemals für längere Zeit an einem Ort aushielt.

Unüberwindliche Hürden.

Deshalb würde er sie nie und nimmer fragen, was es mit ihrem Albtraum und mit dem Tod ihres Vaters auf sich hatte, sondern vielmehr ihre Beziehung als Schiffsbekanntschaft einordnen – was sie ja auch war –, die unweigerlich zu Ende ging, sobald sie in Australien landeten und dreizehnhundert Meilen voneinander getrennt waren.

Kurz vor Tagesanbruch schlug Donny die Augen auf und fragte Hannah, ob sie ein Engel sei. Dann fragte er nach seiner Mutter und erklärte, Hunger zu haben. Hannah verabreichte ihm eine warme Brühe, die Mr. Simms gebracht hatte, und wusch ihm anschließend Gesicht und Hände. Dann nahm Neal den Jungen hoch, und zu dritt begaben sie sich hinauf, dem morgendlichen Sonnenlicht entgegen.

Kaum wurde man auf dem Achterdeck ihrer ansichtig, sprang die Menge, die die Nacht im Freien verbracht hatte, auf und brach in lauten Jubel aus, während die aufgehende Sonne das Meer um sie golden aufleuchten ließ.

4

»Diese Wolkenbank gefällt mir nicht, Mister James«, meinte Kapitän Llewellyn mit Blick auf den sich verdunkelnden Horizont. Durch das Messingfernrohr beobachtete er den aufziehenden Sturm und kam zu dem unerfreulichen Ergebnis, dass ihnen ein Unwetter bevorstand, dem sie nicht ausweichen konnten. Auch ein Hafen, den sie hätten anlaufen können, um dort das Ende des Sturms abzuwarten, war nicht in Sicht.

»Dürfte nicht zu spaßen sein mit diesem da«, sagte der Erste Maat leise. »Und es kommt rasch näher.«

»Sie sagen es, Mister James«, pflichtete ihm der Kommandant der *Caprica* bei.

»Wie lauten Ihre Befehle, Sir?«

Llewellyn taxierte die Ausmaße der Wolkenbank und die Geschwindigkeit, mit der sie sich näherte. »Wir werden uns ihr nicht entgegenstemmen, Mister James. Wir werden sie aussitzen, und möge Gott sich unser erbarmen.«

Der Erste Maat schluckte. Aussitzen hieß so viel wie die Segel einholen und die Pinne leewärts richten, um das Schiff ungehindert im Sturm treiben zu lassen. Unwillkürlich musste er an Betsy denken, seine junge Frau, die mit dem Baby zu Hause in Bristol auf ihn wartete.

»Verbarrikadieren Sie alle Luken und Bullaugen«, wies Kapitän Llewellyn an. »Sichern Sie die Ladung und binden Sie das Vieh an. Überprüfen Sie die Speigatte. Löschen Sie alle Feuer und offenen Flammen. Und tragen Sie dafür Sorge, die Passagiere nicht zu beunruhigen.«

»Aye aye, Sir«, sagte der Jüngere und ahnte, dass, wie er auch, Llewellyn in diesem Augenblick an die *Neptune* dachte, die in diesem Gewässer genau vor einem Jahr bei einem Sturm untergegangen war und über dreihundert Seelen mit sich gerissen hatte.

Llewellyn schaute hinauf zu seinen Passagieren, die sich auf Deck aufhielten und das milde Wetter genossen. Nach problemloser Überquerung des Äquators hatte er sie informiert, dass sie, sobald sie die Doldrums, eine fast windstille Zone, hinter sich hätten, Kurs auf Rio de Janeiro nehmen und von dort aus einen südwestlichen Kurs nach Australien einschlagen würden. Die Doldrums lagen bereits weit zurück, aber auf den bevorzugten südwestlichen Kurs zu gehen, war nicht mehr möglich: Ein Unwetter, wie es Llewellyn wohl noch nie erlebt hatte, stellte sich ihnen in den Weg; es blieb nichts anderes übrig, als sich ihm auszuliefern.

Der Kapitän hoffte inständig, dass sich der Verlust von Menschenleben in Grenzen halten würde.

Reverend Merriwether, der es sich auf dem Achterdeck in einem mit Leinwand bespannten Liegestuhl bequem gemacht hatte, war in eines der vielen Bücher vertieft, die er mitgenommen hatte. Neben ihm hielt seine Frau Abigail eine Strickarbeit. Wie gern hätte sie ihr Korsett aufgeschnürt und sich des hinderlichen Reifrocks samt Unterröcken entledigt! Die Mode, der die Damen in England huldigten, eignete sich nun mal nicht für das subtropische Klima des südlichen Atlantiks. Aber inzwischen hatte sie sich mit den Unannehmlichkeiten, die mit langen Reisen einhergingen, abgefunden, mit dem ständigen Schlingern und Gieren der *Caprica*, dem Knarren und Ächzen, dem Läuten der Schiffsglocke, die die Wachablösung der Mannschaft verkündete, nicht zuletzt mit der schrillen Pfeife des Bootsmanns, wenn er Befehle erteilte.

Sie wünschte sich sogar schon, die Seereise möge nie zu Ende gehen. Die Mission der Aborigines war als »im Niemandsland gelegen, die Eingeborenen laufen fast nackt rum« beschrieben worden. Abigail drängte die Befürchtungen, die sie insgeheim hegte, zurück und richtete ihre Aufmerksamkeit auf ihre Kabinennachbarn. Ihnen schienen die Widrigkeiten von Schiffsreisen nichts auszumachen. Und seit nicht nur der kleine Aussiedlerjunge die Ruhr überstanden hatte, sondern auch alle anderen davon Betroffenen, und es überdies noch zu keinen weiteren Erkrankungen gekommen war, konnte man sich des Eindrucks nicht erwehren, dass sowohl Mr. Scott wie auch Miss Conroy von einem ungewöhnlichen Beschäftigungsdrang beflügelt waren. Auch nähergekommen waren sie sich, stellte Abigail bei emsig klappernden Stricknadeln fest. Es fiel ihr auf, dass Miss Conroy gelegentlich von dem Buch aufsah, das sie gerade las, und den Blick über das Hauptdeck geradewegs auf Mr. Scott richtete, der sich mit Unterstützung mehrerer stämmiger Aussiedler mit irgendeiner komplizierten Sache abmühte. Mrs. Merriwether hatte den Verdacht, dass sich zwischen den beiden jungen Leuten etwas anbahnte. Sie hatte sogar ihrem Mann anvertraut, dass sie es ganz entzückend fände, wenn Miss Conroy und der Amerikaner an Bord des Schiffes heirateten und der Kapitän oder ihr Mann die Trauung vornehmen würde.

So als hätte sie Mrs. Merriwethers Blick gespürt, unterbrach Hannah ihre Lektüre und lächelte der Älteren kurz zu, um dann zum Kapitän zu schauen, der in weißen Hosen und mit Messingknöpfen versehenem langem dunkelblauen Jackett auf der Brücke am Steuerrad stand, seine zu Schlitzen zusammengekniffenen Augen aufmerksam aufs Meer gerichtet. Zuvor hatte sie beobachtet, wie er durch sein Fernrohr gespäht und dem Anschein nach ein ernstes Gespräch mit Mister James geführt hatte. Dass daraufhin der Erste Offizier auffallend eilig die Brücke verlassen hatte, ließ darauf schließen, dass es ein Problem gab. Welches denn? Der Himmel war klar, das Meer ruhig, alles an Bord schien seinen normalen Gang zu gehen.

Hannah blickte zu Neal Scott, der auf dem Hauptdeck an seiner neuen Erfindung arbeitete – einem Stabilisator für seine Kameras, der es ermöglichen sollte, fotografische Aufnahmen auf einem

Schiff zu machen. Einige Aussiedler, mit denen Mr. Scott sich angefreundet hatte, halfen ihm mit Säge und Hammer beim Bau der hölzernen Apparatur, die er in Angriff genommen hatte. Um bei der Arbeit mehr Bewegungsfreiheit zu haben, hatte er seine Jacke abgelegt, so dass man die über Kreuz verlaufenden Hosenträger auf seinem breiten Rücken sah, und die Ärmel seines Hemdes hochgekrempelt. Neal Scott war stämmig gebaut wie die Ringer, die Hannah von Jahrmärkten her kannte und die für Geld gegen Herausforderer aus dem Publikum antraten. Erneut befand sie, dass er von seiner Konstitution her weit besser für körperliche Tätigkeiten geschaffen war als für die abstrakte Arbeit eines Wissenschaftlers.

Sie zwang sich, den Blick von ihm abzuwenden, und nahm sich wieder ihr Buch vor. Seit dem Ausbruch der Ruhr hatte sie Dr. Applewhite bei der Behandlung von Passagieren und Mannschaft zur Seite gestanden. Sie hatte durch ihn ihre medizinischen Kenntnisse erweitert – dass beispielsweise Ingwer in Pulverform bei Seekrankheit half – und ihm sogar assistiert, die komplizierte Fraktur eines Seemanns, der aus der Takelage gefallen war, einzurichten. Bei all den neuen Erfahrungen, die sie sammelte, stellte sich ihr immer wieder eine Frage. Nach Donny traten keine neuen Fälle von Ruhr auf. Es hatte keine weiteren Todesfälle gegeben. Die Ruhr war so unversehens und unbegreiflich verebbt, wie sie ausgebrochen war. Wieso? Welchen Grund gab es dafür?

Hannah hatte, als sie England verließ, die medizinischen Instrumente und das Mikroskop ihres Vaters sowie die gesammelten Aufzeichnungen aus seinem Labor mitgenommen, die seine Forschungen nach der Ursache von Kindbettfieber und entsprechenden Heilmitteln enthielten. Bislang hatte sie es zwar noch nicht über sich gebracht, diese Unterlagen durchzugehen, da sie, wie zu befürchten stand, nur schmerzliche Erinnerungen wecken würden. Ihre Wissbegier jedoch, der Seuche an Bord auf den Grund zu gehen, gab ihr aber dann doch die Kraft, das Portefeuille ihres Vaters zu öffnen – eine Sammlung loser Blätter zwischen zwei festen Deckeln, das Ganze mit einem Band umschlungen –, in der

Hoffnung, mehr über seine Behandlungsmethoden zu erfahren. Entgegen ihrer Erwartung, auf Heilmittel zu stoßen, auf Anhaltspunkte für die Diagnose und ärztliche Maßnahmen, förderte das Portefeuille rätselhafte Notizen, Gleichungen, Rezepte und noch mehr Fragen zutage. Alles kunterbunt durcheinander. John Conroy, der gewissenhafteste Quäker überhaupt, von ethischen Verhaltensweisen und Moral durchdrungen, umsichtig und unbeugsam, erwies sich bei dem, was er in seinem Labor zu erforschen gesucht hatte, als überraschend plan- und ziellos.

Was Hannah am meisten verblüffte, war eine Frage, die auf der ersten Seite seiner Aufzeichnungen stand und dem Datum nach sechs Jahre alt war: »Was hat meine geliebte Louisa umgebracht?«

Eine merkwürdige Frage, wie Hannah fand, wo er doch gewusst hatte, dass Louisa an Kindbettfieber gestorben war. Genau dieses Fieber war es auch gewesen, was ihn fortan wie ein Besessener nach den Ursachen hatte forschen lassen. Hatte die Frage etwa mit seinen letzten und so kryptischen Worten zu tun, mit »dem wahren Grund für den Tod deiner Mutter«?

Da die Aufzeichnungen des Vaters unverständlich waren, hatte Hannah das Portefeuille beiseitegelegt und versucht, ihren neu erwachten Wissensdurst anderweitig zu stillen. Dr. Applewhite hatte ihr freigestellt, sich aus seiner kleinen Sammlung medizinischer Fachbücher zu bedienen, ein Angebot, dem sie nur allzu gern nachkam. Das Buch, das sie im Augenblick durcharbeitete, trug den Titel *Pathologie & Medizin* von Sir William Upton. Es enthielt so manches für sie bislang Unbekannte.

Wieder schaute sie auf. Noch nie hatte sie sich so leicht ablenken lassen. Bei allem neu erwachten Interesse an Medizin und Forschung musste sie doch immer wieder an Neal Scott denken. Vor allem nachts, wenn sie in ihrer Koje lag und von der Vorstellung umgetrieben wurde, dass der gutaussehende Amerikaner nur durch eine dünne Wand von ihr getrennt war. Dann warf sie sich hin und her, stellte sich seinen muskulösen Körper vor – womit bekleidet? –, ihr Atem stockte, Schweiß brach aus, und wenn sie dann endlich einschlief, geisterte Mr. Scott auch durch ihre Träume.

Einmal mehr überließ sie Sir William Upton sich selbst und spähte zum Hauptdeck hinunter, auf dem bei strahlender Sonne emsig gewerkelt wurde. Neal, der eben seinen neuen Freunden zeigte, wie er die Kamera montiert haben wollte, schwitzte derart, dass ihm das Hemd an seinem Rücken klebte.

Jetzt legte er eine Pause ein, wischte sich den Schweiß vom Nacken und schaute dabei zu Hannah hoch, die mit einer hübschen Seidenhaube sittsam in ihrem Liegestuhl saß und gerade noch rechtzeitig den Blick von ihm abgewandt hatte.

»Verzeihung, Sir, wenn ich Sie kurz sprechen dürfte?«

Der Erste Offizier stand vor ihm, sein Gesichtsausdruck war ernst. »Was gibt's, Mister James?«

»Ich muss Sie bitten, sich nach unten zu begeben, Sir. Eine Schlechtwetterfront hält auf uns zu.«

»Schlechtwetterfront? Wie unangenehm wird's denn werden?«

»Der Kapitän rechnet mit dem Schlimmsten, Sir. Besser, Sie bringen Ihre Kisten in Sicherheit. Und ich wäre Ihnen verbunden, wenn Sie den anderen soweit wie möglich helfen könnten. Vor allem der jungen Dame«, fügte er hinzu und nickte in Richtung Hannah, die bereits ihre Haube gegen den Wind verteidigte.

Neal eilte zum Achterdeck. Wie von einer Sekunde zur anderen rannten überall Seeleute und andere Mitglieder der Besatzung herum, brüllten Anweisungen, erklommen die Takelage. Offiziere scheuchten die Aussiedler unter Deck. Bis Neal Hannah erreichte, waren Bootsleute bereits damit beschäftigt, die Luken zum Laderaum zu verrammeln.

Der Himmel verfinsterte sich erstaunlich rasch, der Wind nahm an Stärke zu. Matrosen in breitkrempigen Hüten und Gummimänteln hantierten mit Abdeckblechen, Taljereeps und Gordings. Die Merriwethers hatten längst ihre Kabine aufgesucht, um sich und ihre Habe in Sicherheit zu bringen. Da die See zusehends kabbeliger wurde und das Schiff dadurch immer heftiger schaukelte, half Neal Hannah den Niedergang hinunter und begleitete sie zu ihrer Kabine; anschließend vergewisserte er sich, ob seine eigenen Kisten ordnungsgemäß verstaut waren.

In der Kabine der Merriwethers sagte der Reverend soeben: »Meine Ersatzbrille! Sie muss mir auf Deck aus der Tasche gefallen sein. Bin gleich wieder da.«

»Caleb, nein!« Abigail eilte hinter ihm her, wollte ihn zurückhalten. »Das ist zu gefährlich.«

»Wenn meine Brille kaputtgeht und ich keinen Ersatz dafür habe, bin ich in Australien aufgeschmissen«, gab er zurück und bedeutete ihr, wieder in ihre Kabine zu gehen. Aber Abigail ließ sich nicht abschütteln, folgte ihrem Mann, der sich die Stufen des Niedergangs hinaufkämpfte, die Luke aufstieß und einen Blick ins Freie riskierte.

Da es ihm zu waghalsig erschien, bei dem nun heftigen Sturm an Deck seine Brille zu suchen, wollte Caleb Merriwether die Luke schon wieder schließen, als er einen offenbar bewusstlosen Matrosen auf den Planken liegen sah. Genau erkennen konnte Caleb den Mann nicht, da dieser halb hinter einer Rolle Tau verborgen lag. »Grundgütiger Himmel!«, stieß er aus. »Liegt da nicht ein Mann?«

»Caleb, bitte, komm, wir gehen wieder runter!«, flehte Abigail hinter ihm.

Der Missionar mittleren Alters, dessen körperlicher Einsatz seit Jahren darin gipfelte, die Ringelblumen in seinem Garten von Unkraut zu befreien, schätzte mit einem kurzen Blick die Situation ab – die tief hängenden dunklen Wolken, die Gischt, die bis zur Reling hoch schwappte – und traf spontan eine Entscheidung.

Da der Mann, der sich dort an der Taurolle zusammenkrümmte, Gefahr lief, über Bord gespült zu werden, und keiner sonst auf ihn aufmerksam geworden war, zwängte sich Reverend Merriwether ungeachtet der Versuche seiner Frau, ihn zur Umkehr zu beschwören, ins Freie, kämpfte sich über das rutschige Deck, während die *Caprica* sich hob und senkte. Er hoffte inständig, dass der Mann noch lebte. War er von einer Rah gestürzt?

Abigail, die Frisur vom Wind zerzaust, verfolgte entsetzt, wie ihr Ehemann vorwärtsstolperte, zweimal dabei auf den nassen Planken ausrutschte und den wie leblos daliegenden Mann in dem Augenblick erreichte, da ein heftiger Ruck durch das Schiff ging. Verzweifelt sah sie sich nach Hilfe um, aber die Handvoll Seeleute an Deck kämpfte mit Schoten und Leinen, und das Heulen des Windes ließ die Rufe der Missionarsgattin ungehört verhallen.

Noch zweimal stürzte Caleb, bis es ihm gelang, den bewusstlosen Mann, der an der Stirn blutete, am Kragen seines Regenzeugs zu packen und ihn im inzwischen strömenden Regen und der noch höher aufpeitschenden Gischt unter Aufbietung all seiner Kräfte in Richtung Niedergang zu ziehen.

Blanker Schrecken sprach aus Abigails Blick. Sie war überzeugt, die beiden Männer würden jeden Augenblick über Bord gespült werden. Umso verblüffter war sie, als Caleb, bleich und durchnässt und den bewusstlosen Seemann hinter sich her zerrend, die Luke erreichte. Mit vereinten Kräften schaffte das Missionarsehepaar den Mann nach unten und von dort aus in ihre Kabine, wo sie ihn in eine Koje verfrachteten und sicherten. Dann sanken sie einander in die Arme.

In seiner Kabine vertäute Neal gerade an der unteren Koje seine restlichen Kisten und seine Ausrüstung mit Stricken, die ihm Mr. Simms ausgehändigt hatte, als Hannah an der Tür auftauchte. »Brauchen Sie Hilfe, Mr. Scott? Ich habe nur einen Koffer, und der ist gut verstaut.«

»Sie sollten sich nicht hier aufhalten, Miss Conroy. Diese Chemikalien sind sehr gefährlich.« Er bemerkte, dass sich Hannah der hinderlichen Krinoline entledigt hatte und sie mit dem in fließenden Bahnen fallenden Rock sehr viel weiblicher aussah.

»Sie erwähnten, dass sie feuergefährlich sind. Warum löschen Sie dann nicht die Lampe?«

»Sie sind sogar mehr als feuergefährlich. Der Äther, der zum Aufbereiten von Kollodium verwendet wird, ist hochexplosiv.« In Boston, nicht weit von Josiah Scotts Kanzlei entfernt, war ein

Fotograf ums Leben gekommen, als in seiner Dunkelkammer eine Flasche Äther zerbrach und sich die Dämpfe an einer brennenden Kerze entzündeten. An kühlem Ort und ordnungsgemäß gelagert, stellten ätherische Lösungen wie Kaliumcyanid, Ammonium und Silbernitrat hingegen keine Gefahr da. Allerdings wusste Neal nicht, wie sich derlei chemische Flüssigkeiten bei wetterbedingten Turbulenzen verhielten.

»Dann brauchen Sie erst recht Unterstützung.« Entschlossen griff Hannah nach einem Strick und half Neal, ihn um eine Kiste zu schlingen, die die Aufschrift WISSENSCHAFTLICHE INSTRUMENTE – ZERBRECHLICH trug. Als alles gesichert war, warf Neal sein Jackett auf die obere Koje. Just in dem Augenblick, da er eine Ledertasche folgen lassen wollte, schlingerte das Schiff so heftig, dass die Tasche wieder herunterfiel, dabei aufsprang und sich ihr Inhalt auf dem Boden verteilte. Hannah half ihm, alles wieder einzusammeln – Rasierpinsel, Seifenschale, Taschentücher, Kämme. Auch ein smaragdgrünes kleines Glasfläschchen geriet ihr dabei in die Hände. Als sie es ins Licht der über ihr schaukelnden Laterne hielt, sah sie, dass es die Form einer Träne hatte und der lange Hals mit rotem Wachs versiegelt war. Das Fläschchen, sehr flach und nur höchstens zwei Zoll lang, hing an einer hübschen goldenen Kette und schien dazu bestimmt zu sein, um den Nacken getragen zu werden.

Neal verschloss die Tasche und hievte sie in die obere Koje. »So, das wäre geschafft! Und da Mr. Simms gemeint hat, wir sollten uns an unseren Kojen festbinden, begeben wir uns jetzt in Ihre Kabine, damit ich Sie mit einem …« Er brach ab, als er erkannte, was Hannah in der Hand hielt.

»Das ist aus der Tasche gefallen«, sagte sie. »Ganz entzückend, wie ich finde.«

Über sein Gesicht fiel ein Schatten. »Das hat Josiah Scott in der Wiege gefunden, zwischen den Decken, in die man mich gewickelt hatte.«

»Sehr ungewöhnlich, einem Baby so etwas in die Wiege zu legen.«

»Es dürfte meiner Mutter gehört haben. Sie muss es zwischen die Decken geschoben haben, als Andenken. Wahrscheinlich ist es mit einem wahnsinnig teuren Pariser Parfüm gefüllt.«

»Wie kommen Sie denn darauf?«, fragte Hannah erstaunt.

»Über die Jahre hinweg habe ich mir immer mal wieder Gedanken über die Eigentümerin dieses Fläschchens gemacht, warum sie es mir hinterlassen hat, als sie mich vor der Haustür eines Unbekannten ablegte. Ich glaube«, sagte er und war bemüht, sein Gleichgewicht nicht zu verlieren, denn jetzt geriet das Schiff erneut heftig ins Schlingern, »ich glaube, meine Mutter hinterließ mir diese kostbare kleine Flasche als Hinweis darauf, dass ich nicht niederer Herkunft bin, sondern einer Schicht angehöre, die man in Amerika als Aristokraten bezeichnet.«

»Mr. Scott«, sagte Hannah, »dies hier ist kein Parfümfläschchen.«

»Nein? Woher wollen Sie das wissen?«

»Weil für mich kein Zweifel daran besteht, dass dies ein Tränenfläschchen ist.«

»Ein was?« Er wölbte die Brauen.

Das Schiff rollte. Hannah stützte sich an der Wand ab. »Ein Fläschchen, in dem man die Tränen auffängt, die man bei bestimmten Anlässen vergossen hat. Tränen der Trauer oder der Freude.«

»Davon habe ich noch nie gehört.«

»In den Psalmen ist davon die Rede. Als David zu Gott betet, sagt er: ›Fang meine Tränen in einem Gefäß auf.‹ Ein alter Brauch, seit Hunderten von Jahren. Trauernde sammeln ihre Tränen und schenken sie dem, der einen Verlust zu beklagen hat. Ebenso gut kann man auch seine Freudentränen verschenken.«

Sie gab ihm das Fläschchen zurück. »In England ist dieser Brauch sehr beliebt. Die, die trauern, sammeln ihre Tränen in einem Fläschchen, das sie mit einem Verschluss versehen, der porös genug ist, um die Tränen nach und nach verdunsten zu lassen. Sind sie verdunstet, ist die Trauerzeit zu Ende. Dieses Fläschchen hingegen, ist, wie Sie sehen, so abgedichtet, dass die Tränen nicht verdunsten können. Ihre Mutter hat gewollt, dass Sie ihre Tränen Ihr Leben lang bewahren können.«

Verständnislos sah er sie an. »Wollen Sie damit sagen, da drin sind *Tränen* von meiner Mutter?« Er starrte auf das smaragdgrün schimmernde Glas.

»Mr. Scott, Ihre Mutter wollte Ihnen damit zu verstehen geben, dass sie geweint hat, als sie Sie vor Josiah Scotts Haustür ablegte.«

Neal schaute Hannah an und dann wieder auf das Fläschchen in seiner Hand. Mit einem Mal meinte er, keine Luft mehr zu bekommen. »Halten Sie das wirklich für möglich?«

»Ich bin mir dessen ganz sicher.« Sie lächelte.

»Ich … wer ahnt denn so was? Großer Gott«, stieß er aus. Und erneut wurde er von Gefühlen übermannt, die er nicht benennen konnte und die ihn seit dem Tag, da er Donny Ritchie fotografiert hatte, nicht mehr losließen. Mrs. Ritchies flehentliche Bitte, Gott möge *sie* und nicht Donny zu sich holen, hatte Neal tief im Inneren berührt, hatte ihn derart überwältigt, dass er schier Angst vor diesen befremdenden Empfindungen hatte. Seine eigene Mutter hatte ihn im Stich gelassen. Sie hatte Gott nicht gebeten, lieber sie zu sich zu nehmen. Sie war egoistisch, eine Frau, die im Gegensatz zu Agnes Ritchie ihr Kind nicht liebte, sondern sich einfach seiner entledigt hatte. Und genau dies hatte ihn bewogen, das Porträt eines kranken Kindes abzulichten. Nicht um eine hysterische Frau zu besänftigen oder eine Meuterei zu unterbinden, sondern um etwas in seinem Inneren zu beschwichtigen, um sich zu vergewissern, dass nicht alle Mütter so eigennützig waren wie seine eigene.

Jetzt aber … war das Parfümfläschchen nicht länger die teure Spielerei einer eitlen Egoistin, sondern ein Gefäß für ihre Tränen.

Im selben Augenblick bäumte sich das Schiff auf, und Hannah prallte gegen Neal. »Ich muss Sie sichern«, sagte er und schob sich das Tränenfläschchen samt Goldkettchen in die Tasche. »Und dieses Licht sollte auch gelöscht werden.« Er zog die Laterne nach unten und blies die Flamme aus. Sofort hüllte Dunkelheit die beiden ein.

Auch wenn sich der Seegang kurzfristig beruhigte, war damit zu rechnen, dass sich über ihnen die Naturgewalten zusammenbrauten. »Wir müssen in Ihre Kabine«, sagte Neal mit belegter Stimme, ohne Hannah loszulassen, ohne sie loslassen zu wollen, unfähig, sich zu rühren. Was zum Kuckuck war soeben geschehen, in diesen letzten Minuten, in dieser engen Kabine? Wie kam es, dass diese junge Frau mit den graublauen Augen und dem mitfühlenden Lächeln den Schleier von seinen Augen entfernt hatte, von dem er nicht einmal gewusst hatte, dass er da gewesen war?

Seine Mutter hatte ihm ihre Tränen hinterlassen.

Dieser Gedanke bewegte ihn ebenso heftig, wie das Schaukeln der *Caprica* ihn aus dem Gleichgewicht zu bringen drohte. Er schloss Hannah noch fester in die Arme, presste in der völlig dunklen Kabine seinen Mund auf ihr Haar.

Hannah spürte das Unwetter, das sich jeden Moment mit seiner ganzen Wucht über ihnen zu entladen drohte, aber sie konnte sich einfach nicht von Neal lösen. An ihn geschmiegt, spürte sie durch sein Hemd seinen warmen Körper, die ausgeprägten Muskeln, spürte ohne ihren Reifrock seine Beine an ihren – ein sinnliches Prickeln. Sie zitterte. Er zog sie noch fester an sich.

In der Dunkelheit umfasste er ihr Kinn, hob es an. Er beugte sich vor, um sie zu küssen, als der Sturm losbrach und die erste Riesenwelle über das Schiff schwappte.

Von ihrer Wucht wurden Neal und Hannah zu Boden geschleudert. Hannah schrie auf. Neal tastete im Dunkeln nach ihr, fand sie, zog sie an sich.

In den anderen Kabinen und im Laderaum waren Laternen und Kerzen ebenfalls erloschen. Von Todesangst erfüllt und blind wie Maulwürfe lauschten die Passagiere dem Sturmgeheul und dem Ächzen der überbeanspruchten Balken. Mrs. Merriwether klammerte sich an ihren Mann, der, wie um dem heftigen Schlingern Einhalt zu gebieten, mit lauter Stimme betete. Dr. Applewhite flößte sich so viel medizinischen Alkohol ein, dass er von dem Unwetter kaum etwas mitbekam. Und Kapitän Llewellyn, der sich in seine Kajüte zurückgezogen und an seiner Koje festgezurrt hatte, fand, dass er alles in allem auf ein erfülltes Leben auf See zurückblicken konnte.

Als Neal es nebenan ohrenbetäubend krachen hörte, stürzte er hinaus auf den Flur, in dem es so stockfinster war, dass er sich an der Wand entlangtasten musste, um zu Hannahs Kabine zu gelangen. Auf dem Weg dorthin glitt er auf dem bereits überschwemmten Fußboden aus. Kein Zweifel: das Wasser strömte aus Hannahs Kabine. Neal stieß die Tür auf und nahm graues Tageslicht wahr.

Durch das zersplitterte Bullauge drang weiteres Wasser ein.

Hannah, die ihm gefolgt war, schnappte sich eine Decke, um sie in die Öffnung zu stopfen, rutschte jedoch aus, als das Schiff sich aufbäumte. Auch Neal stürzte, landete in der durchfeuchteten Koje. Unaufhörlich schwappte weiteres Wasser ins Innere. »Wir werden alle ertrinken, wenn wir dieses Fenster nicht abdichten!«, schrie Hannah.

Abermals bäumte sich das Schiff auf. Erneut riss es die beiden von den Füßen. Das Licht, das durch das Bullauge drang, ließ erkennen, dass das Wasser in der Kabine bereits sechs Zoll hoch stand.

Da Hilfe nicht zu erwarten war, zerrte Neal die Laken aus einer Kajüte, dann die Matratze, immer gegen die Schlagseite des Schiffs ankämpfend. Urplötzlich wurde die *Caprica* zur anderen Seite und Neal dadurch unwillkürlich vorwärtsgeschleudert, so dass er gegen das Bullauge prallte.

Das Schiff krängte heftig, wodurch so viel Wasser in die Kabine strömte, dass Neal sich auf den Untergang der *Caprica* gefasst machte.

Und dann war Hannah bei ihm, entriss ihm die Matratze, mühte sich ab, sie zum Bullauge hochzuhieven. Nachdem Neal sich gefangen hatte, stemmte er den Rest der unförmigen Masse an Federn und Drell nach oben, und zusammen wuchteten sie die

Matratze in die Öffnung, stopften in die Ecken zusätzliche Laken, so dass die Kabine in völlige Dunkelheit getaucht war.

Das Ächzen und Knirschen der Planken hörte sich an, als würde das Schiff von dem Sturm, der brüllend und tosend das Meer aufwühlte, im nächsten Moment auseinandergerissen werden. »Mr. Scott!«, rief Hannah durch die Dunkelheit. »Sind Sie noch da?«

»Hier bin ich!«, brüllte er und streckte suchend die Arme nach ihr aus. Ihre Hände berührten sich, er zog sie an sich. Als die *Caprica* schlingerte und ihr Bug plötzlich tief in ein Wellental stürzte, warf Hannah die Arme um Neal und klammerte sich an ihn. Sie war völlig durchnässt. Ihr Kleid klebte ihr am Körper, und ihr nasses Haar hing ihr über Rücken und Brüste. Neal spürte, wie sie zitterte.

Sie hielten einander fest, taumelten mal zur einen, mal zur anderen Seite, bis Neal den Türrahmen zu fassen bekam und dort so viel Halt fand, dass er, als sich das Schiff erneut aufbäumte und anschließend senkte, nicht das Gleichgewicht verlor und Hannah, die vor Angst schlotternd das Gesicht an seinem Hals vergrub, weiterhin umschlungen hielt.

Sollte ihr Leben zu Ende gehen? Irgendwo hier, auf hoher See? Neal malte sich ihr von Wasser umspültes Grab aus, das sie in der Tiefe des Meeres erwartete. Er spürte, wie die junge Frau in seinen Armen zitterte. Er presste die Lippen auf ihr nasses Haar und zog sie noch fester an sich. Es war, als wäre die *Caprica* in einen gierigen Schlund geworfen worden und dessen strudelndem Sog hilflos ausgesetzt. Die Wassermassen türmten sich auf, ließen das Schiff wie einen Zweig auf einem reißenden Fluss tanzen, einmal oben auf dem Wellenkamm, dann tauchte es wieder so steil nach unten, dass Hannah aufschrie. Eiskaltes Wasser umspülte ihre Knöchel, sie bohrte die Finger in Neals Nacken und klammerte sich wie an einem Rettungsring an ihm fest.

Als eine gigantische Welle die *Caprica* längsschiffs traf und sie sich so auf die Seite legte, dass man sich auf ihr Kentern gefasst machen musste, zog Hannah Neals Nacken zu sich. Er neigte den Kopf. In der furchterregenden Dunkelheit fanden sich ihre Lippen zu einem langen Kuss, der voller Leidenschaft war, voller Angst und einer letzten, verzweifelten Hoffnung, am Leben zu bleiben.

5

»Land in Sicht, Kapitän. Fremantle querab voraus.«

»Danke, Mister James. Voll und bei, Mr. Olson«, wies Kapitän Llewellyn den Steuermann an.

»Aye aye, Kapitän.«

Passagiere sowie Offiziere und diejenigen der Mannschaft, die nicht im Einsatz waren, fanden sich an Deck ein. Schweigen lag über dem Schiff. Sie und die *Caprica* hatten das Unwetter überlebt, aber die Erinnerung an jene Nacht vor einigen Wochen würde sie ein Leben lang begleiten.

Zum Morgengrauen des darauffolgenden Tages hatte sich der Sturm gelegt. Die Sonne war durch die Wolken gebrochen und hatte ihre Strahlen auf eine schwer beschädigte, aber, wie Kapitän Llewellyn feststellte, weiterhin seetüchtige *Caprica* gerichtet, weshalb er Befehl gegeben hatte, Kurs auf Kapstadt zu nehmen, um dort Instandsetzungsarbeiten durchführen zu lassen. Als Nächstes waren die Auswanderer an Deck gebracht worden, erst um auf den durchweichten Planken niederzuknien und ein Dankesgebet zu sprechen, dann um gezählt zu werden. Sechs waren bei dem Sturm ums Leben gekommen, darunter zwei Kinder. Von der Mannschaft waren acht über Bord gespült worden, während die Offiziere vollzählig antraten, wenngleich einige verletzt.

Der Matrose, für dessen Rettung Caleb Merriwether sein Leben riskiert hatte, hatte das Inferno mit lediglich einem Kratzer am Kopf überlebt.

Und jetzt lag die Westküste Australiens vor ihnen, strahlend und lockend wie ein Leuchtturm der Hoffnung.

Hannah, die im hellen Sonnenschein an der Reling stand, dachte zurück an die Stunden, die sie mit Neal Scott in ihrer Kabine verbracht hatte. Er hatte sie umfangen gehalten, und auch wenn sie mit jedem Atemzug gemeint hatte, es wäre ihr letzter, hatte sie seine Wärme und Stärke gespürt. Und sie dachte daran, wie sie sich geküsst hatten; es war ein Kuss gewesen, der eine Ewigkeit zu währen schien.

Zu einem weiteren Kuss war es nicht gekommen, weder während des Sturms noch danach. Beide hatten kein weiteres Wort darüber verloren. Jeder von ihnen musste diese eine Nacht für sich verarbeiten, sich über seine Gefühle Rechenschaft ablegen und über die neue Situation klarwerden. Denn seit jener Nacht war sowohl mit Neal wie auch mit Hannah eine Veränderung vor sich gegangen.

Neal Scott, der neben Hannah stand, beobachtete, wie sich am Horizont zunehmend deutlicher die Küste Westaustraliens abzeichnete. Auch seine Gedanken kreisten immer wieder um die Nacht, da er Hannah in den Armen gehalten hatte. Der lange Kuss, den sie getauscht hatten, war von Begehren und gleichzeitiger Verzweiflung erfüllt gewesen, sie hatten sich im Bewusstsein des nahen Todes aneinandergeklammert, und dann war es doch anders gekommen. Dass sich jetzt ihre Wege trennen würden, machte ihm zu schaffen. Er wollte mit Hannah zusammenbleiben. Aber das ging nicht; er musste von Bord, während sie weiterfuhr.

Er wollte ihr so viel sagen, aber seit jener Nacht hatte sich keine Gelegenheit für ein Gespräch unter vier Augen ergeben. Das Unwetter hatte Hannahs Kabine derart verwüstet, dass sie notgedrungen bei Mrs. Merriwether eingezogen war und der Reverend von nun an mit Neal die Kabine teilte. Auf dem Schiff hatte emsige Betriebsamkeit eingesetzt, es wurde gehämmert, gesägt und Teer gekocht. Neal und andere körperlich einsatzfähige Aussiedler hatten mitgeholfen, die angeschlagene *Caprica* auf ihrem Weg nach Kapstadt zu reparieren. Hannah hatte ebenfalls alle Hände voll zu tun, sie half Dr. Applewhite bei der Versorgung von Wunden, bei der Behandlung von Infektionen und hysterischen Ausbrüchen. Einzig während der Mahlzeiten verbrachten Neal und Hannah ein paar gemeinsame Minuten, wenngleich in Gesellschaft anderer. Dann warfen sie sich über den Tisch bedeutungsvolle Blicke zu, und das Verlangen, das in der Sturmnacht erwacht war, flackerte erneut zwischen ihnen auf.

Auch die anderen Passagiere belagerten die Reling und verfolgten in andächtigem Schweigen, wie das Festland immer näher kam und wie allmählich das tiefdunkle Meer um einige Schattierungen heller wurde, bis schließlich limonengrünes Wasser weiße Sandstrände umspülte und jenseits davon eine bewaldete Ebene sichtbar wurde, die sich bis hin zu irgendwelchen Bergen erstreckte.

Vor allem das limonengrüne Gewässer war es, das Staunen und Begeisterung hervorrief. Noch nie hatten diejenigen, die von feuchten, nebligen Inseln stammten, etwas derart Überwältigendes zu Gesicht bekommen. Blieb nur zu hoffen, dass es an ihrem Ziel – Adelaide, Melbourne oder Sydney – ebenso schön sein würde.

»Perth«, hob jetzt Mr. Simms, der Steward an, »wurde vor siebzehn Jahren gegründet. Gleich zu Beginn kam es zu feindlichen Auseinandersetzungen zwischen den britischen Siedlern und den Ureinwohnern, den Aborigines. Diese Schwarzen kämpften wie die Löwen um ihr Land, obwohl sie nichts damit anzufangen wussten. Die englischen Siedler hingegen legten Getreidefelder an und betrieben Viehzucht, sie machten sich das Land *zunutze*. Aber die Schwarzen bewiesen keinerlei Verständnis dafür, es kam zu schrecklichen Kämpfen. Inzwischen ist damit Schluss. Als vor drei Jahren ein Häuptling starb, hat sich sein Stamm in die Sumpfgebiete und an die Seen im Norden der Ansiedlung zurückgezogen und seither niemanden mehr behelligt.«

Als keiner etwas dazu sagte, fügte Simms hinzu: »Sie sehen vor sich eine der abgeschiedensten Siedlungen auf Erden. Wussten Sie, dass es von Perth aus näher nach Singapur ist als nach Sydney? Im Sommer ist es hier heiß und trocken, der heißeste Monat ist der Februar.«

»Man stelle sich das mal vor: im Februar ist hier Hochsommer!«, rief Mrs. Merriwether aus.

»Man stelle sich mal vor«, sagte Neal Scott ruhig, »dass sich hier ein Land von drei Millionen Quadratmeilen erstreckt, von dem der größte Teil noch unerforscht ist. Manche vermuten ein riesiges Binnenmeer und dass das, was wir für eine kontinentale Küste halten, eigentlich ein großes Riff ist, welches dieses Binnenmeer umgibt. Andere wiederum vertreten die Meinung, im Herzen Australiens seien die Ruinen antiker Städte zu finden. Beispielsweise die von Atlantis. Oder unbekannte menschliche Rassen. Möglicherweise, sagt man, leben verschollene Stämme Israels hier und haben ein zweites Jerusalem errichtet.«

Hannah konnte es kaum noch erwarten, diese neue Welt zu betreten, ein Land, das erst seit achtzig Jahren besiedelt wurde, keine jahrhundertealten Schlösser aufzuweisen hatte und keine Lords und Ladys mit antiquierten Vorstellungen. Ein Land für einen Neuanfang.

Ein Tender mit acht Ruderern hatte sich vom Festland aus auf den Weg zu ihnen gemacht. Als er längsseits der *Caprica* anlegte, verabschiedeten sich die Merriwethers, nicht ohne Hannah zu einem Besuch auf ihrer Mission einzuladen, sollte ihr Weg sie jemals ins westliche Australien führen. »Wir sind nicht nur bestrebt, die Seelen der Aborigines zu retten, Miss Conroy«, meinte Reverend Merriwether. »Auf der Suche nach der Wahrheit ist uns jeder willkommen.«

Wie Abigail feststellte, war seit dem Sturm ein Ruck durch ihren Mann gegangen. Da sich Caleb in den nachfolgenden Wochen eifrig an den Instandsetzungsarbeiten auf dem Schiff beteiligt hatte, war er um einiges schlanker geworden und hatte umso mehr Muskeln entwickelt. Mit seiner gebräunten Haut bot er nun ein Bild von Gesundheit und Kraft. Abigails Ängste vor dem Leben in einer Mission der Aborigines waren verflogen, seit sie Zeugin der Heldentat ihres Mannes geworden war. So viel Mut und Tapferkeit hatte sie ihm nicht zugetraut.

Die Merriwethers waren Vettern zweiten Grades. Von klein auf stand fest, dass sie eines Tages heiraten würden. Pflichtbewusst hatte sich Abigail gefügt und Caleb fünf Kinder geboren. Eine respektvolle Zuneigung hatte zwischen ihnen bestanden, aber keine Leidenschaft. Und jetzt, da Abigail einem neuen Lebensabschnitt in diesem von der Sonne verklärten Land entgegenfuhr, fand sie die Vorstellung, sich nach dreißig Jahren in ihren eigenen Ehemann zu verlieben, geradezu auf- und erregend.

Als ihr Gepäck in den Tender geladen wurde, nutzte sie die Gelegenheit, Hannah beiseitezunehmen. »Sie sind intelligent und sehr gebildet, Miss Conroy. Aber glauben Sie mir: Männer haben etwas dagegen, wenn eine Frau klüger oder gebildeter ist als sie selbst. Sie müssen lernen, meine Liebe, Ihr Licht unter den Scheffel zu stellen, zumindest bis Sie verheiratet sind.«

»Ich bin nicht nach Australien gekommen, um mir einen Ehemann zu suchen.«

»Sie brauchen aber einen, ob Ihnen das nun gefällt oder nicht«, entgegnete Mrs. Merriwether so nachdrücklich, dass die grauen Löckchen, die aus ihrer Haube hervorspitzten, auf und nieder wippten. »Bei einer Hebamme wird vorausgesetzt, dass sie verheiratet ist und selbst Kinder hat. Es schickt sich einfach nicht, dass sich eine ledige junge Frau mit Vorgängen abgibt, die ins Schlafzimmer gehören. Ihre Fachkenntnisse sind keinen Pfifferling wert, solange Sie noch nicht selbst entbunden haben. Wenn Sie hier einen Fuß auf den Boden bekommen wollen, meine Liebe, müssen Sie erst einmal heiraten.«

Und dann standen Neals Kisten und Ausrüstungskoffer am Ufer und es wurde für ihn Zeit, sich von Hannah zu verabschieden. »Ich habe keine Übung darin, meine Gefühle in Worte zu kleiden«, sagte er gepresst. »Ich kann stundenlang über alles Mögliche reden, nur wenn es um Herzensangelegenheiten geht, ist meine Zunge wie gelähmt. Aber bevor wir uns trennen, Hannah, muss ich Ihnen unbedingt sagen, wie sehr Sie mich beeindruckt haben. Seit dem Tag, da Josiah Scott mir reinen Wein darüber einschenkte, wie ich zu ihm gekommen war, hatte ich für meine Mutter nur Verachtung empfunden. Dass sie mich im

Stich gelassen hat, konnte ich ihr einfach nicht verzeihen. Erst Sie, meine liebe Hannah, haben mich von meiner starrsinnigen Einstellung abgebracht, als Sie mich über dieses Tränenfläschchen aufklärten. Das hat mir die Frau, die meine Mutter ist, von einer anderen Seite gezeigt und in mir den Wunsch geweckt, unbedingt die Wahrheit über meine Geburt und meine Herkunft in Erfahrung zu bringen. Ich habe vor, alle möglichen Stellen anzuschreiben, Behörden, Gemeinderäte, auch Kirchensekretariate. Ich will jetzt einfach wissen, wer meine Mutter ist.«

Über den eigentlichen Grund, weshalb er seine Abstammung in Erfahrung bringen wollte, schwieg er sich aus. Dazu war es noch zu früh. Über gewisse Dinge spricht man erst, wenn der richtige Zeitpunkt dafür gekommen ist. Neal Scott hatte Pläne, aufregende, weitreichende Pläne, in denen es um eine gemeinsame Zukunft mit Hannah ging. Und auch wenn er ahnte, dass Hannah selbst nichts darauf gab, ob er ein Bastard war oder nicht, wusste er, dass andere ganz anders darüber dachten. Die Gesellschaft verachtete unehelich Geborene. Seine Vergangenheit könnte wieder auferstehen und die Gegenwart überschatten, sich sogar auf ihre Kinder nachteilig auswirken. Folglich musste er, ehe er daran denken konnte, ihr einen Antrag zu machen, wissen, wer er war.

Die besten Aussichten, dies herauszubekommen, hätten wohl bestanden, wenn er geradewegs umkehrte, eine Passage auf einem der Schiffe, die im Hafen ankerten, buchte und über England zurück nach Boston fuhr, um dort intensiv die Suche nach seiner Mutter aufzunehmen. Aber das war unmöglich. Er hatte einen Auftrag übernommen. Außerdem wollte er nicht Abertausende Meilen von Hannah getrennt sein. »Der Abschied von Ihnen fällt mir unendlich schwer«, sagte er.

»Mir geht es ebenso«, sagte Hannah leise. Sechs Monate war es her, seit sie in England in See gestochen waren, und sie fand es schrecklich, sich von Neal Scott trennen zu müssen. Am liebsten wäre sie ebenfalls hier von Bord gegangen, hätte nicht der Wunsch, sich in der neuen Welt als Hebamme niederzulassen, die Oberhand gewonnen. Dieser Wunsch war seit dem Sturm noch klarer geworden und hatte sie darin bestärkt, dass es keine Zeit zu verlieren galt.

Sie schaute hinüber zum Festland. Was sie sah, war eine junge Kolonie – ein paar Lagerhäuser unweit der Anlegestelle, Militärbaracken, aus Holz hochgezogene Gebäude, vereinzelte Häuschen und Buden in der Nähe des Ufers. Nicht gerade eine vielversprechende Ansiedlung, um eine Praxis zu eröffnen und gleichzeitig ihrem neu erwachten Interesse nachzugehen, heilend tätig zu werden. Außerdem würde Neal seine Tätigkeit auf einem Forschungsschiff aufnehmen und erst in einem Jahr zurück sein.

»Ich wünsche Ihnen, dass Sie Antwort auf all Ihre Fragen erhalten«, sagte sie. Mochte Neal auch behaupten, dass es ihm, ungebunden wie er sei, frei stehe, hinzufahren, wohin er wolle, und welche Geheimnisse auch immer zu ergründen – Hannah nahm ihm dies einfach nicht ab, sondern vermutete, dass er vielmehr von etwas getrieben wurde, was ihn tief innerlich quälte – dem Geheimnis um seine Herkunft auf die Spur zu kommen, um seinen Platz im Leben zu finden. Sie spürte, dass er nicht eher wirklich frei sein würde, als bis er die Wahrheit über seine Mutter und die Hintergründe seiner Geburt in Erfahrung gebracht hatte.

Sie wollte ihm etwas schenken, etwas Persönliches von sich, zur Erinnerung an ihre gemeinsame Zeit an Bord der *Caprica* und als Zeichen ihrer Zuneigung. Aber sie war sich nicht sicher, ob Derartiges zwischen einer unverheirateten jungen Dame und einem Gentleman angebracht war. Aber galten für Freundschaften, die man auf hoher See schloss, nicht andere Regeln?

Obwohl Neal die Stimme versagte, konnte er sich nicht von Hannah losreißen. Wie sie da in der strahlenden Sonne vor ihm stand, verschlang er sie förmlich mit seinen Blicken, wie um sie im Geiste als Fotografie in seiner Erinnerung festzuhalten: die aufrechte, gertenschlanke Gestalt, das perlgraue Kleid, das die Farbe ihrer Augen betonte, der leicht geneigte Kopf, das dunkle, zu einem Knoten gefasste dunkle Haar, das kleine Hütchen mit dem anmutigen Schleier, der ihre Stirn bedeckte.

Während er sie wie gebannt anstarrte und nichts von dem geschäftigen Treiben um sich herum wahrnahm, durchfuhr ihn eine Erkenntnis. Ganz abgesehen von der Nacht, da sie um ihr Leben gebangt hatten, und abgesehen von diesem einen Kuss, verband ihn mit Hannah etwas Besonderes: Beide entsprachen nicht so ganz den herkömmlichen Vorstellungen der Gesellschaft, in der sie sich bewegten. Neal, weil er ein Findelkind war, eine Tatsache, die er verschweigen musste, weil man sonst nichts mit ihm zu tun haben wollte; Hannah, weil sie medizinische Bücher las, bohrende Fragen stellte und sich aus freien Stücken in Situationen begab, die sich für eine Dame nicht schickten.

Eine recht unkonventionelle junge Dame, in der Tat. Und eine, bei der er ungeachtet seines Schwurs, nie wieder sein Herz an eine Frau zu verlieren, drauf und dran war, genau das zu tun: sich in sie zu verlieben.

»Miss Conroy«, sagte er schließlich, »wenn Sie es nicht für zu aufdringlich halten, würde ich Ihnen gern etwas zur Erinnerung schenken.« Damit griff er in sein Tweedjackett und zog ein zusammengefaltetes, frisch gewaschenes Taschentuch heraus, das an einer Ecke mit den Initialen N. S. bestickt war.

»Danke, Mr. Scott«, sagte sie, und nachdem sie es in ihrer Tasche verstaut hatte, zog sie einen ihrer grau eingefärbten Handschuhe aus und hielt ihn ihm hin. »Und ich würde mich freuen, wenn Sie dafür das hier annähmen.«

Er griff nach dem Handschuh aus Chevreauleder und hatte das Gefühl, als hätte sie ihre Hand in seine geschoben. Wie könnte er sie je wieder loslassen?

Es drängte ihn, Hannah in die Arme zu schließen und seine Lippen auf ihre zu drücken, hier, vor aller Augen, vor der Schiffsbesatzung, den Auswanderern auf der *Caprica*, den Möwen, die über ihnen kreisten. »Auch wenn wir jetzt Abschied nehmen, liebe Hannah«, sagte er leise, »wird es nicht für lange sein. In einem Jahr, wenn mein Vertrag ausläuft, werde ich nach Adelaide kommen, und dort treffen wir uns dann wieder.«

Sie sahen einander in die Augen. Über ihnen strahlte die Oktobersonne, um sie herum im Hafen von Perth herrschte geschäftiges Treiben.

»Dann also bis in einem Jahr«, flüsterte Hannah und dachte daran, was ihr Vater kurz vor seinem Tod gesagt hatte: dass sie – zusammen mit Neal Scott – an der Schwelle zu einer herrlichen neuen Welt stand.

ADELAIDE

Februar 1847

6

»Sie sind noch sehr jung, Miss Conroy«, merkte Dr. Davenport an, während er Hannahs Diplom und die Empfehlungsschreiben des Londoner Krankenhauses studierte.

»Ich bin vor kurzem zwanzig geworden«, gab sie zurück. Wenn sie nur einen Fächer hätte! Es war stickig in der Praxis des Doktors, auch das geöffnete Fenster brachte keine Erleichterung. Statt einer kühlen Brise drang nur noch heißere Luft ein, dazu Staub, Fliegen und der Geruch von Pferdekot. Aber wie alle anderen der vornehmlich britischen Bewohnerinnen Adelaides hätte Hannah um nichts auf der Welt auf ihr eng geschnürtes Mieder und den Reifrock verzichtet. Mr. Simms, der Kabinensteward auf der *Caprica*, hatte zu Recht den Februar in Australien als besonders heiß bezeichnet.

Wie mochte es Neal Scott im Westen des Kontinents ergehen, wo die Sonne dem Vernehmen nach noch glühender als hier im Süden brannte? Vier Monate war es her, seit sie sich in Perth Lebewohl gesagt hatten, und seither dachte Hannah täglich an ihn. Sie hoffte inständig, dass es ihm gutging und er wie versprochen in acht Monaten nach Adelaide kommen würde.

»Und Sie sind *nicht* verheiratet?« Dr. Davenport warf ihr über die Brille hinweg einen forschenden Blick zu.

Unseligerweise hatte sich Mrs. Merriwethers Prophezeiung erfüllt: Niemand engagierte eine junge, unerfahrene und vor allem unverheiratete Hebamme. »Warum sagst du nicht einfach, du bist verwitwet?«, hatte Molly Baker gemeint, die wie Hannah in Mrs. Throckmortons Privatpension wohnte. »Dagegen kann niemand etwas einwenden, und damit giltst du als Ehefrau. Für unverheiratete Mädchen geziemt es sich nicht zu wissen, was sich hinter Schlafzimmertüren abspielt. Wie kannst du da also Frauen von Babys entbinden, wenn du gar nicht weißt, wie sie in sie reingekommen sind?«

Molly hatte ja recht. Aber Hannah wollte ihr neues Leben nicht auf einer Verschleierungstaktik aufbauen. »Ich bin tatsächlich nicht verheiratet«, sagte sie zu Dr. Davenport.

Ihr Status war nicht das einzige Hindernis für die Eröffnung einer Hebammen-Praxis. Wie sich herausgestellt hatte, wachten niedergelassene Hebammen in der Stadt eifersüchtig über ihr Revier und machten es neu Hinzugezogenen unmöglich, Patientinnen zu gewinnen. Hannah hatte in Regionalzeitungen Annoncen aufgegeben, hatte an öffentliche Anschlagtafeln Zettel geheftet, war persönlich bei den hier ansässigen Apothekern vorstellig geworden – sie hatte sogar im Stadtpark Kindermädchen angesprochen und sie gebeten, ihren Namen weiterzugeben. Aber die wenigen Vorstellungsgespräche, zu denen sie – durch Boten – aufgefordert worden war, hatten katastrophale Ergebnisse gezeitigt. »Was, *Sie* sind die neue Hebamme? So blutjung, wie Sie sind? Und noch dazu unverheiratet, ohne eigene Kinder?«

Da sich ihre Geldmittel allmählich erschöpften, die Miete aber dennoch bezahlt werden musste, war Hannah auf die Knie gesunken und hatte so inbrünstig wie nie gebetet und auch ihren Vater um Beistand angefleht. Nachts dann hatte sie wie schon so oft davon geträumt, wie er ihr in der kalten, düsteren Bibliothek auf Falconbridge Manor die Jodflasche in die Hand gedrückt und gesagt hatte: »Das ist der Schlüssel« oder »Ich muss dir den wahren Grund für den Tod deiner Mutter anvertrauen«. Geheimnisse, die Hannah im Schlaf heimsuchten und ihr tagsüber Kopfzerbrechen bereiteten. In diesem letzten Traum jedoch hatte ihr Vater noch etwas gesagt: »Du hast *mir* geholfen, Hannah, du kannst auch anderen Ärzten helfen.«

Auf der Suche nach einer Anstellung war sie die Inserate in den Zeitungen durchgegangen, die Anschläge auf dem Postamt und an anderen öffentlichen Orten, hatte auf Stellenangebote von Ärzten geantwortet. Aber auch das war erfolglos geblieben; entweder suchte man männliche Assistenten oder ein Dienstmädchen. Hannah gehörte einer Kategorie an, die es anscheinend nicht gab.

Zu guter Letzt hatte sie sich aufgerafft, die Dinge selbst in die Hand zu nehmen. Sie hatte sich eine Liste von Ärzten in Adelaide besorgt und sie nach und nach persönlich aufgesucht, ihnen ihre Dienste angeboten und versucht, sie davon zu überzeugen, dass sie ihrer Mitarbeit bedurften. Drei hatten bereits abgelehnt. »Schlagen Sie sich das aus dem Kopf, junge Dame, heiraten Sie lieber.« »Ich habe bereits ein Dienstmädchen.« »Sie sollten sich was schämen.«

Jetzt saß sie sittsam Dr. Gonville Davenport in seiner stickigen Praxis am Light Square gegenüber und hoffte inständig, es möge diesmal klappen. Trotz ihrer rapide schwindenden Barschaft hatte sie sich für dieses Gespräch eigens eine der neuesten Mode entsprechende Garderobe zugelegt: ein halsfreies, taillenbetontes lavendelfarbenes Kleid mit purpurfarbenen Samtbiesen und Knöpfen und weiten Ärmeln, deren seitliche Schlitze mit weißer Rüsche besetzt waren. Farblich passende Handschuhe und eine anmutige Haube vervollständigten das Ensemble.

Vom Kauf einer dieser neumodischen Handtaschen hatte sie abgesehen; sie erachtete sie als geradezu lächerlich, da sie zu klein waren, um sehr viel mehr als ein Taschentuch darin unterzubringen. Sie hielt an ihrer mit Silber- und Goldfäden zu einem exotischen Muster durchwirkten Teppichtasche aus blauem Samt fest. Ihre Mutter hatte die Tasche in Marokko erstanden und ihre Bühnenschminke darin aufbewahrt. Jetzt barg sie Hannahs kostbarsten Besitz: Instrumente und Medizinen aus der Arzttasche ihres Vaters, darunter die Proberezeptur Nr. 23, zu drei Viertel gefüllt mit Jodtinktur; den Lieblingsgedichtband ihrer Mutter, den ihr John am Hochzeitstag geschenkt und den er mit der Widmung versehen hatte: »Meiner Liebsten, die Poesie in ihrer reinsten Form verkörpert.« Und schließlich, aus dem kleinen Labor des

Vaters, das lederne Portefeuille mit den Notizen über seine Forschungsergebnisse, seinem Lebenswerk.

Während sich Dr. Davenport weiterhin mit ihren Empfehlungsschreiben beschäftigte, dachte Hannah an Mrs. Merriwether, die ihr geraten hatte, ihr Licht unter den Scheffel zu stellen. Die drei vorhergehenden Ärzte hatten sich überhaupt nicht für ihre Ausbildung interessiert und sie aus irgendwelchen Gründen wohl von vornherein als anstößig und unziemlich erachtet. Sollte sie sich diesmal jeglichen Kommentars enthalten?

In ihrem Mieder steckte das Taschentuch mit Neals Monogramm. Sie spürte es an ihrem Busen, ganz leicht, so als würde Neal sie anstupsen, sie dazu auffordern, in diesem Land, in dem selbst der Himmel grenzenlos war, ihre Flügel auszubreiten. Wie aber beides tun – ihren Traum verfolgen und doch ihr Licht unter den Scheffel stellen?

Auch wenn sie es sich nicht anmerken ließ, empfand sie ihre Situation als zunehmend bedrohlich. Sie war weder an das Leben in einer lärmenden, quirligen Stadt gewöhnt noch daran, mit sechs Frauen in einem Haus zusammenzuleben. In den ersten Tagen bei Mrs. Throckmorton hatte sie kaum Schlaf gefunden: Der Straßenlärm schien niemals abzuebben, vor allem nicht im November und Dezember, als riesige Schafherden durch die Stadt zum sechs Meilen entfernten Hafen getrieben wurden. Dazu das ständige Klipperdiklapp von Pferdehufen unter ihrem Fenster, Peitschenknall, oder ein Kutscher brüllte auf seine Ochsen ein. Hannah war am Rande des verschlafenen Bayfield groß geworden, in einem weißgetünchten Häuschen mit vier Zimmern und einem Stück Rasen mit Blumenbeeten zur Straße hinaus. An dieses Leben war sie gewöhnt, ein solches erhoffte sie sich auch hier, im Süden von Australien. Wenn sie sich erst einmal einen Ruf als Hebamme erworben hatte, konnte sie umziehen, sich eine Praxis ein wenig außerhalb des Stadtzentrums einrichten.

Sie versuchte, den Arzt, der ihr da an seinem Schreibtisch gegenübersaß, einzuschätzen. Dr. Davenport war ein gutaussehender Enddreißiger mit dichtem schwarzen Haar, das ihm lässig-lockig in die Stirn fiel. Die große Nase und die gewölbten Brauen vermittelten den Eindruck von Strenge, dafür war sein Umgangston freundlich und sein Verhalten höflich.

»Tut mir leid, aber ich brauche keine Hebamme«, sagte er schließlich wie entschuldigend. »Ich ziehe es vor, Entbindungen selbst vorzunehmen.«

»Ich könnte mich anderweitig nützlich machen. Ich habe meinem Vater in der Praxis assistiert und ihn zu Krankenbesuchen begleitet.« Wäre es vermessen zu erwähnen, dass sie sogar ans Bett einer Baronin gerufen worden waren?

Davenport legte die Schreiben beiseite und sah die junge Dame unverhohlen an. Keine Frage, sie machte einen guten Eindruck, war adrett gekleidet, drückte sich gewählt aus. Ein wacher Blick, der Intelligenz verriet. Wie sie gesagt hatte, war ihr Vater Quäker gewesen, demnach hatte man sie zur Ehrlichkeit angehalten. Und die Empfehlungsschreiben ihrer Lehrer hätten nicht positiver sein können (obwohl ein Professor für Geburtshilfe erwähnt hatte, Miss Conroy stelle zu viele Fragen). Sie war zurückhaltend, aber nicht schüchtern, damenhaft, aber selbstbewusst genug, um ihm ihre Mitarbeit persönlich anzutragen.

Eigentlich war es so, dass seine Praxis immer größer wurde und er sich deshalb tatsächlich mit dem Gedanken trug, sich einen Assistenten zuzulegen. Aber doch nicht eine junge Frau, noch dazu eine unverheiratete!

Der forschende Blick des Arztes war Hannah unangenehm. Um zu vermeiden, etwas zu äußern, was man ihr als vorlaut hätte ankreiden können und dadurch ihre Chancen zunichtezumachen, schaute sie sich in der Praxis um, in der sich fein säuberlich Bücher neben anatomischen Schaubildern reihten. Sie sah Farngewächse in Messingtöpfen sowie ein Gestell, an dem ein menschliches Skelett befestigt war. Auf dem Schreibtisch des Arztes lagen Schriftstücke, Bücher und Zeitschriften herum. Das Mobiliar wurde ergänzt durch einen Schrank, durch dessen Glastüren Hannah Arzneien, Bandagen, Instrumente, Wundklammern, Schalen und Handtücher ausmachen konnte. Vor allem die vielen Bücher von

Dr. Davenport hatten es ihr angetan – sie kämen glatt einer Gehaltszulage gleich, wenn er sie bei sich anstellte.

Ihr Blick fiel auf eine kleine Elfenbeinstatue auf seinem Schreibtisch. »Wie hübsch«, sagte sie.

Dr. Davenport folgte ihrem Blick, griff dann nach der etwa acht Zoll hohen Figur. »Antiquitäten sind meine Leidenschaft, Miss Conroy. Diese hier habe ich in einem kleinen Laden in Athen erstanden. Wie mir der Besitzer versicherte, dürfte sie mindestens zweitausend Jahre alt sein.«

»Darf ich?«

»Bitte sehr.« Er reichte sie ihr.

»Entzückend. Wen stellt sie dar?«

»Die Göttin Hygieia.«

»O ja, die Tochter des Asklepios«, sagte Hannah. »Sie passt wunderbar in die Praxis eines Arztes.«

Davenport wölbte die Brauen. »Sie wissen, wer Asklepios war?«

»Bei den alten Griechen war er der Gott der Medizin und Hygieia die Göttin der Gesundheit, Sauberkeit und Hygiene.«

Davenport nickte. »Sie wird angerufen, wenn der frischgebackene Arzt zu seinem hippokratischen Eid anhebt: ›Ich schwöre und rufe Apollon, den Arzt, und Asklepios und Hygieia und Panakeia und alle Götter und Göttinnen zu Zeugen an, dass ich diesen Eid und diesen Vertrag nach meiner Fähigkeit und meiner Einsicht erfüllen werde.‹ Eigentlich schade, Miss Conroy, dass Hygieia, obwohl sie in der Eidesformel erwähnt wird, im Pantheon der Griechen keine herausragende Bedeutung zugestanden wurde. Es war ihr Vater, der die Heilungen vornahm. Hygieia hingegen beugte Krankheiten vor, was in meinen Augen sehr viel wichtiger ist.«

Hannah war verblüfft, mit welcher Akribie die kleinsten Einzelheiten der Figur herausgearbeitet waren – das Gewand der Göttin, die Blumen in ihren Händen, die winzigen Sandalen an den Füßen. Sie musste für eine Frau angefertigt worden sein, befand Hannah, möglicherweise für eine Ärztin, die es, wie sie wusste, im alten Griechenland durchaus gegeben hatte und die sie sich jetzt vorzustellen versuchte, wie sie, in fließende Gewänder gehüllt, mit beruhigenden Worten wohltuende Heilmittel verabreichte.

Hannah überlegte erneut. Nein, Hygieia war nicht die Göttin, die Krankheiten heilte, sondern die Göttin, die vor Krankheiten *bewahrte*. Die Frau, die einst diese Statue besaß, dürfte eine Lehrerin gewesen sein.

Als sie mit einem »Wirklich zauberhaft« die Statue zurückgab, durchzuckte es Davenport: Diese Miss Conroy ist ihr durchaus ähnlich. Ein plötzlicher Gedanke, der so verblüffend wie durchaus zutreffend war. Sah man einmal von dem griechischen Gewand ab, war es das in der Mitte gescheitelte und hinten zu einem kunstvollen Knoten zusammengefasste schwarze Haar, das den Arzt zu dieser Parallele anregte, und nicht zuletzt der anmutige schlanke Hals und die fein gemeißelten Gesichtszüge.

Er stutzte. Ihm, der auf der Reise von England zum Witwer geworden war, war bislang nicht bewusst gewesen, wie sehr ihm weibliche Gesellschaft fehlte. Seine geliebte Edith war intelligent und lebenslustig gewesen, gebildet und belesen, kurzum eine Frau, mit der er über alles sprechen konnte, eine Frau, die gern angeregt diskutierte und ihm nachts eine leidenschaftliche Geliebte war.

Obwohl er beschlossen hatte, Miss Conroy nicht zu engagieren, sagte er jetzt zu seiner eigenen Überraschung: »Zu Ihren Pflichten wird auch gehören, dass Sie jeweils abends den Fußboden fegen und ein bisschen Staub wischen. Meine Instrumente reinigen. Je nach Bedarf Bandagen rollen. Und dafür sorgen, dass ausreichend Medikamente vorrätig sind – dazu werden Sie einmal in der Woche die Krüger-Apotheke aufsuchen müssen. Wenn sich die Patienten an Sie gewöhnt haben, würde ich mich freuen, wenn Sie mir bei verängstigten Kindern und verstörten Frauen zur Hand gehen könnten. Wenn eine Hebamme benötigt wird, können Sie mir assistieren, und danach sehen wir weiter.«

Sie kamen überein, dass Hannah zunächst drei Vormittage in der Woche und nach Ablauf einer sechsmonatigen Probezeit dann eventuell zusätzliche Stunden arbeiten würde. Als sie die Praxis verließ, war sie so außer sich vor Freude, dass sie zu schweben meinte. Wenn ich erst einmal unter Beweis gestellt habe, wie geschickt und kompetent ich bin, überlegte sie, werde ich Dr. Davenport bitten, meinen Namen mit auf das Praxisschild vor seinem Haus zu setzen. Und dann inseriere ich in den Zeitungen und gebe der Stadt meine Zusammenarbeit mit diesem netten Arzt bekannt.

Dies alles und mehr ging ihr durch den Kopf, als sie den mit Holzplanken belegten Fußgängerweg vor Dr. Davenports einstöckigem Backsteinhaus betrat. Pferde trotteten vorbei, Kutschen wirbelten Staub auf. Hannah presste die Hand an die Brust. Ich sollte Neal schreiben, dachte sie, und ihm von meinem Glück berichten.

Bei ihrem Abschied in Perth hatten sie ausgemacht, sich »postlagernd« zu schreiben. »Sollte die *Borealis* in irgendeinem Hafen anlegen, werde ich Ihnen einen Brief zukommen lassen«, hatte Neal versprochen.

Er hatte mehr als das getan. Zu Hannahs großer Freude hatte bereits zwei Wochen nach ihrer Ankunft in Adelaide auf dem Postamt ein Brief auf sie gewartet. Neal hatte ihn noch an dem Tag geschrieben, da er von Bord gegangen und in Perth angekommen war.

Er begann eher förmlich und mit nüchternen Fakten: »Die HMS *Borealis* rangiert in der Cherokee-Klasse und ist eine mit zehn Kanonen bestückte Schaluppe aus den napoleonischen Kriegen, jetzt im Besitz der Königlichen Marine und für wissenschaftliche Zwecke instand gesetzt. Ich werde einem Team von fünfzehn Mann angehören; der Kapitän ist ganz wild darauf, sich meine Erfindung – die Stabilisierung der Kamera, um vom Schiff aus fotografieren zu können – zunutze zu machen.«

Dann hatte er sich warmgeschrieben und war persönlicher geworden. »Gestern war ich beim Vizegouverneur von Perth zum Abendessen eingeladen – nicht so aufregend, wie Sie vielleicht meinen – und traf dort die Merriwethers wieder. Die Tischrunde setzte sich des Weiteren aus mehreren Wissenschaftlern zusammen – Teilnehmern der Expedition, der auch ich angehöre –, und so kam es, dass sich eine lebhafte Debatte über den derzeitigen Stand der wissenschaftlichen Forschung entspann. Wahrscheinlich habe ich dem Reverend und seiner Gattin einen Schock versetzt, als ich damit herausrückte, ich sei als Atheist davon überzeugt, dass man eines Tages alle Geheimnisse wissenschaftlich erklären könne, möglicherweise sogar das Geheimnis um Gott selbst. Liebe Hannah, ich glaube, die herzensguten Merriwethers hätten mich am liebsten am Schlafittchen genommen und in ihre Mission bei den Aborigines verschleppt!«

Dann hatte er geschrieben: »Ich lege ein Foto von mir bei. Ich wollte es Ihnen schon auf der *Caprica* geben, fand dies dann aber zu aufdringlich und überflüssig. Weil ich andererseits nicht möchte, dass Sie mich vergessen, habe ich meine Zurückhaltung aufgegeben und schicke es mit diesem Brief mit.«

Hannah war hingerissen von diesem Stück festen Karton, das dem Umschlag beilag und in Größe und Form etwa einem Notizbuch entsprach. Das schwarzweiße Bild darauf zeigte Mr. Scott, der mit seelenvollen dunklen Augen den Betrachter anblickte. Über einem weißen Hemd trug er ein lockeres dunkles Jackett, und er saß mit übereinandergeschlagenen Beinen da. Auf eine Kopfbedeckung hatte er verzichtet, stattdessen stellte er sein kurzgeschorenes dunkles Haar zur Schau. Den Hintergrund bildete eine mit Bäumen und Hügeln bemalte Kulisse.

Die verschmitzten Augen und der lächelnde Mund, den sie bei ihm von der *Caprica* her kannte, kamen auf diesem Foto nicht zum Ausdruck. Mr. Scott wirkte vielmehr melancholisch.

So als hätte er ihre Gedanken erraten, hatte Neal geschrieben: »Tut mir leid, dass ich so ernst schaue. Aber fünfzehn Minuten ein Lächeln beizubehalten ist schwer. Wäre noch anzumerken, dass mein Kopf mit einem Klemmbügel fixiert ist, was man aber nicht sehen kann. Solange es nicht gelingt, diesen Vorgang zu beschleunigen, das heißt zu verkürzen, wird man auf fotografischen Porträts leider immer ein so feierliches Gesicht zur Schau tragen.«

Hannah indes gefiel dieser ernste Ausdruck, sie fand, dass Neal dadurch noch besser aussah, distinguierter, wie ein gebildeter

Mann eben, der sich der Wissenschaft verschrieben hatte. Was für eine glorreiche Erfindung, diese Fototechnik! Kein Vergleich zu einem Ölgemälde oder einer Zeichnung. Neals kleines Konterfei begleitete sie überallhin, sie konnte ihn betrachten, wann immer sie wollte, und nachts, ehe sie ihre Lampe löschte, sinnierte sie, sein Gesicht vor sich, darüber nach, wie seltsam vertraut er ihr war, wie sehr sie sich durch dieses Foto mit ihm verbunden fühlte.

Und natürlich dachte sie an den Kuss, den sie während des Sturms getauscht hatten – ihr erster Kuss war das gewesen, ein derart von Verzweiflung und Leidenschaft erfüllter Kuss, dass sie beim Gedanken daran ein so übermächtiges wie qualvolles Verlangen überkam, abermals von ihm geküsst zu werden.

Neal hatte seinen Brief mit guten Wünschen beendet sowie mit einem kryptischen »Da ist noch so viel, was ich Ihnen zu sagen hätte« und dem Versprechen, sie in einem Jahr in Adelaide zu besuchen. Hannah hatte zurückgeschrieben und ihm von ihrem neuen Leben in Mrs. Throckmortons Privatpension berichtet und von ihrem Vorhaben, so schnell wie möglich eine Praxis zu eröffnen. Abschließend hatte sie die Hoffnung zum Ausdruck gebracht, ihn im kommenden Oktober wiederzusehen.

Inzwischen waren es bis dahin nur noch acht Monate, und Hannah war so gut aufgelegt, dass sie beschloss, sich nach einer zusätzlichen Arbeitsstelle umzusehen, um in der Zeit, die sie nicht in der Praxis von Dr. Davenport verbrachte, noch anderswo unterzukommen und somit die ganze Woche hindurch Geld zu verdienen. Der Nächste auf ihrer Liste war Dr. Young in der Waymouth Street.

Als sie auf den zwischen zwei unbebauten Grundstücken errichteten kleinen weißen Flachbau zuging, um den herum sich vertrockneter Rasen zog, sah sie eine prächtige Kutsche mit zwei vorgespannten Pferden auf der Straße warten. Vom Haus her näherte sich eine verstörte junge Frau. Das schwarze Kleid, die weiße Schürze und das weiße Häubchen wiesen sie als Dienstmädchen aus. Sie blieb an der Kutsche stehen, rang die Hände.

»Kann ich Ihnen irgendwie helfen?«, sprach Hannah die junge

Frau an, die allem Anschein nach kurz davor war, in Tränen auszubrechen. Auch mit ihrem Gesicht stimmte etwas nicht.

»Ich weiß nicht, was ich machen soll, Miss. Dr. Youngs Haushälterin sagt, er ist in Sydney und kommt vielleicht gar nicht wieder. Und Miss Magenta geht's so schlecht, sie kriegen sie einfach nicht wieder wach!«

Hannah spähte hinüber zu dem kleinen Haus und sah erst jetzt, dass jemand das Messingschild des Arztes mit einem Tuch abgedeckt hatte. Ihr Blick streifte die Kutsche – eindeutig das Gefährt einer wohlhabenden Familie. Sie schaute wieder das Dienstmädchen an, in ihr besorgtes Gesicht mit den angstvoll aufgerissenen blauen Augen.

»Ich arbeite für Dr. Davenport …«, fing sie an.

»Der kommt aber nicht!«, fiel ihr das Mädchen ins Wort. »Dr. Young ist der Einzige, der kommen würde! Was mach ich jetzt bloß? Ich krieg mächtig Ärger, wenn ich ohne Doktor zu Hause auftauche.«

»Vielleicht kann ich ja helfen«, erbot sich Hannah und fragte sich insgeheim, warum das Mädchen so sicher war, dass Dr. Davenport dem Ruf nicht Folge leisten würde. »Mein Name ist Hannah Conroy, ich habe Erfahrung im Umgang mit Kranken.«

Die blauen Augen wurden noch größer. »*Sie,* Miss?« Das Dienstmädchen suchte die Straße ab, drehte und rang die Hände, als ob sie vorhätte, sich die Finger zu verrenken.

»Wie heißen Sie denn?«, fragte Hannah besänftigend.

»Ich bin Alice. Und Miss Magenta braucht unbedingt einen Arzt!«

»Was ist denn passiert?«

»Das wissen wir nicht. Sie hat sich nicht wohlgefühlt, und jetzt wacht sie nicht mehr auf.«

»Sind Sie sicher, dass Sie nicht zu Dr. Davenport wollen? Seine Praxis ist gleich …«

»Der kommt nie und nimmer, und alle anderen Ärzte auch nicht!« Und weinend fügte Alice hinzu: »Ist doch das Haus von Lulu Forchette«, so als würde dies alles erklären.

Hannah musterte den Kutscher, der völlig teilnahmslos auf seinem Bock hockte und eine Zigarette rauchte. »Ich komme mit, Alice. Vielleicht kann ich ja etwas ausrichten.«

Die Fahrt führte aus der Stadt hinaus in eine Hannah noch unbekannte ländliche Gegend. Hannah musste ihren Hut und die große Tasche festhalten, als die Kutsche über die tiefen Spurrillen der zerfurchten Landstraße rumpelte und Staub und kleine Steinchen durch das offene Fenster flogen. Draußen sah man sanft gewellte grüne Hügel und dazwischen Ackerland und Schafpferche, Scheunen und Unterstände für die Schafschur. Hütten und Häuser lagen weit auseinander, und einmal meinte Hannah im Licht der untergehenden Sonne eine Kirchturmspitze durch die Eukalyptusbäume hindurch auszumachen. Als sie einen dicht belaubten Hain passierten, stob eine Schar weißer Kakadus auf, die sich, je mehr sie sich der schräg stehenden Sonne näherten, rosa und orange verfärbten. Jetzt verlangsamte die Kutsche ihr Tempo, um eine schmale Brücke zu überqueren, und Hannah fuhr zusammen, als ein riesengroßes Tier von der Farbe tiefdunkler Orangen mit anmutigen Sprüngen den Weg frei machte. Zum ersten Mal machte sie Bekanntschaft mit einem Känguru.

Alice sprach während der dreißig Minuten währenden Fahrt kein Wort. Auf ihrer Unterlippe herumkauend, verdrehte und rang sie die Hände und überließ sich ansonsten den Schaukelbewegungen der Kutsche. Hannah gewann den Eindruck, dass das Mädchen, das sie um die Zwanzig herum schätzte, panische Angst hatte und um ihre eigene Sicherheit besorgter war als um die dieser mysteriösen Miss Magenta. Sie versuchte, Alice nicht anzustarren, aber neugierig, wie sie war, entging ihr nicht, dass die linke Wange von Alice Narben zeigte und die linke Augenbraue gar nicht mehr vorhanden war. Soweit Hannah unter dem Dienstmädchen-Häubchen und den blonden Locken erkennen konnte, schienen Alice auch das linke Ohr und ein Gutteil behaarter Kopfhaut zu fehlen. Eine Tragödie fürwahr, denn als Alice den Kopf wandte und aus dem Fenster schaute, sah Hannah das rechte, sehr hübsche Profil des Mädchens. Wie war es zu dieser so schrecklichen Entstellung gekommen?

»Da wären wir, Miss!«, sagte Alice, als die Kutsche die Fahrt verlangsamte und ein elegantes Haus ins Blickfeld kam.

Zwei Stockwerke hoch, mit Veranden und Balkonen, kunstvollen Gittern und schön anzusehenden Säulen, thronte das Haus von Alices augenscheinlich wohlhabender Herrschaft inmitten von Wiesen und Gärten am Ende einer langen Zufahrt, die von der Hauptstraße abzweigte. Die schmiedeeisernen Ornamente waren vielleicht eine Spur zu ausladend, die Veranden und Balkone mit zu vielen Pflanzen bestückt, und die vielen Wetterfahnen auf dem Dach erweckten den Anschein, als wollte der Besitzer unterstreichen, dass er es zu etwas gebracht hatte. Als einzige Nachbarschaft, jedoch gut eine Meile entfernt, sah man einen Schafpferch und noch weiter hinten Gebäude, die ein Milchfarmbetrieb sein mochten; das elegante Herrenhaus stand somit für sich allein zwischen Eukalyptus- und Pfefferbäumen in einer unberührten, von kleinen Bächen durchzogenen Landschaft, die in flachen Hügeln auslief.

Eine fürwahr ausgefallene Lage für eine derart pompöse Residenz, vor allem weil keinerlei Nebengebäude auszumachen waren, keine Getreidefelder, kein Vieh. Nur dieses große prächtige Haus mitten im Niemandsland.

Als der Kutscher Hannah beim Aussteigen half, hörte sie Musik und lautes Lachen aus den geöffneten Fenstern dringen, und jetzt, da die Sonne hinter den Bäumen verschwunden war, sah sie, wie in allen Zimmern Licht brannte. Die an der Schmalseite des Hauses angebundenen Pferde, die Kutschen und sonstige Gefährte verrieten ihr, dass da ein großes Fest im Gange sein musste.

Alice führte Hannah zum Hintereingang und von dort aus in eine hell erleuchtete, lärmerfüllte Küche, in der brodelnde Töpfe eine fast unerträgliche Hitze verbreiteten. »Hier lang«, wies Alice, ohne die neugierig gaffenden Köchinnen und Dienstboten zu beachten, Hannah den Weg über eine Hintertreppe hinauf in ein Zimmer, in dem mehrere Damen wie aufgescheuchte Hühner herumflatterten. Sie waren allesamt jung, zwei von ihnen in Negligés und Frisierumhänge gehüllt, die Dritte in knielangen Unterhosen und einer Untertaille aus durchbrochener weißer Baumwolle. Alle drei trugen ihr schulterlanges Haar offen, so als wären sie eben von einem Nachmittagsschläfchen erwacht. Als Alice damit herausrückte, dass Dr. Young nicht kommen würde, murrten die jungen Damen, Miss Forchette werde bestimmt sehr ungehalten darüber sein, geleiteten Hannah aber in ein Schlafzimmer, in dem jede Menge Kleider und Schuhe verstreut herumlagen. Auf einer Frisiertoilette türmten sich Geschmeide und Schminkutensilien, und auf einem Bett mit einer tiefroten Tagesdecke lag, in einem mit Spitze durchwirkten Nachtgewand, eine leichenblasse und völlig erstarrte weitere junge Dame.

Hannah trat an das Bett und griff nach dem Handgelenk der jungen Frau. Als von unten Klaviermusik, gefolgt von sonorem, typisch männlichem Lachen, an ihr Ohr drang, wurde ihr klar, dass dies hier kein gewöhnliches Haus war. Obwohl sie noch nie in einem derartigen Etablissement gewesen war, niemals ihren Vater zu einem gewissen Haus etwas außerhalb von Bayfield begleitet hatte, dessen Bewohnerinnen für ihre Gastfreundlichkeit bekannt waren, zweifelte sie nicht daran, um was für ein Haus sich dieses hier handelte.

»Wie ist es dazu gekommen?«, fragte sie, während sie den Hals des Mädchens nach einem Pulsschlag abtastete und ihn dann als erschreckend schwach und unregelmäßig befand.

»Sie klagte über Kopfschmerzen«, sagte eines der Mädchen. »Und über Übelkeit.«

Hannah hob Magentas Lider und sah geweitete Pupillen.

»Und sie war sehr durstig, konnte aber kein Wasser trinken«, ergänzte eine andere.

Demnach war Magentas Mund ausgetrocknet, und das junge Mädchen litt unter Schluckbeschwerden. Hannah wusste Bescheid. Die gleichen Symptome waren bei einer ihrer Studienkolleginnen in London festzustellen gewesen, deren Bett direkt neben ihrem im Schlafsaal stand. Die Unglückliche hatte sich eines Nachts mit

Belladonnatinktur betäubt, um die heftigen Krämpfe im Verlauf ihrer Menstruation zu lindern. Wie Miss Magenta hatte sie zu viel Belladonna eingenommen, und obwohl man einen Arzt gerufen hatte, war jedwede Hilfe zu spät gekommen.

»Wir müssen sie wach bekommen«, sagte Hannah. »Und sie dazu bringen, sich zu übergeben.«

»Wir haben bereits versucht, sie zu wecken, Miss. Riechsalz hilft aber nicht.«

Hannah besaß noch immer Dr. Applewhites Wundermittel. Sie holte das Fläschchen aus ihrer Teppichtasche, entkorkte es und bewegte es unter der Nase des Mädchens hin und her.

Magenta schnappte nach Luft, riss die Augen auf. »Helfen Sie mir, sie in Seitenlage zu betten«, wies Hannah die anderen an. Kaum lag Magenta auf der Seite, zwang Hannah den Mund des Mädchens auseinander und steckte ihr die Finger in den Rachen. Das Mädchen fing an zu würgen. »Bringen Sie mir eine Schüssel, schnell!«, gab Hannah Anweisung, und gerade noch rechtzeitig wurde das Geforderte herbeigeschafft. Alles, was Magenta in den letzten Stunden zu sich genommen hatte, kam wieder hoch. Mit angehaltenem Atem verfolgten die Mädchen, wie ihre Freundin sich erbrach, bis ihr Magen völlig leer war. »Jetzt müssen Sie sie zum Aufstehen bewegen und mit ihr hin und her gehen«, sagte Hannah. »Und füllen Sie bitte dieses Glas mit Wasser. Wir müssen ihr Blut verdünnen.«

Nach einer halben Stunde des Hin- und Herlaufens im Schlafzimmer, in der man die benommene Magenta, auf der einen Seite untergehakt von Hannah, auf der anderen von einem der Mädchen, zwang, in Bewegung zu bleiben und nur zwischendurch kurz innehielt, um ihr Wasser einzuflößen, waren Puls, Pupillen und Körpertemperatur endlich wieder normal. Hannah setzte das Mädchen in einen Sessel, schärfte den anderen ein, sie wach zu halten und ständig mit ihr zu sprechen, griff dann nach ihrer Tasche und bat, zum Hausherrn gebracht zu werden.

Wie gerufen stand Alice bereits draußen im Flur. Sie hatte die Weisung erhalten, Miss Conroy nach Beendigung ihres Besuchs bei Magenta nach unten zu bringen. Hannah wurde durch einen Bogengang in einen großen, opulent ausgestatteten Salon geführt, in dem sich gut gekleidete und wohlhabend wirkende Männer in Gehrock oder Frack mit atemberaubend anzusehenden Damen vergnügten. Die meisten von ihnen waren jung und bildhübsch und in Abendkleider gewandet, wenn auch mit unanständig tiefen Dekolletés und Röcken, die so kurz waren, dass man einen Blick auf die Strümpfe erhaschen konnte. So sehr sich Hannah auch bemühte, nicht zu starren, blieb ihr Blick an einer besonders kleinen Gestalt hängen, einer Zwergin von zierlichem Körperbau, die als Trommlerjunge verkleidet war und auf dem Schoß eines der Herren saß; und in einer Ecke, unter eingetopften Palmen, bemerkte sie einen Herrn, der champagnerschlürfend die Gesellschaft eines polynesischen Zwillingspärchens genoss, das nichts weiter als Baströckchen und Blumengirlanden über dem nackten Busen trug.

Die Männer rauchten Zigarren, Pfeifen und Zigaretten, die Luft war durchdrungen von beißendem Cannabisgeruch, der Hannah vertraut war, hatte doch ihr Vater häufig Hanftabak gegen Nervosität verschrieben. Auf einem langen Tisch waren Platten mit Delikatessen aufgebaut, und ein barfüßiges Mädchen in einem japanischen Kimono lief mit einem Tablett Champagnergläser zwischen den Gästen hin und her.

Die größte Überraschung aber kam, als Alice Hannah in einen kleineren Salon führte, sich dann rasch zurückzog und die Tür hinter sich schloss.

»Schön guten Tag auch«, sagte die Gastgeberin. »Ich bin Lulu Forchette.«

Die Besitzerin des Hauses war die imposanteste Erscheinung, die Hannah je zu Gesicht bekommen hatte. In schillernde blaue Seide gekleidet, Handgelenke, Finger und den feisten Nacken mit funkelndem Geschmeide geschmückt und Reiherfedern im flammend roten Haar, lehnte Miss Lulu Forchette in einem Samtsessel, in der einen Hand ein Glas Champagner, in der anderen eine lange Zigarettenspitze.

»Wie mir Alice berichtet hat, ist Magenta mit Ihrer Hilfe wieder über dem Berg. Sie haben ihr das Leben gerettet. Setzen Sie sich doch, meine Liebe, ich möchte alles über Sie und dieses Wunder wissen, das Sie da vollbracht haben!« Lulu Forchettes Stimme war so auffällig wie alles andere an ihr.

Hannah nahm auf einem Brokatstuhl Platz. Im Gegensatz zum opulent gestalteten großen Salon war dieser hier geradezu schlicht – die Wände tapeziert und mit Aquarellen von Landschaften bestückt. Topfpflanzen, polierte Lampen, glänzende Nippes, Schondeckchen auf dem Sofa und den Polsterstühlen. Eine Ottomane, in deren blauen Lederüberzug silberne Elefanten geprägt waren. Alles in allem ein hübscher Salon mit ein paar geschmackvollen Gegenständen – eine chinesische Vase in Rot und Gold auf dem Kaminsims zwischen zwei großäugigen Staffordshire-Hunden aus Porzellan.

»Entschuldigen Sie, wenn ich nicht aufstehe«, sagte Lulu. »Ich hab einen lädierten Knöchel.«

»Soll ich ihn mir mal anschauen?«

Lulu winkte mit fleischiger Hand ab. »Laut Alice haben Sie Magenta mit starkem Riechsalz wach bekommen. Wie haben Sie das geschafft? Unsere Versuche sind alle fehlgeschlagen.«

Hannah zog das Fläschchen aus ihrer Tasche und reichte es Lulu, die kurz daran schnupperte und reflexartig zurückwich. »Huch! Mächtig starkes Zeug. Könnten wir hier gut gebrauchen. Meine Mädchen werden hin und wieder ohnmächtig. Weil sie so eng geschnürt sind. Schmale Taillen wirken nun mal auf Männer unwiderstehlich.«

Von einer Platte angelte sie sich eine gezuckerte Mandel, steckte sie sich in den Mund und zerkaute sie nachdenklich. »Schon eigenartig, dass ich Alice weggeschickt habe, um einen Arzt zu holen, und sie kommt mit Ihnen zurück. Wer sind Sie eigentlich?«

Hannah berichtete, was sich vor Dr. Youngs Praxis zugetragen hatte, und gab dann Auskunft über sich selbst.

Lulu lachte leise auf. »Eine Hebamme sind Sie also und erst seit kurzem hier. Wahrscheinlich waren Sie bass erstaunt, als Sie bei mir landeten. Alice hängt ja nicht an die große Glocke, was dies hier für ein Haus ist. Jedenfalls haben Sie meinen Kutscher nicht angewiesen, Sie sofort in die Stadt zurückzubringen. Das rechne ich Ihnen hoch an. Auch wenn Sie höchstwahrscheinlich die Nase rümpfen.« Sie hob wie abwehrend die Hand, obwohl Hannah keinen Ton gesagt hatte. »So geht's nun mal in den Kolonien zu. Man stellt fest, dass für irgendwas Bedarf besteht, und füllt diese Lücke. Sie ja auch«, meinte Lulu Forchette und musterte Hannah von oben bis unten. »Sie sagen, Sie sind Hebamme, leisten aber außerdem Kranken ärztlichen Beistand. Um zu überleben, tun wir, was wir können. Ich zum Beispiel wurde hierherverfrachtet, weil ich eine Schürze geklaut hatte. Hab meine sieben Jahre abgesessen und bin dann freigelassen worden. Mein Pech war, dass ich weder nähen noch kochen kann, und Wäscherinnen gab's wie Sand am Meer. Ich verstand mich auf nichts und fand wie so viele andere Mädchen keine Arbeit. Ehe ich mich versah, landete ich auf der Straße, als Bettlerin. Der Erste, der mir Geld für eine kleine Gefälligkeit bot, war ausgerechnet ein Bankmann. Wir gingen in eine kleine Gasse, und mit einer Sixpence-Münze kam ich wieder raus. Weil er mich mochte, blieb ich ein Weilchen mit ihm zusammen. Er stellte mich seinen betuchten Freunden vor, und um's kurz zu machen, jetzt bin ich hier. Danke für das, was Sie für Magenta getan haben. Ich hab dem Mädchen immer wieder gesagt, sie soll die Hände vom Belladonna lassen, aber sie will ja nicht hören.«

»Vielleicht«, wagte Hannah einzuwerfen, »vielleicht ist sie hier nicht glücklich.«

»Nicht glücklich?« Lulu lachte kurz auf, wie ein Husten hörte es sich an. »Warum sollte sie nicht glücklich sein? Magenta ist meine Tochter, sie ist hier zu Hause.«

»Ihre Tochter …«

»Der Herrgott hat mich mit vier Mädchen gesegnet, eine so hübsch wie die andere. Und ich kann voller Stolz behaupten, dass sie bei meinen Kunden gefragter sind als alle anderen.« Wieder lachte Lulu, dass ihr gewaltiger Busen wogte und Ketten und

Ohrringe aufblitzten. »Schauen Sie nicht so entsetzt, meine Liebe. Wir sind eine glückliche Familie. Was wir tun, macht uns Spaß, wir tragen hübsche Kleider, und wir haben keine Ehemänner, die sich betrinken und uns verprügeln. Vor allem leiden wir in diesem Haus keinen Hunger. Hunger ist das Schlimmste.« Lulus Gesicht verfinsterte sich bei dieser Erinnerung. »Hunger, der so übermächtig ist, dass du dich mit den Hunden auf der Straße um Essensreste balgst. Und dann kommt ein Mann und bietet dir sechs Pence für ein paar Minuten deiner Zeit an, und du kannst nur daran denken, wie viele Fleischkuchen du dir für diese sechs Pence kaufen kannst. Nach einer Weile bist du zu allem bereit, was so ein Kerl von dir verlangt, solange du danach was zu essen und ein Dach über dem Kopf hast.«

Sie kehrte wieder in die Gegenwart zurück. »Ist das nicht genau das, worum es in der Ehe geht?«

»Darüber habe ich noch nie nachgedacht«, gestand Hannah ein.

»Und was Glücklichsein anbelangt, nun, alle meine Mädchen hier sind glücklich. Es steht ihnen frei, jederzeit zu gehen, aber sie wollen nicht.« Lulu schob sich abermals eine gezuckerte Mandel in den Mund, fuhr sich gleich darauf mit der Hand an die Backe. »Haben Sie was gegen Zahnschmerzen?«

»Nelkenöl.«

»Und gegen einen juckenden Ausschlag?«

»Eine Salbe aus Lammfett und Kampfer wirkt bei den meisten Ausschlägen Wunder. Beides können Sie sich beim Apotheker in der Stadt besorgen.«

Lulus kleine scharfe Augen musterten Hannah, von der lavendelfarbenen Haube bis hinunter zu den staubigen Schuhen. »Sie verstehen demnach sehr viel von Heilmethoden und Arzneien und so was? Auch darauf, Schnittwunden und Ähnliches zu nähen?«

»Auch das.«

Gedankenvoll rieb sich Lulu das Kinn. »Doktor Young, der sich laut Alice jetzt nach Sydney in den Ruhestand verabschiedet hat, war der einzige Arzt, der bereit war, hier rauszukommen, wenn meinen Mädchen was fehlte. Alle anderen sind sich zu fein dazu. Was würden Sie von dem Vorschlag halten, Miss Conroy, mit mir eine Vereinbarung zu treffen? Dass ich zum Beispiel bei Bedarf nach Ihnen schicken kann? Ich werde Sie für Ihre Bemühungen gut bezahlen. Gelegentlich kommt es bei uns zu normalen Erkrankungen, hauptsächlich aber sind es Unfälle. Sie würden nicht für möglich halten, was da so alles passiert.«

Hannah überlegte. Wenn sich der Vater nicht davon hatte abhalten lassen, in einem freizügigen Etablissement an der aus Bayfield herausführenden Straße vorstellig zu werden, dann galt Gleiches auch für seine Tochter. »Wenn ich helfen kann, komme ich gern. Ich wohne in Mrs. Throckmortons Privatpension in der Gray Street.«

Lulu hob Dr. Applewhites Fläschchen hoch. »Und wo kann ich dieses Riechsalz bekommen?«

»Bitte behalten Sie es. Ich kann mehr davon herstellen.«

»Sie *schenken* mir das? Kostenlos? Lassen Sie mich Ihnen etwas sagen, Schätzchen.« Lulu hob ihre Massen leicht an und furzte genüsslich. »Verschenken Sie nichts, was Sie ebenso gut verkaufen können. Dies ist die Regel, die in diesem Haus gilt und die mich reich gemacht hat. Ihr Riechsalz ist sehr wirkungsvoll. Etwas Ähnliches dürfte in der ganzen Kolonie nicht aufzutreiben sein. Mr. Krüger führt ein derart starkes Mittel jedenfalls nicht. Ich rate Ihnen: Füllen Sie das in Flaschen ab und verkaufen Sie's, dann sind Sie auch bald reich.«

Lulu deutete auf die geschlossene Tür, durch die Musik zu hören war. »Männer wie die da draußen, die jetzt kostspielige Klamotten tragen, teuren Champagner trinken und Spitzenpreise für meine Mädchen zahlen, sind, wenn sie hier an Land gehen, arme Schlucker. Aber es dauert nicht lange, und sie kaufen fünfhundert Morgen Land, züchten Schafe oder Vieh und werden so reich, dass ihnen die Hosennähte platzen. Das ist es, weshalb alle nach Australien kommen. Sie wären dumm, Schätzchen, diese Chance nicht zu ergreifen.«

Hannah erkundigte sich nach dem Grund für Alices entstelltes Gesicht. »Das arme Kind«, sagte Lulu. »Als sie zwölf war, brach eines Nachts Feuer auf ihrer Farm aus. Die ganze Familie kam dabei um, nur Alice wurde von einem Arbeiter gerettet. Sie war zwischen herabgestürzten Balken eingezwängt, und ihr Retter zerrte sie mit Gewalt drunter hervor, ohne zu wissen, dass ihr Haar eingeklemmt war. Dadurch wurden ihr ein Teil ihrer Kopfhaut und das Ohr abgerissen. Der Grobian brachte sie zu Nachbarn, die sie gesund pflegten und ihr sogar anboten zu bleiben und als Gegenleistung für sie zu arbeiten. Aber dann stellte sich heraus, dass Alice eine panische Angst vor Feuer entwickelt hatte. Sie konnte weder eine Lampe anzünden noch sich in die Nähe eines Herds oder Kamins begeben, ohne einen hysterischen Anfall zu bekommen. Da die Leute kaum genug für sich selbst hatten, konnten sie nicht auch noch ein Mädchen durchfüttern, das nichts zum eigenen Lebensunterhalt beitrug. Sie wurde in die Stadt gebracht, wo sich eine Wohlfahrtsorganisation für Waisenkinder darum bemühte, sie als Haushaltshilfe zu vermitteln, aber wegen ihrer panischen Angst vor Feuer wurde Alice jedes Mal nach kürzester Zeit entlassen. Irgendwann dann war sie alt genug, um nach Meinung der Behörden nicht länger unter deren Zuständigkeit zu fallen, und so landete sie auf der Straße. Dort habe ich sie aufgegabelt, das arme zerlumpte Ding, unten am Hafen, als Bettlerin.

Ist eben meine Art, meinen Wohlstand mit denen zu teilen, die in Not sind. Hin und wieder fahre ich mit der Kutsche in die Stadt und schaue mich in den Straßen nach Mädchen in aussichtsloser Situation um. Ich nehme sie mit nach Hause, päpple sie hoch und gliedere sie in meine Familie ein.« Der mit Ketten behängte schwere weiße Busen hob und senkte sich zu Lulus dramatischem Seufzer. »Hab nun mal ein weiches Herz. Meine Mädchen wissen das zu schätzen, wenn auch nicht alle. Ist eben nicht immer einfach, wohltätig zu sein. Möchten Sie nicht zum Abendessen bleiben? Meine Küche versteht sich darauf, das schmackhafteste Roastbeef und den besten Yorkshire Pudding zuzubereiten.«

»Nein danke, ich muss zurück in die Stadt.«

Lulu griff nach der Klingelschnur und zog hastig zweimal daran. Gleich darauf erschien eine rothaarige Frau, die Miss Forchette verblüffend ähnlich sah. »Rita, begleite Miss Conroy zur Kutsche zurück. Und gib ihr eine Pfundnote für ihr Kommen.« Zu Hannah sagte sie: »Ich würde Sie ja gern selbst begleiten, aber mein Knöchel ...«

Hannah bemerkte den Krückstock, der am Sessel lehnte, einen edlen Mahagonistock mit seltsam geformtem Goldknauf. Nicht gerade ein Stock, den man sich bei einer zeitweiligen Behinderung zulegte. Konnte es nicht auch Lulus Körpergewicht sein, das ihre Fortbewegung beeinträchtigte?

Rita führte sie durch das Haus in die große Küche, wo an Herden und Öfen emsig gekocht und gebacken wurde. Auf dem Weg zum Hinterausgang kamen sie an einem begehbaren Wäscheschrank vorbei, in dem jemand die wohlbekannte »Ballade von Barbara Allen« sang, mit einer so schönen Stimme, dass es Hannah heiß und kalt überlief.

Sie schaute in den Verschlag und entdeckte dort Alice, die damit beschäftigt war, Kissenbezüge und Laken aus den Regalen zu holen. Kaum merkte das Dienstmädchen, dass sie nicht allein war, fuhr sie herum, und ihr Lied erstarb.

»Ich habe noch nie eine so schöne Stimme gehört«, sagte Hannah.

»Danke, Miss.« Alice war derart verlegen, dass ihr das Blut in die Wangen schoss und sie sich mit einer Hand ihre linke Gesichtshälfte abdeckte. Offenbar sang sie nur, wenn niemand in der Nähe war.

Rita war vorausgegangen und erwartete Hannah in der lauen Abendluft. Die ersten Sterne tauchten am dunklen Himmel auf. »Sie brauchen nur diesem Weg zu folgen«, sagte Rita und lächelte charmant. »Die Kutsche wartet bereits vorn an der Auffahrt.«

Blumenduft hüllte sie ein, das Zirpen der Grillen und das Quaken der Frösche erfüllte die Luft. Februar, dachte Hannah und machte sich auf den Weg. Ostern stand vor der Tür, das war dann mitten im australischen Herbst.

Aber noch verwirrender als die auf den Kopf gestellten Jahreszeiten empfand sie den Besuch in diesem unglaublichen Haus. Sie dachte an Lulu und Rita und Magenta und all die anderen Mädchen da drinnen, an die vornehmen Herren und die erleuchteten Fenster. Was in jenen Zimmern vor sich ging, konnte sie sich nicht vorstellen. Und was hatte Lulu mit »Unfällen« gemeint?

Um sich abzulenken, richtete sie ihre Gedanken auf ihren ersten Arbeitstag morgen bei Dr. Davenport, und in ihrer Vorfreude darauf bemerkte sie nicht die seltsame dunkle Gestalt, die plötzlich vor ihr auftauchte. Erst durch das Knurren wurde sie auf sie aufmerksam.

Sie blieb abrupt stehen. Wie sie im Mondlicht, das jetzt auf das Tier fiel, erkennen konnte, besaß der Hund – oder war es ein Fuchs? – ein zotteliges orangefarbenes Fell, eine lange Schnauze und spitz aufgestellte Ohren. Die deutlich hervortretenden Rippen zeugten davon, dass das Tier hungrig war.

Wie versteinert stand Hannah da, als das knurrende Biest zu hecheln anfing und die Zähne fletschte. Sie zwang sich, einen Schritt zurückzuweichen, worauf der Hund sich vorsichtig einen Schritt näher an sie heranpirschte. Wieder wich Hannah einen Schritt zurück, wieder kam der Hund einen Schritt näher auf sie zu. Sie hoffte, es zurück bis zur Küche zu schaffen, dort würden das Licht und der Lärm das Tier bestimmt in die Flucht jagen. Aber beim nächsten Schritt rückwärts stieß sie an einen Baum, konnte nicht weiter, während sich der Hund noch näher an sie heranpirschte.

Hannah überlegte, ob ein Hilferuf das Tier verscheuchen oder ob es sie dann angreifen würde, als plötzlich ganz in ihrer Nähe jemand raunte: »Nicht bewegen. Bleiben Sie ganz still stehen.«

Gleich darauf trat ein Mann aus der Dunkelheit und baute sich, den Rücken ihr zugekehrt, vor ihr auf. »Ist ja gut, Freundchen«, sprach er beruhigend auf den Hund ein. »Wir tun dir doch nichts. Wir wollen nur hier vorbei.«

Die Nachtgeräusche schienen an Stärke zuzunehmen, als der Unbekannte den Hund fixierte und weiterhin zu beruhigen suchte. Wer war dieser Fremde? Er war von der Straße her gekommen und keineswegs gekleidet wie die Gentlemen in Lulus Haus, sondern eher wie ein Arbeiter. Auf dem Kopf trug er einen Schlapphut mit breiter Krempe, und er roch nach Tabak.

»Tut mir leid, dass wir in dein Territorium eingedrungen sind«, redete er auf den Hund ein, »aber so ist's nun mal. Wir bleiben trotzdem Freunde, ja?«

Die unheimliche Begegnung schien sich endlos hinzuziehen und unwirklich zu werden. Von Blumenduft eingehüllt, konnte Hannah vom Haus her Musik und Lachen vernehmen, derweil ein Fremder zwischen ihr und einem wilden Hund stand.

Und dann hörte das Knurren auf, das Hecheln verstummte, und gleich darauf machte der Hund kehrt und vertrollte sich in die Nacht.

Der Unbekannte wandte sich Hannah zu. »Alles in Ordnung mit Ihnen?«

Sie legte die Hand auf die Brust und stieß einen Seufzer aus. »Mein Herz klopft wie verrückt! Aber danke für das, was Sie getan haben.«

Er warf einen Blick zurück in die Dunkelheit. »Sie begreifen eben nicht, dass dies nicht mehr ihr Territorium ist. Jetzt, da ihr Jagdrevier weg ist, durchwühlen sie die Abfälle, auf der Suche nach Fressen.«

»Was für ein Hund war das?«

»Die Aborigines bezeichnen ihn als Dingo. Man kann sie nicht zähmen, und häufig können sie einem auch gefährlich werden. Himmel nochmal, wo bleiben meine Manieren? Jamie O'Brien, zu Ihren Diensten«, sagte der Fremde und lüpfte grinsend den Hut.

Zum Vorschein kam blondes Haar, und unter der breiten Hutkrempe waren jetzt zwinkernde Augen auszumachen. Mr. O'Briens Haut war wettergegerbt wie die eines Seemanns – sein Zwinkern erinnerte Hannah an Kapitän Llewellyn, und sie fragte sich, ob sein Haar von Natur aus blond war oder von der Sonne ausgebleicht. Er überragte sie um Haupteslänge, war aber weder stämmig noch breitschultrig, sondern eher hager. Und da er keine Jacke trug und stattdessen über seinem weißen Hemd eine schwarze Lederweste mit silbernen Knöpfen, wirkte er geradezu drahtig. Die Ärmel seines Hemdes waren hochgekrempelt und gaben muskulöse Unterarme frei. An seinem Gürtel hing ein ledernes Futteral, aus dem der Griff eines Messers ragte. Ein Mann, der gewohnt war, seinen Mann zu stehen.

Trotz seines schlanken Körperbaus spürte Hannah die Kraft, die ihm innewohnte. Ein Städter war er vermutlich nicht, eher einer dieser raubeinigen Gesellen, die gelegentlich von den Farmen und selbst aus dem Outback hier auftauchten. Ein Viehtreiber vielleicht, mit dicken Schwielen an den Händen.

Sie merkte, dass er sie irgendwie merkwürdig ansah. Er hatte ihr seinen Namen genannt und schien auf eine Reaktion zu warten. Sollte sie wissen, wer er war? War er irgendwie bekannt?

Dann fiel ihr ein, dass er, nachdem er sich vorgestellt hatte, seinerseits ihren Namen erfahren wollte. »Hannah Conroy«, sagte sie zu dem Fremden, der so dicht vor ihr stand, dass sie von dem Baum, an dem sie noch immer lehnte, nicht wegrücken konnte. Seine Augen, die das lichte Blau eines Mannes zeigten, der sich ständig im Freien aufhält, ließen ihre nicht los, und sie sah das amüsierte Zwinkern in den Augenwinkeln. Dabei hatte sie durchaus nicht das Gefühl, dass er sich über sie lustig machte. Als sie den Duft von frischer Seife und Rasiercreme schnupperte und er ja immerhin auf dem Weg zu Lulus Haus war, ahnte sie, weshalb er sich hier aufhielt.

»Was hat eine anständige junge Dame wie Sie an einem Ort wie diesem zu suchen?«, fragte er und sah an ihr vorbei zum Haus.

Sie erklärte, dass sie Hebamme sei und man sie zu einem der Mädchen gerufen habe.

Er warf einen Blick auf die Teppichtasche in ihrer Hand. »Eine Hebamme also?«, sagte er leise, und um seine Augenwinkel zuckte es belustigt. »Für jemanden in *Lulus* Haus?«

»Eine der Damen war ohnmächtig.«

»Ach so.« Er schwieg, und Hannah sah, wie sich seine blauen

Augen ähnlich wie die Gezeiten des Ozeans veränderten. »Ach so«, wiederholte er, ohne sie aus den Augen zu lassen und als hätte er plötzlich etwas Neues erfahren und bemühte sich, dies zu verstehen und zu akzeptieren.

»Nochmals vielen Dank, dass Sie den Hund verscheucht haben«, sagte sie und schaute nach rechts und links, um so geschickt wie möglich an ihm vorbeizukommen. Sein freimütiger Blick, der anfangs amüsiert und neugierig gewesen, jetzt aber ernst geworden war, jagte Hannah kurz einen Schreck ein. Konnte ihr dieser Mann gefährlich werden?

Die Kolonie Adelaide war das Tor zu den unendlichen Weiten im Landesinneren. Gleich Heuschreckenschwärmen machten sich Glücksritter aus der ganzen Welt auf, um nach Opalen, Gold, Diamanten und selbst nach dem verlorenen Schatz König Salomons zu suchen. Noch war man nicht auf Goldadern oder Opale gestoßen, aber die Gerüchte, die sich um ihr Vorhandensein rankten, übten eine mächtige Sogwirkung aus. Umso mehr als Kupfer und Silber bereits entdeckt worden waren und auf weitere Reichtümer jenseits von Adelaide schließen ließen. Somit war diese Grenzstadt mit ihren achttausend Seelen nicht nur Ausgangspunkt für Forscher, Visionäre und Goldsucher geworden; hier wimmelte es auch von Männern und Frauen, die darauf aus waren, schnell viel Geld zu scheffeln – Wahrsager, Schwindler, Abzocker, Spieler und Betrüger sowie die übliche Schar kleiner Gauner wie Taschendiebe und Brieftaschenräuber.

Vielleicht gehörte dieser Fremde zu den Letztgenannten. Umso überraschter war sie, als er von einem Busch in der Nähe eine Rose pflückte und sie ihr überreichte. »Die Aborigines sagen, dass Blumen von ihren Ahnen in der Traumzeit erschaffen wurden, also vor langer, langer Zeit. Die Ahnen verfügten über magische Kräfte, und alles, was sie taten oder dachten, nahm unwillkürlich Gestalt an. Es heißt, dass jedes Mal, wenn ein Ahne lachte, eine Blume entstand. Und weil die Menschen im Frühjahr häufiger lachen, gibt es im Frühjahr auch mehr Blumen. So jedenfalls heißt es bei den Schwarzen.«

Jamie O'Briens Akzent faszinierte sie. In dieser Kolonie kamen Einwanderer aus dem gesamten britischen Königreich zusammen, so dass man jede Menge Akzente hörte, vom Queen's English bis Cockney, außerdem irische und schottische Dialekte sowie die gelegentlich unverständliche Sprache der Waliser. Jetzt kam für Hannah ein neuer Akzent hinzu, der ihr vorkam wie ein Gemisch aus all den anderen und der von den wenigen gesprochen wurde, die hier geboren waren. Ihr Retter war also höchstwahrscheinlich kein Glücksritter, kein Neuankömmling, sondern hatte hier in Australien das Licht der Welt erblickt. Und das war in der Kolonie eine Seltenheit.

Mit einem Mal strahlte der Abend einen eigenartigen Zauber aus. Die Luft war im Gegensatz zu den Sommernächten in England sehr warm. Hannahs Mieder war eng und zwängte sie ein, Unterröcke und Reifrock behinderten sie. Sie dachte an die Südsee-Zwillinge, die in ihren Baströckchen die Gäste in Miss Forchettes Salon unterhielten.

Die Nähe des Fremden, der sie unverhohlen musterte, verursachte ihr heftiges Herzklopfen. Nein, ein Gentleman war er nicht. Und doch schien er zu dieser Nacht, in diese Umgebung zu passen. Erregung lag in der Luft, und sie ging auch von ihm aus.

»Ich muss gehen«, flüsterte sie. Ihre Kehle war wie zugeschnürt, sie musste förmlich nach Luft ringen. Du hast nur Angst, sagte sie sich. Was denn sonst?

Er starrte sie weiterhin an, dann kehrte sein Lächeln zurück, grub zusätzliche Fältchen in sein markantes Gesicht. Er trat beiseite, tippte an seinen Hut. »War mir ein Vergnügen, Sie kennenzulernen, Miss Hebamme. Ich hoffe sehr, dass wir uns mal wieder begegnen.«

Damit schlug Jamie O'Brien den Weg zum Haus von Lulu Forchette ein, und Hannah hörte den Kutscher rufen: »Miss? Alles in Ordnung mit Ihnen?«

Der Zauber war verflogen.

7

»Da ist sie ja!« Mit dem Ellbogen knuffte Ida Gilhooley ihren Mann in die Seite. »Da, Miss Conroy. Sie geht zur Post, genau wie ihre Zimmerwirtin gesagt hat.«

Walt Gilhooley spuckte vom Planwagen aus einen Strahl Tabaksaft auf die vom Herbstregen aufgeweichte Straße. »Das gefällt mir nicht, Ida. Wir sollten lieber ohne sie fahren. Wenn Miss Forchette dahinterkommt …«

»Dieses Walross kann mich mal.« Obwohl die rundliche Ida panische Angst vor Lulu Forchette hatte, reckte sie trotzig das Kinn. Noch mehr Angst allerdings hatte Lulus Chefköchin, eine Frau mittleren Alters, davor, was passieren würde, wenn sie Hannah Conroy nicht holten. Wenn das arme Mädchen starb, wäre das eine schwere Last auf Idas Gewissen, glaubte sie doch fest daran, dass Gott Sünder bestrafte. Hannah Conroy ohne Miss Forchettes Wissen herbeizuholen mochte zwar eine heftige Standpauke, vielleicht sogar unangenehme Konsequenzen nach sich ziehen, war aber immer noch der ewigen Verdammnis vorzuziehen. »Ich geh jetzt rein und hol sie.«

»Meinetwegen«, sagte Walt, Lulu Forchettes Kutscher und Handlanger für alles, und wäre in diesem Augenblick lieber sonstwo gewesen als hier vor dem Postamt in Adelaide, wo er eine nette junge Dame in eine abscheuliche und möglicherweise gefährliche Situation bringen musste.

Das Hauptpostamt war ein großes Backsteingebäude, den Eingang flankierten griechische Säulen sowie verschiedene Briefkästen mit der Aufschrift ADELAIDE oder MELBOURNE oder

SYDNEY oder WELT. In der Schalterhalle herrschte Hochbetrieb: Briefe wurden zum Versand eingeliefert, Post wurde abgeholt, an Stehpulten, die mit Tintenfässern bestückt waren, wurde eifrig geschrieben. Vor einem langen Schalter, hinter dem Postbeamte saßen, hatten sich Schlangen gebildet, weiter hinten befand sich die Abteilung, in der Briefe, Zeitungen und Päckchen sortiert wurden.

Hannah wartete geduldig in der Schlange. Eigentlich rechnete sie nicht mit einem Brief von Neal Scott. Die HMS *Borealis* war zu einer einjährigen Erkundungsfahrt in See gestochen, und es war nicht damit zu rechnen, dass sie einen Hafen anlief, in dem es ein Postamt gab. Trotzdem hoffte Hannah, irgendwann einen weiteren Brief zu dem hinzufügen zu können, den sie im November, also vor sieben Monaten erhalten hatte. Sie hatte Neal längst geantwortet, hatte ihm von Dr. Davenport berichtet und wie gern sie bei ihm arbeitete. Sie hätte gern häufiger geschrieben, eigentlich jeden Tag, weil sie sich dadurch Neal näher und mit ihm verbunden fühlte, aber sie wollte nicht, dass er bei seiner Rückkehr nach Perth einen geradezu aufdringlichen Berg Briefe vorfand.

Wenn sie ihm heute, an diesem bewölkten Herbsttag im Mai schriebe, könnte sie ihm von ihren arbeitsintensiven Vormittagen in der Arztpraxis erzählen, davon dass Dr. Davenport sie mehr und mehr mit einbezog, sie Verbände anlegen und Salben auftragen ließ, wie viel sie von ihm lernte und wie nett sie ihn fand, schon weil er sie an ihren Vater erinnerte. Dr. Davenport gab sich seinen Patienten gegenüber verständnisvoll und höflich und nahm sich für sie Zeit. Und seine Behandlungsmethoden waren fortschrittlich. Er wechselte tagtäglich die Kleidung und wusch sich sogar die Hände. Hannah hatte ihm bei drei Entbindungen assistiert, und er hatte versprochen, dass sie die nächste, sofern sich keine Komplikationen abzeichneten, ganz allein durchführen dürfe.

In ihrem Brief, den sie in Gedanken verfasste, könnte sie Neal auch berichten, dass sie vor zwei Wochen, am Todestag ihres Vaters und damit am Jahrestag ihres Entschlusses, England zu verlassen, im Park gewesen war. Auf einer Bank unter einem Pfefferbaum hatte sie zum ersten Mal wieder die Laboraufzeichnungen ihres Vaters durchgesehen und einmal mehr an seine letzten Worte gedacht. Er hatte von einem Brief gesprochen. Aber zwischen seinen Aufzeichnungen war nichts dergleichen zu finden, und mit den unzähligen Zetteln, Notizen, Rezepten, Gleichungen, Formeln und Einträgen auf Griechisch und Latein wusste sie nichts anzufangen. Vielleicht war das Geheimnis des väterlichen Portefeuilles erst zu ergründen, wenn sie ihre Kenntnisse, nicht zuletzt durch die Bücher aus Dr. Davenports beeindruckender Fachbibliothek, erweitert hatte. Und dazulernen wollte Hannah unbedingt, auch wenn viele dieser Bücher mühsam zu lesen waren.

Was sie Neal in ihrem imaginären Brief *nicht* mitzuteilen gedachte, war, dass sie von einer gewissen Madame, die außerhalb der Stadt residierte, engagiert worden war. Schließlich war es ungewöhnlich, sich um die gesundheitlichen Belange in einem Bordell zu kümmern. Mittlerweile war Hannah bei verschiedenen Zwischenfällen zu Lulu gerufen worden: Bei einem Streit zwischen zwei Mädchen hatte die eine der anderen mit einer Hutnadel ins Auge gestochen; der gesamte Haushalt war von Diarrhö heimgesucht worden, wogegen Hannah Ingwer und Steinsalz verschrieben hatte; eine hatte sich den Knöchel verstaucht, in der Küche hatte sich jemand verbrüht; ein männlicher Besucher hatte sich bei einer Kraftsportnummer mit Ready Rita die Nase gebrochen; bei Miss Magenta war es nach Einnahme einer Überdosis Belladonna abermals zu einer Krise gekommen.

Neal ihre Verbindung zu dem berüchtigten Haus zu erklären, wäre Hannah schwergefallen. Sie wusste eigentlich selbst nicht, was sie davon halten sollte. Lulu Forchettes Etablissement war eine Welt für sich. Obwohl Hannah niemals die Privaträume betrat, wenn sich dort Besucher aufhielten, bekam sie, wenn sie an den geschlossenen Türen vorbeiging, dennoch die ganze Palette ausgelebter Emotionen mit – Schreie und Seufzer, Stöhnen, Weinen und Lachen –, die von der anderen Seite zu ihr drangen. Lulus Haus verstörte sie; die Mädchen hingegen versicherten auf Nachfrage, dass sie glücklich seien, weil sie sonst auf der Straße stehen würden.

»Tut mir leid, Miss«, sagte der Postbeamte. »Keine Briefe heute.«

Hannah dankte ihm, trat beiseite und schlängelte sich durch die Menge zum Haupteingang zurück. Wie immer blieb sie vor dem Schwarzen Brett mit den Bekanntmachungen stehen.

Das Hauptpostamt war Dreh- und Angelpunkt für wichtige Informationen. Eine ganze Wand war amtlichen Bekanntmachungen sowie den Titelseiten der Zeitungen vorbehalten. Hier konnte man sich über die neuesten Verfügungen informieren, über die jüngsten Wahlergebnisse, über neue Gesetze, Regeln und Erlasse. Auch großformatige Fahndungsplakate der Polizei für steckbrieflich gesuchte Übeltäter fehlten nicht.

Aus purer Neugier überflog Hannah die Fahndungsplakate.

Ein Flüchtiger namens Jeremy Palmer aus Warrington, Lancashire, »erstach am 18. März 1842 seinen Arbeitgeber, Mr. McMasters von der Billiluna-Farm. Palmer, dreiundzwanzig Jahre alt, ist mittelgroß, hat braunes Haar und einen Klumpfuß.«

Ein weiteres Fahndungsplakat verhieß eine Belohnung von fünfzig Pfund für die Festnahme einer Strafgefangenen, die am 19. Januar aus der Haftanstalt für Frauen in Hobart Town entflohen war: »Mary Jones alias Middleton. Zu drei Jahren Zuchthaus verurteilt. Alter 38, Größe 5 Fuß 2 Zoll, dunkelhäutig, stämmig gebaut, Haar dunkelbraun, Narbe am Zeigefinger der linken Hand.«

Vor dem nächsten Plakat, das erst kürzlich angeschlagen worden war, blieb Hannah wie angewurzelt stehen.

£50
BELOHNUNG
für das Ergreifen von
JAMIE O'BRIEN
Gesucht wegen diverser Verbrechen,
begangen in den Kolonien und Territorien,

unter anderem wegen betrügerischen Diebstahls,
böswilliger Täuschung und Hochstapelei.
Wird auch in New South Wales gesucht,
wo er sich der Amtsanmaßung schuldig gemacht,
Regierungsdokumente gefälscht
und gegen das Gesetz verstoßen hat.

Beschreibung: O'Brien ist fünf Fuß zehn Zoll groß, schlank, 30 Jahre alt, hat dunkelblondes Haar und hellblaue Augen. Um Handgelenke und Fußknöchel Narben von Eisenfesseln. Ist ein durchtriebener Halunke, als »gerissen« und »Nepp-König« bekannt.

Hannah kniff die Augen zusammen. Jamie O'Brien – hieß so nicht der Fremde, der sie auf Lulus Gelände vor dem Dingo beschützt hatte? Sie erinnerte sich an die Narben an seinen Handgelenken, die Ärmel seines Hemdes waren ja hochgekrempelt gewesen. Jetzt dämmerte ihr, warum er so gespannt abgewartet hatte, nachdem er ihr seinen Namen genannt hatte.

Sie hatte sich schon gefragt, ob sie ihn je wiedersehen würde. Jedes Mal, wenn sie ins Haus von Lulu Forchette gerufen wurde, hatte sie an die wie von einem Zauber umhüllte Begegnung bei den Rosenbüschen gedacht. Was sie so an O'Brien faszinierte, konnte sie sich selbst nicht erklären. Es war so ganz anders als das, was sie für Neal empfand. James O'Brien erschien ihr eher als eines der so seltsam anmutenden Wunder Australiens, zu denen Kängurus und Kakadus zählten, die endlose Weite des Himmels und der Blick auf atemberaubende Landschaften. Dieses Land nahm sie immer mehr für sich ein, und möglicherweise war, was bei O'Brien den Ausschlag gab, dass er hier geboren war. Ein weiterer Aspekt dieses überwältigend reichen Kontinents.

Sie wandte sich zum Gehen, als sie Ida Gilhooley entdeckte, die sich durch die Menge hindurchlavierte. »Miss Conroy! Gott sei Dank! Ihre Vermieterin sagte, wir würden Sie hier finden, Miss. Können Sie mitkommen? Alice ist ernsthaft verletzt.«

»Alice! Wie denn das?« Sie folgte Mrs. Gilhooley durch den Haupteingang und die Stufen hinunter zu dem wartenden Planwagen.

»Sie ist gestürzt und mit dem Kopf aufgeschlagen. Miss Forchette wollte Sie nicht rufen lassen, sie hat gemeint, es wär nicht weiter schlimm, wir sollten Sie wegen einer solchen Lappalie nicht belästigen. Aber Alice stöhnt, Miss, und sie klagt über Übelkeit. Deshalb hab ich der Chefin vorgeschwindelt, in unserem Mehl wären Rüsselkäfer. Sonst hätten Walt und ich nicht in die Stadt kommen können. *Sie* weiß jedenfalls nicht, dass wir Sie zu Alice holen. Wenn sie's rausfindet, kriegt sie garantiert einen Tobsuchtsanfall. Aber weil's Alice so schlecht ging, konnten wir das einfach nicht länger mit ansehen.«

Hannah kletterte in den Planwagen. »Was heißt ›nicht länger‹?«, fragte sie.

Ida nahm neben ihr Platz, und als alle drei nebeneinander relativ bequem auf der Kutschbank saßen, nahm Walt die Zügel auf. »Einfach unglaublich, wie diese Frau mit den Mädchen umspringt«, sagte Ida. »Hält sie sich als Sklaven und behandelt manche von ihnen geradezu sträflich.«

Hannah warf ihr einen verwunderten Blick zu. »Ich dachte, die Mädchen seien dort glücklich.«

»Von wegen.« Und während sich ihr Ehemann mit dem Planwagen in den lebhaften Verkehr auf der King William Street einfädelte, wurde sie deutlicher. »Lulu fährt mit ihrer Kutsche die Straßen auf und ab und hält Ausschau nach Bettlerinnen. So jung wie möglich sollen sie sein, dann kann sie davon ausgehen, dass sie noch nix mit Männern hatten und nicht die französische Krankheit haben. Anfangs gibt sich Lulu freundlich, bietet ihnen ein Zimmer an und warme Mahlzeiten. Und schon nach wenigen Tagen bittet sie sie, einen ›Freund‹ zu unterhalten. Alles Weitere wissen Sie ja.«

Hannah spürte, wie sich ihr Magen verkrampfte. Was Ida da behauptete, konnte unmöglich wahr sein! »Aber den Mädchen steht doch frei, jederzeit zu gehen.«

»Lulu verlangt von ihnen, dass sie für ihr Zimmer und die Verköstigung bezahlen. Sie führt genau Buch darüber. Sie müssen ihre Schulden abstottern, und Lulu richtet's schon so ein, dass sie nie genug Geld sparen können, um alles zu begleichen. Auch Walt und ich stehen bei ihr in der Kreide. Oder glauben Sie, wir würden freiwillig dort arbeiten? Lulu hat uns ausgetrickst, so wie sie alle austrickst. Unsere kleine Farm war von einer Dürre betroffen, und die Bank drohte, sie uns wegzunehmen. Lulu bot uns ein Darlehen an, und wir griffen zu. Schon nach wenigen Monaten bestand sie auf Rückzahlung. Wir konnten nicht, also kassierte sie unsere Farm und zwang uns dann, für sie zu arbeiten, bis alles beglichen wäre. So geht sie vor. Sie macht Jagd auf Leute, die in Schwierigkeiten sind, spielt sich als Retterin auf und verschafft sich auf diese Weise kostenlose Arbeitskräfte.«

»Und Alice?«

»Ich weiß nicht, was ich davon halten soll, Ida, hinter Lulus Rücken …«, meldete sich Walt unvermittelt. »Man darf gar nicht dran denken, wozu diese Frau imstande ist, wenn sie in Wut gerät.«

»Fahr zu, Walt«, gab Ida unbeirrt zurück. »Ich hab eine Schwäche für Alice. Sie singt wie ein Engel, und für mich ist Schluss mit …«

Sie beendete den Satz nicht, weshalb Hannah sie fragend ansah: »Schluss womit, Mrs. Gilhooley?«

Aber Ida presste die Lippen zusammen und starrte auf den Verkehr.

Da die Fahrt noch gut und gern dreißig Minuten dauern würde, richtete sich Hannah zwischen Walt und Ida so gut wie möglich ein, immer darauf achtend, dass ihre blaue Teppichtasche sicher auf ihrem Schoß blieb. Molly Baker, die ebenfalls bei Mrs. Throckmorton wohnte, hatte ihr vorgeschlagen, diese Tasche gegen eine modernere einzutauschen, aber das kam für Hannah nicht in Frage, selbst dann noch nicht, als sie sich neu eingekleidet hatte. Da es Mai geworden war und der Winter vor der Tür stand, hatte sie ein hochmodisches Ensemble erstanden, mit einem Miederjäckchen über einer hochgeschlossenen Bluse, das, wenn aufgeknöpft, den Blick auf eine angedeutete Weste freigab (ein schneiderischer Trick, war es doch undenkbar, dass eine Dame eine richtige Weste trug). Die Ärmel waren sehr weit und mit weißer Spitze unterlegt, und wenn Hannah über die Holzplanken des Bürgersteigs ging, raschelte der girlandenartig mit Rüschen eingefasste Muschelsaum. Alles – von der Haube bis zu den Stiefeln – in den Farben des Herbstes aufeinander abgestimmt: rotbraun, dunkelgelb, bronzefarben.

Da die King William Street zwar breit war, aber keinen Schotterbelag aufwies, spritzte infolge des dichten Verkehrs mit den vielen Planwagen und Karren, Fuhrwerken und Einspännern, offenen oder geschlossenen Kutschen, den Reitern und nicht zuletzt einem von vier Pferden gezogenen Omnibus für sechzehn Passagiere, jede Menge Dreck auf. Die Bürgersteige hingegen, die aus hölzernen Planken bestanden, erlaubten es Fußgängern, ungehindert an Geschäften vorbeizuschlendern, einen Blick in die Schaufenster von Imbissstuben und Bäckereien zu werfen, in Banken und Kurzwaren- und Textilgeschäfte, in Teestuben, Lokale, Apotheken und Schneiderateliers. Adelaides breiteste Nord-Süd-Tangente bot einen Mischmasch verschiedenster Bauwerke, dreistöckige Geschäftshäuser aus rotem Backstein lösten sich mit kleinen Holzhäusern und sogar Bretterbuden ab.

Bei ihrer Ankunft hatte Hannah erstaunt zur Kenntnis nehmen müssen, dass Adelaide eine *auf dem Reißbrett entworfene* Stadt war. Sie hatte geglaubt, dass alle Städte so wie London seien, also vor langer Zeit aus dem Nichts entstanden wären und sich dann wahllos nach allen Richtungen hin ausgebreitet hätten. In dieser Ebene hier war man dagegen planmäßig vorgegangen, hatte ein Netz von breiten, schnurgeraden Straßen angelegt, den Grund und Boden in Parzellen aufgegliedert und im Zentrum Raum für einen großen Platz geschaffen, der nach Königin Victoria benannt wurde, sowie für vier kleinere Parks mit Grünflächen und Bäumen. Das Flachland und die Hügel in der weiteren Umgebung dagegen hatten sich im Laufe der Jahre in einen Gürtel von Getreidefarmen, Weingärten und Schafweiden verwandelt. Näher zur Stadt hin gab es zwei Getreidemühlen, Handwerks- und Metallbetriebe, eine Brauerei, mehrere Schnapsbrennereien, einen Kerzenzieher und Schlachthöfe, die ihre Abfälle in den Fluss kippten.

Dass Adelaide so jung war, erstaunte Hannah nicht minder. Das Gasthaus in Bayfield bestand seit vierhundert Jahren, die älteste Kneipe hier hingegen seit gerade einmal zwölf. Und die Gegend um Bayfield war seit prähistorischen Zeiten durchgehend besiedelt, während die ersten weißen Siedler bei ihrer Ankunft in Südaustralien lediglich eine Handvoll Aborigines angetroffen hatten, die inzwischen irgendwohin umgesiedelt worden waren.

Endlich hatten Hannah und die Gilhooleys den dichten Verkehr hinter sich gelassen und befanden sich auf einer angenehm zu befahrenden Landstraße. Die Stimmung der drei in dem Planwagen war indes alles andere als gut. Hannah bemerkte, wie finster Walt jetzt dreinschaute und dass sich Idas Hände ineinander verschlangen. Während der halbstündigen Fahrt hatte keiner ein Wort geäußert. Hannah selbst war aufs Höchste besorgt, war ihr doch in den letzten drei Monaten Lulus Dienstmädchen sehr ans Herz gewachsen.

So sehr, dass sie jedes Mal, wenn sie gerufen wurde, auch Alice aufsuchte, um ein wenig mit ihr zu plaudern und sie dann zu bitten, ein Liedchen zu singen – nur für das Personal und nur in der Küche, wusste sie doch, wie unglaublich scheu Alice war und dass sie für niemanden sonst oder irgendwo anders im Haus sang. Es war eine Freude mitzuerleben, wie Alice aus sich herausging, wenn sie für ihre kleine Schar von Zuhörern ein Lied vortrug, wie sie ihre kornblumenblauen Augen schloss, das Kinn reckte und zu glockenreinen Tönen für ihre schweigenden Bewunderer anhob. Jedes Mal war Hannah aufs Neue von bittersüßen Gefühlen durchdrungen, denn die Balladen, die Alice sang, brachten Erinnerungen an Bayfield und ihren Vater zurück, an ihr Häuschen und auch an ihre Mutter, bei deren Tod Hannah dreizehn gewesen war.

Als sie einmal Alice gegenüber erwähnt hatte, wie sehr ihre

Stimme andere bewegte, hatte Alice verlegen gemeint: »Vor dem Feuer wusste ich gar nicht, dass ich eine schöne Stimme besitze. Erst danach, als ein Nachbar mich gesund pflegte. Meine Schmerzen und mein Kummer waren so groß, dass ich lange Spaziergänge unternahm, dorthin, wo ich allein war. Eines Tages lauschte ich dem Gesang der Vögel, und ihr Zwitschern machte mich so fröhlich, dass ich ebenfalls meine Stimme erhob. Ich sang einfach drauflos, und sofort merkte ich, wie gut mir das tat. Seither muss ich immer vor mich hin singen. Wenn ich das nicht könnte, würde ich sterben.«

Wie schade, überlegte Hannah, dass Alice wohl niemals professionell würde singen können, dass diese herrliche Stimme der Welt draußen vorenthalten wurde. Es ging einfach nicht. Wegen ihres entstellten Gesichts.

»So, da wären wir«, sagte Walt, als das wohlbekannte Haus in Sicht kam.

Ida Gilhooley führte Hannah in einen an die Küche grenzenden kleinen Raum, in dem man Alice auf ein Strohlager gebettet hatte. Das Mädchen ächzte und stöhnte.

Nur in ihrer Unterwäsche – weißes Baumwollhemd und Baumwollunterhosen – lag sie zusammengekrümmt auf der Seite, wimmerte und zitterte. Als Erstes sah Hannah die klaffende Wunde am Kopf und das sich bereits schwarz verfärbende Blut in Alices hellblondem Haar, dann die roten Striemen und kleinen Schnittwunden am Körper. Und dass ein Auge blutunterlaufen war und die Lider beängstigend anschwollen.

Hannah kniete neben ihr nieder, und als sie Alice liebevoll an der Schulter berührte, zuckte das Mädchen zusammen. »Psst, ich bin's doch nur, Miss Conroy. Was ist denn passiert?«

Als Alice schwieg, schaute Hannah zu den anderen auf, die das Lager umstanden, ihrem Blick jedoch auswichen. »Was ist hier vorgefallen?«

Eines der Küchenmädchen räusperte sich und sagte dann: »Sie ist gestürzt.«

Angesichts der Kopfwunde untersuchte Hannah zuerst Alices

Auge, fragte dann, ob ihr noch übel sei. Nachdem jedoch keine Gefahr einer Gehirnerschütterung zu bestehen schien, besah sich Hannah die anderen Verletzungen genauer und kam zu dem Schluss, dass sie keinesfalls von einem Sturz herrühren konnten. Alice war geprügelt worden. Und dies nicht nur heute; die gelben und grünen Blutergüsse zwischen den roten Striemen waren schon ein paar Tage alt.

Merkwürdige Blutergüsse. Alle wiesen sie eine ovale Form auf, auch die Narbe einer Wunde, die mal genäht worden war. Wie ein Blitz durchfuhr Hannah die Erkenntnis, wo sie dieses Oval gesehen hatte – es entsprach dem eigentümlichen Goldknauf an Lulu Forchettes Krückstock.

»Alice ist nicht gestürzt, hab ich recht?«, fragte sie die Runde.

»Lulu wollte, dass sie vor den Männern singt«, kam es von Ida Gilhooley.

Das Licht von der Küche her wurde unvermittelt verstellt. Im Türrahmen stand die ausladende Lulu in einem mit Rüschen besetzten knallroten Morgenrock. Sie stützte sich auf ihren Stock, ihr Gesichtsausdruck ließ das Schlimmste erahnen. »Was ist hier los? Lassen Sie von dem Mädchen ab!«

Hannah stand auf. »Sie haben sie geschlagen.«

»Diese einfältige dumme Gans hat's verdient.«

Trotz ihrer Leibesfülle konnte sich Lulu, wie man sah, durchaus fortbewegen. Demnach diente der Stock, so Hannahs Vermutung, anderen Zwecken. Während das Küchenpersonal in Schweigen verharrte, fixierte sie Lulu und Lulu sie. Als die Dame des Hauses einen Schritt auf sie zukam, wich Hannah nicht zurück. Umso heftiger pochte ihr Herz, genau wie damals, bei dem Zwischenfall mit dem wilden Dingo. Nur diesmal war da kein Jamie O'Brien, der ihr zu Hilfe kam.

So ruhig wie möglich drehte sie der dreihundert Pfund schweren Bordellbesitzerin den Rücken zu und kniete sich wieder zu Alice. »Möchtest du mit mir kommen, Liebes?«

Angsterfüllt riss Alice die Augen auf, schaute an Hannah vorbei zu Lulu, schluckte krampfhaft. Hannah hockte sich so hin, dass sie Alice den Blick auf Lulu versperrte und fragte nochmals: »Möchtest du mit mir kommen? Bei mir bist du in Sicherheit, ganz bestimmt. Niemand wird dir etwas antun.«

Und als das Mädchen zögerte, fügte sie noch hinzu: »Es steht dir zu, freundlich und respektvoll behandelt zu werden wie jeder andere auch.«

Endlich raffte sich Alice zu einer Antwort auf. »Ja«, kam es ganz leise, »ja, Miss, ich würde gern mit Ihnen kommen.«

»Das Mädchen steht in meiner Schuld«, ereiferte sich Lulu.

Hannah ging nicht darauf ein. Sie half Alice aufzustehen, legte ihr eine Decke um. Um das Wenige zusammenzupacken, was sie besaß, war keine Zeit. Einen Arm schützend um das Mädchen gelegt, wandte sich Hannah ihrer Gegnerin zu: »Sie sind ausreichend bezahlt worden, Miss Forchette. Alice wird nicht wiederkommen. Und ich auch nicht.«

Lulu sagte nichts. Die Atmosphäre war zum Zerreißen gespannt. Ein paar Mädchen »von oben« im Nachthemd oder in Unterwäsche hatten sich hinzugesellt. Verschlafen und verstrubbelt, wie sie waren – ihr Arbeitstag begann erst am Nachmittag –, wollten sie wissen, was sich hier zugetragen hatte.

Hannah blickte sie der Reihe nach an, diese Mädchen, denen sie geholfen, mit denen sie geplaudert und sogar gelacht hatte – Ready Rita und Easy Sal, Gertie die Zwergin, die Akrobatin Abby und die polynesischen Zwillinge. »Wenn eine von euch gehen möchte, kann sie jetzt mitkommen.«

Verlegen starrten sie zu Boden, räusperten sich.

»Ich wohne in Mrs. Throckmortons Privatpension in der Gray Street«, sagte Hannah. »Ihr könnt jederzeit zu mir kommen. Ich werde euch behilflich sein, eine Arbeit zu finden, für die ihr euch nicht zu schämen braucht, und eine anständige Unterkunft.« Und an Lulu gewandt: »Ich könnte mir vorstellen, dass die Behörden interessiert daran sein dürften zu erfahren, was in diesem Hause vorgeht.«

Lulu lachte dröhnend auf. »Raten Sie mal, wer zu meinen besten Kunden zählt!«

Als Hannah mit Alice auf die Hintertür zuging, meinte Lulu höhnisch: »Wie wollen Sie denn die zehn Meilen bis in die Stadt zurücklegen? Zu Fuß etwa?«

»Ich werd sie bringen!«, brüllte Walt Gilhooley von der Treppe aus. »Sie können mir und Ida nichts antun, was Sie uns nicht bereits angetan haben.« Er bedeutete Hannah, ihm zu folgen.

»Das wird Ihnen noch leidtun, Miss Neunmalschlau!«, rief Lulu Hannah hinterher. »Verdammt leid!«

8

Gonville Davenport, Doktor der Medizin, summte vergnügt vor sich hin, während er sich duftende Pomade ins dichte schwarze Haar kämmte und sich im Spiegel über seiner Waschschüssel musterte. Als er die ersten Anzeichen von Grau an den Schläfen entdeckte, runzelte er die Stirn und überlegte, ob er sie vielleicht mit schwarzer Stiefelwichse abdecken sollte. Die Pomade hatte er sich gestern bei Butterworth's zugelegt, um, wie er sich einredete, einen besseren Eindruck auf seine Patienten zu machen.

In Wirklichkeit hatte diese zusätzliche Haarpflege mit Miss Hannah Conroy zu tun.

Davenport hielt an zwei Überzeugungen fest: dass der Mensch im Grunde gut ist und dass ein Mann gelegentlich von seinen Gewohnheiten abweichen, die sich selbst auferlegten Hürden überwinden und dem Schicksal vertrauen sollte. Miss Conroy hatte diese beiden Überzeugungen auf den Prüfstand gestellt, als sie vor drei Monaten in seiner Praxis erschien und mit dem geradezu abenteuerlichen Vorschlag herausrückte, als Assistentin bei ihm zu arbeiten. Davenport war zunächst misstrauisch gewesen – was wollte sie damit bezwecken? –, dann aber hatte ihn ihre lautere Gesinnung überzeugt, und er hatte beschlossen, es probehalber mit ihr zu versuchen. Es hatte sich bezahlt gemacht.

Miss Conroy hatte sich nicht nur als ein Segen für seine Praxis erwiesen; sie hatte darüber hinaus auf Eis gelegte Interessen in ihm wiedererweckt, die erneut anzupacken Davenport Auftrieb gab. Seit er, ein kinderloser Witwer, nach Adelaide gekommen war, war er zusehends abgestumpft; für die Leiden seiner Patienten brachte er nicht mehr als nur noch berufsmäßiges Interesse auf, sie bedrückten ihn nicht sonderlich. Erst durch Hannah Conroys intensives Nachfragen kam er sich wieder wie ein Student der Medizin vor, ging seither neugierig allem auf den Grund, wollte wie sie Antworten auf Ungereimtheiten erhalten, Lösungen suchen.

Vor allem gab ihm zu denken, was Miss Conroy ihm anvertraut hatte. »Meine Mutter ist an Kindbettfieber gestorben«, hatte sie eines Nachmittags nach der Sprechstunde angefangen, als er Eintragungen in seine Patientenkartei machte und sie den Boden fegte. »Das hat mein Vater gesagt und der Leichenbeschauer ebenfalls, die Symptome waren ja wohl auch eindeutig. Für meinen Vater war dies ein Anreiz, danach zu forschen, wie man dem Ausbruch von Kindbettfieber zuvorkommen beziehungsweise Kindbettfieber heilen kann. Umso merkwürdiger, dass ich nach seinem Tod in seinen Laboraufzeichnungen eine Notiz fand, auf der stand: ›Woran ist meine geliebte Louisa gestorben?‹

Könnte es sein, Dr. Davenport«, hatte Miss Conroy gefragt, ihren Besen beiseitegestellt und ihn mit diesen bezwingend grauen Augen angesehen, »dass nach Meinung meines Vaters die Ursache für den Tod meiner Mutter eine andere war?«

Davenport hatte Miss Conroy gebeten, ihm zu beschreiben, wie die Erkrankung der Mutter, die zu ihrem Tod geführt hatte, ausgebrochen und verlaufen war, und danach stand für ihn eigentlich auch fest, dass Louisa Conroy am Kindbettfieber gestorben war. Warum der Vater dies im Nachhinein angezweifelt hatte, blieb ihm ein Rätsel.

Davenport hatte bedauert, ihr nicht weiterhelfen zu können, aber noch in derselben Nacht hatte er sich Bücher vorgenommen, die er seit Jahren nicht angerührt hatte, und sich in medizinische Texte vertieft. Zum ersten Mal seit Ediths Tod entwickelte Gonville Davenport wieder Interesse für ein medizinisches Problem, auch wenn er letztendlich keine Antwort auf Hannahs Frage fand.

Mit der Zeit stellte er fest, dass es ihm Freude machte, seine

Fachkenntnisse weiterzugeben. Schon weil sich Miss Conroy als wissbegierige und eifrige Schülerin erwies. Als ihm jetzt ein medizinisches Rätsel einfiel, das sie gemeinsam gelöst hatten, musste er unwillkürlich schmunzeln.

Mr. Paterson, ein verheirateter Schuster Mitte sechzig, hatte in der Sprechstunde über Kopfschmerzen geklagt. Und auch darüber, dass er wegen seiner absonderlichen Hautfarbe von Freunden und Kunden gemieden wurde, aus Angst, sie könnten sich mit dieser Krankheit, so es denn eine war, anstecken. Selbst seine Frau lasse ihn nicht an sie ran. Davenport erkannte auf Anhieb, dass eine derart ausgeprägte Gelbsucht auf einen Leberschaden im fortgeschrittenen Stadium hinwies; da er jedoch aus Prinzip seine Patienten nicht ihrer Hoffnung auf Heilung berauben wollte, gab er Mr. Paterson ein »Tonikum« und schickte ihn nach Hause. Das Tonikum war rosa eingefärbtes harmloses Zuckerwasser, von dem Mr. Paterson, wie Davenport ihm einschärfte, dreimal täglich einen Löffel voll einnehmen sollte. Derlei Placebos, die die meisten Ärzte auf Lager hatten, waren eher eine freundliche Geste dem Patienten gegenüber. Und da eine falsche Hoffnung besser war als gar keine, erwies sich ein harmloses Placebo gelegentlich sogar als wirkungsvoll.

Nachdem Mr. Paterson abgezogen war, hatte Miss Conroy Bedenken angemeldet. Der Flickschuster war ein netter alter Mann, seine Geschäfte gingen schlecht – er tat ihr einfach leid. Und sie rückte damit heraus, dass sich ihrer Meinung nach seine Gelbsucht durch eine Hautverfärbung ausdrückte, die anders war als bei den Fällen von Gelbsucht, die ihr Vater in Bayfield behandelt hatte. »Patersons Hautfarbe ist eher orange als gelb«, hatte sie gemeint. »Könnte es nicht eher mit seiner Gallenblase zusammenhängen?«

Davenport, der nicht gewohnt war, dass seine Diagnose und Behandlungsmethoden angezweifelt wurden, schon gar nicht von einer Frau, war wie vor den Kopf geschlagen gewesen. Mittlerweile aber hatte er gelernt, dass Miss Conroys Fragen nicht Ausdruck ihres mangelndes Vertrauens in seine Fähigkeiten oder ihrer Arroganz waren, sondern ehrliches Interesse bekundeten. Als er ihr erklärt hatte, dass eine Entzündung der Gallenblase auszuschließen sei, weil der Patient nicht über Schmerzen im Bereich des Bauchfells geklagt habe, brachte Miss Conroy Mr. Patersons Kopfschmerzen zur Sprache, die sich Dr. Davenport allerdings nicht erklären konnte.

Nachdem Miss Conroy gegangen war, gestand sich Gonville Davenport ein, dass Paterson ein medizinisches Geheimnis für ihn darstellte. Miss Conroy hatte ja recht: Die orangerote Verfärbung der Haut und dazu die Kopfschmerzen ließen sich nicht vollends mit Leber- oder Gallenblasenproblemen erklären.

Was dann machte Mr. Paterson zu schaffen?

Diese Frage hatte Davenport nicht losgelassen. Er hatte seine Fachliteratur gewälzt, bis ihm schließlich ein Artikel einfiel, der vor nicht allzu langer Zeit in einer ausländischen Fachzeitschrift erschienen war. Fast die ganze Nacht hindurch hatte er in seinen Bergen von Zeitschriften und Magazinen gewühlt und war endlich auf den gesuchten Artikel gestoßen, der seine Vermutung für die wahre Ursache für Mr. Patersons auffällige Hautverfärbung bestätigte. Gleich am nächsten Morgen hatte er den Flickschuster in seinem Laden in der Wright Street aufgesucht und sich unter anderem nach seinen Essgewohnheiten erkundigt.

»Vor kurzem habe ich gelesen«, sagte Dr. Davenport bei seiner Rückkehr in die Praxis zu Hannah, »dass Chemiker an der Sorbonne eine in Gemüse befindliche Substanz abgesondert und identifiziert haben, eine Substanz, der sie den Namen *Carotin* gegeben haben, weil sie in besonders konzentrierter Form in Karotten vorhanden ist. Dieser Artikel hat mich nachdenklich gestimmt. Als ich dann Mr. Paterson fragte, ob er Karotten isst, nahm er mich mit in seinen Garten und zeigte mir stolz seine Karottenbeete. Anscheinend liebt er sie so sehr, dass er kaum etwas anderes isst – gekocht, gedünstet, gebraten oder roh! Miss Conroy, es sind die Karotten, die seine Haut so orangerot verfärbt haben!«

»Und die Kopfschmerzen?«, hatte sie gefragt.

»Die rühren daher, dass sein Hut zu eng ist.«

In der Folgezeit stellte sich Mr. Paterson auf Kartoffeln um, kaufte sich einen neuen Hut, der ein paar Nummern größer war – und wurde gesund. Wie hatten sie darüber gelacht, Gonville Davenport und Hannah Conroy, und auch im Nachhinein amüsierten sie sich noch immer königlich, wenn sie unter sich waren und darauf zu sprechen kamen. Davenport hatte seit langem nicht mehr mit so viel Engagement gearbeitet. Genauso wie ihm seit langem die Gesellschaft einer jungen Dame nicht mehr so angenehm gewesen war.

Auch für seine Patientinnen erwies sich Hannah als Segen. Während ein Arzt einen männlichen Patienten eingehend untersuchen, das heißt ihn sogar bitten konnte, sich freizumachen, war es undenkbar, sich ein genaues Bild von dem zu verschaffen, was sich unter der Kleidung einer Dame verbarg; er musste sich auf das verlassen, was die Patientin vorbrachte. Da Frauen aber häufig zu schüchtern oder zu verklemmt waren, um genaue Angaben über ihre Beschwerden verbal vorzubringen, und stattdessen um den Brei herumredeten, konnte der Arzt nur Vermutungen anstellen. Wenn eine Dame errötend gestand, dass ihre »Regelmäßigkeit« zu wünschen übrig ließ, wusste er nicht, ob sich das auf ihren Menstruationszyklus bezog oder auf die Darmtätigkeit. Bei Miss Conroy dagegen konnten die Frauen ohne erstickendes Schamgefühl frei reden, und sie mit ihrer beim Vater erworbenen Erfahrung gab dann an Dr. Davenport weiter, was genau die Patientin quälte. Die Folge war eine umso zielgerichtetere Behandlung.

Kein Wunder, dass zusehends mehr Frauen in seine Praxis drängten! Dementsprechend hatte Davenport seine Sprechstunden bereits von drei auf fünf Vormittage erweitert und auch Miss Conroys Stunden aufgestockt.

Als er seine Wohnung verließ und die Hintertreppe hinunterging, die zu einer Küche, seiner Praxis und dem Wartezimmer führte, das sich bereits füllte, fasste er einen Entschluss. Ehe Miss Conroy ihm vor drei Monaten ihren kühnen Vorschlag unterbreitet hatte, hatte er mit dem Gedanken gespielt, nach England zurückzugehen und dort eine entfernte Kusine zu heiraten, die ihm durchaus nicht gleichgültig war. Diesen Plan verwarf er jetzt zugunsten einer anderen Überlegung. Obwohl sie sich erst drei Monate kannten, erachtete er es nicht als allzu aufdringlich, Miss Conroy am Sonntag zum Pferderennen in Chester Downs, eine Meile vor der Stadt, einzuladen. Eine Musikkapelle würde aufspielen, es sollte ein Buffet mit deutschen Würsten, Brot und Bier aufgebaut sein, und zwei Franzosen wollten, wie es hieß, etwas vorführen, was sich »Flug mit dem Heißluftballon« nannte.

Er betrat sein Besprechungszimmer, und nachdem er die Vorhänge zurückgezogen hatte, um die Morgensonne einzulassen, trat er an seinen Schreibtisch, auf dem seine Haushälterin die Post abgelegt hatte. Davenport überflog die Briefumschläge – Rechnungen, Reklame, ein Brief von der Kusine in England. Ein Umschlag weckte seine Aufmerksamkeit. Er öffnete ihn, hob die Brauen, starrte, je weiter er las, ungläubig auf den Text.

Dreimal las Dr. Davenport den Brief durch, dann knickten seine Knie ein, und er sank schwer auf seinen Schreibtischstuhl.

»Er wird dir gefallen, dieser Robert«, redete Molly Baker begeistert auf sie ein. »Und er arbeitet als Buchhalter bei einem Anwalt!« Molly mit ihrem Mondgesicht ging bei einer Schneiderin in der todschicken Peel Street in die Lehre, was ihr so viel Selbstvertrauen gab, dass sie zu jedem Thema unverblümt ihre Meinung äußerte. Eine Charaktereigenschaft, die ihre Freundin stillschweigend ertrug.

Die beiden Bewohnerinnen von Mrs. Throckmortons Privatpension machten sich unten im Salon zum Ausgang bereit. »Er trägt weiße Kragen und hat saubere Fingernägel«, ergänzte Molly noch und befestigte vor dem Spiegel in der Diele ihre Haube mit einer Hutnadel.

Besagter Robert war Mollys vierter Versuch, Hannah zu verkuppeln, und ganz gleich, wie oft Hannah erklärte, sie erwarte den Besuch eines jungen Mannes, eines amerikanischen Wissenschaftlers, der gegenwärtig auf einem Forschungsschiff außerhalb von Perth arbeite – Molly wollte nichts davon hören. Es gab genügend Mädchen, die sich damit brüsteten, dass ein junger Mann kommen und sie mit sich nehmen würde, aber wie selten tauchte ein solcher Bursche dann tatsächlich auf!

»Hannah, du bist wirklich weltfremd. Dabei bist du doch schon zwanzig!«

Molly war einundzwanzig und bildete sich etwas darauf ein, nicht von nur einem, sondern von sage und schreibe bereits drei jungen Männern geküsst worden zu sein. Zwar hatte keines dieser Techtelmechtel zu einer dauerhafteren Bindung geführt, aber sie gab die Hoffnung nicht auf. Mollys Lebensziel war die Ehe. Und nicht irgendein Mann sollte es sein. Er musste in einem Büro arbeiten und jeden Tag ein frisches Hemd anziehen. »Ich wette«, sagte sie, »dass bislang nicht mal Händchenhalten mit einem Mann bei dir drin war.«

Nicht nur Händchenhalten, hätte Hannah erwidern können, während sie die Bänder ihrer Haube unter dem Kinn miteinander verknüpfte. Meinen gesamten Körper hat Neal umfangen, als wir dachten, unser Schiff würde untergehen. Und dann hat er mich geküsst …

Aber darüber konnte Hannah mit niemandem sprechen, das war zu persönlich und die Situation zu ungewöhnlich gewesen; keiner, der so etwas nicht selbst erlebt hatte, würde das verstehen. Auch über das Haus von Lulu Forchette konnte sie mit Molly nicht sprechen und dass sie in vieler Hinsicht durch ihre Besuche dort sehr viel besser über intime Dinge Bescheid wusste als ein Mädchen, das dreimal geküsst worden war.

»Robert ist bestimmt sehr nett«, meinte Hannah, »und ich finde es lieb von dir, dass du mich mit jungen Männern bekannt machen möchtest, aber im Moment habe ich keinen Bedarf.«

Als sie Mollys unverhohlenes Grinsen sah, war ihr klar, dass für die Freundin feststand, Hannah habe ein Auge auf Dr. Davenport geworfen. »Er besitzt ein eigenes Haus«, hatte Molly erst letzte Woche beim Abendessen, zu dem Mrs. Throckmorton Steak und Nierenpastete servierte, angemerkt. »Das gesamte obere Stockwerk ist Wohnbereich und unten ist die Praxis. Ein *Arzt,* Hannah, mit gutem Einkommen. Sieht nicht mal übel aus, vielleicht ein bisschen alt.«

Sollte Molly doch denken, was sie wollte. Den eigentlichen Grund, weshalb Hannah bei Dr. Davenport arbeitete, konnte sie sowieso nicht erahnen: dass sie Menschen gesundmachen wollte.

Sie wünschte Molly einen guten Tag und trat hinaus in den frischen Herbstmorgen. Als sie die matschige Straße erreichte, wandte sie sich um und schaute zu einem Fenster im zweiten Stockwerk hoch, aus dem Alice ihr zuwinkte. Hannah winkte zurück und setzte ihren Weg fort.

Alice musste im Haus bleiben, bis die schweren Verletzungen, die Lulu ihr vor einer Woche beigebracht hatte, abgeheilt waren und vor allem die Schwellung im Gesicht vollständig abgeklungen war. Aber so zerbrechlich sie auch wirkte und so scheu sie auch war, wohnte ihr eine bemerkenswerte Kraft inne. Sie zerfloss nicht in Selbstmitleid, sondern hatte vor, sich, sobald es ihr besserging, in der Stadt nach Arbeit umzusehen. Während ihrer Zeit bei Lulu hatte sie gezwungenermaßen ihre Angst vor Feuer überwinden müssen und konnte dadurch jetzt jedwede Tätigkeit im Haushalt übernehmen, ohne in Panik zu geraten.

In der Annahme, es würde ihr guttun, hatte Hannah sie eines Abends gebeten, in den Salon zu kommen und für die anderen Hausgäste zu singen. Alle waren hingerissen. »Wenn man ihre Stimme hört, meint man, die Wolken reißen auf und ein Sonnenstrahl verklärt einen trostlosen Regentag«, hatte eines der Mädchen gesagt, und eine andere: »Sie stimmt mich traurig und fröhlich zugleich.« Und Molly Baker hatte erklärt: »Mit dieser Stimme kann sie sich einen reichen Ehemann angeln!«

Hinter Alices Rücken waren sie jedoch einhellig der Meinung, dass ihr entstelltes Gesicht ein schier unüberwindliches Hindernis darstellte.

Es waren schwierige sieben Tage gewesen. Hannah hatte Mrs. Throckmorton etwas von einem »Unfall« vorgeschwindelt, um die Inhaberin der Pension zu der Erlaubnis zu bewegen, Alice bei sich im Zimmer unterzubringen. Gleichzeitig hatte alles im Zusammenhang mit dem übel beleumdeten Haus ihr Gewissen belastet, wusste sie doch jetzt, dass die Mädchen gegen ihren Willen dort festgehalten und ausgenutzt wurden und dass sie etwas dagegen unternehmen musste. Nur was? Alice hatte sie gebeten, davon abzulassen. »Die Behörden tun sowieso nichts. Sie sind Lulus beste Kunden. Ich kenne die Namen von Richtern, Bankiers, von hochrangigen Regierungsbeamten, die regelmäßig dort verkehren. Sie werden nicht zulassen, dass Sie das öffentlich bekannt machen. Der Schuss könnte nach hinten losgehen.«

Eine Woche lang hatte Hannah mit sich gekämpft, hin- und hergerissen zwischen dem, was ihr Gewissen bedrückte, und Alices Warnung, um sich dann dazu durchzuringen, Dr. Davenports Rat einzuholen. Er war klug, gebildet und erfahren. Sie würde ihn ins Vertrauen ziehen und ihm schildern, was in dem besagten Haus vorging – zweifellos würde er entsetzt sein über die Existenz eines solchen Etablissements und dass Männer in hohen Positionen ihre schützende Hand darüber hielten, aber Hannah brauchte Rat, wenn sie in irgendeiner Richtung tätig werden wollte.

Da der Light Square nicht weit von ihrer Pension lag, erreichte sie wenig später die Praxis. Als sie die Stufen des eingeschossigen Backsteinhauses hinaufstieg, das zwischen einem Kleidergeschäft und einer Buchhandlung lag, streifte ihr Blick das auf Hochglanz polierte Messingschild, auf dem Dr. Davenports Namen prangte. Eines Tages, lächelte sie in sich hinein, eines Tages steht da auch mein Name.

Die Eingangstür öffnete sich zu einem winzigen Vorraum mit zwei Türen. Die eine, auf der *Privat* stand, führte in die Küche und den nach hintenhinaus gelegenen Dienstbotentrakt. Auf der anderen stand *Wartezimmer*, das Hannah betrat und in dem bereits mehrere Patienten auf den Doktor warteten.

Sie hatten auf einer Bank Platz genommen, die sich an zwei Wänden entlangzog. Sobald ein Patient aus dem Behandlungszimmer kam, stand der Nächste in der Bankreihe auf und begab sich zum Doktor, und die noch Wartenden rutschten nach. Hannah bedachte alle mit einem Lächeln. Ein paar Männer erhoben sich kurz, andere legten den Finger an die Mütze und murmelten »Morgen, Miss.« Da war Mr. Billingsly, der Kurzwarenhändler, mit einer entzündeten Zehe, und da war die Frau des Bäckers, Mrs. Hudson, mit ihrem hartnäckigen Husten. Der Mann mit dem rechten Arm in der Schlinge war Sammy Usher, ein Viehtreiber, der sich bei einem Sturz vom Pferd die Schulter ausgekugelt hatte. Hannah bemerkte Mrs. Rembert, der wohl wieder mal ihre Arthritis zu schaffen machte, und Mr. Sanderson, der zweifelsohne eine weitere Flasche des Tonikums haben wollte, das ihm nach eigener Aussage die Vitalität eines Zwanzigjährigen verlieh. Einige der Anwesenden waren Hannah unbekannt. Sie wusste, dass der eine oder andere aus reiner Neugier herkam; seit bekannt geworden war, dass der Doktor mit einer Frau zusammenarbeitete, wollten sie sich persönlich ein Bild von ihr machen.

Als Hannah die Tür zum Behandlungszimmer öffnete, freute sie sich schon darauf, wieder etwas dazuzulernen, und war gespannt, was der Tag mit sich bringen würde. Letzten Montag zum Beispiel war eine Frau in die Praxis gestürmt und hatte vorgebracht, dass eine Familie in der Nachbarschaft sterbenskrank daniederliege.

Davenport und sie hatten alles stehen und liegen gelassen und waren durch den Nieselregen zu dem betreffenden Haus ganz in der Nähe geeilt. Sie hatten sich selbst Zugang verschafft und in dem einen Zimmer Vater und Mutter, im anderen fünf Kinder angetroffen, allesamt von heftigen Magenschmerzen mit Brechreiz heimgesucht und entsprechend geschwächt. Während Dr. Davenport die Kinder untersuchte, gelang es Mr. Dykstra, sich aus seinem Bett ins Kinderzimmer zu schleppen, völlig benommen und torkelnd und mitunter kichernd, so dass man ihn durchaus für betrunken halten konnte.

Nachdem Dr. Davenport dem Mann wieder in sein Bett geholfen hatte, erkundigte er sich, wann und wie es zu der Erkrankung gekommen war, und erfuhr, dass es den Jüngsten kurz nach dem

Frühstück als Ersten getroffen habe. Bis zum Mittag hätten alle unter Übelkeit, Durchfall und Schmerzen gelitten.

»Was haben Sie zum Frühstück gegessen?« Auf diese Frage von Dr. Davenport kam als Antwort: Wurst, Eier und Tomaten. Woraufhin der Doktor die vor sich hin stöhnenden Dykstras Hannahs Obhut anvertraute und sich auf der Rückseite des bescheidenen Holzhäuschen umsah, wo sich ein kleiner Garten befand, wie er für die meisten Bewohner von Adelaide typisch war: Schnurgerade Reihen bepflanzt mit Salat, Karotten und Tomaten. Als Davenport zusätzlich leere Kerosindosen fand, fragte er, ans Bett des Familienoberhaupts zurückgekehrt: »Mr. Dykstra, haben Sie in Ihrem Garten Lampenöl verwendet?«

»Musste ich, Doktor. Blattläuse und Spinnenmilben hatten sich wieder über meine Tomaten hergemacht. Die Pflanzen waren noch jung, ich wusste, dass ich sie sonst verlieren würde. Deshalb hab ich sie mit Kerosin bespritzt. Hat prima gewirkt.«

»Mr. Dykstra, Kerosin vergiftet nicht nur Insekten, sondern auch Menschen. Die Tomaten, die Sie zum Frühstück gegessen haben, waren vergiftet.«

»Aber meine Frau hat sie vorher gründlich abgespült.«

»Mr. Dykstra, das Kerosin ist in den Boden eingesickert und dann von den Wurzeln der jungen Pflanzen aufgesogen worden. Bis zu ihrer Reife waren die Tomaten durchsetzt mit Kerosin. Bekämpfen Sie Blattläuse mit anderen Mitteln, Mr. Dykstra.«

Dr. Davenport ordnete an, zur Blutverdünnung stündlich große Mengen Wasser zu trinken, und gegen das Erbrechen Pfefferminz einzunehmen. In jener Nacht fertigte Hannah auf einem kleinen Zettel zwei kurze Notizen an. »Ungeklärte Euphorie oder Schwindel deutet auf Vergiftung durch Kerosin hin« und »Wenn man Schädlinge an jungen Pflanzen mit Gift bekämpft, schlägt sich das Gift auch in den Früchten nieder und macht die, die sie essen, krank.« Sie schob den Zettel in das Portefeuille ihres Vaters und hoffte, seiner beeindruckenden Sammlung von Beobachtungen und Schlussfolgerungen neben diesem ersten noch viele weitere hinzufügen zu können.

Als sie jetzt Dr. Davenports Ordination betrat, fiel ihr sein verstörter Gesichtsausdruck auf. »Um Himmels willen«, entfuhr es ihr erschrocken, »ist jemand gestorben?« Sie setzte sich ihm gegenüber auf den den Patienten vorbehaltenen Stuhl. »Etwa Mrs. Gardener mit ihrem angegriffenen Herzen?«

Straßenlärm drang durch das Fenster. Davenport rang nach Worten. »Miss Conroy«, gelang es ihm zu fragen, »haben Sie Besuche in einem Haus getätigt, das außerhalb der Stadt liegt und einer Miss Forchette gehört?«

»Ja, Doktor. Und eigentlich wollte ich heute mit Ihnen darüber sprechen. Es ist nämlich so …«

»Miss Conroy, welcher *Teufel* hat Sie geritten, ein derartiges Etablissement aufzusuchen?«

Von seiner unerwarteten Heftigkeit verblüfft, berichtete Hannah von ihrer Begegnung mit Alice vor drei Monaten vor Dr. Youngs Praxis. »Und da kein anderer Arzt bereit war, da rauszufahren, bot ich meine Hilfe an.«

Davenport stieß einen tiefen Seufzer aus. »Ist Ihnen denn nicht klar, dass dies zu erheblichen Zweifeln an Ihrer Integrität führen würde? Ihrem Ansehen schadet?« Er hielt einen Briefbogen hoch. »Da ist jemand, der sich empört darüber geäußert hat und damit droht, Ihre Verbindung zu jenem Haus in Adelaide publik zu machen.«

»Wer?«

Er zeigte ihr den Brief, der mit *Ein tief betroffener Bürger* unterzeichnet war. »Kein Name. Wahrscheinlich will der Schreiber nicht zugeben, dass er von der Existenz eines solchen Etablissements überhaupt Kenntnis hat.«

»Dr. Davenport, bitte glauben Sie mir, dass ich nicht aus unmoralischen Gründen dort war, sondern um den Mädchen zu helfen. Sie haben doch wie jeder andere Anspruch auf medizinische Behandlung.«

»Das bestreitet ja niemand. Aber jenes Haus, Miss Conroy, ist nun mal schlecht beleumundet. Wer immer Beziehungen zu ihm unterhält, macht sich verdächtig. Das sehen Sie doch ein, ja?«

Hannah runzelte die Stirn. »Dr. Young machte regelmäßig Besuche dort. Warum hat dieser ›tief betroffene Bürger‹ nicht auch *ihn* angeprangert?«

»Weil er sich in seiner Eigenschaft als Arzt um gesundheitliche Belange kümmerte.«

»So wie ich. Dr. Davenport, ich wurde gerufen, wenn sich jemand den Knöchel verstaucht hatte oder um Wunden zu nähen oder Ausschläge zu behandeln. Wieso ist das etwas anderes als das, was Dr. Young tat?«

»Weil sich ein Arzt aller nur denkbaren Gebrechen annimmt, von Verstauchungen über Brüche bis hin zu Fieber. Eine Hebamme kümmert sich dagegen nur um eine einzige Funktion des menschlichen Körpers. Wer ahnt denn schon, dass Sie aus anderen Gründen in jenem Haus vorstellig wurden? Sie sind nun mal kein Arzt. Sie sind *Hebamme,* und Hebammen begeben sich in derartige Häuser nur zu einem einzigen Zweck.«

»Und der wäre? Der Verfasser jenes Briefes wird doch etwa nicht annehmen, ich hätte dort Babys auf die Welt geholfen.«

Er riss die Augen auf. War sie tatsächlich so naiv? »Miss Conroy«, sagte er, bemüht, seine Worte sorgfältig zu wählen, »aus welchem Grund könnte eine Hebamme sonst noch in ein Etablissement wie das von Miss Forchette gerufen werden?«

»Ich habe keine Ahnung.«

Aus ihrem Blick, aus ihren Gesichtszügen sprach pure Arglosigkeit. Davenport sah das zarte Pochen des Bluts an ihrem weißen Hals, die verschränkten Hände auf ihrem Schoß, die nichts von Nervosität erkennen ließen. Eine namenlose Rührung überkam ihn. »Miss Conroy, es ist bekannt, dass Hebammen gelegentlich illegale Eingriffe durchführen.« Mehr sagte er nicht, hoffte aber, sie würde endlich begreifen.

Jetzt war es Hannah, die den gut aussehenden Dr. Davenport anstarrte, dem trotz der Pomade die jungenhaften Locken in die Stirn fielen. Und als sie seine Verlegenheit bemerkte und wie peinlich ihm dieses Thema war, wurde sie sich der ganzen Tragweite seiner Worte bewusst.

Sie schluckte. »Ich versichere Ihnen, Dr. Davenport, dass ich keine …« Sie brachte den Begriff nicht über die Lippen.

»Das weiß ich doch, Miss Conroy«, sagte er. »Aber alle anderen nicht. Wenn Sie nicht Hebamme wären, wären derartige Unterstellungen nicht weiter schlimm. Das heißt, man würde Ihnen gar nichts unterstellen, sondern höchstens Ihren Charakter anzweifeln. Sollte sich das aber herumsprechen, wird das ernsthafte Konsequenzen für mich und meinen Praxisbetrieb haben. Die Tatsache, dass ich eine Abtreiberin bei mir eingestellt habe …« Seine Worte verloren sich.

Hannah schloss die Augen. »Das habe ich nicht bedacht.«

»Das weiß ich doch, aber der Schaden ist nun mal angerichtet und kann nicht mehr rückgängig gemacht werden.« Der Blick, mit dem er sie ansah, war so leer, dass sie erschrak. »Es tut mir leid, aber ich muss Sie entlassen.«

Sie konnte es nicht glauben. »Mich entlassen …« Ihr Atem stockte. »Aber ich habe die Verbindung zu jenem Haus abgebrochen.«

»Das tut nichts zur Sache. Der Schaden ist angerichtet. Wenn ich Sie nicht entlasse, riskiere ich, meine Patienten zu verlieren. Und wenn ich meine Praxis schließen muss, laufen diejenigen, die auf mich angewiesen sind, Gefahr, Ärzten von zweifelhaftem Ruf in die Hände zu fallen.«

»Es tut mir so leid«, flüsterte sie.

Als er die Tränen in ihren grauen Augen glänzen sah, musste Gonville Davenport den Impuls zurückdrängen, um den Schreibtisch herumzugehen und sie in die Arme zu schließen. Wie *verletzlich* sie ihm vorkam! Er wollte sie festhalten und ihr sagen, dass sich alles aufklären würde, dass er nichts darauf gebe, was die Bürger von Adelaide dächten, dass er sie beschützen und ihr beistehen wolle.

Aber das ging nicht, er musste an seine Patienten denken.

Davenport machte sich Vorwürfe für diesen Schlamassel. Hannah war erst zwanzig, gerade aus England hier gelandet, ohne Familie. Ihre Reife und ihr Sachverstand hatten ihn das im Grunde so arglose Mädchen vergessen lassen. Er hätte sich eingehender um sie kümmern, sie fragen sollen, was sie in ihrer Freizeit machte, wer ihre Freunde und Bekannten waren. Dafür war es jetzt zu spät. Ihre Naivität war ihr zum Verhängnis geworden. Das Pferderennen in Chester Downs, die Würste und das Bier aus Deutschland und die Franzosen mit ihrem Flug im Heißluftballon würden ohne ihn auskommen müssen.

Hannah ging bereits auf die Tür zu, als Davenport sagte: »Einen Moment noch, Miss Conroy.« Er griff nach der kleinen Elfenbeinstatue der Hygieia, die seit seinen Flitterwochen in Athen seinen Schreibtisch zierte. »Ich möchte sie Ihnen schenken.«

Nur undeutlich nahm Hannah auf dem Heimweg den Verkehr auf der Straße und die Fußgänger wahr. Wie konnte sie nur derart blind gewesen sein? *Natürlich* dachte man nur an einen einzigen Grund, weshalb eine Hebamme ein Haus mit zweifelhaftem Ruf aufsuchte. Warum war sie nicht selbst darauf gekommen? Tränen verschleierten ihr den Blick, als sie sich beim Überqueren der Straße an Karren und Pferden vorbeischlängeln musste. Adelaide war nicht Bayfield. Sie assistierte nicht ihrem Vater, war nicht geschützt durch sein Wissen und seine Erfahrung. Sie war ein naives junges Mädchen und hatte wahrscheinlich den größten Fehler ihres Lebens begangen!

Unten im Salon wartete bereits Mrs. Throckmorton auf sie, mit einem Gesicht, das nichts Gutes verhieß. Alice war ebenfalls zugegen, blass und verängstigt. Und dann entdeckte Hannah auch noch ihren Koffer. »Tut mir leid, meine Liebe«, sagte die ältliche Pensionsinhaberin, »Sie waren mir ein angenehmer Gast, und ich bedaure sehr, dass Sie mich verlassen, aber nach Erhalt dieses Briefs hier …«

»Verstehe«, schnitt Hannah ihr das Wort ab.

»Alice braucht nicht zu gehen«, fuhr Mrs. Throckmorton fort. »Ich habe ihr gesagt, dass sie bleiben darf, und wenn alles verheilt ist, kann sie bei mir arbeiten und bekommt ein eigenes Zimmer.«

Alice jedoch trat neben Hannah. »Ich gehe mit Miss Conroy«, erklärte sie, trotz ihres dunkel umrandeten Auges und des bandagierten Kopfes bemüht, Selbstbewusstsein zur Schau zu stellen. Und zu Hannah sagte sie: »Ist alles meine Schuld, Miss. Ich war es, die Sie zu Lulu geholt hat. Und dann haben Sie mich gerettet. Ich werd mich dafür erkenntlich zeigen, versprochen. Ich werd zwei Jobs annehmen und Ihnen alles zurückzahlen.«

Hannah wandte sich der Pensionsbesitzerin zu. »Mrs. Throckmorton, dürfte ich den besagten Brief mal sehen?«

Sie las das Schreiben durch, las die flammenden Anklagen und Drohungen, die mit *Ein tief betroffener Bürger* unterzeichnet waren – und entdeckte, was ihr in der Arztpraxis nicht aufgefallen war: Die Handschrift war eindeutig die von Lulu.

»Ja, du kannst mitkommen, Alice«, sagte sie und hob das eine Ende ihres Koffers an, woraufhin Alice nach dem anderen griff. »Es wird alles gut, wart's nur ab.«

Sie schafften es bis zur nächsten Ecke, wo Kutschen und Planwagen ein Überqueren der Straße unmöglich machten, als zwei braungebrannte Männer hoch zu Ross in staubiger Arbeitskleidung und Schlapphüten »Hey, meine Damen!« riefen, sich zu Hannahs Überraschung aus dem Sattel schwangen und ihnen, nicht ohne sich zuvor an die Hutkrempe zu tippen, den schweren Koffer abnahmen. Alice bedachten sie mit einem schrägen Blick, grinsten dann Hannah an. »Wo soll's denn hingehen, Miss?«

Die beiden Frauen folgten den unbekannten Helfern mehrere Straßenzüge weit, bis sie ein bescheidenes Hotel erreichten, mit einem am Fenster angebrachten Schild, auf dem »Weibliche Gäste nur in Begleitung« stand.

Hannah wollte den beiden Männern etwas Geld zustecken, aber sie winkten nur ab, und als sie ihnen nachschaute, wie sie sich auf den Rückweg zu ihren Pferden machten, fiel ihr ein barfüßiger kleiner Junge in zerlumpten Kleidern auf, der in schludriger Manier die Backsteinwand des Hotels mit Plakaten vollpflasterte.

Eines war wie das andere: die aktuelle Titelseite des *Adelaide Clarion*. Der Leitartikel befasste sich mit der beunruhigenden Nachricht aus Westaustralien, einem Aufstand der Aborigines in der Nähe von Perth, bei dem nach neuesten Informationen Kolonialsiedler abgeschlachtet und Missionare massakriert worden waren.

Darunter stand, dass ferner das Schiff mit einer von der Regierung zur Erkundung der Küste entsandten Gruppe von Wissenschaftlern in einer entlegenen Bucht überfallen worden war – und es Tote gegeben hatte.

9

Alice hatte in der vergangenen Nacht wieder von dem Feuer geträumt. Zum vierten Mal, seit sie nicht mehr bei Lulu war. Davor hatte sie nicht ein einziges Mal der Traum von diesem Feuer heimgesucht, dem Eltern und Geschwistern zum Opfer gefallen waren und das nur sie überlebt hatte. Warum?, grübelte sie über ihrem Morgentee, ehe sie, schließlich war heute Sonntag, zu einem Spaziergang aufbrechen wollte. Warum hatte sie in den vergangenen acht Jahren nicht von dem Feuer geträumt, nicht mal daran gedacht, nur damit sich jetzt die Erinnerung daran umso stärker wieder aufdrängte, mit so vielen Einzelheiten, dass sie schweißgebadet aufwachte?

»Tut mir leid, Miss, aber das kommt für mich nicht in Frage«, lehnte sie ruhig, aber nachdrücklich Hannahs Vorschlag ab, ihr entstelltes Gesicht zu schminken. »Lulu bemalt sich das Gesicht und zwingt ihre Mädchen, das Gleiche zu tun. Ich möchte nicht so aussehen wie sie.«

Hannah musterte Alice nachdenklich. Ein wenig Puder würde das Mädchen in ein bildhübsches Geschöpf verwandeln. Es war ein kühler Herbstmorgen im Mai, und die beiden beendeten in dem Zimmer, das sie sich im Torrens Hotel in der King William Street teilten, gerade ihr Frühstück. Ungeachtet dessen, dass Hannah Alice gebeten hatte, sie mit ihrem Vornamen anzusprechen, blieb Alice beim eingefleischten »Miss«. Was andererseits von Vorteil war, denn um ein Hotelzimmer zugewiesen zu bekommen, hatten sie sich als Dame in Begleitung ihrer Zofe ausgeben müssen; alleinreisende Frauen wurden nicht akzeptiert.

Seit sie notgedrungen Mrs. Throckmortons Privatpension verlassen hatten, war eine Woche vergangen. Alices Wunden heilten ab; es wurde für sie Zeit, sich nach einer Arbeit umzusehen. Allerdings stand zu vermuten, dass Alice die gleichen Probleme wie vor Antritt ihrer Stellung bei Lulu bekommen würde: Keiner wollte einen Dienstboten mit einem von Narben übersäten Gesicht. Und Hannahs Vorschlag, diesem Problem mit Hilfe von Kosmetika zuvorzukommen, stieß bei Alice auf Ablehnung.

»Du bist wirklich hübsch«, sagte Hannah. »Du hast schönes blond gelocktes Haar, blaue Augen. Von der rechten Seite aus ist dein Profil und deine Haut makellos. Wenn wir die linke Seite etwas abdecken …« Als sie daraufhin den trotzigen Ausdruck auf dem Gesicht ihres Gegenübers bemerkte, griff sie zu einer List. »Pass auf, ich zeig dir was.«

Sie wollte dem Mädchen irgendwie helfen. Die Reaktion von Fremden beim Anblick ihres verunstalteten Gesichts konnte verletzend, ja sogar grausam sein. Wo immer Alice sich blicken ließ, erweckte sie Neugier, Mitleid oder Abscheu. Weshalb sie zur Abwehr und wie um sich zu verstecken mit der Hand die von Narben gezeichnete Seite abschirmte und wie spielerisch am Rand ihrer Haube herumnestelte. Unseligerweise lenkte sie damit nur noch mehr Aufmerksamkeit auf die entstellte Seite.

»Meine Mutter war Schauspielerin und verkörperte Shakespeare-Rollen«, sagte Hannah, als sie ihre blaue Teppichtasche öffnete und den Gedichtband der Mutter herausholte, in dem sie einen zusammengefalteten Spielplan aufbewahrte. Sie faltete ihn auseinander und hielt ihn Alice zum Lesen hin.

Letztmalig in dieser Saison
Ein Wintermärchen
von William Shakespeare
Gleichzeitig Abschiedsvorstellung von Miss Luisa Reed
Theatre Royal, Shakespeare Square, Edinburgh
29. Juli 1824

»Dies war der letzte Auftritt meiner Mutter«, sagte Hannah. »Zwei Monate zuvor, während einer Tournee durch das südliche England, hatte sie meinen Vater kennengelernt. Sie hatte sich den Knöchel verstaucht und sich bei ihm in Behandlung begeben. Sie haben sich spontan ineinander verliebt. Nach dieser Aufführung trat meine Mutter von der Bühne ab und kehrte zu John Conroy nach Bayfield zurück.«

Kindheitserinnerungen stiegen in ihr hoch. Sie war damals nicht älter als sechs oder sieben gewesen, und ihre Mutter führte ihr eine höchst ausgefallene Tasche vor, die sie ihren »Werkzeugkasten« nannte und in dem sich jede Menge Schachteln, Fläschchen und Dosen befanden. Bühnenschminke aus ihren Tagen als Schauspielerin. Hannah gingen die Augen über beim Anblick der vielen Fettstifte, der Klebstofftuben und Puderdosen, mit denen man dem Schauspieler ein völlig anderes Gesicht zaubern konnte. »Damit kann ich zu einer chinesischen Prinzessin werden«, hatte Louisa gelacht, »oder zu einer afrikanischen Negerin oder zu einer altjüngferlichen Tante in Lincolnshire. Ich kann mich hässlich machen oder hübsch, jung oder alt. Alles, was ich sein möchte!«

Die Erinnerung an jenen längst vergangenen Nachmittag bestätigte Hannah, dass man sich mit Theaterschminke künstlich verunstalten, aber auch Schönheitsfehler überdecken kann.

»Da siehst du's. Meine Mutter benutzte Schminke und war dennoch hoch geachtet. Alice, hast du schon mal eine Theateraufführung miterlebt? Nein? Dann besuchen wir eine, sobald wir uns das leisten können.«

»Danke, Miss«, erwiderte Alice und dachte dabei an dieses »Sobald wir uns das leisten können«. Sie waren bereits mit der Miete für das Hotel im Rückstand, und bald würden sie kein Geld mehr fürs Essen haben. Drängend stellte sich die Frage, wann sie endlich eine bezahlte Tätigkeit fanden. Alice hatte man bislang eine Abfuhr nach der anderen erteilt, und Hannah hatte zwar die Stelleninserate in den Zeitungen durchgesehen, dann aber von Bewerbungen Abstand genommen. Über den Grund hatte sie sich ausgeschwiegen, aber Alice ahnte, dass Hannah einen neuen Arbeitgeber nicht in die gleiche missliche Situation bringen wollte wie Dr. Davenport. Denn ganz gleich, bei wem Hannah unterkam – er würde höchstwahrscheinlich ebenfalls zur Zielscheibe von Lulu Forchettes vergifteter Feder werden. Adelaide und damit Lulus Einflussbereich den Rücken zu kehren, stand nicht zur Debatte. Alice wusste, dass Hannah mit diesem Amerikaner Neal Scott vereinbart hatte, sich hier im Oktober zu treffen – zumindest hoffte sie das.

Nach den beängstigenden Zeitungsberichten über Aufstände der Aborigines im Westen Australiens hatte Hannah an die Behörden in Perth geschrieben und Auskunft über das Schicksal der HMS *Borealis* erbeten. Auch an die Missionseinrichtung der Aborigines hatte sie geschrieben und sich nach einem Missionarsehepaar erkundigt, das sie auf ihrer Überfahrt aus England kennengelernt hätte.

Alice hatte alles über die aufregende Reise an Bord der *Caprica* erfahren und auch die Fotografie von Neal Scott gesehen. Unverschämt gut sah er aus, und so wie Hannah über ihn sprach, schien er auch klug und gebildet, abenteuerlustig und mutig zu sein und ein Gentleman obendrein. Verständlich, dass Alice, die nicht darauf hoffen konnte, jemals eine solche Liebesgeschichte zu erleben, Hannah darum beneidete. Früher einmal, bevor das Feuer sie ihrer Familie und ihres Zuhauses beraubt hatte, ja, da hatte sie davon geträumt, dereinst Ehefrau und Mutter zu sein. Aber dieser Traum war dahin.

Jetzt legte sie die Schürze ab, auf der sie weiterhin bestand, und strich sich über die Manschetten und Knöpfe ihres rostbraunen Kleids, das nicht nur wegen der engen Ärmel, sondern auch wegen des fehlenden Reifrocks reichlich unmodern wirkte. Sie befestigte die schlichte Strohkappe und betrachtete ihr Gesicht eingehend im Spiegel – die eine Hälfte durchaus hübsch, die andere narbenzerfurcht. In Widerspiegelung sah sie Hannah am Schreibtisch sitzen, den Kopf über Feder und Briefpapier gebeugt. Durch das offene Fenster kam das melodische Glockengeläut der zahllosen

Kirchtürme von Adelaide. »Wieso gehen Sie eigentlich nicht in die Kirche, Miss?«

Hannah schaute auf. »Wie bitte?«

»Sie sagten, Ihr Vater war Quäker. Gehen die nicht in die Kirche?«

Hannah schaute Alice an, las in ihren außergewöhnlich blauen Augen nichts als arglose Neugier. »Durch die Eheschließung mit einer Schauspielerin wurde mein Vater aus der Gesellschaft der Freunde verstoßen. Aber er hielt den Sabbat auf seine Weise ein.«

Kurzes Schweigen, dann sagte Alice: »Beten Sie dann, Miss?«

Hannah wusste nicht recht, wie sie darauf antworten sollte. Beten war ihr nie leichtgefallen. Sie sah wieder den Vater vor sich, wie er im Salon ihres kleinen Hauses stand und seinen Tag in stiller Sammlung begann, sah, wie er noch vor dem ersten rosa Schimmer der aufgehenden Sonne, seine Füße fest auf dem geknüpften Teppich, Seele und Gedanken in Einklang brachte – noch ehe er wusste, was der Tag an Angenehmem oder Misslichem bringen würde. Hannah hatte diese Stille und wie der Vater da hoch aufgerichtet und doch in sich gekehrt dastand, immer irgendwie bewegend gefunden, es kam ihr vor, als bedeutete ihm dieser Moment alles, als gäbe es keinen weiteren. War das, wenn er betete? Wenn er im Licht wandelte? Er hatte nie darüber gesprochen. Wenn dann die Sonne durch die Bäume glänzte und sich ihre goldgelben Strahlen den Weg in den Salon bahnten, löste sich John Conroy aus der unsichtbaren Umklammerung des Übernatürlichen und nahm sein Tagwerk auf.

Hannah hatte versucht, es ihm gleichzutun. Aber alles, was sie zustande brachte, war, stumm dazustehen. Weiter oder höher oder tiefer kam sie nicht. Mit nackten Füßen auf dem kalten Boden, hatte sie, noch ehe ihr Bett gemacht war, im Nachthemd in ihrem Schlafzimmer versucht, es so weit zu bringen wie ihr Vater, ihre Augen und Ohren wie er auf eine spirituelle Reise zu schicken. Aber unweigerlich schweiften ihre Gedanken dann in Richtung Küche ab, und tausend lächerliche Kleinigkeiten drängten sich ihr auf: Da war ein Vorhang, der ausgebessert werden musste, eine Lampe, die einen neuen Glasstrumpf benötigte, die Rechnung beim Metzger war zu bezahlen, und würde vielleicht endlich ein Brief aus dem Londoner Krankenhaus eintreffen?

»Ich versuche es«, sagte sie und lächelte. »Aber ich glaube, Gott hört uns, ganz gleich in welcher Form wir uns an ihn wenden.«

»Bevor unsere Farm abbrannte«, sagte Alice, »schlug mein Vater unsere große Bibel auf und las uns daraus vor.« Sie hing einen Augenblick lang ihren Erinnerungen nach, ehe sie weitersprach: »Von der Überfahrt weiß ich nichts mehr. Ich war vier, als wir England verließen. Meine Eltern setzten so große Hoffnungen in die neue Heimat.« Ihre Stimme wurde brüchig.

»Alice, möchtest du in die Kirche gehen?«, fragte Hannah leise.

Alice schüttelte den Kopf. »Ich bin mehr für einen Spaziergang.«

»Warum gehst du nicht zum Pferderennen in Chester Downs? Soviel ich weiß, verkehren stündlich Busse vom Victoria Square aus dorthin.«

»Vielleicht.« Damit zog Alice ab.

Ein Pferderennen zu besuchen hatte sie jedoch nicht vor, als sie einer der Durchgangsstraßen folgte, die aus der Stadt führten, und sich unter die Schar der Fußgänger mischte, die zu einem Bummel aufgebrochen waren. Offene Kutschen passierten in beiden Richtungen, man nutzte wie immer den Sonntag zu einem Ausflug.

Alice hatte einen langen Marsch vor sich, aber die Verletzungen, die Lulu ihr beigebracht hatte, waren so gut wie verheilt, nichts tat mehr weh. Sie fühlte sich stark, als sie der Landstraße folgte, vorbei an Häusern und Gärten und Schafpferchen, bis die Stadt weit hinter ihr lag und die Farmen so groß wurden, dass die dazugehörigen Häuser meilenweit auseinander lagen. Sie zog durch gesprenkeltes Sonnenlicht, winkte gelegentlich vorbeifahrenden Kutschen oder Reitern zu, kämpfte ihre Ängste nieder. Wenn Zweifel sie beschlichen und sie überlegte, ob das, was sie vorhatte, ein Fehler sei oder ob Lulu, wenn sie ihr eine Falle stellte, sie wieder wie eine Gefangene halten würde, wiederholte sich Alice Begriffe, um deren Bedeutung sie mittlerweile wusste: Anstand, Gleichheit, Gerechtigkeit. Sie bestärkten sie in ihrem Entschluss.

Es waren Begriffe, Wertvorstellungen, die Alice bislang fremd gewesen waren. Die Erinnerungen an die elterliche Farm waren nur noch undeutlich, waren größtenteils mit den Flammen verbrannt. Anzunehmen, dass sie damals ein ganz normales Leben geführt hatte, möglicherweise sogar ein glückliches. Danach hatte sie es nur noch mit der Jugendwohlfahrt zu tun bekommen, wo man zunächst versucht hatte, sie in irgendwelchen Familien unterzubringen, die sie wiederum nach kürzester Zeit zurückgeschickt hatten. Dann war sie an ruppige Arbeitgeber geraten, die nicht verstehen wollten, warum sie eine panische Angst vor Feuer hatte. Schließlich war sie auf der Straße gelandet, hatte in Gassen und Einfahrten genächtigt und um zu überleben an Hintertüren gebettelt. Schließlich hatte Lulu sie aufgelesen.

Und dann war Hannah Conroy in ihr Leben getreten, und alles war anders geworden. Zum ersten Mal hatte Alice Freundlichkeit und Zuneigung erfahren, sogar ein bisschen Hoffnung war in ihr geweckt worden. Dies alles bestärkte sie auf ihrem Weg die Kapunda Road entlang, auf der kaum noch Verkehr herrschte.

Als sie sich dem Haus näherte, fiel ihr auf, wie ruhig es morgens war. Keine Kutschen, keine Pferde. So einflussreich einige von Lulus Freunden auch sein mochten, hütete sich die Bordellbesitzerin doch, ihr Haus auch am Sonntag zu öffnen. Selbst der Korruption waren Grenzen gesetzt. Somit genossen die Mädchen einen freien Tag, konnten Näharbeiten verrichten und sogar – unter dem wachsamen Auge von Walt Gilhooley – in die Stadt fahren. An diesem heutigen Sonntag zog es die Mädchen wie auch die Hausangestellten zum Pferderennen (allerdings unauffällig in Kleidung und Auftreten), so dass das Haus wie ausgestorben sein würde. Nur Lulu hielt, wie Alice wusste, bestimmt die Stellung, schnarchte in ihrem Salon entweder vor sich hin oder zählte ihr Geld, während sie Süßigkeiten in sich hineinstopfte.

Alice blieb an der Hintertür stehen, atmete tief durch, straffte die Schultern. Sie wusste, dass mit den Briefen an Dr. Davenport und Mrs. Throckmorton Lulus Rachefeldzug keineswegs beendet war, sondern dass sie so weitermachen würde, bis sie Hannah Conroy endgültig zur Strecke gebracht hätte. Hannah hatte anfangs vorgehabt, Lulu wegen dieser Briefe zur Rede zu stellen, aber davon hatte Alice sie abgebracht – weil das höchstwahrscheinlich alles noch schlimmer machen würde. »Irgendwann wird Lulu damit aufhören, Miss«, hatte sie gesagt. »Denken Sie einfach nicht mehr dran.« Und Hannah hatte ihren Rat beherzigt.

Niemand wusste, woher Lulu stammte, wer ihre Angehörigen waren. Ob Lulu Forchette überhaupt ihr richtiger Name war, war ebenfalls zweifelhaft. Wenn es stimmte, dass die tödlichsten Schlangen in Australien zu finden waren, hätte Alice Stein und Bein geschworen, dass keine es mit der eiskalten und skrupellosen Lulu aufnehmen konnte. Die Vorstellung, in diesem fleischigen Busen könnte ein menschliches Herz schlagen, war schlechterdings unmöglich. Lulus Mädchen war es untersagt, schwanger zu werden. Wenn Lulus Tee aus Frauenminze nicht half, hatte man Dr. Young mit seinen scharfen Instrumenten gerufen. Einige der Mädchen waren an den Folgen eines solchen Eingriffs gestorben. Lulu hatte es nicht geschert. Auf den Straßen trieb sich jede Menge Ersatz herum, und täglich kam weiterer Nachschub aus England.

Alice klopfte gar nicht erst an. Sie fand Lulu in ihren Sessel gestreckt vor, das hennarote Haar lag auf den feisten Schultern, und der Saum ihres spitzenbesetzten seidenen Morgenrocks schleifte auf dem erlesenen türkischen Teppich. Ihr Kopf war zurückgelehnt, aus dem rot bemalten Mund drang leises Schnarchen. Auf einem kleinen Tisch neben dem Sessel befanden sich Überbleibsel von dem, was Lulu für gewöhnlich zum Frühstück verspeiste: gebratene Eier und Kartoffeln, Rindersteak und Wurst, gebutterter Toast und heiße Schokolade.

Alice räusperte sich, und sofort riss Lulu die Augen auf, die sich zu Schlitzen verengten, als sie sah, wer da vor ihr stand. »Kommst wieder angekrochen, wie?«

»Ich bin gekommen, um Sie zu bitten, Miss Conroy in Ruhe zu lassen.«

»Den Teufel werd ich tun«, schnarrte Lulu. »Hat sie dich deswegen hergeschickt?«

»Sie hat Ihnen nichts getan ...«

»Nichts getan! Diese eingebildete Pute hat meine Mädchen aufgewiegelt. Drei haben um Entlassung nachgesucht, eine weitere hat Anstalten gemacht, wegzulaufen. Dieser Miss Neunmalschlau muss eine Lektion erteilt werden. Heute Abend gehen weitere fünf Briefe an höchst einflussreiche Leute raus.«

Und in der Tat sah Alice auf Lulus Schreibtisch, auf dem sich Kassenbücher und Rechnungen türmten, obenauf fünf verschlossene Umschläge liegen. »Wenn Sie diese Briefe nicht abschicken, bleibe ich bei Ihnen.«

Lulu lachte auf. »Wozu soll ich dich denn brauchen, du hässliche kleine Kröte?«

»Ich könnte für Ihre Kunden singen.«

Die fette Bordell-Besitzerin dachte kurz darüber nach und sagte dann: »Das ändert nichts an meinem Vorhaben. Dieser Miss Neunmalschlau muss eine Lektion erteilt werden.«

»Sie tun mir leid«, meinte Alice leise.

Lulus Nasenlöcher blähten sich. »Keine Ahnung, weshalb *ausgerechnet du* dich derart aufspielst. Wie weit meinst du es im Leben zu bringen, mit diesem Gesicht, das Kindern Angst einjagt? Du hattest es gut hier. Konntest dich verstecken. Ein undankbares Luder bist du. Immerhin hab ich dich aufgenommen.«

»Gewiss doch, das haben Sie. Und mich dann gezwungen, Tag für Tag achtzehn Stunden zu schuften. Sie haben mich auf dem Fußboden schlafen lassen, mir kaum was zu essen gegeben. Sie haben mich schlechter behandelt als manch anderer seinen Hund. Es war ein Fehler von mir, herzukommen. Ich dachte, ich könnte an Ihr Mitgefühl appellieren. Aber ich habe mich getäuscht.« Mit drei Schritten war Alice am Schreibtisch, schnappte sich die fünf Umschläge und steuerte auf die Tür zu.

»Nein, das wirst du nicht tun«, grunzte Lulu, hievte sich aus dem Sessel, stützte sich auf ihren Stock und versuchte, Alice den Weg abzuschneiden. Aber vergebens. Alice flitzte an Lulu vorbei und durch die Tür.

Lulu humpelte ihr nach, herrschte sie an, stehenzubleiben. Aber Alice ließ sich nicht aufhalten, rannte durch den großen Saal in die Küche.

»Dann behalt sie doch, die verdammten Briefe«, sagte Lulu, als sie ebenfalls die Küche erreichte. »Ich schreib einfach noch weitere.«

Alice blieb stehen. Lulu hatte recht. Die Briefe zu entwenden nützte nichts. Sie blickte auf zu der Riesin, die, die schreckliche Krücke in der Hand, bösartig auf sie herabsah. Um es mit ihr aufzunehmen, musste sich die kleine, zart gebaute Alice etwas anderes einfallen lassen. Sie sah sich in der verwaisten Küche um. Töpfe und Pfannen und Milchkannen standen da herum, Messer lagen bereit. Auf dem Küchentisch entdeckte sie eine kleine rotweiße Schachtel mit der Aufschrift *Stowes Sicherheits-Zündhölzer. Entfachen Feuer wo immer benötigt.*

Die Schachtel war mit hellroten Flammen bemalt.

Plötzlich meinte Alice das Brausen eines wütenden Feuers zu vernehmen. Sie schaute zum Herd, und obwohl der kalt und dunkel war, sah sie vor ihren Augen Flammen tanzen. Sie stutzte. Erinnerte sie sich an den Albtraum von neulich oder an das richtige Feuer vor Jahren? Als sie den schrillen Aufschrei einer Frau vernahm, wusste sie nicht, ob das in ihrem Albtraum war oder ihre Mutter damals, in jener verhängnisvollen Nacht.

Als Erinnerungen in Bruchteilen von Sekunden einander ablösten – gelbe und goldene Flammen, Hitze, nacktes Entsetzen, ihre Fingernägel durch das vergebliche Kratzen an der verschlossenen Tür abgerissen, hörte sich Alice ganz ruhig sagen: »Das Schlimmste war, dass Sie mich in den stockfinsteren Keller gesperrt haben, mit nichts weiter als Zündhölzern und einer Lampe.«

»Das musste sein«, blaffte Lulu. »Wem nützt eine Dienstmagd, die nicht Lampen und Kerzen anzünden kann und beim Anblick eines Kamins, in dem ein Feuer brennt, zu schreien anfängt? Das hab ich zu deinem eigenen Besten getan. Und du musst doch zugeben, dass es erfolgreich war.«

Die Tage und Nächte, die sie im Keller eingesperrt gewesen war, nichts zu essen bekommen und sich so vor der Dunkelheit gefürchtet hatte, dass sie geweint und gebettelt hatte, rausgelassen zu werden. Und Lulu, die durch die Tür gesagt hatte: »Zünd die Lampe an, dann lass ich dich raus.«

»Ja«, erwiderte Alice. »Es war erfolgreich. Feuer kann mich nicht mehr erschrecken.« Sie griff nach der Pappschachtel, zog ein Zündholz heraus und strich mit dem Phosphorkopf über die Reibefläche an der Seite der Schachtel.

»Was machst du denn da?«, fragte Lulu.

Alice hielt sich die Flamme vor die Augen. »Ich will Ihnen zeigen, wie nachdrücklich Sie mir meine Angst vor Feuer ausgetrieben haben. Ich bin gekommen, um Sie zu bitten, keine weiteren Schmähbriefe über Miss Conroy zu verbreiten. Ich halte es für das Beste, sie zu verbrennen.«

»Was …«

Noch ehe Lulu reagieren konnte, hielt Alice das Zündholz an die Umschläge und wischte das brennende Papier vom Tisch. Es landete auf dem Boden, am Saum von Lulus kostbarem Morgenrock. Als Lulu sich bückte und mit dem Ausruf »Da schau nur, was du angerichtet hast, du dummes Ding!« auf die Flammen klopfte, um sie zu ersticken, strich Alice ein weiteres Zündholz an und ließ es auf den Seidenstoff fallen, der sich um Lulus Elefantenbeine bauschte.

»Hör auf damit, du wahnwitziges kleines Biest!« Ein weiteres Zündholz, und noch mehr Seide fing Feuer. Lulu klatschte sich auf die Schenkel und stampfte mit den Füßen, und gleichzeitig schrie sie: »Kipp Wasser über mich!«

Aber Alice sah seelenruhig mit an, wie die Flammen höher schlugen und Lulu einhüllten und sich knisternd und knackend der Geruch von brennender Seide verbreitete.

»So hilf mir doch!«, schrie die Bordellwirtin, die sich nach und nach in eine Feuersäule verwandelte, mit abstehendem roten Haar und mit den Armen rudernd wie die Flügel satanischer Engel. Sie stolperte auf Alice zu, die einen Schritt zurückwich, ohne den Blick von dem entsetzten Gesicht ihres Gegenübers zu lösen, das allmählich dunkel wurde, während sich dem weit aufgerissenen Mund ein seltsam wehklagender Laut entrang. Zusammen mit Fetzen von Spitze und Fleisch sank Lulu, bis zur Unkenntlichkeit verschmort, auf den gefliesten Boden.

Erst jetzt eilte Alice aus der Küche, schlug die Tür hinter sich zu und verriegelte sie von außen. Noch immer Lulu Forchettes Hilfeschreie im Ohr, flüsterte sie: »Ich musste dir Einhalt gebieten. Ich konnte nicht zulassen, dass du Miss Conroy oder einem anderen weiterhin zusetzt. Und du täuschst dich, Lulu. Ich *werde* es zu etwas bringen. Ich werde mein entstelltes Gesicht mit Schminke abdecken, so wie Schauspielerinnen dies tun und dennoch hoch angesehen sind. Und vielleicht kann ich mich ja dazu überwinden, vor einem Publikum zu singen, das haben mir die Auftritte vor den Mädchen bei Mrs. Throckmorton deutlich gemacht.« Als sie beobachtete, wie Rauch unter der Tür hervorquoll, ohne dass das schaurige Wehklagen aufhörte, fügte sie noch hinzu: »Möge Gott dir vergeben.«

Während sie auf der von Bäumen gesäumten Straße zurück nach Adelaide ging, in den Ästen über ihr Kookaburras ihr keckerndes Lachen hören ließen, Schafe in nahen Pferchen blökten und am blauen Winterhimmel flauschige weiße Wolken sowie, im Formationsflug, Kakadus dahinzogen, stapfte Alice über die rote Erde von Südaustralien und spürte, wie neue Kraft durch ihre Glieder und ihren Leib strömte. Sie reckte das Kinn und sog tief die frische Luft ein, auf dass sich ihre Lungen mit neuer Hoffnung und neuem Mut füllten, ungeachtet der qualvollen Schreie, die weit hinter ihr, von Eukalyptusbäumen abgeschirmt, zum Himmel stiegen und dann allmählich verstummten.

10

Es war August und somit Winter geworden, kalter Regen ging über Adelaide nieder. Hannah und Alice, die sich mit Schirmen und in bereits klammen Capes durch die Nässe vorwärtsmühten, begannen sich zu fragen, ob es vernünftig gewesen war, sich bei solchem Wetter ins Freie zu wagen. Aber angesichts ihrer Situation blieb ihnen nichts anderes übrig.

Ihre Geldmittel waren fast völlig erschöpft. Mit der Miete für ihr Hotel waren sie im Rückstand und keine der beiden hatte auch nur im Entferntesten Aussicht auf eine Anstellung. Diese missliche Situation war es, die sie in den Winterregen hinausgetrieben hatte, der die Straßen von Adelaide in Morast verwandelte. Ihr Ziel war das neue Kaufhaus, das unlängst eröffnet worden war und in dem sich dem Vernehmen nach günstige Gelegenheiten boten.

Alice hoffte, im Kirkland's Emporium preiswerte Schminke zu erstehen; Hannah dagegen hatte vor, dem Inhaber ihre Visitenkarte zu überreichen und ihm das Gleiche zu sagen wie bereits den verschiedenen Apothekern der Stadt: »Wenn Sie Ihre Kundinnen auf meine Dienste als Hebamme hinweisen, werde ich meinen Patientinnen Ihr schönes Geschäft empfehlen.« Bis jetzt war sie nur von einem Apotheker vermittelt worden – zu einer Notentbindung in einem der Hotels. Es war auch alles glatt über die Bühne gegangen, nur war die Familie lediglich ein paar Tage in der Stadt geblieben und dann weiter nach Melbourne gereist. Für den Beginn einer Praxis nicht gerade zukunftsträchtig.

Noch etwas anderes hatte Hannah vor: Sie wollte aus dem Hotel ausziehen, in dem ihr zu viel Betrieb herrschte und in dem sie sich ständig auf dem Sprung fühlte. Entwurzelt. Ihr Traum von einem eigenen kleinen Häuschen wurde immer drängender, und wenn Kirkland's Auswahl an kommerziell hergestellten Medizinen und Gesundheitsfibeln für den Hausgebrauch wirklich so beeindruckend war, wie man sich erzählte, könnte dies der Anfang sein, den sie brauchte.

»Geschafft!«, sagte sie atemlos, als sie vor dem Kaufhaus anlangten. Sie klappten ihre Schirme zusammen und mischten sich unter die anderen Besucher, deren Neugier größer war als ihre Abneigung gegen Regen.

»Du meine Güte!«, entfuhr es Alice fassungslos angesichts der riesigen Ausmaße des Kaufhauses, der vielen unterteilten Gänge, der endlosen Theken und Regale entlang der Wände. »Da kann man sich ja glatt verlaufen, Miss!«

»Es ist wohl besser, wenn wir uns trennen, Alice. Du siehst dich nach Kosmetika um und ich mache mich auf die Suche nach der Tafel mit den Aushängen.« Das Kirkland's rühmte sich einer ebenso großen Anschlagtafel wie der im Postamt, um Kunden die Möglichkeit für kostenlose Inserate und Mitteilungen zu geben. Hannah hatte vor, die Stellenangebote durchzugehen und auch hier ihre Visitenkarte zu hinterlassen. Jetzt, da Lulu Forchette keine Bedrohung mehr darstellte, tat sie ihr Menschenmöglichstes, um sich ihren Lebensunterhalt zu verdienen.

Nachdem die Nachricht bekannt geworden war, dass Lulu Forchette unter absonderlichen Umständen ums Leben gekommen war – man hatte sie völlig verkohlt in ihrer Küche gefunden –, grassierten die wildesten Gerüchte über die Art des Hauses, das Miss Forchette geführt hatte. Kolonialbeamte vom Vizegouverneur bis zum Postvorsteher hatten Entsetzen und Empörung geäußert, dass in einem derartigen Etablissement in unmittelbarer Nähe der gesitteten Stadt Adelaide gesetzeswidrigen Handlungen gefrönt worden war, und folglich Lulus Tod als Gottesurteil gewertet.

Was aus den Mädchen geworden war, entzog sich Hannahs

Kenntnis. Ready Rita und Easy Sal hatten sie irgendwann im Juni im Hotel aufgesucht, nicht etwa um sie um Hilfe zu bitten, sondern um ihr für ihr freundliches Entgegenkommen in der Vergangenheit zu danken. Sie wollten nach Sydney, hatten sie gesagt, wo sie hofften, bessere Arbeitsbedingungen vorzufinden. Ihrem Bericht zufolge hatte keines der Mädchen bei der Rückkehr vom Pferderennen eine Träne beim Anblick der grausigen Entdeckung vergossen. Nur Miss Magenta sei bei der Beisetzung ihrer Mutter ohnmächtig geworden und kurz darauf an einer Überdosis Belladonna gestorben. Lulus andere Tochter habe wegen Steuerschulden das Haus veräußern müssen, die Mädchen hätten samt und sonders ihre Sachen gepackt und sich in alle Winde zerstreut. Beim Abschied hatte Hannah den beiden alles Gute gewünscht und gesagt, sie würden ihr fehlen. Und es auch so gemeint.

Dr. Davenport war ebenfalls nicht mehr da.

Als sich damals im Mai die Briefe des tief betroffenen Bürgers als falsche und verleumderische Behauptung entpuppt hatten und sie von Mrs. Throckmorton an die Luft gesetzt worden war, hatte Hannah Dr. Davenport geschrieben, dass er nichts mehr zu befürchten habe. In seiner Antwort teilte Dr. Davenport ihr mit, dass er beabsichtige, seine Praxis zu schließen und nach England zurückzugehen, um dort eine verwitwete Kusine mit fünf Kindern zu heiraten. Er wünschte Hannah viel Glück und betonte, dass er die drei Monate Zusammenarbeit mit ihr stets in guter Erinnerung behalten werde. Seine kleine Statue der Hygieia zierte weiterhin Hannahs Nachttisch.

Dort stand, in einem Zinnrahmen, auch die Fotografie von Neal. Sie hatte noch immer nichts von der *Borealis* gehört oder vom Schicksal der Merriwethers in ihrer Eingeborenenmission, obwohl sie mehrmals schriftlich nachgefragt hatte. Da sie sich vor allem um Neal Sorgen machte, überlegte sie bereits, ob sie nicht nach Perth fahren und auf eigene Faust nach seinem Verbleib forschen sollte.

Im Augenblick jedoch war dem Broterwerb oberste Priorität einzuräumen. Auf ihrer Suche nach dem öffentlichen Anzeigenbrett verschlug es ihr fast den Atem. Noch nie war sie in einem derart weitläufigen Geschäft gewesen, und schier unglaublich war es, wie viele unterschiedliche Waren sich hier dicht an dicht in Regalen drängten, auf Verkaufstheken ausgebreitet waren oder von den Wänden herabhingen. Ein Schild auf der Haupttheke verkündete: »Wir führen alles. Und was wir nicht haben, können wir besorgen.« Daneben fein säuberlich gestapelt importierte Zeitungen: die Londoner *Times, Punch,* die *Illustrated London News* sowie die *Quarterly Review.*

Ausgestellt waren Taschentücher und Handschuhe für Damen, Handtaschen und Muffs, Ballen von Kattun, Baumwolle und Seide in erstaunlich vielen Farben, außerdem ein Stapel Arbeitshosen für Männer mit dem stolzen Hinweis »Kentucky Jeans aus Amerika«. Eine Glasvitrine war bestückt mit Marzipan, kandierten Erdnüssen, Würfeln aus eingedicktem Sirup, »Toffee« genannt, und Yorkshire Pennies – kleine schwarz glänzende Lakritzknöpfe. In den Regalen reihten sich *Oliver Twist, Die Pickwicker* und *Eine Weihnachtsgeschichte,* die Bücher von Jane Austen, William Makepeace Thackeray und Sir Walter Scott, ferner Tennyson, Keats und Byron, die gesammelten Werke von Shakespeare, und das Schild »Eigens aus Amerika« wies auf Melville und Richard Henry Dana hin.

Als Hannah am Ende eines Ganges in den nächsten einbog, sah sie etwas, das sie jäh innehalten ließ.

Inzwischen schlängelte sich Alice durch das Labyrinth von Gängen und Regalen und hoffte nur, das, was sie suchte, auch zu finden. Miss Conroys Anregung, ihre Narben zu überschminken, war schwieriger in die Tat umzusetzen als gedacht. Damen benutzten nun mal keine Schminke. Stattdessen wurden sie dazu angehalten, sich vor Betreten eines Zimmers auf die Lippen zu beißen und in die Wangen zu kneifen; der Gebrauch von Stiften und Rouge galt als skandalös und typisch für Frauen mit »lockerem« Lebenswandel. Schminke, vornehmlich in Frankreich hergestellt – verschiedene Puder, Grundierungen und leichte, »natürlich« eingefärbte Produkte auf der Basis von Wachs waren zwar im Handel, aber unerschwinglich teuer. Hannah und Alice hatten sich bereits im Victoria Theater an der North Terrace bei den Schauspielern erkundigt, ob sie von ihren Kosmetika etwas verkauften, aber alle hatten eifersüchtig ihre Geheimrezepte für sich behalten. Weshalb Alice weiterhin mit ihrer von Narben zerfurchten Wange und ihrer fehlenden Augenbraue unter die Leute ging und die kahle Stelle auf ihrem Kopf sowie das verstümmelte Ohr unter ihrem eigenen Haar versteckte und die Haube, die sie als Dienstmädchen auswies, tief in die Stirn zog.

Als die Kunde von dem neuen Kaufhaus mit den laut Ankündigung »vielen Abteilungen« – einem neuen Konzept frisch aus London – umging, in denen es so gut wie alles gab, vom Nähfaden bis zu Gummistiefeln, hatte Alice sofort an Schminke gedacht. Jetzt kam sie auf ihrem Streifzug an einer verlockenden Auswahl von Nadeln und Nähgarn vorbei, von Knöpfen und Strickgarn, von Maßbändern und Stecknadeln. Andere Gänge waren bestückt mit Kerzen und Lampenöl, Zierdeckchen und Seife, Blumensamen aus England, Kaffee aus Arabien, Kakao aus Mexiko, Tee aus Indien. Decken und Schüsseln wurden angeboten, Handspiegel und Haarbürsten, Galoschen und Sonnenhüte. Schließlich landete Alice vor einer großen Korktafel mit dem Hinweis »Für unsere Kunden zur gefälligen Bedienung«. Visitenkarten, Inserate, Ankündigungen und Notizen waren dort angeheftet, darunter viele von Leuten, die Arbeit suchten oder ihre Dienste anboten.

Wenn Alice in der Vergangenheit erklärt hatte, sie würde jede Arbeit annehmen, war sie sich inzwischen dessen nicht mehr so sicher. Sie hatte einmal im Hause eines wohlhabenden Mannes unweit der North Terrace vorgesprochen; man hatte sie durch die Hintertür eingelassen, und die Dame des Hauses hatte das Gespräch in der Küche geführt, wobei sie – in Gegenwart des Personals! – auch sehr persönliche Fragen gestellt hatte. Von oben herab hatte sie Alice behandelt, noch schlimmer als Lulu, und sie hatte eine Litanei von Verboten heruntergeleiert, für den Fall, dass Alice das Glück beschert sein sollte, angenommen zu werden. Alice hatte gemerkt, dass dies hier nur eine andere Form von Sklaverei sein würde, hatte der verblüfften Dame gedankt und war gegangen.

Seit sie sich dem Zugriff von Lulu Forchette entzogen hatte, wusste sie eigentlich nichts Rechtes mit sich anzufangen. Einundzwanzig Jahre lang hatte man Alice Starky angewiesen, was sie zu tun, was sie zu essen, wo sie zu schlafen hatte. Nicht eine Stunde lang hatte sie über sich selbst bestimmt. Jetzt war sie ihre eigene Herrin, hatte aber keine Ahnung, wie sie ihr Leben anpacken sollte. »Du kannst alles werden, was du sein willst«, hatte Hannah gesagt. Aber was hieß das?

Ein Plakat weckte ihre Aufmerksamkeit. Es war groß und bunt und dekorativ umrandet. Große Buchstaben verkündeten: »Demnächst auch in Adelaide – eines der aus London bekannten neuen Varieté-Theater!«

Alice las sich den Text abermals durch. Da sich ihre Schulbildung nur auf das Nötigste beschränkte und sie noch nie etwas von einem Varieté gehört hatte, wollte sie sichergehen, alles richtig zu verstehen. Es gelang ihr, ein paar Worte zu entziffern – Zauberkunststücke, Klavierspieler, Musikanten, Akrobaten, Jongleure, Artisten auf dem Trapez. Besonders eins sprang ihr ins Auge: *Solosänger.* »Voraussetzung: gute Stimme, gefälliges Äußeres. Weibliche Bewerber bevorzugt.«

Sie stolperte über das Wort VORAUSWAHL, das in großen Lettern oben auf dem Plakat stand. Was damit gemeint war, verstand sie nicht, aber aus dem übrigen Text schloss sie, dass es den Veranstaltern um eine Art Wettbewerb für einzelne Darbietungen auf der Bühne ging. »Honorar je nach Talent und Publikumsakzeptanz. Weitere Auskunft erteilt Sam Glass, Impresario.«

Alice schlug das Herz bis zum Halse. War dies ihre große Chance? Bei der Vorstellung, von einem Publikum angestarrt zu werden, das von ihrem Anblick derart geschockt war, dass es kein Ohr für ihre Stimme hatte, fuhr ihre Hand schützend hoch zu ihrer narbigen Wange, nestelten ihre Finger am Rand ihrer weißen Dienstbotenhaube herum. Man hatte ihr zwar gesagt, dass, sobald sie zu singen anhob, keiner mehr auf ihr entstelltes Gesicht achten würde, aber war das ehrlich gemeint gewesen?

Mit noch immer heftig klopfendem Herzen und zunehmend aufgeregt notierte sich Alice das Datum, an dem die Vorauswahl stattfinden sollte: 10. Oktober. In sechs Wochen. Ob sie es bis dahin schaffte, ihr Gesicht zu verschönern?

Hannah meinte ihren Augen nicht zu trauen, als sie die umfangreiche Palette kommerziell hergestellter Medizinen vor sich sah. Wie die meisten anderen ging sie in eine Apotheke, wenn sie etwas gegen Kopfschmerzen, Hautausschlag oder eine Magenverstimmung benötigte. Dazu musste man jedoch ein ärztliches Rezept vorweisen, und in der Apotheke hieß es dann zu warten, bis die Salbe oder der Sirup oder der Heiltrank gemischt waren, was, wenn der Apotheker gerade anderweitig beschäftigt war, dauern konnte. *Diese* Medizinen hier schienen dagegen bereits fix und fertig zu sein und zum Verkauf bereitzustehen.

Über einer Reihe von Flaschen wies ein Schild darauf hin, dass sie »Absolut sicher und verträglich bei Entbindungen, ohne jegliche Gefahr für Mutter oder Baby!« wären. Als Hannah das Etikett der in Flaschen abgefüllten roten Flüssigkeit entzifferte – »Dr. Vickers' antiseptische Tinktur« –, wurden ihre Augen kugelrund. War da jemand ihrem Vater zuvorgekommen und hatte eine Formel gefunden? Das Etikett besagte nichts weiter als »Der Gebrauch dieser speziellen Mischung garantiert die sichere und gesunde Entbindung und beugt allen Gefahren und Krankheiten im Zusammenhang mit einem solch freudigen Ereignis vor.«

Sie griff nach einer der Flaschen und hielt sie gegen das Licht. Was beinhalteten sie? Sie entkorkte die Flasche, schnupperte daran. Roch nichts. Sie zog ihren Handschuh aus und tauchte den Finger in die Flüssigkeit, prüfte sie auf ihrer Zunge. Kein Geschmack.

Sie runzelte die Stirn. Das hier war nichts weiter als gefärbtes Wasser. Wie konnte man dann auf dem Etikett und diesem riesigen Schild derart großspurige Behauptungen aufstellen?

Nachdem sie die Flasche wieder verschlossen und zurückgestellt hatte, warf sie einen prüfenden Blick auf die weiteren medizinischen Angebote auf der Theke: Schachteln, Päckchen, Dosen und Flaschen mit allen möglichen Arzneien – Tinkturen, Wundermittelchen, Heiltränken – in flüssiger Form, als Puder, Sirups oder Cremes. Die Spitze einer Pyramide zierte ein handgeschriebener Zettel mit dem Hinweis »Zuverlässiger als ein Aderlass! Kein lästiges Abführen nötig! Sparen Sie sich die Arztkosten! Billiger als in der Apotheke!«

Das Etikett mit der Aufschrift *Dr. Brogans Allheilmittel* versprach Abhilfe für alles, von Pickeln bis zur Gicht, und konnte darüber hinaus als Haarwuchsmittel verwendet werden, zur Beruhigung des Magens und bei Unregelmäßigkeiten der Menstruation. »Eine garantiert großzügige Dosis Kokain pro Teelöffel!«

Hannah fiel auf, dass auf einigen Etiketten die Bestandteile nicht angegeben waren, auf anderen stolz auf ansehnliche Mengen Kokain, Opium und Alkohol hingewiesen wurde. Und dass, wenn ein Produkt den Namen von jemandem trug, diesem immer ein »Dr.« oder »Professor« vorangestellt war.

Dr. Doyles unfehlbare Entwurmungspillen: »Helfen, wo andere versagen.« *Prof. Barnards Gesundheitstonikum:* »Enthält mehr als 60 Bestandteile, darunter seltenes Schlangenöl!« *Dr. Palmers Frauenpillen:* »Beruhigen garantiert Beschwerden in der Gebärmutter.« *Swami Guptas Lebenselixir:* »In Indien erprobt! Rottet zuverlässig alle Formen von Krebs aus.« *Dr. Harrows Fruchtbarkeitstonikum:* »Ein Baby in jeder Flasche!«

Mit kommerziell hergestellten Arzneien hatte Hannah so gut wie keine Erfahrung. Der Apotheker in Bayfield hielt sich vornehmlich an die vom Arzt verordneten Rezepturen. Von Zeit zu Zeit kam zwar ein Vertreter durch das Dorf und pries von der Ladefläche seines Wagens aus irgendwelche Wundermittel an, aber Hannahs Vater hatte seinen Patienten eingeschärft, auf derlei »Humbug« nicht hereinzufallen.

Jetzt tauchte in dem Gang ein beleibter Mann mit spiegelblanker Glatze auf; er trug einen gut geschnittenen schwarzen

Anzug, und um seine rosigen Lippen bauschte sich ein mächtiger grauschwarz melierter Bart. Er stellte sich als Mr. Kirkland vor, Inhaber und Geschäftsführer dieses eleganten Kaufhauses. »Was immer den Körper quält«, prahlte er mit einer ausholenden Handbewegung über das Angebot an Arzneien hinweg, »ich habe das Gegenmittel.«

»Sehr beeindruckend«, sagte Hannah, die gerade eine Flasche mit *Kokaintropfen bei Zahnschmerzen – für Kinder* in der Hand hielt.

»In der Tat! Und wie Sie sehen, alle Produkte mit Garantie. So etwas kann ein Apotheker von seinen Arzneien nicht behaupten. Außerdem sind diese hier weitaus preiswerter. Und Zeit sparen Sie auch noch, Sie müssen nicht vorher zum Arzt gehen.«

Wie war es möglich, überlegte Hannah, dass all diese Mittelchen Heilung versprachen, wenn nicht einmal ein Arzt dies vermochte? Nein, sagte sie sich dann, sie konnten es nicht. Sie waren genau das, was ihr Vater als »Humbug« bezeichnet hatte, eine Vortäuschung falscher Tatsachen, nichts weiter. Nur gab es dagegen keine Gesetze, und wer immer danach trachtete, seine Schmerzen und Beschwerden zu lindern, vertraute dem, was da geschrieben stand.

Mr. Kirkland wies auf die Gesundheitsbücher hin, die er ebenfalls in seinem Sortiment führte. Hannah griff nach einem Handbuch mit dem Titel »Häusliche Krankenpflege«, schlug das Kapitel *Ein Bettbad für den Patienten* auf. »Wenn der Patient zu krank ist, um für ein Bad das Bett zu verlassen, stellen Sie eine mit Seifenwasser gefüllte Schüssel an sein Bett und waschen Sie ihn mit einem Lappen, beginnend mit dem Hals und dann so weit abwärts wie möglich. Dann nehmen Sie sich seine Füße vor und reiben Sie ihm die Beine so weit hinauf wie möglich ab. Anschließend waschen Sie ihm den Schambereich.«

Sie griff sich ein anderes, *Problemlose Entbindung*, und überflog den Inhalt. »1. Schritt: Wenn bei der werdenden Mutter die Wehen einsetzen, schicken Sie alle männlichen Personen aus dem Zimmer. 2. Schritt: Schirmen Sie die Schwangere ab.« Hannah meinte ihren Augen nicht zu trauen, als sie seitenweise völlig überflüssige Informationen durchblätterte. Keinerlei Einzelheiten über Hilfestellungen bei einer Entbindung, keine Empfehlung, was in einer schwierigen Situation zu tun war, und schon gar nicht der Hinweis, unbedingt saubere Tücher zu verwenden und sich die Hände zu waschen. Das Handbuch drehte sich hauptsächlich darum, die werdende Mutter bei Laune zu halten und sie optimistisch zu stimmen. »Verabreichen Sie ihr ausreichend Alkohol, das kann Gin oder Rum sein, notfalls auch nur Wein.«

»Diese Bücher und Arzneien verkaufen sich prächtig«, merkte Mr. Kirkland stolz an, nicht ohne sich wie ein Politiker auf Stimmenfang an die Revers seiner Jacke zu fassen. »Von weit her strömen die Leute herbei und kaufen, was sie kriegen können. Einige Farmen sind so abgelegen, dass die Bauern dort nie einen Arzt zu Gesicht bekommen und sich allein behelfen müssen.«

In diesem Augenblick kam ein Fremder auf sie zu. Er tippte an seinen vom Regen durchweichten Filzhut. »Schön' guten Tag, Freunde. Farley Gladstone, zu Ihren Diensten.« Damit überreichte er jedem der beiden eine feucht gewordene Visitenkarte, auf der zu lesen stand: *Dr. Gladstone, Schmerzlose Zahnbehandlungen.*

Gladstones Haar wies die Farbe von Kitt auf, er hatte ein schmales Gesicht und kleine, eher feminine Hände, die ihm nach Hannahs Einschätzung bei der Ausübung seines Berufs bestimmt zugute kamen. Mit kräftigem Liverpooler Akzent erklärte er, tonnenweise Waterloo-Zähne nach Australien eingeführt zu haben.

»*Was* für Zähne?«, fragte Mr. Kirkland.

»Für die meisten künstlichen Gebisse werden Zähne von Tieren verwendet«, schwang sich Gladstone nach Art eines Handlungsreisenden zu einem belehrenden Vortrag auf. »Menschliche Zähne stehen selbstredend höher im Kurs, aber woher ausreichende Mengen bekommen, wenn der Bedarf an Prothesen derart groß ist? Mal abgesehen von denen, die man hingerichteten Verbrechern extrahiert, und armen Schluckern, die einem für ein paar Pence ihre Schneide- und Backenzähne überlassen, hm? Da hat sich die Schlacht von Waterloo geradezu als Segen für den

Zahnarzt erwiesen! Fünfzigtausend kerngesunde junge Soldaten sind auf diesem Kriegsschauplatz gefallen, aber ihre Zähne leben weiter! Haben bereits den Weg in den Mund unzähliger Briten gefunden. Und jetzt werden dank mir auch die Australier davon profitieren.«

Mr. Kirkland warf nochmals einen Blick auf die Visitenkarte und rümpfte dann seine rote Nase. »Sie sind doch ein Dentist, ja? Wie kommen Sie dann zu dem Doktortitel? Für mich sind Sie eher ein Bader.«

»Ich bin Zahnarzt, guter Freund. In Amerika, in einer Stadt namens Baltimore, gibt es seit kurzem ein *College* für Zahnmedizin, das erste für diese Fachrichtung überhaupt. Gleich den Chirurgen sind Bestrebungen im Gange, die Trennung von unserer Zugehörigkeit zu den Badern zu vollziehen und Ärzten gleichgestellt zu werden. Meine Vision, dass ein Dentist als ›Doktor‹ bezeichnet wird, steht so deutlich vor mir, dass ich mir im Vorgriff auf die Zukunft bereits diesen Titel zugelegt habe.«

Damit zog der redselige »Dr.« Gladstone weiter, um sich anderen Besuchern in den Gängen anzudienen. Der Inhaber des Kaufhauses seufzte auf und warf Hannah einen vielsagenden Blick zu. »Ein Dentist, der sich Doktor nennt«, meinte er kopfschüttelnd. »Das ist es, was Australien bewirkt. Es setzt den Menschen Flausen in den Kopf.«

Wieder sich selbst überlassen, wandte Hannah erneut ihre Aufmerksamkeit den umfangreichen Arzneien und Büchern zu, nicht ohne dabei an die weit verstreuten Farmen zu denken, von denen Kirkland gesprochen hatte, an die abgeschieden lebenden Siedler und Familien außerhalb der Reichweite medizinischer Versorgung. Auch Bayfield stand ihr vor Augen, wenn ihr Vater mit dem Einspänner über Landstraßen und Feldwege zog, um Patienten zu besuchen. Und plötzlich kam ihr eine Idee, die so umwerfend war, dass sie unwillkürlich schmunzelte.

Als sie Alice auf sich zukommen sah, merkte sie, dass auch die Freundin heiter gestimmt war. Es hatte sich also doch gelohnt, sich bei diesem garstigen Wetter nach draußen zu wagen.

11

Hannah war von der Landschaft, die sich vor ihr ausbreitete, derart hingerissen, dass es ihr vorkam, als wäre die Welt von der unsichtbaren Hand eines wundersamen Alchemisten über Nacht zu Gold verwandelt worden.

Das Wunder, das sich vollzogen hatte, war einfach überwältigend. Die Goldakazien präsentierten sich in voller Pracht, ihre aus vielen winzigen gelben Blüten bestehenden flauschigen Dolden überzogen grüne Bäume und braune Rinde mit Gold, das in der Sonne schimmerte.

Eigentlich war die ganze Welt prall gefüllt mit neuem Leben und frischen Farben, stellte Hannah fest, während sie ihren Einspänner über die baumgesäumte Landstraße lenkte. Die rostrote Erde Südaustraliens wartete mit allen Schattierungen von smaragdgrünem Gras auf, mit tiefem Himmelblau und Blumen, die von blutrot bis kanariengelb schillerten. Die Sonne schien auf Kleefelder oder Äcker, auf denen Weizen und Mais angebaut wurden, auf üppige Ranken an Weingärten, die sich hin zu sanften Hügeln zogen, auf denen Schafe und Vieh grasten, und auf zwischendrin immer mal wieder das rote Dach einer Farm.

In das Klappern der Hufe ihrer Stute mischte sich das Rauschen des Windes in den Eukalyptusbäumen, die Hannah inzwischen zu unterscheiden gelernt hatte – es gab den gefleckten und den blauen Eukalyptus, den schmalblättrigen mit der strähnigen Borke, den rot blühenden Eukalyptus und darüber hinaus die Eberesche. Und sie alle schienen zu raunen: »Komm und bleib bei uns.«

Da war sie wieder, diese seltsame Verzauberung, wie damals, als sie dem Gauner Jamie O'Brien begegnet war. Vor acht Monaten war das gewesen. Sie hatte seitdem nichts mehr von ihm gehört, aber da sein Steckbrief noch immer aushing, lag die Vermutung nahe, dass er weiterhin frei herumlief. Die Fahrt über das Land, weit weg vom betriebsamen Adelaide, erinnerte sie an jene Nacht. Rückblickend schien es so gewesen zu sein, dass, als ein hungriger Dingo über sie herzufallen drohte, ein Fremder aus dem Dunkel aufgetaucht war, um sie zu beschützen, ein Mann mit einem für sie ungewohnten Akzent, verwitterten Gesichtszügen, spöttischem Lächeln. Hannah kam es fast so vor, als wäre in jenen Minuten, in Gestalt eines Mannes, Australien selbst zu ihrer Rettung geeilt. Wohin war dieser Jamie O'Brien entschwunden?

Er kehrte zurück in die rote Erde und zu den geisterhaften Eukalyptusbäumen und dem nicht endenden Himmel.

Diese schwärmerische Vorstellung erschreckte sie längst nicht mehr. Sie wusste, dass sie drauf und dran war, sich in das Land, das sie sich erwählt hatte, zu verlieben. Seine Einzigartigkeit begeisterte sie. Die Scharen weißer Kakadus, die von den Kronen der Eukalyptusbäume aufstoben. Das unvermittelte Auftauchen eines Emus, der ihr über den Weg lief. Die Kängurus, die neben aus England eingeführten Schafen grasten. Dazu die Schilder über Toreinfahrten, die bäuerliche Betriebe als Wattle Run auswiesen, als Billabong Station oder als Fairview Farm.

Den Schildern war anzusehen, dass sie vor nicht allzu langer Zeit, erst in den letzten Jahren angebracht worden waren. In Bayfield waren allein die Straßen Hunderte von Jahren alt. Es gab keinen Bauernhof, der nicht seit Generationen in Familienbesitz war. Selbst Eichen und Täler waren durchdrungen von Tradition und Brauchtum. Hier dagegen! Häuschen, die noch den ersten Anstrich zeigten, Felder, die gerade zum ersten Mal bestellt worden waren. Wer immer sich hier niederließ, war bestrebt, dem Erdreich seinen Stempel aufzudrücken, etwas aus diesem Land zu machen und aus sich selbst.

Dass in Australien alles so neu war, faszinierte Hannah. Hier gab es keine düsteren Vortragssäle, in denen bornierte Mediziner ungerechte Urteile über einen Mann fällen konnten, der keinen Titel besaß und von einfacher Herkunft war. Neal fiel ihr ein, der nicht wusste, wer er war oder woher er stammte – hier würde er sich wohlfühlen. Dieses Land war geeignet für einen Neuanfang, egal, was vorher war, wie frühere Generationen hier gelebt hatten. Hier kam es nur darauf an, was ein Mann heute zuwege brachte.

Wie gerne hätte Hannah diese Erkenntnis mit Neal geteilt. Vielleicht kam es ja bald dazu. Sie hatte endlich Nachricht von der Kolonialregierung in Perth erhalten: Neals Forschungsschiff sei vom zurückliegenden Aufstand der Eingeborenen nicht betroffen gewesen, es sei zwar noch nicht wieder zurück, werde aber in Kürze erwartet. Vielleicht war er inzwischen bereits gelandet und sah sich nach einem Schiff nach Adelaide um.

Vor ihr lag eine Abzweigung, ein Feldweg, der zwischen Eukalyptusbäumen verschwand. Ein Schild am Straßenrand mit einem Pfeil nach rechts verwies auf die Seven Oaks Station.

Nach Erhalt der Mitteilung, dass es Neal gutging, hatte Hannah ihr Vorhaben aufgegeben, nach Perth zu fahren und dort nach ihm zu suchen. Stattdessen war sie aufs Land gezogen, wo sie hoffte, eine Hebammen-Praxis eröffnen zu können. Dieser Plan ging zurück auf die Bemerkung des Inhabers und Geschäftsführers von Kirkland's Emporium, dass die Landbevölkerung wegen der Entfernungen von medizinischer Hilfe abgeschnitten sei. Auf einmal sah Hannah deutlich, dass dies ihre Chance war – wenn sie der Stadt und ihren etablierten Hebammen, die eifersüchtig über ihre Pfründe wachten, den Rücken kehrte, konnte sie hier einen Neuanfang wagen.

Sie wohnte mit Alice im Australia Hotel, einem quirligen Etablissement an der Kapunda Road, noch weiter von der Stadt entfernt als Lulus Haus. Es gehörte und wurde geleitet von einer Witwe namens Mrs. Guinness, die nichts gegen eine Vermietung an unverheiratete Damen einzuwenden hatte. Das Hotel war vor einigen Jahren errichtet worden, nachdem man in Kapunda auf Kupfer gestoßen war und seither schwere Planwagen über die Landstraße zogen, vollgepfercht mit ausgehungerten und erschöpften Männern. Weitere Gebäude waren hinzugekommen – ein Textilwarengeschäft, ein Laden für Futtermittel und Farmbedarf, eine Schmiede. Mrs. Guinness kümmerte sich um die Post, die für die Region aus Adelaide kam, weshalb Farmer und Viehtreiber häufig die Stufen zu ihrem Hotel hinaufstapften, um sich ihre Briefe von zu Hause abzuholen.

Hannah war jetzt seit fünf Wochen hier draußen und versuchte, Kontakte zu knüpfen. Jeden Morgen stieg sie, ausgerüstet mit ihrer blauen Teppichtasche, einer Gebietskarte und einem Imbiss aus kaltem Hühnchen- oder Rindfleisch, Brot und Käse sowie einer Flasche mit gesüßtem Tee in den gemieteten Einspänner und klapperte so viele Farmen und Gehöfte wie möglich ab, stellte sich dort vor und hinterließ ihre Visitenkarte: *Hannah Conroy, Diplomierte Hebamme, Ausgebildet in London.*

Heute war sie allein unterwegs. Durch eine glückliche Fügung benötigte Mrs. Guinness eine Küchenhilfe, und somit hatte Alice eine Anstellung im Australia Hotel gefunden. Und weil sie unbedingt an der Vorauswahl im neuen Varieté-Theater teilnehmen wollte, probte sie abends, zur Klavierbegleitung von Mrs. Guinness' Tochter, im Salon des Australia Hotels. Ihre Zuhörerschaft war jeden Abend eine andere, was bei dem ewigen Kommen und Gehen von Viehtreibern, Rinderzüchtern und Schafscherern weiter kein Wunder war. Alle aber lauschten gebannt Alices musikalischem Vortrag und stimmten überein, dass ihre Stimme wie gesponnenes Gold klang (auch wenn ein taktloser Kerl unüberhörbar gemeint hatte: »Sie ist überirdisch, solange man sie nicht anschaut.«).

Hannah lenkte den Einspänner durch eine breite Toreinfahrt, über der abermals das Schild Seven Oaks Station prangte, obwohl weit und breit keine Eiche zu sehen war, im Gegensatz zu den Straßen in Adelaide, in denen man Eichen und Ulmen aus England angepflanzt hatte; selbst das Haus von Lulu Forchette war von aus Europa importierten Blumen umgeben, und auch um andere Gehöfte in der hügeligen Landschaft hatte man kräftig gerodet, um Platz für Weiden und Pappeln aus der Heimat zu schaffen.

Seven Oaks mit seinen Eukalyptusbäumen und Akazien schien eine Ausnahme zu bilden.

Da die Zeit der Lammung angebrochen war, kam Hannah an einem Schafpferch vorbei, in dem sich Hunderte von Mutterschafen mit ihren Kleinen drängten. Etwas weiter weg davon befand sich ein weiteres umzäuntes Gehege, in dem sich Angus-Kälbchen am Euter ihrer weidenden Mutterkühe gütlich taten, gut bewacht von eifrig hin und her jagenden Hunden. Auf einer anderen Koppel waren Männer hoch zu Pferd mit einer Rinderherde beschäftigt. Emsiges Treiben herrschte auf diesem Gehöft mit seinen zahlreichen Ställen, den Scherschuppen, dem Platz zum Holzhacken und den Unterständen fürs Melken. Selbst einen Hühnerstall gab es. Kein Wunder, dass sich das Blöken der Schafe, das Muhen der Kühe, das Bellen der Hunde und das Gebrüll von Männern zu ohrenbetäubendem Lärm verband, in den sich von oben auch noch das Kreischen unzähliger Krähen mischte.

Als das Haupthaus in Sicht kam, brachte Hannah den Einspänner zum Stehen. Was sie sah, erschien ihr wie eine Fata Morgana.

Das Wohnhaus von Seven Oaks bildete ein großzügiges Rechteck mit nur einem Stockwerk und einem Satteldach. Eine breite Veranda mit kunstvoll gearbeitetem Geländer verlief drumherum, das Dach wurde von dekorativen Eisenpfosten gestützt. Die Holzverschalung des Hauses war in ihrer natürlichen Farbe belassen worden, dafür waren Fensterstöcke und Türrahmen, das Geländer und die Pfosten weiß gestrichen. Ein schlichtes und doch stattlich-elegantes Haus. Drumherum zog sich ein schön gestalteter Garten hinunter zu einem Teich mit schwarzen Schwänen, Enten und anderen Wasservögeln.

Wie gebannt saß Hannah da, hatte die Zügel in ihren Händen völlig vergessen. Irgendetwas an dem Haus von Seven Oaks hatte eine Saite in ihr zum Klingen gebracht. Warum, vermochte sie nicht zu sagen. Wie soll man erklären, warum bestimmte Orte einen ansprachen und andere nicht? Sie sah die australischen Eukalyptusbäume, die das Haus abschirmten, wie sie auf das Dach silberne Rinde und goldene Sonnensprenkel rieseln ließen. Sie hörte das Summen der Insekten um sie herum, spürte, wie die Sonnenwärme durch das Verdeck drang und Zeit und Raum vergessen ließ.

Genau das hier war es, eingebettet in sanfte grüne Hügel, die mit Herden weißer Schafe bevölkert waren, darüber ein blauer endloser Himmel, inmitten der Stille und dem Getriebe des australischen Landlebens – das Haus ihrer Träume.

Hannah fuhr weiter bis zu einem Pfosten, an den sie Pferd und Wagen band. Als sie über die Stufen zum vorderen Teil der Veranda auf eine massive Eingangstür mit einer Fensterscheibe in Augenhöhe zuging, wusste sie genau, was sie im Inneren erwartete: eine schmucke Diele mit gebohnertem Fußboden, ein Flur, der sich bis zum hinteren Teil des Hauses erstreckte, in dem Küche und Waschküche untergebracht waren, zu beiden Seiten Türen, die in Zimmer führten, die ansprechend möbliert waren mit Sofas und Stühlen, mit Spitzendeckchen auf den Tischen und geknüpften Teppichen in lebhaften Farben. Bestimmt duftete es nach Zitronenpolitur, Messing und Glas funkelten um die Wette mit einer der gerade in Mode gekommenen Lampen, um deren Glasschirm kleine Kristalle baumelten, die so hinreißend zart klimperten.

Sie klopfte.

Ein abgehetzt wirkendes Dienstmädchen öffnete ihr, hörte kaum zu, was Hannah sagte, bat sie herein und war schon wieder verschwunden. Hannah sah sich um. Das Innere von Seven Oaks entsprach genau ihrer Vorstellung. Rechter Hand wies ein offener Durchgang zu einem geschmackvoll eingerichteten Salon. Linker Hand befand sich ein Speisezimmer mit einem polierten Tisch und sechs Stühlen, in einem Schrank mit gläserner Front stapelte sich Porzellan. Die Schlafzimmer gingen offenbar nach hinten hinaus.

Vom anderen Ende der Eingangshalle steuerte jetzt zielbewusst eine Frau auf sie zu. Sie streifte einen Arbeitshandschuh ab, streckte Hannah die Hand entgegen und stellte sich als Mary McKeeghan vor, die Herrin des Hofes.

Hannah überreichte ihr ihre Visitenkarte und erklärte ihren Besuch damit, dass sie alle in diesem Bezirk aufsuche, um sich ihnen in ihrer Eigenschaft als Hebamme anzuempfehlen.

»Hier wird keine Hebamme benötigt!« Mary McKeeghan lachte schroff auf, lächelte aber dabei, so dass Hannah sich auf der Stelle zu ihr hingezogen fühlte.

Mary McKeeghan war eine gutaussehende Frau mit kräftigen Schultern und sonnengebräuntem Gesicht. Über einem Rock, der aus weichem Rehleder zu sein schien, trug sie ein angestaubtes weißes Mieder und auf ihrem zerzausten rotbraunen Haar einen Schlapphut. Hannah schätzte sie auf Mitte dreißig. Der Ehering verriet, dass sie verheiratet war.

Sie erschrak, als sie sah, dass beide Oberarme mit einem schwarzen Stoffband umwickelt waren.

Mrs. McKeeghan hatte Hannahs Blick bemerkt. »In diesem Haus wird getrauert«, erklärte sie. »Weil ich aber jede Menge Mäuler zu füttern habe« – sie wies nach hinten, wo Hannah die Küche und eine Schar hungriger Männer vermutete –, »bin ich noch nicht in die Stadt gekommen, um mir ein schwarzes Kleid zu kaufen. Und Krepp für die Eingangstür auch nicht. Ist augenblicklich die Zeit, in der bei uns Hochbetrieb herrscht.«

Dies hatte Hannah bereits auf jeder der von ihr besuchten Rinder- und Schaffarmen zu hören bekommen. Wenn es nicht um trächtiges Vieh ging, das vor der Niederkunft stand, dann ging es um den Anbau von Getreide. Aber so viel man auch schuftete, Babys wurden weiterhin geboren und Hebammen benötigt.

»Mein Beileid zu Ihrem Verlust«, sagte sie.

»Meine Schwester.« Marys grüne Augen füllten sich mit Tränen. »Sie ist vom Pferd gestürzt und hat sich den Hals gebrochen. War schlimm genug, aber hinzu kommt, dass sie ein Neugeborenes hinterlassen hat.« Mary McKeeghan warf einen Blick über die Schulter und trat von einem Fuß auf den anderen, so als wäre sie schon wieder auf dem Sprung. Eine Frau, der nur wenig Zeit zur Verfügung stand.

»Ein Neugeborenes!«

»Na ja, fünf Monate alt, ein Junge, und auch er bereitet uns Kummer.«

»Was fehlt ihm denn?«

Marys grüne Augen schienen sich ein genaues Bild von Hannah machen zu wollen, angefangen bei dem dunkelorangeroten Kleid mit dem kurzen schwarzen Cape über die schwarzen Handschuhe bis zu der unter dem Kinn gebundenen kleinen schwarzen Haube. Hannah hoffte nur, in ihrem Auftreten so reif und professionell zu wirken, dass man ihr jugendliches Alter übersah. »Kennen Sie sich denn mit Babys aus, ich meine außer sie auf die Welt zu befördern?«

»Ich habe durchaus Erfahrung, aber gewiss doch.«

»Hier lang«, sagte Mary McKeeghan und ging ihr mit so ausholenden Schritten voran, dass Hannah Mühe hatte, ihr zu folgen.

Die Schlafzimmer befanden sich tatsächlich im rückwärtigen Teil, und das, das Hannah jetzt betrat, war geräumig und sonnendurchflutet, mit einem baldachingeschmückten Bett, über das ein aus lauter verschiedenen Stoffteilen gefertigter Quilt gebreitet war. Auf dem geschrubbten Boden lag ein geknüpfter Teppich in leuchtenden Farben, hübsche dunkle Holzkommoden zierten die Wände. Unweit des Fensters stand, auf einem Schaukelaufsatz, eine Wiege, aus der kein Laut zu vernehmen war.

»Er ist, wie gesagt, fünf Monate alt und war bis vor zwei Wochen munter und fidel. Wir kamen von der Beerdigung zurück, und es war, als wüsste er, dass seine Mama fort ist. Sylvie hat ihn drei Monate lang gestillt, dann hat sie ihn auf gezuckerte Milch umgestellt, die er mit großem Appetit zu sich nahm. Sie konnte ihn damit allein lassen, er hat sich dann selbst bedient. Aber inzwischen ...« Mrs. McKeeghan beugte sich über die Wiege, nahm das Keramikfläschchen mit dem dünnen Kinderbrei und hielt den Schnuller an die Lippen des Babys. Der Kleine wandte den Kopf ab. »Er will einfach nicht trinken«, sagte Mary.

Das Breifläschchen war aus Staffordshire-Keramik und leicht geschwungen. Für gewöhnlich wurden die in Alkohol eingelegten Zitzen einer Kuh als Schnuller über die Öffnung gestülpt, aber hier hatte man zu Mull gegriffen, an dem das Kind herumnuckeln konnte.

Hannah zog die Babydecke weg und erschrak, als sie sah, dass der Kleine nur noch Haut und Knochen war. Sie schnippte mit den Fingern in Höhe seines Ohrs. Er reagierte nicht auf das Geräusch. »Ist er taub?«

»O nein. Sonst hat er immer Anteil an allem genommen, was um ihn herum passierte. Es ist, als ob ihm alles egal wäre.«

»Rollt er sich auf den Bauch?«

»Er fing damit an, ließ es dann bleiben.«

Was immer Hannah für Geräusche machte, ob sie ihn kitzelte oder anlächelte – das Baby verzog keine Miene. Sie hörte mit ihrem Stethoskop den kleinen Brustkasten ab, das winzige Herz im Inneren, das um sein Leben kämpfte. Als sie das Instrument wieder einpackte, war sie drauf und dran, Mary McKeeghan zu sagen, dass ein Säugling mehr brauche als dünnen Kinderbrei, den man ihm zur Selbstbedienung ins Bettchen legte. Dass er auch Zuwendung brauche, menschliche Wärme, Hautkontakt, sonst würde er verkümmern und sterben. Dann aber sah sie Marys müdes Gesicht, sah die Falten um Augen und Mund, die von Kummer und Sorgen und Erschöpfung sprachen, und erkannte, dass das Leben dieser Frau Anforderungen an sie stellte, die schon jetzt ihre Kräfte überstiegen.

»Mit dem Baby und auch mit meiner eigenen Mutter weiß ich einfach nicht mehr weiter«, sagte Mary, so als könnte sie Hannahs Gedanken lesen. »Ausgerechnet jetzt, wo die Lammung in vollem Gange ist und Hochbetrieb herrscht. Sogar meine beiden Kinder hab ich eingespannt, sie müssen die Teerpflöcke im Scherschuppen auswechseln.«

»Was fehlt denn Ihrer Mutter?«

Mary nahm Hannah mit ins nächste Schlafzimmer, zu einem Bett, in dem eine Frau um die Fünfzig und mit leicht ergrautem Haar in Seitenlage die Wand anstarrte. »Seit dem Begräbnis liegt sie so da. Ich hab sie beschworen, aufzustehen und was zu essen, aber sie will nicht. Ich glaube, sie kann uns nicht mal hören.«

Hannah griff nach dem Handgelenk der völlig apathischen Frau und fühlte ihren Puls, fasste an ihren Hals, strich ihr über die Stirn, um auf sich aufmerksam zu machen. Aber Mary McKeeghans Mutter reagierte nicht, starrte weiterhin die Wand an.

Gedeihstörung bei dem einen, die andere auf dem besten Weg, sich aufzugeben, konstatierte Hannah.

Sie ging zurück ins Kinderzimmer, hob das Baby samt Fläschchen aus der Wiege und begab sich wieder in das andere Zimmer.

»Was haben Sie vor?«, fragte Mary McKeeghan.

»Etwas, was ich mal bei meinem Vater gesehen habe.« Sie stellte das Fläschchen auf den Tisch neben dem Krankenlager, beugte sich dann über Mary McKeeghans Mutter und bettete das Baby so, dass es ihren warmen Busen spürte. Jetzt dem Baby noch ein Kissen in den Rücken gestopft, und schon konnte sich der Kleine behaglich an die Großmutter schmiegen.

Hannah richtete sich wieder auf. »Wie heißt Ihre Mutter?«

»Naomi.«

»Naomi«, sagte Hannah und berührte die Schulter der so passiv anmutenden Frau, »Naomi, wenn Sie Ihren Enkel füttern möchten – sein Fläschchen steht hier am Bett.«

Zurück im Salon fragte Mary McKeeghan: »Was soll das bewirken?«

»Ich weiß es nicht genau«, gestand Hannah ein. »Vielleicht klappt's auch nicht. Aber zumindest ist es den Versuch wert. Schon weil mir nichts Besseres einfällt, um beiden zu helfen.«

»Danke für Ihren Besuch«, sagte Mary, als sie Hannah hinausbegleitete. »Und für Ihre Bemühungen. Ist nicht so einfach, bei der Niederkunft der Schafe und beim Scheren mitzuhelfen und diese Horde von Männern zu verköstigen und alles.« In den grünen Augen zeichnete sich ein Anflug von schlechtem Gewissen ab. »Ich hatte damit gerechnet, dass sich meine Mum um den kleinen Robbie kümmern würde. Jetzt kränkeln sie beide, und ich hab einfach nicht genug Zeit für sie.«

Ehe Hannah mit dem Einspänner wieder auf die Hauptstraße bog, drehte sie sich nochmals um und schaute zum Haus zurück.

Dann nahm sie ein Blatt Papier zur Hand, von dem sie, um Eindrücke schriftlich festzuhalten, neben Feder und Tintenfass stets einen kleinen Vorrat bei sich führte, breitete es auf ihrem Schoß aus, tauchte die Feder in die Tinte und fertigte eine Skizze von Mary McKeeghans Haus an.

12

War es nicht doch zu vermessen gewesen, fragte sich Alice beim Anblick all der hübschen Mädchen, die sich vor dem Varieté-Theater zur Vorauswahl eingefunden hatten. Bestand denn für sie auch nur der Hauch einer Chance, angenommen zu werden?

Sie war allein in die Stadt gefahren. Hannah wollte sie ursprünglich begleiten, war dann aber zu einer Entbindung gerufen worden; verständlich, dass es wichtiger war, einer Schwangeren beizustehen.

Da nirgendwo Schminke aufzutreiben war, hatten Hannah und Mrs. Guinness sie bei der Auswahl einer Haube beraten, die die Narbe an ihrem Kopf verdeckte, und ihr dann mit Bleistift die nicht vorhandene Augenbraue aufgemalt. »Wichtig ist, dass du deine positiven Seiten betonst«, hatte Hannah gesagt und ihr mehrere naturblonde Löckchen von der anderen, der besseren Seite so arrangiert, dass sie jetzt wie ein Strahlenkranz ihre leuchtend blauen Augen umrahmten. Und sie hatten zusammengelegt, um ein Kleid nach der neuesten Mode für sie zu erstehen, das keineswegs auffällig, sondern eher schlicht und umso geschmackvoller war.

Auf ihrem Weg zum Varieté hatte sie sich noch Hoffnungen gemacht. Aber beim Anblick dieser Mädchen verließ sie der Mut. Nicht alle kamen zum Vorsingen, aber die meisten waren unglaublich attraktiv; neben ihnen kam sich Alice wie ein Stock vor, noch dazu wie ein hässlicher.

Die Türen öffneten sich, man drängte ins Innere. Alice gelangte in eine der neumodischen Saloon-Bars, wo die Gäste auf Stühlen an kleinen Tischen sitzen und essen, trinken und rauchen und gleichzeitig das Programm auf der Bühne verfolgen konnten.

Mit prüfendem Blick bewegte sich der Impresario durch die Menge, schickte den einen oder anderen Bewerber in verschiedene Bereiche seines Etablissements weiter – Männer, die als Kellner, als Barkeeper oder Hausmeister arbeiten wollten, und Frauen, die darauf hofften, sich ihr Geld in der Küche oder hinter der Bühne zu verdienen. Um die Artisten kümmerte sich Sam Glass persönlich, rief sie einzeln auf die Bühne und sah entweder geduldig zu, wie sie jonglierten, Salti schlugen, Tauben aus ihren Jacken zauberten, oder aber winkte schon nach kurzer Zeit verärgert ab.

Glass trug einen braunen Anzug und darunter eine Weste mit Schachbrettmuster, und seinen Kopf bedeckte eine Tweedkappe. Seine raue tiefe Stimme ließ an Sandpapier denken, und unentwegt kaute er an dem aufgeweichten Ende einer Zigarre herum. Was besonders an ihm auffiel, war sein Schnurrbart – ein schnurgerader schwarzer Strich über der Oberlippe, wie mit Kohle gezogen.

Da sich viele der Darbietungen schon bald als zu stümperhaft für das neue Elysium Varieté-Theater erwiesen, ging es flott voran. Als Alice an der Reihe war und die Stufen zur Bühne hochstieg, musterte Glass sie von oben bis unten. Hübsche Augen. War ihr Haar naturblond? Umso besser. »Nimm die Haube ab«, sagte er.

»Meine Haube?«

»Auf der Bühne wirst du auch keine tragen. Die Leute wollen dein Haar sehen. Also runter damit.«

Alice schaute hinunter auf die noch Wartenden, die vollauf damit beschäftigt waren, sich auf ihren eigenen Auftritt vorzubereiten – ob sie nun sangen, rezitierten oder ein Instrument spielten –, und nicht mitbekamen, was zwischen ihr und Sam Glass vor sich ging, der mit einem großen Bier an einem der Tische saß und jetzt losbellte: »Na wird's bald! Ich hab nicht ewig Zeit. Nimm die Haube ab oder verlass die Bühne.«

Sie kam der Aufforderung nach. Als ihr Gesicht und ihr Schädel vom Scheinwerferlicht erfasst wurden, stieß Sam aus: »Großer Gott! Soll das ein Witz sein?« Er kniff die Augen zusammen und beugte sich vor. »Bist du in einen Fleischwolf geraten?«

Als er ihre Verlegenheit bemerkte, sagte er um einiges freundlicher: »Hör mal, Kindchen, du magst ja die schönste Stimme der Welt haben. Aber meine Gäste haben nicht nur Ohren, sondern auch Augen. Verstehst du, was ich meine? In den Hafenkneipen werden immer wieder Sängerinnen gesucht, egal, wie sie aussehen.« Er bedeutete ihr, die Bühne zu verlassen. »Die Nächste!«, brüllte er.

Alice rührte sich nicht von der Stelle. Sie dachte an Hannah und an Mrs. Guinness, die sie in ihrem Vorhaben bestärkt hatten, sie dachte an die Abende, da sie im Salon des Hotels immer wieder geprobt und wo man ihr wegen ihrer schönen Stimme Komplimente gemacht hatte. Sie dachte an Lulu Forchette, die sie als hässlich bezeichnet hatte. Und sie dachte an all diejenigen, die sich wie sie der Vorauswahl stellten, alle mit makellosem Gesicht, makellosen Wangen und Brauen.

Sie straffte die Schultern und atmete tief ein. Was hatten die Viehtreiber und Schafscherer im Australia Hotel gesagt? »Sing was Fröhliches, das bringt alle in Stimmung.« »Sing was Gewagtes, in den Kneipen kommt so was gut an.« »Sing was Lustiges, dann haben alle Grund zum Lachen.« Aber das, was sie jetzt anstimmte, war keineswegs fröhlich oder gewagt oder witzig.

Amazing Grace, how sweet the sound,
That saved a wretch like me …
I once was lost but now am found,
Was blind, but now, I see.

O große Gnad', welch süßer Klang
mich Elende errettet hat!
Verloren einst, gefunden nun,
War blind ich, doch ich seh.

Die, die sich in ihrer Nähe aufhielten, wandten sich, als sie die klare Sopranstimme vernahmen, um, unterbrachen ihr Gespräch und lauschten.

T'was Grace that taught ...
My heart to fear.
And Grace, my fears relieved.
How precious did that Grace appear ...
The hour I first believed.

Gnade war's, die meinem Herz ...
das Fürchten lehrte,
Und Gnade löste meine Angst.
Wie kostbar schien die Gnade mir ...
Da ich den Glauben fand.

Hinter der Bühne und jenseits des Rampenlichts wurde es ebenfalls mucksmäuschenstill, so dass Alices Stimme bis zu den Wänden und Dachsparren und funkelnden Kronleuchtern drang und auch die Bewerber, die in den Seitengängen ihre Instrumente stimmten oder nochmals die Abfolge ihrer Tanzschritte probten, innehielten und sich dem Klang des Kirchenliedes überließen.

Through many dangers, toils and snares ...
We have already come.
T'was Grace that brought us safe thus far ...
And Grace will lead us home.

Durch viele Gefahr, Mühsal und Not
Sind wir bereits gegangen.
Es war Gnade, die uns so weit brachte,
Und Gnade führt uns heim.

Schweigen senkte sich über Tische und Stühle bis hinten an die Bar. Zimmerleute unterbrachen ihr Hämmern. Maler ließen die

Pinsel sinken. Männer auf Leitern waren um festen Halt bemüht, um sich dann in Richtung der faszinierenden Stimme umzudrehen.

The Lord has promised good to me …
His word my hope secures.
He will my shield and portion be …
As long as life endures.

Der Herr hat Gutes mir versprochen,
Sein Wort bestärkt mein Hoffen.
Er wird mein Schutz und Anteil sein,
Mein ganzes Leben lang.

Auch aus dem Foyer drängte man jetzt so leise wie möglich in die Halle und lauschte den perlenden Tönen, die wie Seidenbänder über die Köpfe der andächtigen Zuhörer schwebten.

When I've been here ten thousand years …
Bright shining as the sun,
I've no less days to sing God's praise …
Then when I've first begun.

Wenn ich zehntausend Jahr' hier weilen sollte,
Gleißhell als wie die Sonne,
Hab ich nicht wen'ger Tage, Gottes Lob zu singen,
als damals, bei dem ersten Mal.

Ungläubig verfolgte Sam Glass, wie Männer ihre Schnupftücher hervorzogen, um sich die Nase zu putzen, und Frauen sich die Augen wischten. Den Gesichtern der aus dem fernen England zugewanderten Siedler war anzusehen, dass sie an ihre Lieben dachten, die sie zurückgelassen hatten. Er blickte wieder zu dem schlanken, zierlichen, ja fast zerbrechlichen Mädchen, das da vorn allein auf der Bühne stand. Was war so besonders an ihr? Abgesehen davon, dass sie eine hübsche Stimme hatte und den Ton halten konnte – über diese Qualitäten hatten bislang auch alle anderen Probanden verfügt, die er sich angehört hatte –, gab es da noch etwas anderes, was dieses blasse, ätherische Wesen vollbrachte. Sie hatte nicht einfach ihr Lied gesungen. Es war die Art, wie sie atmete, wie sie gewisse Töne hervorhob, sich bei anderen zurücknahm, Pausen dort einlegte, wo dies sonst keiner tat, und die hohen Töne länger hielt, als er dies bei einem so schmächtigen Persönchen für möglich hielt. Glass spürte, wie auch ihm angesichts dieses fast spirituellen Gesangsvortrags die Kehle eng wurde, ihn an Heim und Herd denken ließ, an Engel und die Jungfrau Maria.

»*Amazing Grace, how sweet the sound,*
That saved a wretch like me …
I once was lost but now am found,
Was blind, but now, I see.«

Als der letzte Ton verhallt war, herrschte Totenstille. Alle starrten das Mädchen mit dem entstellten Gesicht an, um sich dann zu fragen, wie sich Verunstaltung und Schönheit derart vereinbaren ließen. Betreten schauten sie erst auf den mit Sägemehl bedeckten Boden, dann tauschten sie mit den anderen Blicke aus, erste zaghafte Worte wurden wieder gewechselt, man war sich nicht sicher, ob es schicklich war, ein Kirchenlied mit Beifall zu bedenken.

Sam Glass sprang auf. »Allmächtiger! Wie kommt ein schmächtiges Persönchen wie du zu solch einer Stimme? Siehst aus, als könntest du nicht mal 'ne Kerze ausblasen, geschweige denn den erhabensten Lobgesang Gottes schmettern.«

Er winkte sie zu sich, und kaum war Alice an seinem Tisch angelangt, sprudelte es aus ihm heraus. »Wir eröffnen in vier Wochen. Du trittst in der Mitte des Programms auf, damit sichern wir uns die uneingeschränkte Aufmerksamkeit. Ich werd ein paar Mädchen abstellen, damit sie dich schminken, und dein Haar kriegen wir auch hin. Dazu ein effektvolles Kleid, auf alle Fälle ein kurzer Rock, Männer sehen gern ein bisschen Bein. Nackte Arme. Den Ausschnitt möglichst tief, zeig so viel Busen wie möglich, ohne dass uns deswegen die Polizei aufs Dach steigt. Wie heißt du eigentlich?«

»Alice Starky.«

Glass dachte kurz nach, sagte dann: »Von jetzt an bist du Alice Star. Du wirst die Sensation schlechthin sein.«

13

In bester Stimmung lenkte Hannah den Einspänner über die im Schatten liegende Zufahrt von Seven Oaks. Zum einen hatte sie, als sie sich dem Haupthaus näherte, das Gefühl, nach Hause zu kommen. Zum anderen freute sie sich, dass Neal jetzt tagtäglich in Adelaide eintreffen konnte, ein Gedanke, der sie kaum noch essen oder schlafen ließ. Und nun kam noch hinzu, dass Alice im neuen Varieté-Theater engagiert worden war und dort auftreten würde. Die von blühenden Akazien vergoldete Welt war erfüllt von Verheißungen.

Sie war keineswegs überrascht, Mary McKeeghan und ihre Mutter in Schaukelstühlen auf der breiten Veranda anzutreffen, den pausbäckigen Robbie auf Naomis Schoß. Mary hatte Hannah eine Nachricht ins Hotel geschickt, die besagte, dass sich sowohl das Baby wie auch die Großmutter bestens erholt hätten und dass sie Hannah gern zum Tee zu sich einladen würde. Hannah hatte dankend angenommen, war dies doch eine Gelegenheit, den Kontakt zu vertiefen.

»Ich habe bereits allen von Ihnen erzählt, Miss Conroy«, sagte Mary McKeeghan, als Hannah neben ihr Platz nahm. »Wir haben hier draußen keinen Arzt, dabei könnten wir weiß Gott einen brauchen. Andererseits bin ich der Meinung, dass Sie diese Funktion ebenso gut ausfüllen, und hier in unserer Gegend ist man froh zu wissen, dass da jemand ist, der einem beisteht, wenn's nötig ist. Könnten Sie vielleicht auf Ihrem Heimweg bei Edna Basset vorbeischauen? Sie lebt auf der Fairview Farm und leidet schrecklich an einem Husten.«

14

»Große Eröffnung!«, verkündete das Plakat auf dem Vordach. »Unterhaltung für höchste Ansprüche: Musik- und Gesangseinlagen, Sketche sowie weitere einzigartige Darbietungen. Kein Zutritt für Radaubrüder und Trunkenbolde.«

Entlang dem aus Planken angelegten Gehweg reihten sich Kutschen, denen Damen in Abendgarderobe und festlich gekleidete Herren entstiegen. Unter sternenübersätem Himmel hatte sich eine Menschenmenge eingefunden, um das Defilee der Prominenz von Adelaide mitzuerleben, die sich anlässlich der Eröffnung des ersten Restaurant-Theaters am Platze ein Stelldichein gab.

In allen Farben schillernd und angeregt schwatzend erging man sich im Foyer unter funkelnden Kronleuchtern, nippte Champagner und begrüßte einander, ehe man sich im großen Saal, in dem Musiker bereits ihre Instrumente stimmten, an den Tischen niederließ. Ein mächtiger roter Samtvorhang schirmte die Bühne ab. Anders als andere Theater wies das Varieté von Sam Glass, das Elysium genannt, an der rückseitigen Wand eine Bar aus dunklem Mahagoni auf, bestückt mit Spiegeln, blankpolierten Zapfhähnen für Bier und Pyramiden von Kristallgläsern und Bierhumpen. An den Saal schloss sich die Küche an; um Punkt sieben, sobald die Zuschauer Platz genommen hatten, sollte von Kellnern in weißen Hemden, schwarzen Hosen und weißen Schürzen das Abendessen serviert werden. Für das heutige Menü war Lammbraten vorgesehen und als Beilage gebackene Kartoffeln und junge Möhren, gefolgt von französischem Käse und englischem Karamellpudding. Punkt acht Uhr sollte alles Geschirr abgeräumt sein, dann würden Drinks serviert und gleich darauf der Vorhang geöffnet werden.

»Ich bin schrecklich aufgeregt, Miss!«, sagte Alice, die mit Hannah und den anderen Künstlern hinter der Bühne wartete. Um ihre Narben abzudecken, hatte Sam Glass Schminke organisiert. Ganz perfekt war das Ergebnis zwar nicht, aber da Alice ihr blondes Haar geschickt über die kahle Seite gekämmt hatte und ein Strassdiadem mit einer Reiherfeder die kleine Schummelei am Verrutschen hinderte, würde man auch im Rampenlicht so gut wie nichts von der Entstellung bemerken. Und wenn zudem alle männlichen Zuschauer entweder Pfeife, Zigarre oder Zigaretten rauchten, würde die Luft ausreichend verqualmt und somit Einzelheiten nicht auszumachen sein.

»Du schaffst das schon«, redete Hannah ihr gut zu, gleichzeitig bemüht, Männern in engen Trikots oder in Clownkostümen oder Smokings – Akrobaten, Zauberkünstlern, Sängern und Schauspielern – nicht im Wege zu stehen. Während sich die weiblichen Mitglieder der Truppe in glitzernde Gewänder gehüllt hatten, die viel Haut zeigten, war Alices Wahl entgegen Sam Glass' Weisungen auf ein hochgeschlossenes schlichtes weißes Empire-Kleid mit langen Ärmeln gefallen, das nichts an Haut freigab.

Der Inspizient tauchte auf, forderte, da die Show gleich beginnen sollte, alle Nicht-Akteure zum Verlassen des Bühnenraums auf.

Hannah umarmte Alice, wünschte ihr viel Glück und eilte zurück an den Tisch, den sie sich mit Mrs. Guinness teilte. Der Vorhang hob sich, und die kleine Kapelle vor der Bühne intonierte die englische Nationalhymne. Darauf folgten die einzelnen Darbietungen, jeweils vom Publikum stürmisch bejubelt und mit Beifall bedacht; man schüttete sich aus vor Lachen über den Auftritt des Clowns, stimmte mit ein in den Vortrag des Balladensängers, der sich mit seinem Banjo begleitete, johlte, als ein Magier immer wieder seinen Zauberstab fallen ließ.

Hinten in dem vollbesetzten Haus kaute Sam Glass an seiner

Zigarre und verfolgte die Darbietungen mit gemischten Gefühlen. Es war bereits zu der einen oder anderen Panne gekommen, die die Veranstalter nicht hatten voraussehen können. Aber auch wenn in der Küche nicht genug Lammfleisch und in der Bar nicht ausreichend Rotwein vorrätig war, schien sich das Publikum rundum zu amüsieren. Glass hatte viel in dieses Unternehmen investiert; er spekulierte darauf, dass die Zuschauer nach Ende der Vorstellung zufrieden nach Hause gehen und morgen all ihren Freunden vom Elysium berichten würden.

Als drei Viertel des Programms über die Bühne gegangen waren, senkte sich der Vorhang. Alle warteten gespannt auf die nächste Nummer, und als sich der Vorhang wieder hob und Sam Glass Alice Star sah – in diesem Kaiserin Joséphine nachempfundenen Kleid und überhaupt! Das Mädchen sah ja wie ein Engel aus! –, spürte er ein heftiges Pochen an seinen Schläfen. Hatte er ihr denn nicht eingeschärft, was sie anziehen sollte?! Bislang war das Publikum mit nackten Fesseln und tiefen Ausschnitten verwöhnt worden, hatte mit angehaltenem Atem die Akrobatin in ihrem engen Trikot bewundert. Alice Star hätte sich gefälligst daran halten sollen!

Er biss auf seine Zigarre und spuckte Tabaksaft in einen Messingnapf. Um den Erfolg eines Restaurant-Theaters sicherzustellen, hatte jeder die Weisungen des Impresarios zu befolgen. Was gäbe es für ein Durcheinander, wenn jeder täte, was er wollte?! Wütend beschloss Glass, Alice Star dieses eine Mal singen zu lassen und sie dann rauszuschmeißen.

Alice stand abwartend auf der Bühne. Das Publikum, inzwischen an Darbietungen mit einem turbulenten Auftakt gewöhnt, wurde unruhig. Das blonde Mädchen in dem jungfräulichen Gewand tat nichts, um die Aufmerksamkeit auf sich zu ziehen. Rührte sich nicht von der Stelle. Hannah im Zuschauerraum klopfte das Herz bis zum Halse. Vor langer, langer Zeit hatte ihre Mutter von etwas gesprochen, was man Lampenfieber nannte. War es das, was Alice jetzt befallen hatte?

Und dann sah sie, wie Alice ganz leicht mit dem Kopf nickte, worauf der Violinspieler der Kapelle aufstand und zu spielen begann. Und wie Alice Luft holte und anhob.

All in the merry month of May
When the green buds were swellin',
Young Jimmy Grove on his deathbed lay
For love of Barbara Allen.

Es war im Herbst, im bunten Herbst,
Wenn die rotgelben Blätter fallen,
Da wurde John Graham vor Liebe krank,
Vor Liebe zu Barbara Allen.

Ein kollektives Aufseufzen ging bei diesem bekannten Lied, das so süß und traurig zugleich war, durch das Publikum. Man griff nach rubinrot gefüllten Gläsern oder Teetassen, dachte zurück an die Zeit, da man zum ersten Mal die Ballade von Barbara Allen gehört hatte.

He sent his man to find her then,
To the town where she was dwellin'.
»You must come to my master, dear,
If your name is Barbara Allen.«

Seine Leute liefen hinab in die Stadt
Und suchten, bis sie gefunden:
»Ach unser Herr ist krank nach dir,
Komm, Lady, mach' ihn gesunden.«

Die Zuhörer verstummten, sahen gebannt auf das in Weiß gekleidete Mädchen, das da allein im Scheinwerferlicht stand und dessen Stimme nicht aus einer menschlichen Kehle zu kommen schien, sondern wie die eines Engels in einem weißen Kleid anmutete.

For death is printed on his face
And o'ver his heart is stealin'.
Then haste away to comfort him,
O lovely Barbara Allen.

Denn von Tod ist gezeichnet sein Gesicht
Und auch sein Herz stiehlt sich davon.
Komm also rasch, seine Qual zu lindern
O schöne Barbara Allen.

Bei so manchen wurden Erinnerungen an bittersüße Momente in ihrem Leben wach, an Verstorbene, die man geliebt, an Nächte, in denen man Trost gespendet hatte, an Tage, da man verzweifelt gewesen war. Einige hatten bereits Tränen in den Augen. Sam Glass schäumte. Sein Publikum war dabei, in Trübsal zu versinken! Sein Ruin war das!

And very slowly, she came up
And slowly she came nigh him,
And all she said when there she came,
»Young man, I think you're dyin'.«

Die Lady schritt zum Schloss hinan,
Schritt über die marmornen Stufen,
Sie trat ans Bett, sie sah ihn an:
»John Graham, du ließest mich rufen.«

Überall in der Halle wurde geschnieft. Selbst Hannah hatte feuchte Augen und musste sich die Augenwinkel abtupfen, weshalb sie das Taschentuch aus feinem Leinen herauszog, das mit den Initialen »N. S.« bestickt war. Neals Taschentuch, das sie immer bei sich trug, eine Erinnerung, die umso nachdrücklicher war, da Alices reine, klare Stimme ihre Sehnsucht nach Neal noch größer werden ließ. Auch Mrs. Guinness schluckte heftig, musste sie doch nach Jahren wieder an einen jungen Mann aus längst vergangenen Tagen denken, den sie plötzlich vor sich zu sehen meinte, ein fescher Bursche mit einem hinreißenden Lächeln, der in den Krieg gegen Napoleon gezogen war. Auch sie griff zum Taschentuch.

When he was dead and laid in grave
Her heart was struck with sorrow.
»O mother, mother, make my bed
For I shall die tomorrow.«

Als er dann tot ins Grab gelegt,
Ihr Herz war voller Sorgen.
»O Mutter, Mutter, mach mein Bett
Denn sterben werd ich morgen.«

Die goldene Stimme, begleitet vom schwermütigen Klang der Violine, hielt die Zuschauer in Bann. Wie erstarrt saßen sie da, kein Laut kam über ihre Lippen. Keine Hand bewegte sich, kein Auge zuckte. Sam Glass fragte sich, ob sie überhaupt noch atmeten. Eine schöne Bescherung war das! Da versprach man einen Abend lang vergnügliche Unterhaltung und speiste das Publikum mit einem Klagelied ab.

She on her deathbed, as she lay,
Begged to be buried by him
And sore repented of the day
That she did e'er deny him.

Auf ihrem eignen Totenbett
bat sie, »Begrabt mich neben ihm.«
Und tiefe Reu erfüllte sie,
Dass sie ihn abgewiesen.

Das Lied war zu Ende, die hypnotische Stimme verstummte. Keiner rührte sich. Sam Glass machte sich auf einen Ansturm auf die Kasse mit der Forderung auf Rückerstattung des Eintrittsgelds gefasst.

Und dann ging ein Aufatmen durch die Menge, erster Applaus brandete auf, wurde zusehends stürmischer. Das Publikum sprang von den Sitzen auf, bedachte Alice mit nicht endenden »Bravo!«-Rufen.

»Du warst großartig!«, rief Hannah aus, als sie Alice in dem Wirrwarr hinter der Bühne ausfindig machte, wo Sam Glass ihr eben gratulierte und sagte, ab sofort werde er sie als letzte Nummer bringen, als Höhepunkt des Programms. Eine Entscheidung, die auch damit zu tun hatte, dass die Einlagen, die auf Alices Gesangsvortrag folgten, nicht so gut angekommen waren wie zu Beginn – entweder waren die Künstler nicht bei der Sache gewesen oder die Stimmung im Publikum war umgeschlagen oder beides. Nach einhelliger Meinung hatte Alice jedoch alle anderen Akteure in den Schatten gestellt, und sein Publikum zufriedenzustellen war genau das, worauf Sam abzielte.

»Ich habe dir so viel zu verdanken, Hannah«, sagte Alice inmitten all derer, die angetreten waren, um ihr zu gratulieren. Für das, was sie damit zum Ausdruck bringen wollte, fand sie nicht, vielmehr noch nicht die richtigen Worte, dazu musste sie erst einmal den Trubel hinter sich lassen und begreifen, was sich da ereignet hatte. Sie wusste nur, dass sie mit voller Inbrunst gesungen und das Mitgehen der Zuschauer gespürt, ihre Gesichter und sogar ihre Tränen gesehen hatte. Dass sie jetzt kaum ein Wort herausbrachte, lag auch daran, dass sie von einem Gefühl überwältigt wurde, das eindeutig war und gleichzeitig umwerfend: Als sie für diese Leute gesungen hatte, war ihr mit einem Mal klargeworden, dass ihr dieser Weg bestimmt war. Alice hatte zu ihrer Berufung gefunden.

»Aber nicht doch«, wehrte Hannah ab, der nicht entging, dass Alice sie auf einmal nicht mehr mit »Miss« ansprach und sogar duzte.

Sie trat zurück, um anderen Gelegenheit zu geben, Alice zu

gratulieren, und verzog sich in eine Ecke, hinter eine hohe Topfpalme.

Sie holte den Gedichtband ihrer Mutter aus ihrer Tasche, in dem sie zwischen Wordsworths *Lucy Gray* und *Ode an eine Nachtigall* von John Keats die Fotografie von Neal Scott aufbewahrte. Sie schaute auf seine seelenvollen Augen und rief sich seine Stimme ins Gedächtnis zurück. Die Erinnerung an die romantischen Wochen an Bord der *Caprica* wurde wieder wach. Die Nacht, in der der Sturm tobte und sie sich in den Armen lagen und sich mit ebenso viel Angst wie Verlangen geküsst hatten.

Das Herz schlug ihr schneller, als sie den Briefumschlag sah, den sie zu der Fotografie gesteckt hatte. Er war heute Nachmittag mit der Post im Hotel gelandet, gerade als Hannah, Alice und Mrs. Guinness in die Stadt aufbrachen. Hannah hatte lediglich einen kurzen Blick auf den Poststempel – Perth – und die ihr vertraute Handschrift geworfen. Aber was immer Neal ihr mitzuteilen hatte – unter anderem wohl auch die Bestätigung ihres Schreibens, mit dem sie ihn von ihrem Umzug aufs Land informiert hatte, in der Hoffnung, er werde, wenn die HMS *Borealis* wieder im Hafen war, vor seiner Abreise nach Adelaide noch seine Post abholen –, dieser Abend gehörte Alice, alles andere konnte bis nach der Vorstellung warten. Sie wollte sich durch nichts von Alices großem Auftritt ablenken lassen.

Aber jetzt wurde es Zeit, den Brief zu lesen. Da Neal längst hätte in Adelaide sein sollen, vermutete sie eine Erklärung, warum sich sein Besuch verzögerte, und auch ein neues Datum, wann sie mit ihm rechnen konnte.

Mit erregt zitternden Fingern öffnete sie den Brief.

ADELAIDE

April 1848

15

»Und da standen wir, ich und Paddy, möge er in Frieden ruhen, ganz allein dieser Meute von Aborigines gegenüber, die uns anstarrten …«

Als Liza Guinness den gutaussehenden Fremden aus der warmen Aprilsonne ihr Hotel betreten und durch die bescheidene Halle auf sie zusteuern sah, verschlug es ihr die Sprache. Das heißt, sie vergaß, mit wem sie gerade geredet hatte und worum es da gegangen war. Rasch griff sie sich ins Haar, um sicherzugehen, dass sich keine Strähne aus ihrem Knoten verselbständigt hatte.

Als Witwe und Mutter von zwei erwachsenen Töchtern erachtete sich Liza Guinness weiterhin als jung und tat alles, um diesen Eindruck aufrechtzuerhalten; sie spülte ihr Haar mit Henna, griff zu einer Nachtcreme für ihr Gesicht und achtete darauf, sich ihre schlanke Figur zu bewahren. Und obwohl sie seit fünf Jahren das zehn Meilen nördlich von Adelaide gelegene Australia Hotel führte, ließ sie sich auch sonst nicht gehen wie so viele andere Frauen nach Monaten in dieser rauen Landschaft fernab der Zivilisation, die auf Hosenröcke umstiegen, weil sie statt im Damensattel nach Art der Männer ritten und ihr Haar aufs Geratewohl hochsteckten, die wie die Männer Schlapphüte trugen und lederne Arbeitshandschuhe und sich von der Sonne das Gesicht bräunen ließen. Liza Guinness präsentierte sich stets in hübschen, gefällig ausgeschnittenen Kleidern mit weiten, gerüschten Ärmeln und einem nicht allzu ausladenden Reifrock, schon um sich ungehindert hinter dem Empfangstresen ihres Hotels bewegen zu können.

Jetzt empfand sie umso mehr Genugtuung darüber, derart auf

ihr Äußeres bedacht zu sein, denn der Gentleman, der mit einem charmanten Lächeln auf sie zukam, sah nicht nur blendend aus, sondern schien eindeutig wohlhabend zu sein. Er trug einen dieser in Mode gekommenen mit einem schwarzen Band verzierten Panamahüte aus hellen Pflanzenfasern, hinter denen alle her waren, weil sie sich in den heißen Sommermonaten leicht und angenehm tragen ließen. Auch die gesamte Kleidung des Fremden war weiß, und seine Jacke war aus Leinen gefertigt, bezeichnend für einen Mann, der sich einen eigenen Diener leisten konnte.

Liza schätzte ihn auf sechs- oder siebenundzwanzig und ertappte sich bei dem Wunsch, gern vierzehn Jahre jünger zu sein. »Was kann ich für Sie tun, Sir?«, fragte sie liebenswürdig, während die matronenhafte Edna Basset, die gekommen war, um ihre Post abzuholen, und dann auf ein Schwätzchen mit Liza geblieben war, neugierig die Szene verfolgte.

Der Fremde nahm den Hut ab, so dass sein kurz geschorenes brünettes Haar sichtbar wurde, und schaute sich in der ansprechenden Halle mit den vielen Pflanzen und den gerahmten Aquarellen an den Wänden um. Auf dem Empfangstresen, neben einer mit Tausendschönchen gefüllten Vase, lehnte ein Schild mit der Aufschrift: »Schlafen Sie schnell, wir benötigen die Betten.«

»Mein Name ist Neal Scott«, sagte der Fremde und lächelte. »Ich möchte zu Miss Hannah Conroy.«

Zwei Augenpaare wurden vor Staunen kugelrund. »Mr. Scott!«, rief Liza freudig aus. »Der amerikanische Wissenschaftler? Wir haben schon von Ihnen gehört, ist's nicht so, Edna? Allerdings hat Miss Conroy davon gesprochen, dass Sie frühestens in einem Jahr hier sein würden.«

»Ich weiß. Meine Pläne haben sich geändert, und leider blieb mir keine Zeit, Miss Conroy dies rechtzeitig mitzuteilen. Ist sie da?«

»Sie ist ins Barossa Valley gefahren.«

Sein Lächeln wich Betroffenheit. »Wissen Sie, ob sie meinen letzten Brief erhalten hat? Ich war vor drei Wochen schon mal hier, und man hat mir gesagt, ich hätte sie knapp verpasst. Sie sei unterwegs, weil eine Grippewelle herrsche und sie gebraucht werde …«

»Im Barossa Valley«, wiederholte Liza bedauernd. Das hauptsächlich von deutschen Siedlern bewohnte Weinanbaugebiet war gut und gern dreißig Meilen weit entfernt, eine hügelige Landschaft, weshalb schwer abzuschätzen war, wann Hannah zurück sein würde. Liza wandte sich zu den Fächern an der Wand um, in denen man Zimmerschlüssel, Nachrichten, Rechnungen und Post hinterlegte. »Hier«, sagte sie und händigte ihm einen verschlossenen Umschlag aus. »Ist der von Ihnen?«

Neal erschrak, als er den Umschlag erkannte, den er vor drei Wochen abgeschickt hatte. Hannah wusste gar nicht, dass er in Adelaide war! »Ja. Leider.«

»Sie sollte eigentlich längst zurück sein«, meinte Liza und schob den Umschlag wieder in Hannahs Postfach. »Möchten Sie nicht auf sie warten? Wir haben einen hübschen Salon und können Ihnen eine reiche Auswahl an Tees und Kuchen anbieten.«

Neal warf einen Blick durch eine offen stehende Tür und sah einen geschmackvoll eingerichteten Raum, der eher einem Wohnzimmer denn einem Lokal glich. Mehrere Gäste hatten dort auf Sofas Platz genommen und führten leise Gespräche, und im Ofen brannte ein einladendes Feuer. Direkt verführerisch … »Tut mir leid, aber ich kann nicht bleiben. Ich muss Adelaide noch heute Nachmittag verlassen.«

»Heute Nachmittag!«, entfuhr es Liza und Edna gleichzeitig. Beide hätten sie gern noch ein Weilchen mit dem hinreißenden Amerikaner verbracht, wären auch gern Zeuge einer rührenden Wiedersehensszene geworden. Das Leben auf dem Lande konnte ja so eintönig sein! »Es heißt, dass die Epidemie im Abklingen ist«, sagte Liza. »Was bedeutet, dass Hannah auf dem Heimweg ist und jeden Moment hier sein kann. Für eine Tasse Tee wird's doch noch reichen, hm, Mr. Scott?«

»Bedaure, aber ich muss mich einer Expedition anschließen. Und wenn ich mich verspäte, wird Sir Reginald nicht auf mich warten.«

Für Liza Guinness war dieser Fremde das Exotischste, was je ihre Türschwelle überschritten hatte – und der einzige Amerikaner, der ihr je untergekommen war. »Sie meinen doch nicht etwa Sir Reginald Oliphant?«

»Doch, genau den.«

»Ich habe seine Bücher! Und alle gelesen!« Verklärt lächelnd wandte sie sich ihrer Freundin zu. »Ist das zu fassen, Edna. Ein *Forscher* in meinem Hotel.« Und Edna, die sich ebenfalls wünschte, um Jahre jünger zu sein – in ihrem Fall um volle dreißig –, erwiderte das Lächeln.

Neal verglich die Zeit, die seine Taschenuhr anzeigte, mit der auf der Uhr an der Wand, schaute mit gerunzelter Stirn zum Hoteleingang, trat unschlüssig von einem Fuß auf den anderen. »Mir bleibt wohl nichts anderes übrig, als eine weitere Nachricht zu hinterlassen. Hätten Sie einen Bogen Papier und eine Schreibfeder?«

Auch wenn es dabei nicht um sie ging, hatte Mrs. Guinness viel für Romantik übrig und half, wenn sie konnte, gern ein bisschen nach. Sie hatte alles über die Reise auf der *Caprica* gehört, und ihr war keineswegs entgangen, dass, wenn Hannah von dem Unwetter erzählte, bei dem sie und der Amerikaner um ein Haar ums Leben gekommen waren, sich ihre Wangen röteten und sie den Blick senkte – nach Lizas Meinung bei einer Frau ein sicheres Zeichen dafür, dass sich mehr dahinter verbarg. Bestimmt hatte eine Schiffsromanze auf hoher See stattgefunden, und schon den Gedanken daran fand Liza ungemein prickelnd. Auf dieser schwarz-weißen Fotografie, die Hannah ihr gezeigt hatte, wirkte er ja, keine Frage, recht attraktiv, aber das war nichts im Vergleich zu dem aufregenden jungen Mann, der da leibhaftig vor ihr stand.

»Bitte sehr, Sir.« Damit schob sie ihm einen Bogen Briefpapier hin und deutete auf die Feder im Tintenfass.

Abwechselnd im Schatten, dann wieder unter einer matten Herbstsonne lenkte Hannah den Einspänner heimwärts, konnte es kaum erwarten, wieder ins Hotel zu kommen, das gleich vor ihr auftauchen musste. Ein heißes Bad, eine Tasse von Liza Guinness' Pfefferminztee, sich kurz hinlegen – dann war die Welt wieder in Ordnung. Dem Auslöser der Influenza auf die Spur zu kommen – sie war unvermittelt im Barossa Valley ausgebrochen und hatte sich, einem eigenartig schlingernden Kurs folgend, verbreitet, hatte dieses und jenes Gehöft befallen, andere wiederum verschont, um dann auf ebenso mysteriöse Weise zu verebben – war etwas, das warten musste. Hannah war erschöpft. Zum Glück hatte sie sich nicht angesteckt, aber ihr tatkräftiger Einsatz auf Farmen und Höfen hatte ihr das Letzte abverlangt.

Ob die Post schon da war? Vielleicht ein Brief von Alice, die mit der Truppe von Sam Glass auf Tournee war? Seit das Elysium einen so durchschlagenden Erfolg verzeichnete, spielte Sam mit dem Gedanken, auch in anderen Städten Varieté-Theater zu eröffnen, und um Sponsoren und Investoren zu gewinnen, empfahl es sich, sie mit den besten Programmnummern zu begeistern: mit zwei Brüdern, die mit brennenden Fackeln jonglierten, einem Bariton, der Arien zum Besten gab, einer witzigen Nummer, in der Sahnetorten und Böller nicht fehlen durften, einer sensationellen Schlangenfrau namens Lady Godiva und der Gesangssolistin Alice Star. Als Erstes waren sie nach Melbourne gefahren, im Anschluss daran nach Sydney. Hannah wusste, dass Alice, wo immer sie auftrat, die Herzen aller gewann, so wie in Adelaide, wo ihre Bewunderer sie schon bald ihre »Australische Nachtigall« nannten.

Fast hoffte Hannah, keine Nachricht von Neal vorzufinden. Seit seinem ersten Brief im November letzten Jahres hatte er regelmäßig geschrieben und sie nicht nur über die geplante Oliphant-Expedition auf dem Laufenden gehalten – »Start in Kürze!« –, sondern auch berichtet, wen er so alles kennenlernte und was an neuen und faszinierenden Erkenntnissen er gewann. »Wussten Sie, liebste Hannah, dass es Kängurus nicht gegeben ist, rückwärts zu laufen?«

Fünf Monate zuvor, an dem Abend, da Alice zum ersten Mal im

Elysium auftrat, war Hannah bitter enttäuscht gewesen, als sie Neals Brief entnommen hatte, dass er nun doch nicht gleich nach Adelaide kommen würde. Bei einem Zwischenstopp der HMS *Borealis* in Fremantle habe er den berühmten Forscher Sir Reginald Oliphant kennengelernt, der gerade einen Expeditionstrupp von Perth nach Adelaide zusammenstelle und ihm angeboten habe, daran teilzunehmen. »Ich komme ganz bestimmt nach Adelaide, liebste Hannah, aber meine Reise wird nicht nur zwei Wochen dauern und per Schiff erfolgen, sondern recht langsam und beschwerlich vor sich gehen – dafür aber umso aufregender und abenteuerlicher sein: ein Treck durch unbekanntes Land.«

Ursprünglich sollte dieser Treck im Januar starten, war dann aber immer wieder verschoben worden, so dass Neal in Perth festsaß. Wenn heute kein Brief auf Hannah wartete, hieß das, dass auch keiner während ihrer dreiwöchigen Abwesenheit gekommen war, was nur bedeuten konnte, dass die Expedition schließlich und endlich aufgebrochen und Neal auf dem Weg zu ihr war.

Der Gedanke, dass er sich inmitten einer gottverlassenen Wildnis befand, in der tödliche Schlangen, wilde Dingos und feindlich gesinnte Aborigines lauerten, schmeckte Hannah ganz und gar nicht, genauso schrecklich aber fand sie es, ein Jahr lang nichts von ihm zu hören. Immerhin hatte sie eingesehen, dass Gefahren von landestypischen Eigenheiten zum Leben eines Kolonialisten – und Forschers – in dieser neuen Welt gehörten, ebenso wie die Trennung von Angehörigen und Freunden auf lange Zeit. Wer immer in die Kolonien ging, um dort ein Unternehmen oder eine Farm aufzubauen, ließ oft erst zwei oder drei Jahre später Frau und Kinder nachkommen. Ein Brief oder ein Paket nach England war sechs Monate lang unterwegs und die Antwort ebenso lange.

Was also würde zutreffen?, fragte sie sich, als sie sich vertrauter Umgebung näherte – die Basset Farm auf der einen Seite, der Arbin-Hühnerhof auf der anderen –, ein Brief von Neal oder kein Brief?

Ein Reiter tauchte vor ihr auf der Straße auf. Beim Näherkommen tippte er an seinen Hut und sagte: »Tag auch, Miss Conroy.«

Richard Linsey und seine Frau waren Treiber, als die sie riesige Schafherden von Farmen im Norden zum Hafen und zu den Schlachthäusern begleiteten. Wann immer Hannah solchen Treibern begegnete – abgerissen, braungebrannt, wild und frei – musste sie an ihr Zusammentreffen mit dem gesetzlosen Jamie O'Brien in Lulus Park denken. Wo er wohl steckte? Per Fahndungsplakat wurde noch immer nach ihm gesucht, er lief demnach weiterhin frei herum.

»Schönen guten Tag, Mr. Lindsey«, rief Hannah zurück. Sie hatte Judith Lindsey bei der Geburt ihres fünften Kindes beigestanden.

Mary McKeeghan hatte Wort gehalten und Hannah überall weiterempfohlen, und seither war Hannah eine gefragte Frau. Meist ging es um eine Entbindung, und obwohl derlei Einsätze Befriedigung verschafften, fühlte sich Hannah nach wie vor nicht ausgelastet. Sie verstand sich auf so viel mehr, nur leider ergab sich für sie keine Gelegenheit, dies unter Beweis zu stellen. Wenn kein Arzt zu erreichen war, griff man häufig, so auch in dem von der Influenza betroffenen Gebiet, auf Hausmittel zurück und war perplex, wenn Hannah ihre Hilfe anbot. Sie war in einem Haus vorstellig geworden, wo, wie ihr zu Ohren gekommen war, die gesamte zwölfköpfige Familie mit Influenza das Bett hütete und sich kaum selbst versorgen konnte. Eine Nachbarin hatte ihr die Tür geöffnet, Hannah hatte ihr ihre Visitenkarte überreicht und ihre Hilfe angeboten. »Hier ist niemand schwanger«, hatte die Frau geantwortet und die Tür wieder geschlossen.

Ich bin nicht nur eine Hebamme, hätte Hannah am liebsten erwidert. Ständig erweiterte sie ihre Kenntnisse und Fertigkeiten. Sie war dahintergekommen, wozu alles sich Eukalyptus eignete: zum Inhalieren oder Einreiben bei Beschwerden in der Brust oder der Lunge, als Heilsalbe bei Verstauchungen und Muskelschmerzen, in Form von Lutschpastillen linderte er Halsschmerzen. Sie bekam es mit Erkrankungen und Verletzungen zu tun, wie sie in England eher nicht auftraten: Bisse von Tausendfüßlern (zu behandeln mit Tabak, der direkt auf die Wunde aufgetragen wurde),

Schlangenbisse (Wunde aufschneiden, das Gift aussaugen, dann die Wunde mit Kaliumpermanganat bestreichen und anschließend verbinden) und Flohbefall im Bettzeug (vor dem Schlafengehen ein Lamm ins Bett stecken; die Flöhe konzentrieren sich dann auf das Tier).

Bis zum Australia war es jetzt nur noch ein Katzensprung, und Hannah lechzte nach einem Bad. Dass sie wieder in einem Hotel wohnte, machte ihr nichts aus, zumal das von Liza Guinness geführte auf dem Land lag und sie sich dort durchaus wie zu Hause fühlte. Dennoch hielt sie weiterhin an ihrem Traum von einem eigenen Häuschen fest und hielt Ausschau nach Grundstücken, die zum Verkauf angeboten wurden. Oder wenigstens zur Miete. Aber alles, was sie sich näher ansah, verblasste im Vergleich zu Seven Oaks.

»Meine liebe Hannah«, begann Neal am Empfangstresen des Australia Hotels zu schreiben, »tut mir leid, dass wir uns verpasst haben. Wie ich Ihnen in meinem vorhergehenden Brief bereits mitteilte, konnte Sir Reginald in Perth nicht genug Proviant und Geldgeber auftreiben, weshalb er beschloss, nach Adelaide zu fahren und von hier aus eine Ost-West-Expedition zu starten. Ich habe Ihnen nicht geschrieben, da es schneller war, Sir Reginald zu begleiten. Mein Brief wäre gleichzeitig mit mir angekommen! In den letzten drei Wochen war ich damit beschäftigt, Proviant und Instrumente zu besorgen; außerdem habe ich einen Planwagen gemietet sowie einen Assistenten angeworben und bin mehrmals in Sir Reginalds Basislager im Norden gefahren. Und heute ist es soweit, dass ich Adelaide verlassen muss, da die Expedition in Kürze aufbricht und Sir Reginald nicht länger auf mich warten kann. Ich nehme an, mit etwas Glück vor Jahresfrist zurück zu sein. Sir Reginald rechnet damit, dass wir an guten Tagen dreißig Meilen zurücklegen, ansonsten vielleicht zehn. Wo wir anhalten, werden wir fotografische Aufnahmen machen, das Gelände sondieren, Karten zeichnen und Informationen sammeln. Perth ist dreizehnhundert Meilen entfernt, wir könnten es in sechs Monaten, vielleicht auch früher erreichen. Wir werden uns also noch vor Weihnachten wiedersehen. Passen Sie gut auf sich auf, liebste Hannah. Ich bewahre Sie in meinem Herzen.«

Als der gutaussehende Amerikaner in seinem weißen Leinenanzug und Panamahut das Hotel verließ, rief Liza Guinness nach Ruth, ihrer älteren Tochter, und trug ihr auf, den Empfangstresen zu übernehmen, sie selbst müsse mit Edna rasch hinüber in den Laden für Futtermittel, um Mrs. Gibney zu berichten, was sich soeben ereignet hatte.

Im Vorgarten hielt Neal nochmals inne, spähte in alle Richtungen. Wie konnte das Schicksal nur so grausam sein und es offenbar immer wieder einrichten, dass er und Hannah nicht zusammenkamen?, dachte er frustriert. Da von ihrem Einspänner weit und breit nichts zu sehen war und sie demnach noch im Barossa Valley weilte, stieg er auf sein Pferd und schlug die Straße in Richtung Süden ein, nach Adelaide.

Hannah fuhr in den an das Hotel angrenzenden Hof, wo ihr ein Diener aus dem Einspänner half. Im Foyer wurde sie von Ruth Guinness begrüßt und willkommen geheißen, und gleichzeitig händigte das junge Mädchen ihr die Post aus dem Fach aus und mit der Bemerkung »Mum sagte, der wär eben für Sie gekommen« zusätzlich einen verschlossenen Umschlag.

Hannah nahm alles dankend entgegen und schleppte sich, während sie überlegte, ob sie erst Wasser für ein Bad oder einen Tee heiß machen sollte, hinauf in ihr Zimmer. Sie stellte ihre Teppichtasche ab, entledigte sich ihrer Haube und des kurzen Capes, löste ihr Haar und schüttelte es, bis die schwarzen Flechten ihr über Schultern und Rücken fielen. Als sie daran ging, die Knöpfe ihres Mieders zu öffnen, warf sie gleichzeitig einen Blick auf ihre Post. *Zwei* Briefe von Alice. Ein paar nette Zeilen von Ida Gilhooley, mit der Hannah in Verbindung geblieben war. Eine Information von Mr. Krüger, dem Apotheker in Adelaide, über neue Produkte. Und zwei Umschläge, die zu Lizas Briefpapier gehörten.

Sie krauste die Stirn. Weder Poststempel noch Adresse auf diesen beiden. Lediglich beschriftet mit *Miss Hannah Conroy.* Als sie die Handschrift erkannte, riss sie den ihr mit der Bemerkung »*Mum sagte, der wär eben für Sie gekommen*« ausgehändigten Umschlag auf, und kaum hatte sie die ersten Worte gelesen, raffte sie ihre Röcke und eilte nach unten.

»Der Gentleman, der den Brief hinterlassen hat«, sagte sie atemlos zu der verdutzten Ruth Guinness, »wohin ist er gegangen?«

»Ich …«

Mit wehendem Haar rannte Hannah bereits hinaus ins Freie, vorbei an zwei verdutzten neuen Gästen. Als sie die Straße erreichte, machte sie Neal in einiger Entfernung vor sich aus. »Neal!«, rief sie.

Er reagierte nicht.

Hannah hetzte ihm nach.

»Neal!«, schrie sie, so laut sie konnte. »Neal, *stehen bleiben!*«

Die kastanienbraune Stute trabte verhalten weiter. Hannah mobilisierte die letzten Reserven ihres erschöpften Körpers, schrie immer wieder Neals Namen, lenkte die Aufmerksamkeit der Männer in der Schmiede und eines Fußgängers, der mit einem Schäferhund unterwegs war, auf sich.

Zusehends größer wurde der Abstand. Gleich würde Neal den Punkt erreichen, wo die Straße einen Bogen beschrieb, und alsbald von Bäumen verdeckt sein.

Hannah rannte weiter. Stolperte. »*Neal!*«

Er wandte sich um, stutzte, und dann machte er mit seinem Pferd kehrt und galoppierte auf sie zu, sprang ab und schloss Hannah in die Arme. »Ich dachte …«, fing sie an.

Sein Mund presste sich auf ihren, zu einem inbrünstigen Kuss. Hannah schlang die Arme um seinen Hals, Neal zog sie ganz fest an sich. Sie waren wieder auf der *Caprica,* zwei Verliebte, die sich einem völlig neuen Verlangen überließen, das schmerzlich und süß zugleich war.

Neal hätte sie am liebsten nie wieder losgelassen. Aber dann gab er sie doch frei. »Hannah, mein Gott, Hannah.«

»Du bist da«, sagte sie, und wie selbstverständlich kam ihr das Du über die Lippen, auf die Neal gleich darauf wieder seine drückte; mitten auf der von roter Erde bedeckten Straße klammerten sie sich mit der gleichen Verzweiflung aneinander wie damals, als das Unwetter sie auf ewig zu verschlingen drohte. Diesmal aber herrschte keine Dunkelheit, und da war auch kein kalter Ozean, sondern goldene australische Sonne und ihr eigener hitziger Überschwang.

Neal wich erneut zurück, diesmal einen ganzen Schritt, und als er Hannah auf Armlänge vor sich stehen sah, bemerkte er, dass die obersten Knöpfe ihres Mieders offen standen und den Ansatz eines weichen Busens sowie ein Eckchen Spitze von ihrer Untertaille erkennen ließen. Dass die blasse Haut um ihren Ausschnitt herum mit winzigen Schweißperlen benetzt war. Grenzenloses Verlangen überkam ihn. Und dann entdeckte er etwas, das ihn erröten ließ: ein Stückchen Stoff, bestickt mit den Initialen N. S.

Sein Taschentuch!

Sie trug sein Taschentuch an ihrem Busen! Verwirrt, wie aufreizend diese Entdeckung auf ihn wirkte, trat er einen weiteren Schritt zurück.

»Ich habe deine Nachricht bekommen«, sagte Hannah atemlos und wischte sich, ohne ihn aus den Augen zu lassen, ein paar Strähnen aus dem Gesicht. »Du brichst *heute* auf?«

»Ich muss.« Seine Stimme war belegt, so berauscht war er von ihrem Augenblick, dass er die jungen Burschen nicht beachtete, die da am Straßenrand herumlungerten und die junge Frau mit dem direkt schamlos wehenden Haar und dem unzüchtig geöffneten Mieder, das solch verborgene Schätze preisgab, anglotzten.

Sein Taschentuch …

Neal besaß noch immer ihren Handschuh, den er bei der Landung in Perth von ihr als Gegengeschenk erhalten hatte. Jedes Mal, wenn er ihn wie ihre Hand zärtlich umschlossen hatte, hatte er überlegt, ob sie wohl noch sein Taschentuch besaß. Hätte er gewusst, wo sie dieses kleine Leinenviereck aufbewahrte, wäre er möglicherweise vom Schiff gesprungen und nach Adelaide geschwommen.

Stumm schauten sie sich in die Augen, bis die Realität wieder die Oberhand gewann. »Du musst wirklich heute aufbrechen?«, flüsterte sie.

Er sah die kleinen Schweißperlen an ihrer Kehle, auf ihrer hohen Stirn, ihrer Oberlippe. Zum Teufel mit Sir Reginald, durchzuckte es Neal. »Vielleicht …«, hob er an. Nein. Er musste los. »Hannah«, sagte er, »ich hab eine Idee.« Er umfasste so unvermittelt ihre Schultern, dass den Gaffern die Kinnlade herunterfiel. »Ich muss zurück in die Stadt und meine restlichen Sachen holen. Dort steht ein Planwagen, den ich gemietet habe, und dort wartet auch ein Assistent. Da wir aber den Spencer-Golf entlang nach Norden ziehen, kommen wir nochmals hier vorbei. Komm mit nach Adelaide, ich bringe dich dann wieder zurück. Dadurch bliebe uns mindestens noch eine Stunde, die wir miteinander verbringen könnten.«

Hannah brauchte nicht überredet zu werden. Sie eilten zurück zum Hotel, an den jungen Burschen vorbei, die enttäuscht über das jähe Ende der so vielversprechenden Szene waren. Hannah lief auf ihr Zimmer, um sich rasch umzuziehen, und Neal bat die jungen Kerle im Hof, ein frisches Pferd für Miss Conroys Einspänner zu beschaffen und seine Stute hinten anzubinden.

Während er unruhig in der Eingangshalle wartete und Ruth Guinness ihn verträumt anhimmelte, kehrten Liza und Edna zurück. Als sie Mr. Scott erblickten, blieben sie wie angewurzelt stehen. »Wir dachten, Sie wären längst weg!«

»Mum«, gluckste Ruth, »Hannah ist zurück, und es kam zu einer wahrlich *romantischen* Begegnung auf der Straße!«

»Ruth Ophelia Guinness, wie kannst du nur so etwas sagen!« Liza gab sich empört, wiewohl mit einem breiten Grinsen und neugierig funkelnden Augen. »Wie schön, dass Sie Hannah doch nicht verpasst haben, Mr. Scott.«

Neal, der sich unter den prüfenden Blicken der drei Frauen höchst unbehaglich fühlte, war erleichtert, als er hörte, wie oben eine Tür geöffnet und wieder geschlossen wurde und sich Schritte dem oberen Treppenabsatz näherten. Dann sah er Hannah dort oben stehen, und das Herz schlug ihm bis zur Kehle.

Sie trug ein blassrosa Kleid mit weißen Spitzen um Manschetten und Kragen und weißen Knöpfen vom Hals bis zur schlanken Taille. Auf den Reifrock hatte sie verzichtet, er wirkte zu unnatürlich, wie eine Glocke meinte sie darin auszusehen. Neal starrte sie hingerissen an. Trotz der vielen Unterröcke sah Hannah umwerfend weiblich aus.

Er erkannte die ausgefallene blaue Teppichtasche wieder und erinnerte sich, dass sie Hannahs kostbarsten Besitz enthielt. Jetzt etwa auch sein Taschentuch, oder befand sich das noch immer an ihrer Brust, verborgen unter blassrosa Baumwolle und dem schmucken kleinen Spitzenkragen? Verlangen überflutete ihn. Obwohl sie von Kopf bis Fuß und Handgelenk vollständig verhüllt und ihr Haar wieder sorgfältig aufgesteckt und von einer hübschen Haube verdeckt war, strahlte sie mehr erotischen Zauber aus, als wenn sie nackt da oben an der Treppe gestanden hätte.

Nachdem sie sich von Mutter und Tochter Guinness sowie von Edna verabschiedet hatten, verließen die beiden das Hotel und stiegen, noch immer schweigend, in den kleinen Wagen. Neal übernahm die Zügel und ließ das Pferd antraben.

In dem zweirädrigen kleinen Einspänner mit dem schützenden Lederverdeck und lediglich Platz für zwei Personen machte sich eine trauliche Stimmung breit. Die Sonne verströmte einschläfernde Wärme, das Summen von Insekten erfüllte die Luft, mischte sich in den Geruch von rotem Staub und Spätsommerblumen. Hannah genoss das gleichmäßige Schaukeln des kleinen Wagens allein schon deshalb, weil Neal neben ihr saß und sein Arm beim Hantieren mit den Zügeln immer wieder gegen ihren drückte. Erregend war das. Ihr Verlangen nach ihm, der süße Schmerz, der von ihr Besitz ergriffen hatte, raubte ihr den Verstand. Kein Wort brachte sie heraus. Neal sah ja auch so unglaublich attraktiv aus in seinem weißen Leinenanzug und dem weißen Strohhut, der so gut zu seinem sonnengebräunten Gesicht passte. Sie schaute auf die Hände, die die Zügel hielten, schön geformte Hände waren das, mit einem braunen Haarflaum an den Knöcheln. *Männliche* Hände.

Auch Neal vermochte nicht zu sprechen. Dabei hätte er so gern der Leidenschaft, die ihn erfasst hatte, Ausdruck verliehen, in Form von wohlgesetzten, poetischen Worten, die sie beeindrucken würden. Aber sein Verlangen nach diesem zauberhaften Geschöpf an seiner Seite war so mächtig, dass es ihm die Sprache verschlug. Er konzentrierte sich auf die vor ihnen liegende Straße, auf die Zügel und das Pferd, versuchte dadurch den Impuls zu unterdrücken, anzuhalten, Hannah an sich zu ziehen und sie auf der Stelle, hier, inmitten von Bäumen, sanften grünen Hügeln und Sonnenschein ganz zu besitzen.

»Hast du etwas aus Boston gehört, etwas über deine Mutter in Erfahrung gebracht?«, fragte Hannah, als sie sich wieder einigermaßen gefasst hatte.

»Bis jetzt noch nicht«, erwiderte er. Neal hatte an Josiah Scott geschrieben, seinen Adoptivvater, der daraufhin versprochen hatte, Erkundigungen einzuziehen. Des Weiteren hatte Neal bei einem anderen Anwalt nachgefragt und bei der Behörde, er hatte an zwei Zeitungsarchive geschrieben und sogar an einen Freund, mit dem zusammen er studiert hatte – nur um irgendeinen Hinweis zu erhalten, wer ihn vor Josiah Scotts Tür abgelegt haben könnte. In seinem Antwortschreiben hatte der Freund gemeint, dass das Tränenfläschchen etwas Besonderes und einzigartig sei, da Miniaturflaschen in Smaragdgrün nur von wenigen Glasbläsern hergestellt würden. Und dass er dem nachgehen wolle.

Da er sich in Gedanken mit diesem Fläschchen beschäftigte, zog er es jetzt aus seiner Hosentasche und hielt es Hannah hin. Wie herrlich das Grün und die zarten goldenen Drähte in der Sonne funkelten! »Ich muss dir etwas gestehen, Hannah. Seit Josiah Scott mich darüber aufklärte, dass ich ein Findelkind bin, habe ich mir insgeheim eingeredet, dass meine Mutter mich gar nicht loswerden wollte, sondern aus irgendeinem Grund dazu gezwungen wurde. In den Monaten auf See an Bord der *Borealis* hatte ich viel Zeit, darüber nachzudenken. Dass dieser kleine Behälter kein Flakon mit kostbarem Parfüm ist, sondern ein Tränenfläschchen, hat mich umgeworfen, Hannah. Dank dir weiß ich jetzt mit Bestimmtheit, dass meine Mutter mich nicht aus freien Stücken ausgesetzt hat.«

»Darüber bin ich froh«, sagte Hannah und sah Neal von der Seite an. Sein gut geschnittenes Gesicht, die gerade Nase, die schmalen Lippen und das markante Kinn wirkten im Profil noch anziehender.

»Ich werde weiterhin Briefe nach Hause schreiben«, meinte er, »an alle, die auch nur die leiseste Ahnung haben könnten, was vor siebenundzwanzig Jahren passiert ist.« Und dann, liebste Hannah, dachte er bei sich, wenn ich endlich herausgefunden habe, wer ich bin, werde ich um deine Hand anhalten.

Sie gab ihm das Glasfläschchen zurück. »Wie war es eigentlich auf der *Borealis*?«, fragte sie, während sie an Äckern, Weiden und umzäunten Koppeln vorbeikamen. Aus den Briefen, die Neal geschrieben hatte, als er darauf wartete, dass Sir Reginald die notwendigen Vorbereitungen für die Expedition abschloss, wusste sie bereits von dem bevorstehenden Abenteuer, aber sie wollte seine Stimme hören, um das von Sehnsucht und Begehren erfüllte Schweigen zu überbrücken, so etwas wie Normalität zu schaffen.

»Wie es war?«, wiederholte Neal leise. Er rief sich in Erinnerung, was er empfunden hatte, als er vor fünf Monaten in Fremantle von Bord des Forschungsschiffs gegangen war. Er hatte zutiefst bedauert, dass dieses Abenteuer nun zu Ende war. Und gleichzeitig war etwas in ihm vorgegangen …

Neal hatte zur Küste und zum fernen Horizont geschaut, hatte gespürt, wie in ihm etwas Gestalt gewann, ihn nicht mehr losließ. Jenseits der Berge lag das geheimnisvolle Hinterland, Outback genannt. Niemand wusste, wie es dort aussah. Karten von Australien verzeichneten Küstenlinien in allen Einzelheiten, mit Namen, topographischen Eigenheiten, jeweiliger Besiedlungsdichte. Die Mitte dagegen war leer, so unbekannt wie der weiße Fleck in Neal selbst. Er wusste nicht, von wem er abstammte, wie sein

Familienname lautete. Er fühlte sich niemandem zugehörig und an keinen festen Ort gebunden. Und genauso kam ihm Australien vor, ein Land ohne Identität, ehe man nicht seine kostbaren Geheimnisse entdeckte. Und als er in Fremantle an Land gegangen war, hatte er die unwiderstehliche Verlockung gespürt, einer von diesen Entdeckern zu sein.

»Wir haben Inseln und Flussmündungen erforscht«, sagte er, »Archipele und Riffe. Wir sind Richtung Norden bis Port Hedland gesegelt und im Süden bis Point Irwin. Es war spannend, aber auch frustrierend, vom Schiff aus den fernen Horizont zu sehen, der mich zu rufen schien, das Geheimnis dieser unbekannten Weite zu ergründen. Als Sir Reginald mir anbot, mich seiner Expedition anzuschließen, habe ich mit beiden Händen zugegriffen.«

Er lächelte sie von der Seite her an. »Eine rein wissenschaftliche Expedition wird das, Hannah«, sagte er jetzt. »Wir werden Vermessungen und Bewertungen durchführen und alles, was wir antreffen, analysieren und schriftlich festhalten. Wir werden den Kontinent für den Fortschritt erschließen, für den Telegraphen und den Schienenverkehr, damit man eines Tages auf dem Landweg von Sydney nach Perth reisen kann.« Er seufzte auf und ließ die Zügel knallen. »Wie schön wäre es, wenn sich mein Adoptivvater ein Bild von Australien machen könnte. Als ich ein Kind war, sind Josiah und ich oft durch die Wälder gewandert. Er malt gern. Aquarelle. Wir haben etwas zu essen und Wasser, seine Staffelei und Farben eingepackt und sind dann losmarschiert. Josiah wäre von diesem neuen Land begeistert. Leider schrecken ihn Schiffe ab und Reisen übers Meer.«

Er warf ihr einen Blick zu und spürte, wie sein Herz einen schmerzhaften Satz vollführte. Und unvermittelt überlegte er, ob es sich nicht einrichten ließ, dass er einen Tag später aufbrach. Könnte er, wenn er einen Tag – und eine Nacht – länger mit Hannah verbrachte, trotzdem noch rechtzeitig zum Aufbruch der Expedition zurück sein? »Wie steht's mit dir? Erzähl mir doch, was du alles unternommen hast.«

Hannah hatte ihm in ihren Briefen von Dr. Davenport berichtet, von ihrem im Kirkland's Emporium gefassten Entschluss, aufs Land zu gehen, von Mary McKeeghan und von ihrem Umzug ins Hotel von Liza Guinness. Auch Alice hatte sie erwähnt, wenngleich nicht die genauen Umstände, unter denen sie sich kennengelernt hatten. Hannah schämte sich noch immer, wie naiv sie gewesen war und dass ihre Verbindungen zu einem Bordell um ein Haar den Ruf eines guten Arztes ruiniert hätten.

Umso eingehender kam sie auf ihren Wunsch zu sprechen, ein eigenes Haus mit Garten zu besitzen. »Ich möchte so gern ein paar Schafe halten und Heilkräuter ziehen; mir einen festen Platz erschaffen, der auch noch in hundert Jahren existiert. Nur ist das nicht so leicht in die Tat umzusetzen, wie ich mir das vorgestellt habe. Als Hebamme bin ich recht gefragt, aber man scheut sich, mich für andere medizinische Behandlungen zu rufen, obwohl ich auf meine Ausbildung und Erfahrung hingewiesen habe. Nur hin und wieder, wenn weit und breit kein Arzt zur Verfügung steht oder anderweitig unterwegs ist, springe ich ein. Im Grunde aber ist meine Tätigkeit auf die einer Hebamme beschränkt. Trotzdem gebe ich nicht auf. Irgendwie werde ich es schon schaffen, mir etwas Eigenes zuzulegen.«

Schweigend und nachdenklich hörte Neal ihr zu. Wie konnte er ihr verständlich machen, dass die Rastlosigkeit, die ihn dazu getrieben hatte, Boston zu verlassen, zusehends größer wurde? Dass je mehr Unbekanntes lockte, er umso mehr das Bedürfnis hatte, es zu ergründen? Sein Einsatz auf der *Borealis* hatte nicht nur seinen Forscherdrang nicht befriedigt, sondern ihn noch gesteigert. Bedrückt stellte er fest, dass sie sich in den siebzehn Monaten nach ihrem Lebewohl beide verändert, dass ihre Wege unterschiedliche Richtungen eingeschlagen hatten, und bei dem Gedanken, dass Hannah entschlossen war, sesshaft zu werden, während er selbst seinem Entdeckertrieb nachgehen wollte, erschrak er: Bestand denn für sie beide überhaupt noch Aussicht auf ein gemeinsames Leben?

Eigentlich war das nur möglich, wenn einer von ihnen seinen Traum aufgab.

Ursprünglich hatte Neal vorgehabt, Hannah zu bitten, mit ihm zu kommen, sich Sir Reginalds Expedition anzuschließen und mit ihm durch das unbekannte Herz Australiens zu ziehen. Aber war es nicht auch vorstellbar, dass Hannah *ihn* bitten wollte, bei ihr zu bleiben, etwas Land zu kaufen, sesshaft und Teil dieses neuen Landes zu werden? Beides unter einen Hut zu bringen ging nicht.

»Erzähl mir etwas über die Expedition«, sagte sie, als sie bemerkte, wie sich unversehens und für sie unverständlich bei ihm Nacken und Kinnpartie anspannten.

»Wir werden durch die Nullarbor-Ebene ziehen«, sagte er, »ein flaches, fast baumloses dürres Land im Westen von Adelaide. Dem Vernehmen nach recht trostlos. Der Begriff Nullarbor stammt aus dem Lateinischen und bedeutet ›keine Bäume‹. Man nimmt an, dass sich dereinst dort ein riesiges Meer erstreckte, das aber längst ausgetrocknet ist.«

»Rechnet ihr damit, dass es gefährlich werden könnte?«, fragte Hannah nach. Die Vorstellung von einem riesigen ausgetrockneten Meer namens Nullarbor behagte ihr keineswegs.

»Die Expedition ist zwingend und muss durchgeführt werden.« Dass schon andere zu derartigen Unternehmungen aufgebrochen und nicht wieder zurückgekehrt waren, erwähnte er nicht. »Es geht dabei nicht nur um Erkundung, sondern auch um eine Bestandsaufnahme der Bodenschichten für die weitere Expansion. Landvermesser und Geologen werden teilnehmen, und was dringend gebraucht wird, ist ein guter Fotograf. Und der bin ich. Sir Reginald ist ein sehr erfahrener Mann, hat Bücher über seine Forschungsreisen verfasst. In meinem Lieblingsbuch schreibt er über einen grauenhaften Vorfall am Khyberpass. Als während der Kriege gegen Afghanistan die Briten von Indien aus in Afghanistan einfielen, war Sir Reginald Heeresberater, und dank seiner raschen Lagebeurteilung konnte Schlimmeres verhütet werden. Also ja, was wir vorhaben, ist ein nicht ungefährliches Unterfangen, aber der Expeditionsleiter hat mein uneingeschränktes Vertrauen.«

Die Unterhaltung verstummte, keinem der beiden war nach Reden zumute, jeder versuchte, seine Gefühle in den Griff zu bekommen. Außerdem wurde der Verkehr dichter, und es drängten sich zusehends mehr Häuser aneinander, bis sie die Stadt selbst erreichten.

Das Clifford Hotel an der North Terrace, einer von Grünanlagen umgebenen eleganten Straße am Flusslauf des Torrens, war ein zweistöckiges Gebäude aus landestypischen Blausteinquadern, das sich seiner zwanzig Zimmer rühmte und sogar über »Restauration und Wäschedienst« verfügte. Neal lenkte den Wagen nach hinten, in den Hof, einem geschäftigen Geviert mit Ställen und Pferden. Dort trafen sie auch Fintan an, den Assistenten, den Neal angeheuert hatte, der damit beschäftigt war, Proviant, Neals Instrumente und seine Fotoausrüstung im Planwagen zu verstauen.

Noch nie hatte Hannah einen so schönen jungen Mann gesehen. Fintan besaß große seelenvolle Augen, eingerahmt von den längsten Wimpern, die sie je bei einem Mann gesehen hatte; sein Mund glich dem eines Cupido, sein Kinn zierte ein Grübchen, und sein tiefschwarzes Haar ringelte sich in tausend Löckchen. Die Herzen der Frauen mussten bei seinem Anblick einfach schmelzen, überlegte sie. Dennoch schien er eher verlegen zu sein, errötete ganz reizend, als Neal ihn mit Hannah bekanntmachte und er mit einem scheuen Lächeln an seinen Hut tippte. Hannah mochte ihn sofort. Schade, dass Alice in Sydney war. Sie schätzte Fintan auf etwa einundzwanzig, schon von daher würden die beiden gut zusammenpassen.

»Ich muss nur noch meinen Koffer holen und die Rechnung bezahlen.« Damit nahm Neal Hannah am Ellbogen und dirigierte sie in die Empfangshalle, einen kleinen, mit Topfpflanzen dekorierten und mit Pferdefell überzogenen geschmackvollen Möbeln ausgestatteten Raum. An einem Fenster, durch das die Sonne fiel, schlief eine fette Katze mit getigertem Pelz.

Neal schaute in Hannahs Augen, die ihn an morgendlichen Nebel denken ließen. Er schwelgte im Anblick ihres schwarzen

Haars, das so wunderbar ihr ovales Gesicht umrahmte und hinten zu einem adretten Knoten unterhalb ihrer Haube zusammengefasst war. Am liebsten hätte er sie in die Arme geschlossen, nach oben getragen und keinen Gedanken mehr an Sir Reginald verschwendet. »Bin gleich zurück«, brachte er stattdessen heraus.

»Ich warte hier unten«, erwiderte Hannah. Was sollte sie denn sonst tun? Aber irgendetwas musste sie doch sagen, um nicht herauszuplatzen: »Nimm mich mit nach oben.«

Nach fünf Minuten war Neal zurück, mit einem Lederkoffer und mehreren Geldscheinen, die er dem Angestellten an der Rezeption aushändigte. Die beiden begaben sich wieder in den Hof, wo Fintan die Verschnürung der Kisten überprüfte, die mit GEFÄHRLICH! ÄTHERISCHE CHEMIKALIEN. VON HOHEN TEMPERATUREN FERNHALTEN beschriftet waren.

Ehe sie den Einspänner bestiegen, sagte Neal impulsiv: »Hannah, ich möchte dir etwas zeigen. Ein Geheimnis – nicht einmal Fintan hat das gesehen. Eigentlich wollte mir Sir Reginald diese Information nicht anvertrauen, aber ich hätte meine Teilnahme an der Expedition abgelehnt, wenn er es nicht getan hätte.«

Gespannt sah Hannah zu, wie Neal aus der Innenseite seiner Jacke eine Karte zog und sie entfaltete. »Hast du schon mal was von Edward John Eyre gehört?«, fragte er.

Unmöglich, sich länger als ein paar Tage in Adelaide aufzuhalten, ohne von dem berühmten Entdecker zu hören, der einen Großteil der unbekannten Wildnis im Norden der Stadt erschlossen hatte – und genauso unmöglich war es, in der Umgebung nicht auf Straßen, Seen und Berge zu stoßen, die nicht nach John Eyre benannt waren.

»1840, also vor acht Jahren«, hob Neal an, »brach Edward John Eyre von der Fowler's Bay aus auf, das liegt hier an der Küste, ein paar hundert Meilen weiter weg« – er deutete auf einen Punkt westlich von Adelaide – »mit einem Freund und drei Eingeborenen. Als sie Caiguna erreichten, töteten zwei der Aborigines Eyres Freund und hauten unter Mitnahme der Vorräte ab. Eyre und der dritte Eingeborene, ein Mann namens Wylie, setzten ihre

Reise fort und, so unwahrscheinlich es anmutet, vollendeten ihre Durchquerung im Juni 1841 hier in Albany, im Süden, was, wie du sehen kannst, von Perth aus schon eine gewaltige Entfernung ist.

Sir Reginald wird allerdings nicht Eyres Route folgen, die darauf abzielte, die Küstenregion mit einzubeziehen. Er plant eine sehr viel anspruchsvollere, die weiter nördlich verläuft, tiefer im Landesinneren.« Er deutete auf eine neue Route, die ganz oben vom Spencer-Golf nach Westen verlief, durch große fette Buchstaben hindurch, die UNERFORSCHTES TERRITORIUM besagten, bis seine Fingerspitze bei Perth an der Westküste innehielt, dreizehnhundert Meilen entfernt. Hannah sah, dass etwas östlich von Perth ein mit *Galagandra* bezeichneter Punkt rot eingekreist war. »Hannah«, sagte Neal, während er die Karte wieder zusammenfaltete und in seiner Brusttasche verstaute, »ich verrate dir das, damit du weißt, wo ich bin. Ich bitte dich nur, es nicht weiterzuerzählen. Sir Reginald besteht darauf, dass unsere Route und das Ziel geheim bleiben.«

Als er ihre besorgte Miene bemerkte, sagte er sanft: »Keine Bange. Edward Eyres Gruppe bestand aus fünf Leuten, wir dagegen sind mehr als dreißig Mann. Und Eyre beging den Fehler, sich einheimischen Führern anzuvertrauen, die ihn prompt im Stich ließen. Wir werden keine Aborigines als Führer haben.«

»Aber sie wären eine Hilfe für euch«, wandte sie ein.

»Seit dem hässlichen Zwischenfall im Sudan, den er nur mit Glück überlebte, traut Sir Reginald den Eingeborenen nicht mehr. Er glaubt, ihnen geht es nur darum, den weißen Mann aus ihrem Territorium zu verjagen.«

Die Atmosphäre im Einspänner, die dem von Fintan gelenkten Planwagen folgte, wurde immer angespannter. Die Knöchel von Neals Händen, die die Zügel hielten, waren weiß. Hannah presste ihre behandschuhten Hände so fest zusammen, dass ihre Finger schmerzten. Neal wollte sie nicht verlassen. Hannah wollte nicht, dass er aufbrach.

Eine Meile vor dem Australia Hotel hielt Neal es nicht länger aus. Einem jähen Impuls nachgebend, lenkte er den Einspänner von der Straße weg, ließ die Zügel sinken und zog Hannah in die Arme.

Sie küssten sich, atemlos und so, als wäre die letzte Stunde ihres Lebens angebrochen. Neal riss Hannah die Haube ab und vergrub die Finger in ihrem Haar. Hannah klammerte sich an sein Leinenjackett. »Nein, ich gehe nicht von dir fort«, stieß Neal mit belegter Stimme aus, »es werden sich bestimmt noch weitere Expeditionen ergeben.«

Ja!, jubelte es in ihr. Bleib bei mir. Es wird der Himmel auf Erden sein. Doch mitten im Glücksüberschwang hielt sie inne, holte zitternd Atem. »Du musst aber aufbrechen«, zwang sie sich zu sagen. »Und das weißt du auch. Du bist dazu berufen. Denn wenn du diese Chance ausschlägst und weitere Expeditionen sich nicht ergeben, wie lange wird es dann dauern, bis dein Verzicht in Groll umschlägt?«

Er umfasste ihr Gesicht und schaute ihr in die perlmuttfarbenen Augen. »Dann komm mit auf dieses große Abenteuer! Hannah, wir werden Geschichte schreiben mit unseren Entdeckungen!« Aber gleich darauf wurde ihm klar, dass er von ihr nicht verlangen konnte, eine Reise mitzumachen, auf der alle möglichen Gefahren drohten. Außerdem war es höchst unschicklich. Ja, wenn sie verheiratet wären …

Widerwillig nahm er die Zügel auf und ließ das Pferd antraben, und gleich darauf kam das Australia Hotel in Sicht, vor dem Fintan mit den Stallburschen plauderte. Als Neal Hannah beim Aussteigen half, drängte es ihn zu sagen: *Ich werde die Wunder Australiens mit meiner Kamera einfangen und sie dir wie einen Schatz zu Füßen legen.*

»Ich bring's nicht über mich, dich schon wieder zu verlassen«, raunte er ihr stattdessen zu.

Hannah hätte sich gewünscht, er würde sie noch einmal an sich ziehen. Da aber Liza Guinness und Edna Basset aus dem Hotel gestürzt waren, bewahrten sie einen angemessenen Abstand. »Du, Neal, musst gehen, und ich muss hierbleiben. Du wirst großartige

Entdeckungen machen. Du wirst in die Geschichtsbücher eingehen.«

»Ich hätte nicht gedacht, dass es mir so schwerfallen würde.«

»Mein Vater pflegte zu sagen: Wenn es darum geht, ein Klavier von einem Ort zu einem anderen zu bringen, sind die meisten bereit, den Schemel zu tragen.«

»Ein kluger Mann«, murmelte Neal. Es gab noch so vieles zu sagen. Ich liebe dich, wollte er hinausschreien, die drei Worte in Baumstämme schnitzen, Fremden auf der Straße davon erzählen. Aber ein tief sitzender Schmerz – möglicherweise deren zwei, der eine wegen seiner Mutter, der andere ihm beigebracht von Annabelle – hielt ihn zurück. Dabei sagte ihm sein Verstand, dass Hannah ihn niemals zurückweisen, ihn niemals verletzen würde. Aber die Angst davor, die ihn schon so lange begleitete, hatte Neal gelehrt, seine Gefühle für sich zu behalten. Wenn ich zurück bin, redete er sich ein, wenn ich Hannah bewiesen habe, dass ich tatsächlich zu einer großartigen Leistung imstande bin, dann wird mich nichts und niemand daran hindern, der Welt zuzurufen, dass meine Liebe Hannah Conroy gehört.

Sie blickte ihm nach, als er in Richtung Norden aufbrach, auf der Straße, die ihn an entlegenen Farmen und Siedlungen vorbeiführen würde, über die Grenzen des erschlossenen Territoriums hinaus und ins von Geheimnissen umwobene Outback. Sie zitterte vor Angst und Erregung. Was mochte auf Neal warten, da draußen im großen Unbekannten?

16

»Wir sind also im Riordon beim Pokern, ich und meine Kumpel« – Jamie O'Brien lehnte sich in seinem Stuhl zurück und überflog die Karten in seiner Hand –, »als plötzlich Paddy Grady aufspringt und sagt: ›Muldoon, du bist 'n hundsgemeiner Betrüger!‹«

Jamie legte eine Karte ab und nahm sich eine neue. »Na hör mal, Paddy, sag ich«, fuhr Jamie zu seinen vier Mitspielern fort, »das ist aber 'ne verflucht gewagte Behauptung. Kannst du beweisen, dass Muldoon betrogen hat? ›Kann ich‹, sagt Paddy. ›Muldoon hat grade 'ne Drei abgelegt, und die Hand, die ich ihm ausgeteilt hab, war ein Siebnerpaar, eine Zehn, eine Zwei und 'ne Königin!‹«

Die anderen lachten, um gleich darauf aufzustöhnen, als Jamie seine Karten fächerförmig vor ihnen ausbreitete. O'Brien hatte abermals gewonnen. Die Männer schmissen ihre Karten auf den Tisch und standen auf. Jamie warf einen Blick auf seine Taschenuhr. Fünf Uhr dreißig. In einer halben Stunde schloss die Kneipe, also stürmten sicher in ein paar Minuten alle zu einer letzten Bestellung zur Bar.

Während sich die anderen bereits anstellten, um ein letztes Bier zu ergattern, ließ Jamie unbemerkt die beiden Karten verschwinden, die er sich – für alle Fälle – in den Ärmel geschoben hatte. Er zog an seiner dünnen langen Zigarre, genehmigte sich einen Schluck aus seinem Whiskeyglas und ließ, ohne groß auf den Fiedler zu achten, der gerade eine lustige irische Weise zum Besten gab, seine Blicke über die lärmenden Stammgäste an den Tischen und am Tresen schweifen. Er kannte sie alle, wenn auch nicht mit Namen, hatte ihresgleichen in jeder Kneipe von Botany Bay bis Fremantle erlebt. Sie waren allesamt Arbeiter – Matrosen und Schauerleute, Dock- und Wanderarbeiter –, in Bretterbuden wie dieser Kaschemme fühlten sie sich zu Hause. Und mit Ausnahme von Sal, der Barfrau, gab es hier keine Frauen.

Auch feine Nichtstuer gab es keine. Das Land um den Adelaide-Fluss war größtenteils Sumpfgebiet, weshalb man die Stadt sechs Meilen landeinwärts hatte entstehen lassen. Wer also per Schiff nach Adelaide reiste oder von dort abfuhr, brauchte zusätzlich eine Kutsche oder ein Pferd, um vom Hafen weg oder dorthin zu kommen. Und um besagten Hafen mit seinem Wald von Masten und Spieren und Takelage zu erreichen, musste man von dieser Kneipe aus nur ein kurzes Stück der Straße folgen, vorbei an einer bescheidenen Holzkirche, die auf Pfählen im Sumpf errichtet worden war und sich »St.-Paul-auf-den-Pfählen« nannte.

Die Kneipe war nicht die übelste, in der Jamie eingekehrt war. Er hatte vielleicht nicht viel von der Welt gesehen, dafür umso mehr von Australien. Seit er sich vor vier Jahren von einer Strafkolonne abgesetzt hatte, trieb er sich herum, von einer Stadt zur nächsten, verdingte sich immer mal wieder in einem Hafen oder auf einer Farm, erzielte hin und wieder mit krummen Geschäften satte Erfolge, blieb nur an einem Ort, solange sein richtiger Name nicht bekannt wurde. Einmal war er sogar bis in den hohen Norden gelangt, nach Port Hedland, wo er auf dem Schiff von Perlentauchern anheuerte und ständig mit der Angst lebte, von Haifischen gefressen zu werden. Danach wechselte er auf einen Fischkutter über, der nach Carnarvon unterwegs war, bekam am Ende der Reise sogar seine Heuer ausbezahlt. Von Carnarvon aus begab er sich auf die Suche nach Gold in den Coonardoos, und als der Erfolg ausblieb, schloss er sich einem Wanderzirkus an. »Lassen Sie sich auf eine Runde mit dem Iren ein«, erging die Aufforderung vor dem Boxzelt. Aber keiner der Männer vor Ort bezwang Jamie – er war für sie zu zäh und zu schnell.

Als er jetzt seinen Gewinn zählte, schweiften seine Gedanken wie seit Tagen immer wieder ab, zum einen zu dem verborgenen

Schatz, zum anderen zu der kleinen Hebamme, der er vor einem Jahr auf dem Gelände von Lulu Forchette begegnet war.

Nach jenem zufälligen Treffen hatte Jamie Adelaide verlassen, weil ein Schwindelunternehmen aufgeflogen war und die Polizei Wind davon bekommen hatte. Aber jetzt war er zurück und auf dem Weg nach Norden, in ein Gebiet, das noch kein Weißer betreten hatte, und da war ihm die Hebamme wieder eingefallen.

Sie hatte nicht reagiert, als er ihr seinen Namen genannt hatte. Meist wollten Frauen, die wussten, wer er war, unbedingt Geschichten von seinen Gaunereien hören und wie er wohlhabende Städter um ihr Geld erleichtert hatte. Als wirklich kriminell erachtete sich Jamie nicht, vielmehr bezeichnete er sich als »ehrlichen Lügner« und beteuerte der jeweils umworbenen Dame, nach zwei eisernen Grundsätzen zu leben: niemals jemanden zu beklauen, der weniger besaß als er selbst, und nie jemanden auszutricksen, der dies nicht verdiente.

Er dachte wieder an die hübsche Hebamme, die da ganz ruhig und unbeirrt im Mondlicht vor ihm gestanden und ihn arglos, wie auf einem kirchlichen Gemeindetreff, angeschaut hatte. Aufrichtig. Weder arglistig noch auf Schmeicheleien aus. Nicht verlegen, ohne Rechtfertigung, weshalb sie sich an einem Ort mit zweifelhaftem Ruf aufhielt. Wie sie wohl über seinen Beruf dachte, über die harmlosen Gaunereien, denen selbstgefällige Männer zum Opfer fielen, die es verdienten, dass er ihnen das Geld aus der Tasche zog? Würde sie seine Geschichten unwiderstehlich finden?

Er dachte an das Abenteuer, zu dem er und seine Kumpel aufbrechen wollten. »Ebenen des Feuers« wurden sie von den Aborigines genannt. Eine Wildnis, in der es so glühend heiß war, dass sie selbst von den Schwarzen gemieden wurde. Es wäre doch nett, Abschied in Gesellschaft der Lady zu feiern, die ihm in Lulus Garten über den Weg gelaufen war. Und eine kleine Wette mit sich selbst abzuschließen, wie lange es dauern würde, bis Miss Conroy seinem Charme erlag.

»Hey!«, rief jemand von der Bar her »Kannst du nicht lesen?

Auf dem Schild im Fenster steht: Zutritt verboten für Hunde, Frauen und Aborigines!«

Jamie wandte sich um und sah, wie sich ein zerlumpter und sehr alter Schwarzer am Türrahmen herumdrückte, etwas sagte und dabei auf seinen Mund deutete.

»Ah, Bruce«, kam eine andere Stimme, »der arme Schlucker hat Hunger.«

»Mir doch egal! In diesem Land gibt es Gesetze. Kann doch einem Abo kein' Schnaps geben. Mach, dass du weiterkommst!«

Der Alte rührte sich nicht, streckte nur bittend die Hände aus.

Der, der Bruce hieß, ein Dockarbeiter mit muskulösen Schultern und rotem Gesicht, schritt auf die Tür zu. Er sah auf den weißhaarigen Schwarzen hinunter. »Was'n los? Du nix sprechen Englisch?«

»Gib mir zu essen, Boss«, kam es leise von dem Alten.

»Dir zu essen geben! Was glaubst du wohl, wo du bist? Scher dich fort!«

»Joseph viel Hunger.«

»Joseph heißt du? Wo hast du denn deine Maria?«

»Bruce«, rief der Fiedler, der zu spielen aufgehört hatte. »Lass ihn in Ruhe.«

»Man muss diesem Pack klarmachen, wo sie hingehören«, sagte Bruce und versetzte dem Alten einen Schubs, dass dieser stolperte und an den Türrahmen prallte. »Also was is jetzt?«, fuhr er fort und ballte bereits die Fäuste.

»Schon gut, Freundchen, das reicht.«

Der stämmige Dockarbeiter drehte sich um und sah Jamie O'Brien vor sich stehen. »Du hältst dich da raus, du verdammter Hundesohn.«

Jamie senkte die Stimme. »Du solltest deine Zunge im Zaum halten, wenn eine Lady zugegen ist.«

»Was?!«, bellte Bruce und schaute zur Bar. »Meinst du etwa Sal? Sal ist keine Dame!«

Mit einer raschen und völlig unerwarteten Bewegung packte der schlanke und drahtige Jamie O'Brien den Dickwanst Bruce beim Arm und drehte ihn ihm auf den Rücken. Bruce brüllte auf. »Hör auf! Du brichst mir ja den Arm!«

»Entschuldige dich bei Sal, sonst reiß ich ihn dir raus.«

»Ah«, stöhnte der Dicke, »tut mir leid, Sal.«

Jamie verpasste Bruce einen so heftigen Schubs, dass dieser zur Tür hinaus auf den Gehweg taumelte, und als er dann dem Kneipenbesitzer zurief: »Du solltest besser aufpassen, wen du zu dir reinlässt, Paddy. Solche wie der da locken nur die Fliegen an«, erntete er schallendes Gelächter.

Jetzt wandte sich Jamie dem greisen Aborigine zu, der sich nicht von der Stelle gerührt hatte. Joseph, dessen schlohweißes Haar sein schwarzes Gesicht noch schwärzer erscheinen ließ, stand hoch erhobenen Hauptes da, das Kinn unter dem langen weißen Bart gereckt, und beobachtete mit seinen tiefliegenden Augen, über denen sich buschige Brauen wölbten, was da vor sich ging. Früher einmal, so schätzte Jamie ihn ein, musste er bei seinem Stamm großes Ansehen genossen haben. »Du solltest nicht Orte wie diesen aufsuchen, alter Mann«, sagte er. »Hier handelst du dir nur Ärger ein.«

»Hab kein Geld, Boss.«

Jamie empfand Mitleid mit dem Greis, der eindeutig entwurzelt, dessen Stamm in alle Winde verstreut worden war. Er sprach nur ein paar Brocken Englisch, trug ausrangierte Kleider und stank nach billigem Fusel. Solche Typen traf man zusehends häufiger an. Vom Lebensstil des weißen Mannes angelockt, wagten sie sich in die Städte, wo sie in Bretterbuden hausten und sich die Krankheiten des weißen Mannes einfingen, verbotenerweise dem Alkohol zusprachen und nach und nach die Gesetze und Bräuche ihres eigenen Volkes vergaßen.

Ein armer Teufel. Jamie wusste, dass die Aborigines die ersten Weißen, derer sie vor sechzig Jahren ansichtig wurden, für die Geister ihrer toten Ahnen gehalten und sie entsprechend willkommen geheißen hatten. Da die weißhäutigen Geister die Sprache der Eingeborenen nicht verstanden und auch über Sitten und Gebräuche nicht Bescheid wussten, nahmen die Aborigines an, durch den Tod sei ihre Erinnerung ausgelöscht worden. Als sich dann der weiße Mann nach und nach mit ihrer Sprache vertraut machte, glaubten sie, die weißen Geister hätten sich wieder auf ihr Erdenleben besonnen. Bis sie erkannten, dass sie nicht die Geister von Ahnen waren, sondern ganz normale Menschen, war es zu spät.

»Geh zurück in die Mission, alter Mann. Dort wird man dir was zu essen geben.«

»Mission nicht gut, Boss. Sprechen schwarzem Mann von Jesus, machen ihn vergessen Traumzeit.«

»Da, nimm das, alter Mann«, sagte Jamie leise und kramte ein paar Münzen aus der Tasche. »Besorg dir was zu essen. Und wenn du kannst, geh dorthin zurück, wo du hergekommen bist.«

Als er den alten Aborigine torkelnd von dannen ziehen sah, musste Jamie daran denken, dass die Aborigines angeblich schon seit Tausenden von Jahren auf diesem Kontinent lebten, vielleicht sogar schon seit dreißigtausend Jahren. Eigentlich verrückt, überlegte Jamie, da leben die seit dreißigtausend Jahren hier, und dann kommt der weiße Mann, und sechzig Jahre später ist ihre Lebensweise total im Eimer.

Ein kleiner hagerer Mann mit rotem Haar in einem staubigen schwarzen Anzug und mit einem ebenfalls staubigen schwarzen Zylinder betrat jetzt das Lokal. Besonders auffällig an ihm war die lange Narbe, die sein sommersprossiges Gesicht fast genau in zwei Hälften teilte. »Alles geregelt, Kumpel. Hab jemand aufgetrieben, der uns die Ausrüstung besorgt und uns den Golf raufbringt.«

»Programmänderung, Mikey. Wir machen erst mal halt in Adelaide.«

Mike Maxberry starrte den Freund an, schüttelte dann den Kopf. O'Briens durchtriebenem Grinsen nach zu schließen konnte das nur was mit einer Braut zu tun haben.

17

Es war mehr als rätselhaft.

Wie konnte es sein, überlegte Hannah auf ihrem Weg zum Victoria Square, dass sich keine der letzten drei Rezepturen als die richtige erwiesen hatte? Sie war überzeugt gewesen, endlich die gesuchte Zusammensetzung für Jod gefunden zu haben. Hatte sie bei ihren Versuchen etwas falsch gemacht und musste nochmals von vorn anfangen? Oder waren vielleicht die vorliegenden Aufzeichnungen ihres Vaters nicht vollständig?

Während sie darauf bedacht war, Fuhrwerken, Planwagen und Reitern auszuweichen und ihren Rock vor dem Matsch zu bewahren, in den der kürzlich niedergegangene Herbstregen die Straßen verwandelt hatte, rief sie sich die schicksalsträchtige Nacht vor zwei Jahren ins Gedächtnis zurück, als Luke Keen bei ihnen angeritten kam und angedeutet hatte, bei Lady Margaret hätten die Wehen eingesetzt. Hannah war gerade dabeigewesen, den Tisch für das Abendessen zu decken; ihr Vater hielt sich in seinem kleinen Labor auf und grübelte über eine Verbesserung seiner Formel für Jod nach. Sie hatten alles stehen und liegen gelassen, um der Baronin beizustehen. Was hatte der Vater mit seinen Aufzeichnungen für diese Formel gemacht?

Hannah hatte dieses Jod – ein paar Tropfen auf eine Schüssel Wasser – zum Händewaschen verwendet, wenn sie zu einer Entbindung gerufen wurde, aber inzwischen war alles aufgebraucht, so dass bei Nichteinhaltung ihrer antiseptischen Vorkehrungen die Gefahr einer Infektion für ihre Patientinnen bestand. Um aber ihren Vorrat zu ergänzen, musste Hannah die Versuchsreihe des

Vaters bis zum richtigen Ergebnis nachvollziehen. Deshalb hatte sie sich in ihrem Zimmer im Australia Hotel ein kleines Labor eingerichtet und zu dem aus England mitgebrachten Mikroskop ihres Vaters ein paar Messbecher, Reagenzgläser, ein Messgerät und eine Spirituslampe gekauft.

Gleich nachdem Neal zu seiner Expedition aufgebrochen war, hatte sie mit ihren Versuchen begonnen. Viele Experimente schieden von vornherein aus, hatte doch der Vater neben der jeweiligen Zusammensetzung vermerkt: »Reizt zu sehr die Haut« oder »Unwirksam gegenüber Mikroben«. Und da ihr nur das Rezept für Jod wichtig war, konnte sie weitere Formeln in seinem Portefeuille außer Acht lassen. Welche Mengen Jodin aber mit welchen anderen Chemikalien zu kombinieren waren, blieb ihr ein Rätsel. Vier Wochen lang hatte sie gemischt und getestet, ohne die richtige Rezeptur gefunden zu haben.

Zwischen einem Geschäft für Krücken, Spazierstöcke, Regen- und Sonnenschirme und einer auf eine »Reiche Auswahl an deutschem Brot« spezialisierten Bäckerei befand sich die Apotheke, die als Krüger Drugs & Chemicals Broker firmierte. Ein Glöckchen über dem Eingang bimmelte, als Hannah eintrat.

Der Laden von Mr. Krüger war ein Sammelsurium aus Schubladen und Regalen, die bestückt waren mit Flaschen, Zinnkanistern, Cremeschachteln und Apothekengefäßen – blau-weiße Delftkeramik, beschriftet mit *Schwefelsäure, Lavendelgeist, Rizinusöl.* Auf dem langen Verkaufstisch stand ein Mörser mit Stößel, überall prangte das Zeichen RX für verschreibungspflichtige Medikamente; ferner sah man riesige Glasgefäße, in denen Blutegel schwammen, Messingwaagen mit der Größe nach angeordneten Gewichten sowie die kleinen Statuen von zwei jungen Männern in altchristlichen Gewändern: die beiden Heiligen Cosmas und Damian, Zwillingsbrüder, die in ihrer Zeit als Ärzte tätig gewesen waren und den Märtyrertod erlitten hatten.

Hans Krüger, ein kleiner rundlicher Mann mit spiegelblanker Glatze, kam von hinten aus seinem Laden und lächelte augenblicklich, als er Hannah erkannte.

»Ah, Sie sind's, Fräulein«, hob er an und erinnerte sich gerade noch rechtzeitig, die Serviette unter seinem feisten Kinn abzuziehen, in seine Jackentasche zu stopfen und seinen Hemdkragen zurechtzurücken. Ein schwacher Geruch nach Wurst und Sauerkraut blieb dennoch in der Luft hängen.

»Ihre Bestellung ist fertig«, sagte er. Miss Conroy kam regelmäßig in seinen Laden, um Einkäufe zu tätigen, die für eine Dame eher ungewöhnlich waren: Chlor, Lauge, Kupfersulfat, Ammoniakverbindungen. Wollte sie etwa ein neuartiges Reinigungsmittel herstellen?, hatte sich Mr. Krüger gefragt, schon weil sich heutzutage so gut wie jeder an Erfindungen versuchte. Unter der Bevölkerung von Adelaide gab es viele, die ständig mit neuen Ideen aufwarteten, darunter auch Damen wie Miss Conroy. Kein Wunder bei dem Dreck, den die Pferdehufe auf Hosen und Röcke verspritzten; vor allem Frauen klagten darüber, dass es ihnen unmöglich sei, auf diesen schmutzigen und mit Pferdedung übersäten Straßen ihre Rocksäume sauber zu halten. Ein gutes Waschmittel konnte dem, der es entwickelte, Reichtum bescheren.

»Hier, bitte sehr«. Damit übergab er ihr die Flasche mit dem dunkelroten sirupähnlichen Inhalt, der sich in Wasser oder Alkohol auflösen würde. »Wie geht's mit den Experimenten voran?« Er war bass erstaunt gewesen, als er sich bei ihrem letzten Besuch höflich erkundigt hatte, woran genau sie denn arbeite, und sie, anstatt wie andere ein Geheimnis daraus zu machen, erwidert hatte, es gehe bei ihr um eine antiseptische Tinktur.

»Es will mir einfach nicht gelingen, auf die richtige Formel zu kommen, Mr. Krüger.« Und fast trotzig hatte sie hinzugefügt: »Aber ich gebe nicht auf«, ohne ihren Worten selbst so recht zu trauen. Nachdem sie alle Jod-Rezepte ihres Vaters gemischt und getestet und nicht das richtige gefunden hatte, stand sie vor der entmutigenden Aufgabe, nochmals von vorn anzufangen.

Aber es *musste* sein. In den neun Monaten ihrer Tätigkeit hatte sie sich den Ruf als »auf Sauberkeit bedachte« Hebamme erworben, und in der Tat war es zu keiner einzigen Infektion gekommen. Dementsprechend erweiterte sich der Kreis ihrer Patientinnen zusehends. Jetzt stand zu befürchten, dass ohne die Jodformel ihr erfolgreiches Wirken beeinträchtigt werden könnte und ihre Patientinnen das Nachsehen hätten.

»Haben Sie etwas gegen raue Hände?«, fragte sie, als sie die Flasche in ihrer Tasche verstaute.

»Sie probieren die Versuchsformeln doch nicht etwa an sich selbst aus!«

»Das ist aber die einzige Möglichkeit, um zu beurteilen, ob eine Tinktur der Haut eines Patienten zuträglich ist.«

Mr. Krüger holte aus einem Schrank ein kleines Gefäß. »Ich habe mit scharfen Chemikalien zu tun und finde, dass diese Creme einen guten Schutz bietet.«

Was für eine hübsche junge Dame, dachte er, als Hannah für ihren Einkauf bezahlte. Er hatte schon mal mit dem Gedanken gespielt, ihr seinen Sohn vorzustellen, der gerade einen Weinhandel eröffnet hatte und im gleichen Alter wie Miss Conroy war. Als er sie dann aber näher kennenlernte, sah er ein, dass die Hebamme aus London, so charmant sie auch war und so gern er sie zur Schwiegertochter gehabt hätte, ein wenig zu klug und gebildet war und sicherlich zu eigenständig, um für den Rest ihres Lebens in eine Küche verbannt zu werden.

Wieder draußen auf der Straße, wandte sich Hannah dem neuen Kiosk zu, dem eigentlichen Ziel ihres Besuchs in der Stadt. Sie wollte nachsehen, ob es Neuigkeiten über die Oliphant-Expedition gab.

Obwohl Sir Reginald versucht hatte, sein gewaltiges Vorhaben geheim zu halten, war es bekannt geworden. Ehrgeizige Reporter waren zum Basislager unweit des Iron Knob geeilt und gerade noch rechtzeitig eingetroffen, um mitzuerleben, wie sich die riesige Gruppe, bestehend aus Männern, Pferden und Planwagen, zum Aufbruch bereitmachte. So schnell wie möglich waren die jeweiligen Zeitungsredaktionen informiert worden, woraufhin besonders waghalsige Journalisten Boote gemietet und sich zur Streaky Bay hatten bringen lassen, dort auf schnelle Pferde umgestiegen und nach Norden geritten waren, um die Expedition einzuholen, die, wie die Schlagzeilen verkündeten, »KEINESFALLS AUF EYRES SPUREN« zu wandeln gedachte.

Am Zeitungsstand hing eine riesige Landkarte, auf der der bisherige Verlauf der Expedition verzeichnet war. Vermutungen über das Ziel wurden angestellt, Wetten hinsichtlich Route und Ankunftszeit abgeschlossen. Ein zeitlich begrenztes Unterfangen, denn bald würde die Gruppe um Sir Reginald von jeglicher Kommunikation abgeschnitten und im endlosen Unbekannten auf sich gestellt sein.

Hannah spähte nach einer Lücke im Verkehr, ehe sie sich auf die andere Straßenseite wagte.

Der Kiosk befand sich an einer Ecke des Victoria Square, einer Grünanlage, deren Mittelpunkt eine Statue der Königin bildete, und verkaufte Zeitungen, Illustrierte, Magazine und andere Publikationen, darunter auch importierte – *Punch, The Illustrated London News,* sogar das *New York Monthly Magazine* aus Amerika – sowie Tabak, Pfeifen, Zigarettenpapier, Streichhölzer, Pralinen, Bücher und Landkarten, Kerzen, Windlichter und billigen Dosentee. Ein frisch angebrachtes Schild verhieß in knallroten Buchstaben: »Direkt aus Amerika. Vorgefertigte Zigaretten für die moderne Frau. Genießen auch Sie das bislang den Herren der Schöpfung vorbehaltene Vergnügen.« Zur angenehmen Überraschung des Zeitungshändlers griffen ebenfalls Männer danach.

Nicht anders als die meisten Kolonialisten hatte auch Bertram Day die Mühsal einer zehn Monate währenden Schiffsreise auf sich genommen, in der Hoffnung, in Südaustralien bessere Lebensbedingungen vorzufinden als in seiner irischen Heimat. Als armer Tropf war er in Adelaide angekommen und hatte sich anfangs seinen Unterhalt damit verdient, dass er an Straßenecken die Ausgaben einer Lokalzeitung verkaufte. Dann war ihm die Idee gekommen, sich jeweils morgens am Hafen einzustellen und Zeitungen direkt von einlaufenden Schiffen zu übernehmen, um dann die begehrte Londoner *Times* gegen Aufpreis auf den Straßen zu verhökern. Etwas später dann hatte er sich einen Stand zusammengezimmert, um seine verschiedenen Druckerzeugnisse auszulegen, in der Folgezeit den Stand mit Wänden und Dach verkleidet und das Ganze so erweitert, dass Platz für zusätzliche Verkaufsartikel geschaffen wurde. Als Nächstes verfiel er darauf, die Wände seines Kiosks für Werbezwecke zu vermieten, was sich als so profitabel erwies, dass Mr. Day endlich heiraten konnte und inzwischen mit seiner schwangeren Frau ein hübsches Haus mit Garten bewohnte. Jeder kannte und schätzte ihn. Wie es hieß, hatte er, ehe er nach Australien kam, auf einem Pferdegestüt gearbeitet und wie schon sein Vater und sein Großvater Ställe ausgemistet.

Obwohl er gerade Kunden bediente, lächelte er Hannah zu, als sie um seinen Stand herumging, um die Zeitungsmeldungen zu lesen. Sie erwiderte sein Lächeln. Ein humorvoller Zeitgenosse, dieser Mr. Day. Hatte auf dem Querbalken über seinem Kopf ein Schild mit der Aufschrift »Die Frist für Beschwerden ist gestern abgelaufen« hängen. Als sie auf der Suche nach Neuigkeiten über Sir Reginald die jüngst angehefteten Titelseiten der Zeitungen überflog, merkte sie nicht, dass ein verlotterter Kerl sie gierig anstarrte.

Seine Aufmerksamkeit galt ihrer blauen Teppichtasche.

Nicht dass die Tasche selbst irgendwie wertvoll aussah, sondern wie sie sich wölbte reizte den Burschen mit dem verdreckten Gesicht. Dass die Lady nicht sonderlich teuer gekleidet war, besagte gar nichts. In dieser Ecke der Welt konnte man rasch zu Geld kommen, und da die, die dann ihren Reichtum zur Schau stellten, leicht zur Zielscheibe von Langfingern wurden, bevorzugten viele Wohlhabende, wenn sie ausgingen, eine betont schlichte Kleidung. Die Teppichtasche jedenfalls sah voll gepackt aus, schien den Arm der Dame nach unten zu ziehen. Bestimmt war da jede Menge wertvolles Zeug drin.

Hannah war enttäuscht und erleichtert zugleich, nichts über die Expedition zu entdecken. Vielleicht war sie schon zu weit vorangekommen und für eine Berichterstattung nicht mehr erreichbar.

Jemand rempelte sie an, zog dann an ihrem Arm. »Verzeihung«, sagte sie und schrie gleich darauf auf – der Grobian hatte ihr die Teppichtasche entrissen und flitzte damit auf den Park zu.

»Stehen bleiben!«, rief sie und rannte ihm hinterher.

Drei Männer nahmen ebenfalls die Verfolgung auf, brüllten dem Kerl zu, sofort anzuhalten. Der aber lief weiter, wich im Zickzack Fußgängern und Pferden aus, nicht ohne sich kurz mal umzuschauen und seine Verfolger mit einem frechen Grinsen zu bedenken – das ihm allerdings verging, als er merkte, dass einer von ihnen, ein drahtiger Kerl, ihm bereits dicht auf den Fersen war, ihn gleich darauf am Kragen packte und unter dem Beifall der Augenzeugen zu Boden warf.

»Vielen Dank«, sagte Hannah, als der Fremde mit dem wütenden Übeltäter und ihrer Tasche zurückkam.

Der Mann schob den jungen Burschen auf Hannah zu und herrschte ihn an: »Na los doch, entschuldige dich gefälligst bei der Lady.«

»Tut mir leid«, brummte der verhinderte Dieb und schmiss ihr die Tasche vor die Füße, ehe er sich laut fluchend vertrollte. Prompt öffnete sich der Verschluss der Tasche, und ihr Inhalt quoll heraus.

»Ich mach das schon«, sagte der Fremde und bückte sich, um Hannah beim Einsammeln zu helfen. Als er zwischendurch aufschaute, weiteten sich seine Augen und seine Mundwinkel verzogen sich zu einem Grinsen. »Ist das die Möglichkeit …«, sagte er. »Hannah Conroy, die Hebamme.«

Verblüfft starrte Hannah in das wohlbekannte Gesicht, das so verwittert wie zerfurcht war, in die zwinkernden, zwischen kleine Fältchen eingebetteten blassblauen Augen. Was sie jetzt, bei Tage, noch sah, war, dass die Nase von Jamie O'Brien allem Anschein nach irgendwann mal gebrochen worden war. Sie war nicht übermäßig krumm, aber auch nicht pfeilgerade. Als schön hätte Hannah sein Gesicht nicht bezeichnet, dennoch in gewisser Weise als attraktiv. Was sie jedoch in Bann hielt, waren seine Augen; unter seiner Hutkrempe schienen sie sie mit wissendem Blick zu beobachten.

Er machte sich wieder ans Einsammeln der medizinischen Instrumente, der Flaschen mit Arzneien, der Bandagen, von Papier und Feder und Tintenflasche. Hannah Conroy, ausgerechnet!, ging es ihm durch den Kopf. Die hübsche kleine Hebamme, deretwegen er in die Stadt gekommen war – jetzt hatte er sie gefunden!

»Was ist das denn?«, fragte er, als er nach ihrem Stethoskop griff.

»Das braucht man, um das Herz abzuhören.«

Sein Lächeln wurde frech. »Verrät einem das, ob da Liebe drin ist?«

Hannah antwortete nicht. Sie stand auf, strich sich über ihren Rock und sagte: »Nochmals vielen Dank.«

Er grinste sie nur dreist an. Mr. O'Brien trug denselben Hut wie damals, einen breitkrempigen Schlapphut aus braunem Filz mit einem schwarzen Band. Sein Hemd war allerdings diesmal blassblau, die Ärmel hatte er bis zu den Ellbogen hochgekrempelt, darüber trug er wieder die schwarze Weste mit den silbernen Knöpfen. Und wie damals hing das Futteral mit dem bedrohlich aussehenden Messer an seinem Gürtel.

Er schien es nicht eilig zu haben, ihren Dank entgegenzunehmen und sich dann zu verziehen. »'ne ganze Menge Zeugs für 'ne Hebamme«, meinte er.

»Mein Vater war Arzt«, gab sie zurück. »Das hier waren seine Sachen. Er hat mich gelehrt, sie einzusetzen.« Als sie das amüsierte Glitzern in O'Briens Augen sah, fühlte sie sich bemüßigt hinzuzufügen: »Es gibt keinen Grund, weshalb eine Frau sich nicht darauf verstehen sollte, einen Knochen ebenso gut einzurichten wie ein Mann.«

Der belustigte Ausdruck in seinen Augen wich einem anderen, der nicht zu deuten war. Während Passanten einen Bogen um die beiden machten, die da den Weg blockierten, überprüfte Hannah den Inhalt ihrer Teppichtasche, um sicherzugehen, dass auch alles wieder da und gut verstaut war, und war gleichzeitig bemüht, die prüfenden Blicke dieses steckbrieflich gesuchten Banditen an sich abgleiten zu lassen, der seinerseits hin und her überlegte, wie er

Miss Conroy überreden könnte, einen Abend mit ihm zu verbringen.

Mit seinen dreiunddreißig Jahren hatte Jamie O'Brien bereits viele Frauen kennengelernt. Hatte sie geliebt und verlassen und konnte sich an kein einziges Gesicht erinnern. Nur Hannah Conroy war ihm klar und deutlich im Gedächtnis geblieben. Und jetzt, da sie leibhaftig vor ihm stand, an einer belebten Straßenecke und während die Maisonne hin und wieder durch herbstlichen Regen verheißende Wolken spitzte, wurde ihm bewusst, dass sie anders war als die anderen.

Sie streckte die Hand aus. »Dürfte ich das Stethoskop zurückhaben?«

»Bitte sehr, Hannah Conroy.« Er reichte ihr das Instrument. Als sie es in ihre Tasche gleiten ließ, neben einen Satz medizinischer Scheren, entdeckte sie ein Fitzelchen Papier, das aus einem Päckchen mit gebogenen Nadeln, wie sie zum Vernähen von Wunden verwendet wurden, hervorspitzte. Neugierig zog sie es heraus und erkannte es als uralte Quittung für eine Schuhreparatur des Schusters in der High Street in Bayfield. Als sie es umdrehte, fuhr sie zusammen.

In der Handschrift ihres Vaters, datiert mit April 1846, war ein Rezept vermerkt:

5 g Jodin
10 g Jodkalium
vermischt mit 40 ml Wasser und 40 ml Alkohol

Die endgültige Formel!

Ihr Vater musste sie in seiner Arzttasche verstaut haben, als Luke Keen sie nach Falconbridge gerufen hatte. Später dann, als Hannah das Häuschen verkaufte und ihre Sachen packte, hatte sie die Instrumente ihres Vaters allesamt in ein großes Handtuch gewickelt und dabei den Papierschnipsel übersehen.

»Wenn Sie mich jetzt entschuldigen würden, Mr. O'Brien, aber ich muss unbedingt weiter. Nochmals vielen Dank für die Wiederbeschaffung meiner Tasche.«

Grinsend tippte Jamie an die breite Krempe seines Schlapphuts und sagte augenzwinkernd: »Bin Ihnen gern mal wieder behilflich.«

Als sie fort war, schlenderte er zur Rückseite des Zeitungsstands, wo sein Freund Michael Maxberry, eine Zigarette zwischen den Lippen, die neuesten Nachrichten studierte.

»Möcht wissen, wo diese Lady wohnt«, sagte Jamie und deutete hinüber auf Hannah, die bereits in der Menge untertauchte. Da er sie aus der Apotheke gegenüber hatte kommen sehen, nahm er an, dass sie dort regelmäßig einkaufte. Deshalb sagte er zu seinem Kumpel: »Spring doch mal kurz in die Apotheke da drüben und erzähl denen, dass deine Frau 'ne Hebamme braucht. Jemand hätte dir Miss Conroy empfohlen, und du möchtest wissen, wo du sie finden kannst.«

»Aber wir müssen los«, erhob Maxberry Einspruch. »Bis Sonnenuntergang müssen wir die Stadt weit hinter uns gelassen haben.«

»Ich will wissen, wo sie wohnt. Damit ich ihr meine Aufwartung machen kann, wenn wir als reiche Pinkel zurückkommen.«

Typisch Jamie, sagte sich Maxberry, als er sich Richtung Apotheke aufmachte. Seine Schwäche, jedem Rockzipfel hinterherzujagen, wird ihm eines Tages das Genick brechen.

18

»Was zum Teufel ist denn in die Pferde gefahren?«, bellte Sir Reginald Oliphant.

Neal blickte von seinen Aufzeichnungen auf. Es war spätnachmittags, und man hatte den Pferden Auslauf verschafft, ließ sie bei den hellgrünen Salzbüschen außerhalb des Lagers grasen. Bei Sonnenuntergang würde man sie zusammentreiben und ihnen die Nacht über Fesseln anlegen. Im abnehmenden Sonnenlicht war in der Tat zu beobachten, dass die Tiere nervös waren.

»Irgendetwas verschreckt sie«, sagte Andy Mason, einer der Pferdeknechte. Er sah hinauf zum wolkenlos blauen Himmel, dann zum fernen Horizont, der sich im Osten verdunkelte und im Westen orangegold verfärbte. Obwohl er nichts Ungewöhnliches feststellen konnte – und in diesem Flachland konnte man *meilenweit* sehen –, stand er auf und schlenderte hinüber zu den Tieren.

Die Expedition kampierte 230 Meilen nordwestlich von Adelaide, etwas abseits eines gottverlassenen Fleckens, dem Edward Eyre wegen der beträchtlichen Ablagerungen von Eisenstein den Namen Iron Knob gegeben hatte – eine graubraun sandige Wildnis, durchzogen von Gestrüpp und gelegentlich einem streifenborkigen Eukalyptus und unterbrochen von sonderbar bräunlich gestreiften Felsformationen. Unter Zuhilfenahme eines Magnets hatte Neal den Boden untersucht und festgestellt, dass es unter der obersten Erdschicht Hinweise auf ausgedehnte Vorkommen an Eisenerz gab. Sir Reginald, dem er dies vermeldet hatte, notierte in seinen Aufzeichnungen, dass die Errichtung eines Bergwerks durchaus lohnend sein könnte.

Die Teilnehmer der Expedition saßen in leinwandbespannten Klappstühlen an Tischen, auf denen Teekannen, Tassen und Platten mit Sandwiches standen. Hübsche weiße Zelte, die in der untergehenden Sonne leuchteten, bildeten einen makellosen Kreis um ein prasselndes Lagerfeuer, über dem ein gehäutetes Känguru briet. Die Zelte waren mit Betten bestückt, die von geschulten, eigens aus England herbeorderten Dienern tadellos in Ordnung gehalten wurden. Sir Reginald, der dafür bekannt war, einige der unwirtlichsten Regionen der Welt erforscht zu haben, bestand, wo immer er sich aufhielt, auf vollendet britischem Lebensstil.

Neal, der beobachtete, wie der Treiber beruhigend auf die Pferde einsprach, überlegte, ob es nicht besser wäre, seine eigenen drei Stuten auf die mit Seilen umzäunte kleine Koppel zu bringen, die nachts für die Tiere vorgesehen war. Als er nach Westen schaute, über die unermessliche wie dürre und bedrohliche Weite, war er sich nicht sicher, ob er sich nur einbildete, dass es unversehens kühler geworden war. Und was hatte dieses unterschwellige Grummeln in der Ferne zu bedeuten? Wind war aufgekommen, die Zeltplanen flatterten, von klatschenden Geräuschen begleitet.

»Wussten Sie eigentlich«, fragte der lederhäutige Expeditionsleiter und schenkte sich Tee nach, »dass *sahara* das arabische Wort für Wüste ist?« Sir Reginald war um die sechzig, hatte eine rötliche Haut, weißes Haar und einen stoppligen weißen Schnauzbart. Mit seiner blütenweißen Kleidung und dem ebenfalls weißen Tropenhelm kam er Neal eher wie ein Zuschauer bei einem Krocket-Nachmittag auf grünem Rasen vor und nicht wie jemand, der im Begriff war, eine gefahrvolle unbekannte Wüste zu erforschen.

»Dann hieße sie ja wüste Wüste«, warf Professor Williams ein und sah von seinem Tagebuch auf.

»In der Tat!« Sir Reginald fuhr fort, seine Reisegefährten mit Geschichten von seinen Heldentaten am Nil und in Ostafrika zu unterhalten. Er berichtete von Attacken der Wilden, die er in die Schranken gewiesen, von Harems, die er in Kairo besucht hatte, von Kaschemmen, in denen Wasserpfeife geraucht und Haschisch angeboten wurde. »Ich bin ja auch oft genug in Amerika gewesen,

Mr. Scott. Ihre Indianer sind in der Tat faszinierend. Hatte das Glück, eine Weile bei den Seminolen in New York zu leben. Ein erstaunliches Volk.«

»Sie meinen wohl die Seminolen in Florida?«, sagte Neal.

»Ganz recht, Mr. Scott. Muss mich korrigieren. Ist ja auch verdammt groß, dieses Amerika.«

Neal machte sich wieder an die Arbeit. Er untersuchte Gesteinsproben, die er gesammelt hatte, analysierte und katalogisierte sie. Für diese Tätigkeit ritzte er mit einem Diamanten jedes Stück an und bestimmte anhand einer auf Deutsch abgefassten Mohs-Tabelle dessen Härtegrad: Kalkspat – 3; Quarz – 7. Er wog sie, maß sie mit einem Lineal und einem Zirkel ab und fertigte dann in einem Notizbuch von jeder einzelnen Probe eine Skizze mit genauer Beschreibung an. Eine Gelegenheit für fotografische Aufnahmen hatte sich noch nicht ergeben, da Sir Reginald die Expedition unentwegt vorwärtstrieb. Als der verschrobene Abenteurer die Zeitungsreporter, die ihm aus Adelaide gefolgt waren, barsch abgewiesen hatte, schien für Neal alles darauf hinzuweisen, dass es Sir Reginald vor allem darum ging, jedwede öffentliche Aufmerksamkeit zu vermeiden. Beim Aufbruch der Eyre-Expedition vor acht Jahren hatte eine Kapelle *God Save the Queen* gespielt, die britische Nationalhymne, und Damen mit Sonnenschirmen waren erschienen, um den Teilnehmern ein Lebewohl zu entbieten. Auf die Frage, warum er derart auf Geheimhaltung bedacht sei, war Neal von Oliphant mit dem Kommentar »Aufsehen erregen ist vulgär« abgespeist worden.

Neal war nicht auf Ruhm aus. Was immer vor ihm lag – ein Territorium, das noch kein Weißer betreten hatte –, würde ihm mit Sicherheit die Chance eröffnen, alles, was er fand, ebenso wie im Augenblick die Gesteinsbrocken in allen Einzelheiten zu analysieren und zu katalogisieren. Für diese Arbeit war er bestens ausgerüstet; er verfügte über ein erstklassiges Fernglas – beste deutsche Wertarbeit –, eine Schweizer Taschenuhr, einen Kompass *und* einen Sextanten, ein Barometer und Instrumente, um für Wettervorhersagen die Windgeschwindigkeit zu berechnen.

Wäre da noch zu nennen das geologische Handwerkszeug: Vergrößerungsgläser, Pickel, Meißel, Hämmer, Pinsel, ein feiner Besen, Zirkel, Waagen, Juwelierlupen, Notizbuch, Flaschen mit Säure und Wasser, Siebe, Hohlspatel.

Auch eine tragbare Schreibunterlage führte Neal mit sich, eine aus leichtgewichtigem Holz gefertigte Platte, die, auf den Schoß gesetzt und aufgeklappt, zu einem veritablen kleinen Schreibtisch wurde und bestückt war mit einem Tintenfass, einem Fach für Papier und Umschläge sowie einer eingebauten kleinen Uhr in neuester Gestaltung. Neal hatte vor, jeden Zoll der Reise schriftlich festzuhalten, jede Sekunde eines jeden Tages. Diese Expedition in die Wildnis sollte die am genauesten dokumentierte überhaupt werden.

Er dachte an die Weite, die vor ihnen lag, an die Nullarbor-Ebene, die Eyre als »eine widerliche Anomalie« bezeichnet hatte, »als einen Schandfleck auf dem Gesicht der Natur, die Art von Gebiet, in das man in Albträumen gerät«. Dennoch freute sich Neal darauf, ihre Geheimnisse zu ergründen, und seine Gefährten schienen von ähnlichem Tatendrang erfüllt zu sein.

Außer Sir Reginald, ihm und Fintan Rorke, Neals jungem Assistenten, gehörten der Gruppe ein Geometer an, ein Kartograph, ein Botaniker, ein Zoologe, drei Berufsjäger, zwei Köche und Lagerverwalter, ein Wagner, Pferdebetreuer, ein paar kräftige Männer, die Feuerwaffen trugen und Ausschau nach feindlich gesinnten Eingeborenen hielten, die englischen Diener, deren Aufgabe es war, die Mahlzeiten zu servieren, die Betten zu machen und persönlichen Anforderungen der Wissenschaftler nachzukommen, schließlich ein militärischer Oberst, ein Colonel, der Neals Vermutung nach als Vertreter der Britischen Krone fungierte. Franzosen, Deutsche oder Italiener gehörten der Gruppe nicht an – Ausländern traute Sir Reginald nicht über den Weg.

Professor Williams, ein hagerer Mann mit einem eindrucksvollen grauen Bart, der ihm bis auf die Brust reichte, war Zoologe. Er war nach Australien gekommen, um ein Standardwerk über den großen südlichen Kontinent zu verfassen, unterteilt in Kapitel über Säugetiere, Vögel, Reptilien, Fische und Insekten. Das letzte Kapitel sollte den Aborigines vorbehalten sein, die William in ihrem angestammten Lebensraum zu beobachten hoffte, um dann über ihre Jagd- und Essgewohnheiten zu berichten, über ihre Paarungsrituale, die Aufzucht der Kinder, die Verteidigung von Territorien.

Colonel Enfield, der militärische Vertreter, war Ende dreißig und so blond, dass sein Haar fast weiß wirkte. Mit seinen ebenfalls fast weißen Augenbrauen und Wimpern und seiner rosa Haut sah er fast wie ein Albino aus, weshalb Neal sich fragte, wie lange wohl der Colonel die Wüstensonne vertragen würde. Dazu kam, dass Enfield ständig blinzelte, was darauf schließen ließ, dass er kurzsichtig war.

Die Übrigen hatte Neal noch nicht näher kennengelernt – John Allen, den Fährtensucher und Kundschafter; Andy Mason, den Pferdetreiber; Billy Patton, den dicken Koch, und wer da sonst noch zu der Gruppe gehörte. Weil er mit Fremden unterwegs war, hatte er die Goldkette, an der das smaragdgrüne Tränenfläschchen hing, gegen eine stabile Lederschnur vertauscht, die er um den Hals tragen und das kleine Fläschchen daran unter seinem Hemd verstauen konnte. Nicht dass er meinte, von Dieben umgeben zu sein, aber das Fläschchen mit den goldenen Applikationen sah nun einmal aus wie ein kostspieliges und verführerisches Schmuckstück, und er wollte nicht eines Morgens aufwachen und feststellen, dass es verschwunden war und einer der Männer ebenfalls.

Noch ein weiteres Andenken trug er stets bei sich: Hannahs Handschuh. Wann immer er ihn hervorholte, um an sie zu denken und sich mit ihr verbunden zu fühlen, war ihm, als spürte er Hannahs Hand in seiner.

Als der Wind an Stärke zunahm und Briefbeschwerer auf die auf den Tischen ausgebreiteten Karten gelegt werden mussten, warf Neal einen Blick hinüber zu seinem Gehilfen, der im dunkler werdenden Schatten eines Zeltes saß und an einem Stück Holz herumschnitzte. Wie ein junger Bursche wirkte Fintan Rorke, dabei war er mit seinen einundzwanzig Jahren gerade mal sechs

Jahre jünger als Neal. Als Neal einem Schreiner den Auftrag erteilt hatte, Spezialkisten für seine gefährlichen Chemikalien anzufertigen – die für den Transport über holpriges Gelände besonders stabil sein mussten –, hatte er auch dessen fünf Söhne kennengelernt, die alle beim Vater in die Lehre gingen und darum wetteiferten, Partner in seinem Betrieb zu werden. Fintan, der mittlere Sohn, hatte sich, als Neal auf die Expedition zu sprechen kam, eingemischt und gefragt, ob für das Unternehmen nicht auch ein Schreiner gebraucht würde. Da Neal der Meinung war, ein geschickter Handwerker sei immer willkommen, hatte er ihn angeheuert. Was ihm an dem Jungen gefiel, war, dass er frei von der Leber weg redete, anstatt zu warten, bis er gefragt wurde. Sie waren auf Anhieb miteinander klargekommen, schon weil Fintan gut gelaunt jedweder Anweisung nachkam und über das sonnige Gemüt zu verfügen schien, das für ein beschwerliches Unternehmen wie dieses unentbehrlich war.

Eine Bö ließ Neals Unterlagen aufflattern und den Sand auf dem Boden aufstieben. Er rief Fintan zu, den Planwagen zu sichern und die Kisten gut zu vertäuen. Wann immer sie ihr Lager aufschlugen, oblag es Fintan, dafür zu sorgen, dass sich die Chemikalien zum Entwickeln des Fotomaterials in ausreichendem Abstand zu Feuer und Hitze befanden. Da jeder in der Gruppe vor der Gefahr, dass sich giftige Dämpfe entwickeln könnten, gewarnt worden war, machte man um seinen Planwagen sowieso einen großen Bogen.

»Bin schon unterwegs, Mr. Scott!« Fintan legte das Stück Holz beiseite, an dem er geschnitzt hatte. »Reine Zeitverschwendung«, hatte sein Vater stets gemurrt, »wenn richtige Arbeit getan werden muss.« Fintan war ein guter Schreiner, geschickt im Umgang mit Säge und Keil und Hammer, verstand sich nicht nur auf die Fertigung eines Bettpfostens, sondern auch auf die von Wagenrädern und Achsen und das Zimmern von Kisten und Holzverkleidungen, wie Mr. Scott, der Fotograf, sie benötigte. Nur sah Fintan diese Tätigkeiten nicht als Lebensaufgabe an. Talentiert, wie er von Natur aus war, wollte er *Schönes* erschaffen, wollte beispielsweise aus einem kleinen Stück Holz eine Rose schnitzen oder eine schlafende Katze oder einen Schmetterling.

Nicht dass der junge Fintan glaubte, seine Begabung könne ausreichen, um sich damit seinen Lebensunterhalt zu verdienen. Wer würde schon irgendeinen Schnickschnack aus Holz kaufen, der nichts weiter war als ein Staubfänger? Deshalb schnitzte er nur in seiner Freizeit und wenn niemand dabei zusah. Diese Raubeine, mit denen er es hier zu tun hatte, würden sich zweifellos über einen Jungen, der Blumen schnitzte, das Maul zerreißen! Und wenn sie es täten, wäre es ihm eigentlich auch egal. Fintan wusste, dass er ihnen als Mann ebenbürtig war und ebenso wie sie eine Schwäche für das schöne Geschlecht hatte. Es war nur so … er fand keine Worte dafür, spürte lediglich, dass es im Leben um mehr ging als um Geld, Frauen und Ruhm.

John Allen, der Fährtensucher, der vor Jahren aus England gekommen war und Südaustralien so gut wie ein Hiesiger kannte, erhob sich aus seinem Stuhl und reckte sein schlaksiges Gestell. »Lassen Sie sich gesagt sein, Professor«, beschied er Williams, der sich gerade über die Aborigines geäußert hatte, »in diesem Land gibt es drei Dinge, vor denen Sie sich hüten müssen: Schlangen, Dingos und Abos. Giftige Schlangen gibt es hier überall, und wenngleich Dingos wie ganz normale Hunde aussehen, sind sie so hinterhältig wie afrikanische Raubtiere. Die größte Gefahr aber droht von den Abos. Lassen Sie sich nicht von ihrem verschlafenen Blick täuschen. Sie sind listig und verschlagen, und sie hassen uns. Sie haben einen Speer im Rücken, noch ehe Sie gesehen haben, wer ihn auf Sie geschleudert hat.«

Als Andy Mason, der rothaarige Pferdetreiber, anmerkte, dass dieses Land bis zum Auftauchen des weißen Mannes den Aborigines gehört hatte, gab Allen zurück: »Sie haben nichts aus dem Land gemacht. Sind nur drübergezogen. Haben keinen Acker bestellt, kein Haus gebaut. Weshalb sollten sie uns also verübeln, dass wir es in Besitz nehmen? Unseren Tabak und den Whiskey verschmähen sie jedenfalls nicht. Sie verfügen über keinerlei Kultur, keine Schrift, kein Alphabet. Nicht mal zu Pfeil und Bogen hat's bei ihnen gereicht! Moralbegriffe sind ihnen fremd. Alte Männer heiraten achtjährige kleine Mädchen, Ehemänner stellen Fremden ihre Frauen zur Verfügung. Sie glauben nicht an Gott, sondern verehren Felsen und Bäume, laufen nackt rum und sind obendrein Kannibalen.«

Auf ein unerwartetes Donnern in der Ferne hin wandten sich alle Köpfe ruckartig nach Westen, wo die Sonne schon fast verschwunden war. »Halten Sie es für möglich, dass ein Unwetter aufzieht?«, fragte Neal beim Anblick der dunklen Wolken am Horizont, von denen, wie er hätte schwören können, vor ein paar Minuten noch nichts zu sehen gewesen war. Das Wetter hatte schon den ganzen Nachmittag über Kapriolen geschlagen, nach heißen, böigen Winden aus dem Norden war eine scharfe, aber trockene Kaltfront über sie hinweggezogen.

»Komisches Wetter«, murmelte Sir Reginald. Er stellte fest, dass die Temperatur anstieg, und dann sah er etwas, was er zunächst für Regenwolken hielt, die von Westen her auf sie zukamen, gleich darauf aber als eine ungeheure rotbraune Staubwolke ausmachte, die sich wie ein riesiger Felsbrocken *über den Boden* auf sie zuwälzte.

Um *diese* Jahreszeit? Erschrocken sprang er auf. Die Zeit für Sandstürme war doch das Frühjahr! Oliphant kannte die *Samums* in der Sahara und den *Haboob* in der Gegend von Khartum und wusste, dass diese Stürme ganze Sanddünen verlagern und eine Landschaft völlig verändern konnten.

»Sandsturm!«, brüllte er und gab Befehl, die Pferde zusammenzutreiben, alles, was locker war, fest zu verschnüren und Schutz zu suchen. »Dem Sturm den Rücken zukehren!«, schrie er gegen den stärker werdenden Wind an.

»Allmächtiger!«, entfuhr es Colonel Enfield. »Wo zum Teufel kommt denn diese Staubwolke her?«

Die rotbraune Walze nahm an Geschwindigkeit auf, und je näher sie kam, desto größer wurde sie, entwickelte sich zu einem gewaltigen Berg, der sich vom südlichen Horizont bis zum nördlichen zu erstrecken schien. Schweigend und fassungslos starrten die Männer auf diese Naturgewalt, die über sie hinwegzugehen drohte. Und dann rannten sie los, um sich in Sicherheit zu bringen.

»Scott!«, herrschte Sir Reginald Neal an. »Was um Himmels willen haben Sie vor?« Der verrückte Amerikaner war auf sein Pferd gestiegen.

»Wir müssen die Tiere zusammentreiben!«, rief Neal zurück und drückte sich den Hut fest auf den Kopf, derweil sein Pferd tänzelnd einen Kreis beschrieb.

»Gegen das da kommen Sie nicht an!« Sir Reginalds Tropenhelm verselbständigte sich, Zelte rissen sich aus ihren Verankerungen los. Aufgescheuchte Männer hetzten herum, Pferde galoppierten in allen Richtungen davon. Innerhalb von Sekunden konnte man kaum noch die Hand vor den Augen erkennen. Und dann schlug der Sandsturm zu.

Neal, ein schützendes Tuch vor dem Mund, trieb sein Pferd zur Eile an.

»Sie sind ja wahnsinnig!«, brüllte Sir Reginald ihm nach.

Das Pferd war nicht schnell genug. Innerhalb von Minuten wurden Neal und seine Stute von einer gewaltigen braunen Wolke verschlungen.

Es war schon spät. Hannah hatte die Ritze unten an der Tür mit Stoff abgedichtet, um zu verhindern, dass etwaige Gerüche, die beim Mischen ihrer Tinktur entstehen konnten, nach draußen drangen. Sie wollte Liza Guinness und die anderen Hotelgäste nicht beunruhigen. Im Zimmer war es behaglich. Auf ihrem Bett lag ihr Nachthemd bereit. Auf dem Tisch neben dem Bett, im Schein der Öllampe, standen der Zinnrahmen mit Neals Fotografie und daneben die kleine Elfenbeinstatue der Hygieia.

Jenseits der geschlossenen Vorhänge heulte der Wind in den Bäumen. Er hatte sich ganz plötzlich erhoben, ließ Fensterscheiben erzittern, fuhr in den Kamin, riss draußen Türen und Tore auf und schlug sie wieder zu. Ein vertrackter Wind, befand Hannah. Sie stand an dem kleinen Arbeitstisch, den Liza Guinness aus der

Küche hatte hochbringen lassen und auf dem jetzt Messbecher, Reagenzgläser, ihr Mikroskop und eine Spirituslampe aufgebaut waren. Sie musste an Neal denken, der in der so unwirtlichen Weite Australiens unterwegs war. Nur gut, dass er sich in Gesellschaft von dreißig Männern befand, gut ausgerüstet mit Pferden, Gewehren und Pistolen und Wasserfässern. Sie wünschte ihm, dass er bei seinem aufregenden Abenteuer voll auf seine Kosten kommen und umwerfende Entdeckungen machen würde.

Sie wandte sich ihrer Arbeit zu, wog auf der kleinen Messingwaage, die sie bei Mr. Krüger erstanden hatte, ein Quantum Jod in fester Form ab, das sie anschließend in einem Mörser mit einem Stößel zu Puder zerrieb. Ungemein bedacht ging sie vor. »Zum ersten Mal wurde Jod, ein Extrakt des Seetangs, 1811 identifiziert«, hatte John Conroy notiert. »Seine chemische Beschaffenheit ist noch unbekannt. Die Löslichkeit von elementarem Jod kann durch Zugabe von Kaliumjodid verstärkt werden. Da sich Jod sofort in Alkohol auflöst, steht der Herstellung einer Tinktur nichts im Wege.«

Hannah rührte das Jod in eine Flüssigkeit ein und beobachtete, wie sich die Emulsion dunkelrot verfärbte und ein beißender, wiewohl vertrauter Geruch aus dem Mörser aufstieg. Vorsichtig tauchte sie den Finger in die Lösung – kein Stechen, kein Brennen. Und auch nach mehreren Sekunden des Eintauchens zeichnete sich keine Beeinträchtigung der Haut ab.

Der nächste Schritt würde Klarheit bringen, ob dies tatsächlich die endgültige Formel ihres Vaters war. Hannah benetzte einen Objektträger mit einem Tropfen des Wassers, in dem sie sich die Hände gewaschen hatte, schaute durch die Linse des Objektivs. Als sie die Winzlinge sah, die sich da im Wasser tummelten, nahm sie mit einer Pipette ein wenig von der neuen Jodlösung auf und ließ einen Tropfen davon auf das Wasser auf dem Objektträger fallen.

Mit angehaltenem Atem, die Finger ineinander verschlungen und ein Stoßgebet zum Himmel schickend, beugte sie sich über das Mikroskop, nicht ohne vorher die Kerze so zu platzieren, dass ausreichend Licht auf den Objektträger fiel. Sie regulierte die Bildschärfe, und …

Die Mikroben bewegten sich nicht.

Die Formel hatte sie abgetötet.

»Gott sei's gepriesen«, flüsterte Hannah erleichtert. Sie besaß wieder die Rezeptur und konnte weiterhin Entbindungen ohne die Gefahr einer Infektion für Mutter und Kind durchführen.

Wie das Leben doch so spielt, ging es ihr durch den Kopf, als sie die neue Mischung in eine kleine Flasche füllte. Hätte man ihr nachmittags nicht die Tasche stibitzt und hätte Mr. Jamie O'Brien sie ihr nicht wiederbeschafft, wäre ihr Blick vermutlich nie auf den kleinen Zettel mit der Formel gefallen.

Der Wind wurde heftiger, ließ Fensterläden klappern und Baumzweige an den Backsteinmauern schaben. Als eine Bö ins Zimmer fuhr, Papier emporwirbelte, die Kerzen ausblies und Lampen umzuwerfen drohte, stand zu befürchten, dass die Fensterriegel nicht standhalten würden. Sicherheitshalber überprüfte Hannah sie nochmals, aber da drückte der Wind sie bereits auf, und als Hannah die ersten Regentropfen auf ihrem Gesicht spürte, wusste sie, dass ein Unwetter bevorstand.

Wieder schloss sie die Fenster, aber kaum waren sie zu, flogen sie wieder auf. Als eine Lampe – die zum Glück nicht brannte – auf den Boden polterte, besann sich Hannah auf den Schlüssel im Türschloss, mit dem man auch die Fenster absperren konnte. Sie eilte zur Tür, zog den Schlüssel heraus, begab sich damit zu den Fenstern. Gegen Wind, sich bauschende Vorhänge und auf und zu schwingende Fensterrahmen ankämpfend, gelang es ihr schließlich, den Schlüssel ins Schloss am Fenster zu stecken und herumzudrehen.

Sie ordnete die Vorhänge, besah sich dann den Schaden, den der Sturm angerichtet hatte – und hielt jäh inne. Den kalten Schlüssel in der Hand, musste sie unwillkürlich an eine ebenfalls windige Nacht vor zwei Jahren denken. »Das ist der *Schlüssel,* Hannah«, hatte der Vater mit ersterbendem Atem gesagt und ihr die Flasche Jod in die Hand gedrückt.

Hannah hielt unwillkürlich die Luft an, als sie sich nach und nach der Tragweite ihrer Entdeckung bewusst wurde. War es möglich, dass die Formel für Jod ein *Allheilmittel* war? War es das, was der Vater ihr kurz vor seinem Tod noch hatte sagen wollen? Hatte er ihr, ohne sich dessen bewusst zu sein, den Weg für eine neue und revolutionäre Medizin gewiesen?

Es war ihr, als habe sich da unverhofft eine Tür aufgetan, von der aus unzählige Wege abzweigten. Sollte ihr Vater wirklich ein Allheilmittel erfunden haben …

Hannah versuchte die in ihr aufsteigende Erregung zu bezähmen. Erst musste sie weitere Tests, weitere Experimente durchführen. Sie musste sich ganz darauf konzentrieren, alles genau analysieren und überprüfen und sich dann entscheiden, wie sie weiterhin vorging. Wohin sie diese Entdeckung führen würde, wusste sie nicht. Aber sie musste diesem unerwarteten Fingerzeig nachspüren, durch diese offene Tür gehen und jenen unbekannten Pfaden folgen, wo immer sie hinführen mochten.

Der Sandsturm wütete bis zum Abend und noch fast die ganze Nacht hindurch. Neal rang nach Luft, hatte das Gefühl, lebendig begraben zu werden.

Als der Wind abflaute und sich schließlich ganz legte, konnte er weder Rufe der Männer hören noch Geräusche von Pferden. Halb verdeckt lag er unter einer Plane, die im Lager aufgewirbelt worden und wie ein herumirrendes Segel an ihn geklatscht war. Er wühlte sich aus einer Sanddüne, die vorher nicht da gewesen war, rappelte sich hoch und schaute sich um. Tiefschwarze Nacht, mehr war nicht zu erkennen. Kein einziger Stern. Er versuchte zu rufen, aber seine Kehle war zu ausgedörrt. Aufs Höchste beunruhigt, behielt er dennoch einen kühlen Kopf. Bestimmt waren die anderen Expeditionsteilnehmer in der Nähe, vermochten nur wie er selbst nicht zu rufen. Er dachte daran, wie oft er mit seinem Adoptivvater durch unberührtes Gelände gezogen war und dass Josiah Scott, der so gern Aquarelle von Wäldern und Wasserfällen malte, gesagt hatte: »Sollten wir getrennt werden, solltest du dich verirren, dann beherzige Regel Nummer eins, die da lautet: Bleib, wo du bist.« Und da es aussichtslos zu sein schien, dass Neal in dieser Finsternis die Männer um Sir Reginald aufspüren könnte oder umgekehrt, beschloss er, erst einmal bis zum Anbruch des Tages an Ort und Stelle zu verharren. Er hüllte sich wieder in die wärmende Plane und schlief alsbald ein.

Die ersten Lichtstrahlen weckten ihn. Er schüttelte den Sand von der Ölplane, krabbelte darunter hervor und blinzelte durch verklebte Augen. Die Morgensonne warf goldenes Licht auf eine befremdende Landschaft. Kein einziger Baum mehr, kein noch so kleiner Busch war zu erkennen. Dafür orangerötliche Sandhügel, die vorher nicht da gewesen waren.

Wo waren die Pferde abgeblieben? Das Lager? Sir Reginald und die anderen? Neal meinte seinen Augen nicht zu trauen. Er war doch nicht weit geritten, als der Sandsturm über ihn und die anderen hereingebrochen war. Zelte und Planwagen und Pferde – das alles musste doch noch da sein!

War es denkbar, dass sie im Schein der Lampen gepackt hatten und noch bei Dunkelheit aufgebrochen waren? Nichts mehr war von der vielköpfigen Expedition zurückgeblieben, die ihn über dreizehnhundert Meilen nach Perth führen sollte. Verschwunden waren auch seine wissenschaftlichen Instrumente, die Werkzeuge und Gerätschaft, die moderne Technologie, die ihm den Weg weisen sollte.

Ein dunkler Verdacht keimte in ihm auf. Als Sir Reginald von den Seminolen in New York gesprochen und Neal ihn korrigiert hatte, war über das Gesicht des Expeditionsleiters ein Ausdruck gehuscht, der einem Geständnis gleichkam. Oliphant war ein Lügner. Er hatte nie bei den Seminolen gelebt. Erhob sich die Frage, ob der Alte überhaupt jemals in Amerika gewesen war. Und die einzige Erklärung dafür, dass die anderen zusammengepackt, im Schutze der Nacht verschwunden waren und ihn seinem Schicksal überlassen hatten, konnte eigentlich nur die sein: Reginald Oliphant wollte verhindern, dass Neal publik machte, dass er ihm auf die Schliche kommen war!

Und nun war Neal sich allein überlassen, in einer endlosen, trockenen Wildnis. Keine Menschenseele weit und breit, nicht einmal ein Tier. Weil alles von Dunst verhangen war – Sandpartikel in der Atmosphäre, wie er mutmaßte –, konnte er die Sonne nicht genau ausmachen und somit auch nicht bestimmen, wo Osten, Westen, Süden oder Norden war. Er hatte keinen Kompass oder Sextanten, keinen Proviant und kein Wasser. Und keinen Hut zum Schutz gegen die Sonne.

Es blieb ihm nichts anderes übrig als loszugehen, stolpernd, einen Fuß vor den anderen setzend, ohne zu ahnen, wohin seine Schritte ihn führen würden.

19

Obwohl Michael Maxberry dem Urteil seines Freundes, der ihn nach dieser Braut ausgeschickt hatte, misstraute, kam er der Bitte nach. Zum einen war Jamie in einer elenden Verfassung, zum anderen stellte sich die Frage: Wen sonst konnte er holen? Wo Jamie O'Brien doch steckbrieflich gesucht wurde und ein Kopfgeld auf ihn ausgesetzt war.

»Hannah Conroy wird mich nicht verpfeifen«, hatte Jamie unter Schmerzen geächzt. »Sie wird mich wieder hinkriegen, und niemand erfährt was davon.«

Na hoffentlich, sagte sich Mikey, als er die Holzstufen zum Australia Hotel hochstieg, denn wenn sie nicht mitkam oder die Polizei alarmierte, war Jamie geliefert, so viel stand fest.

Als die Glocke über der Eingangstür schellte, erschien Liza Guinness aus dem rückwärtigen Büro, fuhr sich übers Haar, um sich zu vergewissern, dass es ordentlich saß, strich sich, hierbei nicht weniger darauf bedacht, adrett auszusehen, über ihren Rock. Man konnte ja nie wissen, wer da zur Tür hereinkam, war Lizas Leitspruch.

Ihr Lächeln vertiefte sich. Der Gentleman in dem schwarzen Jackett, den schwarzen Hosen, dem weißen Hemd und Zylinder war zwar mit Staub bedeckt und verschwitzt – waren das nicht die meisten ihrer Gäste? –, aber er schien ein richtiger Kerl zu sein und sah nicht einmal übel aus, wenn man die schrumpelige Narbe außer Acht ließ, die sein Gesicht in zwei Teile zu gliedern schien. Eine Kneipenschlägerei, tippte Liza, als er auf den Empfangstresen zukam. Hat die Klinge von einem Messer zu spüren bekommen und muss jetzt damit leben. »Guten Morgen, Sir, möchten Sie ein Zimmer und ein Bad?« Sie drehte ihm das Bestellbuch für seine Unterschrift zu.

»Ich möcht zu Hannah Conroy. Ich soll sie holen. Ein gemeinsamer Freund hat sich verletzt. Unterwegs. Nördlich von hier.«

Sie hob die Brauen. »Ein gemeinsamer Freund?«

»Ja. Sie kennt ihn. Sie sind gut befreundet.«

Ein Mann! Noch dazu ein *guter* Freund. »Mr. Scott?«

»Ja. Genau der. Mr. Scott.«

Liza schnalzte mit den Fingern, um eine Bedienstete, die gerade die Topfpflanzen wässerte, auf sich aufmerksam zu machen. »Trudie, lauf in die Küche und sag Miss Conroy, dass hier jemand ist, der sie sprechen möchte.«

Jacko Jackson hatte in der Küche nach Handschuhen gesucht, weil er sich beim Holzhacken eine Blase zugezogen hatte. Kaum aber war der Blick von Ruth Guinness, die eine Schwäche für den stets fröhlichen jungen Mann hatte, auf seine gerötete Handfläche gefallen, hatte sie nach Hannah geschickt, die nach erster Inaugenscheinnahme der großflächigen Blase darauf bestanden hatte, die Verletzung trockenzulegen und zu verbinden.

Während sie damit beschäftigt war – Jacko auf einem Hocker und sie vor ihm auf einem Küchenstuhl –, erklärte sie Ruth, wie man dabei vorging. Die Tochter von Liza Guinness wollte unbedingt Hannah nacheifern. Sie fand es wunderbar, im Bezirk herumzukutschieren und Leuten zu helfen. Hannah hatte die Achtzehnjährige bereits zu einigen Krankenbesuchen mitgenommen, was für beide eine Bereicherung gewesen war: Hannah machte das Unterrichten Spaß, und Ruth war selig, dem Hotel mal den Rücken zu kehren.

»Um den von der Blase verursachten Schmerz zu lindern«, sagte Hannah zu Ruth, die jeden Handgriff genau beobachtete, »entzieht man ihr die Flüssigkeit, ohne die darüberliegende Haut zu beschädigen. Als Erstes aber tupfen wir ein wenig von dem hier auf die Blase.«

»Warum?«, fragte Ruth.

Bei ihrem letzten Ausflug in die Stadt hatte Hannah auch Mr. Krüger aufgesucht, um ihre Vorräte für ihre Tätigkeit als Hebamme zu ergänzen – Kampfer, Weidenrinde, Ammoniumkarbonat – und im Verlauf ihrer Unterhaltung durchblicken lassen, dass die Jodformel ein Allheilmittel sein könnte. Daraufhin hatte Mr. Krüger ihr einen Brief von seinem Bruder vorgelegt, einem medizinischen Forscher in Heidelberg, der zu berichten wusste, dass man kürzlich einen Mikroorganismus entdeckt und ihm die aus dem Lateinischen abgeleitete Bezeichnung *Bacterium* gegeben habe, und dass nicht auszuschließen sei, dass Bakterien Krankheiten und Infektionen auslösten – eine bahnbrechende Theorie, der einige Mediziner und Wissenschaftler durchaus aufgeschlossen gegenüberstünden. Hannah freute sich über diese Neuigkeit, hieß das doch, dass ihr Vater recht hatte. Und je mehr Mikroben entdeckt und identifiziert wurden, desto näher kam die Medizin dem Ziel, Krankheiten zu besiegen.

Ruth und Jacko gegenüber erwähnte sie nichts davon, sondern sagte nur: »Mit diesem Medikament wird die Blase schneller abheilen.«

Ruth war nicht so hübsch wie ihre Mutter, wirkte mit ihrem rundlichen Gesicht und der kurzen Stupsnase eher unscheinbar. Dafür aber strahlte sie Persönlichkeit aus, die nicht zuletzt auf Jacko Eindruck machte, dem so viel weibliche Aufmerksamkeit schmeichelte.

Hannah betupfte die Blase mit ihrer Jodtinktur, in die sie anschließend auch eine Nadel tunkte, um sie steril zu machen. »Jetzt mit der Nadel an den Rand der Blase stechen. Die Flüssigkeit auslaufen lassen, ohne die darüberliegende Haut zu beschädigen. Dann noch etwas Jod auf die Blase träufeln und sie verbinden. In ein paar Tagen schneiden wir die abgestorbene Haut weg und erneuern den Verband.«

»Ich dachte, man muss eine Blase aufdrücken, die Haut entfernen und an das, was drunterliegt, Luft ranlassen«, sagte Jacko, wobei er Ruth zulächelte.

»Ein altes Verfahren, das eingestampft gehört«, erwiderte Hannah, während sie vorsichtig und ohne die schrumplige Hautschicht darüber zu beschädigen die abgeflachte Blase reinigte. Sie hatte erlebt, dass sich Blasen derart entzünden konnten, dass Finger und Zehen amputiert werden mussten.

Während sie Ruth demonstrierte, wie man die Hand fachmännisch verband, überlegte sie, wie viele frühere Behandlungsmethoden angesichts neuer Erkenntnisse und Fortschritte in der Medizin verdrängt werden würden. Vor ihrem »Schlüsselerlebnis« hätte sie nie und nimmer daran gedacht, Jackos Blase mit der väterlichen Tinktur zu behandeln. Selbst jetzt noch vermutete sie, dass das Jod lediglich eine Infektion der Hand verhindern würde. Dass es ein Experiment war, verschwieg sie Jacko und Ruth.

Wie hatte sie in jener stürmischen Nacht vor vier Tagen der Gedanke beflügelt, dass Jod ein Allheilmittel sein könnte! Nur wie war das zu beweisen? Sie musste einen Weg finden, um das Präparat zu testen, ohne dass jemand Schaden nahm. Die erfolgreiche Behandlung einer Blase sagte noch lange nicht aus, dass dies auch für alle anderen Verletzungen galt.

»Miss Conroy?« Trudie stand an der Tür. »Da ist ein Gentleman, der Sie sprechen möchte.«

Hannah folgte ihr in die Empfangshalle. Als Maxberry ihrer ansichtig wurde, lüpfte er den Zylinder von seinem fettigen Haar. »Miss Conroy, ein gemeinsamer Freund ist verletzt und bittet Sie zu sich.«

»Ein gemeinsamer Freund?«

»Ja. Mr. Scott.«

Hannah warf ihm einen misstrauischen Blick zu. »Mr. Scott hält sich Hunderte von Meilen von hier entfernt auf.«

Er errötete. »Mag schon sein. Aber ich hab gedacht, wenn ich Ihnen die Wahrheit erzähl, dann kommen Sie nicht mit. Es geht um Jamie O'Brien.«

Sie zuckte zusammen. »Wo ist er?«

»Zwei Tagesreisen nördlich von hier, am Golf. Ist schwer verletzt. Ich soll Sie zu ihm bringen. Keine Sorge«, setzte er rasch hinzu, »ich hab meine Missus mitgebracht. Alles wie sich's gehört. Nicht dass Sie meinen, ich will Sie entführen.«

»Was ist denn passiert?«

»Er hat sich das Bein gebrochen. Scheint höllisch wehzutun.«

»Er braucht einen Chirurgen.«

»Das geht nicht, Miss, und ich glaub, Sie wissen, warum.«

»Ja«, sagte sie und schaute ihm in die Augen. »Ich werde den Wagen anspannen lassen.«

»Mit dem Wagen dauert's zu lange, Miss. So viel Zeit haben wir nicht. Ich war so frei und hab für Sie ein Pferd gemietet. Hat nur leider keinen Damensattel.«

»Ich hole nur rasch ein paar Sachen.«

Hannah eilte nach oben. Neben ihrer Teppichtasche nahm sie zusätzlich die aus Leder mit, die immer bereitstand, falls sie mal über Nacht wegblieb; eine Geburt konnte sich gelegentlich tagelang hinziehen. In dieser Ledertasche befanden sich eine Haarbürste mit Kamm, ein Stück Seife, Zahncreme, Eau de Cologne mit Rosenduft, Taschentücher, Waschlappen und Handtuch, eine Kerze und Streichhölzer, Strümpfe und Unterwäsche zum Wechseln. In ihrer Teppichtasche verstaute sie noch rasch Neals Foto.

Als Letztes entledigte sie sich ihrer Krinoline mit dem Reif aus Walfischknochen, ließ sie zu Boden gleiten. Und da die Nächte zunehmend kühl wurden, griff sie zusätzlich zur Haube nach ihrem Cape, ehe sie wieder nach unten hastete, wo ihr Begleiter unruhig auf und ab ging.

»Ich weiß noch nicht, wie lange ich ausbleibe«, sagte sie zu Liza Guinness am Empfangstresen. »Machen Sie sich keine Sorgen.«

Nicht zum ersten Mal wurde Hannah von einer Sekunde zur anderen weggerufen, und dann konnte es dauern, bis sie wiederkam. »Lassen Sie sich Zeit, Liebes«, entgegnete Liza und zwinkerte anzüglich.

Beim Verlassen des Hotels drehte sich Hannah noch einmal um. »Was sollte denn dieses Zwinkern?«, fragte sie Maxberry.

»Als ich ihr gesagt hab, ich soll Sie zu einem Freund begleiten, hat sie mich gefragt, ob das Mr. Scott wäre, und ich habe ja gesagt. Na ja, ich konnt ihr doch schlecht reinen Wein einschenken, oder?«

Ob dieser Flunkerei war Hannah versucht, nochmals umzukehren und Liza zu informieren, wie sich die Sache in Wirklichkeit verhielt, sah dann aber davon ab, weil sie bei Liza mit ihrer blühenden Phantasie kaum auf Verständnis stoßen würde und es nicht auszuschließen war, dass die Chefin des Hotels mit ihrem Hang zur Dramatik ihr die Bürgerwehr auf den Hals hetzte.

Die Pferde von Mr. Maxberry waren an einem Pfosten im Hof angebunden. Hannah staunte nicht schlecht, als sich seine »Missus« als Aborigine entpuppte.

»Sie heißt Nampijinpa«, erklärte Maxberry, »aber wir nennen sie nur Nan. Sie gehört dem Stamm der Kaurna an, spricht aber gut Englisch. Ich glaub, sie ist an irgendwelche Missionare geraten. Als ich sie auflas, trug sie ein Kängurufell, aber ich hab sie dazu gebracht, Frauenkleider anzuziehen.«

Nans Alter war schwer zu schätzen. Sie war recht mollig, und wenn sie grinste, entblößte sie beeindruckende Zahnlücken. Ihr langes glattes Haar war so dunkel wie ihre Haut. Hannah hatte noch nie eine Eingeborene zu Gesicht bekommen. Sie waren vor Jahren mit Bausch und Bogen in Reservationen umgesiedelt worden.

Nachdem sie die Riemen ihrer beiden Taschen um den Sattelknauf geschlungen hatte, ließ sie sich von Maxberry, der dazu die Finger beider Hände zu einem Steigbügel ineinander hakte, beim Aufsteigen helfen und versuchte dann, so elegant wie möglich ihr rechtes Bein über den Sattel zu schwingen. Seit ihrer Kindheit war sie nicht mehr so geritten, und zunächst kam ihr das auch höchst unschicklich und wenig damenhaft vor. Aber beim Gedanken an den schwer verletzten Mr. O'Brien schwanden derlei Skrupel.

20

»Ich habe wunderbare Neuigkeiten für dich, mein Sohn«, sagte Josiah Scott und legte Neal den Arm um die Schultern. »Deine Mutter ist hier.«

Neal, der sich angesichts der gleißenden Sonne und der Sandkörnchen, die seine Augen verklebten, wie blind durch eine Wüstenei aus Kalkstein schleppte, schluchzte überglücklich auf. Seit dem Sandsturm waren vier Tage vergangen. Da er seinen Hut verloren hatte, deckte er den Kopf mit seinem weißen Leinenjackett ab. Er dachte an die rot eingekreiste Stelle auf seiner Karte, an dieses Galagandra. Als er Sir Reginald dazu befragt hatte, hatte Oliphant gesagt, dass sich nach Ansicht von Landvermessern dort reiche Süßwasservorkommen befinden müssten. Und genau dorthin war die Expedition unterwegs. Wenn er sich nur orientieren könnte! Aber die Karte war wie alles, was er mitgenommen hatte, weg – auch Hannahs Handschuh.

»Du hast angenommen, ich hätte mich verlaufen, stimmt's, Mutter?«, redete Neal auf die geisterhaft schimmernden Formationen ein, die sich vom Sand abhoben. Er ahnte, dass er entweder träumte oder einer Halluzination aufsaß, versuchte aber gar nicht erst, diese Phantastereien abzuschütteln, weil sie so angenehm waren. Und obwohl er sich undeutlich bewusst war, dass seine Kehle völlig ausgedörrt war, dass seine Lippen aufgeplatzt waren und bluteten und dass da weit und breit nichts war außer Gestrüpp und Sand und hier und dort eine skurrile Kalksteinformation, stand ihm umso deutlicher die Kanzlei seines Adoptivvaters in Boston vor Augen, die dort aufgereihten juristischen Bücher, der Globus, das Astrolabium, die Büste des Aristoteles.

Er lächelte seinem Adoptivvater zu. Josiah Scott sah ungemein gut aus. Neal hatte sich immer wieder gewundert, warum er Junggeselle geblieben war. »Etwa meinetwegen?«, fragte er den imaginären Vater. »Waren die Frauen vielleicht nicht erpicht darauf, einen Mann zu heiraten, der bereits ein Kind hatte – das noch dazu ein Bastard war? Wie schwer ich es dir doch gemacht habe. Aber jetzt, wo Mutter wieder da ist, kannst du ja endlich diese nette Witwe heiraten, die einmal pro Woche herkommt, um mit dir ihre Vermögenswerte durchzugehen.«

Er fuhr sich mit dem Handrücken über die aufgesprungenen Lippen. Blinzelte zu einem Mulgabusch hinüber und sah seine Mutter darin stehen. Nicht so deutlich wie Josiah. Ihre Gesichtszüge waren verschwommen, ihr schlichtes Kleid und das gelockte Haar entsprachen der Mode vor siebenundzwanzig Jahren. Neal wollte zu ihr, aber so sehr er sich auch bemühte, es gelang ihm nicht.

Er schluchzte. Er war ausgehungert. In diesem Gebiet, das Edward Eyre als Albtraum bezeichnete, hatte er etwas zu essen und Wasser gesucht. Vergeblich. Sein Magen verkrampfte sich. Seine Beine schmerzten. Jede Nacht hatte er sich zusammengerollt und von Rettung und Hannah geträumt, nur um jeden Morgen in Trostlosigkeit zu erwachen.

Ich werde in diesem Ödland sterben. Mit nicht einmal dreißig Jahren. Warum habe ich Hannah nicht gebeten, mich zu heiraten? Warum ihr nicht gesagt, dass ich sie liebe? Anders als Annabelle hätte sie mich nicht zurückgewiesen. Nicht wie meine Mutter abgelehnt. Hannah ist anders. Wie sie meine Küsse erwidert, wie sie sich an mich geklammert hat …

Er zwang sich weiterzugehen, konzentriert und nach allen Richtungen hin Ausschau haltend. Die Sonne verstand sich darauf, ihm etwas vorzugaukeln: Sie ließ die Wüste aussehen, als wäre sie durchzogen von silbernen Wasserlachen. Die niedrigen Mulgabüsche streckten und verbreiterten sich zu einer optisch bizarren Illusion, wurden durch das grelle Licht so verzerrt, dass man meinen konnte, einen Menschen vor sich zu sehen.

Er schleppte sich weiter. Einmal kreiste ein Adler über ihm, stieß hinunter, wie um diesen dahinstolpernden Eindringling näher zu beäugen, flog wieder auf, und Neal war erneut allein. Er marschierte und marschierte, ließ Mutter und Adoptivvater hinter sich. Der Horizont blieb immer gleich weit entfernt, narrte ihn mit schimmernden Flächen nicht vorhandenen Wassers. Am späten Nachmittag überkam ihn Schwindelgefühl. Er sah sich nach etwas Essbarem um, nach Wurzeln, die Feuchtigkeit enthielten. Vielleicht fand er wenigstens ein paar Holzbohrerlarven. In einem ausgetrockneten Flussbett scharrte er wie ein Besessener nach Wasser. Aber alles war trocken, knochentrocken, staubtrocken.

Er zog weiter. In seinen Schläfen pochte es unangenehm. Obwohl es Mai war und der Winter bevorstand, brannte eine erbarmungslose Hitze auf ihn herab. Umso erleichterter atmete er auf, als die Sonne endlich unterging. Nur sein Durst war schier unvorstellbar. Dazu kam, dass er völlig erschöpft war. Er rollte sich an einem kleinen Sandhügel zusammen und schlummerte ungeachtet der Gefahr von hungrigen Dingos und Giftschlangen ein.

Zweimal schreckte er aus dem Schlaf hoch, weil er meinte, Geräusche gehört zu haben. Er fror. Im Outback, das tagsüber einem glühenden Kessel glich, wurde es nachts bitterkalt. Zitternd und mit klappernden Zähnen spähte er in die Dunkelheit, machte sich gefasst auf eine Horde Wildhunde, die ihn eingekreist hatten und näher kamen, oder auf Schwarze mit ihren Speeren.

Er war froh, als die Sonne wieder aufging. Er trottete weiter. Seine Kopfschmerzen wurden immer schlimmer. Er schwitzte nicht mehr. Wie aus Blei fühlten sich seine Beine an. Dehydrierung, dachte er. Tod infolge Dehydrierung …

Am späten Nachmittag, als ihm die kupferfarbene Sonne ins Gesicht brannte und den völlig entkräfteten Mann herauszufordern schien, noch eine weitere Nacht durchzustehen, vernahm

Neal plötzlich Laute. Menschliche Laute. Leicht schwankend blieb er stehen, lauschte. Seine Augen waren so ausgetrocknet, dass er sie kaum noch zusammenkneifen konnte. Als er abermals etwas hörte, stellte er nach einer Weile fest, dass die Laute von ihm selbst herrührten. Er schluchzte, ohne es zu merken.

Er war inzwischen übersät mit Insektenstichen und vom Stapfen durch verdorrtes Buschwerk völlig zerkratzt. Seine Zunge war geschwollen, seine Kehle wie zugeschnürt. Dennoch ging er weiter. Vor ihm – dessen war er sich sicher – zog Sir Reginalds Expedition dahin, mit tonnenweise kühlem Wasser und Salbe für seine Wunden und einem Kissen für seinen Kopf. Und sobald er sich erholt hätte, würde er umkehren, zurück nach Adelaide und Hannah.

In dieser Nacht schlief er so tief und fest, dass ihn erst die eindringlichen Strahlen der Sonne weckten. Um die Mittagszeit stürzte er und brauchte eine Zeitlang, um wieder auf die Beine zu kommen. Er ging weiter, stürzte abermals, stand auf, schleppte sich weiter. Fiel ins Delirium, fing an zu lachen. Er dachte an seinen Freund Ernie Shalvoy, der in Bostons besserer Gegend ein Fotostudio eröffnet hatte. Ernie hatte Jod mit Salmiakgeist gemischt, und als er das Gemisch in das Bad mit Silbernitrat kippte, wurde bei der Explosion die große Frontscheibe des Ateliers quer über die Canal Street geschleudert. Bei der Erinnerung daran verfiel Neal in hemmungsloses Lachen, das seinen Körper durchschüttelte.

Als ihm schließlich wieder eine kupferfarbene Sonne in die Augen stach, brach er zusammen. Diesmal kam er nicht mehr hoch. Sein Schädel fühlte sich an, als würde er im nächsten Augenblick wie Ernie Shalvoys Atelier explodieren. Er sank in den Sand, blieb liegen, versuchte zu beten. In seinen Ohren dröhnte es derart, dass er nicht hörte, wie in seiner Nähe geflüstert wurde, und seine Augen waren von der Sonne so geblendet, dass er, bevor er das Bewusstsein verlor, nicht die schwarzen Schatten sah, die sich langsam um ihn herum versammelten, dunkle Gestalten mit Speeren, Keulen und Bumerangs.

21

Noch nie war Hannah so weit vom Australia Hotel weg gewesen wie jetzt mit ihren beiden Reisegefährten. Dies hier war für sie Neuland, ein erregendes Gefühl.

Ehe es auf die Landstraße ging, hatte das Trio bei Gibney's Feed & Supplies Mehl, Salz, getrocknetes Kängurufleisch in Streifen, Eier, Melasse und Whiskey eingekauft. Inzwischen war es Spätnachmittag geworden, Adelaide, die Vororte und das Farmland lagen bereits weit hinter ihnen. Zur Linken erstreckte sich breit und behäbig der Spencer-Golf, auf dem Segelschiffe zu den entlegenen ländlichen Gebieten unterwegs waren, in denen man es mit Schafzucht zu Wohlstand brachte. Rechter Hand zogen sich Hügel und dichte Wälder, gelegentlich auch flaches Land, auf dem sich beherzte Farmer als Pioniere bewiesen, indem sie dem Boden Getreide abrangen und üppig grüne Weingärten anlegten. Hier gab es auch mehr wild lebende Tiere. Statt dann und wann einem Emu zu begegnen, jagten einem jetzt ganze Herden, Kopf und Hals auf den großen grauen Körpern gestreckt, über den Weg, und statt eines vereinzelten Kängurus inmitten von Schafen sprangen jetzt unzählige rötlich orange Familienverbände herum. Der blaue Herbsthimmel war mit flauschig weißen Wolken durchsetzt, dazwischen schwarze Kakadus mit leuchtend rosa oder orangefarbenen Kämmen, Wildenten und Gänseschwärme, gelegentlich auch ein schwarzer Schwan mit ausgebreiteten Schwingen.

Hier ist Neal auf dem Weg ins Basislager der Expedition durchgekommen, sagte sich Hannah. Wenn er in einem Jahr zurückkam, würde er ihr vielleicht ein Foto von diesem Blick auf den

Spencer-Golf zeigen, und dann könnte sie sagen: »Genau das habe ich mit eigenen Augen gesehen!«

Seit ihrem Einkauf bei Gibney's hatte sie kein Wort mit ihren Reisegefährten gewechselt. Mr. Maxberry war alles andere als gesprächig und hielt den Blick unentwegt auf die Straße gerichtet, über die sie in stetem Trab vorwärtsritten. Hannah fragte sich, wie er wohl zu dieser Narbe gekommen war, die sich von seiner Stirn hinunter bis zum Kinn zog. Er konnte von Glück reden, eine derartige Verletzung überlebt zu haben. Auch wenn er, anders als Alice, die ihm verbliebene Narbe nicht mit Kosmetika abdecken konnte.

Als es Abend wurde, hielt Maxberry sein erschöpftes Pferd an. Nachdem er erklärt hatte, hier für die Nacht ein Lager aufzuschlagen, machte er sich auf, um Holz zu sammeln und anschließend ein Feuer zu entfachen, während Nan mit einem langen Stock in Richtung Ufer zog und Hannah, nachdem sie sich ein wenig ihre schmerzenden Glieder massiert hatte, Mehl mit Wasser vermengte, um daraus in den heißen Kohlen Buschbrot zu backen, allgemein als Damper bekannt. Sie machte sich Sorgen um Jamie O'Brien. »Hat sich das Bein gebrochen und scheint höllische Schmerzen zu haben.« Starke Schmerzen wiesen auf eine tief gehende Verletzung hin. Würde sie in der Lage sein, ihm zu helfen?

Den Saum ihres nassen Rocks in den Bund gestopft, kehrte Nan zurück und präsentierte stolz ihren Speer, auf dem drei große orangerote Fische aufgespießt waren.

»Granatbarsche«, sagte Maxberry und nahm die Fische mit seinem Messer aus, ehe er sie in eine Pfanne warf, die er aus ihrer Befestigung an seinem Sattel gelöst hatte. »Gehen nachts auf Futtersuche. Das macht es für Nan und ihresgleichen leicht, sie zu erwischen. Ich hab dafür kein Händchen, umso besser versteht sich Nan drauf. Ist ihrem Volk wohl angeboren.«

Hannah hätte sich mit der Aborigine gern unterhalten und ihr Fragen gestellt, wollte dann aber doch nicht den Eindruck erwecken, die junge Frau aushorchen zu wollen. Deshalb begnügte sie sich damit, zu den Sternen emporzuschauen, die ihr noch immer fremd vorkamen, in ihrer Konstellation ganz anders als zu Hause. Statt des vertrauten Großen Wagens erblickte sie das Kreuz des Südens, eine wahrhaft himmlische Erinnerung daran, wie weit sie gereist war.

Maxberry hüllte sich wieder in Schweigen. Das Gesicht vom Schein des Feuers erhellt, konzentrierte er sich auf die Granatbarsche in der Pfanne auf dem Feuer, derweil Nan prüfte, ob der Damper in der Glut durchgebacken war, und Hannah die Fotografie von Neal aus der Tasche zog. Heute, sagte sie sich, heute Abend speisen wir beide unter Sternen.

Ausgehungert wie sie war, kam ihr der Fisch, als er endlich gar war und ohne alles vor ihr lag, vor wie ein Festessen. Da keine speziellen Vorkehrungen für die Nacht getroffen wurden, blieb ihr nichts anderes übrig, als sich auf dem Boden zusammenzurollen und mit ihrem dicken Cape zuzudecken. Maxberry und Nan kuschelten sich auf der anderen Seite des Feuers aneinander, was Hannah, die unter anderen Gegebenheiten eher schockiert gewesen wäre, zu der Erkenntnis brachte: Es ist eben eine ganz andere Welt.

Mit dem Gedanken an Neal schlief sie ein und wachte am nächsten Morgen völlig steif und verspannt auf. Nach einem Frühstück, das mit Damper, Melasse und Tee nicht üppig ausfiel, fand sie eine abgeschiedene Stelle am Meeresufer, wo sie sich so gut es ging wusch. Die Röcke geschürzt, sah sie Schiffe mit geblähten Segeln majestätisch über das glitzernde Wasser ziehen.

Wieder ritten sie den ganzen Tag lang, bis die Pferde völlig erschöpft waren, und schlugen erneut ein Nachtlager auf. Tags darauf, gegen Mittag, erreichten sie schließlich einen Punkt, von dem aus sich zu ihrer Rechten ein üppig grüner Höhenzug erstreckte. »Nennt sich Flinders«, sagte Maxberry. Er glitt aus dem Sattel und suchte den Boden ab. Hannah war dankbar für die Pause. »Sie sollten doch hier warten!«, entfuhr es Maxberry irritiert. »Genau hier hab ich sie zurückgelassen.«

Die geschwärzten Stellen auf dem mit Gras bedeckten Boden

waren ein Indiz, dass in der Tat hier ein Lager gewesen war. »Aber er hat nicht auf uns gewartet. Sie sind weitergezogen, nach Norden. Langsamer als wir, nehm ich mal an, wir können sie also bald einholen.«

Hannah war es schleierhaft, wieso ein Schwerverletzter das Risiko einging, seinen Weg fortzusetzen. Was konnte denn im Norden so wichtig sein, dass er dafür sein Leben riskierte? Aber sie enthielt sich jeglichen Kommentars, schon weil sie wusste, dass sie über kurz oder lang Antwort darauf erhalten würde.

Als sie am nächsten Tag, dreißig Meilen weiter, auf ein weiteres, den Spuren nach jedoch erst vor kurzem verlassenes Lager stießen, meinte Maxberry: »Morgen, spätestens übermorgen stoßen wir auf sie.«

Bereits tags darauf, nur wenige Meilen jenseits der nördlichsten Spitze des Spencer-Golfs, in einer Region, in der es weder Bauernhöfe noch Schaffarmen gab, war es endlich soweit.

Die Landschaft hatte sich völlig verändert. Dies hier, sagte sich Hannah, ist also das Outback. Äcker, saftige Weiden und sattgrüne Weingärten lagen hinter ihnen, vor ihnen erstreckte sich eine offene, zuweilen hügelige Wüstenregion mit verdorrten Eukalyptusbäumen und Mulgabüschen.

Als sie sich dem Lager näherten, wo man zwischen ein paar streifenborkigen Eukalypten auf der Sandbank eines fast ausgetrockneten Flüsschens die Planwagen abgestellt und Zelte aufgeschlagen hatte, ritt Hannah schnurstracks auf einen Wagen zu, der im Schatten stand, ohne auf die Männer zu achten, die sich drumherum aufhielten. Sie fand Mr. O'Brien im Wagen zwischen Säcken mit Mehl und Kartoffeln an ein Wasserfass gelehnt. Er grinste ihr unter der breiten Krempe seines Schlapphuts entgegen.

»Bin ehrlich froh, dass Sie gekommen sind«, sagte er. »Hab schon fast nicht mehr damit gerechnet.«

Hannah stieg ab und ging steifbeinig auf den Wagen zu. Wie ein Mann im Sattel zu sitzen, nein, daran würde sie sich wohl nie gewöhnen! Was ihr sofort an O'Brien auffiel, war sein aschgraues Gesicht. Und er schwitzte. Sein Grinsen war demnach eher eine schmerzverzerrte Grimasse gewesen. Jamies rechter Unterschenkel war mehr schlecht als recht mit zwei krummen Ästen geschient worden.

Hannah holte ihre blaue Tasche. Als sie zurückkam, sagte sie als Erstes: »Sie hätten nicht weiterreisen sollen, Mr. O'Brien. Nichts hier draußen kann derart wichtig sein.«

Als er statt zu antworten ein wenig sein Gewicht verlagerte und dabei zusammenzuckte, forderte sie ihn weitaus weniger streng auf: »Erzählen Sie mir, was passiert ist.« Sie holte ihr Stethoskop heraus und erntete damit das ungläubige Erstaunen derer, die noch nie einen Arzt aufgesucht und somit keine Ahnung hatten, was sich da vor ihren Augen abspielte.

»Wir haben Wasserfässer verladen«, kam es von Maxberry, der Hannah gegenüberstand, auf der anderen Seite des Wagens. »Eins entglitt uns und krachte auf sein Bein. Wir haben es geschient. Aber dann wollte er unbedingt weiterreiten, und dabei brach das Bein zum zweiten Mal.«

»Was wir als Erstes tun müssen«, erklärte Hannah den bärtigen Männern mit den verdreckten Gesichtern, die angesichts der Situation hilflos wirkten, »ist, diese Schiene zu entfernen. Sie erfüllt keineswegs ihren Zweck.« Wer immer sie angelegt hatte, hatte weder den Fußknöchel noch das Knie stabilisiert, so dass O'Brien das gebrochene Bein frei bewegen konnte. »Wir brauchen zwei gerade Latten. Nehmen Sie sie, wenn's sein muss, von diesem Wagen. So, könnten Sie vielleicht jetzt diese Schiene abnehmen?«

Zwei Männer traten vor und lösten die Knoten der Lappen, mit denen die nutzlosen Schienen um Jamies Unterschenkel gewickelt waren.

»Und jetzt ziehen Sie ihm bitte den Stiefel aus.«

Maxberry warf ihr einen finsteren Blick zu. »Wieso das denn?«

»Mach schon«, kam es von Jamie. Er unterdrückte ein Stöhnen, als Maxberry ihm den Stiefel auszog. »Schade um den Socken«, stieß er aus.

Seine Männer lachten verkrampft auf und sahen zu, wie die Lady unerschrocken den schmutzigen Socken abzog und dann etwas höchst Sonderbares tat: Sie entledigte sich ihrer Handschuhe und drückte die Fingerspitzen an den gewölbten Teil des Fußes, etwa auf halbem Weg zwischen Zehen und Knöchel. Gleich darauf nickte sie zufrieden. »Ihr Puls ist zu spüren. Das ist ein gutes Zeichen.« Sie wusste, dass es bei Beinbrüchen üblich war, auch in der Leistengegend den Puls zu fühlen, um sicherzugehen, dass die Blutzirkulation nicht eingeschränkt war, aber in diesem Fall kam das nicht in Frage.

»Ich werde jetzt das Bein am unteren Ende bewegen. Dazu muss einer von Ihnen sein Knie festhalten.«

Maxberry stellte sich zur Verfügung.

»Bitte sorgen Sie dafür, dass die Latten griffbereit sind«, sagte sie zu den anderen, »und genügend Stoff, um sie fest zu umwickeln.« Und zu Jamie gewandt: »Mr. O'Brien, ich werde jetzt Ihren Knöchel und Ihr Knie schienen, und dazu muss Ihr Bein ganz ausgestreckt sein. Das kann ein bisschen wehtun, aber sobald die Enden der Knochen aufeinander zu liegen kommen, sollte der Schmerz nachlassen.«

Sie stellte sich unten an den Wagen, und als sie O'Briens Hosenbein hochschob, um den Knöchel zu umfassen, entdeckte sie dort jede Menge dick vernarbte Haut. Sie schien von eisernen Fußfesseln herzurühren, und eindeutig waren seine Knöchel so oft aufgescheuert worden, dass frühere Wunden nie ganz hatten abheilen können.

Noch etwas bemerkte sie, etwas weitaus Beunruhigenderes, am Hosenbein, in Höhe Schienbeinmitte. Ein heller roter Fleck in der Größe eines Shillings.

Blut.

»Moment noch«, sagte sie so ruhig wie möglich zu Mr. Maxberry, der bereits in den Wagen geklettert war und bereit zum Einrichten der Knochen neben Jamie kniete.

Sie entnahm ihrer Teppichtasche eine scharfe Schere und schnitt damit das Hosenbein in Kniehöhe ab.

Schweigend verfolgten die Männer jeden ihrer Handgriffe. Fliegen schwirrten umher, aber kein Lüftchen ließ das trockene Laub der streifenborkigen Eukalypten rascheln.

»Allmächtiger!«, entfuhr es Maxberry, als das Bein freigelegt war.

»Gütiger Himmel«, murmelte Hannah.

Und Jamie sagte: »Was ist denn? Seid ihr da unten auf 'ne Goldader gestoßen?«

»Junge, Junge«, sagte Maxberry, »das is ja vielleicht 'n Mordsbruch. Der Knochen ragt aus der Haut raus. Wann ist denn das passiert?«

»Heute Morgen«, kam es von Jamie. »Ich bin vom Wagen runter, und irgendwie war das wohl nicht so gut.«

»Du hast dir das Bein ein *drittes Mal* gebrochen?!«, rief Maxberry. Tränen schossen ihm in die Augen.

Auch Hannah rang um Fassung. Offene Brüche waren verhängnisvoll. Jeder Arzt würde Mr. O'Brien sagen, dass hier nur eine Amputation in Frage kam.

»Kriegen Sie das wieder hin?« Maxberry sah Hannah an.

»Ich verfüge weder über die entsprechenden Instrumente, Mr. Maxberry, noch über die dafür nötige Ausbildung. Sie müssen Ihren Freund zurück nach Adelaide bringen.«

»Wir kehren nicht um«, sagte Jamie. »Was ist denn schon dabei, ein Bein zu verlieren. Ich hab doch noch ein zweites. Sie kriegen das doch hin, Miss Conroy?« Blaue Augen blickten sie inständig bittend an.

Hannah hatte ihrem Vater assistiert, als sich ein Bauer aus Bayfield das Schienbein gebrochen hatte und der Unterschenkel amputiert werden musste. Jetzt rief sie sich in die Erinnerung zurück, wie er dabei vorgegangen war. »Offene Brüche, bei denen der Knochen durch die Haut stößt«, hatte John Conroy erklärt, »ziehen zwangsläufig Wundbrand und eine so schwere Infektion nach sich, dass der gesamte Körper davon betroffen wird und unausweichlich zum Tod des Patienten führt. Einzig und allein kann dies verhindert werden, wenn man in Höhe des Knies amputiert und die Wunde ausbrennt, um zu verhindern, dass sich die Infektion ausbreitet.«

Während sie noch leise seine Stimme zu vernehmen meinte und O'Briens Männer betreten dreinschauten – und urplötzlich ein Schwarm Raben laut krächzend einen der umstehenden Eukalyptusbäume in Beschlag nahm –, schweiften Hannahs Gedanken weg von der Amputation. Sie konzentrierte sich ganz auf die Worte des Vaters, denen sie jetzt mit neuem Verständnis lauschte.

Damals hatte sie gar nicht daran gedacht zu fragen, warum sich eine Infektion der Wunde, die durch Amputation entstand, verhindern ließ, nicht aber eine Infektion als Folge eines offenen Bruchs. Jetzt, da sich diese Frage stellte, überlegte sie: Wo war da der Unterschied?

Sie war so still geworden, dass Maxberry verunsichert fragte: »Sie werden uns doch nicht ohnmächtig werden, hm?«

Sie schaute ihn an, las Kummer und Angst in den Augen dieses wahrlich unattraktiven Mannes, der da neben seinem Freund kniete, wandte sich dann wieder Jamie O'Brien zu, der sie mit einem scheinbar unbekümmerten Lächeln beobachtete. »Keine Sorge, Miss Conroy«, witzelte er. »Das ändert nichts an meinen Plänen. Schätze, ein Mann mit einem Bein kann ebenso reich werden wie einer mit zweien. War's sowieso leid, mir den Stiefel über diesen Fuß zu ziehen.«

Hannah besah sich die blutende Wunde. Die gebrochenen Knochenenden schimmerten in der Sonne. Fliegen summten bereits drum herum. Als sie sie wegscheuchte und die Last des Himmels auf sich spürte und die Last der Gefühle dieser Männer und sich vorzustellen versuchte, was ihr Vater tun würde oder Dr. Applewhite oder Dr. Davenport – bestimmt amputieren –, fiel ihr das Jodgemisch in ihrer Tasche ein.

Ihr Herz hämmerte wie wild, als sie die kleine Flasche mit der dunkelroten Flüssigkeit herauszog. Die Tinktur war nur auf normaler Haut getestet worden, noch nie auf einer offenen Wunde – die Blase, die sich Jacko Jackson beim Holzhacken zugezogen hatte, zählte eigentlich nicht. Dies war eine Lösung zum *Hän-*

dewaschen. Zu keiner Zeit hatte ihr Vater gesagt, dass man sie direkt auf Fleischwunden oder freiliegende Knochen aufbringen konnte! Bestand die Gefahr, dass diese Tinktur eventuell das Blut von Jamie O'Brien vergiftete und ihn so sicher wie eine Infektion umbrachte?

Ihre Finger krampften sich um die Flasche. Wer gab ihr das Recht, an diesem Mann ein Experiment durchzuführen?

»Mr. Maxberry«, sagte sie, »dürfte ich Sie bitten, mit mir den Platz zu tauschen?«

Maxberry sprang vom Wagen und half Hannah hinauf, wo sie sich nun ihrerseits neben Jamie O'Brien hinkniete. Als sie die Flasche entkorkte, fragte Maxberry: »Was machen Sie denn da?«

»Das ist Medizin«, beschied sie ihn kurz und knapp, schon weil sie annahm, dass Mikroben und Antisepsis für ihn Fremdwörter waren.

»Sie werden das Jamie doch nicht zu trinken geben.«

»Nein, das ist nichts zum Trinken, das ist für die Wunde.«

»Lass sie einfach machen, Mikey«, keuchte Jamie. »Ich hab Vertrauen zu ihr.« Wie Hannah feststellte, verursachte ihm das Atmen Beschwerden.

Hannah träufelte etwas von der Tinktur auf ihr Taschentuch, mit dem sie anschließend behutsam die blutige Wunde betupfte und sie so gut wie möglich reinigte. Dann wies sie Maxberry an, den Knöchel mit beiden Händen zu umspannen und leicht daran zu ziehen, während sie selbst mit äußerster Vorsicht die gebrochenen Enden des Knochens so lange hin und her bewegte, bis sie aneinander zu liegen kamen und unter der Haut verschwanden. Unter den staunenden Blicken Michael Maxberrys und der Umstehenden griff sie anschließend zu Nadel und Faden und legte eine Wundnaht an. Nur noch der Verband war ein Problem. In Medizinerkreisen hing man allgemein der Theorie an, dass es, da Wunden sowieso verunreinigt seien, nicht darauf ankomme, womit man sie verband, und dass die Verwendung von etwas anderem denn schmutzigen Lumpen nur Verschwendung sei. Hannah dagegen hielt es mit der Theorie ihres Vaters, weshalb sie beherzt ihren eigenen Unterrock in Streifen zerriss, um damit die Wunde zu verbinden, auf der sie ihr mit Jod getränktes Taschentuch beließ.

Als Nächstes schienten die Männer Jamies Bein mit den zwei Latten, die sie stramm umwickelten, wobei sie gleichzeitig darauf achteten, sowohl seinen Knöchel wie auch sein Knie zu fixieren. Hannah überprüfte den Pulsschlag in seinem Fuß, und so holprig und schwach er auch war – er war da.

Sie schaute O'Brien an. Er hatte das Bewusstsein verloren.

»Ich bringe Sie jetzt ins Australia Hotel zurück«, sagte Maxberry.

Hannah richtete den Blick nach Süden, wo irgendwo in der Ferne grüne Felder und Zivilisation winkten. Dann schaute sie sich in dieser unfassbaren Wildnis um, in der sie sich befand, in diesem von Hügeln durchzogenen Ödland mit vereinzelten Bäumen und Büschen und umso mehr Fliegen. Die niedrige Bergkette im Westen, das musste, wenn sie sich recht an Neals Expeditionskarte erinnerte, die Baxter Range sein, die nördlich von dem von Edward Eyre sogenannten Iron Knob lag. Sie dachte daran, wie lange Neal schon mit Sir Reginald unterwegs war, dass er bestimmt Wundersames entdeckte und fotografierte. Zu guter Letzt sah sie auf das verwundete Bein, an dem sie soeben ein gewagtes medizinisches Experiment durchgeführt hatte, und da sie die Verantwortung dafür übernommen hatte, sagte sie: »Ich möchte hierbleiben und sichergehen, dass Mr. O'Briens Befinden zufriedenstellend ist.«

»Wie Sie wollen«, meinte Maxberry. Und zu den anderen sagte er: »Also gut, Leute. Wir bleiben die Nacht über hier und brechen morgen früh auf.«

»Mr. O'Brien darf sich aber nicht bewegen«, protestierte Hannah auf dem Rückweg ins eigentliche Lager. »Er muss mindestens zwei Wochen lang still liegen.«

»Bedaure, Lady, aber wir müssen weiter. Jamie selbst wär der Erste, der drauf dringt. Wir haben noch einen langen Weg vor uns.«

Im Lager angekommen, sah Hannah, dass die dort abgestellten Wagen mit Vorräten beladen waren, dazu kamen Pferde und Feuerwaffen. Die Anzahl der Männer schätzte sie, abgesehen von Nan, auf dreizehn oder vierzehn. »Wohin soll es eigentlich gehen?«, fragte sie.

Maxberry deutete in Richtung Nordwesten. »Aber da draußen gibt es doch gar nichts«, hielt Hannah dagegen.

Maxberry lachte nur und schlenderte zum Lagerfeuer, über dem ein Teekessel baumelte.

Hannah wandte ihr Gesicht dem Wind zu, in die Richtung, in die Maxwell gewiesen hatte. Nordwesten. Nicht Neals Route, der mit Sir Reginald nach Westen unterwegs war, parallel zum Küstenverlauf, was gut war, falls etwas Unvorhergesehenes eintrat und die Gruppe Zuflucht auf einem Schiff nehmen musste. Mike Maxberry dagegen hatte auf absolutes Niemandsland gedeutet. Nicht einmal ein so erfahrener Forscher wie Sir Reginald Oliphant brächte den Mut auf, dort hinauszuziehen.

Was um alles in der Welt konnte denn da draußen so Lohnendes sein, um Mr. O'Briens Leben aufs Spiel zu setzen, ihrer *aller* Leben?

22

Es war eine Schreckensnacht, aus der Neal Scott erwachte.

Ein Singsang riss ihn aus schwarzer Leere. Als er langsam zu sich kam, wurden die Stimmen lauter, und jetzt nahm er auch den beißenden Geruch um sich herum wahr, der irgendwie vertraut und dennoch nicht einzuordnen war. Und ihm war heiß – sehr heiß. Es war eine feuchte Hitze, so als wäre er von Dampf eingehüllt. Er hatte einen scheußlichen Geschmack im Mund, und sein Kopf dröhnte. Der Gesang wurde immer lauter, und endlich gelang es Neal, die Augen zu öffnen, um zu sehen, woher diese Laute kamen.

Er erstarrte.

Schwarze Teufel, die nackten Körper mit weißen Streifen bemalt, tanzten ausgelassen um ein loderndes Feuer. Andere saßen in einem Kreis darum herum, schlugen in wildem Rhythmus Stöcke aneinander.

Entsetzt stellte Neal fest, dass auch er nackt war. Nicht nur nackt, sondern obendrein gefesselt. Sein Rücken kribbelte. Er lag auf etwas, das aus Stöcken gefertigt war, und er schwitzte, war in Schweiß gebadet.

Er merkte, dass er über einer Grube lag.

Großer Gott, sie werden mich fressen!

Er kämpfte gegen seine Fesseln an, war aber zu schwach. Hilflos blieb er liegen, wie ein Opfertier, und sah mit an, wie die, die ihn in ihre Gewalt gebracht hatten, einen ekstatischen Tanz aufführten, derweil er, Neal Scott aus Boston, langsam vor sich hin kochte …

Ihm wurde schwarz vor Augen, wieder umfing ihn gnädige Leere. Und dann spürte er das Stechen in seinen Augen. Scharf, wie von Messern. Und sein Mund – regelrecht ausgedörrt war er! Jetzt verstummte der Gesang. War dies der Augenblick, da sie sich daranmachen würden, ihn zu zerteilen? Warteten sie nicht einmal ab, bis er tot war?

Moment mal! Ich bin doch noch lebendig!

Neal riss die Augen auf. Gleißende Sonne um ihn herum. Er zwinkerte, bis sich seine Augen an das grelle Licht gewöhnt hatten und der stechende Schmerz schwand. Er starrte in ein Gesicht, das sich über ihn beugte.

»Wie geht es Ihnen, Sir?«

Verwirrt runzelte Neal die Stirn. Er hing nicht mehr gefesselt über der Feuergrube, sondern lag, von Blattwerk abgeschirmt, auf der Erde. Unter seinem nackten Rücken spürte er weiches Fell. Das fremde Wesen lächelte ihn an. »Jallara«, sagte sie und klopfte sich auf die Brust. »Ich Jallara. Wie geht es Ihnen, Sir?«

Neal brachte keinen Ton heraus. Jallara war das exotischste Wesen, das ihm je begegnet war. Eine Aborigine, gewiss, aber ihre ungewöhnlichen Gesichtszüge wiesen sie als Mischling aus. Aus Amerika war ihm der Anblick von halb Weißen, halb Afrikanern vertraut, auch der von halb Indern, halb Weißen, aber auf dieses Mädchen traf nichts davon zu. Wie sie da über ihm stand, wirkte sie sehr groß und langgliedrig. Ihr Gesicht war rund, zwei Grübchen zeichneten sich auf ihren Wangen ab, dicke schwarze Brauen wölbten sich über großen dunklen Augen, die Nase war abgeflacht, der Mund voll. Nicht unbedingt eine Schönheit, aber durchaus reizvoll. Ihre Haut war staubig braun, ihr langes seidiges Haar schwarz. Sie war merkwürdig gekleidet, trug einen knielangen Bastrock und ein locker fallendes Oberteil, das eine aus groben Maschen gefertigte Tunika sein konnte oder auch ein Leibchen, das aus den Fasern einer weißblättrigen Pflanze gefertigt war. Erst als Neal genauer hinschaute, erkannte er, dass ihr Oberkörper so dicht mit Streifen und Punkten und Kreisen verziert war, dass diese Bemalung wie ein Kleidungsstück wirkte.

Dass das Mädchen barbusig war, verblüffte ihn derart, dass er nach Luft schnappte.

»Krank?« Besorgt sank Jallara neben ihm auf die Knie. »Schmerzen?«

Sie roch nach Talg, und ihre unvermittelte Nähe machte ihn verlegen. Jallara konnte nicht älter als siebzehn sein. Ihre Haut schien weich und zart zu sein, ihre dunklen Augen funkelten, und als sie lächelte, umspielten zwei Grübchen ihre Lippen ...

Völlig durcheinander angesichts der Gedanken, die ihn übermannten, und der Reaktion seines Körpers auf ihre Gegenwart, wandte Neal den Kopf ab.

Noch verstörter war er, als sie ihren Arm unter seinen Nacken schob und ihm einen Trinkbeutel aus Opossumhaut an den Mund hielt. Kaum dass die ersten Tropfen Wasser seine Lippen benetzten, begann er gierig zu trinken, konzentrierte sich zunächst ganz auf das köstliche Nass, das kühl und erquickend durch seine verdorrte Kehle rann. Allmählich aber wurde er sich der zwei festen hellbraunen Brüste dicht an seinem Gesicht bewusst.

»Danke«, sagte er, nachdem sein erster Durst gestillt war. »Du sprichst ja Englisch.«

Jallaras Lächeln vertiefte sich, so dass man ihre kräftigen weißen Zähne sah. »Wie geht es Ihnen, Sir?«

Neal erwiderte das Lächeln. »Ein wenig Englisch zumindest.« Als er langsam wieder klar denken konnte und ihm der Duft von gebratenem Fleisch in die Nase stieg, als er seine Glieder bewegte und merkte, dass er sich auf dem Ellbogen aufstützen konnte, stellte er fest, dass er sich unter einem schützenden Dach befand, das zu einem Lager gehörte, in dem sich Männer, Frauen und Kinder tummelten – etwa dreißig oder mehr Aborigines mochten es sein –, und dass diese provisorische Siedlung aus Holzverschlägen und Schutzdächern und Lagerfeuern neben einem Wasserloch errichtet war. Die Gruppe umfasste alle Altersstufen, vom Säugling bis zu Graubärten; die Männer waren damit beschäftigt, Waffen zu fertigen oder instand zu setzen, während die Frauen ihre Babys stillten, aus Schnüren und Fasern Körbe flochten und Netze knüpften und die Kinder mit jungen Dingos herumtollten. Neal sah auch die langblättrigen Eukalyptusbäume, die das Wasserloch umstanden – anhand des weißen Stamms und der sich so leicht schälenden Rinde wusste er, das es sich um den *Eucalyptus coriacea* vulgo Schnee-Eukalyptus handelte –, was Kakadus jedoch nicht davon abhielt, ihre Äste zu bevölkern. Der Boden war teilweise bedeckt mit Wildblumen und grünem Gras. Ein veritabler Garten Eden inmitten unfruchtbaren Ödlands.

»Wo bin ich?«, fragte er.

Jallara runzelte die Stirn, so als falle es ihr schwer, sich längst vergessener Worte zu erinnern. Da ihre Gesichtszüge durchaus auf weiße Vorfahren schließen ließen, überlegte Neal, ob das Mädchen nicht vielleicht eine Weile in einer christlichen Missionsschule gewesen war oder auf einer Rinderfarm gelebt hatte. Schließlich sagte sie: »Du hier, Thulan.«

»Thulan? So heißt dieser Ort?« Neal ließ den Blick über die staubigen Felsblöcke schweifen, die sich aus dem roten Sand erhoben, über die Eukalypten, die um das Wasserloch herum um ihr Überleben kämpften, über die unendliche Wüste.

Sie schüttelte den Kopf und pochte auf seine Brust. »Du Thulan.«

»Warum nennst du mich Thulan?« Er sah sie verständnislos an.

»Thulan bringen uns zu dir.«

»Was willst du damit sagen?«

Sie dachte eingehend nach, suchte nach Worten. Dann sagte sie: »Wir jagen. Wir folgen Thulan. Er finden dich … du schlafen … Augen geschlossen.«

»Ja, ich war bewusstlos.«

»Thulan dein Geist-Führer. Vielleicht du auf Wanderung. Du auf Thulan Traumpfad? Er dich beschützen.«

»Mein Name ist Neal Scott.« Er klopfte sich auf die Brust. »Ich bin Neal Scott.«

Sie rang um Worte, aber in ihrer Eingeborenensprache schien es den Buchstaben S nicht zu geben. Als sie dann unter großer

Anstrengung ein Niel-ah-kaht herausbrachte, winkte Neal ab. »Schon gut, Thulan geht in Ordnung.« Wobei er sich fragte, was ein Thulan sein mochte. Hoffentlich nichts Unangenehmes oder Komisches.

»Wir denken du tot«, sagte sie. »Geist von Eukalyptusbaum dich retten.«

»Eukalyptusbaum?« Ihm fiel die Grube ein und der eigenartige Geruch, der ihn eingehüllt hatte. Ja natürlich, das war der Duft von Eukalyptusblättern gewesen! Die Aborigines hatten ihn nicht gekocht, sondern heilenden Dämpfen ausgesetzt, nicht anders als Josiah Scott, wenn er Neals Erkältungen mit Dämpfen von Kampfer und Frauenminze behandelt hatte.

Er rieb sich das Kinn. Ein veritabler Bart war dort im Entstehen. Wie mochte alles andere an ihm aussehen? Rasch schaute er an sich hinunter und stellte erleichtert fest, dass eine graue Känguruhaut um seine Lenden geschlungen war. Möglicherweise wussten diese Menschen um die Schamhaftigkeit des weißen Mannes in Bezug auf seinen Körper – denn soweit Neal beobachten konnte, bedeckten die Männer in diesem Lager ihre Geschlechtsteile nicht –, oder aber die Känguruhaut gehörte zur Heilbehandlung.

»Wo sind meine Kleider?«, fragte er. Da Jallara nicht zu verstehen schien, versuchte er es mit Gebärdensprache, bis sie nickte und zu einem großen Lagerfeuer deutete, nicht ohne dabei die Nase zu rümpfen und das Gesicht zu verziehen.

Neal hob die Brauen. »Ihr habt sie verbrannt, weil sie stanken?«

Sie nickte lächelnd.

Zum Glück trug er weiterhin Schuhe. Die empfindlichen Füße des weißen Mannes waren für dieses raue Terrain ungeeignet.

Er sank zurück. »Danke, dass du mir das Leben gerettet hast, Jallara … Ich habe keine Ahnung, was mir widerfahren ist …« Er rieb sich die Augen. Was war eigentlich mit ihm geschehen? Seine Erinnerung war getrübt. Er war in einen Sandsturm geraten. Und dann war er tagelang marschiert. Entsetzlicher Durst, entsetzlicher Hunger. Weshalb aber hat es mich in dieses Niemandsland verschlagen?

Er schloss die Augen und erforschte sein Gedächtnis. »Ich heiße Neal Scott«, murmelte er. »Ich bin der Adoptivsohn von Josiah Scott, Rechtsanwalt in Boston. Meine Mutter – oder jemand aus ihrer Familie, höchstwahrscheinlich ein erzürntes Oberhaupt – hat mich vor Josiah Scotts Türschwelle abgelegt. Ich habe einen Universitätsabschluss in Geologie. Ich bin Wissenschaftler und Fotograf. Ich bin unsterblich verliebt in eine Hebamme namens Hannah Conroy. Ich bin nach Australien gekommen, um Unbekanntes zu entdecken und Geheimnisse zu enträtseln. Ich habe an einer Expedition teilgenommen …«

Seine weiteren Erinnerungen waren verschwommen. Er entsann sich an Männer, die um ein Lagerfeuer saßen, vor allem an einen, einen schon älteren mit rotem Gesicht, weißhaarig, mit einem weißen Tropenhelm …

Sir Reginald Oliphant, der berühmte Forscher!

Wie erlöst atmete Neal auf. Sein Gedächtnis funktionierte noch, lediglich Einzelheiten ließen ein wenig zu wünschen übrig. Dehydrierung wirkte sich, wie er wusste, auf den Verstand aus. Mit der Zeit würde sich das geben und die Erinnerung zurückkommen.

Und dann dachte er an Hannah. An den Abschied vor dem Australia Hotel. Wie sich ihre Lippen auf seinen angefühlt hatten, ihr biegsamer Körper in seinen Armen …

Erschöpft schlief er ein. Erst am späten Nachmittag wachte er wieder auf. Jallara war nicht bei ihm, stattdessen starrten drei finster aussehende Gesellen unter dichten Augenbrauen auf ihn nieder. Sie waren schwarz, und obwohl sie wegen ihres weißen Haars und der langen weißen Bärte als alt angesehen werden mussten, sahen sie drahtig und muskulös aus. Von oben bis unten waren sie mit weißen Streifen bemalt, und da sie zudem Speere trugen, wirkten sie wie eine Erscheinung aus längst vergangener Zeit. Ihre sehnigen Körper waren beeindruckend.

Noch ehe Neal etwas sagen konnte, kniete sich Jallara mit dem

Wasserbeutel aus Opossumhaut neben ihn und reichte ihm Samenkuchen, die zu dunklen, runden Bällen geformt waren.

Während Neal aß, hockten sich die drei Männer vor ihn hin. Trotz ihres grimmigen Aussehens sprachen sie freundlich und lächelnd auf ihn ein, was Jallara so gut es ging übersetzte. Auch Neal hatte Fragen. Wie lange war er schon bei ihnen, und wo befand er sich eigentlich? Die Antwort, soweit er sie deuten konnte, lautete: seit Tagen und weit weg von der Stelle, an der sie ihn gefunden hatten.

Die Samenkuchen waren köstlich, nur konnte er nicht viel essen, da sein Magen zu lange keine Nahrung zu sich genommen hatte. Neal wunderte sich, wie schwach er sich fühlte. Nachdem er Jallara für die Mahlzeit gedankt hatte, sank er bereits wieder zurück, fragte sie aber noch: »Wo hast du Englisch gelernt?«

Sie lächelte. »Ja. Englisch.«

»Wo? In einer Mission?«

Sie schien nicht zu verstehen. Neal überlegte kurz, sagte dann: »Jesus«, für gewöhnlich das erste Wort, das Missionare den Eingeborenen beibrachten. Aber auch dies schien sie nicht zu verstehen. Woher stammten dann ihr Englisch und ihr Nicht-Aborigine-Blut?

Der älteste der drei Männer, die Neal Gesellschaft leisteten – ein Schwarzer mit schlohweißem Haar und Bart, der eine Kette aus Tierzähnen um den Hals trug und dessen Nasenscheidewand mit einem Holzsplitter durchbohrt war – sagte etwas zu Jallara, worauf sie auf Neals Brust deutete: »Thumimburee fragen, was ist?«

Neal schaute überrascht an sich hinunter. Es war noch da! Das smaragdgrüne Tränenfläschchen, das er in einem Lederbeutel unter seinem Hemd verborgen hatte, um zu verhindern, dass vielleicht einer der Expeditionsteilnehmer ein begehrliches Auge darauf warf. Auch die Aborigines hatten es ihm nicht abgenommen. Wahrscheinlich hatten sie es als mit Magie ausgestatteten persönlichen Talisman angesehen; sie trugen ja selbst Amulette, denen vermutlich geistige und mystische Kräfte innewohnten.

Es gelang ihm, ihnen verständlich zu machen, dass dieses Fläschchen die Tränen seiner Mutter enthielt, was Thumimburee – auf dem Umweg über Jallara – mit einem feierlichen »Sehr starke Magie, Thulan« kommentierte.

An diesem Abend hielt der Clan einen Korrobori ab, um die Genesung des weißen Mannes zu feiern, der, als sie ihn gefunden hatte, dem Tode nahe gewesen war. Männer und junge Burschen, geschmückt mit Federn und Knochen, Muscheln und Tierzähnen, die schlanken Körper mit weißer Farbe bemalt, tanzten um ein mächtiges Feuer, zum Rhythmus von Stöcken, die Frauen und Kinder aneinanderschlugen.

Ein Känguru wurde gebraten, Honigwaben mit wilden Früchten machten die Runde, alles wurde, wie Neal unter seinem schützenden Laubdach beobachten konnte, nach einem ausgeklügelten System von Rangfolge und Tabus ausgeteilt. Da war keiner, der nach Essen grapschte oder es einem anderen streitig machte, die einzelnen Portionen wurden nach einem strengen Protokoll verteilt, von dem Neal bereits während seiner Zeit auf dem Forschungsschiff gehört hatte: Der Mann, der das Känguru erlegt hatte, teilte zuerst das Essen für seine Eltern und die seiner Frau aus, dann für seine Brüder und für die Männer, die mit ihm gejagt hatten. Die wiederum teilten es sich mit ihren Familien oder mit Männern, denen sie etwas schuldig waren, so dass es vorkommen konnte, dass zuweilen für sie selbst nichts übrigblieb. Neal wusste auch, dass der Junge, der einen Waran gefangen hatte, ihn nicht selbst verspeisen durfte, sondern seinen Eltern geben musste, und dass ein Mädchen Essen nur von einem Mann entgegennehmen durfte, der eng mit ihr verwandt war.

Jallara brachte Neal persönlich das Essen, bot ihm schüchtern die saftigen Scheiben Fleisch an, Wabenstückchen, aus denen Honig tropfte, und in der Glut geröstete Witchetty-Maden. Gierig stopfte er alles in sich hinein; erst als er gewahr wurde, dass die anderen ihn anstarrten, bemerkte er sein ungehobeltes Benehmen und zwang sich, langsamer zu essen. Der Clan trank ausschließlich Wasser, das Neal nach den Tagen, da er unendlich durstig gewesen war, wie edelster Wein dünkte.

Wann immer er zu Jallara schaute, ertappte er sie, wie sie ihn mit ihren großen, tiefliegenden Augen durch den Rauch und die Funken beobachtete. Und jedes Mal durchfuhr ihn im Innersten ein ungewohntes, beunruhigendes Gefühl. Ständig musste er an sie denken, fühlte sich auf unerklärliche Weise zu ihr hingezogen. Rührte dies daher, dass sie ein wenig Englisch sprach und er sich deshalb in ihrer Gegenwart wohlfühlte, weniger als Fremder unter diesen eigenartigen Menschen? Oder aber gab es dafür einen tieferen Grund, den er noch nicht zu erkennen vermochte?

Er schlief nicht gut in jener Nacht, schreckte immer wieder aus Albträumen hoch, in denen er in der Wildnis herumirrte. In Schweiß gebadet schaute er auf zu den Sternen, die durch trockenes Buschwerk und Zweige blinzelten, fragte sich, wo er sich befand, wohin Jallaras Volk ihn in seinem bewusstlosen Zustand gebracht hatten. Was war aus Sir Reginald und den anderen Expeditionsteilnehmern geworden? Waren sie tot? Neal dachte an den jungen Fintan Rorke, der Blumen aus Holz schnitzte. Hoffentlich waren sie noch alle am Leben. Und dann hatten sich Sir Reginald und seine Männer bestimmt schon auf die Suche nach ihm gemacht. Oder hatten sie inzwischen die Suche eingestellt und folgten ihrer geplanten Route in westlicher Richtung?

Oder hatten sie sich verlaufen und kämpften sich wie er durch diese gottverlassene Wildnis, ohne das Glück zu haben, von Aborigines gefunden zu werden?

Am nächsten Morgen hob emsige Betriebsamkeit an. Die Männer des Clans zogen auf die Jagd, die Frauen gingen unweit des Wasserlochs auf Nahrungssuche. Nachmittags fanden sich alle wieder ein, die Männer mit einem erlegten Tier, die Frauen mit Maden, Wurzeln und auch schon mal einer Eidechse. Den heißesten Teil des Tages verschliefen sie, um sich danach mit den niemals endenden Tätigkeiten zu befassen – Speere zuzuspitzen, Bumerangs zu schnitzen, Körbe zu flechten. Und die ganze Zeit über wurde gelacht und gesungen und geplaudert.

Mit Hilfe zweier junger Burschen gelang es Neal, aufzustehen und hinter einen Felsbrocken zu wanken, um einem natürlichen

Bedürfnis nachzukommen. Von hier aus hatte er zudem einen besseren Rundumblick über das Terrain, das diese Oase umgab, aber alles, was er sah, war roter Sand, orangerote flache Hügel und Spinifex – hohe Grasklumpen, riesigen Stachelschweinen nicht unähnlich.

Auch seine exotischen Gastgeber konnte er hier besser betrachten. Obwohl er bereits mit Aborigines zu tun gehabt hatte, war er ihnen bislang nicht derart nahe gekommen. Während sie allgemein als »Schwarze«, »Wilde«, »Eingeborene« bezeichnet wurden, sah Neal, der Wissenschaftler, sie mit ganz anderen Augen. Für ihn waren die australischen Aborigines mit keinem anderen Volk zu vergleichen. Sie hatten keinerlei Ähnlichkeit mit Schwarzafrikanern, nicht einmal mit den Polynesiern, geographisch gesehen ihren nächsten Nachbarn. Ihnen entsprechende Gesichtszüge hatte Neals Erinnerung nach höchstens ein indischer Guru aufgewiesen, ein Mystiker mit Turban, den er in Boston erlebt hatte, in einem Zeichensaal, ein Mann, der mit seinen dichten Brauen, der breiten Nase, den tiefliegenden Augen, dem leicht gewellten Haar und dem erstaunlichen Bartwuchs denen glich, die dieses Lager hier bevölkerten.

Etwas, das unendlich lange zurücklag, stieg aus seiner Erinnerung auf: Wie er als Achtjähriger den Globus in Josiah Scotts Herrenzimmer studiert und festgestellt hatte, dass die einzelnen Kontinente wie Teile eines Puzzles aussahen. Die Ostküste von Südamerika schien haargenau an die Westküste von Afrika zu passen und die Südküste Australien an die Antarktis. Später dann, während seines Geologiestudiums, hörte er von einer neuen Theorie, die sich mit der kontinentalen Verschiebung befasste und besagte, dass sich vor Millionen Jahren lediglich eine riesige Landmasse über die Erde erstreckte, die dann auseinanderbrach. Und dass die einzelnen Teile abdrifteten und sich die heute existierenden Kontinente bildeten.

War ihm deswegen beim Anblick von Jallaras Clan, in dem alle leicht gewelltes, aber keineswegs gekraustes Haar aufwiesen, jener indische Guru eingefallen? Konnte es sein, dass irgendwann vor langer Zeit eine Völkerwanderung vom indischen Subkontinent aus Jallaras Vorfahren nach Australien geführt hatte?

Während Neal dem Clan bei seinen allabendlichen Beschäftigungen zusah, schweiften seine Gedanken zu Hannah. Ob sie von dem Sandsturm erfahren hatte? Ob sie ihn gar für tot hielt? Ahnte sie, was nach dem Sandsturm tatsächlich passiert war? Je länger Neal in seiner noch immer bruchstückhaften Erinnerung nach Antworten suchte, desto deutlicher merkte er, dass ihn etwas belastete. Nur was das war, konnte er nicht benennen.

Es schien etwas ungemein Wichtiges zu sein. Aber was?

Während er noch mit seinem Gedächtnis haderte, beobachtete er, wie die Männer am Lagerfeuer sich gegenseitig mit scharfkantigen Steinen das Haar stutzten, bis es wie ein Wolkenkranz ihren Kopf einrahmte – im Gegensatz zu Frauen und Mädchen, die ihr Haar über die Schultern wachsen ließen. Danach beschäftigten sich die Männer stundenlang sehr sorgfältig damit, sich gegenseitig mit weißer Farbe Punkte und Linien auf dem Körper aufzutragen.

Wieder verbrachte Neal eine unruhige Nacht. Während seine Retter schliefen und schnarchten, kämpfte er darum, sich etwas ins Gedächtnis zurückzurufen, was ihm irgendwie sehr wichtig zu sein schien. Worum ging es dabei nur? Stück für Stück versuchte er die Tage vor dem Sandsturm zu rekapitulieren, in der Hoffnung, damit seiner Erinnerung auf die Sprünge zu helfen. Hatte er jemandem etwas versprochen? Sollte er eine bestimmte Aufgabe durchführen? Jemandem eine Nachricht übermitteln? Wenn es ihm doch nur wieder einfiele!

Schließlich schlief er ein. Als er erneut hochfuhr, spürte er neben sich etwas Warmes und Weiches. Erschrocken setzte er sich auf und sah Jallara neben sich, tief und fest schlafend. Sie hatte sich in Seitenlage unter seiner Felldecke ausgestreckt, ihr Gesicht von seinem abgewandt. Ihre Augen waren geschlossen. Im Rhythmus ruhigen Atmens bewegte sich ihre Schulter auf und nieder. Neal spähte durch das Lager. Alles schlief, auch die Dingos. Was aber würde sein, wenn es hell wurde? Würde Thumimburee, wenn man ihn zusammen mit dem Mädchen sah, seinen Zorn an ihm auslassen, weil doch bestimmt ein Tabu verletzt worden war?

Er betrachtete das Mädchen eingehender. Jallara hatte die Hände gefaltet und unter den Kopf geschoben. Im Mondlicht sah er, dass die Bemalung auf ihrem Gesicht und dem Oberkörper völlig intakt war. Als er die Decke anhob, stellte er erleichtert fest, dass ihr Bastrock nicht verrutscht war. Eigentlich war nichts an ihr irgendwie anstößig, es konnte also, während er schlief, nichts Ungehöriges vorgefallen sein. Offenbar war sie nur zu ihm gekrochen, um ihn zu wärmen – die Nacht war ja auch bitterkalt genug –, oder aber er hatte im Schlaf aufgeschrien, und sie hatte ihn beschwichtigen wollen.

Eigenartig, dass sie genau dies erreicht hatte. Ihre warme Gegenwart wirkte tatsächlich beruhigend. Er brauchte eine Weile, um die Nachwirkungen eines bösen Traums abzuschütteln, dann glitt er hinüber in einen tiefen und festen Schlaf.

Kaum war er erwacht, reichte Jallara ihm eine mit Wasser gefüllte Opossumhaut sowie warme Samenkuchen. Als er in ihre schwarzen Augen sah und daran dachte, als wie wohltuend er die Nacht über ihre Nähe empfunden hatte, überkam ihn der Wunsch, sich ihr und ihren Leuten erkenntlich zu zeigen, dass sie ihm das Leben gerettet hatten. Auch wenn er sich nur undeutlich an Einzelheiten während des Sandsturms und danach erinnerte, stand fest, dass er ohne Jallara und ihren Clan nicht überlebt hätte.

Die Idee, auf welche Weise er ihnen seine Dankbarkeit bezeugen konnte, kam ihm, als er auf schwachen Beinen im Lager herumtappte und sich dabei einen Augenblick lang an einen Strohverschlag lehnte – der daraufhin prompt in sich zusammenfiel. Beschämt entschuldigte er sich bei den beiden Männern, die ihm aufhalfen, die aber lachten nur und stellten den Verschlag innerhalb von Minuten wieder auf. Und da wusste Neal, was er Jallara und ihrem Volk Gutes tun konnte.

Dieser primitive Clan, der keine Kleider trug, nichts besaß, keine Vorstellung von Geld oder Reichtum hatte, der weder lesen noch schreiben konnte, mit Stöcken auf die Jagd ging und in Unterständen lebte, die so leicht wie Kartenhäuser in sich zusammenfielen, war wie Adam und Eva vor dem Sündenfall. Warum errichteten sie keine stabileren Unterkünfte?, fragte er sich und fand selbst die Antwort darauf: Sie wussten nicht, wie. Kein Wunder, sie verfügten ja auch nicht über Hämmer und Nägel, Meißel und Sägen. Und warum waren ihnen Pfeil und Bogen fremd? Neal beschloss, sie mit all dem vertraut zu machen. Dann würden sie sehr viel erfolgreicher jagen können, und dementsprechend würden sich ihre Lebensumstände verbessern. Auch wie man solidere Behausungen baute, wollte er ihnen zeigen, und wie man Samen aussäte, damit sie das ganze Jahr über genug zu essen hatten und nicht ständig auf Nahrungssuche gehen mussten.

Voller Tatendrang machte er sich auf die Suche nach Materialien, die sich als Pfeil und Bogen verwenden ließen. Und wenn er erst wieder ganz bei Kräften war, würde er über Jallara ihre Leute bitten, ihm bei der Suche nach Sir Reginald und der Expedition zu helfen. Oder was von ihnen übrig geblieben war.

Nur wann würde das sein? Wann endlich war er in der Lage, die Suche nach ihnen – oder nach Überlebenden – aufzunehmen? Er konnte sich bereits ohne fremde Hilfe bewegen, wenn auch langsam und humpelnd und immer darauf bedacht, sich nicht zu überanstrengen. Und da seine Bekleidung lediglich aus dem Kängurufell um die Lenden bestand – und seinen Schuhen, Gott sei's gedankt! –, durfte er seine helle Haut nicht übermäßig der Sonne aussetzen. Demnach war damit zu rechnen, dass es noch eine Weile dauern würde, bis er sich auf den beschwerlichen Weg durch dieses Ödland machen konnte. Vor allem musste er zu Kräften kommen. Und um dies zu erreichen, aß Neal alles, was man ihm vorsetzte, fand sogar nach und nach Geschmack daran.

Jallara und die anderen Frauen verbrachten den Tag damit, dicke Knollenwurzeln auszugraben, die um das Wasserloch, Billabong genannt, wuchsen. Aus den zerstampften Knollen erhielt man einen stärkehaltigen Brei, der in etwa wie Bitterkartoffeln schmeckte. Auch der Salzbusch diente als Nahrungslieferant, ein grüner Strauch, der sich bis zu Baumhöhe auswachsen konnte und so genannt wurde, weil er auch auf salzhaltigem Boden anzutreffen war. Er trug winzige abgeflachte rote Früchte, die man abschütteln und dann essen konnte. Auch die Samen von Spinifex-Gras wurden gesammelt, zerstampft und zu Samenkuchen verarbeitet. Brot buk man aus geschälten Körnern, Wurzeln und Gemüse. Und wenn man nicht daran dachte, was Witchetty-Larven waren, schmeckten sie fast wie Mandeln.

Die Männer des Clans zogen jeden Morgen auf die Jagd, um dann nachmittags mit Vögeln und Niederwild zurückzukehren. Beute, die sie mit Bumerangs und Speeren erlegten. Als Neal bemerkte, dass sie, anders als die Weißen, Wildbret vor dem Braten nicht häuteten, sondern es so, wie es war, aufs Feuer legten, fragte er Jallara, ob dies einer heiligen Vorschrift entsprach oder einem Tabu unterlag. Schmunzelnd erwiderte sie: »Belassen Haut, bewahren viel Saft und Fett.«

Für Pfeil und Bogen sammelte Neal Schilfrohr, das am Billabong wuchs. Die hohen, bambusähnlichen Stängel eigneten sich hervorragend, um Speere daraus zu fertigen, wurden aber auch zerschnitten, um Halsschmuck daraus zu basteln oder um sich kleine Splitter als Verzierung durch die Nasenscheidewand zu bohren. Aus den Blättern wurden Taschen und Körbe geflochten. Und jetzt sollte Schilfrohr noch weitere Verwendung finden, hatte Neal doch vor, daraus ein besonders ausgeklügeltes Gerät für die Jagd zu fertigen, das Thumimburee und die anderen Männer bestimmt dankbar und begeistert entgegennehmen würden.

Als er die Eukalypten nach jungen Trieben für einen guten Bogen absuchte, schaute er zwischendurch immer wieder hinüber zu Jallara, die sich im Kreise der anderen Mädchen und jungen Frauen aufhielt. Ihre Abstammung blieb ihm ein Rätsel. Ein Elternteil war jedenfalls kein Aborigine. Welcher? Kannte sie eigentlich ihre beiden Eltern, oder verhielt es sich bei ihr ähnlich wie bei ihm, und sie wusste nichts über ihre Herkunft? War sie eine Waise und vielleicht wie er ausgesetzt worden?

»Du weit weg von zu Hause, Thulan?«, fragte Jallara etwas

später. Ihre nackten Brüste waren ihm weiterhin irgendwie unangenehm. Er bemühte sich, den Blick auf die Sanddünen in der Ferne zu richten, auf die Hügel und Spinifex-Klumpen. Wie sollte er ihr klarmachen, dass er aus einem Kulturkreis kam, der allein schon den unbedeckten Fußknöchel einer Lady als ungeheuerlich empfand?

»Ja, ich bin weit weg von zu Hause.«

»Du haben Frau?«

Er dachte an Hannah. »Nein, ich habe keine Frau.«

»Du weit weg von deinem Traumpfad, Thulan. Weit weg von deinen Geistermächten. Wer sich kümmern um heilige Orte? Wer tanzen für die Geistermächte, damit bringen Regen und Opossum und Honig?«

»Mein Vater kümmert sich darum.«

Sie nickte verständnisvoll, wühlte in der Erde herum und zog eine fette, feuchte Knolle heraus. »Wann fortgehen?«

»Wenn ich wieder bei Kräften bin.«

»Nein, Thulan. Weißer Mann. Wann weißer Mann fortgehen?«

Er starrte sie an. Meinte sie das wirklich? »Du willst wissen, wann die weißen Männer fortgehen? *Alle* weißen Männer?«

Sie lächelte und nickte. »Sind hier lange genug. Gehen bald nach Hause, ja?«

Mein Gott, dachte er, du nimmst doch nicht etwa an, dass all diese Weißen, die die kleinen und großen Städte bevölkern, die laufend mit ihren Bauernhöfen und Schaffarmen und Weingärten und mit Fabriken und Bergwerken hier Fuß fassen – du nimmst doch nicht etwa an, dass die hier nur zu Besuch sind? »Ich weiß es nicht, Jallara«, sagte er, unvermittelt von Trauer erfüllt.

Am nächsten Morgen musste er entsetzt feststellen, dass es in seinem Lendenschurz von Flöhen nur so wimmelte. Ihre Bisse machten ihn schier wahnsinnig. Er vertraute sich Jallara an, erwartete eigentlich, dass sie in schallendes Gelächter ausbrach, aber stattdessen bedeutete sie ihm, ihr sein Fell zu geben, im Austausch für einen eigenartigen Gürtel, an dem vorne ein großer

Klumpen aus getrocknetem Gras zum Abdecken seiner Genitalien baumelte. Völlig entgeistert sah er dann zu, wie sie das Känguru-fell über einem höchst quirligen Ameisenhaufen ausbreitete und schmunzelnd sagte: »Wir warten.«

Unglaublich, aber bis es Nachmittag wurde, hatten sich die Ameisen über das gesamte Fell verteilt und die Flöhe samt und sonders vertilgt! Jallara brauchte nur noch die Ameisen wegzuwischen und das Fell kräftig auszuschütteln, dann erhielt Neal es zurück.

Inzwischen hatte er weitere Mitglieder des Clans näher kennengelernt. Da war Allunga, eine zierliche nussbraune Frau mit schlohweißem Haar, die für ihn als Jallaras Großmutter in Betracht kam. Burnu war eine stets lächelnde etwa Achtzehnjährige, die ihn, den weißhäutigen Fremden in ihrer Mitte, unentwegt neugierig anstarrte. Ferner waren da Daku, Burnus Bruder, sowie Jiwarli, ihr Vater, der auf einem Bein lahmte und sich beim Gehen der Hilfe eines gegabelten Knüppels bediente. Ihre Schwester Kiah, ein scheues und etwas albernes Mädchen, schien Jallaras beste Freundin zu sein. Blieb noch Yukulta, eine junge Mutter, die die Dingos beaufsichtigte, deren Jungen sie an ihrer eigenen Brust säugte, und die nachts bei den Hunden schlief.

Tag für Tag wachte Neal mit dem Gedanken an die Lücke in seinem Erinnerungsvermögen auf und mit dem an Hannah. »Ich hätte in Adelaide bleiben sollen«, murmelte er auf der Suche nach jungen Trieben an den Eukalyptusbäumen dem Wind zu. »Ich hätte bei Hannah bleiben sollen. Es wird immer Expeditionen geben, aber es gibt nur eine Hannah. Wenn ich bei ihr geblieben wäre, sie geheiratet hätte und mit ihr sesshaft geworden wäre – dann wäre ich nicht in einen tödlichen Sandsturm geraten, und dann …«

Er runzelte die Stirn. Er stand unter einem Schnee-Eukalyptus, gesprenkeltes Licht überzog seine von der Sonne verbrannten Schultern. Die Mädchen und Frauen waren ausgeschwärmt, stocherten mit ihren Stöcken im Boden herum, sammelten Spinifex-Büschel, haschten Nagetieren und Eidechsen für das Abendessen nach.

»Dann wäre ich nicht in einen tödlichen Sandsturm geraten, und dann …«, wiederholte sich Neal. »Mein Gott«, flüsterte er in den trockenen Wind, der nie erstarb. »Mein Gott.«

Die Lücke in seiner Erinnerung hatte sich wieder geschlossen.

Neal griff nach dem weißstämmigen Baum, um sich daran abzustützen. Die Wildnis schien sich vor seinen Augen zu erweitern und zusammenzuziehen. Das Summen der Fliegen wurde lauter. Die Sonne sandte gleißendes Licht durch die Zweige über ihm. Neal hielt den Atem an, als mit voller Wucht die Erinnerung – und ihre Bedeutung – über ihm zusammenschlug.

Ich bin in einen tödlichen Sandsturm geraten, und alle glaubten, ich sei darin umgekommen.

Alles Vernebelte und Milchige schwand in Sekundenschnelle, er konnte sich wieder ganz genau erinnern, was sich zugetragen hatte – wie er in die Nacht gerufen hatte, ohne Antwort zu erhalten, dass er beschlossen hatte, unter der schützenden Plane bis zum Anbruch des neuen Tags auszuharren, um dann die anderen zu suchen, wie er dann, als es hell wurde, festgestellt hatte, dass sie weitergezogen waren. Ohne nach ihm zu suchen. So musste es gewesen sein, er war ja nicht weit vom Lager entfernt gewesen, als die Sandwolke zugeschlagen hatte. Die Männer waren bestimmt verstreut, aber in Sicht- und Hörweite gewesen. Als sich dann der Staub gelegt hatte und die Sonne herausgekommen war, war keine Spur mehr von einem Zelt oder einem Lagerfeuer zurückgeblieben.

Sir Reginald hatte Neal absichtlich sich selbst überlassen.

Weil ich ihn bei einer Lüge ertappt habe, sagte sich Neal erbittert. Und wenn Sir Reginald nie unter Seminolen gelebt hat, wie verhielt es sich dann mit dem Wahrheitsgehalt seiner anderen Abenteuer? Jedenfalls schien er allen Grund zu haben, einen Mord in Kauf zu nehmen, um sein Geheimnis zu bewahren.

23

Es war an der Zeit, den Billabong zu verlassen. Wenn Neal daran dachte, seit wie vielen Tagen er schon bei Jallara und ihrem Volk lebte und wie lange sein Bewusstsein davor ausgesetzt haben mochte, ehe er sich nach dem Sandsturm aufgerafft hatte und durch dieses Niemandsland gewandert war, musste es gut und gern zwei Wochen her sein, seit Sir Reginald ihn für tot erachtet und in der Wüste zurückgelassen hatte.

Neal hatte keine Ahnung, wo, geographisch gesehen, der Billabong lag. Ohne Karte oder Sextanten oder auch nur seine Taschenuhr war es ihm unmöglich, Längen- und Breitengrad seines Aufenthaltsortes zu bestimmen. Mit Sicherheit war lediglich davon auszugehen, dass Sir Reginald mit seiner Expedition den Weg nach Westen fortsetzte, sich immer weiter von ihm entfernte.

Rachegedanken keimten in Neal auf.

»Könnt ihr mich nach Süden bringen, an die Küste?«, hatte er Jallara tags zuvor gefragt. Es ging ihm nicht mehr darum, Pfeile und Bogen für den Clan zu fertigen oder stabilere Unterkünfte zu bauen oder ihnen das Alphabet beizubringen, sondern darum, ein Urbedürfnis zu stillen. »Zum Ozean? Großes Wasser im Süden?« Wenn er den Indischen Ozean erreichte, konnte er der Route von Edward Eyre in westlicher Richtung zumindest bis Esperance folgen, und wenn er dann von dort aus nach Norden zog, bestand Aussicht, Sir Reginalds Weg zu kreuzen. Das auf der Karte rot eingekreiste Galagandra fiel ihm ein. Er fragte Jallara, ob sie davon gehört habe. Sie schüttelte den Kopf.

»Könnt ihr mich hinbringen?«, fragte er abermals und erreichte mit Gesten und einfachen Worten endlich, dass sie verstand. Dann verfolgte er mit bangem Herzen, wie sie sich mit Thumimburee besprach. Während der letzten Tage, seit sein Erinnerungsvermögen wieder lückenlos war, beherrschte Neal nur ein Gedanke: Sir Reginald zu finden. Entsprechend erleichtert war er, als Thumimburee lächelte und zustimmend nickte.

Als Jallara ihm sagte: »Wir gehen«, fragte Neal: »Wann?«

Da sie einmal mehr verständnislos die Stirn krauste, legte er die Hände an eine Seite seines Kopfes, schloss die Augen, um ein Schlafen anzudeuten, und ahmte dann mit einer Handbewegung einen Sonnenaufgang bildlich nach. Jallara strahlte und reckte den Daumen nach oben, was, wie Neal wusste, die Zahl eins bedeutete. »In einem Tag? Wir brechen morgen auf?«

»Ja, morgen, Thulan!«

Dieser neue Tag war angebrochen, heute würden sie den Billabong verlassen. Während Neal mithalf, die Unterstände auseinanderzunehmen, schwor er sich, dass er, sobald er Perth erreichte, veranlassen würde, Jallara und ihrem Volk Nahrung, Kleidung und Medikamente zukommen zu lassen, als Geste der Dankbarkeit, dass sie ihm das Leben gerettet hatten.

Endlich war es soweit, die notdürftigen Schutzdächer der dreiunddreißig Männer, Frauen und Kinder waren zu Stockbündeln geschnürt, die Feuer gelöscht und alle Spuren, dass sich hier Menschen aufgehalten hatten, beseitigt. Neal plagten Gewissensbisse, dass sie seinetwegen ihr so angenehmes Lager aufgaben. Er hatte um lediglich zwei Begleiter nachgesucht, aber Thumimburee schien der Meinung zu sein, der gesamte Clan müsse mitkommen.

Der Stammesführer streckte die Arme aus und stimmte, während er langsam einen Kreis beschrieb, Gebete an. Damit, so erklärte Jallara, danke er den Geistern des Billabong für die schöne Zeit, die sie hier verbracht hätten. Darüber hinaus bitte er die Geister der Tiere wie die der Pflanzen um Vergebung für alles, was sie erlegt und gesammelt und verzehrt hätten. Es schien etwas mit Ausgleich zu tun zu haben, was Neal allerdings nicht ganz nachvollziehen konnte.

Als Thumimburee und sein Clan aufbrachen und sich nach Norden wandten, erhob Neal Einspruch. »Moment mal, ich sagte doch *nach Süden.*«

»Komm, Thulan!«, rief Jallara fröhlich. »Thumimburee sagen, du Freund, du mitkommen.«

Neal starrte sie an. Und dann begriff er, dass er alles falsch verstanden hatte. Jallara hatte nicht gesagt, dass sie ihn begleiten würden, wo immer er hinwollte, sondern dass Thumimburee sich freuen würde, wenn er sich ihnen anschließen würde.

»Ich muss aber nach Süden!«, sagte er, während die anderen unbeirrt Thumimburee folgten, der mit Speeren, Woomeras und Bumerangs beladenen war. »Ich muss meine Expedition finden!«

Jallara blieb stehen und wandte sich zu ihm um. »Wir gehen diesen Weg.«

»Warum denn? Ich meine, für euch macht es doch keinen Unterschied, wohin ihr zieht. Ihr habt doch nicht vor, einer bestimmten Stadt oder einem Dorf oder irgendjemanden einen Besuch abzustatten. Mir scheint, dass dein Volk hingehen kann, wohin es will.«

»Wir folgen Traumzeitpfaden, Thulan.«

Er stutzte. Was waren Traumzeitpfade? Auf dem Boden war kein Pfad markiert, kein Orientierungspunkt angedeutet.

Er sah, wie Thumimburee hoch aufgerichtet und stolz mit festem Schritt über die ausgedörrte Ebene stapfte, begleitet von Kindern und Dingos und gefolgt von den Jägern und Frauen. Dann schaute er nach Süden, in eine Weite, die unendliche Trostlosigkeit ausstrahlte. Würde er es ganz allein bis zur Küste schaffen? Nein, das war unmöglich. Neal blieb nichts anderes übrig, als mit dem Clan zu ziehen. Er passte sich Jallaras Schritt an. Die Vorstellung, anstatt zur Küste immer tiefer in das unbekannte Herz des Kontinents vorzudringen, sich immer weiter von Hannah und jeglicher Zivilisation zu entfernen und damit auch von der Route, in entgegengesetzter Richtung zu der, die Sir Reginald für seine Expedition vorgesehen hatte, war entmutigend.

24

»Wie fühlen Sie sich, Mr. O'Brien?«

Jamie blinzelte zu Hannah, deren Silhouette sich gegen die diesige Sonne abzeichnete. Enge herrschte hinten in ihrem Planwagen, um sie herum stapelten sich Taschen und Fässer und Proviantkisten, nur das Knirschen der Räder durchbrach die spätnachmittägliche Stille. Seit sie sein Bein versorgt hatte – zehn Tage war das jetzt her –, war Hannah nicht mehr von O'Briens Seite gewichen, hatte ihn gepflegt und sich um ihn gekümmert. Das empfand Jamie als sehr angenehm. Nur schade, dass sie nicht zuließ, dass er vom Wagen stieg und seinen Kumpeln bei der Suche nach Opalen half, deretwegen er ja hierhergezogen war. Jamie O'Brien gehörte nun mal nicht zu denen, die lange untätig bleiben konnten. Er strotzte vor Energie und Unternehmungslust. Aber Miss Conroy hatte sich nicht nur zu seiner medizinischen Betreuerin aufgeschwungen, sondern auch zu seiner Gefängniswärterin.

Immerhin war sie eine hübsche Gefängniswärterin, stellte er fest. Das Grau ihrer Haube harmonierte mit dem Grau ihres Kleides, auch ihre Augen waren graublau. »Perlmuttfarben«, diesen Begriff hatte er mal gehört, aber erst jetzt verstand er, was damit gemeint war. Er traf haargenau auf Hannah Conroy zu, denn ihr Grau hatte nichts mit verwaschenem oder eintönigem Grau zu tun, sondern ließ an irische Dunstschwaden denken, die um alte Schlossruinen waberten. Und dazu dieses ach so schwarze Haar, das einen Mann geradezu aufzufordern schien, es anzufassen und darin zu wühlen.

»Ich fühle mich großartig«, grinste er.

»Und wie geht es Ihrem Bein?«

»Welchem?« Das Grinsen wurde regelrecht frech.

Hannah wusste, dass er mit seiner schnoddrigen Art seine Angst überspielte. Seit vier Tagen spürte er keine Schmerzen mehr, im Bereich der Wunde machte sich kein Blut bemerkbar. Hannah musterte Jamie O'Briens Gesicht, das die breite Hutkrempe gegen die Sonne abschirmte. Noch gab es keinen Hinweis darauf, dass er fieberte oder zumindest übermäßig schwitzte. Wie sie beide jedoch wussten, konnte Schmerzlosigkeit auch ein Zeichen dafür sein, dass es unter der mittlerweile verschmutzten Bandage zu Wundbrand gekommen war, der sich durch Nerven und Fleisch fraß und die Stelle, wo sich der Knochen durch die Haut gedrängt hatte, taub machte. Und Wundbrand war mit Sicherheit ein Todesurteil, dem man nicht einmal mehr durch Amputation Aufschub abringen konnte.

Der Verband sollte heute Abend entfernt werden, und wie alle anderen in Jamies Gruppe sah Hannah dieser Prozedur mit mehr als gemischten Gefühlen entgegen.

Während die Wagen durch die schauerliche Nachmittagsstille knirschten und ächzten und die Blechkanister an den Packpferden schepperten, stieg die Sonne langsam am tiefblauen Himmel höher, bleichte alles aus, raffte alles an Schatten hinweg, so dass nicht einmal die gelegentlichen Spinifex-Grasklumpen etwas Schutz boten. Die Gegend glich einer Landschaft, die nichts mit der Wirklichkeit zu tun hatte. Es war eine steinige, baumlose Wüste aus Salzwannen und flachen Sandsteinerhebungen, mit bizarren Klippen und Felsformationen in der Ferne. Ein Ödland, in dem außer verkrüppeltem Buschwerk nie etwas wachsen würde.

Auf Wasser waren sie nur selten gestoßen, und wenn, dann war es salzig gewesen. Von der Kuppe einer steilen Erhebung aus hatten sie ein Phänomen gesehen, das Edward Eyre den Torrens-See genannt hatte. Aber er sah nur aus wie ein See, war in Wirklichkeit eine ausgetrocknete und mit einer Salzschicht glasierte Senke, in der sich einst Wasser befunden hatte. Nordöstlich vom

Torrens-See und so weit das Auge reichte erstreckte sich eine Wüste mit zerklüfteten Felsschichten.

Es war eine wortkarge Gruppe, die nur langsam in Richtung Norden vorwärtskam. In zerlumpter und staubiger Kleidung, die Musketen geschultert, trotteten die Männer entweder neben den Wagen dahin oder trieben ihre Pferde an. Sie hatten unbekanntes Territorium betreten, kein Weißer hatte je seinen Fuß dorthin gesetzt, und dies erinnerte Hannah an eine Bemerkung, die Kapitän Llewellyn auf der *Caprica* gemacht hatte – dass einer Theorie zufolge Gott irgendwo auf der Welt einen zweiten Garten Eden erschaffen hatte, der sich möglicherweise im geheimnisvollen Herzen Australiens befand.

Allerdings war diese Gruppe weder auf der Suche nach dem Garten Eden noch nach versunkenen Städten, auch nicht nach einem sagenumwobenen Binnenmeer. Sie suchten Opale. Die Männer hatten sich Jamie angeschlossen, weil er ihnen Reichtümer versprochen hatte. Außer einer höchst fragwürdigen Karte und Jamies Abenteuerlust gab es keine Anhaltspunkte, wo die Opale liegen sollten. Einer der Männer, Stinky Sam, hatte Hannah erzählt, dass Jamie einst auf einer Farm westlich von Sydney drei Tage lang Karten gespielt hatte und zum Schluss nicht nur ein Haufen Münzen und Pfundnoten im Topf lagen, sondern auch der Goldring eines Mannes, das Perlenhalsband einer Dame, das Zertifikat zum Betreiben einer Rinderfarm sowie eine Karte, auf der ein Opalfeld verzeichnet war.

Jamie hatte das Spiel verloren, dem Gewinner aber die Karte abgekauft, schon weil der von vornherein ihre Echtheit anzweifelte (»Wie kann so was auf 'ner Karte verzeichnet sein, wenn sich's um ein Gebiet handelt, aus dem keiner, der's mal betreten hat, lebend wieder rausgekommen ist?«). Jamie jedoch hatte sich auf das vergilbte Pergament mit den mit Tinte eingetragenen Linien und Kreuzen gestürzt. Er hatte seinen Kumpeln die Aborigine-Geschichte von der Regenbogenschlange erzählt, deren Körper in flammenden Farben funkelte und wie Edelsteine glitzerte, und dass sie wunderschöne Eier gelegt habe, transparente

Steine, die in allen Farben des Regenbogens leuchteten. Diese sagenumwobenen Eier könne man, wie es hieß, im Inneren des Kontinents finden, irgendwo nördlich von Adelaide. Jamie hatte zwei und zwei zusammengezählt und beschlossen, sich mit einer Gruppe auf die Suche zu machen.

»Diese Eier, die wir Opale nennen, liegen auf dem Boden«, erzählte Stinky Sam Hannah während eines Abendessens, zu dem es Kartoffeln, Damper und gebratenen Emu gab, den Bluey Brown mit seiner Muskete erlegt hatte. »Sagenhafte Brocken wie aus gefrorenem Feuer, so groß wie Ihre Faust. Man braucht sie nur aufzuklauben. Wir werden alle mal reich sein.«

Hannah hatte noch nie einen Opal gesehen, höchstens davon gehört, dass es sie gab, in Mexiko und auch in Europa. Kostbare und seltene Steine mussten das sein; kein Wunder, dass diese Männer Jamie O'Brien blind vertrauten, diese zerlumpten Burschen, die von einer Hoffnung zur nächsten trieben, hier mal eine Arbeit annahmen, dann wieder dort, eine Saison lang als Viehtreiber, die nächste als Schafscherer, und weiterzogen, wenn die ihnen eigene Rastlosigkeit wieder durchbrach, immer auf Jamies Worte bauend, dass das Ende der Durststrecke absehbar war.

Jeder hatte einen der in Australien so beliebten Spitznamen: Blackie White; Abe Brown (aus unerfindlichen Gründen Bluey genannt); Charlie Olde genannt Chilly; Banger, der eine Vorliebe für Würste hatte; Tabby, der gern zwischendurch ein kurzes Schläfchen einlegte; und Ralph Gilchrist, den sie Church nannten, wegen der letzten Silbe seines Familiennamens. Dann waren da noch Roddy, Cyrus und Elmo, drei Brüder, die sich so ähnelten, dass Hannah sie nicht auseinanderhalten konnte.

Sie alle hatten O'Brien beim Bier und Kartenspiel kennengelernt, in Geelong, Coonardoo oder Streaky Bay. Und als er dann seine Schatzkarte hatte und sein Entschluss feststand, nach den Opalen zu suchen, hatte er sich nach Geelong, Coonardoo und Streaky Bay aufgemacht und seine unternehmungslustigen Kumpel zusammengetrommelt – so wie Jesus seine Jünger um sich geschart hatte, kam es Hannah vor. Jeder hatte das, was er besaß, für den Kauf von Wagen, Pferden und Proviant hingelegt, und es war vereinbart worden, den Schatz, sobald er gehoben war, gerecht zu teilen. Die Brüder Roddy, Cyrus und Elmo waren junge Maurer und auf Abenteuer aus; Blackie White war ein zahnloser Schmied Mitte fünfzig; Banger war Koch auf einer Schaffarm gewesen; Stinky Sam und Charlie Olde hatten sich um die Tiere auf einer Rinderfarm gekümmert, auf der Jamie einen Winter über als Handlanger beschäftigt gewesen war; Ralph Gilchrist, ein bärenstarker Kerl, war viele Jahre mit riesigen Ochsenkarren durch den Busch gezogen, um weit entfernte Schaffarmen mit allem, was nötig war, zu beliefern und im Gegenzug Berge von Wolle mitzunehmen. Bluey Brown und Tabby waren Holzfäller; »Wenn was wächst, hau's um«, lautete ihr Motto. Ihrer eigenen Schätzung nach hatten sie bislang etwa eine Million Morgen Holz geschlagen.

Der Einzige, der an diesem ruhigen Nachmittag durch Abwesenheit glänzte, war Stinky Sam. Er hatte sich, ausgerüstet mit einem Pickel, einer Laterne und einer Feldflasche Whiskey, auf die Suche nach Opalen aufgemacht. Seinen Spitznamen hatte er erhalten, weil er seine Strafe für Taschendiebstähle in Dublin in einem Schlachthof außerhalb von Hobart hatte ableisten müssen.

Die Erde kommt mir wie eine flache Scheibe vor, wie in den Tagen vor Columbus, sinnierte Hannah mit Blick über die trostlose Landschaft. Der Horizont schien immens weit entfernt und der Himmel so unendlich wie damals auf der *Caprica*. Der Mai neigte sich seinem Ende zu, der Winter stand bevor, aber tagsüber war es so warm, dass sie sich kaum vorstellen mochte, in welch glühenden Ofen sich diese Wüste im Sommer verwandelte. Dafür wurde es nachts empfindlich kalt, man fröstelte und suchte die Nähe des Feuers. Zum Glück standen Zelte zur Verfügung; Hannah hatte eins ganz allein für sich, konnte sich also zurückziehen.

Wenn auch langsam, so kamen sie doch jeden Tag ein Stück voran. Zwischendurch schwärmten die Männer immer wieder aus, auf der Suche nach Feuerholz und Opalen. Unwillkürlich musste Hannah an Neal denken. Ob es in der Gegend, die er erforschte, ähnlich wie hier aussah?

»Hab ich Ihnen schon mal von diesem Kerl namens Fry erzählt, Miss Conroy?«, fragte Jamie durch das Knirschen des Planwagens. »Ich war mal im Sommer oben in Gundagai, und da lief mir doch der alte Sammy Fry über den Weg. Völlig abgerissen, wie ein Bettler, keine Socken, die Hosen mit 'ner Schnur um den Bund festgehalten, ein Loch im Hut. Sieh einer an, Mr. Fry, sag ich zu ihm. Wie man weiß, haben Sie's mit Schafen inzwischen zu 'nem Vermögen gebracht. Haben jetzt 'ne eigene Farm, trotzdem laufen Sie noch immer rum wie ein Scherer. Warum dann geben Sie sich in Ihrer Kleidung nicht wie der erfolgreiche Mann, der Sie sind? Und der alte Fry erwidert: ›Wieso sollte ich? Jeder hier in der Gegend weiß doch, wer ich bin.‹

Und grade mal ein Jahr später, Sie werden's nicht glauben, gehe ich über eine der belebtesten Straßen von Sydney, und wer kommt mir da entgegen? Kein anderer als der alte Sammy Fry, so zerlumpt wie eh und je, aber dem Vernehmen nach reicher denn je. Sieh einer an, Mr. Fry, sag ich wieder, Sie sind jetzt in der Großstadt, da sollten Sie sich eigentlich bessre Klamotten zulegen. Und was antwortet der alte Sammy darauf? ›Warum sollte ich? Wo hier sowieso kein Mensch weiß, wer ich bin.‹«

Hannah schmunzelte. Jamie O'Brien verstand sich aufs Geschichtenerzählen und konnte mit Dutzenden von Anekdoten, Märchen, Sagen, Schnurren und Fabeln aufwarten. Was er zum Besten gab, ging ihm flüssig über die Lippen und war stets unterhaltsam.

»Schon mal von 'nem Typ mit Namen Queenie MacPhail gehört, Miss Conroy?«

»Ich glaube nicht, Mr. O'Brien.«

Er grinste. »Woll'n Sie wissen, wie Queenie zu seinem Namen kam? Ich trieb damals eine Herde den Murrumbidgee-Fluss lang, wo kaum jemand lebt, und eines schönen Tages lern ich einen Farmer namens MacPhail und seine fromme Frau kennen. Sie laden mich auf einen Happen ein und irgendwann rücken sie damit raus, dass, weil's kaum Kirchen in der Gegend gibt, MacPhails Frau sich langsam Sorgen um ihren neunjährigen Sohn macht, der endlich getauft werden soll. Was natürlich bedeutete, dass er auch noch keinen Namen hatte, weshalb sie ihn bisher einfach Junge nannten. Mrs. MacPhail vertraut mir also an, sie hätt Angst, ihr Junge könnt sterben, und dann wüsste Petrus nicht, wer er ist und würde ihn nicht in den Himmel einlassen. Also hab ich mich bereiterklärt, einen Wanderprediger aufzutreiben, damit der dann die Taufe vornimmt.

Was wir nicht wissen konnten, war, dass der Junge mithört, wie die MacPhails und ich uns mit dem Prediger besprechen, und weil es dem Prediger, wie er sagt, darum geht, den Jungen in eine Herde einzugliedern, bildet sich der Junge ein, dass taufen so was Ähnliches sein muss wie die Prozedur mit dem Brandeisen. Der Junge ist wild entschlossen, auf keinen Fall eine solche Prozedur mitzumachen und gibt Fersengeld – und wir alle hinter ihm her, MacPhail, seine Frau, der Prediger und ich. Eine muntere Verfolgungsjagd war das, über die gesamte Farm und zurück zum Haus, wo er wie ein tasmanischer Teufel in die verschiedenen Zimmer flitzte und wieder raus. Als ihn der Vater schließlich am Kragen erwischt und Mrs. MacPhail schreit: ›Geben Sie meinem Jungen einen Namen!‹, ist der Prediger so verdattert, dass er das Taufwasser verschüttet.

›Rasch, Frau!‹, brüllt MacPhail und hat alle Mühe, seinen Sohn festzuhalten, ›noch eine Flasche!‹ Sie steckt also dem Prediger eine neue Flasche zu, und als der sie über den Kopf des jungen MacPhail gießt und dabei sagt: ›Ich taufe dich …‹, sieht er das Etikett auf der Flasche ›Allmächtiger‹, ruft er, ›das ist ja ein Queen of the Highlands!‹ Und bis zum heutigen Tag, Miss Conroy, prahlt der alte Queenie MacPhail damit rum, dass er der am besten getaufte Mann auf Gottes Erdboden ist, weil diese Zeremonie mit gutem schottischen Whiskey vollzogen wurde.«

Hannah lachte auf und beugte sich dann vor, um den Mehlsack in Jamies Rücken zurechtzurücken. Seiner Miene nach schien sich Mr. O'Brien unwohl zu fühlen.

Als Hannah ihn einmal gefragt hatte, warum er so auf Opale erpicht sei, hatte er erwidert: »Ich hab das noch nie gemacht. Und weil das Leben so kurz ist, Hannah, sollte ein Mann alles mal ausprobieren.« »Und was ist, wenn Sie plötzlich reich sind? Was machen Sie dann?« »So weit voraus denke ich nicht.« Auf diese Weise hatte sie mehr über den Mann erfahren, den sie betreute: Jamie O'Brien, der sorglose Herumtreiber, der manchmal einer ehrlichen Arbeit nachging, manchmal stahl und betrog und log, je nach Stimmung oder Wetter oder Tageszeit. Ein ruheloser Geist, in seiner Energie nicht zu bremsen. Was Hannah außerdem festgestellt hatte: Mr. O'Brien war es gewohnt, dass die Damenwelt seinem Witz und seinem spitzbübischen Charme erlag.

Was mochte der Auslöser dafür sein, dass sich Mr. O'Brien von einem Abenteuer ins nächste stürzte und sich ständig außerhalb des Gesetzes bewegte? Noch hatte Hannah keine Erklärung für seinen doch recht eigenwilligen Lebenswandel.

Maxberry, der den Zug anführte, hob die Hand, und die erschöpfte Gruppe sammelte sich, um Vorbereitungen für die Nacht zu treffen.

Und dann galt es, Jamies Verband abzunehmen.

Wie üblich traten vier Männer hinten an den Wagen, um O'Brien, der mit seinem geschienten Bein nicht einmal auf Krücken gehen konnte, Hilfestellung zu leisten. Ihre blaue Teppichtasche an sich gedrückt, kletterte Hannah als Erste hinunter. Das Herz hämmerte ihr bis zum Halse. Was würde sie gleich feststellen müssen?

Jamie, die Arme um die Schultern zweier kräftiger Männer gelegt, beobachtete, wie anmutig und damenhaft Hannah ein abgeschiedenes Plätzchen für sich suchte. So als hätte sie vor, Blumen zu pflücken. Nur gut, dass seine Männer sich alle Mühe gaben, auf Miss Conroys ureigene Bedürfnisse Rücksicht zu nehmen. Neuerdings kämmten sie sich sogar, zügelten in Gegenwart der Lady ihre Ausdrucksweise und spuckten auch keinen Tabaksaft aus, wenn sie in der Nähe war.

Ein Teil der Männer spannte die Wagen aus, nahm den Pferden die Sättel ab und ließ sie an den Salzbüschen grasen, andere sammelten Holz für das Feuer, das Tabby bereits in Gang brachte, wiederum andere stellten die Zelte auf, und Nan machte sich mit ihrem Stock auf die Suche nach Waranen und Geckos.

Nachdem Hannah dafür gesorgt hatte, dass Jamie so bequem wie möglich und mit einer Flasche Wasser ausgestattet an einem Felsbrocken lehnte, zog sie sich in ihr Zelt zurück, setzte sich mit gekreuzten Beinen nieder und machte Rückenübungen, um sich zu entspannen. Alles tat ihr weh. Abgesehen davon, dass sie müde und hungrig war, sehnte sie sich nach nichts so sehr wie nach einem Bad. Aber in dieser ausgetrockneten Weite war Wasser kostbar und durfte nur zum Kochen und Trinken verwendet werden. Jamies Leute hatten sich längst mit diesen Beschränkungen abgefunden, ließen auch ihre Bärte wachsen. Sogar um das Kinn von O'Brien, der eigentlich Wert darauf legte, gut rasiert zu sein, sprossen bereits die Stoppeln.

Am Horizont ging die Sonne unter, im Zelt wurde es dunkel. Hannah entzündete ihre Laterne und holte wie jeden Abend Neals Foto heraus. »Sag, hast du schon etwas Großartiges entdeckt?«, lächelte sie sein Gesicht an. »Vielleicht sogar Berge und Flüsse nach dir benannt? Und deine fotografischen Platten, hast du auf ihnen Ansichten festgehalten, die noch kein menschliches Auge erblickt hat?«

Sie dachte an ihr letztes Zusammensein, auf der Straße nach Kapunda, als sie sich leidenschaftlich geküsst hatten und sie gespürt hatte, dass Neal sie ebenso stürmisch begehrte wie sie ihn. Ihr Verlangen nach ihm hatte nicht nachgelassen, sie liebte ihn noch immer von ganzem Herzen, und dennoch …

Sie starrte auf die Zeltbahn und dachte an den Mann, der da auf der anderen Seite saß, nur ein paar Schritte von ihr entfernt. Jamie O'Brien. Was war an ihm dran, das sie derart zu fesseln schien? Seit jener ersten Begegnung, nachts, in Lulu Forchettes mondlichtbeschienenen Garten, hatte sie sich von O'Brien merkwürdig verzaubert gefühlt. Jedes Mal, wenn sie an ihn gedacht hatte und erst recht, als sie ihm am Zeitungskiosk erneut begegnet war, hatte sie sich, ohne sagen zu können, warum, zu ihm hingezogen gefühlt. Und dieses Gefühl wurde zusehends stärker. Wie war das möglich? Wo sie doch Neal liebte und mit ihm den Rest ihres Lebens verbringen wollte …

Es schien ihr immer schwerer zu fallen, nicht an Jamie O'Briens Augen zu denken, an sein verwegenes Lächeln und an die etwas krumme Nase, daran, wie spöttisch er über seine Verletzung hinwegging und lieber witzige Geschichten um Treiber und Schafscherer erzählte oder davon, wie raffiniert er es anstellte, arglose Bürger um ihr Geld zu erleichtern.

Sie wandte sich wieder Neals Fotografie zu. »Sollte es bei Mr. O'Brien zu Wundbrand gekommen sein«, sprach sie leise auf das Bild ein, während draußen die Rufe und das Gelächter der Männer zum dunkler werdenden Himmel emporstiegen, »dann habe ich das mir anzukreiden. Ich sehe ein, dass es voreilig von mir war, die Wunde mit Jodtinktur zu behandeln. Ich habe durchaus in Erwägung gezogen, dass Jod, wenn es Mikroben abtötet, auch lebendiges Fleisch abtöten kann. Vielleicht hätte ich es doch lieber nicht verwenden sollen? Möglicherweise habe ich damit nicht nur Mikroben abgetötet, sondern auch die Gefäße und Nerven, die das Gewebe von Mr. O'Briens Wunde versorgen. Aus abgestorbenem Fleisch entsteht Wundbrand, und wenn es dazu gekommen ist, ist das meine Schuld.«

»Hallo, da drin!«, bellte Michael Maxberry vor dem Zelt. »Essen ist fertig!«

Nan hatte ein paar Eidechsen gefangen, und Bluey Brown war es gelungen, mit seiner Muskete ein einsames Wallaby, ein kleines Känguru, zu erlegen, weshalb es zum Abendessen frisches Fleisch gab. Ein fröhliches Mahl wurde es allerdings diesmal nicht. Im Gegensatz zu sonst, wo man beim Essen ausgelassen gewesen war und Pläne geschmiedet hatte, was man mit dem Schatz, den man hier draußen finden würde, alles anzustellen gedachte, konzentrierte sich heute jeder auf das, was auf seinem Blechteller lag, saß mit gekrümmtem Rücken und in sich gekehrt um das Feuer herum, wie um die Existenz der Sterne nicht zur Kenntnis zu nehmen, die endlose Wüste und den möglichen Tod von Jamie O'Briens rechtem Bein.

Church erkundigte sich nach Stinky Sam, wunderte sich darüber, wo »der alte Drecksack« abgeblieben sein mochte, um gleich darauf rot anzulaufen und sich brummelnd bei Hannah zu entschuldigen.

»Hat sich wohl verlaufen«, meinte Maxberry und stocherte im Feuer herum, dass die Funken aufsprühten.

Hannah war längst nicht mehr nach Essen zumute. Sie verließ den Kreis, um nach ihrem Patienten zu sehen, der, die Beine ausgestreckt, an einem Felsbrocken lehnte. Sie ließ sich neben ihm auf dem Sandboden nieder, schlug ihre Röcke unter sich und zog sich den Schal fest um die Schultern. In einiger Entfernung hockten elf Männer und eine Aborigine um das Feuer herum. Die Pferde waren an den Wagen festgemacht, zwischen denen Maxberry und Church ein mit Pfannen und Besteck bestücktes Seil gespannt hatten; sobald es schepperte, war dies ein Zeichen, dass sich Dingos herumtrieben, obwohl man seit Tagen nichts weiter gesehen hatte als hin und wieder ein Känguru oder ein Wallaby.

»Mr. O'Brien, hätten Sie etwas dagegen, wenn wir den Verband erst morgen früh abnähmen? Ich würde mir die Wunde lieber bei Tageslicht anschauen.«

»Wann immer Sie wollen«, grinste er.

»Haben Sie Angst?«

»Vor Wundbrand?« Er schüttelte den Kopf. »Wenn ich morgen sterbe, hab ich ein schönes Leben gehabt. Und wenn Petrus mich nicht durch seine Himmelspforte einlässt, dann schleich ich mich einfach um den Zaun rum und schlüpf durch ein Loch.« Zerstreut rieb er sich die Narben an seinem linken Handgelenk. »Wär nicht das erste Mal, dass ich die Obrigkeit an der Nase herumführe.«

»Mr. Maxberry hat mir erzählt, dass Sie beide sich in einer Strafkolonne kennengelernt haben.«

Jamie lachte leise auf. »Ich zog mal den Snowy-Fluss lang, und da begegnete mir ein Kerl, der auf Känguruhäute aus war. Ich sagte ihm, ich hätte zweihundert davon, schöne rote, mit Ohren und Schwanz und allem, und nannte ihm einen Preis. Er war einverstanden. Ich nahm das Geld, sagte ihm, wo er die Häute findet, und ritt weiter. Vier Tage später holten mich die Trooper, die berittene Polizei, ein. Der Amtsrichter warf mir vor, den Käufer arglistig getäuscht zu haben. Zu meiner Verteidigung wies ich darauf hin, dass die zweihundert Häute sehr wohl am angegebenen Ort wären. ›Sie haben vergessen zu erwähnen‹, meinte der Richter, ›dass die noch an den Kängurus sind!‹«

Jamie lachte wieder, und Hannah musste unwillkürlich schmunzeln.

»Leider hatte er keinen Sinn für Humor. Ein Jahr zuvor war das anders. Da schnappte man mich, als ich ein Pferd verkaufen wollte. Der Käufer hörte sich meine Verkaufsargumente an, gab mir fünfzig Pfund für das Pferd, und als er sah, dass es ein *Schaukelpferd* war, das ich ihm angedreht hatte, schleppte er mich vor den Amtsrichter, der durchaus Sinn für Humor hatte – und mit Sicherheit eine Portion Gin intus. Er riet dem Käufer nämlich, in Zukunft besser aufzupassen, und ließ mich laufen. Wegen der Kängurus hingegen wurde ich in Ketten gelegt und landete in einer Strafkolonne. Dort haben Mike und ich 'ne Weile geschuftet, bis uns dann eines Nachts die Flucht gelang.«

»Sie geben also zu, dass Sie ein Betrüger sind.«

»Nur wenn ich keine unehrliche Arbeit finde«, entgegnete er zwinkernd. Hannah war baff, dass ein Mann, der kurz davorstand, sein Bein, vielleicht sogar sein Leben zu verlieren, eine Frau weiterhin mit seinem Charme einzuwickeln versuchte.

»Tun Ihnen die, die Sie übers Ohr gehauen haben, nicht leid?«

»Die meisten wollen es doch nicht anders. Sehn Sie dieses Pferd da, die kastanienbraune Stute?« Jamie deutete in die Dunkelheit, zu den angepflockten Pferden. »Ich war da mal bei einem Rennen in Chester Downs. Hatte schon ein paar Pfund gewonnen und wollte schon abschwirren, als ich mitbekomme, wie dieser Dickwanst namens Barlow mit seinem Rennpferd herumprahlt. Ich seh mir die Stute näher an und sage, ich würd sie gern kaufen. Wir feilschen den ganzen Nachmittag rum und einigen uns dann auf ein Stück Land im Austausch für das Pferd. Ich geb Barlow also eine von der Regierung ausgestellte Urkunde über hunderttausend Morgen im Kapunda-Gebiet, und er überlässt mir dafür die Stute. Das war letzte Woche. Inzwischen dürfte er versucht haben, seinen Anspruch auf das Land anzumelden, nur um dann festzustellen, dass die Urkunde 'ne Fälschung ist.«

»Und das macht Ihnen nichts aus?«

Jamie forschte in Hannahs Gesicht nach Anzeichen von Verurteilung und Missbilligung, entdeckte aber nichts. »Es war Gier, die ihm das eingebrockt hat. Barlow wusste, dass das Land viel mehr wert ist als sein Pferd. Er dachte, *er* zieht mich über den Tisch. Hannah, meine Angebote sind zu gut, um wahr zu sein. Ein ehrlicher Mann würde sie ablehnen.«

»Befürchten Sie nicht, dass Mr. Barlow Sie ins Gefängnis bringt?«

»Der wird mich nicht anzeigen. Männer wie der sind nicht drauf erpicht, sich lächerlich zu machen. Er wird den Verlust runterschlucken und sich seinen Stolz bewahren.«

»Sie meinen, er wollte es nicht anders. Wie ist das zu verstehen?«

»Ich suche mir meine Ziele mit Bedacht aus, Hannah. Außerdem hat mich Barlow an meinen Vater erinnert.«

Jamie schaute sinnend zum dunklen Himmel hinauf. Dann nahm er seinen Hut ab und legte ihn auf den Boden, ließ die nächtliche Brise mit seinem dunkelblonden Haar spielen, das ihm mittlerweile bis zum Nacken reichte. »Meine Eltern gehörten zu den ersten freien Siedlern in New South Wales. Sie nahmen Land in Besitz und ritten auf den Rücken der Schafe zum Erfolg, wie es so schön heißt. Ich bin als Einziger der Familie in Australien geboren. Meine älteren Geschwister kamen schon mit meinen Eltern her, vor mir gab's dann noch mal zwei, aber sie haben nicht lange gelebt. Ich war der Letzte, bald darauf ist meine Mutter gestorben. Hätte ein schönes Leben sein können, nehm ich mal an, aber der plötzliche Reichtum veränderte meinen Vater. Er hatte schon vorher, in Suffolk, auf 'ner Schaffarm gearbeitet, und als er dann seine eigenen fünfzigtausend Morgen besaß, gab er unserer Farm den hochtrabenden Namen The Grange. Tausende Schafe, alles kräftige und dickflauschige Merinos, begründeten seinen Wohlstand. Aber das Geld machte meinen Vater, der früher großherzig gewesen war, immer gieriger nach noch mehr, er kaufte umliegendes Land auf, von Nachbarn, die ihre Hypotheken nicht bezahlen konnten. Seine einfache Herkunft machte er dadurch vergessen, dass er das Haus mit teuren Möbeln ausstaffierte, mit Teppichen aus der Türkei, sogar mit Rüstungen, die er aus London importieren ließ. Er nahm die Allüren von einem Großkotz an und verlangte das Gleiche von seinen Söhnen. Meine Brüder hielten sich dran, besuchten vornehme Internate, wurden Clubmitglieder in Sydney, trugen Zylinder und benahmen sich wie feine englische Pinkel. Ich war da anders. Ich war hier geboren, mit dem ersten Atemzug hab ich australische Luft geschnuppert, und das hat mich in meiner Familie zum Außenseiter abgestempelt. Mein Vater versuchte zwar, mich auf seine Schiene zu bringen, aber das hat nicht geklappt. Ich war ein wilder Bursche. Hatte kein Sitzfleisch, hielt's nicht lange am Schreibtisch oder vor einer Schiefertafel aus. Diverse Hauslehrer kamen nach The Grange und gingen wieder, und wie oft mir mein Vater den Hintern versohlt hat, kann ich gar nicht sagen. Als ich vierzehn wurde und er beschloss, mich nach England zu schicken, damit ich dort auf die Schule gehe und auch so ein eingebildeter Fatzke werde, packte ich ein paar Sachen zusammen und haute ab, und seither bin ich ständig auf Achse.«

»Waren Sie nie wieder zu Hause?«

»Doch. Einmal, vor ein paar Jahren. Der Alte hatte wieder geheiratet und weitere O'Briens in die Welt gesetzt. Ich stieg die Stufen vor der Haustür hoch, aber er wollte mich nicht reinlassen. Sagte, er hat mich enterbt und ich soll mich nie wieder blicken lassen. Damals war die Liste meiner Schandtaten noch nicht so lang wie jetzt, alles kleinere Sachen, aber schon damals drohte er mir, die Polizei auf mich zu hetzen. Dass er ein ausgemachter Drecksack war, kann ich trotzdem nicht behaupten. Immerhin räumte er mir eine Stunde Vorsprung ein.«

Lange sah er Hannah an, sein Blick glitt über ihr Gesicht, über die hübsche Haube auf ihrem dunklen, im Nacken zum Knoten zusammengefassten Haar. Mitten im rauen Niemandsland, schoss es ihm durch den Kopf, und sie sieht nach wie vor wie eine Dame aus. »Ich sag dir jetzt mal was über das Outback, Hannah.«

Sie hatte ihm weder gestattet, sie mit ihrem Vornamen anzusprechen oder gar zu duzen, noch hatte er sie um Erlaubnis darum gebeten. Dennoch erhob sie keine Einwände.

»Im Leben, Hannah, kommt es darauf an, alles in den Augenblick reinzupacken. Alle Stunden und Tage, alles, was war und was sein wird. Du musst alles ins *Jetzt* zusammenquetschen und es wie eine festliche Mahlzeit genießen.«

»Und mich außerhalb der Gesetze stellen?«

Wieder suchte er nach Anzeichen von Verurteilung, wieder entdeckte er nichts davon. Er wusste, dass sie eine Antwort erwartete. »Ich lebe nicht außerhalb der Gesetze, Hannah. Ich lebe nach meinen eigenen Gesetzen, so einfach ist das. Kein hochnäsiger Richter in weißgepuderter Perücke und zwölftausend Meilen weit entfernt wird Jamie O'Brien vom Unterlauf des Murrumbidgee vorschreiben, wie er zu leben hat.«

Er griff nach der Emailtasse neben seinem Hut, erhob sie wie zu einem Trinkspruch und nahm einen Schluck. Als er die Tasse, die, wie Hannah wusste, mit Whiskey gefüllt war, wieder abstellte, seufzte er auf: »Der Kerl, der nichts für 'nen anständigen Tropfen übrig hat, tut mir ehrlich leid.«

»Warum?«

»Weil das, wenn er morgens aufwacht, das Schönste ist, was ihm den weiteren Tag über passieren kann.«

Er verlagerte sein Gewicht, was nicht ohne ein Aufstöhnen vor sich ging.

»Schmerzen?«, fragte Hannah besorgt und hoffnungsvoll.

»Diese eine Stelle ist noch immer unangenehm. Könntest du dort die Bandage um die Schiene nicht ein bisschen lockern?«

Damit die Schiene richtig saß, musste sie in Abständen nachgerichtet werden; anfangs ging es darum, Rücksicht auf die

Schwellung zu nehmen, danach dann, das Bein entsprechend strenger zu schienen. Vorsichtig nestelte Hannah an dem verknoteten Lappen herum – und erschrak zutiefst, als die beiden Enden beiseitefielen.

Von Mond und Sternen erhellt, starrte sie auf einen großen schwarzen Fleck auf dem Verband über der genähten Wunde. Sie schloss die Augen. Also doch Wundbrand. Der durchgeweichte Verband wies eindeutig auf Nekrose hin. Es bestand keine Hoffnung mehr.

»Alles in Ordnung?«, fragte Jamie.

»Ich fixiere nur wieder die Schiene.« Mit zitternden Händen verknotete sie den schmutzigen Lappen wieder über dem hässlichen dunklen Fleck.

Jamie rieb sich das stoppelige Kinn. »Darf ich dich noch um was bitten, Hannah? Würdest du deine Haube abnehmen? Nur für heute Nacht?« Und grinsend fügte er hinzu: »Nenn es meinetwegen den letzten Wunsch eines sterbenden Mannes.«

Hannah dachte an den schwarzen Fleck auf Jamies Bandage und daran, dass ab morgen alles anders sein würde. Deshalb streifte sie die Haube ab, legte sie neben sich auf den Sand und löste die Haarnadeln ihres Knotens.

»Schon viel besser.« Unverhohlen musterte Jamie ihr Haar, das wie ein Wasserfall im Mondlicht glänzte. Als sich ihre Blicke trafen, sah Hannah seine blassblauen Augen aufleuchten. Was für ein gutaussehender Mann, ging es ihr durch den Kopf, und irgendwie war ihr, als stehe sie einmal mehr unter diesem unerklärlichen Bann. Sie rieb sich die Arme. War es die kühle Nachtluft, die durch ihren Wollschal und ihr Kleid drang, durch ihren Körper, geradewegs bis ins Mark ihrer Knochen? Sie wusste, dass es nicht daran lag.

»Ich möchte einen Zauber mit dir teilen«, sagte er und griff in seine Hosentasche. »Du musst allerdings deine Handschuhe ausziehen.«

Hannah tat wie geheißen und zuckte zusammen, als Jamie ihr etwas Kühles und Glattes auf die Handfläche legte. »Fühlst du das?«, fragte er leise. »Fühlt sich das nicht an wie eine Wolke?«

Der Opal entsprach in Größe und Form dem Ei eines Rotkehlchens und war irgendwie sanft und schmeichelnd. Sie bewegte den blassblauen Stein hin und her. Er fing das Mondlicht auf und sprühte Farben zurück – wie Jamie O'Briens Augen.

»Schau ins Innere des Steins, Hannah, bewege ihn hin und her und lass die Farben um dich herumtanzen, dich dorthin entführen, wo es nur Frieden und Stille gibt. Spür, wie die Farben dich umfangen. Der Stein ist kühl, aber die Farben sind leuchtend hell. Für die Aborigines sind Opale die Eier der Regenbogenschlange, und sie glauben, dass ihnen unwahrscheinliche Kräfte innewohnen. Dass sie heilen und trösten können.«

Wie hypnotisiert starrte Hannah den Stein an, der für sie alle Merkmale der kostbarsten Edelsteine in sich vereinigte: das zarte Funkeln des Almandins, das leuchtende Purpur des Amethysts, das Goldgelb des Topas und das tiefe Blau des Saphirs. Auf einmal begriff sie Jamies leidenschaftliche Suche nach solchen Steinen.

Als sie ihm den Opal zurückgeben wollte, sagte er: »Behalt ihn. Als Gegenleistung dafür, dass du dein bequemes Hotel verlassen und die Mühe auf dich genommen hast, mir hier draußen zu helfen. Außerdem werden wir ja noch jede Menge davon finden.« Er schaute ihr in die Augen. »Bleib heut Nacht bei mir, Hannah.«

Sie holte zwei Decken aus ihrem Zelt, setzte sich dann neben Jamie, der ihr wie schützend einen Arm um die Schultern legte. Hannah breitete die Decken über sich und ihn aus, schmiegte den Kopf an seine Brust, lauschte mit geschlossenen Augen seinem gleichmäßigen Herzschlag, während ihre Tränen sein Hemd durchnässten. Als er zu einer witzigen Outback-Geschichte anhob, in der es um ein Wettrennen und den alten Gaul eines Treibers ging, vernahm sie Jamies Stimme tief in seinem Brustkasten. Und es schien ihr keineswegs abwegig, dass sie sich unter anderen Gegebenheiten, zu einer anderen Zeit, in diesen Mann verlieben könnte.

25

Einmal wachte sie nachts auf und überlegte schon, in ihr Zelt zurückzugehen, wollte dann aber nicht, dass O'Brien, wenn er wach wurde, den Platz neben sich leer fand. Deshalb blieb sie bis zum Morgengrauen an seiner Seite.

Das Frühstück war eine reizlose Angelegenheit aus Trockenfleisch, Damper und Tee, und das Einzige, worüber gesprochen wurde, war, dass Stinky Sam noch immer ausblieb. Zu guter Letzt brachte man Jamie zum Planwagen und bettete ihn zwischen zwei Säcke.

Als die Sonne über der flachen, unbarmherzigen Wüste aufging, versammelten sich die Männer – ein müder, schweigsamer Haufen mit umschatteten Augen und einer Haltung, die Hoffnungslosigkeit ausdrückte. Hannah kniete sich neben Jamie und drückte ihm, noch ehe sie den Verband abnahm, den Opal, den er ihr in der Nacht zuvor geschenkt hatte, in die Hand, schloss ihm die Finger um den kühlen, glatten Stein. Dankbar lächelte ihr Patient sie an.

Bevor sie daranging, den geschwärzten Verband durchzuschneiden, bereitete sie sich im Geiste auf alles vor, was da kommen mochte. Da sie ihrem Vater bei der Versorgung von Wunden geholfen hatte, wusste sie, dass sie mit einer bösen Entzündung zu rechnen hatte oder mit einer eklig riechenden Vereiterung, schlimmstenfalls mit dem nekrotischen schwarzen Gewebe von Wundbrand. Sie entfernte den schmutzigen Lappen und goss Wasser über die Wunde, um das verkrustete Blut und die hellgelbe Flüssigkeit abzuspülen, die sich unter dem Verband angesammelt hatten.

Als endlich Jamie O'Briens verletztes weißes Schienbein gereinigt war, trat etwas zutage, worauf Hannah nicht vorbereitet war. Regungslos starrte sie auf die Wunde.

Auch die anderen verstummten, die Augen aufgerissen.

»Heilige Hilda!«, stieß Ralph »Church« Gilchrist aus und bekreuzigte sich.

»Was ist denn?«, kam es von Jamie. »Ist es schlimmer als gedacht?«

Hannah brachte keinen Ton heraus. Es war Maxberry, der sich zu einem Kommentar aufschwang: »Das ist ein Wunder, alter Kumpel, daran gibt's nichts zu rütteln.«

Jamie stützte sich auf dem Ellbogen auf und überwand sich dann doch, einen Blick auf sein Bein zu riskieren. Wie die anderen konnte auch er nicht glauben, was er sah. »Was ist denn da passiert?«

»Ihre Wunde, Mr. O'Brien«, gelang es Hannah schließlich zu sagen, »scheint völlig verheilt zu sein.«

Obwohl, und wie nicht anders zu erwarten, die Haut seiner Wade und des Schienbeins weiß und schrumplig und die mit zwei Nähten verschlossene Wunde an den Einstichstellen rot gesprenkelt war, fehlte jedweder Hinweis auf Eiter oder eine Infektion oder Ausfluss.

Deshalb also hatte er keine Schmerzen gehabt, sagte sich Hannah. Nicht weil er Wundbrand hatte, sondern weil die Wunde *geheilt* war.

Jetzt entdeckte sie zwischen dem Verbandsmaterial auch ihr Taschentuch. Dunkelrot war es und keinesfalls mehr zu gebrauchen – das tiefdunkle Jod, mit dem Hannah es getränkt und dann auf die Wunde gelegt hatte, war in den äußeren Verband durchgesickert. Und sie hatte angenommen, dass sich darunter Wundbrand entwickelte!

Die Tinktur nach der Formel ihres Vaters …

Ein Stein fiel ihr vom Herzen. Und noch etwas überkam sie – ein so umwerfendes Gefühl, dass sie die Augen schließen und sich am Rande des Wagens festhalten musste. Leicht benommen kniete sie weiterhin neben Jamie O'Brien, der übers ganze Gesicht grinste. Seine Kumpel lachten und grölten, schleuderten die Hüte in die Luft. Tabby mit seinem rußgeschwärzten Gesicht führte ein Tänzchen auf, Bluey Brown gab einen Schuss aus seiner Muskete ab, und Nan präsentierte freudestrahlend ihre Zahnlücken. Umso stiller verhielt sich Hannah. Sie schickte ein stummes Dankesgebet zum Himmel.

Der Anblick der sauberen Wunde rief allgemeines Erstaunen hervor. Man drängte sich wieder um Jamie und stellte Vergleiche an. Schlimme Verletzungen waren keinem unbekannt. Maxberry wäre damals um ein Haar an der Wunde gestorben, die sein Gesicht verunstaltet und böse geeitert hatte. Niemals hatte man etwas derart glatt verheilen gesehen. Wahrscheinlich würde kaum mehr als eine winzige Narbe zurückbleiben.

»Meiner Treu, Hannah, du hast mir das Leben gerettet«, sagte Jamie.

Hannah war mit ihren Gedanken bereits ganz woanders. Jod, das stand jetzt für sie fest, war tatsächlich ein Allheilmittel. In ihrem Überschwang gab es für sie nur den Wunsch, so schnell wie möglich nach Adelaide zurückzukehren und sich genauer mit ihrer erstaunlichen Entdeckung zu beschäftigen, als von Weitem ein Ruf erscholl. Stinky Sam stolperte auf das Lager zu. »Opale!«, schrie er und wedelte mit den Armen, »ich hab Opale gefunden. *Millionen* Opale!«

26

Seit Tagen schon rief ihn der Berg.

Neal konnte nicht sagen, wieso er das wusste, er fand nicht die richtigen Worte, um auszudrücken, inwiefern der Berg in der Ferne ihn zu sich winkte. Er wusste nur, dass er nicht anders konnte als unentwegt zu diesem rotgoldenen Monolithen zu schauen, der sich wie ein gefrorener Sonnenuntergang aus der roten Wüste erhob. Noch nie hatte Neal ein Felsmassiv wie dieses gesehen. Berge liefen für ihn in gezackten Gipfeln aus, waren bewaldet oder mit Schnee bedeckt. Diese absonderliche Gesteinserhebung hier wies mehr oder weniger die Form eines Brotlaibs auf, war offensichtlich bar jedweder Vegetation und ohne einen markanten Gipfel. Am Fuße erstreckten sich weder Ausläufer noch Wälder. Wie zum Teufel war der Fels entstanden? Welch eigenartiger Prozess hatte ein solch rätselhaftes Phänomen hervorgebracht?

Während die beiden Brüder Daku und Burno, die schwarzen Körper mit weißer Farbe bemalt, die Oberkörper gebeugt, Speer und Woomera einsatzbereit in der Hand, sich lautlos an einen Ameisenigel heranschlichen, starrte Neal – der sich eigentlich mit seinem Bumerang bereithalten sollte, falls die Speere ihr Ziel verfehlten – wie hypnotisiert auf den eigentümlichen Berg. Der heiße Wind, der ihm ins Gesicht schlug, schien dazu beizutragen, ihn irgendwie aus Zeit und Raum herauszuheben. Der Berg flirrte in der Hitze, schien sich zu bewegen, zu atmen, so als würde eine fremde Macht die Hand nach ihm ausstrecken, um ihn zu sich zu ziehen. Wie schön wäre es, wenn er jetzt seine Kamera-Ausrüstung zur Hand hätte. Dann könnte er das Phänomen auf Platte bannen.

»Sehr heiliger Ort«, hatte Jallara gesagt, als der Clan vor Tagen hier angekommen war. »Erstlinge leben dort in Traumzeit.«

»Dort haben Menschen gelebt?«, hatte er nachgehakt. Er meinte, im Wind ein unterschwelliges Vibrieren gehört zu haben, ähnlich wie der Ton einer Stimmgabel für das unterste Register einer Orgel. Eigentlich hatte er es nicht gehört, sondern vielmehr *gespürt.*

»Nicht Menschen, Thulan. Schöpfer.«

Schöpfer, ging es Neal jetzt durch den Kopf, als die Jäger ihre Speere schleuderten und siegessicher johlten. Was löste diese eigentümlichen Vibrationen aus? Die Energie von unterirdischem Dampf etwa? Oder seismische Aktivität? Wenn er doch nur seine geologischen Instrumente zur Verfügung hätte, seine wissenschaftliche Ausrüstung! Nur allzu gern hätte er den roten Felsen erforscht – war er denn nicht nach Australien gekommen, um Geheimnisse zu erforschen? –, aber Jallara hatte ihm zu verstehen gegeben, dass der Berg unantastbar sei. »Sehr heilig, sehr tabu«, hatte sie gewarnt und hinzugefügt, dass nicht einmal der Stammesführer des Clans, Thumimburee, sich dort aufhalten dürfe.

Jallaras Warnungen stachelten Neals Neugier nur noch mehr an. Aber so gern er auch aus der Gruppe ausgeschert wäre und auf eigene Faust Erkundungen unternommen hätte, respektierte er doch die Gesetze des Clans und fügte sich.

Es gab da noch etwas, dem er auf den Grund gehen wollte, etwas, das nichts mit Geologie zu tun hatte – und eigentlich auch nichts mit der sichtbaren Welt um sich herum.

Seit sie vor fünf Monaten vom Billabong aufgebrochen waren, hatte der Clan einen Toten zu verzeichnen, zwei Geburten, den Initiationsritus eines Mädchens und den von zwei jungen Burschen. An der Totenfeier und an den Feiern anlässlich der Geburten hatte Neal teilnehmen dürfen, von dem Ritual, in dem das Mädchen im Mittelpunkt stand, war er ausgeschlossen worden, was ihm durchaus einleuchtete. Als er dann aber auch beim Initiationsritus der beiden jungen Burschen weggeschickt wurde, verstand er das erst, als Jallara ihm klargemacht hatte, dass die Teilnahme ausschließlich Männern vorbehalten sei, die sich bereits der Initiation unterzogen hätten und in die Gemeinschaft aufgenommen worden wären. Neal war enttäuscht gewesen, als er bei den Frauen und Mädchen und kleinen Jungen im Lager zurückbleiben musste, während die Männer mit den beiden jungen Burschen zu einem geheimen Ritual in die Wildnis gezogen waren.

Die ganze Nacht hindurch hatte Neal mit Jallara am Lagerfeuer gesessen, und je länger er den Klängen von Thumimburees Didgeridoo lauschte, die ihm der Wind aus der Ferne zutrug, umso größer wurde sein Wunsch, dies mitzuerleben. Und erst recht spitzte sich seine Neugier zu, als tags darauf die beiden jungen Burschen, die sich kaum noch auf den Beinen halten konnten, zurückgebracht wurden. Laut Jallara handelte es sich um ein blutiges und schmerzhaftes Ritual. Sie hatte nicht übertrieben.

Nachdem sich die dreizehnjährigen Anwärter erholt hatten, waren sie, nur bewaffnet mit ihren Speeren, aufgebrochen zu einer Wanderung, die offenbar etwas mit Selbstfindung zu tun hatte, derweil der Clan seinen niemals endenden Weg fortsetzte. Als sich die jungen Burschen ein paar Tage später wieder zu ihnen gesellten, wurde ein fröhliches Corroboree veranstaltet, um den Eintritt der beiden ins Mannesalter zu feiern.

»Die Rückkehr von der Wanderung ist demnach ein Beweis, dass sie jetzt Männer sind?«, hatte Neal gefragt.

»Sie gehen Geister sehen, Thulan. Erhalten geheime Botschaft.«

Geister, hatte Neal überlegt. Geheime Botschaft. Wie auf der Suche nach einer Vision. Was hatten die beiden gesehen? Welche Botschaften hatten sie, auf sich selbst gestellt und nur mit einem Speer bewaffnet, da draußen in der Wildnis empfangen? Da es tabu war, über das zu sprechen, was man auf einer solchen Wanderung erlebte, konnte Neal nur Vermutungen anstellen. Und das machte ihn umso neugieriger.

Eines Morgens wachte er auf und sagte sich: Diese Wanderung möchte auch ich unternehmen.

Je länger er darüber nachdachte, desto deutlicher gewann sein

Wunsch Gestalt. Wie es wohl war, eine mystische Erfahrung zu machen, von einem Geistführer eine geheime Botschaft zu empfangen? War es denkbar, dass einem Atheisten wie ihm, der nichts glaubte, was er nicht sehen und anfassen konnte, Erfahrungen im Bereich des Mystischen möglich gemacht wurden?

Er hatte Jallara gebeten, seine Bitte Thumimburee vorzutragen, und der hatte zu Neals Überraschung bereitwillig zugestimmt. Da es dem Stammesführer zufolge Thulan gewesen war, der sie zu dem sterbenden Mann geführt habe, sei es Thulan, der weiterhin über den Fremden wache, weshalb ihm gestattet sei, sich den spirituellen Riten von Blut und Schmerz zu unterziehen.

Dennoch fiel Neal die endgültige Entscheidung nicht leicht. Noch immer brannte er darauf, Sir Reginald ausfindig zu machen, um der Gerechtigkeit Genüge zu tun und Vergeltung zu üben. Diese Gedanken ließen ihn nicht los. Vor fünf Monaten, beim Aufbruch von Thumimburees Clan Richtung Norden, war Neal alles andere als begeistert gewesen und umso erleichterter, dass die Gruppe bereits nach kurzer Zeit eine westliche Richtung eingeschlagen und bislang beibehalten hatte. Da sie in etwa parallel zur geplanten Expeditionsroute zog, brauchte Neal, wenn er wie geplant demnächst den Clan verließ, seine Schritte nur südwärts zu lenken; irgendwann würde er dann auf Sir Reginald stoßen.

Körperlich war er inzwischen in bester Form und bereit zum Aufbruch. Thumimburee hatte Neal angeboten, ihm drei Männer mitzugeben, die ihn über das flache Land begleiten sollten, bis zu einer Stelle, wo es Wasser gab, entsprechende Vegetation sowie Wild und von wo aus er dann allein weiterziehen konnte. Neal konnte es kaum erwarten. Je eher er diese Gegend hinter sich ließ, desto eher würde er Sir Reginald zur Rede stellen können und Rechenschaft für dessen Verhalten fordern. Außerdem: Je eher er Perth erreichte, desto eher würde er wieder mit Hannah zusammen sein. Wenn er sich allerdings auf das Initiationsritual einließ, würde sich alles Weitere um Tage verzögern, und dann wäre nicht auszuschließen, dass er Sir Reginald ein für alle Mal verfehlte. Wenn der Expeditionsleiter Perth erreichte, dann wäre es für ihn ein Leichtes, mit dem nächstbesten Schiff nach England zu entkommen. Und Neal würde niemals den Mann zu fassen bekommen, der ihn in der Wüste zurückgelassen und seinen Tod billigend in Kauf genommen hatte.

Er starrte hinüber zu dem rotgoldenen Berg, fühlte sich hoffnungslos zerrissen: Zum einen dürstete es ihn nach Rache, zum anderen war er erfüllt von Sehnsucht nach seiner Liebsten, zum dritten meldete sich der Wissenschaftler in ihm, der spürte, dass sich ihm hier die Gelegenheit bot, eine Erfahrung zu machen, die mit Sicherheit so außergewöhnlich wie einmalig war.

Was für ein Stoff für eine Publikation! Der erste Weiße, der an den geheimen Riten eines primitiven Volkes im Herzen völlig unerforschter Gebiete teilgenommen hatte! Welcher Forscher, der mit Fug und Recht auf einen Universitätsabschluss verweisen konnte, vermochte das zu übertrumpfen? Ich bin hergekommen, um Geheimnisse zu ergründen. Die Welt der Geister und das Metaphysische ist das Größte von allen.

Allerdings gingen mit dem Experiment Risiken einher. Jallara hatte Neal zu verstehen gegeben, dass junge Männer, die sich auf diese Wanderung zur Selbstfindung aufmachten, gelegentlich nicht zurückkehrten. Und dass hin und wieder das schmerzhafte Ritual des Tätowierens – die erste Phase der Initiation – zum Tode führte, weil sich böse Geister in den Wunden einnisteten. Schließlich und endlich, wenngleich selten, konnte es geschehen, dass die geheime Botschaft, die die Geister dem Anwärter zukommen ließen, so gewaltig war – »größer als sein Kopf«, hatte Jallara gesagt –, dass er auf der Stelle tot umfiel.

Während die anderen in der unverändert eintönigen Landschaft weiterhin Jagd auf Beute machten, ihre scharfen Augen nach verräterischen Spuren, Kot und Erdlöchern Ausschau hielten oder sie mit Glück einen Vogel im Flug erlegten, verharrte Neals Blick wie gebannt auf dem tabubelegten Berg. Wieder überkam ihn das eigenartige Gefühl, als spreche der Felsen zu ihm, als wollte er ihn auffordern, sich den uralten Riten von Blut und Schmerzen zu unterziehen und gleich zahllosen Generationen von Männern vor ihm sein Blut in den unergründlichen Sand unter seinen Füßen sickern zu lassen. Nein, es sollte keine seinem Fachbereich vorbehaltene Publikation sein, durchzuckte es Neal. Vielmehr ein richtiges Buch! Über die außergewöhnlichen Erlebnisse eines weißen Mannes bei einem »verlorenen« Stamm der Aborigines.

Er meinte Hannah vor sich zu sehen, zwischen sich und dem roten Berg, als transparentes Phantom mit wehendem Haar. Lächelnd streckte sie beide Hände nach ihm aus. Die Wüste foppte ihn, spielte Schabernack mit ihm. Nein, überlegte er dann. Es gab einen Grund dafür, dass ihm Hannah an diesem spirituellen Ort erschien, denn plötzlich wurde ihm klar, dass er sich durch seine Bereitschaft für dieses Vorhaben Hannahs als würdig erweisen konnte. Er konnte sich als Wissenschaftler auszeichnen, wenn er die geheime Initiation über sich ergehen ließ und dann darüber schrieb: Eine Abhandlung über seine Zeit bei den Aborigines, als Anthropologe, ein Bericht über einen Volksstamm, der noch nie mit Europäern in Kontakt gekommen war. Eine Sensation würde das sein. Sein Leben mit Jallaras Clan würde in der ganzen Welt Aufsehen erregen, man würde sich um sein Buch reißen, nach der Beschreibung geheimer Initiationen dürsten. Er würde auf Vortragsreisen gehen, berühmt werden.

Und dann könnte er Hannah um ihre Hand bitten.

Als er sich von dem Zauber des rotgoldenen Berges losriss und wieder in die Realität zurückkehrte, sah er, dass Daku und Burnu in der Zwischenzeit zwei Ameisenigel und einen Gecko erlegt hatten.

Er bekam Gewissensbisse. In den fünf Monaten hatte er nicht nur neue Kraft gewonnen und sich von seinen Gefährten den Umgang mit dem Bumerang und vielem anderen mehr angeeignet, sondern auch bei der Suche nach Nahrung seinen Teil beigetragen. Sein Vorhaben, die Männer mit Pfeil und Bogen vertraut zu machen, hatte er bald wieder aufgegeben, da er gesehen hatte, wie ungemein geschickt Thumimburees Männer ihre Speere und Bumerangs handhabten. Seine eigenen ersten Versuche mit Speer, Woomera und Bumerang hatten Gelächter ausgelöst, aber sein Überlebenswille und der Gedanke, zu Sir Reginald zurückzukehren und Vergeltung zu üben, hatten ihn zu einem gelehrigen Schüler werden lassen.

Ehe er des geheimnisumwobenen Berges ansichtig geworden war, hatte er beabsichtigt, sich am kommenden Tag von der Gruppe zu trennen. Jallara und ihr Volk waren unterwegs zu einem Stammestreffen aller Clans, einem sogenannten *Jindalee,* auf dem die vielen hundert Menschen, die sich dort versammelten, Freundschaften erneuerten, Nachrichten und Geschichten austauschten, Bündnisse bekräftigten, Stammesführer zu Gericht saßen und Strafen für Übeltäter verhängten, auf dem Gesetze und Tabus bestätigt wurden, Babys Namen erhielten und Schutzgeister zugesprochen bekamen, der Ahnen gedacht wurde und junge Mädchen Ehemänner fanden. Der *Jindalee* war der Grund, weshalb der Clan vom Billabong aufgebrochen war.

Inzwischen stand für Neal fest, dass er sich morgen nicht verabschieden würde. Mit einem Mal hatte er es eilig, ins Lager zurückzukommen und Thumimburee seinen Wunsch vorzutragen, sich der geheimen Initiation zu unterziehen. Er folgte Burnu und Daku, die sich auf kumpelhafte Art über ihn lustig machten, weil im Gegensatz zu ihren mit Beute gefüllten Körben der von Neal leer war. Am Rande des Lagers, das zwischen verstreuten Felsblöcken errichtet worden war, wo ein einzelner Mulgabaum stand und ein artesischer Brunnen Wasser lieferte, ging Jallara zusammen mit den anderen Frauen der nicht endenden Suche nach Wurzeln und Knollen, Nüssen und Beeren, Insekten und Larven nach.

Hochgewachsen und langgliedrig, der braune Oberkörper mit weißen Mustern bemalt, ihr gewelltes langes Haar und ihr Bastrock vom Wind bewegt, schien Jallara ebenso tabu zu sein wie der Berg. Exotisch, geheimnisvoll, unerforscht. Und unberührbar. Sie würde auf dem Jindalee einen Ehemann finden, sich dessen Clan anschließen und in das Territorium ihrer neuen Familie ziehen. Neal würde sie niemals wiedersehen.

Vom ersten Augenblick an, als sie gefragt hatte »Wie geht es

Ihnen, Sir?«, war er von ihr fasziniert gewesen. Woran das lag, konnte er sich zunächst nicht erklären. Es war mehr als nur Neugier, mehr als die natürliche Reaktion eines Mannes auf Jallaras geschmeidigen Körper, ihre verführerischen Brüste. Eines Nachmittags, als er sie beobachtet hatte, wie sie im Schatten eines Mulgabaums einen Korb flocht, war ihm klargeworden, weshalb er sich so zu ihr hingezogen fühlte. Jallara hatte mit den anderen Mädchen geplaudert und gescherzt, und als sie zwischendurch den Kopf zurückwarf und Neal die hellbraunen Strähnen in ihrem schwarzen Haar sah, die darauf hindeuteten, dass in ihren Adern auch europäisches Blut floss, hatte sich Neal gefragt, wie wohl ihre Aborigine-Mutter oder ihr Aborigine-Vater mit einem Weißen in Berührung gekommen sein mochte, ganz zu schweigen davon, wie lange ein solches Zusammentreffen gewährt hatte, um ein Kind zu zeugen.

Anfangs war Jallara die englische Sprache zu schwer gefallen, um ihm ihre Geschichte zu erzählen; im Laufe der nächsten Wochen aber, in denen sie viel Zeit miteinander verbracht hatten, kehrte der Wortschatz, den sie sich als Kind angeeignet haben musste, mehr und mehr zurück. Soweit Neal verstand, hatte Jallaras Mutter in einen Clan im Südosten eingeheiratet, dessen Gebiet an das ihres jetzigen Clans grenzte. Irgendwie schien es so gewesen zu sein, dass die Mutter entweder ihre neue Familie verlassen hatte oder von weißen Männern mitgenommen worden war; jedenfalls hatte sie zum Schluss als Köchin auf einer entlegenen Rinderfarm gearbeitet. Nach Neals Schätzung dürfte Jallara etwa zehn gewesen sein, als sie und ihre Mutter entweder fortgeschickt worden oder weggelaufen waren. »Wir gehen, wir gehen, wir gehen. Folgen der Sonne. Wir schlafen auf Echidna-Traumzeitpfad. Wir gehen. Folgen Regenbogen-Traumzeitpfad. Wir töten Wallaby. Essen Wallaby. Wir gehen, wir gehen. Schlafen auf Opossum-Traumzeitpfad. Essen Wallaby. Wir gehen, wir gehen. Mutter krank. Wir machen halt am Kakadu-Billabong, Platz von Vier Bäume. Mutter sterben. Jiwarli finden mich, bringen mich zu Mutters Clan.«

Dies war der Grund, weshalb Jallara ihn derart beschäftigte. Wie er gehörten ihre Eltern zwei unterschiedlichen Welten an. Das verband sie. Auch wenn es bei Jallara unterschiedliche Hautfarben waren und bei ihm unterschiedliche Gesellschaftsschichten. Wir sind uns ähnlich, sie und ich, sagte er sich.

Jallara lächelte ihm entgegen. Sie hatte mitbekommen, mit welcher Freude und Begeisterung er sich darin übte, den Bumerang zu schleudern und dann abzuwarten, wie weit er flog. Und wie er es auskostete, wieder ganz bei Kräften zu sein und die Fertigkeiten, die er sich bei ihrem Volk angeeignet hatte, unter Beweis zu stellen. Noch immer trug er einen sittsamen Lendenschurz sowie die Schuhe zum Schutz seiner empfindlichen Füße, aber sein Oberkörper war weiß bemalt, zum Schutz gegen Insekten und böse Geister. Und an seinem Rücken hing Jagdgerät. Mittlerweile war ihm ein Bart gewachsen und sein Haar um etliches länger geworden. Wie ein Jäger sah er aus.

Jallara hatte ihm zu verstehen gegeben, dass sie seinetwegen über ihren Vater habe nachdenken müssen, was in der Vergangenheit kaum einmal vorgekommen sei; erst er, dieser weiße Mann in ihrer Mitte, habe die Erinnerung an ihn geweckt. Wer war er? Wie hatte ihre Mutter diesen weißen Mann kennengelernt? Warum war sie nicht bei ihrem Clan geblieben?

Und wie verhielt es sich mit Thulan? Weshalb hatte er seinen Clan verlassen und sich auf die Wanderung begeben, in ein Land weit weg von seinem Volk? Er hatte von »erforschen« und »den Weg öffnen« gesprochen. Es bereitete ihr Mühe, dies zu begreifen. Und nicht zuletzt fragte sie sich, welche Krankheit der Seele ihn dazu getrieben hatte, sich die Fertigkeit anzueignen, mit Speer und Bumerang umzugehen.

Sie hatte ihm bei den ersten Unterweisungen zugeschaut und bemerkt, wie versessen Thulan auf diese Ausbildung war. Wenn die anderen Jäger ihre Waffen längst abgelegt hatten, übte er noch lange weiter. Genauso versessen war er darauf gewesen, sich körperlich in Form zu bringen. Warum? Anfangs, wenn Thulan aus tiefem Schlaf erwachte, war er fröhlich und heiter gewesen.

Dann war eine Veränderung in ihm vorgegangen, er war ernst geworden und entschlossen. Wie er sagte, war ihm etwas bewusst geworden. Es schien, wie Jallara befürchtete, etwas Schlimmes zu sein, spürte sie doch, dass Thulans Geist krank war.

Er weckte ihre Neugier, und irgendwie fühlte sie sich zu ihm hingezogen. Aber sie wusste ja, dass er nicht mehr lange bei ihnen bleiben würde und dass auf dem *Jindalee* ein Ehemann auf sie wartete. Dennoch machte sie sich Sorgen um Thulan. Sie hätte gern dazu beigetragen, seine kranke Seele zu heilen, die an *Yowuyaraa* litt, was Thulan »Zorn« nennen würde.

Sie hatte bei ihm geschlafen, bis er sie weggeschickt hatte. Merkwürdig. Die Nächte waren bitterkalt. In ihrer Familie schliefen Ehemänner und Frauen zusammen, Kinder schliefen zusammen, selbst mit den Dingos schlief man zusammen. Es ging darum, sich warm zu halten, und auch darum, nicht allein zu sein, wenn man schlafwandelte. Thulan jedoch schlief allein. War dies ebenfalls ein Anzeichen dafür, dass sein Geist krank war?

»Jallara«, sagte Thulan, als er vor ihr stand, »bitte richte Thumimburee aus, dass ich bereit bin, mich in die Gemeinschaft des Clans einführen und aufnehmen zu lassen.«

27

Die geheime Initiation vollzog sich in drei Phasen. Die beiden ersten – das Tätowieren und die Wanderung zur Selbstfindung – waren ihm bekannt. Die dritte blieb ein Geheimnis, darüber wurde nicht gesprochen. Ein weiteres Tabu in einer Welt voller Tabus.

Zum Auftakt wurde Neal am Vorabend des eigentlichen Rituals abseits des Lagers geführt, zu einer Stelle zwischen den Felsbrocken, wo eine Grube ausgehoben worden war, in der Mulgablätter schwelten. Man bedeutete ihm, sich bei Einbruch der Nacht bis zum Morgengrauen über die qualmende Grube zu hocken, ohne Essen oder Wasser, ohne einzuschlafen; die Männer würden ihm Gesellschaft leisten und singen. Zwischen Felsen kniend, beugte sich Neal über den Rauch, bis seine Knie unerträglich schmerzten und sein Rückgrat völlig steif war. Noch nie hatte er sich einer derartig qualvollen Prozedur ausgesetzt, aber er hielt durch, entschlossen, der Wissenschaft zuliebe diese Tortur auf sich zu nehmen.

Bei Tagesanbruch führten ihn die Männer einen halben Tagesmarsch weit vom Lager weg, außer Sicht- und Hörweite der Frauen und der noch nicht initiierten Jungen. Als sie zu einer Ansammlung von Felsbrocken und trockenen Spinifex-Haufen kamen, rupfte Daku die langen Grashalme ab, die, wenn man sie verbrannte, einen stechend schwarzen Rauch entwickelten. Singend wartete man den Einbruch der Nacht ab.

Nachdem die Sonne untergegangen war, knüpfte Thumimburee sein Bündel aus Kängurufell auf und entnahm ihm zwei eigenartig geformte Stäbe, *Wirra* genannt. Neal hielt sie für Bumerangs, obwohl sie nicht symmetrisch waren, denn jeder wies einen langen und einen kurzen Flügel auf. Auf der Rückseite der flachen *Wirra* waren Symbole geschnitzt. Als Neal sah, dass sie unten mit mehreren Reihen spitzer Dornen gespickt waren, ahnte er, was ihm bevorstand.

Einer der Älteren ließ sich jetzt mit einem Didgeridoo auf dem Boden nieder, die anderen, mit Stöcken bewaffnet, bildeten einen Kreis. Neal wurde angewiesen, ans Feuer zu treten, und dort bedeutete ihm Thumimburee, seinen Känguru-Schurz abzulegen. Nachdem Neal dieser Aufforderung nachgekommen war, deutete der Stammesführer auf den kleinen ledernen Beutel. Da Neal zögerte, sich von dem darin verborgenen Tränenfläschchen zu trennen, gab ihm Thumimburee zu verstehen, dass es genüge, den Beutel auf den Rücken zu drehen. Neal schloss daraus, dass die Tätowierung auf seiner Brust vorgenommen werden sollte. Im Stehen.

Als Thumimburee einen Singsang anstimmte, um die heilige Handlung einzuleiten, und der hypnotische Klang des Didgeridoo durch die Nacht zog, konzentrierte sich Neal darauf, den Überblick zu behalten und objektiv zu bleiben. Er wollte sich die einzelnen Schritte des Rituals und die Gegenstände, die verwendet wurden, einprägen, und nicht die kleinste Kleinigkeit für die wissenschaftliche Abhandlung außer Acht lassen, die er der erlauchten Vereinigung der Geologen und Naturforscher Amerikas zu präsentieren gedachte und die anschließend ein Kapitel seines Buchs ausmachen sollte.

Thumimburee drückte die erste der langen *Wirra* auf Neals Oberkörper, rechts vom Brustbein, so dass ihr längerer Flügel bis zu Neals Taille reichte, während der kurze Flügel im Bogen über seinen rechten Brustmuskel bis zur Schulter verlief. Mit gleichmäßig sanftem Druck drangen die Dornen in Neals Haut ein. Als Thumimburee nun begann, mit einem Stein auf die *Wirra* zu klopfen, spürte Neal zunächst ein Prickeln, das in Schmerz überging, je tiefer die Dornen in sein Fleisch getrieben wurden. Schier unerträglich wurde es, als Thumimburee nach und nach auf die gesamte Länge der *Wirra* klopfte, von der Körpermitte zur Brust hoch und bis zur Schulter. Dazu sangen die Männer und schlugen ihre Stöcke aneinander, entlockte der Didgeridoo-Spieler seinem Instrument Klänge, die älter waren als alles, schossen vom Lagerfeuer Funken zu den Sternen hinauf.

Neal brach in Schweiß aus. Dass die Prozedur so schmerzhaft sein würde, hatte er nicht erwartet. Warum konnte er sie nicht zumindest im Liegen über sich ergehen lassen? Er erschrak, als er merkte, wie ihm das Blut über den nackten Schenkel lief. Waren seine Wunden so tief? Er dachte an hungrige Dingos, die durch die Nacht streiften. Als er die Faust ballte, um nicht aufzuschreien, hielt Thumimburee mit dem Klopfen inne, so dass Neal sich kurz entspannen konnte. Umso lauter stöhnte er auf, als die *Wirra* entfernt wurde.

Er schreckte davor zurück, an sich hinunterzuschauen, aus Angst, ohnmächtig zu werden, wenn er derart viel Blut sah. Aber noch ehe er einen Blick riskieren konnte, drückte Thumimburee ihm die zweite *Wirra* an die linke Seite seines Oberkörpers, und wieder bohrten sich die Dornen in sein Fleisch.

Trotz des nächtlichen Temperaturabfalls war Neal schweißgebadet. Er fühlte sich benommen. Die Schmerzen waren schlimmer als je zuvor. Und jetzt rann ihm das Blut über das andere Bein.

Und dennoch empfand Neal ungeachtet des roten Schleiers unglaublicher Qualen mit einem Mal männlichen Stolz. War es das, was einen edlen Wilden ausmachte? Er brannte darauf, seine Erfahrungen in Worte zu fassen, versuchte sich vorzustellen, wie er wohl aussah, von der Glut des Lagerfeuers angestrahlt und umringt von primitiven Männern, die Stöcke aneinanderschlugen. Er, der hochgewachsene weiße Mann, der sich tapfer einem Ritual der Eingeborenen unterzog, erhobenen Hauptes und darauf bedacht, vor Schmerz nicht aufzubrüllen. Wenn er doch nur seine Kamera-Ausrüstung hätte, wenn doch nur der junge Fintan mit Kasten und Stativ zugegen wäre, um diese atemberaubende Szene festzuhalten. Was für eine fotografische Aufnahme dies sein würde!

Nach Beendigung der Tortur auf seiner linken Seite wollte er etwas sagen, aber Thumimburee gebot ihm zu schweigen. Neal sah mit an, wie der Stammesführer aus einem Beutel aus Opossumhaut einen Schluck nahm, und unterdrückte einen Aufschrei, als der Alte ihm dann diese Flüssigkeit auf die Brust spie. Schlimmer als Feuer brannte das! Vor Schmerzen keuchend schaute er an sich hinunter: blassgrünes Wasser, das nach Gras roch, sickerte über seine offenen Wunden. Noch dreimal nahm der Stammesführer einen Mund voll des Pflanzensafts zu sich und spuckte es über Neals durchlöcherte Haut, und jedes Mal wurde das Brennen heftiger.

Als Neal glaubte, es kaum noch ertragen zu können, und das Ende des Rituals herbeisehnte, griff Thumimburee in einen Beutel und entnahm ihm eine Handvoll roten Puders. Hilflos musste Neal zusehen, wie der rote Ton, gemischt mit seinem eigenen Blut, auf seiner Brust verteilt und so nachdrücklich in seine Wunden gerieben wurde, dass er meinte, Thumimburee habe vor, ihm die Haut abzuschmirgeln.

Neal biss sich auf die Zunge, um nicht aufzubrüllen. Endlich, kurz bevor ihm die Beine einzuknicken drohten, griffen ihm hilfreiche Hände unter die Arme. Die Brüder Daku und Burnu legten ihn auf den Boden, man gab ihm Wasser zu trinken und klopfte ihm anerkennend auf den Rücken. Die Nacht verbrachten alle an Ort und Stelle, und am nächsten Morgen brachte man Neal zurück ins Lager, wo er sich im Schatten des Mulgabaums erholen konnte.

Bis die Tätowierungen abgeheilt waren, vergingen zwei Wochen. Nach dem Abklingen der Schmerzen setzte ein Juckreiz ein, dem Neal zu widerstehen hatte, um die Schorfbildung auf seiner Brust nicht zu beeinträchtigen. Dann verging auch der Juckreiz, der Schorf fiel nach und nach ab, und Neals weißen Oberkörper überzog ein verblüffendes Muster von Punkten, ihm beigebracht vom rostroten Herzen Australiens.

28

»Was kommt nach der Wanderung?«, fragte Neal. »Was ist die dritte Phase der Initiation?«

Da aber Jallara nur die Hand hob, um anzudeuten, dass auch dieses Thema tabu war, konnte er nur hoffen, dass es nicht etwas so Grässliches war wie beispielsweise eine lebende Schlange zu verspeisen.

Der Morgen brach an, im Lager war alles auf den Beinen. Wenn sich jemand auf die Wanderung zur Selbstfindung begab, war dies Anlass für eine ausgelassene Feier, auf die sich alle freuten. Die Jungen schleuderten Bumerangs oder spielten Fangen, die Männer umringten Neal und gaben ihm gute Ratschläge, indem sie mal hierhin, mal dorthin deuteten, ohne dass er auch nur ein Wort davon verstanden hätte. Alle erinnerten sie sich an ihre eigenen Erfahrungen Jahre zuvor und wollten ihm Tipps geben, auch ohne dass Jallara übersetzte. Sie war mit der heiligen Zeremonie beschäftigt, den Auserwählten für seinen Weg vorzubereiten. Während die Frauen seinen Körper bemalten und ihm Federn in Haar und Bart steckten, hängte Jallara Neal eine Kette aus Tierzähnen um, die ihm wie der kleine Lederbeutel mit dem smaragdgrünen Tränenfläschchen bis auf die frisch tätowierte Brust reichte.

»Nicht *Thulan* essen. Er dein Traumzeitgeist. Nicht ihn töten, nicht ihn essen.« Neal hatte gelernt, dass *Thulan* die Bezeichnung für eine Eidechsenart war, die die britischen Kolonialisten Stachliger Teufel nannten und unter Wissenschaftlern als *Moloch horridus* bekannt war. Zehn Zoll lang, mit abgeflachtem Körper und Stachelhaut, besaß der *Thulan* die Eigenschaft, sich in Farbe und

Hautmusterung seiner jeweiligen Umgebung anzupassen. Neal hatte solche Eidechsen schon häufig gesehen und sie als hässlich und schön zugleich befunden. Die Mahlzeiten des Clans bestanden häufig genug aus *Thulan*, aber niemals hatte man Neal auch nur ein Stück davon angeboten.

»Thulan hat nichts von mir zu befürchten«, sagte er lächelnd. Zum ersten Mal erwiderte Jallara sein Lächeln nicht. Warum war sie so ernst? Selbst ihre Freundin, die ewig kichernde Kiah, wirkte seltsam bedrückt. Ob dies etwas mit dem dritten Ritual zu tun hatte, dem im Anschluss an die Wanderung, über das man nicht sprechen durfte?

»Wann bin ich wieder bei euch?«, fragte er, zum Aufbruch bereit, und blickte in die Gesichter um ihn herum – in schwarzhäutige mit dicken Brauen und tiefliegenden Augen, in Gesichter, die er als die von Allunga, Burnu und Daku, Jiwarli und Yukulta ausmachte, die er inzwischen als Freunde erachtete.

»Wenn Zeit richtig ist«, sagte Jallara.

Neal runzelte die Stirn. »Wie meinst du das? Wann wird das sein?«

»Nur Thulan wissen.«

»Heißt das, es liegt an mir zu entscheiden, wann?«

»An den Geistern, Thulan. Du haben Vision, du kommen zurück.«

Bedeutete das, dass er nicht eher zurückkehren konnte, als bis er eine Vision gehabt hatte? Neal war von einer vorher vereinbarten Zeitspanne ausgegangen, von sieben Tagen etwa oder auch bis zum nächsten Vollmond. Oder wenn der, der sich der Initiation unterzog, meinte, er habe lange genug durchgehalten. Die Bedingung der Vision kam völlig unerwartet. Wenn nun aber eine Vision ausblieb?

Er überlegte, ob er sich nicht vielleicht doch auf etwas eingelassen hatte, was er nicht bewältigen konnte. Als er die kunstvollen Tätowierungen der Männer gesehen und Geschichten von Wanderungen zur Selbstfindung vernommen hatte, war ihm das alles so mannhaft und abenteuerlich vorgekommen und als genau das, was Weiße in ihren Salons gern lasen. Dass unerträgliche Schmerzen erduldet und Opfer gebracht werden mussten, hatte er nicht bedacht. Und schon gar nicht, dass er unter Umständen sein Leben riskierte. Aber jetzt gab es kein Zurück mehr. Das wäre feige. Und worüber sollte er dann in seinem Buch schreiben, was Hannah berichten? Kurz spielte er mit dem Gedanken, sich einfach eine Vision auszudenken. Aber Betrug kam nicht in Frage. Dies hier war eine geheiligte Zeremonie. Selbst wenn seine Religion eine andere war, hatte er zu respektieren, woran diese Leute glaubten.

Er schaute über die ockerfarbene Ebene und versuchte abzuschätzen, was ihm bevorstand. Er hatte ausreichend Warane und Geckos erlegt, sogar ein großes rotes Känguru war ihm zum Opfer gefallen (auch wenn Daku und Burnu dem Tier den Todesstoß hatten verpassen müssen). Er wusste, wie man Ameisenigel und Nager in ihren Höhlen aufspürte, wie man ein Feuer entfachte und Wasser fand. Da wohl kaum Botschaften aus der Welt der Geister für Neal Scott aus Boston, Massachusetts, zu erwarten waren – auch wenn er eine solche Erfahrung liebend gern machen würde –, würde er wohl selbst bestimmen müssen, wann er zum Clan zurückkehrte. Fünf Tage dürften wohl angemessen sein. Und zu schwindeln brauchte er auch nicht: Weil es tabu war, über seine geheime Geisterbotschaft zu sprechen, würde man ihn nicht nach Einzelheiten fragen, sondern einfach annehmen, dass er sich in der anderen Welt aufgehalten hatte.

Jetzt erklärte die Gruppe ihn für spirituell bereit und stattete ihn mit einen Speer und einer Decke aus, und damit war die Vorbereitung beendet. Thumimburee sagte, wenn er nach einem Mondzyklus nicht zurück sei, werde man nach ihm suchen und ihn begraben, da eine so lange Abwesenheit nur bedeuten könnte, dass er tot sei.

Neal sah noch, wie sie ihre Unterstände abrissen und sich die gebündelten Stöcke auf den Rücken schnallten, wie sie die Feuer löschten und alle Spuren ihres Aufenthalts beseitigten, nicht anders verfuhren wie in jedem Lager seit Verlassen des Billabong, um dann, ohne sich nochmals nach Neal umzuschauen, weiter gen Westen zu ziehen.

Lange sah er ihnen nach, beobachtete, wie die flirrende Hitze der Wüste ihre Umrisse verzerrte und schließlich verschluckte. Obwohl sie erst wenige Meilen entfernt waren, kam es ihm bereits vor, als wäre er allein auf weiter Flur. Ohne das helle Kinderlachen und das Geschnatter der Frauen hatte der Wind etwas Unheimliches. Er fuhr ihm durch das lange Haar und den Bart, wie um zu sagen: *Endlich bist du uns ausgeliefert.*

Neal ließ den Blick über eine Landschaft schweifen, die ihm einst trostlos vorgekommen war und die er jetzt mit anderen Augen sah. Es war ein Land der Farben: ockerfarbene Flächen, mit grünen Spinifex-Klumpen durchsetzt, waren eingerahmt von tiefroten Felsen und lavendelblauen Bergen. Darüber spannte sich der leuchtend blaue Himmel. »Wir nennen das hier Nullarbor«, hatte er irgendwann einmal zu Jallara gesagt.

»Warum?«

»Weil da nichts ist.«

Sie hatte ihn fragend angesehen, und damals wusste Neal nicht, warum. Sah sie denn nicht diese Wüste bar jeder markanten Topographie, die nichts anderes zu bieten hatte als Wind und Staub? Inzwischen verstand er. Auf ihrer Wanderschaft hatte Jallara ein ums andere Mal auf Bereiche verwiesen, die für ihr Volk eine geheiligte Bedeutung hatten: den Ameisen-Traumpfad, den Traumzeitpfad des Dingo, den Ort, an dem der Urvater des Eidechsengeists den ersten *Thulan* erschuf. Noch immer vermochte Neal nicht, die Merkmale auszumachen, die solche Plätze kennzeichneten, aber immerhin begriff er, dass sich auf dieser riesigen Fläche mit ihren bizarren Felsformationen, den unterirdischen Wasserspeichern und verkrüppelten Bäumen kreuz und quer uralte Wege zogen, die für die Menschen, die seit Tausenden von Jahren hier lebten, klar erkennbar waren und historisch bedeutsame Stätten verbanden.

Demzufolge war dies alles andere als eine öde Wüstenlandschaft.

»Folge Traumzeitpfaden«, hatte Jallara gesagt. »Halte Ausschau nach Traumpfaden.« Aber so sehr er sich jetzt auch bemühte, er konnte nichts dergleichen entdecken, wusste nicht einmal, wo er anfangen sollte. Egal, sagte er sich, griff nach seinem Speer und machte sich in entgegengesetzter Richtung zu der auf, die der Clan eingeschlagen hatte, es gibt genug anderes zu entdecken, also los und keine Zeit vergeuden. Auf der HMV *Borealis* hatte er Bücher von Naturforschern gelesen, die mit zu den ersten Erforschern des Kontinents gehört hatten, und dies versetzte ihn im Laufe des ersten Vormittags in die Lage, viele der Tiere, die ihm begegneten, zu identifizieren. Für Naturforscher war diese Wüste ein Traum; Neal spielte bereits mit dem Gedanken – hoffte sogar –, er würde vielleicht über eine Spezies stolpern, die noch kein Weißer zu Gesicht bekommen hatte. Dann würde ihm die Ehre zufallen, diesem Tier seinen Namen zu geben.

Mittags begann sein Magen zu knurren. Er blickte zurück zu den Felsen, zwischen denen der Clan in den letzten Tagen sein Lager errichtet hatte. Dort gab es Wasser und kleine Tiere, und keiner hatte gesagt, er dürfe dort nicht bleiben. Andererseits würde man dann nicht von einer »Wanderung« sprechen können. Und der Zweck dieses Rituals schien der zu sein, auf einem Marsch geistige Erleuchtung zu erfahren.

Dennoch trieben ihn Hunger und Vernunft zum vormaligen Lager zurück, wo er aus dem artesischen Brunnen trank und sich einen fetten Gecko briet. Die Hitze am Nachmittag verschlief er.

Als er nach Sonnenuntergang aufwachte, beschloss er, auch noch die Nacht über zu bleiben und erst am nächsten Morgen loszuziehen. Und so saß er da, den Rücken an den Stamm des einsamen Mulgabaums gelehnt, und schaute zum Himmel empor.

Dieser des Nachts über und über funkelnde Baldachin, den man über den Städten nie zu sehen bekam, war ihm inzwischen vertraut. Während er lauschte, ob sich etwa ein beutegieriges Tier in der Nähe herumtrieb, sann er über sein Leben nach. Er dachte an seinen zwölften Geburtstag, als Josiah Scott ihm eröffnet hatte, er sei jetzt alt genug, um die Wahrheit zu erfahren. »Ich bin dein

Adoptivvater«, hatte er gesagt und Neal die Wiege gezeigt, die Decke, die smaragdgrüne Flasche, in der er so lange Parfüm vermutet hatte. Niemals würde Neal Josiahs tränenfeuchten Blick vergessen; es war, als verliere er dadurch, dass er dem Jungen reinen Wein einschenkte, den Sohn, den er zwölf Jahre lang gehabt hatte.

Auch an Hannah dachte Neal, und wie sie sich an ihn geklammert hatte, während des Sturms auf der *Caprica* und abermals auf der staubigen Straße vor dem Australia Hotel.

Er richtete den Blick auf den monumentalen Berg, der tagsüber feuerrot war und sich nachts dunkelrot verfärbte, und zog das Fell enger um sich. Dass es Oktober geworden war, wusste er, aber nicht, welcher Tag. Merkwürdigerweise machte ihm das nichts aus, im Gegensatz zu früher, wo er, für einen Wissenschaftler unerlässlich, stets das jeweilige Datum und selbst die Uhrzeit im Kopf gehabt hatte. Aber bei den Aborigines hatte er gelernt, den Lauf der Zeit nach den Sternen, der Länge der Schatten und nicht zuletzt nach seinem eigenen inneren Rhythmus zu bestimmen.

Noch sehr viel mehr hatte er gelernt. Seit Jallaras Englisch zurückgekommen war und Neal mittlerweile ihre Gesten und ihren Tonfall zu deuten verstand und nicht zuletzt ein wenig in der Sprache der Aborigines radebrechen konnte, hatte er festgestellt, dass ihre religiösen Anschauungen auf einem komplizierten System gründeten. Nach Meinung der Aborigines hinterließ jede bedeutende Handlung, jedes bedeutende Ereignis oder jeder Lebensabschnitt dort, wo sich Derartiges ereignete, Nachschwingungen in der Erde. Vom Land, seinen Bergen, Felsen, Flussbetten und Wasserlöchern, von allem gingen weiterhin Vibrationen derjenigen Ereignisse aus, die dem jeweiligen Ort Leben eingehaucht hatten.

Beim Gedanken an den rostroten Berg, der sich jetzt als dunkler, unheimlicher Brocken gegen die Sterne abhob, stellte sich Neal die Frage, ob die Vibrationen, die seinem Gefühl nach von diesem Berg herrührten, nicht vielleicht schon vor Urzeiten begonnen hatten, genauer gesagt durch die geologische Umwälzung, die ihn hatte entstehen lassen.

Jallara hatte zu ihm auch von der Traumzeit gesprochen, die sie als »lange vor der Zeit« beschrieb, als die Geister der Urahnen in menschlicher und anderer Gestalt auf die Erde kamen, um dem Land, den Tieren und Menschen ihre heutige Gestalt zu geben. Und noch immer, so hatte sie gesagt, seien die Geister der Urahnen und ihre Macht gegenwärtig, auf den Traumzeitpfaden, die man überall sehe.

Der in religiöser Hinsicht wenig geschulte Neal konnte nicht viel damit anfangen. Josiah Scott hatte ihn zwar sonntags in die Kirche mitgenommen, aber was da von der Kanzel gepredigt worden war, hatte den Jungen nicht sonderlich angesprochen. Was ihn dagegen beeindruckte und was er mit jedem Tag besser nachvollziehen konnte, war die enge Verbundenheit von Jallaras Volk mit der Erde und der Natur. Er begriff, dass die Menschen sich keineswegs als übergeordnete Wesen betrachteten, dass Tiere oder Wasser oder Felsen gleichwertig und sie alle Teil des weit verzweigten Netzes waren, das beim Schöpfungsakt, in der Traumzeit, gesponnen worden war.

Während es über ihm in den Zweigen des Mulgabaums raschelte und Neal überlegte, was für ein Vogel oder Nagetier sich dort oben herumtreiben mochte, erfüllte ihn abermals tiefe Dankbarkeit gegenüber Jallara und ihrem Volk. Sie hatten ihm das Leben gerettet. Und wieder sann er darüber nach, wie er sich dafür erkenntlich zeigen konnte. Von seinem Vorhaben, ihnen zu zeigen, wie man stabilere Unterkünfte baute, hatte er abgelassen, weil ihm klargeworden war, dass sie für ihr Nomadenleben Unterkünfte brauchten, die sich rasch erstellen und abreißen ließen. Dann war ihm die Idee gekommen, ihnen Lesen und Schreiben beizubringen. Jallaras Volk verfügte über ein phänomenales Gedächtnis. Wenn Thumimburee die Geschichte des Clans erzählte, lauschte man wie gebannt. »Wir gehen, wir gehen, wir schlagen Lager auf am Emu-Traumzeitpfad. Jagen Känguru. Dreimal schlafen. Wir gehen, wir gehen …« Manche Geschichten zogen sich über Stunden oder gar Tage hin. Beeindruckend, wie Neal meinte, aber noch besser wäre es, wenn sie ein für alle Mal schriftlich festgehalten würden.

Er rollte sich in sein Kängurufell, nicht ohne sich zu wünschen, bei dieser Eiseskälte noch weitere zur Verfügung zu haben, und nahm sich vor, sobald er Perth erreichte, seinen Plan in Angriff zu nehmen, Jallaras Clan das Alphabet beizubringen und sie mit allen notwendigen Materialien auszustatten, um lesen und schreiben zu lernen.

Er schlief unruhig, warf sich immer wieder von einer Seite zur anderen. Die Stille war ihm unheimlich. Er war daran gewöhnt, nachts menschliche Laute zu hören – Schnarchen, Stöhnen, Husten –, auch die Geräusche des Beischlafs, die ihm anfangs unangenehm, dann aber so selbstverständlich geworden waren wie der Schrei eines Babys. Irgendwann glitt er hinüber in einen von Träumen durchzogenen Schlaf. Hannah tauchte auf, in kurzen Sequenzen, die er vergeblich zu erhaschen suchte. Er träumte, der Clan wäre seinetwegen zurückgekommen, und er wäre darüber unendlich erleichtert. Auch eine kurze Szene tauchte im Traum auf: Neal, der Sir Reginald des Mordes beschuldigte.

Die Sonnenstrahlen, die durch die Zweige des Mulgabaums schienen, kitzelten ihn wach. Er trank aus dem artesischen Brunnen, hätte, als er endlich aufbrach, gern einen ausreichend großen Vorrat an Wasser mitgenommen, aber andererseits wusste er ja inzwischen, wo man in dieser scheinbar knochentrockenen Ebene Wasser fand. Kängurus beispielsweise scharrten sich eigene Wasserlöcher, die drei oder vier Fuß tief sein konnten. Übermäßig viele Kängurus gab es in dieser Gegend zwar nicht, aber immerhin einige, und Jallara hatte Neal gezeigt, wie man diesen »Kängurubrunnen« auf die Spur kam. Für Nahrung konnte er nach Art des Clans sorgen, nach Wurzeln und Samen suchen oder mit dem Speer ein Tier erlegen. Wenn er Glück hatte, fand er Eier von Emus, die eine grüne Schale hatten und zehnmal größer als ein Hühnerei waren.

Er wandte das Gesicht dem heißen Wind zu. Nach dem ersten Schritt aus dem Lager hielt er inne.

Er spürte ihn hinter sich, spürte seine Hitze und seine geheimnisvollen Vibrationen.

Der Berg.

Als er zu dem Monolithen schaute, der in der Morgensonne golden leuchtete, gestand er sich endlich ein, dass seine Entscheidung, sich der Initiation zu unterziehen, nichts mit wissenschaftlicher Neugier zu tun hatte und auch nichts mit dem Wunsch, einen Artikel über diese Prozedur zu schreiben. Es war ein Vorwand, um allein zu sein und Klarheit über den Berg zu gewinnen, der ihn so beständig lockte.

Tabu oder nicht, er musste das Geheimnis des roten Berges ergründen.

29

Bis in den Nachmittag hinein bewegte sich Neal wie unter Zwang vorwärts, seine Füße stapften wie von einer höheren Macht angetrieben durch den Sand, immer näher auf den Monolithen zu, der sich von golden zu rot gefärbt hatte. Dennoch wollte er nicht glauben, dass da übernatürliche Kräfte im Spiel waren.

Wissenschaftliche Neugier, das ist der Grund, sagte er sich, als er am Fuße des Felsmassivs anlangte, und musterte zur Bestätigung seiner These mit analytischem Blick das nackte Gestein, hielt, was er sah, in Gedanken fest: besteht aus grobkörnigem Sandstein, der reich an Quarz und Feldspat ist. Entstehung vertikaler Gesteinsschichten infolge Anhebung und Aufwerfung. Oberfläche erodiert. Oxidation eisenhaltiger Mineralien und Verwitterung haben rostige Färbung der Oberfläche bewirkt.

Er wollte das Gestein berühren, schreckte dann aber davor zurück. Auch wenn er sich sagte, ich habe einen Universitätsabschluss in Geologie, ich bin Wissenschaftler, verharrte er wie angewurzelt am Fuße des hoch aufragenden Berges und spürte die Kraft des roten Felsens, der in der Sonne leuchtete. War der Berg irgendwie magnetisch?

Nein, überlegte er und merkte, wie etwas in ihm vor Kräften kapitulierte, die ihm überlegen waren. Magnetismus ist das nicht. Weder unterirdische Strömungen noch seismischer Einfluss, nichts geologisch zu Begründendes, nichts Physikalisches.

Und dann ging ihm ein Licht auf: Irgendwann in den letzten Tagen hatte er sich, ohne es selbst zu merken, vom objektiven Wissenschaftler zu einem nach Spiritualität Suchenden gewandelt, der sich nach einer Nachricht aus der unsichtbaren Welt sehnte.

Und wenn die Geister mir nun tatsächlich eine geheime Botschaft zukommen ließen, wie würde sie lauten?

Obwohl er versprochen hatte, die Gesetze und Tabus von Jallaras Volk zu respektieren, vernahm sein Herz den Ruf der Geister im Inneren des Bergs. Abermals wie von einem Willen getrieben, der nicht seiner war, setzten sich seine Beine in Bewegung, tasteten sich über den sandigen Grund des glatten Felsens wie jemand, der eine Tür sucht. Er schritt über Kiesel und Schotter, über Geröll, das seit Tausenden von Jahren von oben herabgeschwemmt worden war, und folgte ungeachtet der blendenden Sonne und der erbarmungslosen Hitze dem zerklüfteten Antlitz des Monolithen. Weil er so schwitzte, entledigte er sich seines Lendenschurzes, ließ ihn zusammen mit der Decke zurück, ehe er seine Erforschung am Fuße des Berges fortsetzte. Schweiß rann ihm in die Augen. Als er sich über die Stirn fuhr, war seine Hand anschließend tropfnass. Jallaras Volk pflegte die heißesten Stunden des Tages zu verschlafen. Warum tat er es ihnen nicht gleich?

Sein Speer entglitt ihm, fiel zu Boden. Neal ging weiter, jetzt mit der Sonne im Rücken. Demnach ging er im Kreis und würde irgendwann wieder an seinem Ausgangspunkt landen. Warum machte er das? Was hoffte er zu finden?

Die Antwort erübrigte sich, als er die stachelige Eidechse vor sich erblickte.

Es sah aus, als würde der *Thulan* kurz verharren und zu ihm aufschauen, ehe er weiterlief. Neal folgte ihm, bis das Tier unvermittelt in den Fels zu verschwinden schien. Eine nähere Betrachtung ergab, dass sich hier ein kleiner Zwischenraum befand. Äonen von Jahren zuvor hatte sich vom Zentralmassiv ein Stück Fels abgespaltet und einen schmalen Durchlass geschaffen.

Jetzt schlüpfte Neal hindurch. Was er gleich darauf erblickte, raubte ihm den Atem. Die schrägstehende Sonne schien auf eine Felswand, die sich glatt und majestätisch aus der Wüste erhob, um oben in einem bogenförmigen Überhang auszulaufen. Es war wie eine auf ewig versteinerte, sich aufbäumende Welle, ehe sie sich bricht. Der Wissenschaftler in ihm versuchte, das Gestein und sein unglaubliches Alter zu bestimmen und nachzuvollziehen, wie es durch die Erdkruste emporgeschleudert worden war. Aber alles, was ihm durch den Kopf ging, war, wie schön diese steinerne rote Welle mit ihren leuchtend orangefarbenen und gelben Zwischenschichten war. Schier unwirklich sah das aus.

Und dann fiel sein Blick auf *sie*.

Menschen. Männer und Frauen. Kinder und Tiere. Symbole, die Wolken und Sonne und Mond darstellten. Eine endlose Abfolge, auf unterschiedliche Weise gemalt, mit unterschiedlichen Farben. In Rot, Weiß, Gelb und Schwarz. Sie zogen über die Gesteinsfläche, langgliedrig, die Köpfe umgeben von einem Strahlenkranz, Speere in den Händen. Kängurus in vollem Lauf. Babys an der Mutterbrust. Ein weißhaariger Alter, der auf einen Grabhügel gebettet wird. Eine erstaunliche Chronik. Wie Neal wusste, gab es in Jallaras Sprache kein Wort für gestern, heute oder morgen. Man sprach nicht von einer Zukunft, aber die Vorstellung einer Vergangenheit, von etwas Zurückliegendem war ihnen vertraut. Eine Zeiteinteilung schienen sie nicht zu brauchen, da sie konstant im Jetzt lebten. Wie erklärte das diese Chronik? Er beantwortete sich die Frage selbst: Jede Generation kam zu dieser Felswand und hielt ihr Jetzt fest, woraus sich eine Abfolge von »Jetzts« ergab.

All diese Gestalten, die da gingen, rannten oder eine liegende Position einnahmen, die Kängurus töteten oder Spinifex-Gras sammelten, stellten jeweils eine Generation einer einzigen Familie von Jallaras Clan dar. Neal konnte sich gut vorstellen, wie Thumimburee in epischer Breite von den Vorfahren erzählte und die Familie dann deren Abbild vor Augen hatte. Dies hier waren die unvergänglichen Aufzeichnungen von Menschen, von denen Neal angenommen hatte, sie müssten mit Alphabet und Schreibgerät vertraut gemacht werden.

Beim Abschreiten der Wandmalereien sah er Väter und Söhne in allen Lebensabschnitten. Er berührte die Abbildung eines Mannes, der einen Sohn an der Hand führt, beide mit Bumerangs ausgestattet. Ein Vater, der seinen Sohn in der Kunst des Jagens unterweist. Tränen stachen Neal in den Augen.

Die Erinnerung an andere Tränen drängte sich ihm unvermittelt auf. Eine Erinnerung aus seiner Kindheit, die er längst vergessen glaubte. Der neunjährige Neal war eines Tages vorzeitig aus der Schule nach Hause gekommen und hatte Josiah Scott weinend in seinem Arbeitszimmer angetroffen. Offenbar hatte er diese Erinnerung verdrängt, weil sie ihm zu peinlich war – man bedenke, ein kleiner Junge erlebt den Mann, den er verehrt, als Heulsuse! –, aber jetzt stand ihm diese Szene wieder in aller Deutlichkeit vor Augen: Josiah Scott an seinem Schreibtisch, Neals Babykleider, die Decke und das smaragdgrüne Tränenfläschchen an sich gedrückt und hemmungslos schluchzend.

Achtzehn Jahre lang hatte Neal diese Szene begraben und vergessen. Er war wohl damals weggerannt, genau wusste er das nicht zu sagen. Seinen Vater in dieser Verfassung zu erleben, hatte ihm Angst eingejagt. Josiah Scott war für den Jungen bislang ein Fels in der Brandung gewesen, ein Mann, der alles wusste, über allem stand und niemals die Beherrschung verlor! Neal hatte ihn nie auf diesen Zwischenfall angesprochen, weshalb Josiah nie erfahren hatte, dass der Junge Zeuge dieses Moments seiner Schwäche geworden war. Und Neal hatte nicht weiter darüber nachgedacht.

Bis jetzt. Merkwürdig, dass primitive Strichmännchen auf einer steinernen Wand die Erinnerung daran wieder aufleben ließen. Was steckte dahinter?

Mit einem Kloß im Hals ging Neal zwischen den zwei Felswänden weiter. Die Sonne brannte nicht länger auf ihn nieder, strahlte aber weiterhin auf Gestalten, die nach und nach unwirklich erschienen. Als er die Hand an die Wand legte, war ihm, als spüre er, wie der Berg vibrierte.

Die Luft wurde stickig, Neal vernahm ein Summen. Die steinerne Wand schien kein Ende zu nehmen. Die Zeichnungen wurden primitiver, schwerer zu deuten. Die witterungsbedingte Erosion deutete darauf hin, dass diese Zeichnungen sehr alt, vielleicht Tausende von Jahren alt waren. Es war eine Reise in die Vergangenheit.

Jallara hatte ihm von ihren Ahnen erzählt, den Erstlingen, die von der Regenbogenschlange abstammten, und dabei zum Himmel gedeutet. Die Äonen alten Zeichnungen überwältigten ihn. Die dargestellten Figuren wurden immer menschenunähnlicher, bis sie schließlich riesige Ausmaße annahmen, ihr Kopf mit einer durchsichtigen runden Schale bedeckt zu sein schien und sie den Eindruck erweckten, als stiegen sie vom Himmel herab. Am äußersten Ende der Wand sah man Sterne und etwas, das wie Flammen aussah. Was *waren* das für Wesen? Jallara hatte sie Schöpfer genannt.

Er spürte, wie sich um ihn herum die Luft bewegte, so als würde ihr Druck abwechselnd fallen und wieder steigen.

Und dann, so unglaublich es ihm dünkte, fingen die Gestalten an der Wand an, sich zu bewegen.

Neal stieß einen Schrei aus und prallte zurück. Den Mund vor Schreck verzerrt, sah er spindeldürre schwarze Arme und Beine über die Oberfläche des Felsens krabbeln, sich wie eindimensionale Wesen strecken und atmen und körperliche Gestalt annehmen und schattenspielartig hin und her huschen. Und dann streckten sich urplötzlich Arme aus, packten ihn und zogen ihn in die Wand hinein.

Er konnte nicht mehr atmen. Wurde in den Stein gedrückt. Schwarze Gestalten mit Armen und Beinen wie Stöcke tanzten um ihn herum. Flammen senkten sich vom Himmel herab. Unwahrscheinlich große Männer, die Köpfe in gläsernen Kugeln, kamen auf ihn zu. Neal meinte abermals aufzuschreien, aber kein Laut entrang sich seiner Kehle. Er steckte unbeweglich im Fels fest, während um ihn herum die Tiere zum Leben erwachten, Kängurus mit unförmigen Körpern und Habichte, die mit ausgefahrenen Krallen nach unten stießen. Überall in der roten Atmosphäre, die ihn zu ersticken drohte, sah er furchterregende Kreaturen in den Gesteinsschichten schwimmen. Langfingrige Hände, die nach ihm griffen.

Er rannte los. Mit schwerfälligen Beinen, wie im Traum. Er spürte, wie Hände ihn zurückhielten, kämpfte sich den Weg frei. Nur weg von diesem Felsen.

Hilfe!, schrie es in ihm. *So helf mir doch jemand!*

Und dann sah er in dem dichten Sediment und Felsgestein, das ihn gefangen hielt, ein zusehends heller werdendes Licht auf sich zukommen. Bei ihm angelangt, ballte sich das Licht zu einer Frauengestalt – keine pechschwarze Strichzeichnung, sondern eine Frau aus Fleisch und Blut mit wehendem blonden Haar und heller Haut, in einem weißen fließenden Gewand. Sie lächelte ihm zu, neigte sich zu ihm und flüsterte ihm etwas ins Ohr. Als gleich darauf die dunklen Gestalten in den Fels zurücksanken, bedeckte die Frau ihr Gesicht mit beiden Händen, und als sie sie wieder wegzog, waren sie voller Diamanten, die sie auf Neals Wangen rieseln ließ. Wie feine Nadelstiche, prickelnd vor Lebendigkeit und Überschwang fühlten sich diese Edelsteine auf seiner Haut an.

Gleich darauf umfing ihn die kühle Nachtluft. Neal schnappte nach Luft, sog sie keuchend ein wie jemand, der dem Tod durch Ertrinken entgangen ist. Er wusste nicht, wo er war, konnte nichts erkennen. Und dann sah er Jallara, die auf ihn hinunterschaute.

Er blinzelte. Sie kniete neben ihm, hielt das smaragdgrüne Tränenfläschchen in der Hand. Sie hatte das Siegel erbrochen und tropfte die Tränen seiner Mutter auf sein Gesicht.

Zitternd und um Atem ringend setzte er sich auf, stützte sich auf einen Ellbogen, stellte nach einem Blick um sich herum fest, dass er sich nicht länger in der Felsspalte befand, sondern in einiger Entfernung von dem heiligen Berg.

»Ich finde dich.« Damit händigte Jallara ihm das jetzt leere Tränenfläschchen aus. »Du nicht wach. Geister halten dich zurück. Ich rufe ›Thulan‹, aber du nicht hören. Du gefangen in Geisterwelt. Ich nehme Tränen von Mutter für deine Wiedergeburt.«

Er runzelte die Stirn, schüttelte sich, um einen klaren Kopf zu bekommen. Er musste vom Berg weggerannt sein, als er meinte, in die Wand hineinzulaufen, war aber in den Albtraum verstrickt geblieben, bis …

»Jallara, ich hatte eine unglaubliche Vision!«, sagte er, als sich sein Atem beruhigt hatte, auch wenn sein Herz noch kräftig klopfte. »Ich weiß nicht, wer sie war. Vielleicht ein Engel. Sie hat mir eine Botschaft übermittelt.«

»Du darfst mir nichts verraten, Thulan.«

»Doch, Jallara, ich kann, weil das etwas so Wunderbares ist, etwas, was ich eigentlich schon immer hätte wissen müssen, vielleicht sogar gewusst habe. Diese Frau, dieser Engel, sagte mir, dass Josiah Scott mein leiblicher Vater ist.« Jetzt wusste er, weshalb die Erinnerung an den Tag in Josiahs Arbeitszimmer an die Oberfläche gedrungen war, warum die primitiven Strichzeichnungen von Vätern und Söhnen Erinnerungen in ihm geweckt hatten – um ihm zu sagen, dass die Szene, deren Zeuge er als kleiner Junge geworden war, nichts mit Schwäche zu tun gehabt hatte, sondern mit der Seelenpein seines Vaters.

Neal blickte zu den Sternen empor, die über dem Gipfel des Berges aufblinkten, dann schaute er Jallara an, deren tiefliegende Augen das Licht reflektierten. »Ich weiß nicht, ob du das alles verstehst, aber ich muss es dir einfach erzählen. Josiah Scott ist mein leiblicher Vater, daran besteht kein Zweifel. Ich wurde nicht vor seiner Tür abgelegt, sondern er nahm mich zu sich, weil meine Mutter mich aus irgendeinem Grund nicht behalten konnte. Als ich zwölf war und er mir sagte, ich sei alt genug, um die Wahrheit zu erfahren, dass er mich adoptiert habe, standen ihm Tränen in den Augen. Damals dachte ich, er sei traurig, mit dieser schmerzlichen Wahrheit herausrücken zu müssen. Heute weiß ich, dass es eine schmerzliche Lüge war. Wahrscheinlich war sie nötig, um meine Mutter zu schützen. Ich bin kein Findelkind, Jallara, sondern ein Kind der Liebe, und das ist etwas ganz anderes. Josiah Scott und meine Mutter liebten sich, durften aber nicht den Bund fürs Leben schließen. Jetzt ist mir auch klar, warum er nie geheiratet hat. Weil er sie noch immer liebt. Nur …«

»Nur was, Thulan?«

»Wenn die schöne Frau in meiner Vision tatsächlich meine Mutter war, bedeutet das dann, dass sie tot ist?«

Jallara schüttelte den Kopf. »Bedeutet, die Macht in ihren Tränen retten dein Leben.«

Neal versuchte aufzustehen, fühlte sich aber so schwach, dass er lieber auf dem kühlen Sand sitzen blieb. Obwohl er nackt war und die Nacht kalt, fror er nicht. »Jallara«, meinte er bedrückt, »du hast mir gesagt, der Berg sei tabu. Aber ich musste zu ihm. Ich konnte mich ihm nicht entziehen. Bitte verzeih, wenn ich dadurch dich oder deine Ahnen beleidigt habe. Vermutlich wird man mich nun nicht mehr in den Clan aufnehmen. Zu meiner Verteidigung kann ich vorbringen, dass ich einem *Thulan* gefolgt bin.«

Zu seiner Überraschung lächelte sie. »Du kommen, weil Berg rufen. Ahnen rufen. Du einer von uns, Thulan.«

»Ich *sollte* dort hineingehen?«, fragte er verblüfft, um dann zu der steinernen Wand zu blinzeln. »Hat er eigentlich einen Namen?«

»Kein Name.«

Wenn ich in die Zivilisation zurückkomme, nahm er sich vor, werde ich den Namenlosen Berg in die Landkarte von Australien eintragen. Nein, korrigierte er sich, nein, denn dann werden weiße Männer herkommen, den Berg entweihen und ihm den Namen Victoria oder Albert verpassen. Vielleicht sogar oben auf dem Gipfel eine Flagge hissen. Allein der Gedanke daran ließ Neal erschaudern.

Ein eisiger Wind zog auf. Neal nahm ihn nur wahr, weil er in Jallaras welligem langen Haar spielte. »Hat Thumimburee gewusst, was ich hier erfahren würde?«, fragte er.

Jallara schüttelte den Kopf. »Jede Vision anders.«

Neal überlegte und kam zu dem Schluss, dass die Wanderung nichts mit Überlebenskampf zu tun hatte, sondern mit spiritueller Erleuchtung und Selbsterkenntnis.

»Wenn ich nicht darum gebeten hätte, in eure Gemeinschaft aufgenommen zu werden«, sagte er voller Ehrfurcht für das geheimnisvolle Wirken der unsichtbaren Welt, »wäre ich nicht zu diesem Berg gekommen, wäre ich nicht der Ahnenwand ansichtig und mir nicht bewusst geworden, dass ich sehr wohl meinen richtigen Vater kenne.« Wie würde ein Wissenschaftler dies erklären? Keine Instrumente, keine schlauen Unterlagen oder Graphiken vermochten seine mystische Erfahrung zu analysieren, zu messen und zu klassifizieren. »Die Erstlinge haben mich bekehrt, Jallara. Ich glaube jetzt ohne Wenn und Aber an die Welt der Geister.«

Sie schüttelte den Kopf und klopfte ihm an die Brust. »Thulan schon immer an Geister glauben. War immer da.«

Wirklich? Wenn jemand darauf erpicht war, sich von der Existenz einer Geisterwelt zu überzeugen, lag eigentlich nahe, dass er bereits teilweise daran glaubte. »Ich habe noch etwas über mich gelernt«, sagte er leise. »Nämlich, dass ich arrogant bin.«

»Arro-gahnt?« Sie sah ihn verständnislos an.

»Ich habe mir eingebildet, ich könnte euer Leben in vieler Hinsicht verbessern, wenn ich euch mit Pfeil und Bogen vertraut mache und euch zeige, wie man stabilere Unterkünfte baut. Ausgerechnet euch, die ihr seit Tausenden von Jahren auf eure Art lebt und zu überleben versteht. Auf jener Wandmalerei ist eure Geschichte festgehalten, richtig?«

Sie nickte. »Ahnen. Erstlinge. Thumimburee.«

Er nickte. Die erste und als letzte hinzugefügte Gestalt an der steinernen Welle war der jetzige Stammesführer.

»Ich begreife nicht, wie ich bei eurem Aufbruch vom Billabong vor fünf Monaten sagen konnte, dass es doch eigentlich egal sei, wohin ihr zieht, da ihr keine Städte hättet und niemanden aufsuchen wolltet. Das war die Einschätzung aus der Perspektive des weißen Mannes. Aber sie stimmt nicht. Ihr habt eure eigenen Orientierungspunkte, eure eigenen Plätze, die euch rufen. Wir halten euch für ziellose Nomaden, weil wir weder die Traumzeitpfade kennen noch die euch heiligen Stätten.«

Neal war überzeugt gewesen, dass Jallaras Volk bald bedauern würde, das reiche Wasservorkommen am Billabong verlassen zu haben. Umso erstaunter war er dann gewesen, als der Clan immer wieder an verborgenen Wasserstellen anlangte – Löcher im Kalksteinboden der Wüste, unter kleineren Felsbrocken und Buschwerk verborgen, gefüllt mit Süßwasser. Er hatte vorgehabt, sie zu unterweisen, wie sie zu leben hätten, dabei wussten sie das seit Tausenden von Jahren. Er grinste betreten. »Das wäre in etwa so, als würde Thumimburee das Haus meines Vaters in der Beacon Street betreten und uns weismachen wollen, dass unser Kamin unsinnig und unsere Beleuchtung falsch angebracht ist, dass unsere Betten absurd sind – um uns dann zu zeigen, wie man sein Leben *richtig* gestaltet. Ich sah mich als der überlegene Weiße an, der euch aufklären, erleuchten wollte. Dabei habt ihr mich erleuchtet.«

Er schwieg. Allmählich fand er sich wieder zurecht, sein Körper entspannte sich – jeder Knochen hatte so wehgetan, als sei er tatsächlich im Fels eingequetscht gewesen. Je mehr die Erinnerung daran verebbte und eher ein Traum gewesen zu sein schien, umso deutlicher wurde er sich der Gegenwart bewusst. Jallaras Gegenwart.

»Wie kommt es, dass du hier bist?«, fragte er sie. »Weiß Thumimburee, dass du mir gefolgt bist?«

Als sie verschämt lächelte und ihm durch ihre dichten schwarzen Wimpern einen vielsagenden Blick zuwarf, hielt Neal den Atem an. Erst jetzt bemerkte er, dass sie so prächtig gekleidet und geschmückt war, wie er das noch nie an ihr gesehen hatte. Federn, Halsschmuck aus Körnern und Knochen und Zähnen. Eine Kette war aus Muscheln gefertigt. Wo hatten sie mitten in der Wüste Muscheln gefunden? »Was …«, stotterte er. Und dann wusste er es: »*Du* bist das dritte Ritual.«

»Erst Schmerz«, sagte sie lächelnd, »dann Welt der Geister. Und jetzt Mann werden.«

Obwohl sich in seinen Lenden heftiges Verlangen regte, bezwang er sich zunächst und sagte: »Wir sind nicht verheiratet. Und ich habe mich einer anderen versprochen.« Dann aber hielt er inne. Jallara war nicht aus Liebe oder um sich ihm hinzugeben gekommen, auch nicht um ihn von Hannah abzukehren. Dass sie hier bei ihm war, hatte mehr mit Religion denn fleischlichen Gelüsten zu tun. War sie für diese Aufgabe erwählt worden, weil zur Hälfte weißes Blut in ihr floss? Hatte sie darum gebeten? Oder sich mit den anderen Mädchen darum beworben und gewonnen? Egal. Je länger er sie im Mondlicht ansah, ihr in die glänzend schwarzen Augen schaute und auf ihre lächelnden feuchten Lippen, umso unwichtiger schien alles andere.

Aus einem Beutel am Gürtel ihres Bastrocks holte Jallara jetzt kleine grüne Blätter, die einen stechenden Geruch verbreiteten. Sie drückte sie an Neals Lippen, und er schmeckte etwas Bitteres, das aber keineswegs unangenehm war. Einem anderen Beutel entnahm sie gleich darauf kleine rote Beeren, die sie nicht, wie Neal erwartet hatte, ihm zu essen gab, sondern die sie, indem sie den Kopf hin und her bewegte und ihr Haar zurückstreifte, an ihrem Hals zerdrückte, bis ihr der Saft auf die Schulter lief. Zu Neals Überraschung zog sie seinen Kopf zu sich hinunter, so dass sein Mund süßes Beerenmark verkostete. Die Mischung der beiden Geschmacksrichtungen war unerwartet köstlich und gleichzeitig sinnlich erregend.

Jallara wandte sich von ihm ab und stand auf. Mit ausgebreiteten Armen und summend begann sie einen verführerischen Tanz. Wie gebannt verfolgte Neal das Wogen ihrer Brüste, das geschmeidige Kreisen der Hüften. Als sie den Gürtel ihres Bastrocks aufknüpfte und sich des raschelnden Kleidungsstücks entledigte, sah er, dass sie darunter völlig nackt war. Er stöhnte vor Verlangen auf.

Nachdem sie ihren Tanz beendet hatte und ihre Haut schweißnass glänzte, kniete sie vor ihm nieder und drückte ihn sanft hinunter in den Sand. Dann beugte sie sich über ihn und streifte mit ihrem langen Haar immer wieder über seine Erektion. Ihre Zunge tastete sich vorsichtig über die noch empfindlichen Tätowierungen. Neal sog ihren erdigen, moschusartigen Geruch ein, während er seine Hände zur Erkundung der geheimnisvollen Landschaft ihres Körpers ausschickte.

Vor Erregung ächzend, zog er sie zu sich herunter. Sie schlang die Arme um ihn. Er rollte sie auf den Rücken und schaute ihr, während er ihre Brüste und ihren Bauch liebkoste, in die Augen.

Eng an ihn geklammert, die warmen Lippen an seinem Ohr,

raunte Jallara in ihrer melodischen Sprache Worte, die sich für Neal anhörten, als plätscherte Wasser über Steine.

Als er in sie eindrang und ihre kräftigen Schenkel ihn umfingen, um ihn noch tiefer in sich zu spüren, schaute Jallara zu dem Berg, der die Sterne abschirmte. Was hast du da drin gesehen, Thulan?, fragte sie sich.

Wie alle Frauen war Jallara noch nie im Inneren des Bergs gewesen. Er war für sie tabu, und über das, was sich dort ereignete, sprachen die Männer nicht. Dabei hätte sie gern erlebt, was Thulan dort erlebt hatte. Zum ersten Mal in ihrem jungen Leben stellte sich Jallara die Frage, warum sich Männer geheime Orte erschufen, die Frauen verwehrt waren. Dieser Gedanke beschäftigte sie, während sie den weißen Mann in ihren Armen hielt, ihn in sich fühlte, seinen heißen Atem auf Wangen und Hals spürte. Und etwas, was sie noch nie bedacht hatte, wurde ihr bewusst: Frauen haben bereits ihre eigenen geheimen Plätze, und an diesen Plätzen erschaffen wir Leben.

Ein lustvolles Aufstöhnen kam aus ihrer Kehle. Welche Wärme und welche Kraft von Thulan ausging, als er seine Lippen auf ihr Haar, ihren Hals, ihre Schultern presste. Sie spürte etwas Feuchtes auf ihrer Haut und merkte, dass er weinte. Anwärter, die sich der Initiation unterzogen, weinten oft, wenn die Tortur überstanden war, weil Geistervisionen so übermächtig waren. In der Annahme, dass Thulan geheilt werden musste, und bei dem Gedanken daran, dass sie in wenigen Tagen voneinander Abschied nehmen würden, strich sie ihm über das Haar und raunte ihm liebevolle Worte ins Ohr.

Als er sich gleichmäßig in ihr bewegte, lächelte sie zu den Sternen empor und dankte dem Berggeist. Die Krankheit war aus Thulans Seele gewichen.

30

»Hilfe! *Hilfe!*«

Hannah fuhr hoch, lauschte. Hatte da jemand um Hilfe gerufen? Das beständige Heulen des Windes konnte einen durchaus zum Narren halten. Sie blinzelte durch die Nachmittagssonne über die rote Sandwüste mit den zwölf klaffenden Löchern und den Geröllaufschüttungen dazwischen, was in dieser ansonsten eintönigen Öde wie eine Anhäufung riesiger Maulwurfshügel anmutete.

Hannah selbst kniete auf einem dieser Haufen, die man als Siebrückstände bezeichnete, und durchsuchte mit einem kleinen Pickel das aus den Minen nach oben verbrachte Geröll nach Opalen, die die Grubenarbeiter unter Tage übersehen hatten. Sie war auch schon fündig geworden, hatte mehrere Edelsteine herausgeklaubt, von blassblauen bis hin zu im Inneren rötlich leuchtenden schwarzen Opalen.

»Hilfe! Hier ist mächtig was eingestürzt!«

Hannah sprang auf. Aus welchem Schacht war der Ruf gekommen? Schon setzten sich Männer hastig in Bewegung, und als sie sich um einem Krater sammelten und hinunterschauten, war klar, dass es sich um die Mine von Ralph »Church« Gilchrist handelte, dem Viehtreiber aus der Gegend von Toowoomba. Da Opale nur unter der Erde zu finden waren, mussten Schächte ausgehoben und dann parallel zur Oberfläche Stollen gegraben werden. Für Hannah, die ebenfalls zur Unglücksstelle gelaufen war, schien nicht Churchs Schacht eingebrochen zu sein, sondern der davon abzweigende Stollen nachgegeben zu haben.

»Alles in Ordnung mit dir, mein Junge?«, brüllte Mike Maxberry nach unten.

Mit gequetschter Stimme kam zurück: »Holt mich hier raus. Die Decke kommt gleich runter. Vielleicht beeilst du dich 'n bisschen, wenn ich dir verrate, dass ich in der Hand 'nen Opal hab, der so groß ist wie dein Arsch.«

Inzwischen umstand die gesamte Gruppe den Rand des Kraters und spähte hinunter in die Dunkelheit. Charlie Olde hielt sich die zu einem Trichter geformten Hände an den Mund und rief: »Church, du ausgemachter Blödmann, kannst du uns hören? Wenn du tot bist, dann antworte gefälligst.«

Obwohl die Männer Witze rissen, stand ihnen die Angst ins Gesicht geschrieben. Noch war keiner Opfer eines Stolleneinbruchs geworden, aber diese Gefahr drohte ständig; wenn sie morgens hinunterkletterten, beherrschte sie anfangs nur ein Gedanke: Ob es mich wohl heute trifft, lebendig begraben zu werden?

»Ich brauch den Eimer!«, brüllte Church nach oben.

Jamie O'Brien rief nach der Hebewinde, einer sperrigen Vorrichtung, die sich nur mit Hilfe von sechs Männern bewegen und über dem Schacht aufstellen ließ. Jamies Leute hatten sie unter anderem aus Wagenbrettern und Achsen gefertigt. Sie bestand aus einem Fass, das in horizontaler Lage auf vertikalen Stützen ruhte und von zwei Kurbelwellen bewegt wurde, so dass sich das Führungsseil also, je nachdem, ob der Eimer auf- oder abwärts gehievt wurde, um das Fass wand oder entrollte. Eingesetzt wurde diese Hebewinde, um den anfallenden Abraum beim Ausschachten einer Mine – eines gigantischen Wunschbrunnens, wie Hannah befand – nach oben zu befördern.

»Ich lass jetzt den Eimer runter, Ralph!«, rief Jamie O'Brien, während er letzte Hand an die Hebewinde legte. »Kannst du dir den Weg aus dem Stollen bahnen?«

O'Brien brauchte längst keine Beinschiene mehr, auch keine Krücken, wenngleich er beim Gehen noch etwas humpelte. Da er beim Hantieren mit der sperrigen Hebewinde sein Hemd ausgezogen hatte und sein Oberkörper schweißnass in der Nachmittagssonne glänzte, konnte Hannah den Blick von seinem drahtigen Körper einfach nicht abwenden.

Sie spürte ein Verlangen nach diesem Jamie O'Brien, das ständig größer wurde und sie erschreckte. Nein, verliebt war sie nicht in ihn. Ihr Herz gehörte weiterhin Neal. Aber ihr Körper folgte eigenen Gesetzen.

Gestern beim Abendessen, es hatte einen gebratenen Waran und Damper gegeben, hatte er sie gefragt: »Wann nennst du mich endlich Jamie?« Und sie hatte erneut Ausflüchte gemacht: »Auch in der Wildnis, Mr. O'Brien, gilt es, die Form zu wahren. Ich würde sogar sagen, gerade *weil* wir in der Wildnis sind, ist dies umso mehr geboten.«

Dabei wusste sie, dass dieses förmliche »Mr. O'Brien« mehr damit zu tun hatte, eine Schranke zwischen sich und diesem Mann, den sie so unverschämt attraktiv fand, aufrechtzuerhalten. Und weil sie ahnte, dass Jamie O'Brien das Gleiche für sie empfand – seine Blicke, das selbstbewusste Lächeln, das er ihr über das Lagerfeuer hinweg zuwarf, waren beredt genug –, befürchtete sie, dass sie ihm, sobald er einen Annäherungsversuch machte, keinen Widerstand leisten würde.

Sie strich sich die Strähnen aus dem Gesicht und verfolgte, wie der Eimer in den Schacht, der gerade mal breit genug für einen Mann war und nur wenig Ellbogenfreiheit einräumte, hinuntergelassen wurde. Der Wind in dieser Wüste blies unaufhörlich, Tag und Nacht, heiß und kalt, von Norden nach Süden, von Osten nach Westen. Ständig musste Hannah ihre Röcke festhalten und ihr Haar bändigen. Ihre Haube hatte der Wind längst mit sich fortgetragen.

Doch das machte ihr nichts weiter aus. Seit sie den Verband von Jamies Schienbein entfernt und eine sauber verheilte Wunde erblickt hatte, war sie wie beflügelt von der Erkenntnis, dass Jod bei ernst zu nehmenden Wunden und somit auch bei offenen Brüchen Infektionen verhinderte. Welch andere Wunder vermochte die Tinktur noch zu vollbringen? Als Mike Maxberry ihr angeboten hatte, sie nach Adelaide zurückzubringen, hatte Hannah überlegt, was sie, sofern Opale wirklich so kostbar waren, wie Jamie O'Brien behauptete, mit dem Geld, das sie aus ihrem Verkauf erzielte, anstellen würde – sie könnte aus dem Australia Hotel ausziehen und sich ein eigenes Häuschen zulegen, dort studieren und experimentieren und ihr Wissen erweitern –, um vielen anderen zu helfen. Neal, so glaubte sie, durchquerte im Augenblick mit Sir Reginald das Nullarbor, Alice befand sich mit Sam Glass auf Tournee durch die Kolonien, und Liza Guinness wähnte sie bei Neal. Da sich demnach keiner Sorgen um sie machte, hatte sie gesagt, sie würde gern bleiben und ebenfalls nach Opalen suchen.

Nach dem Erwerb der geheimnisvollen Schatzkarte hatte sich Jamie unauffällig bei erfahrenen Gold- und Edelsteingräbern umgehört, um sich über Opale kundig zu machen, und aus dem, was ihm ein alter Goldgräber erzählt hatte, wusste er, dass man Löcher graben und dann die Opale herausmeißeln musste. Also hatten er und Maxberry in Adelaide entsprechendes Werkzeug und Proviant besorgt, niemals zu viel auf einmal, um keinen Verdacht zu erregen und ein »Wettrennen« auszulösen. Inzwischen hatten Jamie und seine Männer Tag und Nacht die von Stinky Sam ausfindig gemachte Gegend durchwühlt und den gesamten Bereich derart mit Schächten durchzogen, in denen jeweils ein Mann mit Meißel zugange war, dass Nan sie lachend als »*Kooba peedi*« bezeichnete, was in ihrer Sprache »weiße Männer in Löchern« hieß. Jamie hatte es sich nicht nehmen lassen, mit seinem Messer auf einen der Felsbrocken *Coober Pedy* einzukerben.

Ihre ersten Funde waren nicht überwältigend gewesen – ein paar blassblaue Steinchen, durchaus keine »Millionen«, von denen ein berauschter Sam getönt hatte. Da aber Jamie und seine Männer von großen Brocken feuersprühender Edelsteine träumte, hatten sie einen veritablen Bergbaubetrieb aufgezogen und sich hier, 500 Meilen nördlich von Adelaide, niedergelassen: Sechs Zelte waren errichtet worden, dazu eine Pferdekoppel, ein Unterstand aus Ästen und Büschen für die Bearbeitung der Opale sowie ein Klohäuschen aus den Latten eines der Wagen, für dessen Bau Blackie White verantwortlich zeichnete.»Wenn man das Scheißhaus von Anfang an tief genug aushebt, braucht man's nicht zu versetzen«, hatte er erklärt. Mit Wasser musste sparsam umgegangen werden. Immerhin konnte Hannah ihre Wäsche auf die Leine hängen. Zwar nicht gewaschen, aber allein Wind und Sonne und Sand schienen eine reinigende Wirkung auf die Kleidung auszuüben.

Es war keineswegs so, dass es nur Mühsal und harte Arbeit gab. Charlie Olde und Stinky Sam verstanden so gut mit ihren Pistolen umzugehen, dass fast immer Fleisch auf den Tisch kam, und was diese beiden nicht erwischten, erbeutete Nan mit ihrem Stock. Im weiteren Verlauf des Abends sorgten oft die drei karottenhaarigen Brüder Roddy, Cyrus und Elmo, die Jamie in Botany Bay kennengelernt hatte und die Hannah weiterhin nicht auseinanderhalten konnte, für die musikalische Unterhaltung – Roddy am Banjo, Cyrus mit der Fidel sowie Elmo, der durch die Lücke seiner fehlenden Schneidezähne pfiff.

Und dann war da immer Jamie mit seinem schier unerschöpflichen Vorrat an Geschichten aus dem Outback.

Während alle verfolgten, wie Jamie mit Blackie White die Hebewinde betätigte, und darauf warteten, dass Church sich freischaufelte (und Hannah sich bemühte, Jamies verschwitzten Rücken und die sehnigen Arme nicht anzustarren), wehten Essensdüfte zu ihnen herüber. Nan, Hüterin des Feuers, briet einen fetten Waran, den sie erwischt hatte und jetzt auf Aborigine-Art ungehäutet zubereitete. Wie alle anderen wusste auch Hannah nichts über diese Frau. Die Narben, mit denen ihr dunkles Gesicht übersät war, deuteten auf überstandene Pocken hin, eine Krankheit des weißen Mannes. Jamie zufolge hatte Mike Maxberry lediglich durchblicken lassen, dass der gesamte Clan seiner Gefährtin durch eine Pockenepidemie ausgerottet worden war und Nan als Einzige überlebt hatte. Aus irgendeinem Grund hatte sie sich Mike angeschlossen und war bei ihm geblieben.

Nan redete nicht viel, war jedoch des Englischen mächtig. Immerhin hatte Hannah sie sagen hören, dass diese Outback-Regionen von den Aborigines als Ebenen des Feuers bezeichnet wurden. Eine Wildnis, in der es im Sommer heißer sei als eine Feuersbrunst und die »nicht einmal schwarzer Mann betritt«.

Genau dies war es, was Hannah an diesem sonnigen Frühlingsnachmittag im September beunruhigte, als sie den Geröllaushub nach übersehenen Opalen durchsiebte: die wachsende Sorge, dass die Männer in ihrer Gier nach Opalen keinen Gedanken daran verschwendeten, ihre Zelte abzubrechen, wenn es an der Zeit war. Und diese Zeit, der glühendheiße Sommer, stand kurz bevor.

Unvermittelt war ein ersticktes Grunzen von unten zu vernehmen.

Die Männer warfen sich erschrockene Blicke zu.

»Church!«, brüllte Jamie nach unten. »Bist du noch da?«

Sie lauschten, aber außer dem Pfeifen des Windes war nichts zu hören.

»Ich steig runter«, erklärte Jamie.

»Damit du auch noch krepierst?«, rief Maxberry. »Du Wahnsinnsknabe, bist wohl lebensmüde, was? Ralph ist verschüttet!«

Aber Jamie kletterte bereits über den Rand, hangelte sich dann an den Vorrichtungen, die für Hände und Füße in die Wand des Schachts eingelassen waren, hinunter, stellte den rechten Fuß in den Eimer, griff nach dem Seil und sagte: »Lass mich runter.«

Roddy, der karottenhaarige Maurer, betätigte nun an Jamies Stelle zusammen mit Blackie White die Kurbel. In atemloser Spannung verfolgte man, wie die Seilwinde knirschend Jamie O'Brien in die Tiefe entschwinden ließ, bis sein dunkelblondes Haar vom Schatten verschluckt wurde. Dann hörte man einen dumpfen Aufprall, gefolgt von polternden Felsbrocken und Steinen, keuchendem Atem und einem gelegentlichen »Halt durch, Church, bin gleich bei dir.«

Hannah biss sich auf die Lippe. Erst letzte Woche hatte Jamie die Frage aufgeworfen, ob die Stollen nicht zu wenig Abstand voneinander hätten und somit das Erdreich möglicherweise instabil sei und gefährlich für sie werden könnte. Während vom Grund des Schachts Geräusche nach oben drangen, aber keine von Ralph Gilchrist, schaute Hannah in die Ferne, über endlose

Meilen Ödland, über das der Wind strich. Niemand weiß, wo wir sind, sagte sie sich.

Endlich das erlösende »Ich hab ihn!«. Roddy und Blackie betätigten die Hebewinde und hievten Ralph den Schacht hoch. Schon streckten sich ihm helfende Hände entgegen.

Er hatte sich am Kopf verletzt und war entsprechend blutverschmiert. Man legte ihn auf den Boden, und sofort kniete Hannah an seiner Seite. Er war bei Bewusstsein, schien aber starke Schmerzen zu haben. Durch den Einsturz waren Gesteinsbrocken auf ihn niedergegangen und hatten ihm etliche Schnittwunden beigebracht.

Um seine Lebensgeister zu wecken, alberte man herum, bis Ralph tatsächlich grinste, gleich darauf aber ächzte: »Hört endlich mit eurem Schwachsinn auf. Ist gar nicht so komisch, wie's aussieht.«

Hannah erschrak, als Ralph Gilchrist bei der Grimasse, die er schnitt, seine Zähne entblößte. »Gütiger Himmel«, flüsterte sie.

Wie vor den Kopf geschlagen stand sie auf. »Würden Sie ihn bitte in sein Zelt bringen?«, bat sie die Männer. »Ich werde ihn dann dort versorgen.«

Jetzt tauchte auch Jamie wieder aus dem Schacht auf, wurde mit Beifallskundgebungen bedacht. Nur Hannah war zu verstört, um ihm zu seiner Bravourleistung zu gratulieren.

Ohne es zu wissen, standen die Opalsucher von einer Sekunde zur anderen einer sehr ernsten, ja sogar tödlichen Gefahr gegenüber.

31

Bis Hannah die Wunden von Ralph Gilchrist versorgt hatte, von denen keine lebensbedrohlich war, und das Zelt verließ, war die Nacht hereingebrochen, hatten sich die anderen um das Lagerfeuer versammelt. Stinky Sam fischte Kekse aus der Asche, während Nan den Waran häutete und saftige Brocken Echsenfleisch auf die Blechteller der Männer verteilte. Die Wasserflasche aus Leinwand wurde herumgereicht, dieses eine Mal legte man sich beim Trinken keine Beschränkung auf.

Dennoch bereitete Hannah der schwindende Wasservorrat Kopfzerbrechen. Gelegentliche winterliche Niederschläge hatten die Tonnen zwar immer wieder aufgefüllt, und Nan war geschickt darin, in ausgetrockneten Flussbetten nach Wasser zu graben und durch ein Schilfrohr Brackwasser aufzusaugen, aber sie gingen einem Sommer ohne Niederschlag entgegen. Noch gab es genug Wasser für Menschen und Pferde, aber nicht mehr lange. Hannah hatte sich von dem kostbaren Nass einen kleinen Vorrat angelegt, um sich die Augen spülen zu können, eine Vorsichtsmaßnahme gegen eine ständig drohende Bindehautentzündung, »Sandbrand« genannt, aber auch dieser Vorrat würde nicht lange reichen.

Und jetzt kam eine sehr viel größere Sorge hinzu. Sie schaute sich nochmals nach dem Zelt um, in dem Ralph Gilchrist lag. Er hatte nicht mehr lange zu leben, und das hing keineswegs mit dem Einbruch des Stollens zusammen.

Hannah hielt das Gesicht in den kühlen Wind. Die Luft an diesem Abend war irgendwie anders. Kündigte sich Regen an? Aber keine Wolke verdeckte die hellen, kalten Sterne.

Sie blickte zu Jamie O'Brien, der am Lagerfeuer saß. Er hatte ein frisches Hemd angezogen, eins, das auf einer Leine gehangen hatte, damit Wind und Sand es reinigten. Darüber trug er wie immer die schwarze Lederweste mit den Silberknöpfen. Und wenn er schon infolge der Wasserkontingentierung aufs Rasieren verzichtete, achtete er zumindest darauf, dass sein dunkelblonder Bart gestutzt war und ihm das Haar nicht über den Kragen wuchs.

Sie schaute zu den anderen Männern, deren Gesichter vom Feuer erhellt waren und die aßen und lachten und sich unterhielten. Welch eine zusammengeschweißte Gemeinschaft sie doch bildeten, überlegte sie. Eine Kameradschaft, wie sie sich vor allem im Outback entwickelte, wo stets Gefahren drohten, so dass oft das Einzige zwischen einem Mann und dem sicheren Tod der Freund an seiner Seite war.

Dementsprechend oblag es Mr. O'Brien, diesen Männern zu verdeutlichen, dass es um Leben oder Tod ging, und sie zu überreden, die Opalfelder zu verlassen. Wenn Hannah ihn zum Aufbruch bewegen konnte, würden die anderen ebenfalls ihre Zelte abbrechen. Dessen war sie sich sicher.

Jamie gab gerade eine seiner Schnurren zum Besten, blickte dabei aber hinüber zu Hannah, die vor dem Zelt stand, das sich Ralph Gilchrist mit Tabby und Bluey Brown teilte. Sie wirkte niedergeschlagen. War mit Church alles in Ordnung? Wie begehrenswert Hannah aussah, durchzuckte es Jamie, unversehens von sinnlichen Gefühlen übermannt. Obwohl es um ihr Kleid nicht mehr zum Besten stand und ihr Haar ungebändigt über die Schultern hing, war sie nach wie vor jeder Zoll eine Dame.

Hannah Conroy beschäftigte seine Gedanken Tag und Nacht. Er träumte von ihr. Wenn er in seiner Mine schuftete, am Sandstein herumkratzte, überlegte er, wie es wohl wäre, wenn er sie im Arm hielte, wenn er sie küsste. Wo er sich doch nach Jahren der Schürzenjägerei und amourösen Eroberungen für gefeit gegen die Liebe hielt. Nicht einmal auf Tuchfühlung war er mit ihr gekommen.

Bis jetzt.

Jetzt wusste er, was es mit den Liedern und Gedichten auf sich hatte, in denen es um Liebe und romantische Schwärmerei und ewige Treue ging. Bislang waren das für ihn wirklichkeitsfremde Ergüsse liebeskranker Jungspunde gewesen. Jetzt wünschte er sich, über die Gabe der Poesie und Lyrik zu verfügen, denn nur zu denken »Ich liebe diese Frau« kam ihm für das, was er empfand, unangemessen vor, unzureichend.

»Immer erzählst du die Geschichte falsch, Jamie«, zog Charlie Olde ihn auf. »Ich meine die Geschichte von dem Hund, der auf der Proviantkiste saß. So wie ich sie gehört habe, hieß es da nicht *saß*.«

Die anderen lachten, während Jamie brummte: »Halt deine Zunge im Zaum.« Als unversehens Hannah ans Feuer trat, wurde Charlie puterrot und entschuldigte sich. Aber Hannah war keineswegs gekränkt. Jamie O'Briens Geschichten faszinierten sie.

Auch wenn er noch so amüsant zu erzählen verstand, wusste er außer über Australien und über das, was er selbst erlebt hatte, kaum Bescheid. Er war viel auf diesem Kontinent herumgekommen und hatte eine Menge gesehen, aber wenn Hannah zum Beispiel Keats oder Byron erwähnte, konnte Jamie damit nichts anfangen. Er war nicht bewandert in Geschichte oder in den Naturwissenschaften, und seine geographischen Kenntnisse außerhalb von Australien waren dürftig. »In England war ich noch nicht. Soll ja viel regnen dort.« Jamie O'Briens Stärken waren seine rasche Auffassungsgabe, seine Geschicklichkeit, anderen eins auszuwischen und den Gesetzeshütern immer eine Naslang voraus zu sein.

Unwillkürlich verglich Hannah ihn mit Neal, was, wie sie wusste, eigentlich unangebracht war. Trotzdem. Neal war belesen und gebildet, ein der Forschung ergebener Gentleman und darauf aus, Geheimnisse zu ergründen. Er war ein ehrenwerter und integrer Mann, mit dem sie sich einmal vorgestellt hatte, den Rest ihres Lebens zu verbringen.

Wie war es möglich, sich zur selben Zeit zu zwei Männern hingezogen zu fühlen, noch dazu zu zwei derart unterschiedlichen?

Vielleicht war das möglich, wenn die Beweggründe ebenfalls unterschiedlich waren. Ihre Liebe zu Neal war tief und unerschütterlich, ihre Sehnsucht nach ihm kam in den Träumen zum Ausdruck, in denen sie sich unruhig hin und her warf. Ihre Gefühle für Jamie erschienen ihr unklarer, weniger definierbar. Eigentlich war er unmöglich – und gerade deshalb umso aufregender. Nicht dass sie ihn liebte, aber irgendwie begehrte sie ihn. Ja, eindeutig, sie begehrte ihn.

Immer freute sie sich auf die Abende am Lagerfeuer, wenn sie unter dem Sternenhimmel, in der Gesellschaft von Männern, die ihr gegenüber zurückhaltend und höflich waren, keine unflätigen Bemerkungen machten und sie Miss Conroy nannten, Jamie O'Briens Geschichten lauschte. Welch schöne Balladen sich daraus machen ließen, sinnierte sie und stellte sich vor, wie Alice auf der Bühne einem gespannten Publikum diese kunterbunten Erzählungen darbieten würde, in denen es um Viehtreiber und Arbeiter auf Schaffarmen ging, um Soldaten und Gauner, um unmoralische Frauenzimmer und unbescholtene Ehefrauen, um Forscher und Abenteurer, um Landstreicher und Gesetzlose, um Eingeborene auf ihrer Wanderung auf den Traumpfaden und um Männer, die tranken und spielten und ihr Leben riskierten, um flüchtigen Träumen nachzujagen. Jamie erzählte von Aborigines namens Pingjim und Joe, von Bergen, die Karra Karra und Wellington hießen, von Städten mit alten und neuen Namen wie Gundagai und Victoria. Und er brüstete sich mit seinen eigenen Gaunereien, wie er leichtgläubigen Männern Geld abgeknöpft und Land verkauft hatte, das er gar nicht besaß, wie er mit den Pferden und Wagen der Truppen Ihrer Majestät abgehauen war – alles vorgetragen mit ironischem Unterton und einem spitzbübischen Grinsen.

Als sich Hannah diesmal zu der Gruppe am Lagerfeuer gesellte, ging es ihr darum, Jamie über die neueste Entwicklung zu unterrichten.

»Wenn Sie das komisch finden, Miss«, sagte einer der drei rothaarigen Brüder mit vollem Mund, »dann hätten Sie erst mal dabei sein sollen, als Jamie von einem hochnäsigen Ausländer,

der grad mit dem Schiff angekommen war, angequatscht wurde. Der Kerl sagte, er hätt gehört, dass es bei uns Bären gibt, die auf Bäumen leben. Also macht Jamie diesem Typen weis, dass das die sogenannten Plumpsbären wären. Sie hießen so, sagt Jamie, weil sie sich von den Eukalypten plumpsen lassen und denen, die drunter vorbeigehen, die Augäpfel aussaugen. Darauf meint der Typ, er würd gern mal einen sehen, und Jamie sagt, dann sollte er sich zu seinem eigenen Schutz vorher den Kopf mit Hundepisse einreiben.«

Wie um Hannahs Aufmerksamkeit zu erheischen, mischte sich jetzt Blackie White ein. »Nur damit Sie's wissen, Miss Conroy. Als ich Jamie kennenlernte – das war in der Gegend von Brisbane –, hab ich ihn mit nach Haus genommen, und meine Mutter meinte, er benähm sich gar nicht wie ein Schwein. Aber das wollt ich nicht gelten lassen und hab gesagt: tut er doch.«

»He, Jamie«, warf Tabby der Holzfäller ein, »hast du Miss Conroy schon erzählt, wie du mal mit 'nem Känguru geboxt hast?«

Jamie grinste Hannah an. »Hab ich tatsächlich. Aber ich hab die Kängurudame gewinnen lassen. Sie hatte was Kleines in ihrem Beutel.«

Hannah nutzte das Gelächter der anderen, um Jamie zuzuflüstern: »Mr. O'Brien, dürfte ich Sie mal sprechen?«

Sie gingen zu dem Unterstand für die Opale – vier Wagenachsen, darüber ein Dach aus Ästen und Sträuchern –, wo sich ein behelfsmäßig aus Latten und Fässern gebauter Tisch befand, auf dem die Funde aus sämtlichen Stollen ausgebreitet waren: Sandsteinbrocken mit Opalen, die in allen Farben des Regenbogens funkelten. Ein immenser Schatz.

»Also was ist mit Church?«, fragte Jamie, als er sicher sein konnte, außer Hörweite der anderen zu sein.

»Seine Verletzungen sind nicht weiter schlimm.«

»Gott sei Dank. Das viele Blut hat mir einen gehörigen Schrecken eingejagt.«

Da Jamie keinen Hut trug, fuhr ihm der Abendwind immer wieder durchs Haar, das, wie es Hannah vorkam, den Farbton von altem Gold aufwies. Eine flackernde Laterne spendete genug Licht, um seine Augen so blau wie die Opale auf dem Tisch leuchten zu lassen. Allein mit ihm, eingehüllt von der nächtlichen Stille und den Sternen am Firmament, beschlich Hannah unvermittelt Nervosität. Ganz dicht stand Jamie neben ihr. Durch sein Lächeln vertieften sich die Fältchen in seinen Augenwinkeln.

»Mr. O'Brien, wir befinden uns in einer ungemein schwierigen Lage. Es ist eingetreten, was ich befürchtet habe. Ralph Gilchrist hat Skorbut.«

Da er schwieg, fügte sie hinzu: »Das ist das, was Sie als Barcoo-Fäule bezeichnen.«

Er riss die Augen auf. »Bist du dir sicher?«

»Sein Zahnfleisch blutet. Das ist das erste Anzeichen. Sein Zustand wird sich verschlimmern.«

»Wie hat er sich das eingefangen?«

»Skorbut wird durch unzulängliche Ernährung ausgelöst. Wenn man monatelang nichts als Fleisch und Kekse isst.«

Er rieb sich das Kinn. »Warum sind wir anderen dann nicht davon betroffen?«

»Auch wir werden dem nicht entgehen, es ist alles nur eine Frage der Zeit. Bevor Mr. Maxberry mich vom Australia Hotel abholte, habe ich sehr viel Obst und Gemüse gegessen. Mein Körper dürfte noch über einen ausreichenden Vorrat an säurehaltiger Flüssigkeit verfügen, die Skorbut verhindert. Ich nehme an, dass Sie und Ihre Männer in den Monaten vor Ihrem Aufbruch hierher ebenfalls mehr Obst und Gemüse gegessen haben. Mr. Gilchrist eindeutig nicht. Er hat sich schon vorher zu einseitig ernährt, deshalb ist er auch der Erste, der die entsprechenden Symptome aufweist. Mr. O'Brien, wenn wir nicht sofort nach Adelaide zurückkehren, werden wir mit Sicherheit alle Skorbut bekommen.«

»Wie gefährlich ist Skorbut?«

»Absolut tödlich.«

Jamie runzelte die Stirn. »Hast du nichts, was dagegen hilft?«

»Skorbut ist nicht wie eine Krankheit, die mit Fieber einhergeht. Sondern eine Erkrankung aufgrund unzureichender Ernährung. Wenn Mr. Gilchrist weiterhin kein Obst und kein Gemüse bekommt, muss er sterben. Und wir anderen auch, Mr. O'Brien, wenn wir noch länger hierbleiben. Wenn Sie nicht nach Adelaide wollen, dann bringen Sie Ihre Männer zumindest oben zum Spencer-Golf, wo es ausreichend Trinkwasser und Vegetation gibt.«

Der Wind nahm zu, ließ das Gestrüpp über ihren Köpfen rascheln, die Stützen des Dachs schwanken und ächzen. Ein paar Strähnen hatten sich aus Hannahs Haarknoten gelöst, wehten ihr über die Wange. Jamie widerstand dem Impuls, sie ihr aus dem Gesicht zu streichen.

»Das ist nicht so einfach, Hannah.« Er fuhr sich durch das dichte Haar. »Sie haben ihre Arbeit aufgegeben, ihren Anteil für die Ausrüstung entrichtet, Ehefrauen und Freundinnen zurückgelassen mit dem Versprechen, als reicher Mann zurückzukommen.«

»Wir haben doch genug Opale«, sagte sie und deutete auf die ansehnliche Ausbeute auf dem Tisch.

»Nicht genug für jeden, wenn man sie unter zwölf aufteilt.«

»Sie können meinen Anteil haben.«

»Meinen auch, aber das reicht noch immer nicht. Sie haben all ihre Ersparnisse für den Kauf von Planwagen und Pferde, für Proviant und Werkzeug verwendet. Sie werden ihr Geld zurückhaben wollen und mehr. Du hast ja gesehen, wie sie schuften, welchen Feuereifer sie an den Tag legen. Mit jedem kleinen Opal, den sie finden, steigert sich ihre Gier nach weiteren.«

Als sie abwiegeln wollte, fügte er hinzu: »Hannah, diese Männer sind mehr als Zufallsbekanntschaften. Als Mike und ich von der Strafkolonne ausbüxten und die Polizei die Fahndung nach uns einleitete, habe ich schnurstracks diese Leute um Hilfe gebeten. Sie versteckten uns und gaben uns zu essen und wiesen die Polizei in die falsche Richtung. Ich verdanke diesen Männern mein Leben. Als ich dann zu dieser Schatzkarte kam und ahnte, dass die Hand und Fuß hatte, wollte ich gemeinsame Sache mit denen machen, die mir das Leben gerettet hatten.«

Der Wind stob auf, Hannah musste ihre Röcke nach unten drücken. »Wenn es um die Begleichung einer Schuld geht, Mr.

O'Brien, dann können Sie sie jetzt bezahlen, indem Sie *Ihrerseits* das Leben dieser Männer retten.«

»Aber außer Ralph hat doch keiner von uns Skorbut. Und solange sich die Männer gesund fühlen, werden sie auf keinen Fall umkehren. Ich bin mir nicht mal sicher, ob ich sie dazu überreden will. Nimm zum Beispiel Charly« – Jamie deutete zum Jüngsten am Lagerfeuer. »Ich hab ihn vor zehn Jahren oben bei Murrumburrah kennengelernt, lange bevor ich in Ketten in der Strafkolonne schuften musste. Damals war ich ein freier Mann und unterwegs, um mir Arbeit als Schafscherer zu suchen, und da hab ich diesen Jungen auf einem Feld aufgegabelt. Unter Tränen buddelte er ein Loch aus, das Grab für seinen Bruder. Ich legte mein Bündel beiseite und hob den Rest der Grube aus, und dann bestattete ich seinen Bruder. Charlie sagte, er wär ganz allein. Er war fünfzehn, ich dreiundzwanzig, also bot ich ihm an, sich mir anzuschließen. Wir landeten auf der Bunyip-Viehfarm, wo er als Tierpfleger unterkam, bei Stinky Sam, mit dem ich mich bereits ein Jahr zuvor angefreundet hatte. Sechs Jahre später versteckten dann diese beiden Mike und mich, fütterten uns durch und führten die Polizei, die auf der Suche nach uns war, an der Nase rum. War verdammt riskant für sie, sie hätten dafür ins Gefängnis wandern können. Ich hab ihnen versprochen, sie zu reichen Männern zu machen, und davon kann ich jetzt nicht abrücken.«

Er schwieg und schaute auf seine schwieligen Hände, derweil der Wind um ihn und Hannah wirbelte und sich die Männer am Lagerfeuer vor den aufsprühenden Funken in Sicherheit brachten. »Ralph Gilchrist«, sagte er leise. »Als ich ihn kennengelernt hab, waren ihm irgendwelche Ganoven, die im Busch lebten, auf den Fersen. Ich sagte ihm Unterstützung zu, und gemeinsam haben wir die Bande in die Flucht gejagt. Da Church ohne mich totgeschlagen oder zum Krüppel gemacht worden wäre, verschaffte er mir einen Sommer lang Arbeit und ein schönes Leben als Viehtreiber. Mit jedem dieser Männer verbindet mich eine besondere Freundschaft, Hannah, und ich hab nicht vor, sie zu enttäuschen.«

Sie dachte darüber nach. Eigentlich merkwürdig, überlegte sie. Seit er ihr erzählt hatte, dass er von zu Hause weggelaufen war, hatte sie angenommen, dass er keine Familie besaß. Aber dem war nicht so. Jamie O'Brien verfügte über sehr eng geknüpfte Familienbande. Sie hatte nie für möglich gehalten, dass Familie mehr bedeuten konnte als die Abstammung von gemeinsamem Fleisch und Blut. Wenn sie jetzt an ihre innige Verbundenheit mit Alice und auch Liza Guinness dachte, dann musste sie sich eingestehen, dass auch sie sie durchaus als Familie betrachtete. Seltsam. Als ihr Vater gestorben war, war sie sich allein und verlassen vorgekommen. Aber wie bei Jamie traf das keineswegs zu.

Noch ehe sie einen weiteren Überredungsversuch starten konnte, wurde der Himmel von einem grellen Licht erhellt, und gleich darauf krachte es ohrenbetäubend.

»Was …«, schnappte Jamie in Richtung des Blitzes, als bereits ein zweiter die dunkle Nacht durchbrach, gefolgt von weiteren blendend weißen Streifen, die sich verästelnd vom Himmel zur Erde zogen.

»He! Gewitter im Anmarsch!«, brüllte Blackie White. Die Männer sprangen bereits vom Lagerfeuer auf. »Und es kommt verdammt schnell auf uns zu!«

Als sie jetzt die riesigen schwarzen Wolken sahen, die sich unvermittelt zusammengeballt hatten und näher kamen, stellten die Männer ihre Teller ab und hetzten zu den leeren Fässern, richteten sie, die offene Seite dem Regenwasser zugekehrt, auf.

Abermals zuckte ein greller Blitz auf, verzweigte sich, fuhr in den Unterstand für die Opale und setzte ihn in Flammen. Aus dem schwarzen Himmel gingen sich vergabelnde weiße Lichtstreifen hernieder, Brandgeruch breitete sich aus. Hannah spürte, wie ihre Haut prickelte und sich ihre Nackenhaare sträubten. Ein Donnerschlag löste jetzt den nächsten ab, rollte über die flache Ebene auf das ungeschützte Lager zu, blendend weiße Zacken ergossen sich fünf-, zehn-, fünfzehnfach gleichzeitig. Es war, als stünde die gesamte Wüste abrupt unter atmosphärischer Hochspannung. Dazu der ohrenbetäubende Donner.

»Wir müssen in die Minen!«, brüllte Jamie. »Hier draußen sind wir nicht sicher! Jemand soll Church holen!«

Roddy und seine beiden Brüder rannten los und schleppten Ralph Gilchrist an Armen und Beinen aus seinem Zelt.

Der Wind war zum Orkan angeschwollen, trieb die Blitze vor sich her, dorthin, wo sich eine neue Gewitterfront aufbaute. So sehr Regen für dieses verdorrte Land ein Wunder und einen Segen bedeutete, so furchteinflößend waren die Feuerschwerter, die den Himmel zerteilten und Funken zur Erde sandten, in ihrer Helligkeit und Intensität. Die Donnerschläge krachten derart laut, dass es schien, als würde der Himmel zerfetzt.

Jamie O'Brien packte Hannah am Handgelenk und rannte los. »Runter mit euch!«, schrie er denen zu, die sich erst jetzt in Richtung der Stollen in Bewegung setzten.

»Beeil dich, Hannah! Ich bin dicht hinter dir!«

»Was ist mit den Pferden?«

»Wir können nichts für sie tun. Beeil dich!«

Sie stieg hinunter, hielt sich an den Halterungen fest, die in das Gestein eingelassen waren, ihre Füße verfingen sich in den Unterröcken. Als ein erneuter Blitz aufzuckte und sich verästelte, erkannte sie die geradezu unheimlich wirkenden Umrisse von Mike Maxberry und auch die von Nan, die gerade in einen in der Nähe gelegenen Schacht kletterte. Sie meinte schon, der Blitz habe Mike getroffen, aber dann sah sie ihn Nan folgen.

Auf halbem Weg nach unten merkte sie, dass Jamie nicht nachkam. »Mr. O'Brien!«, rief sie. »*Jamie!*«

Ganz kurz tauchte er oben am Einstieg auf. »Ich muss den anderen helfen.« Damit verschwand er.

Am Boden des Schachts angelangt, schaute Hannah, auf Jamie wartend, zum Rand hinauf. Blitze verzweigten sich und drangen in den Boden, ließen die Nacht heller werden als den Tag. Dazwischen waren Schacht und Stollen in tiefste, nie erlebte Dunkelheit gehüllt. Sie hörte Männer rufen. Sie roch Rauch und Schwefel.

Und dann tauchte er endlich auf, hangelte sich nach unten, während weiterhin über ihm Blitze zuckten und sich Donner entlud.

»Alle unten in den Schächten«, vermeldete er beim Näherkommen atemlos.

Donner grollte, die Erde erbebte. Hannah dachte an Ralph Gilchrists Stolleneinbruch.

»Hier sind wir sicher«, sagte Jamie, als er unten landete. Ein Blitz trug dazu bei, die Fackel an der Wand zu löschen, mit der alle Stollen versehen waren. Er zündete ein Streichholz an, hielt es an die teerummantelte Spitze. Im Schein der Flamme sah Hannah einen engen Gang mit groben Gesteinswänden. Auf dem Boden lagen Stemmeisen und kleine Pickel. Dass auch eine Wolldecke vorhanden war, verriet ihnen, dass sie sich in der Mine von Tabby befanden, der zwischen seiner Arbeit auch gern mal ein Schläfchen einlegte.

Der Stollen war eng und nur wenige Zoll höher als ihre Köpfe. Seine Länge betrug nach Hannahs Schätzung etwa zwölf Fuß. Man hätte sich wie in einem Grab vorkommen können, wäre da nicht der kühle Luftzug gewesen, der die Flamme der Fackel flackern ließ, während sich über ihnen das Unwetter mit Macht austobte.

»Machen wir es uns doch gemütlich«, meinte Jamie und griff nach Hannahs Hand, um ihr zu helfen, sich auf dem mit Geröll bedeckten Boden niederzulassen.

»Was ist, wenn Regen durch den Schacht eindringt?«, fragte Hannah, als er sich neben sie setzte und wie sie den Rücken an die Wand lehnte.

»Ich pass schon drauf auf. Erst einmal sind's die Blitze, die uns gefährlich werden können.«

Hannah beobachtete die tanzenden Schatten an der Wand ihr gegenüber. Sie hatte gerade genug Platz, um die Beine auszustrecken. Jamies Nähe ließ ihr Herz klopfen.

Sie musste reden. »Mr. O'Brien, wieso haben Sie, als ich aus dem Zelt von Church kam, Tabby aufgefordert, sich bei mir zu entschuldigen, weil er von einem Hund gesprochen hatte, der auf einer Proviantkiste saß?«

Jamie lachte leise, während über ihnen Blitze niedergingen und mit feurigen Zinken den Boden der Wüste versengten. Er schaute

Hannah an, die so dicht neben ihm saß, dass ihre Arme aneinandergedrückt wurden. Im Schein der Fackel sah er die Feinheiten ihres Gesichts, die geschwungenen Brauen, den dichten Wimpernkranz, die taubengrauen Augen. In den vergangenen Monaten hatte sie Farbe bekommen, war nicht mehr blass, sondern wies eine gesunde Bräune auf. Unermessliches Verlangen überkam ihn. »Du kennst die Geschichte nicht?«

Sie schüttelte den Kopf. Ihre Nähe bereitete ihm mit einem Mal Schwierigkeiten beim Atmen.

»Ist eine alte Geschichte.« Jamie saß mit angewinkelten Knien da, die Handgelenke lässig darauf gestützt, eine entspannte Haltung, die den Aufruhr seiner Gefühle nicht erkennen ließ. »Sie reicht zurück in die frühen Tage der Erschließung von New South Wales. Schwere und gefahrvolle Zeiten waren das; Ausrüstung und Proviant mussten in unwirtlichem Gelände mit Ochsenkarren einer mehr schlecht als recht gespurten Fährte folgen. Manchmal blieben die Wagen stecken, und dann musste der Ochsentreiber erst mal Hilfe holen. In der Geschichte geht's um den Hund des Ochsentreibers, der auf die Proviantkiste seines Herrn, also auf die Verpflegung aufpasste, während sein Herr auf der Suche nach Hilfe war.«

Jamie wandte sich Hannah zu, schaute ihr in die Augen. »Es war Sommer, und wir blieben neun Meilen südlich von Gundagai stecken. War mühsam, Hilfe aufzutreiben. Als ich endlich zurückkam, bewachte der gute alte Prinz noch immer meine Proviantkiste. Aber er war verhungert, weil er sich nicht von dem Schatz wegbewegt hatte, den er bewachen sollte. Beim Bewachen einer Proviantkiste war er verhungert! Ich hab den alten Prinz in der Kiste begraben, auf der er so lange gesessen hatte.«

»Was für eine traurige Geschichte«, meinte Hannah.

»Deshalb musste sich Tabby drüber lustig machen. Männer heulen nicht gern in Gegenwart ihrer Kumpel, deshalb sagen sie, dass *saß* auf der Proviantkiste nicht stimmt.«

Hannah blickte kurz zu Jamie, und als sie begriff, lächelte sie.

»Sie sollten Ihre Geschichten aufschreiben, Mr. O'Brien«, sagte sie leise. Ihr Atem stockte, ihre Brust verkrampfte sich in brennendem Verlangen. Sie fühlte sich Neal verbunden, zählte die Tage, da sie wieder zusammensein würden. Aber hier war dieser Mann, abgerissen und sonnenverbrannt und so faszinierend wie die Geschichten, die er erzählte, dieser Mann, der sein Leben nach einem Kodex ausrichtete, in dem sich ehrenhaftes Verhalten und Gaunertum miteinander vermengten. Hannah sehnte sich danach, in seinen Armen zu liegen, diesen aufregenden und exotischen James O'Brien kennenzulernen.

»Weiß nicht, ob ich mich lang genug still hinsetzen und alles aufschreiben könnte«, meinte er, ohne sie aus den Augen zu lassen und zu beobachten, wie sich das flackernde Licht der Fackel im Grau ihrer Iris spiegelte. »Hast du eigentlich gemerkt, dass du mir vorhin, als ich weg war, um den anderen zu helfen, ›Jamie‹ nachgerufen hast?«

»Wirklich?«, flüsterte Hannah.

Wenn er sie jetzt küsste, überlegte Jamie, würde sie dann seinen Kuss erwidern? Und würden sie sich dann küssen, bis das Gewitter vorbei war?

Bislang hatte Jamie, wenn ihm eine Frau gefiel, kein Problem damit gehabt, ihr schönzutun und sie zu umwerben, auf dass sie dann beide ihr Begehren im Bett austobten. Skrupel, sie zu erobern und ihr anschließend Lebewohl zu sagen, waren ihm fremd. Nicht dass er gefühllos gewesen wäre. Jamie achtete stets darauf, dass eine Frau nicht ihr Herz an ihn verschenkte, dass sie ebenso dachte wie er, wenn es um ein amouröses Abenteuer ging. Nichts Dauerhaftes. Und wenn er sein Bündel schulterte und sich wieder auf den Weg machte, stellte er immer sicher, dass die Frau, die er verließ, lächelte.

Mit Hannah verhielt es sich anders. Auch wenn er sie am liebsten auf der Stelle in die Arme geschlossen hätte – wonach er, um der Wahrheit die Ehre zu geben, gierte – und auch wenn er ahnte, dass er dies niemals vergessen würde, schien sich das nicht zu gehören. Zum ersten Mal in seinem kunterbunten Leben zuckte der Begriff »Heirat« durch sein Gehirn.

Über ihnen gewitterte es weiterhin, kalte Windböen fuhren durch den Schacht, Blitze zuckten auf. Der Stollen war ein Zufluchtsort geworden. Hannah zwang sich, den Blick von Jamie abzuwenden. Sie räusperte sich und sagte: »Wie kann ich Ihre Männer dazu bringen, zum Spencer-Golf zurückzukehren, bevor sie an Skorbut erkranken?«

Und noch ehe er antworten konnte, fügte sie hinzu: »Ich weiß, was sie von mir halten. Ich bin für sie nur eine Hebamme, was kann ich da schon groß wissen? Das habe ich früher auch schon gehört. Immerhin habe ich Ihr Bein gerettet, ist das etwa nichts? Zumindest Sie, Mr. O'Brien, wissen, dass ich zu mehr fähig bin, als Kindern auf die Welt zu verhelfen.«

Er musterte sie forschend. »Wieso eigentlich? Warum eignet sich eine Lady ein Wissen an, das Männern vorbehalten ist?«

Sie berichtete, wie sie ihrem Vater bei der Behandlung seiner Patienten assistiert hatte, dass er ihr alles, was er wusste, beigebracht und was sie sich später zusätzlich an medizinischen Kenntnissen erworben hatte. »Bei Skorbut weiß ich, wovon ich rede.«

»Das bezweifle ich nicht.«

»Es ist frustrierend, Mr. O'Brien.«

Er sah gebannt auf ihre feuchten rosafarbenen Lippen. »Was denn?«

»Ich möchte doch nichts weiter als kranke Menschen gesund machen.«

»Hört sich eigentlich einfach an.«

»Für einen Mann, ja. Frauen sind Grenzen gesetzt.«

»Und wer setzt dir Grenzen?«

Mehrere Herzschläge lang sah Hannah in seine opalblauen Augen. Dann blickte sie auf zu der grob behauenen Decke des Stollens. Das Gewitter hatte sich so weit verzogen, dass nur noch in der Ferne Donner zu hören war. »Hören Sie das?«, sagte sie. »Es regnet.«

»Wir können noch nicht wieder nach oben. Erst müssen wir sicher sein, dass sich die Blitze verzogen haben. Ich werde den Schacht im Auge behalten und aufpassen, dass wir nicht vom

Regen überschwemmt werden. Dürfte ziemlich kalt werden hier unten.« Er griff nach Tabbys Decke und hielt sie ihr hin. »Wickle dich da rein.«

Hannah breitete die kratzige Decke über sie beide. Die Temperatur fiel, aber der Schein der flackernden Fackel gaukelte ihnen ein anheimelndes Ambiente vor. Dem sanften Rauschen des Regens lauschend, legte Jamie den Arm um Hannah, zog sie an sich. Sie schmiegte sich an ihn. Jamie O'Brien roch nach Staub und Schweiß, sein Körper war so hart wie der Felsen, der sie beschützte. Als Hannah spürte, wie seine Körperwärme durch ihr Kleid drang, fielen ihr wieder die Geschichten am Lagerfeuer ein und was er von den Männern erzählt hatte, die mit ihm in dieses Ödland gezogen waren, und von dem, was sie zusammengeschweißt hatte. Dass sich Hannah derart zu diesem Mann hingezogen fühlte, schien teilweise damit zu tun zu haben, dass er Australier, hier geboren war. Seine Seele hatte von diesem alten Land ihren zündenden Funken erhalten, der ihn nachdrücklicher als jedweden Einwanderer fest mit der roten Erde und mit den Eukalypten verband.

Hannah wünschte sich nichts mehr, als bei ihm zu sein, ein Teil von Jamie O'Brien zu werden, so wie sie sich wünschte, ein Teil von Australien zu werden. Sie wollte beiden angehören. Ihr Herz indes sehnte sich weiterhin nach dem Mann, der sie umfangen und geküsst hatte, als es auf Messers Schneide stand, ob die *Caprica* untergehen würde. Zärtliche Bande und gemeinsam Überstandenes schweißte sie so mit Neal Scott zusammen, wie das kein anderer verstehen konnte.

Sie wollte mit Neal zusammensein. Aber gleichzeitig ...

Jamie wusste, dass es ein Leichtes sein würde, die Frau, um die er seinen Arm gelegt hatte, zu küssen, an sich zu ziehen und auf der Stelle zu verführen. Aber irgendetwas in seinem Inneren, bislang unbekannte Gefühle – Skrupel? – hielten ihn davon ab.

Er musste nachdenken.

Er entzog sich Hannahs Wärme, schlüpfte aus der Decke und begab sich zum Ausgang des Schachts, von wo aus man oben das leise Rauschen des Regens vernehmen konnte. Noch nie hatte Jamie Betrachtungen über sich selbst angestellt. Er kannte Australien wie seine Westentasche, aber die Landschaft in seinem Inneren war ihm fremd. Man tat sich nichts Gutes an, so hatte er immer geglaubt, den Dingen und vor allem dem, was sich in einem selbst abspielte, zu sehr auf den Grund zu gehen. Von einem Tag zum anderen leben und keine Fragen zu stellen, war Jamie O'Briens Devise.

Jetzt aber hielt er Rückschau auf sein Leben und sah manches mit anderen Augen. Hatte er wirklich immer zum Besten seiner Kumpel gehandelt? Als großzügig hatte er sich erachtet, selbst wenn er beim Kartenspiel schummelte; schließlich pflegte er seine Gewinne mit den Freunden zu teilen. Andererseits: Wenn er sich auf etwas versteifte, war die Idee dazu immer auf seinem Mist gewachsen, und seine Kumpane hatten einfach mitgemacht. Nie war er auf den Gedanken gekommen zu fragen: »Was hältst *du* davon, Bluey?«

Er dachte an Hannah, die einen unerklärlichen Einfluss auf ihn ausübte. Sie war ganz anders als diese aggressiven Bibelverfechter, die einem beim Verlassen der Kneipen ihre Broschüren in die Hand drückten. Hannah schien weit davon entfernt, ihm Moral predigen zu wollen. Sie erinnerte ihn an seine Mutter. Wäre sein Leben anders verlaufen, wenn sie nicht so früh gestorben wäre? Wie weit hätte er es durch ihren unaufdringlichen Einfluss gebracht? War es nicht das, was jetzt Hannah Conroy bei ihm bewirkte? Jamie liebte sein Vagabundenleben, machte halt, wo es ihm passte, zog weiter, wenn die Ferne lockte, nahm gelegentlich eine ehrsame Arbeit an, holte ebenso oft eine gewinnbringende Spielkarte aus dem Ärmel.

Hannah hatte ihm keine Vorhaltungen gemacht. Umso kritischer betrachtete er sich jetzt selbst. Und als er sein Leben Revue passieren ließ und seine Handlungsweisen und Motive in die Waagschale warf – als sein Gewissen, das all die Jahre über geschlafen hatte, erwachte –, wurde ihm etwas höchst Erstaunliches bewusst. Vielleicht stand es ihm nicht unbedingt zu, alle möglichen auf Geld versessenen Leute abzustrafen, nur weil sein Vater so ein gieriger Knochen gewesen war.

Er räusperte sich. »Ich werd mit meinen Männern reden«, sagte er dann zu Hannah. »Ich werd ihnen das von dem Skorbut sagen, und wenn sie einverstanden sind, können wir morgen aufbrechen.«

Morgen … »Noch vor Weihnachten werden wir uns wiedersehen«, hatte Neal im April gesagt. Inzwischen war es Oktober geworden, bis Weihnachten waren es nur noch Wochen. War er bereits in Adelaide und suchte sie? Versetzte er Liza Guinness in Angst und Schrecken, wenn jetzt offenkundig wurde, dass Hannah nicht mit ihm aufgebrochen war?

»Danke«, sagte sie leise, während Jamie bereits den Schacht hochkletterte und in die Nacht entschwand.

32

Sie erwachte bei Tagesanbruch. Kaum hatte sie den Stollen verlassen, umfing sie kühle Luft. Der Regen hatte Pfützen und größere Wasserlachen hinterlassen, in denen sich flauschige Wolken spiegelten. So frisch und sauber wirkte alles.

Wie die blank geputzte Schiefertafel eines Kindes, die darauf wartet, wieder beschrieben zu werden, dachte Hannah und streckte sich, um die verkrampften Muskeln zu entspannen. Sie glaubte ihren Augen nicht zu trauen, als sie sich in der auf so wundersame Weise verwandelten Landschaft umsah. Sie hatte schon viele Sonnenaufgänge in dieser Gegend erlebt, der die Männer den Spitznamen Coober Pedy verpasst hatten und die ihr bislang wie eine unfruchtbare, leb- und farblose Wüste vorgekommen war. Jetzt aber, da sich goldene Sonnenstrahlen über die sandige Ebene legten und verwitterte Felsformationen ebenso beleuchteten wie die vor nicht allzu langer Zeit von den Männern ausgehobenen Krater und Geröllaufschüttungen, schien alles zu funkeln, wie mit Edelsteinen bedeckt zu sein. In Salzsiedepfannen glitzerten regenbogenfarbene Ablagerungen von Mineralien. Der Himmel, an dem Vögel ihrer Bahn folgten, schimmerte wie Perlmutt. Wie durch Zauberhand bewirkt, sah Hannah kleine Eidechsen und Nagetiere aus ihrem Unterschlupf auftauchen. Sie wusste, dass bald auch Blumen hier erblühen würden, wenngleich nur für kurze Zeit. Und der Wind war frisch und rein, verhieß einen neuen Tag und einen neuen Anfang.

Unwillkürlich musste Hannah an einige von denen denken, die sie seit ihrer Ankunft in Australien kennengelernt hatte: an Lulu

Forchette, die im Luxus gelebt und in Wahrheit bestimmt nicht so geheißen hatte; an Mr. Day, den erfolgreichen Kioskbesitzer auf dem Victoria Square, der, wäre er in England geblieben, noch immer Pferdeställe ausmisten würde; an Alice Starky, jetzt Alice Star, die es mit ihrer goldenen Kehle vom Küchenmädchen zum Publikumsliebling eines Varieté-Theaters gebracht hatte. Auch dieser Mr. Gladstone fiel ihr ein, der in Kirkland's Emporium aufgetaucht war, ein Bader und Dentist, der sich großspurig »Doktor« nannte und in dessen Praxis in der Hindley Street die Patienten Schlange standen.

»Und wer setzt dir Grenzen?«, hatte Jamie O'Brien im Stollen gefragt.

Jetzt vermochte Hannah darauf zu antworten: Ich selbst.

Im Australia Hotel und auf der Schaffarm Seven Oaks, in Dr. Davenports Praxis und Lulu Forchettes Salon, wo immer Hannah vorstellig geworden war, hatte sie ihre Visitenkarte überreicht, die sie als Miss Hannah Conroy, diplomierte Hebamme, auswies.

Ich habe den Leuten gesagt, wer ich bin und was ich bin. *Und wenn ich nun sagte, ich sei etwas anderes?*

Sie wandte sich dem Lager zu, in dem nach und nach die anderen eintrudelten, erleichtert, dass die Zelte noch standen und nur das Dach des Unterstands für die Opale verbrannt, den Edelsteinen jedoch nichts passiert war. In diesem Unterstand entdeckte Hannah auch Jamie, der mit Mike Maxberry in der Schlacke herumstocherte. Als er aufschaute und Hannah bemerkte, ließ er alles stehen und liegen und eilte auf sie zu. »Ich wollte grade runter und dich holen, Hannah. Alles in Ordnung mit dir?«

»Könnte nicht besser sein, Mr. O'Brien.« Angesichts des kühlen Morgens schlang sie die Arme um sich, wehrte sich nicht länger dagegen, dass sie diesen faszinierenden Mann begehrte, sondern gestand sich vielmehr ein, dass sie ihn liebte. Sie genoss dieses Gefühl, ohne daran zu denken, wohin das führen würde oder was morgen sein könnte. Sie wusste nur, dass mit einem Mal die Zukunft glitzerte.

Und wenn ich nun sagte, ich sei etwas anderes …

»Hannah«, sagte Jamie und berührte ihren Arm, »sprich du mit den Männern über den Skorbut. Frag sie, ob sie umkehren wollen. Wie immer sie sich entscheiden, ich bin dabei.«

»Danke«, erwiderte sie, hingerissen vom Anblick seines dunkelblonden Haars, das in der Morgensonne glänzte. »Zunächst aber möchte ich nach Mr. Gilchrist schauen.«

Nachdem sie sich überzeugt hatte, dass Ralph gut versorgt war, suchte sie ihr eigenes Zelt auf und stellte erleichtert fest, dass im Inneren alles trocken geblieben war. Sie machte sich frisch, und als sie wieder herauskam, sah sie, dass einige der Männer sich mit Tee aus einem Kessel über dem Feuer bedienten und Trockenkekse futterten. Das vorherrschende Thema war das nächtliche Unwetter, alle sprachen gleichzeitig. Banger und Tabby trieben derweil die Pferde zusammen, die – Wunder o Wunder – durch das Gewitter nicht zu Schaden gekommen waren, während Mike Maxberry und Jamie O'Brien weiterhin im verkohlten Unterstand die Edelsteine säuberten und einer Prüfung unterzogen.

Hannah begab sich zu denen, die um das Lagerfeuer herum saßen. »Guten Morgen«, begrüßte man sie, fragte, wie sie sich fühle, ob sie die Nacht in Tabbys Stollen gut überstanden habe und wie es Church gehe. Hannah nahm von Nan eine Tasse Tee entgegen und richtete dann das Wort an die Männer.

Sie kam auf Churchs Skorbut zu sprechen, wie schlecht es um ihn stehe und dass ihnen über kurz oder lang das Gleiche drohe. Und je nachdrücklicher sie dies vortrug, desto mehr gewann sie an Sicherheit und Überzeugungskraft. »Wer setzt dir Grenzen?«, hatte Jamie gefragt, und mit der ehrlichen Antwort: ich selbst, zu der sie sich schließlich durchgerungen hatte, war ihr eine fundamentale Erkenntnis gekommen.

Wir sind, wer wir zu sein vorgeben. Ich habe mich als Hebamme ausgegeben und mich dadurch eingegrenzt. Ich kann also anderen nicht verdenken, dass sie mich in die Schublade stecken, die ich ihnen genannt habe. Aber die Welt ist wie eine Schiefertafel abgewischt worden, und jetzt kann ich sie nach Lust und Laune neu beschreiben.

»Deshalb, Gentlemen«, schloss sie, »müssen wir zurück in den Süden, zumindest zum oberen Ende des Spencer-Golfs, und dies so schnell wie möglich.«

Angesichts der verständnislosen Gesichter fügte sie hinzu: »Ich weiß, dass Sie mich alle für eine Hebamme ansehen. Aber ich bin nicht nur Hebamme, sondern auch Heilpraktikerin. Und deshalb weiß ich, wovon ich spreche.«

Roddy rümpfte seine sommersprossige Nase. »Was'n das? Was hat sie gesagt?«

»Dass sie 'ne heilende Irgendwas is«, gab sein Bruder Cyrus zurück.

»Ich bin Heilpraktikerin«, wiederholte Hannah.

Blackie White kratzte sich den Bart. »Nie gehört.«

»Heil-was?«, fragte Maxberry.

»Es bedeutet«, warf der hinzugekommene Jamie ein, »dass die Lady weiß, wovon sie spricht.«

»Was ist eine Heilpraktikerin?«, fragte Bluey Brown der Holzfäller, der wusste, dass es Ärzte gab und Bader-Dentisten, aber damit hatte es sich auch schon.

»Es bedeutet, dass, wenn Hannah sagt, wir brechen auf, wir auch aufbrechen. Also los, Leute, macht euch ans Packen, wir kehren um.«

»Sie ist aber kein Arzt«, wandte Mike Maxberry ein, der so mit Ruß und Asche bestäubt war, dass seine schwarzen Hände denen von Nan ähnelten.

»Sie ist *Ärztin*«, verbesserte Jamie. »Und jetzt glaubt ihr gefälligst, wenn sie sagt, dass uns allen die Zähne ausfallen und wir an Skorbut krepieren. Außerdem steht ein heißer Sommer bevor, und wir haben genug Opale gefunden, um uns auf eigenem Land niederzulassen. Jetzt fangt schon mit dem Zusammenpacken an.«

Sie machten sich eilig an die Arbeit, waren alle insgeheim froh, dieser trostlosen Gegend den Rücken zu kehren und endlich mit Geld um sich werfen zu können. Maxberry kratzte sich den Schädel, warf einen zweifelnden Blick über die Schulter. Stimmte das, was Miss Conroy da über Skorbut gesagt hatte? Er befühlte sein Mundinneres und merkte, dass bereits ein Zahn wackelte.

Übers ganze Gesicht grinsend schaute Jamie Hannah an. »Heilpraktikerin also? Jedenfalls kann niemand behaupten, du wärst nicht, was du deinen eigenen Worten nach bist. Die Regeln dafür stellst du auf. Und jetzt, Miss Praktikerin, muss ich dir eine Wahnsinnsidee unterbreiten ...«

Er fasste sie am Ellbogen und ging mit ihr über das feuchte Gelände zu den geschwärzten Überresten des Opal-Unterstands. »Irgendwas hat sich in mir verändert, Hannah. Vergangene Nacht bin ich in diesen Schacht da gestiegen und als ein anderer wieder rausgekommen. Ich will Schluss machen mit meinem Vagabundenleben. Nicht mehr betrügen und stehlen. Sondern sesshaft werden, wenn du verstehst, was ich meine.«

»Aber die Polizei ...«

»Ich kann meinen Namen reinwaschen. Mit dem Geld, das ich für die Opale kriege, kann ich meine Strafen bezahlen und Richter bestechen. Und dafür sorgen, dass dieses Fahndungsplakat verschwindet. Jamie O'Brien, den Betrüger, gibt's dann nicht mehr.«

Und sobald wir wieder in Adelaide sind, dachte er bei sich, werde ich dir den größten und teuersten Ehering schenken, den ich mit dem Erlös aus unseren Opalen kaufen kann.

33

Jallara hatte ein wunderbares Geheimnis.

Seit der Nacht mit Thulan am heiligen Berg hatte der Mondgeist sie nicht besucht, weshalb ihre allmonatliche Trennung vom Clan, der sich alle menstruierenden Frauen fügen mussten, nicht nötig geworden war. Ein neues Leben wuchs in ihr heran. Der Clan würde begeistert sein. Thulans Kind, das bedeutete, dass Thulan selbst für immer bei ihnen bleiben würde, was wiederum hieß, dass der Abschied von ihm nicht allzu schmerzlich sein würde.

Sie verriet es ihm nicht. Jallara wusste, dass weiße Männer merkwürdige Ansichten über Kinder hatten, insbesondere über männliche. »Das ist meiner«, pflegten sie zu sagen, dabei wusste doch jeder, dass ein Kind dem Clan gehörte. Wenn sie Thulan einweihte, entschloss er sich womöglich, bei ihnen zu bleiben und somit nicht auf seinem eigenen Traumpfad weiterzuwandern, oder aber er würde sie und das Kind mitnehmen, in die Welt des weißen Mannes. Es war besser, wenn er nichts erfuhr.

Die Sonne brannte heiß auf die dreiunddreißig Aborigines und den einzelnen weißen Mann nieder, als sie einander schweren Herzens Lebewohl sagten. Für den Clan war es Zeit, nach Norden zu ziehen, zum Treffen mit den anderen Clans anlässlich des *Jindalee*. Anders als früher, als man sie übergangen hatte, weil sie nicht dem Schönheitsideal der Männer entsprach, würde Jallara es diesmal nicht schwerhaben, einen Ehemann zu finden. Diesmal würde man ihre hellere Haut in Kauf nehmen, weil ihre

Schwangerschaft bewies, dass sie fruchtbar war, und das war entscheidender als Äußerlichkeiten.

Sie schenkte Neal einen besonderen Geiststein, der grau und glatt war und sich in seine Handfläche schmiegte. Mystische Symbole waren hineingeritzt, die ihn, wie sie sagte, sein Leben lang beschützen würden.

Dankbar nahm Neal das Geschenk entgegen. Als er den kleinen Stein in dem ledernen Beutel verstaute, in dem sich das leere Tränenfläschchen befand, sinnierte er einmal mehr darüber nach, ob Jallaras Mutter sich wohl aus freiem Willen mit einem weißen Mann eingelassen hatte oder ob sie dazu gezwungen worden war. Die Merriwethers fielen ihm ein, dieses wohlmeinende Missionarsehepaar, das erklärt hatte, Jesus zu den Aborigines bringen zu wollen.

»Jallara«, beschwor er das Mädchen, »bring deine Leute weit weg von hier. Mehr weiße Männer werden in diese Gegend kommen. Eine Straße wird gebaut werden. Es heißt, die Eisenbahn wird hier durchführen, sie wird sich durch euer Land ziehen und die Traumpfade kreuzen. Der Telegraph wird hier durchgehen, Städte werden entstehen. Euer Leben wird sich zwangsläufig entscheidend verändern.«

Sie lächelte, verstand nicht, was Straßen und Eisenbahnen und Telegraphen waren. »Wir können nicht verändern, was die Erstlinge uns gelehrt haben, Thulan. Wir können nicht fortgehen von hier.«

Damit stand für Neal fest, dass sie dem Untergang preisgegeben waren.

Es war Zeit zum Aufbruch. Sechs Monate hatte er mit Jallaras Clan verbracht. Unendlich lange.

Zum Abschied hob Neal noch einmal die Hand, dann wandte er sich, zusammen mit Daku und Burnu, die ihn begleiten und führen sollten, nach Westen, einer ihm unbekannten Gegend zu, auf der Suche nach dem Mann, der seinen Tod billigend in Kauf genommen hatte.

»Wenn ich noch einen einzigen Bissen Waran essen muss, häng ich mich am nächstbesten Baum auf – sofern uns endlich mal ein verdammter Baum unterkommt!«

Keiner nahm Notiz von Billy Pattons Nörgelei. So sehr er sich über das Essen beklagte – er, der Koch der Expedition! –, schaffte er es doch, allabendlich mehrere Portionen zu verdrücken.

Das Lager war längst nicht mehr so aufgeräumt und makellos sauber wie sechs Monate zuvor nördlich vom Iron Knob, als Sir Reginald noch auf täglicher Inspektion bestanden hatte, alles auf Hochglanz poliert sein musste und es einen streng reglementierten Plan einzuhalten galt. Ein kräftezehrender Marsch durch Hunderte Meilen Wildnis, auf dem sie Sand und Wind und Regen trotzen mussten, dazu Dingos und Schlangen, Wasserrationierung und jetzt diese erbarmungslose Hitze, hatten ihren Tribut gefordert. Die Zelte waren verdreckt und mitgenommen und die Männer nicht minder.

Nun aber, da sie sich ihrem Ziel näherten – einem verheißungsvollen Ort namens Galagandra –, erwachten ihre Lebensgeister. Nur der junge Fintan Rorke blieb weiter niedergeschlagen. Er zog es vor, allein zu essen und wann immer möglich für sich zu bleiben, um an irgendwelchen Holzstücken herumzuschnitzen und den Tod von Mr. Scott zu betrauern. Dass Sir Reginald nicht nach ihm hatte suchen lassen, würde Fintan ihm niemals verzeihen.

Aber auch wenn er sich gern zurückzog, war Fintan ein wertvolles Mitglied der Expedition geworden. Wenn Wagen stecken blieben, Achsen und Räder brachen, waren Fintans Fähigkeiten gefragt; mittlerweile wurde er als Erster gerufen, wenn es etwas zu reparieren galt. Er kam dem gern nach. Deshalb war er ja mitgekommen und hatte sich auf dieses Abenteuer eingelassen. Traurig war er nur, dass Mr. Scott nicht mehr da war, und der Gedanke, Sir Reginald die wertvolle Kamera-Ausrüstung und die wissenschaftlichen Instrumente überlassen zu müssen, wenn sie in Perth anlangten, behagte ihm ganz und gar nicht. Schon weil er das Gefühl hatte, dass dies nicht in Mr. Scotts Sinn war.

»He!«, rief John Allen und sprang auf. »Da kommen Abos auf uns zu!«

Alle blinzelten in die Nachmittagssonne, und als sie die mit Speeren bewaffneten Schwarzen näher kommen sahen, griffen sie nach ihren Gewehren.

Gerade noch rechtzeitig hob einer der Eingeborenen den Arm. »Nicht schießen! Ich bin's, Neal Scott!«

Verdutzt schauten sich die Mitglieder der Expedition an. Aber dann, nach einem Moment des Unglaubens, liefen sie ihrem seit langem vermissten Kameraden entgegen und hießen ihn willkommen. Die beiden Begleiter von Neal strichen ihm, ein Lebewohl murmelnd, über die Arme, ehe sie traurigen Blicks kehrtmachten und sich auf den Rückweg begaben.

Lange blickte Neal ihnen nach, ehe er die freudige Begrüßung der Expeditionsteilnehmer über sich ergehen ließ. »Wir haben angenommen, dass Sie tot sind, Mann!«

»Aborigines haben mich gefunden«, sagte Neal und sah sich nach Sir Reginald um. »Sie haben mir das Leben gerettet.«

»Sie waren die ganze Zeit über bei Abos? Dann haben Sie bestimmt eine Menge zu erzählen!« Mit großen Augen nahmen sie seine tätowierte Brust zur Kenntnis. Als sie sie aus der Nähe betrachten wollten, wich Neal zurück. Die Männer stanken ja geradezu abstoßend!

Begleitet von tausend Fragen auf einmal, wurde Neal ins Lager gebracht. Den Gesichtern nach zu schließen fehlte keiner. Und in der Einzäunung, in der die Pferde untergebracht waren, entdeckte er seine kastanienbraune Stute, die er geritten hatte, als der Sandsturm losbrach.

Fintan drängte sich vor, umarmte Neal stürmisch. »Gott sei Dank!«, schluchzte der Einundzwanzigjährige.

Neal lächelte. »Was für eine anrührende Begrüßung, Mr. Rorke.«

Fintan trat zurück und fuhr sich mit dem Ärmel unter die Nase. Wie bei den anderen war sein dichtes schwarzes Haar um ein gutes Stück gewachsen, an seinem Kinn dagegen spross nur ein spärlicher Flaum. »Ihre gesamte Ausrüstung ist unangetastet vorhanden, Sir. Ich habe zu keiner Zeit Ihre Kiste geöffnet. Alles ist so, wie Sie es verlassen haben.«

»Danke.« Neal dachte an Hannahs Handschuh und konnte es kaum erwarten, ihn zu befühlen.

»Ich wollte zurückbleiben, Mr. Scott«, sagte Fintan leise. Tränen glitzerten in seinen ausdrucksvollen großen Augen. »Als Sir Reginald nach dem Sandsturm noch vor Tagesanbruch den Aufbruch anordnete, hab ich gesagt, wir müssten dableiben und nach Ihnen suchen. Das zu tun stehe mir frei, gab er zurück, aber Wagen und Pferde nehme er mit.«

»Schon gut, Fintan«, erwiderte Neal und schaute hinüber zu Oliphants Zelt, in dem nach Auskunft der anderen der Leiter der Expedition ein Schläfchen hielt. »Sie hätten nicht anders handeln können.«

»Dafür habe ich Ihre Ausrüstung und die Chemikalien sicher bewahrt. Nichts ist explodiert. Und ich hab dafür gesorgt, dass keiner was anfasst. Ihre Kamera funktioniert weiterhin tadellos.«

Neal wandte sich wieder seinem jungen Assistenten zu. »Gleich morgen fange ich an zu fotografieren. Bis Perth liegt noch eine hübsche Strecke vor uns. Da ergibt sich bestimmt noch Gelegenheit für faszinierende Landschaftsaufnahmen.«

In weißem Hemd und ebenso weißen Shorts tauchte jetzt Sir Reginald aus seinem Zelt auf, rotgesichtig wie immer und mit wehendem schlohweißen Haar und Bart. »Großer Gott, ist das Mr. Scott?«, dröhnte er und kam mit ausgestreckten Armen auf Neal zu.

Neal jedoch hielt weiterhin mit einer Hand seinen Speer umklammert, ließ die andere lässig hängen.

Der walrossartige Schnauzbart des Älteren blähte sich, als er lospolterte: »Wir dachten, wir würden Sie nie wiedersehen! Wie man sich doch täuschen kann! Wohl zum Abo geworden, wie? Na, Sie werden uns ja tolle Sachen zu berichten haben!«

»Eine Zeitlang«, entgegnete Neal ruhig, ohne Sir Reginald aus den Augen zu lassen, »glaubte ich auch nicht, Sie jemals wiederzusehen. Scheint, als ob die Expedition bisher erfolgreich wäre.«

»Ist sie auch! Auch wenn wir im Gegensatz zu Ihnen noch keinem Eingeborenen begegnet sind. Als Nächstes peilen wir Galagandra an, wo es dem Vernehmen nach große Vorkommen an Süßwasser gibt. Kommen Sie doch, setzen sie sich. Sie müssen hungrig sein. Wirklich eindrucksvolle Tätowierung, die Sie da haben. Sie müssen uns erzählen, wie Sie dazu gekommen sind.«

Als Neal ans Lagerfeuer geführt wurde, wo sich die freudig erregten Kameraden, die ihm immer wieder gratulierten, um ihn scharten, beschloss er, Sir Reginald erst in Perth zur Rede zu stellen und sich bis dahin unauffällig kundig zu machen. Erst wenn er Beweise für seinen Verdacht hatte, dass der Mann ein Maulheld und Hochstapler war, wollte er damit an die Öffentlichkeit gehen.

Er fragte sich, ob Oliphant etwas davon ahnte. Selbst wenn dem so sein mochte, was konnte der Expeditionsleiter zwischen hier und Perth schon groß unternehmen? Sie befanden sich noch immer weitab von jeglicher Zivilisation, weitab von irgendeiner weißen Ansiedlung. Trotzdem beschloss Neal, auf der Hut zu sein. Oliphant hatte ihn bereits einmal dem Tod preisgegeben. Möglich, dass er beim nächsten Mal umsichtiger zu Werke ging.

34

Als das Australia Hotel vor ihnen auftauchte, jubelte Hannah auf.

Obwohl dem Kalender nach noch nicht Sommer war, brannte die Novembersonne auf die erschöpfte Gruppe, die sich da mit Wagen und hoch zu Ross über die Landstraße quälte. Es war ein langer und heißer Rückweg von den Opalfeldern gewesen. Ralph Gilchrist hatte ihn nicht überlebt. Sie hatten ihn noch in der Wüste, nördlich der Spitze des Spencer-Golfs, beerdigt. Und dann hatte Nan sie verlassen. Einen Tag vor Erreichen des Spencer-Golfs waren sie von einer Gruppe Aborigines aus der Ferne beobachtet worden. Tags darauf war Nan verschwunden. Unweit der Kupferminen von Kapunda hatten sich dann auch die drei Brüder Cyrus, Elmo und Roddy verabschiedet, weil ihnen, wie sie sagten, das Leben als Bergwerker gefiel, weshalb sie nun hier ihr Glück versuchen wollten.

Es war also eine zusammengeschmolzene Gruppe, die auf das Australia Hotel zuhielt und sich auf ein sauberes Bett, ein heißes Bad und Mahlzeiten an einem gedeckten Tisch freute.

Aber sie merkten schon bald, dass etwas nicht stimmte. Beim Näherkommen fiel Hannah, die neben Jamie auf dem Wagen saß, auf, dass vor dem Australia weder Kutschen standen noch am dafür vorgesehenen Pfosten Pferde angebunden waren. Der gesamte Hotelkomplex wirkte wie ausgestorben – keine Stallburschen, keine meckernden Ziegen, keine Hühner, die im Sand scharrten. Die Gebäude machten einen verwahrlosten Eindruck, und als Hannah und Jamie die hölzernen Stufen zum Eingang hochstiegen, beschlich sie bereits das Gefühl, dass das Hotel seit längerer Zeit leerstand.

»Was ist denn hier passiert?« Erschrocken stellte Hannah fest, dass die Tür verschlossen war. Sie spähte durch die verschmierten Fenster. Lizas Möbel standen noch da, auf einem Tisch am Eingang lagen sogar noch ein paar vergilbte Zeitungen. Hinter dem Empfangstresen baumelte an einem Nagel eines von Lizas witzigen Schildern – »Falls Sie Frühstück im Bett wünschen, schlafen Sie in der Küche.«

Wieder auf der Straße, wo sie – eine Ewigkeit schien das her zu sein! – Neal zum Abschied geküsst hatte, dann der nächste Schock: Die Läden um das Hotel herum, Gibneys Futtermittel und Farmbedarf, Edna Bassets Textilwarengeschäft und die Schmiede, waren ebenfalls verrammelt und sich selbst überlassen worden.

Hannah versuchte, einen kühlen Kopf zu bewahren. Es musste eine einleuchtende Erklärung dafür geben. Als sie wieder zu Jamie auf den Wagen stieg, bekam sie es aber doch mit der Angst zu tun – hatte hier etwa irgendeine Krankheit um sich gegriffen und das Leben von Menschen gefordert, die sie gekannt hatte?

»Liza …«, stammelte sie, dann verengte sich ihre Kehle. War Alice ebenfalls tot? Und Mary McKeeghan in Seven Oaks?

Lieber Gott, Neal …

Schweigend zogen sie weiter. Am Stadtrand von Adelaide, wo der Verkehr zunahm und Häuser dichter standen, kamen sie auch am Haus von Lulu Forchette vorbei, wo Hannah zu ihrer Überraschung im Garten spielende Kinder erblickte, wo Wäsche auf einer Leine hing und eine junge Frau die Stufen zur Veranda kehrte. Sie sah den Gemüsegarten, die Pferde im Stall. Hier war eindeutig eine Familie eingezogen. Schade zwar, dass der Rosengarten nicht mehr da war, aber immerhin war Hannah erleichtert, dass das, was immer um das Australia Hotel herum geschehen war, sich nicht bis hierhin ausgeweitet hatte.

Jamie, der neben ihr saß, dachte ebenfalls an den verschwundenen Rosengarten. Wo wohl dieser arme Dingo abgeblieben war, der aus seinem Jagdrevier hatte weichen müssen?

In Adelaide herrschte eine eigenartige Stille. Hannah fragte sich schon, ob sie sich verrechnet hatten und heute Sonntag war. Aber da die Saloons geöffnet hatten, konnte das nicht sein. Dennoch herrschte weniger Verkehr, waren weniger Fußgänger unterwegs. Und dann sah sie die »Zimmer frei«-Schilder an den Hotels.

Hatte sich die Epidemie, der Liza und andere zum Opfer gefallen waren, bis in die Stadt ausgebreitet? Hannah nahm sich vor, gleich nach dem Besuch beim Juwelier aufs Postamt zu gehen und nachzufragen, ob eine Nachricht von Neal vorlag. Sie hoffte inständig, dass er noch nicht nach Adelaide zurückgekehrt war.

Vor Grootenboers Juweliergeschäft in der Flinders Street hielt Jamie an. Während er die Pferde an dem dafür vorgesehenen Pfosten anband, schwangen sich auch die anderen aus dem Sattel und fuhren sich über das verschwitzte Gesicht. Es verstand sich von selbst, dass sie so schnell wie möglich ihr Geld wollten, um sich gleich anschließend irgendwo ein Bad zu gönnen sowie eine ausgiebige Mahlzeit und weibliche Gesellschaft zu genießen. Als Hannah bemerkte, dass die Backsteinmauer neben Grootenboers Laden mit Zeitungen beklebt war, überflog sie sie hastig nach Schlagzeilen über die Ankunft der Oliphant-Expedition in Perth. Hatte es die Gruppe Neals Kalkulation entsprechend tatsächlich in sechs Monaten geschafft? Von Perth nach Adelaide war es dann nur noch eine zweiwöchige Seereise. Aber es gab keine diesbezüglichen Nachrichten.

Und dann fiel ihr Blick auf etwas, was sie zu Eis erstarren ließ. Ein Fahndungsplakat, auf dem ein Gesicht abgebildet war!

Es war eindeutig das Gesicht von Jamie O'Brien. Das neue Gravur-Verfahren und die Herstellung von Klischees, erstmals eingesetzt von der *London Illustrated News,* hatte inzwischen auch in den fernen Kolonien Einzug gehalten und wurde von der Polizei zur Verbrechensbekämpfung eingesetzt.

»Jamie«, sagte sie leise und deutete, als er sich zu ihr umwandte, auf die Mauer.

»Was ist …«, hob er an. Als gleich darauf sein Blick auf das Plakat fiel, verzerrte sich sein Gesicht. Jemand hatte ihn einem

Künstler so gut beschrieben, dass die Gravur eine bemerkenswerte Ähnlichkeit aufwies. Noch unangenehmer war, dass der Liste seiner Vergehen eine weitere Straftat hinzugefügt worden war: Pferdediebstahl.

»Der Kerl beim Pferderennen hat den Betrug also doch angezeigt«, sagte er. »Keine Ahnung, ob ich genug Geld hab, mich aus dieser Geschichte freizukaufen. Bei Pferdediebstahl droht der Strick.«

Wie es jetzt weitergehen würde, konnte sich Hannah gut vorstellen: Jamie konnte sich nirgends mehr unbehelligt zeigen, konnte sich nicht mehr aufhalten, wo er wollte, sich nicht mehr auf Tricksereien verlegen, sich nie mehr die Freiheit herausnehmen, außerhalb des Gesetzes zu leben.

Er wies Maxberry an, mit den anderen draußen zu bleiben, und betrat, ein Taschentuch vor dem Mund, um einen Teil seines Gesichts zu verdecken, zusammen mit Hannah den Laden des Juweliers.

Ein pausbäckiger Gentleman mit weißem Haar, der auf einem Hocker hinter dem Ladentisch saß, erhob sich, kaum dass die beiden Kunden eingetreten waren. »Willkommen, willkommen, wie kann ich Ihnen zu Diensten sein?«, fragte er mit holländischem Akzent.

Bärtige und sonnenverbrannte Männer in verdreckten und zerschlissenen Kleidern waren in Adelaide ein gewohnter Anblick. Goldgräber, Forscher, Vieh- und Schaftreiber auf der Suche nach einem Bad, einem sauberen Bett und einem Neuanfang drängten häufig genug in die Stadt. Und da das Erscheinungsbild eines Mannes nie darauf schließen ließ, wie reich er war, behandelte Mr. Grootenboer wie andere Geschäftsleute in Adelaide auch Jamie und Hannah so respektvoll, als wären sie in einer eleganten Kutsche vorgefahren.

Wie um sich den letzten Outback-Staub aus den Lungen zu husten, hielt sich Jamie weiterhin das Taschentuch vor den Mund. »Die hier haben wir gefunden«, sagte er und legte ein paar Gesteinsklumpen auf den Verkaufstisch. Mit den anderen war abgesprochen, die Opale in ganz Adelaide zum Verkauf anzubieten, nicht nur in einem Laden.

Mr. Grootenboer griff nach einem der Sandsteinbrocken, der auf einer Seite bläulich schimmerte. »Opale! Nach vulkanischem Gestein sieht mir das nicht aus«, meinte der Holländer, um sich gleich darauf zu erkundigen: »In welcher Gegend haben Sie die gefunden?«

Jamie beschrieb das Gebiet, ohne nähere Angaben zu machen. Die buschigen Brauen des Mannes wölbten sich. »Opal in Sandstein? Wusste gar nicht, dass so was möglich ist. Lassen Sie mich doch mal genauer ansehen, was Sie da haben.«

Mr. Grootenboer trug um den Hals eine lange Kette, an deren Ende eine Juwelierlupe hing, ein Monokel mit extra starker Linse für die Untersuchung von Edelsteinen. Er hielt sich die Linse vor das rechte Auge, sah sich die Steine nacheinander prüfend an, grunzte zwischendurch.

Schließlich meinte er: »Diese Steine sind sehr krude und müssten erst einmal geschliffen werden. Leider bin ich auf diesem Gebiet nicht bewandert, ich müsste alles erst mal zu einem Edelsteinschleifer in Sydney schicken. Opal ist ein relativ weicher Stein, dementsprechend muss man beim Abschleifen des äußeren Sandsteins höllisch aufpassen. Kämen dann noch der Feinschliff der endgültigen Form und das Polieren hinzu …« Mit einem Seufzer legte er den letzten Stein wieder auf die Platte. »Würde mich alles in allem eine Stange Geld kosten, dabei steht noch gar nicht fest, was letzten Endes dabei für mich rausspringt. Trotzdem bin ich bereit, Ihnen die da für, sagen wir mal, fünf Shilling abzunehmen.«

»Was ist mit dem da?« Jamie reichte Mr. Grootenboer einen sehr viel größeren Klumpen Sandstein, aus dem es erst schwarz leuchtete, dann, als er ihn ins Licht hielt, hellrot, gelb und orange.

Während sie die Begutachtung durch Mr. Grootenboer abwarteten, schaute sich Hannah in dem kleinen Laden um. Im Fenster hing ein Schild. »Männlicher Mitarbeiter gesucht« stand darauf. Derartige Schilder hatte sie auf dem Weg in die Stadt schon mehrfach gesehen, und auf allen war vermerkt, dass nur Männer gefragt waren. War es zu einer Epidemie gekommen, die nur Männer heimsuchte? Wo waren dann Liza Guinness und ihre Töchter abgeblieben?

Unendlich lange schien sich Mr. Grootenboer unter Zuhilfenahme seiner Lupe mit dem größeren Stein zu befassen, um dann unvermittelt nach Luft zu japsen. Er ließ die Lupe sinken, räusperte sich, schürzte die Lippen, sichtlich bemüht, seine Erregung zu unterdrücken. »Für diesen hier bin ich bereit, Ihnen einen guten Preis zu zahlen, Sir«, sagte er. Und dann neigte er sich zu Jamie und raunte: »Und *noch mehr* zahle ich Ihnen, wenn Sie mir verraten, wo Sie ihn gefunden haben.«

»Mr. Grootenboer«, mischte sich jetzt Hannah ein. Ihr war eine ungemein reiche Auswahl an goldenen Uhren aufgefallen, die zum Verkauf angeboten wurden. Keine neuen, einige schienen sogar recht alt zu sein. Als sie sich jetzt nach dem Grund erkundigte, zwinkerte Mr. Grootenboer ihr eulenhaft zu. »Das *wissen* Sie nicht?«

»Was denn?«

»In Kalifornien hat man Gold gefunden.«

Hannah und Jamie tauschten einen verdutzten Blick. »Wo liegt denn das, Kalifornien?«, fragte Jamie.

»In Amerika. Vor ein paar Monaten hat man dort Gold gefunden, faustgroße Klumpen, die einfach auf dem Boden rumliegen. Das ist der Grund, weshalb viele Männer Adelaide in Richtung Kalifornien verlassen haben. Um die Überfahrt bezahlen zu können, verkaufen sie mir ihre Wertgegenstände.«

Wieder draußen in der Hitze teilte Jamie das Geld von Mr. Grootenboer mit den anderen und sagte ihnen zu, noch mehr Opale zu verkaufen und den Gewinn wiederum zu teilen. Verständlicherweise musste er ab sofort vorsichtiger dabei vorgehen, schließlich waren alle Mauern der Stadt mit seinem Steckbrief beklebt.

»Hannah, ich für meinen Teil hab eine Adresse, wo die Jungs und ich uns ausstrecken können, aber wie steht's mit dir? Wo kann ich dich finden?«

Hannah hatte damit gerechnet, wieder im Australia Hotel unterzukommen. Jetzt musste sie sich nach einer neuen Bleibe umsehen. Vorher aber wollte sie unbedingt auf der Post vorbeischauen. Bei ihrem Abschied im April hatten Neal und sie verabredet, wie sie, wenn er zurückkam, Kontakt zueinander aufnahmen – über das Hauptpostamt nämlich, wo man Briefe »postlagernd« hinterlegen konnte. »Ich schau mich mal um, ob meine Freundin Alice wieder in der Stadt ist. Sie hätte im Australia gewohnt; wenn sie zurück ist, hat sie bestimmt etwas anderes gefunden. Das werde ich sicher im Elysium-Varieté-Theater in Erfahrung bringen. Im Augenblick, das heißt bis ich eine Bleibe für mich finde, wäre das Elysium übrigens auch die beste Adresse, um mir eine Nachricht zukommen zu lassen.«

Sie standen auf dem heißen, staubigen Gehweg und sahen sich in die Augen. Sie achteten nicht auf die Leute, die einen Bogen um sie machen mussten, nahmen nicht das Summen der Fliegen um sie herum wahr, nicht den Geruch von Pferdekot. Es gab so vieles, was sie einander sagen wollten, aber jetzt war keine Zeit dafür. Und … etwas hatte sich verändert. Was genau, wusste Hannah nicht. Das neue Fahndungsplakat vielleicht? Lag es daran, dass die Polizei jetzt eine ernstzunehmende Bedrohung für Jamie darstellte?

Auch alles andere war, seit sie sich wieder in der Stadt befanden, irgendwie anders. Hannah war hier zu Hause, führte hier ein anderes Leben und erwartete in naher Zukunft Neals Rückkehr. Einen Moment lang verlor sie die Orientierung. Wie passte Jamie O'Brien in dieses Bild?

»Wir müssen los«, sagte er leise und musterte sie unter der breiten Krempe seines staubigen Schlapphuts. Auch Jamie spürte eine Veränderung. »Ich geb dir Bescheid, sobald alle Opale in klingende Münze verwandelt sind.«

Sie blickte ihm nach, als er auf dem Pferd, das er gegen ein falsches Zertifikat eingetauscht hatte, davonritt und Blackie White den Planwagen überließ. Als sie auf der belebten Straße entschwanden, dachte Hannah an die Nacht, in der ein Mann aus der Dunkelheit aufgetaucht war und sie vor einem Dingo beschützt hatte. Wieder überkam sie das Gefühl, dass Jamie O'Brien der roten Erde Australiens entsprungen war, um eine Zeitlang ihr Leben zu begleiten, wie ein geheimnisvolles Wesen, entstanden aus Eukalypten und Kakadus und der Regenbogenschlange, nur um sie wieder zu verlassen und in das Land zurückzukehren, das ihn hervorgebracht hatte.

35

Da sie auf dem Postamt keinen Brief vorfand, nahm sie an, dass sich Neal noch in Perth aufhielt, denn dort musste er inzwischen angekommen sein. Um sicherzugehen und auch um zu verhindern, dass er sich ins Australia Hotel begab und dann dort das Gleiche erlebte wie sie, wollte sie ihm eine Nachricht zukommen lassen, zu Händen der Regierungsbehörden in Perth, die ihm den Brief bestimmt aushändigen würden, wenn die Expedition, stürmisch begrüßt und gefeiert, eintraf.

Die Vordertüren des Elysium-Varieté-Theaters standen sperrangelweit offen, Musik drang bis auf die Straße. Im Inneren war es relativ kühl, nur stellte sich eine bullige Gestalt mit gestreifter Weste und muskelbepackten Armen Hannah in den Weg. »Bis zum Abend ist geschlossen. Während der Proben hat niemand Zutritt.«

»Ist Miss Alice Star hier?«, fragte Hannah und versuchte, um ihn herum einen Blick in den Theaterraum zu werfen, auf dessen Bühne Akrobaten herumwirbelten.

»Wer will das wissen?«

»Ich bin eine Freundin.«

»Sie und halb Adelaide«, meinte er.

»Richten Sie ihr bitte aus, dass Hannah Conroy sie sehen möchte.«

Nur wenige Augenblicke später hörte sie eine vertraute Stimme ihren Namen rufen. »Hannah!«

Alice stürzte in den Vorraum des Theaters und fiel ihr um den Hals. »Wir waren unendlich besorgt! Wir hatten doch keine Ahnung, wo du steckst! Liza sagte, du seiest bei Mr. Scott. Hast du dich der Expedition angeschlossen? Bist du in Perth gewesen?«

Sie trat einen Schritt zurück, riss die kornblumenblauen Augen überrascht auf. »Hannah, du bist ja braungebrannt! Du warst in der Sonne! Erzähl mir, was …«

Hannah lachte. »Alice, lass mich erst einmal Luft holen.« Sie war verblüfft, wie sehr sich die Freundin verändert hatte. Das verschüchterte Mädchen, das einst für Lulu Forchette geschuftet hatte, war nicht wiederzuerkennen. Tourneen und Auftritte auf vielen Bühnen hatten Alices Charisma und ihre natürliche Ausstrahlung zu voller Geltung gebracht. Sie strotzte vor Selbstbewusstsein. Noch dazu sah sie hinreißend aus. Die Schminke war so gut aufgetragen, die Augenbraue so perfekt nachgezogen und ihr Haar so kunstvoll drapiert, dass die Narben darunter nicht zu erkennen waren.

»Alice, du verhältst dich, als wärst du verliebt.«

»Ich bin auch verliebt – in das Theater, in die Zuschauer, in meine Singerei.« Und um einiges weniger überschwänglich fuhr sie fort: »Aber nicht in einen Mann, und ich bezweifle, dass es jemals dazu kommt. Dafür habe ich umso mehr Verehrer, und das gefällt mir auch sehr gut.«

Hannah bewunderte Alices hinreißendes Kleid aus grüner und dunkelblauer Seide mit der von Spitze eingefassten, tief nach unten gezogenen Schulterpartie und den volantartigen weiten Ärmeln sowie die entzückende, keck auf ihrem Blondhaar thronende Haube. Alice Star trug die allerneueste Mode zur Schau.

»Aber mach dir um mich keine Sorgen! Du warst es, Hannah, die uns Kummer bereitet hat!«

»Das ist eine lange Geschichte. Sag mir lieber, was du von Liza Guinness weißt. Ihr Hotel ist geschlossen.«

Alice berichtete, wie sie ins Australia Hotel zurückgekehrt war, um sich nach der strapaziösen Tournee durch die Kolonien – auf der sie, wie sie ohne falsche Bescheidenheit hinzufügte, Stürme der Begeisterung entfacht hatte – auszuruhen, und erfahren hatte, dass Liza sich in einen Viehtreiber verliebt hatte. Als dann bekannt wurde, dass man in Amerika auf Gold gestoßen war, wollte Lizas neuer Liebhaber sofort hin. Also heirateten sie und nahmen das erste Schiff nach San Francisco. »Liza hat dir einen Brief hinterlassen, Hannah, und deine Sachen sind auch alle bei mir, Kleider und Koffer, einschließlich der kleinen Statue der Hygieia. Ach Hannah!« Wieder fiel sie der Freundin um den Hals. »Ich bin ja so froh, dich zu sehen. Wo bist du abgestiegen?«

»Ich habe mir noch nichts gesucht. Ich bin doch eben erst angekommen.«

»Dann ziehst du zu mir. Ich habe ein hübsches Haus gemietet. Sogar mit Haushälterin und Bediensteten. Stell dir das mal vor!«

36

Drei Nachrichten von Jamie O'Brien trafen im Elysium ein, in denen er Hannah jeweils mitteilte, dass er unter den gegebenen Umständen seinen Aufenthaltsort erneut wechseln und sich verstecken müsse, dass aber die Opale gutes Geld einbrächten und er bald mit der Umsetzung seiner Pläne für ein neues Leben beginnen könne. Er fügte hinzu, dass er an sie denke und sie im Herzen trage und dass es für ihn schrecklich sei, sie in derselben Stadt zu wissen und nicht mit ihr zusammen sein zu können.

Ein allerletztes Mal hörte sie genau zwei Wochen nach ihrem Lebewohl vor Grootenboers Juweliergeschäft von ihm. Er bat sie um ein Treffen außerhalb der Stadt, an einem alten Holzweg, der nirgendwo hinführte. Da die angegebene Stelle nicht weit von Lulus Haus lag, fand Hannah sie mühelos. Die Begegnung fand an einem späten Nachmittag statt, unweit eines murmelnden Baches, in der Abgeschiedenheit einer Wiese, die von mehreren Eukalypten gesäumt wurde.

Jamie wartete bereits, sein Pferd graste wenige Schritt entfernt. Hannah brachte ihren Einspänner zum Stehen. Das Herz klopfte ihr bis zum Hals, wusste sie doch, dass es darum ging, Abschied voneinander zu nehmen. Jamie hatte sich, wie sie feststellte, in Schale geworfen und sich sogar einen neuen Schlapphut zugelegt; den Bart hatte er behalten, ihn aber adrett getrimmt, vermutlich um die Ähnlichkeit mit dem Gesicht auf dem Fahndungsplakat zu vertuschen. Das Goldblond seines Haars bildete einen reizvollen Kontrast zu seiner tiefgebräunten Haut.

Als er auf Hannah zukam, um ihr beim Aussteigen behilflich

zu sein, sah er, dass die Veränderung, die er bereits vor Grootenboers Laden gespürt hatte, jetzt perfekt war. Hannah war wieder ein Stadtmensch, eine vollendete Lady, von ihrer Seidenhaube bis hinunter zum Reifrock ihres maisfarbenen Seidenkleids. Ihr Teint zeugte noch vom Leben im Outback, aber wohl nicht mehr lange, da sie nun ihr Gesicht mit Hüten und Sonnenschirmen schützte. Auch ihre Hände würden nach und nach wieder weich und zart werden und alle Spuren aus der Zeit, da sie nach Opalen gesucht hatte, auslöschen.

Er nahm den Hut ab, und obwohl er lächelte, sprach tiefe Wehmut aus seinem Blick. »Ich und Mikey«, sagte er ohne Umschweife, »müssen weg.«

»Ich weiß.«

Goldenes Sonnenlicht drang durch die Zweige über ihnen, Insekten schwirrten um sie herum.

»Wir gehen nach Kalifornien. Haben bereits als Matrosen auf der *Southern Cross* angeheuert. Die Kapitäne von Privatschiffen sind auf den Trichter gekommen, dass sie sich viel Geld sparen, wenn sie ihre Besatzung aus solchen Männern zusammenstellen, die nichts weiter verlangen als nach Kalifornien mitgenommen zu werden. Männer, nach deren Namen kein Kapitän fragt, solange sie kräftig sind und in der Lage, in die Takelung hochzuklettern.«

»Es fällt dir bestimmt schwer, Australien zu verlassen.« In Gedanken duzte sie ihn seit Langem, jetzt kam es ihr wie selbstverständlich über die Lippen.

»Ich sehne mich danach, mal ganz weit weg zu sein. Ich hab gemeint, ich könnte sesshaft werden und ein völlig neues Leben beginnen, aber mich lockt nun mal das Abenteuer, und diesem Ruf kann ich einfach nicht widerstehen. Ich bin noch nie übers Meer gefahren, Hannah, war noch nie in einem fremden Land. Es wird Zeit, dass ich meinen Horizont erweitere.« Er grinste. »Und wenn ich an all diese reichen Täubchen in Kalifornien denke, die nur drauf warten, gerupft zu werden …«

Er griff in seine Jackentasche und zog eine Rolle Banknoten heraus. »Das ist dein Anteil am Geld für die Opale.«

»Das ist viel zu viel!« Es schienen mehrere hundert Pfund zu sein.

»Die Überfahrt kostet uns nichts, wir brauchen nur genug, um uns die Schürfrechte in einer Goldmine zu erwerben. Die anderen sind alle längst wieder Richtung Heimat gezogen, dorthin, wo ich sie kennengelernt habe – Bluey Brown, Tabby, Charlie Olde und wer da sonst noch war. Als reiche und übers ganze Gesicht strahlende Männer. Sie haben alle noch was zu deinem Anteil dazugetan, das Geld ist also von uns allen. Damit du dir in Australien was Schönes aufbauen kannst. Meine Kumpel haben eine Schwäche für dich, Hannah. Ich glaube, sie sind alle in dich verliebt.«

Er unterbrach sich, ein Schatten huschte über sein Gesicht. »Ich würd mich freuen, wenn du mitkämst, Hannah, aber ich weiß, dass ich das nicht von dir verlangen kann, und eigentlich kann ich mir auch nicht vorstellen, dass du ja sagst. Du bist nach Australien gekommen, um Großes zu vollbringen. Wer weiß, vielleicht komm ich ja irgendwann mal zurück und sehe dann auf dem Victoria Square ein Denkmal von dir.«

Ihre Augen füllten sich mit Tränen.

»Ich hab noch was für dich.« Er überreichte ihr ein in schwarzes Leder gebundenes kleines Buch, auf dessen Umschlag, in Silber geprägt, »Tagebuch« stand. Hannah schlug es auf und sah, dass die Seiten mit ungelenker Hand in Bleistift beschrieben waren. »Meine Geschichten«, sagte Jamie. »Sie gehören jetzt dir.«

Hannah war sprachlos, als sie die Seiten durchblätterte und die Geschichte von Queenie MacPhail entdeckte, die von dem Hund auf der Proviantkiste und all die anderen. »Du solltest sie mit nach Kalifornien nehmen, Jamie!«

»Sie gehören jetzt dir, Hannah. Ich nehm mal an, dass ich in Kalifornien jede Menge neue erlebe. Geschichten von Goldsuchern und über ein riesengroßes neues Land.«

Er trat dicht an sie heran. »Verfolge deinen Traum weiter, Hannah. Sei eine Heilpraktikerin. Setz dir deine eigenen Maßstäbe. Lass deine Hände Wunder vollbringen. Du hast mir das Leben gerettet. Du kannst weitere retten. Sei eine Heilerin, Hannah.«

Seine Stimme wurde brüchig. »Mein Gott, ich liebe dich, Hannah Conroy. Und auch wenn ich hundert Jahre alt werden sollte, weiß ich schon jetzt, dass ich keine andere Frau so lieben werde wie dich.«

Er zog sie in die Arme und küsste sie voller Leidenschaft.

Hannah schlang einen Arm um seinen Hals und erwiderte den Kuss, schmiegte sich mit Tränen in den Augen an ihn. Jamie O'Brien, der sich so gern damit brüstete, ein echter Australier zu sein und nirgendwo anders hinzugehören, war in Wahrheit ein Heimatloser.

Er löste sich von ihr, gab sie ein für alle Mal frei. »Irgendwann komm ich zurück. Wirst schon sehen. Ich komm zu dir zurück, Hannah.«

Sie sah ihm zu, wie er sein Pferd bestieg und durch die Baumgruppe davonritt, nach Süden, in Richtung Hafen, von wo morgen ein Schiff namens *Southern Cross* nach Kalifornien auslief.

37

»Großer Gott, die haben wohl aus Ihnen auch einen Wilden gemacht, wie?« Sir Reginald bemühte sich erst gar nicht, seine Missbilligung zu verbergen. Es wurmte ihn, dass der Amerikaner sich weigerte, sich wie ein zivilisierter Mensch zu verhalten. Er war jetzt zwei Wochen bei der Expeditionsgruppe und lief noch immer so herum wie ein Aborigine.

Neal enthielt sich einer Antwort und drehte weiter den Spieß mit dem Waran über dem Feuer. Ich und ein Wilder?, dachte er verächtlich. *Ich* bin doch nicht derjenige, der zum Himmel stinkt.

Seit Wasser knapp geworden war und rationiert werden musste, verzichteten die Mitglieder der Expedition auf jedwede Körperpflege. Da sie aber trotz der gnadenlosen Dezemberhitze noch immer in voller Montur herumliefen, verströmten sie in ihren verdreckten Kleidern einen unangenehmen Geruch. Auch die Zähne putzten sie sich nicht mehr, und ständig kratzten sie an den Bissen herum, die ihnen Sandflöhe und Läuse beibrachten. Neal nahm absichtlich Abstand von der europäischen Vermummung, damit sein Schweiß verdunsten konnte. Gegen Insekten schützte er sich, indem er sich mit einem Gemisch aus pulverisiertem Gestein und Pflanzensaft einrieb. Und zur Pflege der Zähne benutzte er nach dem Beispiel von Jallaras Volk dünne Zweige und Eukalyptusblätter.

Gewiss doch – er bot einen gewöhnungsbedürftigen Anblick, dieser halbnackte Weiße mit seinem Lendenschurz aus Fell, wenn er an seiner aufgebockten Kamera stand und dem jungen Fintan Anweisungen gab. Neal war sich bewusst, dass er damit Sir Reginald erboste. Die Abneigung beruhte auf Gegenseitigkeit. Allein schon der Blick auf Sir Reginalds Karte hatte Neal empört. Die Männer hatten, was ihnen als sogenannten Entdeckern durchaus zustand, geographischen Punkten ihren Namen gegeben: Masons Bucht, Allens Hügel, Williams Berg. Das Gebiet, in dem Neal mit Jallaras Clan herumgezogen war, war hingegen ein weißer Fleck auf der Landkarte, versehen mit dem Aufdruck »Unbekannt«. Für Neal gab es durchaus Namen dafür: Ameisen-Traumpfad, Dingo-Traumzeitpfad, Kein-Namen-Berg. Wie wohl die richtigen Bezeichnungen für die geographischen Orte lauteten, die diese weißen Männer nach sich benannt hatten, überlegte er.

Endlich hatten sie Galagandra erreicht, wo es unbegrenzt Süßwasser geben sollte. Bislang waren sie auf keins gestoßen. Die Region bestand aus Salzseen und mit Wüsteneichen und Mulgas bedeckten Sandebenen, ein Flachland so weit das Auge reichte, mit nur gelegentlich einer kleinen Erhebung. Das Lager der Expedition war entlang einem ausgetrockneten Flussbett aufgeschlagen worden, an dem verkrüppelte Bäume ums Überleben kämpften. Weiter flussaufwärts grenzten mehrere übermannshohe Felsbrocken an die Ausläufer eines von Gestrüpp überwucherten knapp tausend Fuß hohen roten Berges.

Der Fährtensucher John Allen war mit zwei Männern frühmorgens zur Quelle des Flusses aufgebrochen, der, wie allgemein angenommen, an den wenigen Tage, an denen es hier regnete, über die Ufer trat und quarzhaltigen Schlamm vom Berg hinunter in die Ebene schwemmte. Von dem Quarz wusste Neal, weil Sir Reginald ihn aus irgendwelchen Gründen um eine Untersuchung des Erdreichs gebeten hatte.

Sir Reginald erhob sich vom Lagerfeuer, nicht ohne den Geologen seiner Expedition mit einem finsteren Blick zu bedenken. Was genau ihn an Scott störte, konnte er nicht sagen. Nicht zuletzt waren es dessen Tätowierungen, die ihn verunsicherten. Sechs Reihen roter Punkte, die vom Nabel aufwärts auf beiden Seiten des Brustbeins bis zu den Schultern reichten. Ein Narbenbild, das so ungeheuerlich wie verstörend war. Der ältere Mann konnte nur ahnen, welche Schmerzen damit einhergegangen waren. Was war während der Rituale der Wilden noch passiert? Neal weigerte sich, darüber zu sprechen, behauptete, das sei tabu. Als ob die Gesetze der Eingeborenen in der Welt des weißen Mannes Gewicht hätten! Und was zum Teufel war in diesem Lederbeutel, den er um den Hals trug?

Oliphant beobachtete, wie der Amerikaner nach Art der Aborigines einen Waran über das Feuer hielt – ungehäutet. Seit er unversehens wieder aufgetaucht war, in einem Lendenschurz aus der Haut eines Kängurus und mit einem Speer bewaffnet, hatte Neal kein Wort über den Sandsturm und über seine weiteren Erlebnisse verloren. Seltsam still war er seither, wie ausgewechselt sein einst so fröhliches und mitteilsames Naturell. Hatten ihm in den sechs Monaten die Wilden etwas Grässliches angetan? Oder war der Grund für die Veränderung eher privater Natur?

Ahnt er womöglich, wie es in Wahrheit um mich bestellt ist?

»Ziehen Sie sich endlich was Vernünftiges an, Mann«, schnarrte Oliphant und entfernte sich.

Neal schenkte seinem Kommentar keine Beachtung. Auch die Wiedereingliederung in den Kreis seiner weißen Kollegen war keine reine Freude. Ständig löcherte man ihn mit Fragen um die sexuellen Praktiken der Aborigines und ob er denn »schwarzen Samt« gekostet habe. Professor Williams wollte Neal für sein Buch über Tiere in der Wildnis ausfragen. Was er berichten könne? Wie feierten die Aborigines die Geburt eines Kindes, wie trauerten sie, wenn jemand starb? Na, nicht anders als Weiße. Und Aborigines waren doch kein Thema für ein Buch über *Tiere!* Neal dachte an die Abende am Lagerfeuer, da er den verhallenden Klangschwingungen von Thumimburees Didgeridoo und der melodischen Stimme Jallaras gelauscht hatte, wenn sie Neal erklärte, wie Lieder von den Geistermächten der Traumzeit herabstiegen und wie durch das Spielen solcher Lieder ein stetiges Netz zwischen dem Volk und ihren Traumpfaden gesponnen werde, in einer Abfolge von Schöpfung, Stillstand und Wiedererstehung.

Er griff nach dem kleinen Lederbeutel auf seiner Brust, befühlte den glatten magischen Stein darin. »Sehr starke Geistmacht, Thulan«, hatte Jallara mit einem strahlenden Lächeln gesagt. »Geistmacht beschützen Thulan auf seinem Traumpfad.«

Auch das inzwischen leere smaragdgrüne Tränenfläschchen betastete er. Die Tränen meiner Mutter haben mich aus der Welt der Geister zurückgeführt, sagte er sich. In den Tagen nach seinem Erlebnis an der Felswand hatte Neal über seine Vision nachgedacht. Und Klarheit gewonnen. Wenn Josiah bei jeder Gelegenheit die großartigen Erfolge seines Adoptivsohns zur Sprache gebracht hatte, mit ihm Urlaub in den Bergen gemacht, Geburtstagsfeiern ausgerichtet, dem Jungen jeden Wunsch erfüllt hatte, hatte dies Neal bislang als Kompensation dafür gewertet, dass Josiah sein Möglichstes tat, um ihm, Neal, darüber hinwegzuhelfen, keinen richtigen Vater zu haben, während diese Verwöhnorgien in Wirklichkeit Ausdruck eines Vaters waren, der seinen Sohn über alles liebte.

Neal schaute hinüber zu dem jungen Fintan, der sich bei den Pferden aufhielt. Seit Neal zurück war, hatten er und sein Assistent beeindruckende Aufnahmen vom australischen Outback gemacht. Bizarre Felsformationen. Einen einzelnen Baum inmitten der unendlichen Ebene. Einen Regenbogen, der gleich einer Säule senkrecht in den Himmel ragte. All dies und mehr wollte Neal seinem Vater zeigen. Josiah sollte wissen, was sein Sohn zustande gebracht hatte. Ich habe mit einem Stamm von Aborigines zusammengelebt, Vater. Ich habe mich allein durch die Wüste gekämpft, mich einer geheimen Initiation unterzogen. Und ich habe die Schönheit und die Seele Australiens auf meine fotografischen Platten gebannt – Eindrücke, wie sie kein Weißer je zu Gesicht bekommen hat.

Er beschäftigte sich wieder mit dem Waran über dem Feuer, als ein Aufschrei die morgendliche Stille durchbrach. »Gold! Ich habe Gold gefunden!«, brüllte John Allen.

Alle sprangen auf und rannten los, das Frühstück war vergessen.

Auch Neal ging hinüber zu dem großen Felsblock, wo die Männer bereits auf allen vieren wie besessen in der trockenen roten Erde scharrten. Eine Szene, die Sir Reginald mit einem selbstgefälligen Grinsen beobachtete.

»Wir sind wegen des *Goldes* hergekommen?«, fragte Neal.

»Ganz recht, und wir haben Gold gefunden.«

Neal starrte den Weißhaarigen verblüfft an. »Von Gold war aber nie die Rede.«

»Je weniger davon wussten, desto besser.« Oliphant fuhr mit der Hand in die Tasche seiner ausgebeulten Hose. Als er die Faust öffnete, lag darin ein glänzender Klumpen Gold. »Seine Herkunft ist zwar nicht ganz astrein, hat, wie mir ein Kerl in Perth erzählte, was mit flüchtigen Sträflingen zu tun. Irgendwie hat's dieser Klumpen zurück in die Zivilisation geschafft, und ich hab ihn für fünfzig Pfund erstanden. Zusammen mit dem Zauberwort Galagandra.«

»Dann war diese Expedition also nur ein Vorwand«, sagte Neal.

Während er zusah, wie Billy Patton und Andy Mason, Colonel Enfield und sogar der behäbige Professor Williams das rote Erdreich im Schatten verkrüppelter Mulgabäume und Eukalypten durchwühlten, meinte Sir Reginald: »Ich konnte doch schlecht mit der Wahrheit rausrücken, oder? Überrannt hätte man mich dann. Hab deshalb nur wenige eingeweiht.«

Eine Weile sah Neal die verstörende Szene mit an – wie Wahnsinnige führten sich die Männer auf –, um dann etwas zu bemerken, was sein Blut erstarren ließ.

Auf den Felsen: Strichmännchen, mit schwarzem Farbstoff aufgemalt.

»Um Himmels willen«, flüsterte er. »Dies ist ein heiliger Ort. Sir Reginald, Sie müssen die Männer von hier wegschicken.«

Oliphant winkte ab.

»Wenn der hier ansässige Stamm Wind von uns bekommt …«

»Dann kaufen wir ihnen diesen Platz hier ab. Geben ihnen, was sie verlangen.«

»Dies hier ist eine heilige Stätte, sie werden sie nicht verkaufen!« Besorgt schaute sich Neal um. Die Männer, die da auf dem Boden kauerten, die an nichts anderes dachten als an Gold, die nicht bewaffnet waren – es wäre ein Leichtes, sie zu übertölpeln und in Bausch und Bogen zu erledigen.

Im Lager, etwa hundert Fuß entfernt, sah Neal seinen Assistenten in aller Eile das Stativ auspacken. Rorke war, wie er seltsam geistesabwesend zur Kenntnis nahm, ein ungemein rasch handelnder Assistent. Er hatte ein Gespür dafür, die fotografische Ausrüstung rechtzeitig in Stellung zu bringen, und ahnte wohl, dass dies ein historischer Augenblick war, den es festzuhalten galt. Interesse, sich an der Suche nach Gold zu beteiligen, zeigte Fintan nicht.

Ganz langsam drehte sich Neal nach allen Seiten um, musterte die rote Ebene, die wenigen Bäume entlang des Flussbetts, die Felsbrocken und den Berg. Ob es ihm wohl gelang, diese vom Gold berauschten Männer zum Rückzug zu bewegen?

Und dann zeichnete sich oben auf dem Berggipfel eine Silhouette gegen den Himmel ab.

»Sir Reginald«, sagte er leise.

Im selben Augenblick sprang der dicke Billy Patton hoch, streckte die Hand aus. »Ich hab einen Klumpen gefunden! Ich hab einen ...« Ein Speer durchbohrte seine Brust und ließ ihn verstummen. Er schaute verdutzt, ehe er tödlich getroffen zu Boden sank.

Neal fuhr herum. Nicht der Mann auf dem Berg hatte den Speer geschleudert, sondern einer der fünf Aborigines, die auf sie zu rannten.

Neal packte Oliphant am Hemd. »Befehlen Sie Ihren Leuten, von hier zu verschwinden!«

»*Sie* wissen doch mit diesen Leuten umzugehen, Scott«, stotterte Sir Reginald, beim Anblick der Aborigines aschgrau geworden. »Reden Sie mit ihnen. Zeigen Sie ihnen ihre Tätowierung.«

»Diese hier kenne ich nicht.« Jallaras Clan war anderen Stämmen begegnet, freundlichen wiewohl feindlich gesinnten. Wegen der unterschiedlichen Dialekte war die Verständigung schwierig gewesen. Nach den Zeichnungen am Berg stand jedoch fest, dass diese Eingeborenen hier nichts mit Jallaras Stamm gemein hatten und auch über eine andere Sprache verfügten. Seine Tätowierung konnte sich durchaus nachteilig für ihn auswirken.

Die Eingeborenen waren jetzt zwischen die weißen Männer und das Lager vorgeprescht und stießen ein Geheul aus, das einem das Blut in den Adern gerinnen ließ. Ihre Speere trafen mit tödlicher Sicherheit ihr Ziel. Andy Mason, der Pferdeknecht, machte Anstalten, ein solches Geschoss, das seine Weichteile durchdrungen hatte, herauszuziehen, brach aber vorher tot zusammen. Die anderen suchten hinter den Felsblöcken Schutz, dem heiligen Ort der Angreifer.

»Nein!«, brüllte Neal, als die Aborigines die Männer umzingelten. »Unternehmen Sie doch was!«, herrschte er Oliphant an.

»Ich … ich weiß nicht …«

»Am Khyberpass! Der Hinterhalt! Da haben Sie's doch auch geschafft, Ihre Männer rauszubringen. Wie sind Sie da vorgegangen?«

»Na ja, ehrlich gesagt, ich war nie …«

Neal stieß ihn von sich weg. »Alles erstunken und erlogen. *Sie haben das alles nur erfunden!*«

Sir Reginalds Gesicht wurde leichenblass. »Sie haben mich ertappt. Ich war tatsächlich nie am Khyberpass.«

»Ein Hochstapler sind Sie! Ein hinterhältiger Gauner! Sie haben mich im Stich gelassen und meinen Tod billigend in Kauf genommen, weil ich Ihnen auf die Schliche gekommen bin! Sind Sie überhaupt jemals *irgendwo* gewesen?«

Sir Reginald hatte es die Sprache verschlagen. Er blinzelte in Richtung der Aborigines, deren Zahl unvermittelt angewachsen war, und sah, wie sie mit erhobenen Speeren auf seine Männer zuliefen.

Schon sanken mehrere der Gruppe – darunter Colonel Enfield und John Allen – mit einem letzten Aufröcheln tödlich getroffen zu Boden.

Neal dachte an die Gewehre, die sich im Lager befanden. Als er sich dorthin aufmachen wollte, packte Sir Reginald ihn am Arm. »Ich zahle Ihnen tausend Pfund, wenn Sie mich nach Perth bringen.«

Neal schüttelte die Hand ab und rannte los.

Sir Reginald hetzte zu der Einzäunung, in der die Pferde untergebracht waren, griff sich eine kastanienbraune Stute, schwang sich auf ihren Rücken und galoppierte ohne Sattel davon. Fassungslos sah Neal mit an, wie ein Bumerang durch die Luft schwirrte, den Engländer im Nacken traf und ihn vom Pferd riss. Sofort stürzten sich mehrere Aborigines auf ihn, ließen ihre Prügel auf ihn niederprasseln. Gellende Schreie waren zu vernehmen.

Inzwischen nahm die Anzahl der Aborigines zu, etwa fünfzig konnte Neal ausmachen. Woher kamen sie? Von Entsetzen erfüllt, ahnte er, dass ein fürchterliches Gemetzel drohte. Feuer würde sie nicht abschrecken, und die wenigen Gewehre ebenfalls nicht. Aber vielleicht eine Explosion.

Er schaute sich nach dem jungen Rorke um und sah ihn hinter einem Wagen kauern, wo er mit seiner Flinte herumballerte, aber dabei derart zitterte, dass kein Schuss sein Ziel traf.

»Fintan!«, rief er den jungen Mann an, der sich mit aschgrauem Gesicht sofort zu ihm heranpirschte.

»Um sie zu vertreiben, müssen wir die Chemikalien zur Explosion bringen. Hilf mir, den Wagen in Stellung zu bringen.«

»Aber Mr. Scott! Denken Sie an die Platten, an die vielen Aufnahmen, die Sie gemacht haben.«

Es blieb keine Zeit, den Wagen zu entladen. Während der Kampf an den Felsen weiterging, wobei es auch unter den Aborigines Tote gab, da einige der Goldsucher ihre Pistolen bei sich hatten und sie abfeuerten, schoben Neal und Fintan den Wagen mit der fotografischen Ausrüstung das Flussbett entlang, bis er sich selbständig in Bewegung setzte. Als er auf die Aborigines zurollte, griff sich Neal einen brennenden Ast aus dem Feuer und schleuderte ihn auf die Kisten. In Sekundenschnelle kam es zu einer gewaltigen und ohrenbetäubenden Explosion der Chemikalien, dichte schwarze Rauchwolken wallten auf, verscheuchten die

Aborigines in alle Richtungen. Wie gelähmt verfolgte Fintan, wie die umstehenden Bäume in Flammen aufgingen, und dachte an die zerstörten Platten mit den Aufnahmen von eindrucksvollen Felsformationen, dem einsamen Baum, dem Regenbogen. Alles dahin.

Blutüberströmt und verletzt schleppten sich die Überlebenden ins Lager. Sieben Tote blieben zurück, von Speeren in die Brust getroffen.

»Großartig!«, kommentierte Professor Williams Neals Leistung. Blut rann ihm über die Stirn. »Wo ist Sir Reginald?« Gleich darauf bemerkte er den niedergemetzelten Leichnam neben dem Pferd.

Neal behielt die Umgebung im Auge. Die Eingeborenen hatten sich verzogen. Aber noch war die Gefahr nicht gebannt. Deshalb galt es, die Männer zusammenzurufen und sie mit den Pferden von hier wegzubringen. Er spähte durch den Qualm, der um die Felsen waberte. Blieb ihnen noch Zeit, die Toten zu bestatten?

Mit einem verklärten Grinsen taumelte noch einer durch den Rauch auf sie zu. Ungeachtet des zusehends größer werdenden Blutfleckens auf seinem Hemd winkte er mit erhobenem Arm und geballter Faust, präsentierte dann den großen Goldklumpen, den er gefunden hatte. »Da gibt's noch mehr! Das Zeug liegt auf dem Boden rum und wartet nur drauf, aufgeklaubt zu werden.«

Sofort hetzten die Männer zurück zum Schlachtfeld. Neal versuchte sie zurückzuhalten. »So warten Sie doch! Die Explosionen sind noch nicht vorbei! Die Bäume dort stehen in Flammen, und weitere Chemikalien werden sich entzünden.«

Aber die Gier nach Gold war stärker. Die Männer waren nicht aufzuhalten. Neal sah weitere Bäume Feuer fangen und Äste in Flammen aufgehen. Gleich drohten sie auf die Kisten mit den noch nicht explodierten Chemikalien zu fallen.

Derweil scharrten die Männer auf Knien in der roten Erde.

Er zögerte nur kurz, dann tauchte er durch den Rauch, versuchte die Männer wegzuzerren. Fintan tat es ihm nach, lieferte sich ebenfalls der unsäglichen Hitze und dem schwarzen Qualm aus. Jetzt entzündete sich ein großer Mulgabusch, die Funken, die er versprühte, sprangen über auf den Rest der Chemikalien im Wagen – ein tödliches Gemisch aus hochtoxischem Kaliumzyanid, das in der Fotografie als Fixiermittel verwendet wurde.

Durch die Explosion wurden giftige Gase freigesetzt, die Neal und Fintan einhüllten. Ihre markerschütternden Schreie gellten zum von Rauch verhüllten Himmel empor.

38

»Fertig! Gefällt er dir?«

Hannah trat zurück, um ihr Kunstwerk zu bewundern und sich einmal mehr mit einem Taschentuch die Stirn abzutupfen. Schon eigenartig, an einem derart heißen Tag einen Weihnachtsbaum zu schmücken.

»Noch schöner wird er aussehen, wenn erst mal alle Kerzen angezündet sind«, meinte Alice.

Hannah war wieder in die Stadt gezogen. Nicht nur weil das Australia Hotel dichtgemacht hatte, sondern weil sich während ihrer Abwesenheit ein weiterer Arzt niedergelassen hatte und von Patienten aufgesucht wurde, die vorher zu Hannahs Klientel gehört hatten. Sie hatte sich für ein kleines Haus – Erdgeschoss mit einem Stockwerk darüber – in einem neueren Teil von Adelaide entschieden, abseits der Praxen alteingesessener Ärzte, und sich oben ihre Privaträume eingerichtet, das Erdgeschoss hingegen zu einem Behandlungsraum, einem Wartezimmer und einem kleinen Labor mit Medikamentenausgabe umgestaltet.

Seit vier Wochen war sie jetzt hier. Draußen, an einem Pfosten neben dem Bürgersteig, prangte ihr Messingschild – *Miss Hannah Conroy, in London ausgebildete Heilpraktikerin, spezialisiert auf Frauen & Kinder & Geburtshilfe* –, und auch wenn Patienten noch auf sich warten ließen, gab Hannah den Mut nicht auf. Sie hatte Anzeigen in Zeitungen geschaltet, überall in der Stadt Zettel angeheftet, war sogar, wie weiland »Dr.« Gladstone, der Bader-Dentist, in Geschäften vorstellig geworden, um dort ihre Visitenkarten zu verteilen und Ladenbesitzer über die Eröffnung ihrer Praxis zu informieren. Die Leute brauchten eben Zeit, sich mit neuen Behandlungsmethoden anzufreunden und Hannah zu akzeptieren.

Dies stand für sie ebenso fest wie die Tatsache, dass Neal jetzt jeden Tag bei ihr auftauchen konnte.

Vor sechs Wochen hatte sie Jamie O'Brien an der alten Forststraße Lebewohl gesagt. Auch wenn er weit weg war, unterwegs nach Kalifornien, würde sie ihm immer ein liebevolles Gedenken bewahren. Auf dem Postamt hatte sie einen Brief für Neal hinterlegt, falls er, wenn er merkte, dass das Australia Hotel geschlossen war, dort vorstellig wurde. Auch an Mr. Days Anschlagtafel hatte sie eine Nachricht für ihn hinterlassen. Schließlich hatte er gesagt, dass er bis Weihnachten zurück sein würde, und Weihnachten war in zwei Tagen.

»Ich muss jetzt ins Elysium, zur Probe für die Weihnachtsaufführung heute Abend. Wirst du auch da sein?« Seit Alice auf Tournee durch die Kolonien gewesen und mit überschwänglichen Kritiken bedacht worden war, zog sie mehr denn je die Massen an.

»Die lasse ich mir auf keinen Fall entgehen«, erwiderte Hannah und umarmte die Freundin. »Danke, dass du mir beim Schmücken des Baums geholfen hast.«

Sie begleitete Alice zur Tür. Als sie sie wieder schloss, fiel ihr Blick auf die Zeitung, die fein säuberlich gefaltet auf dem Tischchen neben dem Eingang lag. Ihre Haushälterin musste sie auf ihrem morgendlichen Einkaufsweg erstanden haben.

Hannah faltete das Blatt auseinander. Auf der Titelseite sprang ihr die Schlagzeile TRAGISCHES ENDE DER OLIPHANT-EXPEDITION ins Auge. Und darunter, in etwas kleineren Lettern: KEINE ÜBERLEBENDEN BEI DER MIT VORSCHUSSLORBEEREN BEDACHTEN EXPEDITION DURCH DIE WÜSTE.

Der Boden unter Hannahs Füßen schwankte. Sie musste sich an der Wand abstützen, bekam plötzlich keine Luft mehr.

In der St. George's Church in Perth fand ein Trauergottesdienst statt. Mit zu Herzen gehenden Worten gedachte Vizegou-

verneur McNair der zweiunddreißig tapferen Männer, die vor neun Monaten unter der Leitung von Sir Reginald aufgebrochen waren …

Es dauerte einen Augenblick, bis Hannah das Klopfen an der Haustür wahrnahm. Mrs. Sparrow, die adrett gekleidete Haushälterin, eilte vom rückwärtigen Teil der Wohnung herbei, um zu öffnen.

Eine elegante Dame mit zwei Kindern stand auf der Schwelle. Hinter ihr, auf der Straße, wartete die Kutsche einer allem Anschein nach wohlhabenden Familie. »Ist dies das Haus der Heilpraktikerin?«, erkundigte sich die Besucherin.

Mrs. Sparrow trat beiseite und verwies auf Hannah neben sich. »Timothy wird seinen Husten nicht los«, sagte die Frau, »und Lucy macht ein Ausschlag zu schaffen.« Sie dämpfte die Stimme und fügte, ohne Miss Conroys ungewöhnliche Blässe zu bemerken, hinzu: »Und ich habe auch ein kleines Problem. Ich muss sagen, dass ich es angenehm finde, endlich einmal mit einer Frau über derlei Dinge sprechen zu können. Ein Arzt hat doch dafür nicht das rechte Verständnis, finden Sie nicht auch?«

MELBOURNE

November 1852

39

Da war sie wieder, diese bezaubernde junge Frau, die ihm bereits aufgefallen war.

Sir Marcus hatte inzwischen ihren Namen in Erfahrung gebracht – Miss Hannah Conroy –, und während er sich mit Dr. Soames unterhielt, beobachtete er, wie besagte junge Dame durch die Eingangshalle des Hospitals auf die Treppe zuging und dann zum oben gelegenen Stockwerk entschwand. Was sie wohl diesmal hierherführte?

Sie war schon häufiger hergekommen, und immer wirkte sie wie völlig fehl am Platze. Ein Hospital war *per definitionem* eine Einrichtung für Mittellose, für Leute also, die weder das Geld dafür hatten, einen Arzt zu sich nach Hause zu rufen, noch jemanden zu bezahlen, der sich um sie kümmerte. Dementsprechend gehörten Besucher in Melbournes Victoria Hospital für gewöhnlich der unteren Schicht an, waren ärmlich gekleidet, einige sogar betrunken und aufsässig. Und schon deshalb wirkte die junge Dame – die stets elegant gekleidet war, Handschuhe und eine Haube trug und einen zierlichen Sonnenschirm am Arm – hier so fehl am Platze. Sie war zweifellos von vornehmer Herkunft und gebildet und kam bestimmt nicht her, um ein Familienmitglied zu besuchen. Sir Marcus Iverson, der angesehene Leiter des Hospitals mit einer zusätzlichen Privatpraxis im besseren Teil der Stadt, konnte nur vermuten, dass es christliche Nächstenliebe war, die die in Zartgelb gekleidete junge Dame, der die Novemberhitze nichts auszumachen schien, hierherführte.

Dass sie eine Ledertasche bei sich hatte, weckte seine Neugier umso mehr.

Am oberen Ende der Treppe angelangt, blieb Hannah erst einmal stehen und drückte sich ein Taschentuch an die Kehle. Der Sommer schien vorzeitig Einzug gehalten zu haben. Oder aber es war die Freude darüber, endlich ihr Traumhaus auf dem Land gefunden zu haben, die sie vermehrt transpirieren ließ.

Im Augenblick bewohnte sie ein kleines Haus etwas abseits der geschäftigen Collins Street. Ihr privater Bereich befand sich im oberen Stockwerk, im Erdgeschoss hatte sie eine Praxis eingerichtet, in der sie an fünf Vormittagen in der Woche Patienten behandelte. Aus Adelaide hatte sie Mrs. Sparrow, ihre Haushälterin, mitgebracht und zusätzlich zwei Dienstboten eingestellt. Jetzt trug sie sich mit dem Gedanken, eine Assistentin zu engagieren, die ihr, nicht anders als sie selbst seinerzeit Dr. Davenport geholfen hatte, bei der Ausübung ihres Berufs zur Hand gehen sollte. Seit sie damals, an diesem hinreißenden Morgen in Coober Pedy, beschlossen hatte, sich als Heilpraktikerin zu bezeichnen, war es stets aufwärtsgegangen. Nicht nur dass ihr Wartezimmer immer voll war; da viele ihrer Patientinnen wohlhabend waren, wurde sie auch zu den Treffen eines beliebten gesellschaftlichen Zirkels eingeladen und unterhielt zu vielen von ihnen inzwischen freundschaftliche Beziehungen.

Da Hannah grundsätzlich niemanden abwies, kamen auch viele Mittellose in ihre Sprechstunde, und eine von ihnen war Nellie Turner. Sie war vor einem Monat in der Praxis vorstellig geworden und hatte Hannah gebeten, ihr zu gegebener Zeit bei der Geburt ihres Kindes beizustehen. Heute Vormittag dann, bei ihrer Rückkehr von einem Krankenbesuch auf dem Lande, hatte Hannah erfahren, dass bei Nellie vorzeitig die Wehen eingesetzt hätten und sie von Freunden ins Victoria Hospital gebracht worden sei.

Deshalb war sie jetzt hergekommen. Sie wollte sich vergewissern, dass Nellie die Entbindung problemlos überstanden hatte und es ihr gutging. Als sie die Reihen von Patientenbetten auf der Frauenstation passierte, dachte sie an das schöne Anwesen, das sie auf der Straße nach Bendigo entdeckt hatte – eine Kleefarm mit ein paar Schafen und Rindern und einem hübschen Häuschen, das durchaus den Vergleich mit Seven Oaks aushielt. Hannah hatte ihre Kutsche angehalten und nach einem Rundumblick über die Koppeln und grünen Felder gewusst, dass sie dieses Grundstück haben musste. Der Name der Farm, über dem Tor in Holz geschnitzt, lautete Brookdale, und an einem Pfosten war ein Schild mit der Aufschrift »zu verkaufen« angebracht. Von einem Nachbarn hatte sie in Erfahrung gebracht, dass der Eigentümer Charlie Swanswick hieß und den Besitz liebend gern veräußern wollte. Das Problem war nur, dass sich Charlie zusammen mit Tausenden anderer Männer unter die Goldgräber begeben hatte und nicht aufzufinden war. Dem Vernehmen nach hatten bereits zwei weitere Interessenten angefragt; wenn sie das Anwesen erwerben wollte, musste sie also schleunigst mit diesem Charlie Kontakt aufnehmen.

Das wollte sie auch tun, sobald sie sich von Nellie Turners Wohlbefinden überzeugt hatte. Sie hatte vor, einen Agenten in den Norden zu schicken, damit er Charlie Swanswick ausfindig machte und ihm ein Angebot unterbreitete.

Auf ihrem Weg entlang den zwei Bettenreihen, zwanzig auf jeder Seite des Saals, belegt mit Patientinnen, die entweder an Ruhr erkrankt waren, an Lungenentzündung oder an Influenza oder sich einen Knochenbruch zugezogen hatten, lächelte sie die Besucher an, die gekommen waren, um sich um ihre Angehörigen zu kümmern. Da es Verwandten und Freunden oblag, dafür zu sorgen, dass ein Patient gefüttert, gewaschen und gesund gepflegt wurde, war der Lärm auf der Station beträchtlich – Kinder tobten herum, während Ehemänner sich um ihre Frauen kümmerten und Mütter um ihre Töchter. Die einzige Bedienstete auf der Station war eine behäbige Frau, die in einem langen grauen Kleid, das Haar unter einer Haube versteckt, mit einem feuchten Mopp den Boden wischte. Mit den Patienten hatten solch dienstbare Geister kaum mehr zu schaffen als Nachtgeschirre zu leeren und den Boden zu säubern.

Als Hannah sich dem Bett am Ende der Reihe näherte, war sie erstaunt, dass Nellies Baby nicht bei der Mutter lag. »Hallo, Nellie«, sagte Hannah leise, streifte sich die Handschuhe ab und legte der jungen Frau die Hand auf die Stirn. Die Patientin, die die Augen geschlossen hatte, reagierte nicht. Und ihre Stirn war, wie Hannah erschrocken feststellte, glühend heiß.

Sie zählte Nellies alarmierende Pulsschläge, schlug dann die Decke zurück, um vorsichtig den Unterleib der Wöchnerin abzutasten, mit der Folge, dass das junge Mädchen aufstöhnte.

Hannah erstarrte. Nellie wies die klassischen Symptome von Kindbettfieber auf. Wie war das möglich? Unwillkürlich wurde Hannah an die Nacht erinnert, da ihre Mutter Louisa zwei Tage nach der Geburt von Hannahs Brüderchen in ein heftiges Fieber gefallen war. John Conroy hatte tage- und nächtelang alles getan, um die beiden zu retten – und sie dann doch einer Krankheit überlassen zu müssen, deren Ursache ebenso unbekannt war wie deren Behandlung und die unweigerlich zum Tode führte.

»Bitte holen Sie Dr. Iverson«, wandte sie sich an die Bedienstete. »Er hält sich unten in der Eingangshalle auf.«

Inzwischen holte sie aus ihrer Tasche das Stethoskop und horchte Nellies Brust ab. Das mühsame Atmen war ein weiteres unmissverständliches Indiz für Kindbettfieber.

»Verehrteste, dürfte ich erfahren, was Sie da machen?«

Hannah richtete sich auf. Marcus Iverson, eine hochgewachsene imposante Erscheinung, war an das Krankenbett getreten. Der Mittfünfziger war der Leiter des 80-Betten-Hospitals und stand trotz seiner gelegentlich unnahbaren Art in dem Ruf, freundlich und mitfühlend zu sein. Wie Hannah selbst erlebt hatte, nahm er sich stets Zeit, Patienten mit einem leichten Tätscheln und einem beruhigenden Wort aufzumuntern. Während ihrer Ausbildung in London war es dagegen vorgekommen, dass Ärzte auf ihrem Rundgang die Bettlägerigen nicht einmal zur Kenntnis nahmen.

Was Hannah an Dr. Iverson außerdem gefiel, war, dass er bei

seiner Visite stets einen sauberen Kittel, blütenweiße Hosen und Hemden trug und von seinem medizinischen Personal das Gleiche verlangte, auch wenn dies generell nicht üblich war. Des Weiteren hatte Marcus Iverson eingeführt, dass Bettpfannen mehr als einmal pro Tag zu leeren waren, dass Patienten, die weder von Angehörigen noch Freunden versorgt werden konnten, verköstigt und dass nach jeder Entlassung die Betten frisch bezogen wurden.

Hannah nahm ihr Stethoskop wieder an sich. »Mrs. Turner hat hohes Fieber und starke Schmerzen im Unterleib«, gab sie Auskunft.

Sir Marcus musterte sie mit gewölbten Brauen. »Was berechtigt Sie eigentlich zu dem, was Sie hier tun?«

»Ich bin Hebamme. Ich sollte Mrs. Turner entbinden, war aber auswärts und deshalb nicht zu erreichen.«

Angesichts dieser unerwarteten Auskunft kräuselte Sir Marcus die Lippen – Miss Conroy entsprach in keiner Weise seiner Vorstellung von einer Hebamme –, dann wandte er sich an die Patientin, legte ihr sanft die Hand auf die Stirn. Nellie schlug die Augen auf. Mit angsterfülltem Blick und zitternder Stimme fragte sie: »Muss ich sterben, Sir?«

»Aber nicht doch«, gab er zurück und klopfte ihr beruhigend auf die Schulter. Dann wandte er sich an Hannah. »Sie vermuten, dass es sich hier um Kindbettfieber handelt?«

Hannah verstaute ihr Stethoskop in der Tasche. Mit Erweiterung ihrer beruflichen Tätigkeit von der einer Hebamme auf die einer Hebamme und Heilpraktikerin hatte sie ihre blaue Teppichtasche durch eine schöne aus Leder ersetzt. »Dessen bin ich mir sogar sicher, Doktor, und wie Sie wissen, geht damit eine hohe Ansteckungsgefahr einher.«

Er war einen Augenblick lang verblüfft, nickte dann. Auch er war betroffen von dieser unerwarteten Entwicklung. Gestern war die Patientin noch gesund gewesen. Was war seither passiert?

»Weisen Sie Mrs. Butterfield an, mit Chlor präparierte Tücher bereitzustellen und Schläuche herbringen zu lassen und jemanden abzustellen, der sie bedient«, instruierte er die für die Station zuständige Bedienstete.

Hannah wusste, dass das Aufhängen von in Chlor getränkten Tüchern um das Bett eines Patienten mit anschließendem Ausräuchern dieses abgetrennten Gevierts bei der Bekämpfung von infektiösem Fieber gang und gäbe war. Nichtsdestotrotz griff sie in ihre Tasche und holte ein Fläschchen ihrer Jodtinktur heraus. »Dr. Iverson, dürfte ich Sie bitten, Ihre Kollegen dazu anzuhalten, dass sie sich vor der Untersuchung eines Patienten damit die Hände waschen? Vor allem wenn sie sich vorher mit Nellie beschäftigt haben?«

»Warum?«

»Als zusätzliche Vorsichtsmaßnahme, für den Fall, dass das Fieber nicht durch die Luft verbreitet wird, sondern über Handkontakt.«

Dr. Iverson schaute auf die kleine Flasche, aber eigentlich mehr auf die schlanke Hand, die, wie er feststellte, kein Ehering zierte. »Was ist das?«

»Eine Jodtinktur, aus eigener Herstellung. Ein mildes Antiseptikum.«

Eigenartig, dass sich eine so entzückende junge Dame über ein Thema wie dieses verbreitete. »Meiner Überzeugung nach wirkt sich Händewaschen weder negativ noch positiv auf die Gesundheit eines Patienten aus«, sagte Iverson. »Nach Lektüre der jüngsten medizinischen Veröffentlichungen aus Europa weiß ich aber, dass es durchaus gute Argumente für die sogenannte Bakterien-Theorie gibt. Und wie Sie sagen, kann eine zusätzliche Vorsichtsmaßnahme nicht schaden. Allerdings kann ich meinen Mitarbeiterstab nicht zwingen, sich einer Tinktur zu bedienen, von der ich nicht mehr weiß, als dass sie einem die Haut verätzt. Aber meinetwegen, ich *werde* sicherstellen, dass eine Schüssel mit chlorversetztem Wasser am Eingang der Station aufgestellt wird.«

Er musterte Hannah reichlich ungeniert. Irgendwie kam sie ihm bekannt vor, so als hätten sie sich schon mal gesehen. »Reine

Neugier«, sagte er dann. »Dürfte ich Sie fragen, weshalb Sie über Kindbettfieber Bescheid wissen?«

Hannah überreichte ihm ihre Karte. Mit hochgezogener Braue überflog er den Text. »Heilpraktikerin? Was genau *tut* eine sogenannte Heilpraktikerin, Miss Conroy?«

Hannah fühlte sich bei Sir Marcus, diesem gut aussehenden, wiewohl ernst, *patriarchalisch* wirkenden Mann, an Lord Falconbridge erinnert, vor allem wenn er die Braue hochzog. »Ich führe Entbindungen durch«, sagte sie, »und darüber hinaus behandle ich Wunden, verabreiche Arzneien, erteile Ratschläge für Gesundheit und Hygiene und gebe Familien Anweisungen für die Pflege kranker Angehöriger.«

Seine dunklen Augen musterten sie weiterhin eingehend. Wieder spürte er deutlich, dass sie sich von irgendwoher kannten. »Und welche Ausbildung haben Sie?«

Hannah hatte inzwischen Erfahrung darin, umfassend und professionell Auskunft über sich zu erteilen. Während sie früher zu sagen pflegte: »Mein Vater war Arzt«, stand sie jetzt folgendermaßen Rede und Antwort: »Gelernt habe ich bei meinem Vater, einem praktischen Arzt. Meine Weiterbildung erfolgte in einem Londoner Krankenhaus. Anschließend habe ich sechs Monate lang einem Schiffsarzt assistiert. Und in Adelaide habe ich als Assistentin bei einem hervorragenden Arzt gearbeitet.«

Iverson blickte nachdenklich drein. Miss Conroy kam ihm keineswegs wie ein weiblicher Scharlatan vor. Sie schien zu wissen, wie man ein binaurales Stethoskop benutzt, und zudem hatte sie zutreffend die Diagnose Kindbettfieber gestellt.

Sie war ihm ein Rätsel. Sir Marcus war zweiundfünfzig Jahre alt und hielt sich für weltmännisch und erfahren. Und doch hatte er noch nie erlebt, dass sich eine Dame – noch dazu eine Dame ohne Begleitung! – höchst selbstbewusst vorstellte und ihm ihre Karte überreichte. Aber ihrem in Ermangelung eines besseren Ausdrucks *curriculum vitae* zufolge war sie eine berufstätige Frau und noch dazu selbständig, und das verdutzte und reizte ihn gleichermaßen. Nannte sich Heilpraktikerin, bewies Einfallsreichtum und Mut. Eine junge Dame mit Köpfchen – die ihm bekannt vorkam. »Ich bitte um Verzeihung«, sagte er, »aber kennen wir uns nicht von irgendwoher?«

»Gewiss doch. Durch Blanche Sinclair. Anlässlich eines Fests, das sie letztes Jahr für einen wohltätigen Zweck veranstaltete.«

»Ach ja, jetzt fällt es mir wieder ein. Entschuldigen Sie.« Sir Marcus wunderte sich über sich selbst. Als er beschlossen hatte, Blanche Sinclair zu vergessen, hatte er offenbar auch all ihre Freunde aus seinem Gedächtnis gestrichen. Jetzt erinnerte er sich wieder an dieses Treffen im Hause von Blanche. Miss Conroy war ihm damals als attraktive junge Dame aufgefallen, freundlich, aber reserviert. Und er hatte gespürt, dass sie traurig war, so als ob sie gerade etwas oder jemanden verloren hätte, das oder der ihr lieb und teuer gewesen war.

»Werden Sie heute Abend am Wohltätigkeitsball im Addison Hotel teilnehmen, Dr. Iverson?«, fragte Hannah.

Sir Marcus hatte Blanches Einladung erhalten und sie sofort weggeworfen, weil er weder die Absicht hatte, auf diesem Ball heute Abend zu erscheinen noch an jedweder anderen Festlichkeit, die Mrs. Sinclair auszurichten gedachte. Nicht nach dem, was sich vor einem Jahr zugetragen hatte. Jetzt jedoch, da die charmante Miss Conroy ihn mit einem Lächeln bedachte, das geradezu einladend wirkte …

»Sofern es mein Terminkalender erlaubt«, sagte er und dachte: Wie man sich doch ins eigene Fleisch schneiden kann. Er wäre ja ein ausgemachter Trottel, wenn er auf das Vergnügen der Gesellschaft dieser jungen Dame verzichtete, nur weil er wütend auf Blanche Sinclair war.

Und schon dachte er an den Ruderwettbewerb der Amateure, der im nächsten Monat auf dem Yarra stattfinden sollte, Melbournes erste Regatta, die nach dem Vorbild des jährlich auf der Themse stattfindenden Wettkampfs zwischen den Universitäten Oxford und Cambridge abgehalten werden sollte. Ob Miss Conroy wohl Lust hätte, ihn dorthin zu begleiten und auch sein Gast bei einem Picknick am Flussufer zu sein?

»Verstehen Sie mich bitte recht, Miss Conroy«, sagte er und steckte ihre Visitenkarte ein, »aber Nellie ist jetzt Patientin dieses Hospitals und untersteht nicht mehr Ihrer Aufsicht. Deshalb muss ich Sie bitten, sie nicht länger zu stören und auch meinem Personal in keinster Weise im Weg zu stehen.«

»Darf ich fragen, wo das Baby ist?«

»Gestern Abend konnte Nellie das Kind nicht stillen. Deshalb nahm ihre Nachbarin, die sie besuchte, es mit zu ihrer Tochter. Schönen guten Tag, Miss Conroy.« Damit entließ er sie, konnte sich aber nicht verkneifen, ihr auf ihrem Weg durch die von Lärm erfüllte Station nachzuschauen. Was für eine berückende Figur sie hatte ...

Draußen auf dem aus Holzplanken angelegten Gehweg blieb Hannah erst einmal ein Weilchen in der Frühlingssonne stehen, um sich zu fangen. Es war November, die Blumen blühten, der Sommer stand bevor. Jetzt aber lastete eine dunkle Wolke über Hannah. Wie um alles in der Welt hatte sich die arme Nellie das tödliche Kindbettfieber zugezogen?

Bevor Hannah die Zügel löste, mit denen ihr Pferd an einem Pfosten vor dem Hospital angebunden war, und ihre kleine Kutsche bestieg, warf sie nochmals einen Blick zurück.

Das Victoria Hospital war ein eher schlichtes Steingebäude mit lediglich zwei Stationen: eine für Männer, eine für Frauen. Drumherum kein großer Aufwand, lediglich eine Sitzbank außer Sicht- und Hörweite der Stationen. Küche und Wäscherei waren in Nebengebäuden untergebracht. Es gab einen Raum im Erdgeschoss für ambulante Behandlungen, ein Büro für alles, was schriftlich festzuhalten war, und Dr. Iversons Sprechzimmer. Kerzen und Öllampen sorgten für Licht, Wasser wurde aus einem Brunnen gepumpt, Abfälle in eine hinten gelegene offene Senkgrube geworfen.

Das Gebäude erhob sich inmitten von Brachland, das mit Gestrüpp und Baumstümpfen bestanden war. Da die Regierung jedoch vor kurzem das Kontingent für die staatliche Landzuteilung erweitert hatte und sich das überwucherte Gelände bis zur

Russell Street erstreckte, wurde das Grundstück bereits für die Landschaftsgestaltung eingeebnet; neben Plänen für den Bau eines Badehauses für die Patienten sprach man sogar schon davon, bis 1856 eine Gasbeleuchtung zu installieren.

Ein Hospital für Minderbemittelte war zwar eine großartige Errungenschaft – und uneingeschränkt Sir Marcus Iverson zu verdanken –, aber noch nicht die Antwort auf die vielen Kranken, die dem übervölkerten Melbourne Sorge bereiteten. In den letzten sechzehn Monaten, seit man im Norden des Landes Gold entdeckt hatte, war die Stadt von Zuwanderern aus aller Welt überschwemmt worden, die alle ihr Glück versuchen wollten. Als Folge dieser hemmungslosen Überbevölkerung grassierten mittlerweile alle möglichen Krankheiten.

Die kleine Statue der Hygieia, dem Geschenk von Dr. Davenport, nahm einen Ehrenplatz auf Hannahs Kaminsims ein und erinnerte immer wieder daran, dass die Tochter des Gottes Äskulap die Göttin der Hygiene war und damit die Göttin, die zur *Vorbeugung* von Erkrankungen angerufen wurde. Es war Hannahs Traum, ein umfassendes Handbuch der Gesundheit für den häuslichen Bereich zu schreiben und zu veröffentlichen und darin Empfehlungen für Hygiene zu erteilen, für eine ausgewogene Ernährung, für Sicherheit und Krankenpflege. Es war ihr ein Anliegen, das beachtliche Wissen, das sie sich angeeignet hatte, mit anderen zu teilen. Alles, was sie von Dr. Applewhite, Dr. Davenport – selbst von Lulu Forchette (»Gegen chronische Blähungen schafft ein Glas Buttermilch täglich Abhilfe«) – und auf ihren Fahrten über Land gelernt hatte, sollte in das Buch einfließen. Bislang aber hatte Hannah noch keine Zeit gefunden, diese umfangreiche Arbeit in Angriff zu nehmen. Neben ihrer Praxis, die sie voll und ganz in Anspruch nahm, forschte sie noch immer nach einer Erklärung für die geheimnisvollen letzten Worte ihres Vaters. Wenn sie zunächst angenommen hatte, dass er die Jodtinktur für ein universelles Allheilmittel ansah, war sie in den letzten vier Jahren dahintergekommen, dass dem keineswegs so war.

Sie sah die Straße hinauf und hinunter, auf der es durch die vielen Wagen und Reiter, durch die Postkutsche aus Sydney und die Überlandkutsche aus Adelaide immer wieder zu Staus kam. Es war ein warmer Tag. Um sich die Stirn abzutupfen, angelte sie ein zusammengefaltetes Taschentuch aus ihrer Tasche, hielt aber inne, als sie die Initialen sah. Nein, dieses Tuch war kein Gebrauchsgegenstand, sondern ein liebevolles Andenken.

»Fühlst du dich nicht manchmal einsam?«, hatte ihre Freundin Blanche sie irgendwann gefragt, und Hannah hatte gewusst, dass sie damit männliche Gesellschaft meinte. Aber daran war Hannah nicht interessiert, nicht solange der Schmerz um den Verlust von Neal noch so tief saß.

Nach den Schlagzeilen über das tragische Ende der Expedition in der Wüste hatte sich Hannah in den Niederlassungen sämtlicher Zeitungen nach Einzelheiten erkundigt. Aber auch dort war nicht mehr bekannt als das, was Reisende aus dem Westen Australiens – und auch das nur lückenhaft – zu berichten wussten. Daraufhin hatte Hannah an die Kolonialverwaltung in Perth geschrieben und die niederschmetternde Antwort erhalten, dass Sir Reginald und seine Gruppe von feindseligen Aborigines hingemetzelt worden seien. »Einem einzigen Überlebenden«, hieß es weiter, »ist es gelungen, sich nach Perth durchzuschlagen, einem Landvermesser und Mitglied der Expedition namens Archie Tice. Bei Ausbruch der Feindseligkeiten schwang er sich auf ein Pferd und jagte davon, bekam aber von Ferne noch mit, dass eine ungeheure Explosion erfolgte, der alle zum Opfer fielen. Mit letzter Kraft schaffte es Mr. Tice zu einer christlichen Mission im Outback, wo er noch Bericht über die Ereignisse erstatten konnte, ehe er tot zusammenbrach.«

»Hier also bist du!«

Hannah sah auf und erkannte ihre Freundin Blanche Sinclair, die in einer eleganten zweispännigen Kalesche vorfuhr. Ein Stallbursche saß neben dem in eine Livree gekleideten Kutscher und Mrs. Sinclair gegenüber ein junges Mädchen, allem Anschein nach eine Zofe. Die ein wenig zur Fülle neigende Blanche mit ihrem rotbraun glänzenden Haar, das eine Haube nach der neuesten Mode bedeckte, war dreißig, wirkte aber mit ihren markanten Grübchen und dem spitz zulaufenden Kinn um einiges jünger. Sie war sehr reich, dank ihres Mannes, der geschickt in Kupfer und Silber, Spedition und Wolle investiert hatte. Sein Tod, ausgelöst durch einen Sturz, hatte sie gut versorgt zurückgelassen. Blanche verstand es, ihr Erbe mit einem ausgeprägten Geschäftssinn zu verwalten, Mitgiftjäger zu durchschauen, und schien über einen größeren Freundeskreis zu verfügen als Australien an Eukalyptusbäumen aufwies.

»Ich war gerade bei dir«, sagte Blanche unter ihrem rosafarbenen Sonnenschirm. »Mrs. Sparrow sagte, du seiest heute Morgen von auswärts zurückgekommen und gleich wieder losgefahren. Ich dachte, du hättest etwas dagegen, deine Patientinnen ins Hospital einzuweisen.«

»Nicht ich habe sie hergebracht, sondern Freunde von ihr.«

»Du wirkst bekümmert, Hannah. Sorgst du dich um deine Patientin?«

»Ich vermute bei ihr Kindbettfieber, und ja, ich mache mir große Sorgen. Und obwohl Dr. Iverson bereits die notwendigen Vorsichtsmaßnahmen einleitet, bleibt mir nur zu hoffen, dass sich die Krankheit nicht ausbreitet.«

Blanche riss die Augen auf. »Du hast mit Marcus gesprochen?«

Das Aufblitzen eines Hoffnungsschimmers entging Hannah keineswegs, und da sie wusste, was die Freundin für den angesehenen Arzt empfand, hätte sie ihr gern etwas Positiveres berichtet. »Er hat mich zunächst gar nicht erkannt. Es war ja auch das erste Mal, dass ich ihn nach unserer Begegnung in deinem Haus letztes Jahr gesehen habe. Als ich ihn auf das Treffen damals hinwies, erinnerte er sich wieder an mich.«

Blanche errötete. »Hat er sich zum Ball heute Abend geäußert?« Im letzten Jahr hatte sie Marcus Iverson Einladungen zu verschiedenen Veranstaltungen geschickt, und jedes Mal hatte er mit Bedauern abgelehnt. Allmählich schwand ihre Hoffnung, jemals den Riss kitten zu können, den sie unabsichtlich ihrer Freundschaft zu Sir Marcus zugefügt hatte, für den sie weiterhin innige Gefühle hegte.

Ängstlich und sehnsüchtig zugleich schaute sie zum Eingang des Hospitals, ehe sie ihr Lächeln wiederfand. »Die Karten für die heutige Gala sind ausverkauft«, sagte sie. »Das ist Alice zu verdanken. Alle möchten sie hören.«

»Sie ist überglücklich, eine Privatvorstellung zu geben. Noch dazu für einen guten Zweck.«

Vor vier Jahren, nach der schrecklichen Mitteilung von Neals Tod, hatte sich Hannah in die Arbeit gestürzt, hatte durch das Studium medizinischer Fachbücher Trost und Ablenkung gefunden. Als alles, was Adelaide auf diesem Sektor zu bieten hatte, erschöpft war, hatte sie sich entschlossen, nach Sydney umzuziehen. Zur selben Zeit reifte bei Alice die Erkenntnis, dass ihr das Varieté-Theater von Mr. Glass ein zu begrenztes Betätigungsfeld bot und dass sie sich danach sehnte, ihre Musik und ihre Begeisterung dafür mit einer größeren Zuhörerschaft zu teilen. Und so waren die beiden Freundinnen übereingekommen, sich nach neuen Ufern umzusehen (wie es der Zufall wollte, war Sam Glass sogar froh, Alice aus ihrem Vertrag zu entlassen; er hatte damals eine Affäre mit einer Trapezartistin, die nur in wenig mehr als in hautengen Strumpfhosen und einem mit Rüschen besetzten Oberteil auftrat und erklärt hatte, im Elysium könne es nur *eine* Hauptattraktion geben).

Alice und Hannah hatten also Adelaide den Rücken gekehrt und größeren Träumen nachgehangen. Als dann auf ihrer Reise ihr Schiff für einen Tag in Melbourne anlegte, hatten sie sich auf Anhieb in die Stadt verliebt und waren geblieben.

Inzwischen trat Alice im ständig ausverkauften Queen's Theatre an der südwestlichen Ecke der Queen und Little Bourke Street auf. Ihr Kosename »Australische Nachtigall«, den man ihr in Adelaide angetragen hatte, folgte ihr auch nach Melbourne, wo sie die Attraktion der Stadt war.

»Kommst du heute Abend in Begleitung, Hannah?«

»Nein, ich komme allein.«

In gespielter Verzweiflung schüttelte Blanche den Kopf. »Das bringst nur du fertig, Liebes. Eine Dame, die allein ausgeht!« Aber insgeheim war Blanche beeindruckt und stolz auf die Eigenständigkeit ihrer Freundin.

Obwohl Hannah, kaum in Melbourne angekommen, Inserate in Zeitungen aufgegeben, sämtliche öffentlichen Anschlagtafeln für sich genutzt und Ärzten wie Apothekern ihre Visitenkarte überreicht hatte, musste sie sich in Geduld üben, bis sich die ersten Patienten einstellten. Aus der Überlegung heraus, dass Frauen eher auf Mundpropaganda reagierten denn auf Gedrucktes, hatte sie bei Schneiderinnen vorgesprochen, in Frisiersalons, bei Modistinnen, hatte ihnen ihre Visitenkarte ausgehändigt und sie über ihren Betätigungsbereich informiert. Blanche Sinclair hatte von der Frau, die ihre Taschentücher mit Monogramm bestickte, von Hannah erfahren und war zitternd und verängstigt und ohne zu wissen, an wen sie sich sonst wenden sollte, in ihrer Praxis erschienen – eine der reichsten Frauen in den Kolonien hatte in ihrer Verzweiflung eine Wildfremde aufgesucht, die sich als Heilpraktikerin bezeichnete.

Blanche hatte beim Baden einen Knoten in ihrer rechten Brust ertastet. Sie hatte sich sofort zu ihrem Hausarzt begeben, der sie, ohne sie näher zu untersuchen, lediglich gebeten hatte, ihm besagten Knoten zu beschreiben. Nachdem sie dem nachgekommen war, hatte er erklärt, die Brust müsse unbedingt abgenommen werden. Zwei weitere Ärzte kamen nach Stellung der gleichen Diagnose zum gleichen Schluss, aus Gründen der Sittsamkeit abermals, ohne eigenhändig den Knoten abzutasten. Als Blanche dann von einer auf Frauenleiden spezialisierten Heilpraktikerin erfuhr und zu ihr ging, war sie umso überraschter, als Miss Conroy meinte: »Wir müssen erst einmal feststellen, woraus der Knoten besteht.«

Blanche hatte ihre Untertaille abgelegt und sich auf einen Untersuchungstisch gelegt. Hannah hatte zunächst den Knoten befühlt, mit den Fingerspitzen hin und her bewegt und gefragt: »Tut das weh? Und jetzt?« Und schließlich gemeint: »Meines Erachtens ist das kein Krebs. Solch frei bewegliche Knoten sind für gewöhnlich gutartig. Bösartig können solche sein, die festgewachsen sind und schwer zu definieren. Um aber sicherzugehen, ist eine weitere Untersuchung nötig.«

Sie hatte mit einem dünnen, an einem Ende zugespitzten Rohr, das sie als Trokar bezeichnete und das an einem dünnen Gummischlauch befestigt war, vorsichtig in die Haut gestochen. Die Schmerzen hatte Blanche in Kauf genommen, der Eingriff hatte ja auch nicht lange gedauert. Zunächst eine Dosis Laudanum, dann ein kurzer Einstich. Fast unmittelbar darauf dann Miss Conroys Beurteilung: »Krebs scheidet aus. Es handelt sich hier um eine Zyste. Diese hellgelbe Flüssigkeit, die ich dem Knoten entnommen habe, ist der Beweis.« Nachdem die Zyste trockengelegt, die Wunde verbunden war und Blanche sich wieder angezogen hatte, gab Hannah ihr ein Rezept für Laudanum. »Obwohl ich meine Instrumente desinfiziere, sollten Sie sorgfältig darauf achten, ob es zu einer Entzündung kommt.«

Das war drei Jahre her, und seither waren sie befreundet.

Blanches Lobgesang auf Melbournes neue »Ärztin« bescherte Hannah mehr Patientinnen, als sie behandeln konnte. Nicht nur wegen ihrer Heilmethoden war sie gefragt; allein die Tatsache, dass sie eine Frau war, der gegenüber man nicht wie bei einem männlichen Doktor vor Scham in den Boden versank, bescherte ihr regen Zulauf. Und übereinstimmend lobte man, wie behutsam und sanft sie mit einem umging, ganz im Gegensatz zu manch männlichen Ärzten, die reichlich ungehobelt sein konnten.

»Übrigens«, sagte Blanche, »wird heute Abend noch jemand anwesend sein. Cecily hat einen weiteren Künstler entdeckt.«

Hannah lächelte. Cecily Aldridge sammelte Künstler wie andere Leute Kunstobjekte.

»Einen *Fotografen*. Einen Amerikaner. Er ist eben erst in Melbourne angekommen. Cecily hat ihn überredet, heute Abend zehn seiner Aufnahmen auszustellen. Sie findet seine Arbeiten absolut brillant und meint, wenn wir sie verkaufen, könnten wir beträchtliche Einnahmen erzielen.«

»Ein Amerikaner?«, fragte Hannah nach, und merkte, wie es plötzlich in ihren Ohren dröhnte. »Kennst du …«, sie rang nach Atem, »Weißt du, wie er heißt?«

»Ich habe ihn gerade kennengelernt und gehört, er sei gerade dabei, seine Bilder im Addison aufzuhängen. Er heißt Neal Scott und ist erst kürzlich aus Sydney nach Melbourne gekommen, zusammen mit seiner Verlobten.«

40

Blanche Sinclair rang nervös die Hände, schickte ein Stoßgebet ums andere zum Himmel, auf dass ihr Wohltätigkeitsball Erfolg zeitigen – und auch Dr. Marcus Iverson erscheinen würde.

Die Gala fand im neuen Addison Hotel in der Collins Street statt, einem dreistöckigen Gebäude aus einheimischem Blaustein mit einer von Säulen flankierten, mit Bögen verzierten und von großflächigen Glasfenstern unterteilten Fassade. Das Addison rühmte sich, über zweihundert Zimmer zu verfügen, einen Ballsaal, einen Herrenfrisör und vier Restaurants und wurde heute Abend offiziell eröffnet. Blanche war mit einem vielversprechenden Vorschlag an den Eigentümer herangetreten: dass es sich bestimmt für ihn auszahlen dürfte, die Eröffnung seines Etablissements – des größten Hotels in Melbourne – mit einem gesellschaftlichen Ereignis zu feiern, einer Wohltätigkeitsveranstaltung mit Spendenaktion zugunsten eines Waisenhauses. Die oberste Gesellschaftsschicht von Melbourne werde zugegen sein, hatte Blanche ihm versichert, und denken Sie doch nur mal an die armen mutterlosen Kinder.

Da sie vermutete, dass es nicht genug sei, ihre reichen Freunde einen Blick in das neue Hotel werfen zu lassen, war sie auf die Idee verfallen, den Galaabend mit einer Ausstellung von Werken Melbourner Künstler von Rang und Namen zu verbinden. Wenn dann noch Champagner floss und ein Streichquartett sowie ein Soloauftritt von Alice Star auf dem Programm standen, konnte Blanche eigentlich sicher sein, dass sie ausreichend Spenden sammeln würde, um mit dem Bau eines neuen Waisenhauses beginnen zu können.

Lampenanzünder waren mit ihren langen Stangen unterwegs, um die Kerzen in den Straßenlaternen anzuzünden, deren Glaskugeln, kaum dass sie aufleuchteten, angenehm die Nacht erhellten. Die Front des Addison war mit zusätzlichen Laternen bestückt, und durch die großflächigen Glasfenster drang helles Licht, als elegant gekleidete Gäste in prächtigen Kutschen vorfuhren und jeweils zu zweit das Hotel betraten. Obwohl der eine oder andere Herr allein kam und verschiedentlich Damen zu mehreren eintrafen, war es nur eine Dame, die ohne Begleitung aus ihrer Kutsche stieg und den Fuß auf den roten Teppich setzte. Aber jeder kannte Hannah Conroy, war also nicht überrascht.

Die Empfangshalle war zu einer Kunstgalerie umgestaltet worden, Bilder hingen an den Wänden und waren auf Staffeleien ausgestellt. Ein Streichquartett spielte Mozart, während sich livrierte Lakaien durch die Menge schlängelten und Tabletts mit gefüllten Champagnergläsern und Platten mit kleinen Häppchen anboten. Kronleuchter mit hundert Kerzen und dazu die silbernen Kandelaber auf Regalen und Tischen ließen die Eingangshalle in gleißendem Licht erstrahlen. Die Damen präsentierten sich als glitzernde Schmetterlinge in Abendkleidern aus Seide und Satin in allen Farben des Regenbogens und funkelndem Geschmeide; die Herren trugen über gestärkten Hemden Schwarz oder Grau, und ihre Schuhe waren auf Hochglanz poliert.

Als sie die Freundin durch die hohen Glastüren eintreten sah, ging Blanche mit ausgestreckten Armen auf sie zu. »Du siehst hinreißend aus, Hannah.« Sie freute sich, dass Hannah ihren Rat befolgt und die beste Schneiderin der Stadt aufgesucht hatte. Das schulterfreie und mit zarter Spitze eingefasste cremefarbene Satinkleid zeugte von exquisitem Geschmack.

»Alle sind gekommen«, stellte Blanche, die ein atemberaubendes Abendkleid in Dunkelrot trug, das ihre violetten Augen betonte, zufrieden fest. »Nur der Gouverneur hat abgesagt und sein Bedauern ausgedrückt, aber das war zu erwarten. Dafür ist seine Frau hier. Sie hat bereits ein Auge auf ein Bild geworfen, das hundert Pfund einbringen dürfte.«

Hannah reichte ihr Cape einer Hotelbediensteten und hielt Ausschau nach einem ganz bestimmten Gesicht. Sie konnte sich nicht erinnern, jemals derart nervös gewesen zu sein, so aufgeregt und gleichzeitig so verängstigt.

Nach dem Treffen mit Blanche vor dem Hospital war sie sofort ins Addison Hotel gefahren, wo die letzten Vorbereitungen für die heutige Gala im Gange waren. Blanche hatte gesagt, sie habe hier Mr. Scott getroffen, aber nun musste Hannah feststellen, dass er gerade gegangen sei. Sie war nach Hause gefahren, um die auf sie wartende Post von zwei Wochen durchzusehen; es konnte ja sein, dass sich Neal gemeldet hatte. Und in der Tat erfuhr sie von Mrs. Sparrow, ihrer Haushälterin, dass ein amerikanischer Gentleman vorgesprochen und eine Nachricht hinterlassen habe. »Ich bete zu Gott, dass Du die Hannah Conroy bist«, hatte Neal geschrieben, »mit der ich sechs Monate auf See verbracht habe, auf einem Schiff namens *Caprica.*«

Da Hannah nicht wusste, wo Neal wohnte oder wie sie ihn ausfindig machen konnte, hatte sie wohl oder übel die ihr unendlich scheinenden Stunden bis zum Abend und einem Wiedersehen mit ihm ausharren müssen.

»Und der amerikanische Fotograf?«, fragte sie mit wild klopfendem Herzen. Sie musste sich anstrengen, um sich bei diesem Lärm und Gelächter Gehör zu verschaffen. »Ist er hier?«

»Mr. Scott musste noch mal kurz weg, sagte aber, er wäre gleich wieder da«, gab Blanche Auskunft, wobei sie immer wieder zum Haupteingang schielte. Würde Marcus kommen? Wenn ja, hatte Blanche sich vorgenommen, ihn beiseitezunehmen und ihm zu erklären, weshalb sie es vor einem Jahr abgelehnt hatte, ihre wohlhabenden Freunde für eine Führung durch sein Hospital zusammenzutrommeln, um damit Spenden zu sammeln.

Plötzlich war er da, überließ sein Operncape und seinen Zylinder einem der Bediensteten. Blanche war überglücklich, ihn zu sehen. Unglaublich distinguiert wirkte er in seinem schwarzen Cutaway und mit den silbernen Strähnen in seinem schwarzen Haar, die durch das Licht der Kronleuchter seidig schimmerten.

Blanche durchschoss heftiges körperliches Verlangen, und sie musste sich eingestehen, dass ihre Gefühle für ihn seit der Zeit, da er auf Abstand zu ihr gegangen war, keineswegs schwächer geworden waren. Sie erinnerte sich noch ganz genau, wann er ihr nach zwei Jahren guter Freundschaft (ohne dass es irgendwann zu Intimitäten gekommen wäre) plötzlich die kalte Schulter gezeigt hatte. Sie wusste, wie sehr ihm sein Hospital am Herzen lag, dass es sein Leben war. Aber wie konnte sie ihm sagen, dass sich allein schon beim Anblick des Gebäudes ihr Magen zusammenzog und es ihr eiskalt in die Knochen fuhr? Als sie seine Bitte ablehnte, mit einer Führung eine Spendensammlung zugunsten seines Hospitals zu organisieren, hatte sie nicht damit gerechnet, dass er auf diese Weise reagieren würde und sich lediglich gewundert, dass ab sofort Einladungen zu Picknicks und Pferderennen ausblieben. Und als ihr endlich der Grund dafür klargeworden war, wusste sie nicht, wie sie das wieder gutmachen konnte.

Dr. Iverson bahnte sich einen Weg durch die Menge und steuerte geradewegs auf Blanche und Hannah zu. »Ich freue mich, Sie wiederzusehen, Miss Conroy«, wandte er sich an Hannah, ohne Blanche, der das Herz vor Freude bis zum Hals schlug, groß zur Kenntnis zu nehmen.

»Ganz meinerseits«, gab Hannah zurück. »Wie geht es Nellie Turner, Dr. Iverson?«

»Aber, aber!«, mischte sich Blanche ein, bestürzt über Marcus' Verhalten ihr gegenüber und auch darüber, wie er Hannah ansah. Um sich nicht anmerken zu lassen, dass sie gekränkt war, behielt sie ihr Lächeln bei. »Nichts Berufliches heute Abend. Marcus, darf ich Sie mit unseren Künstlern bekannt machen?«

»Sehr gerne, Mrs. Sinclair, aber das kann noch warten.« Marcus Iverson war verblüfft, wie stark er sich noch immer zu Blanche hingezogen fühlte. Obwohl feststand, dass sie sich ihm gegenüber durchaus nicht als Freund erwiesen hatte! Aber sein Herz sagte etwas anderes. Das hatte er sich selbst eingebrockt. Nach dem Tod seiner Frau hatte er geglaubt, nie wieder ein weibliches Wesen lieben zu können, hatte sich lange Zeit ausschließlich der Medizin und seinem Hospital gewidmet. Als dann Blanche Sinclairs Mann starb, hatte Marcus das Bedürfnis gespürt, sie zu trösten. Sie war schließlich jung und attraktiv, ein charmantes Persönchen, belesen und gebildet und großzügig. Er hatte sie anfangs zu Ausfahrten mit der Kutsche und zu Picknicks eingeladen, und nach einer angemessenen Trauerzeit waren sie gute Freunde geworden. Er hatte sogar schon mal überlegt, ob ihnen eine gemeinsame Zukunft beschert sein könnte.

Aber dann hatte er sie gebeten, eine Wohltätigkeitsveranstaltung auszurichten, um Spenden für den Ausbau seines Hospitals zu sammeln – mit Blanche Sinclair als Schirmherrin war die Spendenbereitschaft garantiert –, und war entsetzt gewesen, als sie unter einem fadenscheinigen Vorwand ablehnte. Da hatte sie ihr wahres Gesicht gezeigt, fand er, und nahm es als Beweis dafür, dass sie es mit ihrer Freundschaft nicht ernst meinte.

In diesem Augenblick fuhr draußen eine von vier mit Federbüschen geschmückten Pferden gezogene Kutsche vor, die die Aufmerksamkeit aller auf sich zog. Zwei Lakaien öffneten den Schlag und halfen den Passagieren – einer jungen Dame, einer älteren Frau sowie einem Mann mittleren Alters, alle festlich gekleidet – auf den mit Holzplanken verlegten Bürgersteig. Dann stieg ein vierter Passagier aus, Miss Alice Star. In einem atemberaubenden weißen Abendkleid und mit weißem Pelz besetzten weißen Samtcape, im goldblonden Haar ein mit Brillanten besetztes Diadem mit langen Reiherfedern, trat sie ins gleißende Licht. Alice war eine der bestbezahlten Künstlerinnen in Melbourne, mehr Gage als sie erhielt nur noch der Shakespeare-Schauspieler Donald Craig.

Pförtner rissen die Türen zum Hotel auf, Applaus brandete auf, als Alice unter einen der Kronleuchter trat. In theatralischer Pose hielt sie inne, erwiderte die Begrüßung mit einer bühnenreifen Verbeugung, nahm ihr Cape ab und entließ ihre drei Begleiter. Sofort wurde sie von Verehrern umringt. Inzwischen fünfundzwanzig, hatte sich ihre Figur weiblich gerundet. Alice wirkte selbstbewusster und strahlender denn je, und nichts deutete mehr auf das verschüchterte Dienstmädchen hin, das Hannah vor fast sechs Jahren in Adelaide kennengelernt hatte.

Mit einer Entschuldigung löste sich Alice aus dem Zirkel aus und schritt auf Hannah zu. »Stimmt das? Neal ist am Leben? Es hat mich schier umgehauen, als ich deine Nachricht las. Hast du ihn gesehen? Wo ist er?«

»Man hat mir gesagt, er musste kurz weg, käme aber wieder.«

»Hast du seine Arbeiten schon gesehen?« Obwohl Alice Neal nicht kannte, hatte sie von Hannah viel über ihn gehört, hatte sein Foto gesehen und Hannahs Kummer miterlebt, als sie die Nachricht von seinem Tod erhalten hatte. Aber jetzt! Er war am Leben!

Nach Austausch von ein paar Höflichkeitsfloskeln mit Dr. Iverson und Blanche, ehe sie in entgegengesetzte Richtungen abschwirrten, hakte sich Alice bei Hannah unter und zog mit ihr durch die schillernde Menge. »Ich freue mich wahnsinnig für dich, Hannah. Ich begreife gar nicht, wie du so ruhig sein kannst.«

»Alice«, sagte Hannah, als sie an Staffeleien vorbeischlenderten, auf denen Bilder mit unterschiedlichen Themen und in unterschiedlichen Stilrichtungen ausgestellt waren und wo man die jeweiligen Künstler umringte, »Neal ist verlobt und wird heiraten.«

Alice blieb wie angewurzelt stehen. Jetzt erst fiel ihr auf, wie blass Hannah war, wie tränenumflort ihr Blick, wie ihre Unterlippe zitterte. »Das darf doch nicht wahr sein!«

»Doch. Man hat es mir mehrfach bestätigt.« Jetzt musste Hannah doch um ihre Fassung ringen. »Neal hat letzte Woche sein neues Atelier eröffnet, kann sich bereits nicht mehr retten vor Aufträgen für fotografische Porträts, und mehrere Leute haben ihn ganz ungeniert nach seinem Familienstand gefragt.«

»Ach Hannah.« Alices Überschwang schlug in Enttäuschung um. »Das tut mir unendlich leid für dich. Wie konnte es nur dazu kommen?«

Hannah bemühte sich, ruhig und sachlich zu bleiben, aber eigentlich war es ein Kampf, nicht sofort in Tränen auszubrechen.

»Immerhin sind seit unserem letzten Treffen viereinhalb Jahre vergangen. Da kann so manches passieren. Zumindest in meinem Leben hat sich viel verändert. Sie schluckte und atmete tief durch. »Da, schau mal.« Sie kamen zu einem Bereich, in dem große Fotografien in schönen Rahmen an der Wand hingen, durch ein Schild als die Arbeiten von »Neal Scott, Fotograf« ausgewiesen.

Den beiden jungen Frauen gingen die Augen über. Während sich die anderen Künstler auf Szenen von australischen Städten oder besiedeltem Land verlegt hatten – Schafschur, Pferderennen, Schiffe im Hafen –, hatte sich der amerikanische Fotograf in die Welt jenseits der letzten Außenposten der Zivilisation gewagt und Bilder von Wundern der Natur eingefangen, die kaum jemand je zu Gesicht bekam. Neals Fotografien aus dem Outback waren mehr als nur Bilder, es waren Kunstwerke.

Mit Tränen in den Augen sah sich Hannah eins nach dem anderen an, nahm die Berge, die Felsformationen, die baumlosen Ebenen in sich auf. Eine spirituelle Kraft schien von diesen Fotografien auszugehen. Wie war es ihm nur gelungen, mit Glas und Papier und ein paar Chemikalien die unendliche Weite der australischen Landschaft derart zu veranschaulichen? Vor allem ein Foto faszinierte sie: An der rechten und an der linken Seite belaubte Eukalypten, die sich voneinander weg neigten, was den Eindruck erweckte, als würden sich die Theatervorhänge einer Bühne öffnen und den Blick auf ein riesiges Felsmassiv in der Ferne freigeben, das sich aus der flachen Wüste erhob. Neal hatte das Foto so gekonnt arrangiert, als habe er gewusst, dass sich hinter ihm und seiner Kamera Zuschauer befänden. Er hatte eine helle, unermessliche Fläche eingefangen, sie in gleißendes Licht getaucht und in ein atemberaubendes Wunder verwandelt. Durch einen raffinierten Kunstgriff – der untere Teil der Fotografie war so beschnitten, dass nichts verriet, auf was für einem Boden ein sperriges Stativ und ein Mensch gestanden hatten – weckte Neal beim Betrachter die Illusion, im freien Raum dahinzugleiten. Hannah war überwältigt. Dies war räumliche Erfahrung in atemberaubendem Maßstab. Neal bezog den Betrachter in die

Szene mit ein, ließ ihn durch goldenes Licht und über uraltes Land schweben.

Ihr Herz öffnete sich in grenzenloser Liebe zu ihm, sie brannte darauf, ihm persönlich zu sagen, wie tief seine Arbeit sie berührte. Bis es sie wieder gleich einem Stich durchfuhr, dass er ja verlobt war.

»Schau dir mal den Rahmen an, Hannah«, sagte Alice leise.

Bemüht, wenigstens nach außen hin ruhig zu wirken, wandte sich Hannah von dem Bild ab und konzentrierte sich auf den Rahmen. Was auf den ersten Blick wie ein phantasievolles Muster aussah, entpuppte sich bei näherer Betrachtung als winzige Blüten, die in das Holz geschnitzt waren, als Bäume, kleine Tiere, sogar ein Wasserfall war zu erkennen!

»Alice«, meinte sie, »das erinnert mich an den Rahmen um das Bild, das dir dein heimlicher Verehrer hat zukommen lassen.«

»Tatsächlich! Du hast recht!« Die Freundin war mit einem Mal aufgeregt.

Vor einem Monat hatte es angefangen. Alice, die allabendlich sowie an Wochenenden zusätzlich nachmittags im Theater auftrat, war daran gewöhnt, unter den Zuschauern immer wieder dieselben Gesichter zu bemerken. Dann aber hatte doch einer von ihnen ihre Aufmerksamkeit geweckt – weil er nämlich immer auf demselben Platz saß, ziemlich weit hinten und im Schatten, und nach Ende der Vorstellung sofort verschwand, anstatt zu versuchen, sie hinter der Bühne aufzusuchen oder wie die anderen in der Seitenstraße am Bühnenausgang auf sie zu warten (weshalb sie nie ohne mindestens drei Begleiter ausging). Alice war ferner daran gewöhnt, großzügige Geschenke und Blumen zu erhalten, aber dann gab sich der Absender jedes Mal zu erkennen. Vor einer Woche war ihr ein Päckchen in die Garderobe geschickt worden, ohne Visitenkarte des Verehrers: Das Aquarell eines hiesigen Künstlers, schwarze Schwäne auf dem Yarra-Fluss. Aber erst als Alice den kunstvoll geschnitzten Holzrahmen sah – winzige Vögel und Schmetterlinge – dämmerte ihr, dass nicht das Bild das Geschenk war, sondern der Rahmen. Und sie hatte sich gefragt, ob dieses Geschenk von dem geheimnisvollen Mann stammte, der immer dahinten im Dunklen saß.

»Vielleicht ist er ja heute Abend anwesend!«, sagte Alice unvermittelt. »Diese schönen Rahmen sind ebensolche Kunstwerke wie die Fotografien. Es wäre doch nur logisch, wenn der, der sie geschnitzt hat, auch hier wäre, findest du nicht?«

Hannah bemerkte, dass die Augen der Freundin ganz eigentümlich glitzerten. An Bewunderern fehlte es Alice durchaus nicht, aber alles, was darüber hinausging, lehnte sie ab. Wie sie Hannah anvertraut hatte, verliebten sich Männer nicht in sie, sondern in ihre Fassade, und sie wisse, dass ihr Traum wie eine Seifenblase zerplatzen und sie gedemütigt zurückbleiben würde, sobald sie sich abgeschminkt hätte, das Haarteil und das Diadem entfernt wären. Dennoch schien es mit diesem einen Bewunderer etwas Besonderes auf sich zu haben. Warum gab er sich nicht zu erkennen? Warum kam er zu jeder Vorstellung und wagte doch nicht, sie anzusprechen? Auch wenn es nur eine Schwärmerei sein mochte, merkte Hannah, dass Alice von diesem Mann fasziniert war.

»Miss Star.« Seide und Unterröcke raschelten, als Blanche mit erhitzten Wangen, das spitz zulaufende Kinn erregt gereckt, auf sie zutrat. »Wir sind bereit für Sie.«

Alice zögerte. Sie berührte Hannahs Arm und fragte leise: »Alles in Ordnung? Oder wäre es dir lieber, wenn ich bei dir bliebe?« Erst als Hannah ihr versicherte, sie brauche sich keine Sorgen um sie zu machen, nahm Alice ihren Platz in der Mitte der Eingangshalle unter einem der Kronleuchter ein und wartete in anmutiger Haltung ab, dass die Gespräche verstummten. Als es so still war, dass man nur noch das gelegentliche Aufzischen einer Öllampe vernehmen konnte, räusperte sich Alice, faltete die Hände in Höhe ihrer Taille, atmete tief durch und hob an zu singen.

I dreamt I dwelt in marble halls
With vassals and serfs at my side,
And of all who assembled within those walls

That I was the hope and the pride.
I had riches all too great to count
And a high ancestral name.

Mir träumte, ich lebte in marmornen Sälen
Mit Vasallen und Dienern zur Seite,
Und dass von allen versammelt in jenen Mauern
Ich der war, der stand für Hoffnung und Stolz.
Ich besaß Reichtümer ohne Zahl
Und von hoher Abstammung den Namen.

Im Nu hatte sie die Zuhörer mit ihrem Lied aus »Das Zigeunermädchen« für sich gewonnen. Ohne musikalische Begleitung, nur mit ihrem engelsgleichen Äußeren und ihrer goldenen Stimme, zog Alice Star, einstmals Alice Starky, die früher in einem Bordell in Adelaide Fußböden gewischt hatte, die Gäste so sehr in Bann, dass es schien, als singe sie vor steinernen Statuen. Und derart hell und klar perlten die Töne von ihren Lippen, dass keiner außer Hannah ahnen konnte, was Alice bedrückte: trotz ihrer rauschenden Erfolge und obwohl sie in einem schönen Haus wohnte und ihr Diener und eine Kutsche zur Verfügung standen, war sie sehr einsam.

Während Hannah ihr lauschte und von neuem darüber staunte, wie leicht es der Freundin fiel, ihr Publikum zu verzaubern, bemerkte sie, wie sich hinter Alice die Drehtür bewegte und zwei Personen, ein Mann und eine Frau in Operncape und Umhang, Zylinder und Haube eintraten. Sie blieben stehen und warteten höflich hab, bis Alice ihren Gesangsvortrag beendet hatte.

Die Frau, die jung und schlank war und unter ihrem Umhang ein smaragdgrünes Abendkleid trug, behielt den Blick auf Alice gerichtet; der Mann dagegen, der seinen Zylinder noch nicht abgenommen hatte, sah sich im Saal um, blieb schließlich an Hannah hängen.

Um ein Haar hätte sie aufgeschrien. Am liebsten wäre sie auf ihn zugestürzt, hätte sich ihm in die Arme geworfen und gejubelt, dass er am Leben war. Aber noch sang Alice, noch musste Hannah dort, wo sie stand, verharren, während sich Neal nicht von der Eingangstür weg bewegte, Hannah aber nicht aus den Augen ließ.

Blanche neigte sich der neben ihr stehenden Hannah zu. »Also deswegen ist Mr. Scott verschwunden«, wisperte sie. »Um seine Verlobte abzuholen.«

But I also dreamt which charmed me most
That you loved me still the same
That you loved me
You loved me still the same,
That you loved me
You loved me still the same

Aber ich träumte auch, und dies war das Schönste,
dass du mich liebtest wie vordem,
Dass du mich liebtest,
mich liebtest wie vordem,
dass du mich liebtest,
Du mich liebtest wie vordem.

Wie betäubt stand Hannah da, während Alice sang und sich keiner bewegen konnte. Erinnerungen überfielen sie, Erinnerungen an die *Caprica*, an die staubige Straße vor dem Australia Hotel. Brennende Sehnsucht kehrte zurück, verbunden mit süßem, stechendem Schmerz.

Neal wirkte in seinem gut geschnittenen schwarzen Cutaway über schwarzen Hosen, dem gestärkten weißen Hemd sowie weißer Krawatte ungemein attraktiv. Sein braunes Haar trug er inzwischen länger, eine Locke ringelte sich über seinen weißen Hemdkragen. Er war tadellos rasiert, trotz der seitlichen Koteletten, die in ihrer Länge der neuesten Mode entsprachen.

Hannah dachte daran, wie hemmungslos sie sich in der Kutsche geküsst hatten, wie er sich angefühlt, wie er geschmeckt hatte. Es schien ihr unmöglich, diese qualvolle Wiederbegegnung durchzustehen, diesem bezaubernden Geschöpf in dem smaragdgrünen Abendkleid vorgestellt zu werden.

Sie überlegte bereits, unter einem Vorwand – einem dringenden Krankenbesuch etwa – zu verschwinden, als Alice zum Ende ihres Vortrags kam. Bis die Zuhörer merkten, dass der Bann von ihnen abfiel, herrschte tiefe Stille, dann erhob sich frenetischer Beifall, Bravorufe erschallten.

Das Streichquartett fing wieder an zu musizieren, die Unterhaltung kam erneut in Gang, man umringte Alice und überschüttete sie mit Lobeshymnen. Neal legte Cape und Zylinder ab, übergab beides einer Bediensteten. Er flüsterte der jungen Dame in Grün etwas zu, worauf sie lächelnd nickte, dann verlor er keine Zeit mehr und kam schnurstracks auf Hannah zu.

Sprachlos angesichts der Gefühle, die sie überwältigten, streckte sie ihm die Arme entgegen, überließ ihre behandschuhten Hände den seinen. So viele Jahre hatte sie ihn nicht mehr gesehen! Und nun stand er vor ihr. Inmitten einer wogenden und lärmenden Menschenmenge nahm sie außer ihm niemanden mehr wahr. »Neal! Ich hielt dich für tot.« Er war sonnengebräunt, sein Gesicht von zusätzlichen Falten geprägt. Er duftete nach der ihr vertrauten Rasierseife. »Wie kommt es, dass du in Melbourne bist?«

»Hannah, es tut mir so leid. Ich habe versucht, dich ausfindig zu machen. Mir war klar, dass du die Berichte in den Zeitungen gelesen hast und mich für tot halten musstest.«

Er berichtete kurz über Galagandra, von dem Überfall und der Explosion der Chemikalien, vermied es aber, den Sandsturm zu erwähnen, Sir Reginalds betrügerische Machenschaften und seinen Aufenthalt bei Jallaras Clan. Dies gehörte jetzt nicht hierher. »Ich weiß nicht wieso, aber als die Eingeborenen angriffen, hat es einer von uns, ein Landvermesser namens Archie Tice mit dem Pferd bis zu einer Mission der Aborigines geschafft und dort erzählt, er habe etwa eine halbe Meile vom Schauplatz entfernt die Explosion vernommen und dann aus der Richtung, aus der er kam, schwarze Rauchwolken gesehen. Es sei zu einem Massaker gekommen, sagte er den Missionaren, und ein paar Tage später erlag er selbst der Wunde, die ihm ein Speer beigebracht hatte. Die Missionare wiederum meldeten den Behörden in Perth das traurige Schicksal der Expedition, ohne zu ahnen, dass Fintan und ich mit dem Leben davongekommen sind.«

»Fintan!« Hannah erinnerte sich sehr wohl an den hübschen jungen Mann, den sie in Adelaide kennengelernt hatte.

»Nachdem sich der Rauch verzogen hatte, stellten wir fest, dass unser Lager nicht verwüstet war, dass die Pferde unverletzt überlebt hatten, dass noch Lebensmittel und Wasser vorhanden waren. Ich brauchte drei Tage, um die Toten zu begraben. Die Explosionen müssen die Aborigines verschreckt haben, jedenfalls ließen sie sich nicht mehr blicken. Fintan war verwundet. Wir blieben wochenlang im Lager, dann kamen Goldsucher und brachten uns zu derselben Mission, die Archie Tice erreicht hatte. Dort hat uns ein christliches Ehepaar, das mich übrigens sehr an die Merriwethers erinnerte, gesund gepflegt. Ein volles Jahr hat es gedauert, Hannah, ehe wir nach Perth zurückkehrten. Wir hatten keine Ahnung, was für eine Geschichte über uns inzwischen in Umlauf war!«

»Warum hast du sie nicht berichtigt?«

»Ursprünglich hatte ich das vor. Aber dann wurde mir klar, dass man uns verdächtigen könnte, wir seien des Goldes wegen dort gewesen, und dann wäre Galagandra von Goldsuchern überrannt worden. Und das durfte ich nicht zulassen. Galagandra ist heiliges Gebiet, Hannah. Zum Glück hat Archie nicht erwähnt, dass wir tatsächlich auf Gold gestoßen sind. Sobald wir konnten, begaben sich Fintan und ich nach Adelaide. Überall habe ich nach dir gesucht. Schon weil ich wusste, dass du annahmst, ich sei tot, wollte ich dich finden! Ich wurde im Australia Hotel vorstellig, aber das hatte inzwischen den Besitzer gewechselt. Ich fuhr hinaus nach Seven Oaks, aber die McKeegans konnten mir auch nicht sagen, wo du steckst. Bis ich schließlich erfuhr, du seiest nach Sydney gegangen.«

Hannah schluckte schuldbewusst. »Weil ich dich für tot hielt, bin ich gar nicht auf den Gedanken gekommen, für dich eine Nachricht auf dem Postamt in Adelaide oder an Mr. Days Anschlagtafel zu hinterlassen.«

Dass in der riesigen Eingangshalle Platz frei gemacht worden war und sich bereits die ersten Paare im Walzer drehten, nahm Hannah ebenso wenig wahr wie die köstlichen Düfte von gebratenem Rind- und Lammfleisch, die aus der Hotelküche wehten, dass ein Buffet aufgebaut wurde, dass es in der Eingangshalle heiß und laut war und man ihr im Vorbeigehen »Schönen guten Abend, Miss Conroy« wünschte. Sie sah nur Neal.

»Erst heute Nachmittag habe ich deine Nachricht erhalten«, sagte sie. »Ich war zu Krankenbesuchen auf dem Land. Warum hast du eigentlich gefragt, ob ich die Hannah Conroy bin, die mit dir auf der *Caprica* war?«

Er lachte leise. »Du ahnst ja nicht, wie viele Frauen deines Namens es gibt! In Sydney habe ich Zettel an Anschlagtafeln hinterlassen und Anzeigen in Zeitungen veröffentlicht. Ich habe in Krankenhäusern nachgefragt, bei Ärzten, Apothekern, anderen Hebammen. Ich habe sogar eine Belohnung für Hinweise auf deinen Aufenthaltsort ausgesetzt. Zwei solchen Hinweisen bin ich nachgegangen, beide haben mich tief ins Outback geführt, zu ganz anderen Hannah Conroys. Schließlich wollte ich mein Glück in Melbourne versuchen. Ich habe Fintan vorausgeschickt, damit er ein Atelier für uns ausfindig macht; ich selbst bin mit meiner Ausrüstung und dem ganzen Zubehör auf dem Landweg nachgekommen.« Lächelnd fügte er hinzu: »Schiffen traue ich nicht.«

Hannah entging nicht, dass sich Neal verändert hatte. Er wirkte um einiges ruhiger, nicht mehr so überschwänglich wie damals, als er zu seiner Expedition aufbrach. Was mochte ihm in der Wildnis widerfahren sein? Auch körperlich schien er verändert – das einst kurzgeschorene Haar war länger, lockig umspielte es seine Ohren. Seine Haut war gebräunt, zusätzliche Fältchen umrahmten die Augenwinkel und seinen Mund. Seltsamerweise ließ ihn das nicht älter aussehen, sondern reifer, abgeklärter. Hannah warf einen Blick auf die an der Wand hängenden Fotografien und fragte sich, ob allein Australien dies bewirkt haben mochte.

Natürlich dachte sie auch über die Verlobte nach, wie sie hieß und wie sie sich kennengelernt hatten. Aber sie traute sich nicht, ihn danach zu fragen. Ein Zittern überlief sie. War es Angst, war es Verlangen?

»Aber nun zu dir, Hannah«, sagte Neal leise. »Wenn man dich so anschaut, scheint es dir prächtig zu gehen. Habe ich recht, wenn ich annehme, du bist eine erfolgreiche Hebamme?«

Sie zog aus ihrem Abendhandtäschchen ihre Visitenkarte. »Ich habe meine Berufsbezeichnung ein wenig nachgebessert«, sagte sie. »Anfangs war es schwer, Fuß zu fassen. Ich habe das den Leuten angelastet, bis ich merkte, dass es nicht die Leute waren, die mich auf eine eng begrenzte Rolle festnagelten, sondern ich selbst. Als ich dann meine Tätigkeit neu definierte, stellte sich prompt Erfolg ein.«

Hannah hat sich verändert, stellte er mit Blick auf die Visitenkarte fest, und zwar nicht nur dadurch, dass sie eine neue Bezeichnung für das gefunden hatte, was sie beruflich tat. Als sie sich vor mehr als sechs Jahren kennengelernt hatten, war sie für ihn ein junges Mädchen gewesen. Jetzt war sie zur Frau erblüht. Während sie auf der *Caprica* nur eine vage Vorstellung von ihrer Zukunft gehabt hatte, bestimmte sie jetzt über ihren weiteren Lebensweg.

»Hab ich recht, Sir? Sind Sie der Fotograf?«

Neal wandte sich um, blinzelte. »Wie bitte?«

»Das Bild da oben«, sagte der Schnauzbart mit dem ansehnlichem Bauch und den roten Wangen, »würden Sie mir verraten, wo Sie das aufgenommen haben? So etwas hab ich noch nie gesehen.« Hannah erkannte in dem Mann Mr. Beechworth, einen wohlhabenden Unternehmer, der unlängst Melbournes erste Eisenbahngesellschaft gegründet hatte.

In diesem Augenblick tauchte Blanche auf. »Nur zu Ihrer Information, Mr. Beechworth: Für dieses Bild steht das Angebot jetzt bei fünfzig Pfund. Wenn Sie es erwerben möchten, sollten

Sie schleunigst Ihr Angebot abgeben. Die Auktion wird in Kürze zum Ende kommen.«

Ihr Blick wanderte zwischen Neal und Hannah hin und her. Sie wusste, dass es in Hannahs Vergangenheit einen Mann gegeben hatte, mit dem sie per Schiff aus England gekommen war. Nähere Einzelheiten hatte sie nicht in Erfahrung gebracht, nur so viel, dass dieser Mann der Grund war, weshalb Hannah nicht an der Bekanntschaft mit heiratsfähigen jungen Männern interessiert war. Als sie jetzt Mr. Beechworth zum Auktionstisch begleitete, fragte sie sich, ob dieser faszinierende Amerikaner nicht vielleicht der geheimnisumwitterte Jemand aus Hannahs Vergangenheit war …

Trotz des dichten Gedränges in der Eingangshalle ließ Dr. Marcus Iverson das Paar unter den ausgestellten Fotografien nicht aus dem Auge.

Seit geraumer Zeit bereits beobachtete er Miss Conroy und den Amerikaner und erkannte an ihrer Körpersprache eine Vertrautheit, die auf ein freundschaftliches Verhältnis schließen ließ, wenngleich zwischendurch bei beiden eine Anspannung und Nervosität zu erkennen war, so als gebe es da tiefere, bislang aber nicht erwiderte Empfindungen. Sir Marcus war über den Stachel seiner eigenen Eifersucht selbst überrascht, ein Gefühl, das ihm seit den Tagen, da seine geliebte Caroline die Schönste auf so vielen Bällen gewesen war und die Aufmerksamkeit aller Männer auf sich gezogen hatte, fremd geworden war.

Er beschloss, dem amerikanischen Fotografen, der sich die Zeit genommen hatte, diese einem so guten Zweck dienende Veranstaltung mit seiner Anwesenheit zu beehren, seinen Dank auszusprechen.

Miss Conroy und Mr. Scott standen, wie Sir Marcus konstatierte, als er auf die beiden zuging, um einiges enger zusammen, als schicklich war. Und wie ihre Blicke ineinandertauchten, wie der Gentleman Hannahs Arm berührte, so als existierte die Welt um sie herum gar nicht mehr …

Sir Marcus war verblüfft über das, was in ihm vorging. Alles, was er denken konnte, war, dass Hannah Conroy ihn auf irgendeine Weise an seine von ihm vergötterte Caroline erinnerte, die an Typhus gestorben war. Caroline war ungemein belesen gewesen, eine äußerst gebildete Frau mit eigenen Ansichten, und auch wenn er mit ihr nicht immer einer Meinung gewesen war, hatte er den geistigen Austausch mit ihr genossen. Er leugnete nicht, dass er kluge Frauen schätzte, sie sogar höchst reizvoll fand. Seiner Vermutung nach gab es mehr intelligente Frauen, als diese selbst sich das anmerken ließen.

»Guten Tag nochmals, Miss Conroy«, sagte er.

Hannah stellte die beiden Männer einander vor, worauf Sir Marcus Neal die Hand hinstreckte. »Freut mich sehr, Sie kennenzulernen, Mr. Scott.«

Fotograf und Arzt begannen ein Gespräch über Fotografie, was Hannah dazu nutzte, zu Neals Verlobter zu spähen, deren prächtiges rotes Haar im Schein der Lüster aufleuchtete. Hannah verstand, was die junge Dame für Neal verkörperte. Es tat trotzdem weh. Ihr Magen krampfte sich zusammen. Sie hatte um ihn getrauert, ihn im Geiste zu Grabe getragen – und jetzt war er wieder in ihr Leben getreten, in voller Größe und Männlichkeit und nur, damit sie ihn erneut verlor, an eine andere Frau. Das war mehr, als sie ertragen konnte. Sie wollte seiner Verlobten nicht vorgestellt werden. Das ginge über ihre Kräfte.

»So leid es mir tut«, wandte sich Dr. Iverson jetzt an Hannah, »aber ich muss diese festliche Veranstaltung verlassen.« Und plötzlich kam ihm eine Idee. »Heute Nachmittag, kurz ehe ich das Krankenhaus verließ, ist es zu einem weiteren Fall von Kindbettfieber gekommen.«

»Nein!«

Sir Marcus räusperte sich, leicht beschämt über seine List, diese trauliche Zweisamkeit zu beenden, ohne genau zu wissen, warum. Dennoch freute er sich diebisch, sein Ziel erreicht zu haben, weil Miss Conroy sofort sagte: »Sollte ich dann nicht auch nach Nellie Turner schauen, Doktor?«

»Eine ausgezeichnete Idee, Miss Conroy!«, erwiderte Sir Marcus, ohne zu merken, dass Hannahs Blick auf eine Frau in Grün gerichtet war, die auf sie zukam. »Außerdem liegt mir viel daran, wie Sie den neuen Fall beurteilen. Ist es Ihnen recht, wenn ich am Hotelausgang auf Sie warte?«

Hannah nickte, wandte sich, als Sir Marcus gegangen war, an Neal. »Du siehst ja, ich muss gehen. Außerdem möchten sich alle möglichen Leute mit dir über deine Fotos unterhalten.«

»Hannah, wir müssen unbedingt miteinander reden«, brach es aus ihm heraus. »Morgen früh. Als Allerersten. In meinem Studio?«

»Morgen früh muss ich im Vereinshaus der Quäker mithelfen, Kleidung an die Armen zu verteilen. Aber nachmittags hätte ich Zeit.«

Sie legte ihre behandschuhte Hand in seine Hand, spürte, wie ihr dabei das Herz bis zum Hals klopfte. »Ich möchte alles erfahren, was du so erlebt hast«, sagte sie, obwohl sie mit Bangen seinem Bericht über die Verlobte entgegensah. »Ich für meinen Teil kann jedenfalls mit einer durchaus erstaunlichen Geschichte aufwarten.«

Alice, die unweit des Eingangs mit Freunden plauderte, sah, wie Hannah ihr Cape entgegennahm und mit Dr. Iverson das Hotel verließ. Kaum dass die Kutsche abgefahren war, richtete sie ihre Aufmerksamkeit wieder auf das Gedränge in der Halle, entdeckte am entgegengesetzten Ende Neal Scott inmitten einer Schar von Gästen, die ihm ihre Hochachtung aussprachen und ihn mit Fragen zu seinen Bildern bestürmten.

Sie sah, wie er urplötzlich die Hand hob, etwas zu Blanche sagte und dann eine unscheinbare Tür mit der Aufschrift »Privat« neben dem Empfangstresen ansteuerte. Er verschwand dahinter, tauchte aber kurz darauf wieder auf und begab sich zu dem Tisch, an dem die Gebote für die Versteigerung notiert wurden.

Was verbarg sich hinter jener unscheinbaren Tür?, überlegte Alice.

Mit einer Entschuldigung schlängelte sie sich durch zum Empfangstresen und nahm auf dem Weg immer wieder Glückwünsche entgegen. Bei besagter Tür angekommen, legte sie die Hand wie zufällig auf den Knauf, und nachdem sie sich vergewissert hatte, dass keiner sie beobachtete, öffnete sie rasch die Tür, schlüpfte hindurch und schloss sie hinter sich.

Sie war in einem schwach beleuchteten Raum gelandet, in dem sich in Regalen Kartons mit Briefpapier stapelten, saubere Wäsche, leere Blumenvasen und gereinigte Spucknäpfe. Und mitten auf dem Boden standen große Holzkisten, an den Seiten mit ZERBRECHLICH beschriftet und mit Packstroh voneinander getrennt. Hinter hohen Schränken hörte sie es rascheln und jemanden vor sich hin pfeifen. Schritte hallten auf dem Steinfußboden wider, und dann tauchte von hinten ein junger Mann auf, mit einer Rolle Schnur und einer Schere. Er trug keine Jacke, hatte die Ärmel seines Hemdes hochgekrempelt, Hosenträger spannten sich über seine breiten Schultern.

Jäh blieb er stehen, brach sein Pfeifen ab. »Hallo«, sagte er und lächelte.

»Hallo«, erwiderte Alice. Ihr mit Brillanten besetztes Diadem funkelte im Schein der flackernden Öllampen. Gegen ihren Willen starrte sie den gutaussehenden jungen Mann unverwandt an. Die Kerbe in seinem Kinn und der cupidohaft geschwungene Mund erinnerte sie an ein Bild von Lord Byron. Dieser junge Mann hier besaß die gleichen, von langen Wimpern umrahmten seelenvollen Augen wie der berühmte Dichter, das gleiche üppig gewellte Haar.

Alice warf einen Blick auf die Kisten, die mit *Neal Scott, Fotoatelier* beschriftet waren, und schloss daraus, dass sie zum Transport der gerahmten Fotografien bestimmt waren. »Könnte es wohl sein«, fragte sie mit einem flatternden Gefühl im Bauch, »dass Sie es waren, der mir ein Geschenk hat zukommen lassen, Sir? Ein gerahmtes Aquarell?«

Wenn er wüsste, wie hinreißend er aussieht!, sagte sie sich, als der junge Mann errötete. Der Begriff »schwarzer Ire« fiel ihr ein, mit dem man in Irland, wo die Bevölkerung vornehmlich rothaarig war, diese dunkelhaarigen Menschen bedachte, die dem Vernehmen nach von den Überlebenden der Spanischen Armada abstammten.

»Ich muss gestehen, dass ich Sie heimlich bewundere«, erwiderte er und streckte ihr die Hand entgegen. »Fintan Rorke, zu Ihren Diensten.«

Sie tauschten einen Händedruck, wobei Fintan die Hand von Alice länger als nötig festhielt, genauso wie seine schwarzen Augen ihre nicht losließen.

»Die Fotografien von Mr. Scott sind beeindruckend«, sagte Alice. »Und ich finde es durchaus gerechtfertigt, sie für einen stolzen Preis zu verkaufen. Wenn Sie aber meine Meinung hören wollen, dann sind es nicht zuletzt die Rahmen, für die die Leute bereitwillig viel Geld hinlegen. Sie haben sie geschnitzt, nicht wahr, Mr. Rorke? Auch den, der mir vor einer Woche in meine Garderobe gebracht wurde. Es freut mich sehr, Sie kennenzulernen.«

»Die Freude ist ganz auf meiner Seite«, sagte er, und in dem vollgepfropften kleinen Raum breitete sich auf einmal eine persönliche, ja direkt vertrauliche Atmosphäre aus. Alice schlug die Augen nieder.

»Ich frage mich, Mr. Rorke«, sagte sie, »ob es nicht zu vermessen von mir ist, wenn ich Sie einlade, morgen Abend ins Theater zu kommen und nach der Vorstellung mein Gast zu sein.«

Fintan konnte sich nicht losreißen vom Anblick dieses engelsgleichen Wesens, dem er vor einem Monat, in der ersten Vorstellung, die er besuchte, auf Anhieb verfallen war. Er war nach Melbourne gekommen, um für Neal geeignete Räume für ein Atelier ausfindig zu machen, und hatte dann eines Nachmittags beschlossen, eine Aufführung zu besuchen, die in aller Munde war. Bereits nach dem ersten Lied dieses ätherischen Wesens war Fintan Rorke bis über beide Ohren verliebt. Seither hatte er keine Vorstellung versäumt, hatte im Dunklen gesessen und sich von Alice verzaubern lassen. Und schließlich hatte er sich ein Herz gefasst und ihr anonym ein Geschenk zukommen lassen, um ihr zu verstehen zu geben, dass ihre Schönheit zu andersgearteter Schönheit inspirierte.

»Ich bin entzückt und fühle mich sehr geehrt. Ich nehme Ihre Einladung gern an, Miss Star.«

Die Tür wurde aufgerissen, Licht drang in den Raum. »Alice, da also steckst du!«, sagte Blanche. »Ich habe dich überall gesucht. Die Frau des Gouverneurs möchte dir persönlich für deinen Auftritt heute Abend danken.«

»Ich komme gleich.« Sie reichte Fintan die Hand. »Dann also bis morgen Abend, Mr. Rorke?«

Er drückte ihr die Hand, und sie spürte seine kräftigen Finger, die Wärme, die durch ihren weißen Handschuh drang. Fintans dunkle Augen hielten sie umfangen, als er leise erwiderte: »Bis morgen Abend, meine liebe Miss Star.«

41

Hannah, in goldenes Licht getaucht, meinte zu schweben. Wie kam es, dass sie fliegen konnte? Und dann merkte sie, dass Neal sie mit seinen starken Armen umfangen hielt und seine Lippen auf ihren Nacken drückte.

Strahlende Helligkeit umfing sie inmitten seltsamer, himmelhoher Bäume. Alles war still, nur ihre übereinstimmenden Herzschläge waren zu hören. Hannah spürte Neals nackten Körper. Wann hatten sie sich ihrer Kleider entledigt? Ihre eigene Haut brannte wie Feuer. Wurde versengt von Neals Küssen. Als sein Mund ihren berührte, war es, als würde ein Feuerwerk in ihr explodieren. Ihre Leidenschaft loderte zum Himmel. Sexuelle Begierde paarte sich mit köstlichem Schmerz.

»Ich liebe dich, Hannah«, raunte Neal, und seine Hände erforschten ihren Körper.

»Lass mich nie mehr los«, flüsterte sie, als unter seinen Berührungen ihr Körper erwachte. Sie schloss die Augen. »Ja, ja … *ja!!* …«

Sie schlug die Augen auf. Starrte durch das Dunkel hinauf zur Zimmerdecke. Wieso war es nicht mehr hell? Und wo war Neal abgeblieben? Nach und nach merkte sie, dass sie allein in ihrem Bett lag und der neue Tag noch nicht angebrochen war. Ihr Herz klopfte wie wild, ihr Nachthemd klebte an der feuchten Haut. Irgendwann im Laufe der Nacht hatte sie die Bettdecke auf den Fußboden gestoßen. Trotz ihrer nackten Beine schwitzte sie.

Weil es auf den Sommer zugeht, redete sie sich ein, als sie sich aufrichtete und die Füße aus dem Bett schwang. Sie konnte kaum atmen. Kein Wind wehte, nicht einmal eine kleine Brise. Nichts, was Kühlung verschaffte.

Sie ging zum Fenster, zog die Vorhänge beiseite und schaute auf die Straße, auf der es niemals gänzlich ruhig wurde. Es war noch dunkel, dennoch konnte man das Klipperdiklapp der Pferdehufe vernehmen, sah man um die Straßenbeleuchtungen Männer herumlungern. Ganz in der Nähe hörte man lautes Stimmengewirr. Hannah schaute auf die Uhr, die neben der Statue der Hygieia auf dem Kaminsims stand. Erst fünf Uhr morgens.

Noch nie hatte Hannahs Körper diesen Drang nach Vereinigung gespürt.

Er ist verlobt und wird heiraten.

Sie schlüpfte in ihren Morgenmantel, zündete eine Lampe auf dem Schreibtisch an und setzte Teewasser auf. Ihre Wohnung im Stockwerk über ihrer Praxis verfügte zwar über eine komplett eingerichtete Küche, aber weil sie Mrs. Sparrow nicht stören wollte, deren Zimmer am Ende des Ganges lag, bereitete sich Hannah ihren Tee hin und wieder auf einem kleinen Spirituskocher in ihrem Schlafzimmer zu. Während sie Teeblätter in eine Keramikkanne löffelte, sann sie über ihren Traum nach. Erstaunlich konkret war er gewesen, hatte Stimmungen und Gefühle geweckt, die sie begraben wähnte, seit sie Neal in Gedanken zur letzten Ruhe gebettet hatte. Umso drängender und heißer loderten sie jetzt wieder auf.

Er war in ihr Leben zurückgekehrt, nur um wieder daraus zu verschwinden.

Hannah war froh, einen triftigen Grund zu haben, weshalb sie nicht seinem Wunsch entsprechen konnte, ihn gleich heute früh aufzusuchen. Jeweils am Mittwoch halfen sie und Blanche im Gemeindehaus der Quäker in der Russell Street bei der Verteilung von gespendeter Kleidung an die Armen. Dadurch würde sie bis Mittag alle Hände voll zu tun haben und ihre Gedanken zwangsläufig auf die Bedürfnisse anderer konzentrieren.

Wie sollte sie weiterhin in der Stadt leben, in der sich auch Neal niedergelassen hatte, wenn sie ihn bei dieser anderen Frau wusste, wenn er diese andere Frau liebte, mit ihr schlief, sich ihr hingab? Wie sollte sie das ertragen? Hannahs Kehle war derart zugeschnürt, dass sie kaum ihren Tee hinunterschlucken konnte.

Sie zwang sich, ihre Gedanken auf anderes zu richten, vor allem auf die rätselhafte Erkrankung von Nellie Turner. Gestern Abend, nach der Gala im Addison Hotel, hatte sie Dr. Iverson ins Hospital begleitet und feststellen müssen, dass sich Nellies Zustand verschlimmert hatte und inzwischen zwei weitere Wöchnerinnen mit hohem Fieber auf der Frauenstation lagen.

Wie verbreitete sich die Ansteckung? Wodurch war sie überhaupt ausgelöst worden?

Der Tee rann ihr heiß durch die Kehle. Hannah schloss die Augen. Wann sollte wohl Neals Hochzeit stattfinden?

Blanche Sinclair residierte in einem veritablen Herrenhaus am nördlichen Stadtrand, in der im Bezirk Carlton gelegenen Drummond Street, einer mit aus Europa importierten Ulmen gesäumten breiten Allee, in der Melbournes gutbetuchte Anwälte, Ärzte und Regierungsangehörige mit ihren Familien wohnten. Ein ruhiges und elegantes Nebeneinander von polierten Messingschildern, Butlern in weißen Handschuhen und jeweils separatem Eingang für Lieferanten. Blanches hochherrschaftliches Haus mit seinen vierzehn Zimmern war umgeben von gepflegten Rasenanlagen und Blumenbeeten; im rückwärtigen Teil des Anwesens befanden sich eine Remise sowie die Stallungen für die Pferde.

Zum Vereinshaus der Quäker war es nicht weit, eine Strecke, die sie in Begleitung eines Dienstmädchens zurücklegte, das ein Bündel aussortierter Kleidungsstücke auf dem Schoß balancierte. Mit Rücksicht auf ihre Quäker-Freunde trug Blanche ein schlichtes graues Kleid ohne jeglichen Schnickschnack, eine unauffällige Haube verbarg ihr volles rotbraunes Haar. Gleich nach ihrer Ankunft entließ sie ihren Kutscher mit der Weisung, sie mittags wieder abzuholen, und überwachte dann das Entladen der Säcke mit gespendeter Kleidung, die von Wagen und Kutschen auf der Rückseite des Vereinshauses angeliefert worden waren.

Auch wenn sie mehr als genug zu tun hatte, musste sie immer wieder an gestern Abend denken – als Marcus auf dem Ball erschienen war und sie sich bereits Hoffnungen auf eine Versöhnung gemacht hatte. Stattdessen hatte er sie äußerst kühl behandelt und seine Aufmerksamkeit Hannah zugewandt. Gestern Abend war Blanche gekränkt gewesen. Jetzt war sie wütend.

Obwohl sie wusste, dass Marcus das Hospital viel bedeutete und er damit gerechnet hatte, sie würde die Besichtigungstour ausrichten, um die Teilnehmer zum Spenden zu animieren, fand sie jetzt seine Reaktion auf ihre Weigerung maßlos übertrieben. Über Nacht waren sie, die einst eine warmherzige und enge Freundschaft verbunden hatte, zu Fremden geworden, die sich kühl und förmlich begegneten.

Na wenn schon, befand sie jetzt und schluckte ihren Grimm hinunter, während sie die freiwilligen Helferinnen im Saal einwies. Uhren kann man nicht zurückstellen, Vergangenes nicht wieder aufleben lassen und Fehler nicht ungeschehen machen. Was geschehen ist, ist geschehen.

Vor dem Gemeindehaus drängten sich viele Menschen auf dem Bürgersteig, als Hannah dort eintraf. Sobald sie im Inneren des Gebäudes war, warf sie einen Blick auf die zusätzlich aufgestellten Tische, auf denen sich die Spenden großzügiger Bürger türmten. Sie entdeckte Blanche, die gerade andere Damen instruierte: »Schuhe und Stiefel bitte auf diesen Tisch, Myrtle. Röcke und Leibchen hierhin. Winifred, bitte schichte diese Hemden dort zu ordentlichen Stapeln auf.«

Als sie Hannah sah, legte sie die Schachtel mit Taschentüchern beiseite und eilte ihrer Freundin mit ausgestreckten Armen entgegen. »Hannah! Du bist gekommen! Du Arme! Ich war tief betroffen, als ich deinen Brief las. Geht es dir einigermaßen?«

Unter der Post, den morgendlichen Nachrichten und Visitenkarten, die Blanche erhalten hatte, war ein Schreiben von Hannah gewesen, in dem sie der Freundin gestand, dass der amerikanische Fotograf von gestern Abend der Mann war, dem sie in Liebe verbunden gewesen war, den sie aber seit Jahren für tot gehalten hatte.

»Es wird schon gehen«, gab Hannah zurück und streifte sich Handschuhe und Haube ab.

»Warum suchst du ihn nicht sofort auf? Jetzt gleich? Ich komme schon zurecht.«

Aber Hannah schüttelte den Kopf. Gewiss, es drängte sie, so schnell wie möglich zu Neal zu gehen, sich ihm in die Arme zu werfen und seine Wärme und seine Kraft zu spüren, ein für alle Mal seinen »Tod« zu verbannen. Was jedoch überwog, war ihre Angst. Sie fürchtete sich davor, Näheres über seine Verlobte hören zu müssen. »Unglaublich viele Leute heute Morgen«, sagte sie. Seit immer mehr Einwanderer dem Ruf nach Gold folgten und in die Stadt drängten, nahm die Anzahl von Armen und Bedürftigen in Melbourne in erschreckendem Maße zu.

»Möchtest du darüber sprechen?«, fragte Blanche leise, damit die anderen Helferinnen nichts mitbekamen.

»Das ist lieb von dir, Blanche«, erwiderte Hannah und lächelte gequält. »Aber besser nicht.«

Damit wandte sie sich einem hohen Pult zu, auf dem ein aufgeschlagenes Kassenbuch lag und daneben ein Federkiel. Auch ein Tintenfass stand bereit. Unwillkürlich musste Blanche daran denken, wie Marcus gestern Abend die Freundin mit seinen Blicken schier verschlungen hatte. Blanche hatte Eifersucht verspürt, war aber jetzt bemüht, dieses Gefühl zu unterdrücken. Schließlich war Hannah nicht an Marcus interessiert, schon weil sie gegen ihre eigenen Dämonen anzukämpfen hatte – zur Kenntnis nehmen musste, dass der Mann, den sie so sehr geliebt und für immer verloren geglaubt hatte, nicht nur am Leben war, sondern drauf und dran, eine andere zu heiraten!

Sie nahm sich wieder die Schachtel mit den Taschentüchern vor und ging sie durch, griff zerstreut mal hierhin, mal dorthin. Hannah sah vom Kassenbuch auf, in dem Wareneingänge und Warenausgaben verzeichnet waren. »Du bist über Sir Marcus verärgert, stimmt's?«, flüsterte sie der Freundin zu.

»Lieber Himmel, Hannah, was geben wir beiden Weibsen doch für ein Paar ab! Warum ist Liebe immer so schwierig und tut so weh? Er kam zu meiner Veranstaltung, nur um mir die kalte Schulter zu zeigen. Ich glaube, das tut er, um mich zu bestrafen.«

Hannah wartete, bis Winifred Bromfield eine Tasche voller Strümpfe an sich genommen hatte und an den Tisch mit den Stiefeln und den Schuhen zurückging. »Blanche, ich habe etwas in Sir Marcus' Augen bemerkt, was mir verrät, dass er dir noch immer gewogen ist, ganz bestimmt. Und ich wette, er wünscht sich nichts sehnlicher, als dass ihr wieder Freunde seid.«

»Dann sollte er das auch gefälligst sagen.«

»Wahrscheinlich ist er zu stolz dazu.« Hannah dämpfte die Stimme, ohne die anderen Damen aus den Augen zu lassen. »Vielleicht solltest du ihm entgegenkommen. Du und Marcus«, fügte sie hinzu und verfolgte, wie fahrig und dementsprechend nachlässig die Freundin die Taschentücher durchsah, »ihr hattet eine so wunderbare Beziehung. Wir rechneten sogar schon damit, dass ihr heiraten würdet. Ein Jammer, wenn es jetzt nur wegen eines Missverständnisses anders käme.«

Zu ihrer Überraschung sah Hannah, wie sich Blanches veilchenblaue Augen mit Tränen füllten, als sie sagte: »Und alles nur, weil ich Angst habe! Vor Angst regelrecht gelähmt bin. Hannah« – ihre Stimme wurde noch leiser – »seit dem schrecklichen Erlebnis in meiner Kindheit, von dem ich dir erzählt habe, ist meine Angst vor Krankenhäusern so tief in mir verwurzelt, dass ich wohl niemals darüber hinwegkomme. Es ist idiotisch, ich weiß. Und ich hab's ja auch versucht. Als Marcus die Führung durch sein Hospital vornahm – du warst damals unterwegs, zu Krankenbesuchen auf Farmen im Norden –, zog ich mich dem Anlass entsprechend an und fuhr in meinem Stadtkupee hin. Aber kaum war ich angekommen und ausgestiegen, begann mein Herz zu rasen, mein Mund war auf einmal wie ausgetrocknet, der Schweiß brach mir aus allen Poren. Keinen Schritt konnte ich tun, ich konnte mich nicht dazu überwinden, den anderen zu folgen, die bereits die Stufen zum Hospital hochgingen und durch den Eingang das Innere betraten. Hannah, das mag dir seltsam erscheinen, aber ich geriet in Panik. Deshalb machte ich kehrt und fuhr wieder nach Hause.«

Hannah legte ihr die Hand auf den Arm. »Das solltest du ihm unbedingt sagen.«

»Ich weiß nicht, wie. Nun ja«, Blanche drückte die Schultern durch und reckte das Kinn, »vielleicht ist es für Marcus und mich besser so. Nicht jede Frau braucht einen Mann. Das Leben hat noch anderes zu bieten.«

Blanche Sinclair war vor elf Jahren aus England gekommen, als neunzehnjährige Braut. Ihr Gatte Oliver, schon damals sehr erfolgreich, hatte nach und nach in Australien sein Vermögen verdreifacht, ehe er unerwartet, mit achtunddreißig Jahren, an den Folgen eines Sturzes von einem nicht zugerittenen Pferd verstarb. Die sieben Ehejahre waren kinderlos geblieben, wofür Blanche die Schuld eher bei sich suchte, ohne sehr darunter zu leiden. Sie hatte sich nie danach gesehnt, Kinder zu haben, hatte nicht einmal beim Bau ihres prachtvollen Hauses ein Kinderzimmer eingeplant. Blanches Sehnsucht wies in eine andere Richtung. Nur in welche, das vermochte sie nicht zu sagen.

Sie wusste nur, dass sie etwas *tun*, ein Ziel haben wollte. Sie beneidete ihre beiden erfolgreichen Freundinnen: Alice, die sich die Bühne erobert hatte, und Hannah, die einen heilenden Beruf ausübte. Als Blanche beide einmal gefragt hatte, wie ihnen bewusst geworden war, wozu sie sich berufen fühlten, hatte Alice gesagt, Singen sei ihr ein Herzensbedürfnis, und wenn ihr das verwehrt werde, würde sie sterben. Hannah hatte vorgebracht, dass sie von Anfang an in die Fußstapfen ihres Vaters habe treten wollen. Blanche hingegen war eine derartige Leidenschaft fremd, sie hatte sich noch nie zu etwas »berufen« gefühlt.

Sie wusste, dass sie dafür bekannt war, eine der aktivsten Gesellschaftsdamen Melbournes zu sein. Erst gestern Abend auf dem Ball hatte Mrs. Beechworth erklärt: »Mrs. Sinclair, ich weiß gar nicht, woher Sie die Energie für Ihre vielen Projekte nehmen!« Blanche hatte das Kompliment lächelnd entgegengenommen. Was Mrs. Beechworth nicht wissen konnte, war, dass diese Unternehmungen Blanche nicht *er*füllten und dass solche Stunden umso leerer waren, je mehr sie ihre Zeit damit *aus*füllte.

Aber sie versagte es sich, einfach herumzusitzen und darauf zu warten, dass sich von selbst ein Lebensziel abzeichnete. Sie war offen für alles Neue – übte sich im Bogenschießen, beschäftigte sich mit Bildhauerei, legte eine Muschelsammlung an –, immer auf der Lauer nach »ihrer« Berufung, so als wäre diese in Reichweite, gleich um die Ecke. Und halb im Scherz hatte sie einmal zu Hannah gesagt: »Ich brenne vor Verlangen nach einem brennenden Verlangen.«

Sie hatte den Fehler gemacht, dies ihrem Bruder in England kundzutun, worauf er zurückgeschrieben hatte: »Du bist rastlos, liebe Blanche, weil Du einsam bist. Du brauchst einen Ehemann. Und da Dir offensichtlich eigene Kinder versagt bleiben, wäre es nur vernünftig, wenn Du Dir so schnell wie möglich einen respektablen Witwer mit Kindern suchtest, um die Du Dich dann kümmern könntest. Jetzt, da Vater nicht mehr unter uns weilt, trage ich die Verantwortung dafür, dass Du in geregelten Verhältnissen lebst. Für den Fall, dass Du keinen Ehemann findest, schlage ich vor, dass Du nach England zurückkehrst. Mary und ich werden Dir Platz in unserem Haus einräumen, und Du kannst dann zur Erziehung Deiner Nichten und Neffen beitragen.«

Ab sofort hatte Blanche ihm ihre persönlichen Gefühle verschwiegen. Musste denn, sobald eine Frau Probleme hatte, die Antwort darauf immer ein *Mann* sein? Selbst Frauen mit Ehemännern und Kindern ließen es sich nicht nehmen, weitere Ziele anzustreben. Martha Barlow-Smith, Blanches beste Freundin, übergab ihre fünf Kinder der Obhut von Kindermädchen und Gouvernanten, um der Aquarellmalerei zu frönen.

Aber … war dies eine Berufung, fragte sich Blanche zum ersten Mal, oder nicht doch nur eine Liebhaberei, ein Zeitvertreib? War Martha besessen davon, unbedingt malen zu *müssen*, oder suchte sie nur Ablenkung von Haus und Kindern?

Blanche war die Präsidentin der Wohlfahrtsgesellschaft von Melbourne, die sich aus mehr als vierzig wohlhabenden wie hochrangigen Damen zusammensetzte; die meisten von ihnen hatten Familien. Blanche hatte noch nie darüber nachgedacht, aber jetzt fiel ihr auf, dass die jeweiligen Ehemänner nichts gegen das wohltätige Engagement ihrer Ehefrauen einzuwenden hatten, solange im Haushalt alles rund lief und die Kinder versorgt waren. Und keine der Frauen wurde für ihren Einsatz bezahlt. Es schien so zu sein, dass es den Ehefrauen gestattet war, unentgeltlich zu arbeiten, Geld zu verdienen jedoch als unter ihrer Würde erachtet wurde.

Wie sie Hannah beneidete, die nicht nur eine gutgehende Praxis unterhielt, sondern auch ein Buch veröffentlicht hatte, einen Sammelband mit Geschichten, die sie von einem gewissen Jamie O'Brien geschenkt bekommen hatte. Sie hatte sie unter dem Titel *Dieses goldene Land: wahre sowie überlieferte Geschichten aus unserem südlichen Land* publiziert – einen Band voller menschlicher und tragischer Episoden über Viehtreiber und Schafhirten und Aborigines. Und jetzt plante Hannah ein weiteres Buch, einen medizinischen Leitfaden für die Menschen auf dem Lande, die nur selten einen Arzt zu Gesicht bekamen.

Wie es wohl war, wenn man sich seiner Berufung bewusst wurde? Wie fand eine Frau die auf sie zugeschnittene Nische?

Unversehens fiel ihr wieder ihre Angst vor Krankenhäusern ein, und zum ersten Mal wertete sie diese Phobie nicht nur als Hemmschuh, um ihre Beziehung zu Marcus Iverson zu kitten, sondern fragte sich, ob diese panische Angst nicht sogar ausschlaggebend für ihr Unvermögen war, ihre wahre Berufung zu finden.

Von dieser unerwarteten Erkenntnis überwältigt, verharrte sie, die Hände untätig auf den Taschentüchern, am Sortiertisch und starrte vor sich hin. Hannah und Alice, beide hatten sie persönliche Hürden überwinden, Ängsten und Herausforderungen die Stirn bieten müssen, um das zu erreichen, was sie heute waren. War es das, was Blanche tun musste? Ihren Ängsten die Stirn bieten?

Der Gedanke elektrisierte sie. Möglicherweise gab es ja doch noch eine Lösung! Und vielleicht führte sie sogar dazu, ihre Freundschaft mit Marcus Iverson zu erneuern. Angestrengt dachte sie nach. Wie sollte sie dabei vorgehen? Ihren Ängsten die Stirn zu bieten war eine Sache. Sie zu besiegen eine völlig andere.

42

Neals neues Atelier gehörte zu einem aus Blaustein errichteten Gebäudetrakt, der im vergangenen Jahr hochgezogen worden war, und bestand aus dem Laden an der Vorderseite und dem daran angrenzenden Atelier – wegen seines durchsichtigen Dachs, durch das Sonnenlicht einfiel, »Glashaus« genannt – sowie einer rückwärtigen Dunkelkammer. Neal hatte erwähnt, seinen Privatbereich im Stockwerk darüber eingerichtet zu haben.

Der Nachmittag war sonnig und warm, auf der Straße zogen Kutschen und Pferde dahin. Hannah blieb auf dem mit Planken belegten Gehweg stehen und las die in goldenen Buchstaben abgefasste Beschriftung über dem Schaufenster: *Neal Scott – Fotografisches Atelier.* Ein kleineres Schild darunter besagte: »Jetzt! Durch ein bahnbrechend neues Verfahren zeitlich verkürzte Sitzungen! Ideal für kleine und größere Kinder sowie bei Schüttellähmung! Anstatt der sonst üblichen zwölf Minuten beträgt die Belichtungszeit bei uns lediglich fünfzehn Sekunden. Ihrem lächelnden Porträt steht somit nichts mehr im Wege.«

Mit wie rasend klopfendem Herzen betrat Hannah den Laden, der geschmackvoll mit Fotografien von Frauen in weiten Reifröcken, von Männern in steifer Pose, angetan mit Gehrock und Zylinder, von ernst dreinschauenden Kindern dekoriert war. Viele präsentierten sich in einem ebenso kunstvoll geschnitzten Rahmen wie die Ausstellungsstücke gestern Abend auf der Gala.

Nach ihrem Einsatz im Gemeindehaus der Quäker war Hannah nach Hause gefahren (wo sie eine Nachricht von Alice vorfand, in der die Freundin ihr überschwänglich mitteilte, dass Fintan Rorke tatsächlich der heimliche Verehrer sei), hatte ein Bad genommen und sich umgezogen, um dann zu einem kurzen Besuch bei einer Patientin aufzubrechen, die im achten Monat schwanger war. Und jetzt stand sie mit gemischten Gefühlen in Neals Laden, einesteils völlig verunsichert und verstört, andererseits erfüllt von Sehnsucht und Verlangen. Freudig und traurig zugleich. Sie war begierig darauf, alles zu erfahren, was er seit dem Abschied vor dem Australia Hotel erlebt hatte, wusste aber auch, dass ihr dabei nicht erspart bleiben würde, Näheres über seine Braut zu vernehmen.

Sie sah eine kleine Messingglocke auf dem Verkaufstisch und wollte sie schon in Bewegung setzen, als sich hinten im Laden ein Vorhang teilte und ein junger Mann erschien.

»Mr. Rorke!« Sie erkannte ihn sofort. »Wie schön, Sie wiederzusehen.«

»Ganz meinerseits, Miss Conroy«, erwiderte er fröhlich. »Neal ist in der Dunkelkammer, kommt aber gleich. Er wartet schon den ganzen Tag auf Sie.«

Fintan Rorke machte einen reiferen Eindruck. Sein Gesicht war weniger »entzückend« und umso markanter. Dafür errötete er, wenn er lächelte, noch immer so hinreißend.

»Bitte kommen Sie mit«, sagte er, fasste sie am Ellbogen und führte sie in einen außergewöhnlich dekorierten Raum. Dies sei das Atelier, erklärte er, und im Augenblick werde hier eine Kulisse für eine Szene im Freien arrangiert. Palmen wuchsen aus steinernen Trögen, Blumen ragten aus Vasen. Mildes Sonnenlicht, das durch das Glasdach drang, beschien jedes Blatt, jeden Stängel. Weiterhin zu entdecken gab es eine Sonnenuhr aus Bronze, eine marmorne Vogeltränke sowie ein mit blühenden Ranken umwundenes Gitter. Wie in einer unwirklichen Welt kam sich Hannah vor.

Fintan bedeutete ihr, auf einer weißen Korbbank zwischen eingetopften Farnen und kleinen Bäumen Platz zu nehmen – in einer Szenerie, die auf sie wie ein Stadtpark oder ein Gewächshaus wirkte. »Ich muss mich jetzt leider verabschieden«, sagte er. »Aber Neal wird gleich hier sein.«

Sie sah ihm hinterher. Machte er sich etwa auf den Weg zu Alice? Er hatte sich in Schale geworfen und, wie es aussah, einen neuen Filzhut erworben. Sein beschwingter Schritt ließ eigentlich keinen Zweifel aufkommen, wohin es ihn zog.

Hannah wandte sich wieder dem so ungewöhnlich ausstaffierten Atelier zu. Friedlich und still war es hier. Dennoch wirkte es nicht beruhigend auf sie. Abgesehen davon, dass sie sich gleich würde anhören müssen, wie sich Neal über seine Verlobte verbreitete, kamen Überlegungen um den Immobilienmakler hinzu, den sie gestern beauftragt hatte, Charlie Swanswick, den Besitzer der Brookdale Farm, ausfindig zu machen. Jetzt wartete sie ungeduldig auf eine Erfolgsmeldung. Bei so vielen Rückkehrern von den Goldfeldern, wo sie über Nacht zu Millionären geworden waren, wurden einem Immobilien in guter Lage rasch vor der Nase weggeschnappt. Sie hoffte inständig, dass es Mr. Samson Jones gelang, noch vor allen anderen Interessenten Kontakt mit Swanswick aufzunehmen.

Auch Nellie Turner und die beiden Wöchnerinnen, die jetzt ebenfalls an Kindbettfieber erkrankt waren, gingen ihr nicht aus dem Kopf. Wie war es zu der Infektion gekommen, und wodurch erfolgte die Verbreitung?

Als sich die Tür zur Dunkelkammer öffnete und Neal auftauchte, fielen alle Überlegungen und Befürchtungen von Hannah ab. Hemdsärmelig und in schwarzen Hosen, die Hosenträger gleichsam wie Ausrufezeichen auf weißem Untergrund – nie hatte er besser ausgesehen.

»Hannah!« Mit drei Schritten war er bei ihr. Sie erhob sich von der Gartenbank, und noch ehe sie etwas sagen konnte, schloss er sie in die Arme und küsste sie.

Tränen brannten ihr in den Augen. Sie sog Düfte ein, die so vertraut wie erregend waren – seine Rasierseife, seine Haarpomade. Sie schmiegte sich an seinen muskulösen Körper, legte die Hände auf seine breite Brust und die Schultern, genoss die männliche Stärke, die ihr das Gefühl der Frau gab und die sie mit Verlangen überflutete.

Es war ein langer und inbrünstiger Kuss, der wohl nie zum Ende gekommen wäre, wenn Hannah sich nicht gelöst und ihm in die Augen geschaut hätte. »Neal, das dürfen wir nicht.«

»Und warum nicht?«

»Deine Verlobte …«

Er wölbte die Brauen. »Verlobte?«

»Von meiner Freundin Blanche Sinclair weiß ich, dass du vor kurzem aus Sydney hergekommen bist, zusammen mit …«

»Ach du Schreck! Nein, Hannah! Da hat wohl jemand etwas falsch verstanden. Als Mrs. Sinclair mich fragte, was mich nach Melbourne führt, habe ich gesagt, ich sei hergekommen, um zu heiraten.«

»Aber die junge Dame in deiner Begleitung, gestern Abend, auf der Gala … in dem grünen Abendkleid?«

Er dachte angestrengt nach. »Oh! Du meinst die Dame, die zusammen mit mir eintraf? Hannah, ich weiß beim besten Willen nicht, wer sie war.«

»Du hast etwas zu ihr gesagt, bevor du auf mich zukamst.«

»Hab ich das? Vermutlich so etwas wie ›Genießen Sie den Abend‹, rein aus Höflichkeit. Wir erreichten gleichzeitig den Eingang, ich öffnete die Tür und ließ ihr den Vortritt. Dies, liebste Hannah, war der Beginn und das Ende meiner Beziehung zu der besagten jungen Dame in Grün.«

Neal schwieg und schaute Hannah an, in deren Augen sich alle möglichen Gefühle spiegelten. Auch er fühlte sich von heftigen Empfindungen überwältigt. Er hatte so lange von diesem Wiedersehen geträumt, es in seiner Vorstellung immer wieder abgewandelt, dass es ihm jetzt fast unwirklich erschien.

Allein schon ihr Anblick verschlug ihm die Sprache. Bereits gestern Abend war er wie berauscht von ihr gewesen. Ihr entblößter Nacken und ihre Schultern, und dazu dieser Busenansatz! So blass und weich war er gewesen, dass man kaum den Übergang zum weißen Satin hatte ausmachen können. Er dachte daran, wie er damals, vor dem Australia Hotel, kurz ihren Busen erspäht und es ihn schier umgeworfen hatte, sein Taschentuch an einer solch erotischen Stelle zu entdecken. »Hannah, mein Gott, Hannah«, stammelte er mit erstickter Stimme, wiederholte ihren Namen immer wieder, seine Augen erfassten jedes Detail an ihr, von dem glänzenden, über die Ohren geschwungenen und hinten zu einem Knoten zusammengefassten Haar bis zu dem einzelnen schwarzen Pünktchen in der grauen Iris ihres rechten Auges.

»Hannah, bitte setz dich«, sagte er schließlich gepresst.

Als sie wieder auf der Gartenbank Platz nahm, völlig durcheinander und wie benommen von der Erkenntnis, dass es keine Verlobte gab, sagte Neal: »In Gedanken habe ich diesen Augenblick so viele Male durchgespielt, und jetzt fehlen mir die Worte.« Er kniete vor ihr nieder, umfasste ihre Hände. »Hannah Conroy«, sagte er, »noch nie habe ich für eine Frau so viel empfunden wie ich für dich empfinde. Ich liebe dich. Vor sechs Jahren, auf der *Caprica,* hast du mein Herz gestohlen. Als wir damals in Perth Abschied voneinander nahmen, stand bereits für mich fest, dass ich den Rest meines Lebens mit dir verbringen möchte.« Er gab ihre Hände frei und zog aus seiner Hosentasche eine kleine Schachtel. Er öffnete sie und hielt den Brillantring, der sich darin befand, in das Licht, das durch das Glasdach drang. »Möchtest du mich heiraten, Hannah? Ich verspreche dir, mein Leben lang für dich zu sorgen, dich zu lieben und zu ehren. Ohne dich bin ich nur der Schatten eines Mannes. Du und ich sind zwei Bände eines Buches. Du bist meine Ergänzung, Hannah Conroy. Bitte sag, dass du meine Frau werden möchtest.«

Sie hatte kaum genug Atem, um »Ja« zu sagen.

Mit einem Freudenjauchzer riss Neal sie in die Arme und trug sie, seine Lippen auf die ihren gepresst, zur Treppe.

Kaum dass die Kutsche unter einer Straßenlaterne zum Stehen kam, stieg der Passagier, ohne die Hilfe seines Kutschers in Anspruch zu nehmen, aus. Dr. Iverson war verärgert und gleichzeitig in Eile. Dr. Soames, sein junger Kollege, hatte, ohne nähere Angaben zu machen, um ein dringendes Treffen im Hospital gebeten. Sir Marcus hatte also notgedrungen das festliche Abendessen verlassen müssen, an dem auch der Vizegouverneur und andere hochrangige Regierungsbeamte teilnahmen, und entsprechend missgelaunt stürmte er jetzt in die verwaiste Eingangshalle des Victoria Hospitals und von dort aus, ohne Cape oder Zylinder abzulegen, die Treppe zur Frauenstation hoch.

An der Längsseite des Saals, in dem Frauen schliefen oder stöhnten oder schwer atmeten, bildeten Laternen und Kerzen kleine Lichtinseln. Augenblicklich stieg Iverson der stechende Geruch von Chlor in die Nase, immerhin ein Zeichen, dass die Luft mit getränkten Tüchern vorschriftsmäßig desinfiziert wurde. Am Ende des Saals sah er Dr. Soames, der sich gerade über ein Bett beugte und der Patientin den Puls fühlte.

Edward Soames war ein umsichtiger und methodischer Arzt, hatte in Oxford studiert und im St. Bart sein Praktikum absolviert. Dass er zur Fülle neigte, drückte sich auch in seinem rundlichen, jungenhaften Gesicht aus. Er hatte rötlich goldenes Kraushaar und trug eine Brille, die man eher als Nasenzwicker bezeichnen konnte. Im Grunde war er ein zurückhaltender Mann, der um das Wohl seiner Patienten ehrlich besorgt war, der aber, wie Iverson fand, wie viele junge Ärzte den Hang hatte, Vorkommnisse aufzubauschen.

»Wo brennt's denn?«, fragte Iverson und stellte nach einem Rundumblick fest, dass es offenbar keinerlei Anlass gab, von einem wichtigen Abendessen abberufen zu werden. Die Frau, um die sich Soames da kümmerte, war nicht einmal Dr. Iversons Patientin.

Man hatte die Betreuung der Station aufgeteilt, jedem der beiden Ärzte war eine Reihe von zwanzig Betten unterstellt. Wöchnerinnen und Patientinnen mit gynäkologischen Problemen wurden von Iverson behandelt, alle anderen Unpässlichkeiten und Beschwerden von Soames.

»Ein weiterer Fall von Kindbettfieber, Sir«, sagte der Jüngere leise.

Sir Marcus musterte die Bettenreihe der von ihm betreuten Patientinnen. »Wann ist die Aufnahme erfolgt? Ich hatte eigens angeordnet, keine Hochschwangere mehr aufzunehmen, bis wir das Fieber unter Kontrolle haben.«

»Das ist es ja eben, Sir«, sagte Soames, während er den Arm seiner Patientin sinken ließ und ihr beruhigend die Hand tätschelte. »Es handelt sich um Molly Higgins, eine fünfzigjährige Wäscherin, die gestern mit einer ausgekugelten Schulter zu uns kam.«

»Und?«

»Sie ist an Kindbettfieber erkrankt.«

»Das kann nicht sein«, meinte Iverson abschätzig.

»Das dachte ich zunächst auch, Sir, aber ich habe sie mir genau angesehen. Bis auf die Schulter ging es ihr gestern noch gut, gegen Mittag dann zeichneten sich bei ihr die entsprechenden Symptome ab. Inzwischen besteht kein Zweifel mehr.«

Dr. Iverson streifte seine Handschuhe ab und trat an das Bett, in dem Molly Higgins schlief. Er prüfte ihren Puls, befühlte ihre Stirn und beugte sich über sie, um den Geräuschen aus ihrem Brustkasten zu lauschen. »Beschleunigter Pulsschlag«, murmelte er, »Fieber und verschleimte Lungen.« Als er leicht auf ihren Unterleib drückte, stöhnte sie unwillkürlich auf. »Könnte noch was anderes sein«, meinte er ausweichend.

»Schauen Sie mal unter ihr Nachthemd, Sir. Der Ausfluss ist eindeutig.«

Sir Marcus kam der Aufforderung nach und wurde leichenblass. »Wie ist das möglich?«, wunderte er sich, trat vom Bett der Patientin zurück und winkte die Aufsicht der Station herbei. »Kindbettfieber ereilt doch nur Frauen, die frisch entbunden haben.«

»Offenbar nicht.«

»Allmächtiger!«, stieß Sir Marcus aus. Vierzig Frauen lagen in diesem Saal. Würden sie sich *alle* mit dem tödlichen Fieber infizieren? Es musste an der schlechten Luft liegen. Wenn die Infektion, wie Miss Conroy steif und fest behauptete, über die Hände der Ärzte verbreitet wurde, wie war es dann zu dieser Ansteckung hier gekommen? Weder hatte Dr. Soames jemals direkten Kontakt mit Wöchnerinnen gehabt noch war Dr. Iverson je mit den

Patientinnen auf dieser Seite der Station in Berührung gekommen, schon gar nicht mit Molly Higgins. »Das Miasma muss sich irgendwie von einer Seite der Abteilung zur anderen verbreitet haben. Wir müssen unbedingt dafür sorgen, die infizierte Luft von den Patientinnen auf dieser Seite fernzuhalten.« Die Aufsicht wies er an, Molly Higgins Bett mit chlorgetränkten Tüchern zu verhängen und dafür zu sorgen, dass alle Fenster geschlossen blieben.

»Beten wir zu Gott, dass dies nur ein Einzelfall ist«, fügte er hinzu. Sein Mund war mit einem Mal wie ausgetrocknet.

Hannah schmiegte sich in Neals Armbeuge, und während sie mit dem Finger über die rot tätowierten Punkte auf seiner Brust fuhr, lauschte sie wohlig entspannt seinen zärtlichen Worten. Noch nie war sie so von Liebe erfüllt gewesen, hatte sich noch nie so lebendig gefühlt, so euphorisch.

Sie hatte immer wieder davon geträumt, sich aber nie vorstellen können, dass körperliche Liebe so schön war, so inbrünstig, ein solches Verlangen nach mehr mit sich brachte. Nackt lag sie unter der Bettdecke, und Neal lag neben ihr, eingehüllt in das sanfte Licht einer Öllampe. Straßengeräusche stiegen zu ihnen empor, das Klappern von Pferdehufen durchdrang die Nacht. Aber für Neal und Hannah existierte die Welt da draußen nicht. Von ihrer gegenseitigen Hingabe, von der Erfüllung ihrer Sehnsüchte waren sie angenehm erschöpft. Und jetzt, in einer Atmosphäre, die Hannah als innig empfand, erzählte Neal ihr eine wundersame Geschichte von einem Aborigine-Mädchen namens Jallara und ihrem Stamm.

»Kaum zu glauben«, sagte er und strich Hannah über das lange Haar, das ihr über den Rücken rieselte, »aber für mich sind das die gesündesten und zähesten Menschen überhaupt. Kaum, dass einer mal krank ist. Ich glaube, das hängt mit ihrem Nomadenleben zusammen. Sie sind ständig unterwegs, auf der Suche nach unberührten Gegenden und frischem Wasser.«

Neal hatte beschlossen, kein Wort darüber zu verlieren, dass

Sir Reginald ihn im Anschluss an den Sandsturm sich selbst überlassen hatte und darüber hinaus ein Betrüger gewesen war, dass seinen berühmten Büchern die Erfahrungen anderer Männer zugrunde lagen oder Geschichten waren, die er vom Hörensagen kannte und die er mit einer gewissen dichterischen Freiheit aufbereitet hatte. Da es zu nichts führte, den Namen eines Toten zu verunglimpfen, hielt Neal es für angebrachter, sich auf seine positiven Erfahrungen zu beschränken.

Er schlug die Decke zurück, stand auf und trat ans Fenster – was Hannah Gelegenheit bot, sich am Anblick seines vom Mondlicht umflossenen muskulösen Körpers zu weiden, während er die unten auf der Straße vorbeiziehenden Pferde und Kutschen beobachtete, hin und wieder auch ein paar Fußgänger, wenn sie vom Schein der Straßenlaternen erfasst wurden, um gleich wieder in die Dunkelheit einzutauchen. »Wenn man sich vorstellt«, sagte er leise, »dass hier vor siebzehn Jahren noch nicht einmal ein Dorf war. Weißt du eigentlich, Hannah, dass John Batman diesen gesamten Grund und Boden den Aborigines abgekauft hat? Er hat ihnen dafür Decken gegeben, Kleider, Tomahawks und fünfzig Pfund Mehl. Fragt sich nur, ob sie wussten, auf was für einen Handel sie sich da einließen. Und heute leben sie, die ursprünglichen Bewohner, entweder in christlichen Missionen oder in einem Reservat der Regierung.«

»Könnte es nicht sein, dass sie lieber als freie Menschen im Outback leben würden?«

»Das ist nicht ihr altangestammtes Territorium. Das ist und bleibt der Grund und Boden, auf dem Melbourne errichtet wurde, und deshalb halten sie sich weiterhin hier in der Nähe auf, auch wenn ihnen der Zutritt zu ihren heiligen Stätten verwehrt ist. Ehrlich gesagt, Hannah, bin ich der Meinung, dass einige von ihnen tatsächlich glauben, der weiße Mann würde eines Tages zusammenpacken und verschwinden.«

Er wandte sich zu ihr um. »Hannah, ich habe im Nullarbor etwas erlebt, was ich als spirituelle Erleuchtung bezeichnen würde. Auch wenn ich nicht weiß, wie, ist mir klargeworden, dass Josiah

Scott mein leiblicher Vater ist und dass ich nicht vor seiner Türschwelle abgelegt wurde.«

Sie setzte sich im Bett auf. »Das ist ja wunderbar, Neal! Hast du ihm das geschrieben?«

»Ich habe lange hin und her überlegt und mich dann dafür entschieden, seine Version zu akzeptieren. Er muss seine Gründe gehabt haben, mir die Wahrheit über meine Mutter und sich selbst zu verschweigen. Vor acht Jahren, als ich Boston in Richtung England verließ, wäre Gelegenheit gewesen, Klartext zu reden. Aber er zog es vor, sein Geheimnis für sich zu behalten, und das werde ich weiterhin respektieren.«

»Wie ist diese Erkenntnis im Inneren jenes Berges über dich gekommen?«, fragte Hannah nach, während sie den Blick ehrfürchtig über die kleinen runden Narben und Schlangenlinien auf seinem Oberkörper wandern ließ, über dieses so merkwürdige rote Muster auf seiner hellen Haut.

»Das kann ich nicht beschreiben. Ich weiß nur, dass mich dieses Erlebnis nachhaltig beeindruckt hat. Ich bin ins Nullarbor gezogen, um alles, was ich dort finden würde, zu messen, zu zählen und zu klassifizieren. Stattdessen kam ich mit der Erkenntnis zurück, dass es Geheimnisse gibt, die sich wissenschaftlich nicht erklären lassen. Die Initiation, Hannah, hat in mir etwas bewirkt, was schwer zu beschreiben ist. Durch sie wurde ich Teil dieses Landes. Als mein Blut in die rote Erde sickerte, sangen schwarze Männer Gebete, die älter sind als unsere Zeitrechnung. Ich begab mich auf die heilige Wanderung und fand mich im Inneren eines roten Berges wieder. Ich gehöre hierher, Hannah. Vielleicht ist dies ein weiterer Grund, an der Beziehung zu meinem Vater, so wie er sie darstellt, nicht zu rütteln. Sie gehört zu einem anderen Leben. Jetzt findet mein Leben *hier* statt. Allerdings muss ich noch viel mehr über meine neue Heimat in Erfahrung bringen. Ich muss hinausziehen und Australien erforschen und auf Glas bannen. Und noch etwas«, fügte er hinzu. »Ich bin kein Gottloser mehr, auch wenn ich das noch nicht ganz verstehe. Auch dem muss ich nachgehen.«

»Bei deinem Aufbruch aus Adelaide galt dein Sinnen und Trachten der Zukunft. Und jetzt, da du zurück bist, hängst du der Vergangenheit nach.«

Sie schlüpfte aus dem Bett und trat zu ihm ans Fenster. Abgesehen davon, dass die Vorhänge zugezogen waren, schämte sie sich nicht ihrer Nacktheit, genoss es vielmehr, keine beengenden Kleider zu tragen, die Nachtluft auf ihrer Haut zu spüren und nicht zuletzt Neals Berührungen an Stellen, die ihre Lust erneut anstachelten. Sie drängte sich an ihn, und wieder küssten sie sich voller Leidenschaft.

Den Kopf an seine Brust gelehnt, sagte sie: »Die Erfahrungen, die du im Outback gemacht hast, ähneln in vieler Hinsicht dem, was ich mit Jamie O'Brien und seinen Männern erlebt habe. Es ist, als wären wir immer zusammen gewesen.«

»Das waren wir auch. In Gedanken.«

Er sah sie lange an, nahm jede Einzelheit ihres Gesichts wahr, während sich seine Hände über ihren Rücken tasteten. »Wir haben uns beide verändert, Hannah, mein Liebling. Du bist inzwischen eine Heilpraktikerin, hast eine Praxis und Patienten. Und das hast du ganz allein geschafft. Die Aborigines würden sagen, dieser Beruf war dir von Anfang an bestimmt. Sie würden sagen, dass du deinem Traumzeitpfad folgst.«

Er küsste sie wieder und erbebte nicht nur vor Lust, sondern weil ihn gleichzeitig eine neue Erkenntnis überwältigte. »Ich dachte, ich wüsste, was Liebe ist«, sagte er und küsste ihre Wangen, ihren Hals, ihre Schulter. »Aber … ach Hannah, Liebste, mir fehlen die Worte.« Mit der Fingerspitze umfuhr er ihr Kinn. »Ich möchte nie wieder von dir fort«, sagte er. »Eigentlich hatte ich vor, mich morgen in den Norden zu begeben, in eine Gegend jenseits von Bendigo. Weil ich nämlich auf dem Weg von Sydney einem alten Goldgräber begegnet bin, der mir von einer heiligen Stätte der Aborigines erzählte, die er letztes Jahr entdeckt hat – eine ungewöhnliche Felsformation aus riesigen Gesteinsblöcken im Waldgebiet nördlich von Bendigo. Als er unterirdische Höhlen erforschte, sei er auf sehr alte Kunst der Eingeborenen gestoßen:

Hunderte, vielleicht Tausende Abdrücke von Händen an den Wänden, vor vielen hundert Jahren angebracht, manche davon in einer Höhe, die normalerweise ein Mensch gar nicht erreichen kann. Als ich sagte, ich würde mir das gern anschauen, meinte er, dann täte ich gut daran, mich zu beeilen, denn unweit der Höhle habe er ein Quarzriff entdeckt, und sobald das bekannt werde, würden Scharen von Goldgräbern dort einfallen.«

»Dann musst du so schnell wie möglich hin«, sagte Hannah.

»Aber jetzt, wo ich dich gefunden habe, kann ich dich doch nicht schon wieder verlassen!«

»Neal, im Hospital ist Fieber ausgebrochen. Als Erstes bei einer Patientin, die ich dort liegen habe. Ich muss gleich morgen früh wieder hin und Dr. Iverson helfen, die weitere Verbreitung zu verhindern. Geh zu der Höhle der Hände und komm mit wunderbaren Fotos zurück, damit ganz Melbourne sie bestaunen kann.«

Neal schloss sie in die Arme, und während sie sich küssten, klang in Hannah nach, was sie eben geäußert hatte, gepaart mit leisem Zweifel. Neal muss hinaus in die Einsamkeit der Wildnis, überlegte sie, und ich gehöre hierhin, wo Menschen sind. Wie sollen wir da je zusammenleben? Wann sehen wir uns da? Und wo sollen wir wohnen? Über einem Fotoatelier etwa? Das geht nicht. Ich brauche entsprechende Räumlichkeiten, um Patienten zu behandeln. Und Neal kann nicht über der Praxis einer Hebamme wohnen, die rund um die Uhr einsatzbereit zu sein hat.

Sie genoss es, sich von Neal in Wärme und Liebe einhüllen zu lassen, und versuchte, die Fragen, die sie unvermittelt heimsuchten, weit von sich zu schieben. Konnten zwei Menschen, die sich derart unterschiedlichen Pfaden verschrieben hatten, überhaupt ein gemeinsames Leben führen?

43

Nur mit Mühe gelang es Fintan Rorke, seine Aufregung zu unterdrücken, als er sich im Queen's Theater der Garderobe von Miss Star näherte. Den ganzen Tag über hatte er in seiner Werkstatt gesessen und an einem Bilderrahmen gearbeitet, hatte kunstvoll zarte Rosenknospen und winzige Stare in das Holz geschnitzt – und dabei ohne Unterlass an Alice Star und ihre kurze Begegnung im Addison gestern Abend gedacht. Wie er da im Schein der Lampe gestanden hatte, die Rolle mit Schnur und die Schere in der Hand, überwältigt vom Glanz und dem Zauber, die Miss Star in dem muffig riechenden Raum verbreitete. Sie hatte ihn für heute nach der Vorstellung hinter die Bühne eingeladen, und jetzt war er da, in seinem besten schwarzen Gehrock und der seidigen Melone, ein kleines Päckchen in der Hand.

Er hatte ihr etwas Wichtiges zu sagen.

Auf sein Anklopfen hin öffnete eine grauhaarige Frau in einem kastanienbraunen Satinkleid mit weißen Spitzenmanschetten und Kragen und einer weißen Spitzenhaube die Tür. »Sie müssen Mr. Rorke sein. Bitte treten Sie doch näher«, sagte sie mit einem gewinnenden Lächeln.

Fintan nahm den Hut ab und tauchte ein in eine Theaterwelt. Er sah den Garderobenständer, an dem dicht an dicht Kleider und Capes hingen, er sah Ständer voller Hauben, Kronen und Diademe, den vor einem Spiegel stehenden Schminktisch mit dem Durcheinander von Flaschen und Dosen, Pinseln und Stiften. Die Garderobe eines Künstlers eben. Was ihn vor allem faszinierte, war das Glitzern und Funkeln in Alice Stars persönlichem Bereich abseits der Bühne, die kristallenen Kaminleuchten, in denen kleine Flammen flackerten, der Duft, den die Unmengen von Blumen in Vasen und Körben verströmten, das Rascheln von Unterröcken.

Alice selbst trug noch immer das weiße griechische Gewand, in dem sie aufgetreten war und dessen hoch angesetzte Taille ihre Brüste betonte. Eine hauchdünne weiße Stola umgab ihre Schultern. Wie eine zarte Wolke, befand Fintan, überrumpelt von dem plötzlichen Verlangen, das er empfand.

Alice kam mit ausgebreiteten Armen auf ihn zu. »Ich freue mich, dass Sie meiner Einladung gefolgt sind, Mr. Rorke. Darf ich Ihnen meine gute Freundin und Begleiterin Mrs. Lawrence vorstellen? Margaret ist seit meiner Zeit am Elysium in Adelaide bei mir.«

Er ergriff die behandschuhte Hand der Frau. »Wenn ich mich recht erinnere, Mrs. Lawrence, habe ich Sie bereits gestern Abend auf der Gala gesehen.«

Die ältere Frau strahlte den gutaussehenden jungen Mann an, erfreut, dass Alice einen so eleganten Herrn empfing, der obendrein den Ruf eines Künstlers genoss. Ihrer Rolle als Anstandsdame entsprechend, zog sie sich auf den einzigen Stuhl zurück, auf dem keine Kleidungsstücke herumlagen.

»Darf ich Ihnen ein Glas Champagner anbieten, Mr. Rorke?«

Fintan schielte hinüber zu Mrs. Lawrence, die, die Hände auf dem Schoß gefaltet, die rotbraunen Röcke um sich gebreitet, die beiden nicht aus den Augen ließ. Er tat gut daran, sich an die Etikette zu halten. Da er Alice erst gestern Abend kennengelernt hatte, zufällig, ohne förmlich vorgestellt zu werden, wusste er, dass es sich schickte, bei dieser ersten richtigen Verabredung nicht lange zu bleiben – schon gar nicht in Alices Garderobe!

»Ich habe Ihnen etwas mitgebracht, Miss Star«, sagte er und überreichte ihr ein in ein blauseidenes Tuch eingewickeltes kleines Geschenk.

Alice nestelte vorsichtig den Knoten auf. Als sie das Seidentuch entfaltete und den kunstvoll geschnitzten Vogel in der Hand hielt, stockte ihr der Atem. Bis ins Kleinste war das Tierchen der Natur nachempfunden, selbst die flaumigen Brustfedern, die winzigen Nasenlöcher im Schnabel und der gefiederte lange Schweif. Mr. Rorke hatte auf jegliche Bemalung verzichtet und sein Kunstwerk in der Walnussfarbe des Holzes belassen, aus dem es geschnitzt war, und schon deshalb wirkte es für Alice umso lebendiger. Sie meinte direkt zu sehen, wie sich die pummelige Brust des kleinen Vogels beim Atmen hob und senkte.

»Es ist ein Zaunkönig«, sagte Fintan, »ein australischer Singvogel mit einem wunderschönen trillernden Lockruf.«

Alice umschloss das zauberhafte kleine Wesen mit ihrer Hand und stellte sich vor, wie Fintan ausgesehen haben musste, als er über dieser meisterlichen Schnitzerei saß: den Kopf gebeugt, eine schwarze Locke, die ihm über die Stirn fiel, die dunklen Augen ganz auf seine Arbeit konzentriert, die Hände geschickt mit dem kleinen Schnitzmesser hantierend – Hände, die eigentlich viel zu groß für eine so delikate Miniatur zu sein schienen.

Sie war sprachlos. Hätte Fintan Rorke ihr Smaragde und Rubine überreicht, sie hätten neben diesem Geschenk nicht bestehen können.

»Ich habe nicht vor, immer nur Bilderrahmen zu schnitzen«, sagte Fintan leise, überwältigt, wie andächtig sie seine bescheidene Arbeit betrachtete. »Mein Traum ist, Bildhauer zu werden und Kunstwerke zu schaffen.«

Sie richtete ihre großen blauen Augen auf ihn. »Mr. Rorke, Ihre Rahmen *sind* Kunstwerke!«

»Ich möchte aber mehr«, sagte er. »Ich möchte Skulpturen von Menschen anfertigen. Ich würde gern *Ihre* Schönheit für die Ewigkeit festhalten, Miss Star«, fügte er errötend hinzu, »in Mahagoni oder Teakholz, als etwas Unvergängliches.« Er brach ab. In dem darauffolgenden Schweigen hörten sie Stimmen draußen auf dem Flur und spürten die Blicke von Mrs. Lawrence.

»Margret«, sagte Alice und griff nach einer Kristallkaraffe. »Sei doch so lieb und füll sie mit Wasser auf.«

Mrs. Lawrence erhob sich, um Alices Wunsch nachzukommen,

allerdings nicht ohne dem Besucher einen vielsagenden Blick zuzuwerfen. Mit einem »Bin gleich zurück« ging sie, ließ aber die Tür einen Spaltbreit offen.

»Margaret ist sehr um meinen Ruf besorgt«, sagte Alice.

»Verständlich. Sie dürften eine Legion von Verehrern haben.«

»Sie mag Sie aber, das ist ihr anzumerken.«

»Ich möchte Ihnen etwas sagen, Miss Star«, stieß er hastig hervor und so, als befürchte er, im letzten Moment doch noch einen Rückzieher zu machen. »Als Neal Scott und ich im Nullarbor waren, wurden wir Opfer einer schrecklichen Tragödie …«

»Ich weiß. Galagandra«, sagte sie. »Hannah und ich haben aus den Zeitungen davon erfahren. Es muss furchtbar für Sie gewesen sein.«

Fintan schaute zur Tür und zum dahinter liegenden Gang. Niemand zu sehen. Er wandte sich wieder Alice zu, entdeckte Anteilnahme in ihren hellblauen Augen. »Neal und ich haben versucht, die anderen Männer zu retten«, sagte er, »aber schlussendlich konnten wir nur dafür sorgen, selbst zu überleben. Monatelang habe ich anschließend unter Albträumen gelitten, und auch wenn dem nicht mehr so ist, habe ich das, was dort geschehen ist, noch immer nicht ganz verarbeitet. Gut möglich, dass mir das niemals gelingt. Als ich aber vor einem Monat zum ersten Mal eine Vorstellung von Ihnen besuchte, liebe Miss Star, war mir, als erscheine mir ein Engel in Weiß, in einer hellen Lichtsäule. Ich hörte seidene Stimmbänder, die sich über mucksmäuschenstille Zuhörer legten, und ich spürte, wie völlig unerwartet Balsam meine Seele umhüllte. Miss Star, zum ersten Mal seit dem tragischen Geschehen in Galagandra erfuhr ich so etwas wie Trost.«

Er unterbrach sich, ohne den Blick von ihr zu wenden. »Seither«, fuhr er fort, »habe ich keine Vorstellung versäumt, und jedes Mal war ich danach weniger verstört. Inzwischen glaube ich, Miss Star, dass in Ihrer Stimme die Gnade Gottes und seine heilende Macht zum Ausdruck kommen.«

Alice wusste nichts darauf zu antworten. Nur »danke« zu sagen, reichte nicht. Tief bewegt schaute sie zu Mr. Rorke auf, der mit leidenschaftlich glühenden Augen auf sie herabsah. Ihr Atem stockte. Ihre Haut brannte, als stünde sie in Flammen. Fintans Hände, die leblosem Holz einen Singvogel abtrotzten – mit einem Mal sehnte sie sich danach, diese Hände auf ihrem Körper zu spüren, ihren Körper, der noch nie die zärtliche Berührung eines Mannes kennengelernt hatte, von diesen Händen zu wollüstigem Begehren und Liebe erwecken zu lassen.

In diesem Augenblick tauchte Margaret Lawrence, die Kristallkaraffe in der Hand, an der Tür auf. Ihre Miene verriet, dass sie wohl gerade noch rechtzeitig zurückgekommen war. Alice und Mr. Rorke standen so nahe beieinander, dass kaum noch ein Lichtschein zwischen ihnen auszumachen war. Er hatte eine Hand auf Alices nackten Arm gelegt. Seinen schönen Kopf ihr zugeneigt. Eingedenk der Zeit jedoch, da sie selbst jung gewesen war und man ihr den Hof gemacht hatte, überlegte Mrs. Lawrence kurz, ob sie nicht kehrtmachen und die beiden allein lassen sollte.

Aber Alice musste bewahren, was sie verkörperte. Als Sängerin, als Bühnenkünstlerin musste sie mehr als andere Frauen darauf bedacht sein, ihre Tugendhaftigkeit und ihren guten Ruf zu wahren.

»Hier, dein Wasser, Liebes!«, sagte sie und stellte die Karaffe auf die Frisierkommode. »Du meine Güte, wie spät es schon ist.«

Fintan wich einen Schritt zurück. »Dürfte ich abermals bei Ihnen vorsprechen, Miss Star? Oder könnte ich Sie vielleicht zu einem Besuch im neuen Botanischen Garten überreden?«

»Gerne«, sagte Alice und reichte ihm die Hand. »Erlauben Sie mir nur noch eine Frage, Mr. Rorke: Warum sitzen Sie im Theater immer in dieser dunklen Ecke?«

»Weil ich dann das Gefühl habe, der einzige Zuhörer zu sein und Sie ganz für mich zu haben«, grinste er schelmisch.

Er setzte sich seine Melone auf das dichte schwarze Haar und sah Alice noch einmal an, ehe er den beiden Damen gute Nacht sagte, und ging.

Verwirrt angesichts nie gekannter Gefühle, die in ihr tobten und die so erregend waren, sah Alice ihm hinterher. Sie vergegenwärtigte sich nochmals seine körperliche Nähe, ohne zu merken, dass ihre rechte Hand wie schützend über die Stellen ihres Gesichts fuhr, an denen Narben sorgfältig überschminkt waren.

44

Wie an jedem Morgen verabschiedete sich Edward Soames an der Haustür von seiner Frau und den vier Kindern, gab jedem von ihnen einen zärtlichen Kuss – erst dem sechsjährigen Winston, dann dem vierjährigen Harold, dem zweijährigen Charles und zum Schluss seiner Frau Lucy und der kleinen Anna, die sie im Arm hielt.

Für gewöhnlich begab er sich zu Fuß in seine Praxis, aber an diesem Morgen winkte er eine Kutsche herbei. Er fühlte sich nicht ganz wohl und war außerdem müde. Die Kutsche war erst ein kurzes Stück unterwegs, als Soames in Atemnot geriet, weshalb er den Kutscher zum Victoria Hospital umdirigierte, um sich von Dr. Iverson die Brust abhorchen zu lassen. Wahrscheinlich war es nichts, aber man konnte nie vorsichtig genug sein.

Hannah nahm erstaunt zur Kenntnis, dass die Wasserschüssel nicht aufgefüllt worden war.

Sie sah sich auf der Station des Hospitals um, in der es lebhaft zuging: An den Betten saßen Frauen, die sich um ihre kranken Angehörigen kümmerten, ihnen gut zuredeten, den Tee zu trinken und das Brot zu essen, die vom Doktor verordnete Medizin einzunehmen. Während diese Aufgaben nicht in den Bereich des Krankenhauspersonals fielen, trugen die Pfleger hingegen die Verantwortung, dafür zu sorgen, dass die Schüsseln zum Händewaschen mit gechlortem Wasser gefüllt waren. An diesem Morgen waren alle vier Schüsseln leer.

Wo war das Personal abgeblieben? Schließlich waren ja auch

Nachtgeschirre auszuleeren. Verwundert ging Hannah nach unten, ins Erdgeschoss.

Kurz vor Tagesanbruch hatte Neal sie in seiner Kutsche nach Hause gebracht, schon damit es kein Gerede gab, wenn man sie um diese für eine Dame ungewöhnliche Stunde aus seiner Wohnung kommen sah. Hannah hätte es nichts ausgemacht. Sie waren sozusagen verlobt und wollten heiraten, und sie war glücklich und verliebt. Nach einem Abschiedskuss war Neal weggefahren, auch wenn sie gern mit ihm zusammengeblieben wäre. Aber sie wurde im Hospital gebraucht, und Neal musste seinen Wagen mit allem fotografischen Zubehör für die Reise zur Höhle der Hände beladen. Er wollte mittags noch einmal vorbeikommen und sich dann endgültig für längere Zeit verabschieden.

Hannah warf einen Blick in die Männerstation, in der es nicht minder turbulent zuging. Die Betten waren von Patienten belegt, die ihre Verletzungen auskurierten – Schusswunden, Messerstiche, Amputationen und Lungenbeschwerden –, alle umhegt von Ehefrauen, Müttern und Töchtern, die sich mit Essen, Kissen und aufmunternden Worten um ihre bettlägerigen Angehörigen zu schaffen machten. Sie erkannte den alten Dr. Kennedy, der gerade einem Patienten einen Kopfverband anlegte. Während Dr. Soames und Dr. Iverson zum festen Stamm des Hospitals gehörten, standen verschiedenen Melbourner Ärzten und Chirurgen, von denen Hannah so einige kannten, eine gewisse Anzahl von Belegbetten zu.

Da sie auch hier keine Pfleger entdeckte, begab sich Hannah zum Ende der Eingangshalle, wo das Sprechzimmer von Dr. Iverson lag, das mit Bücherregalen ausgestattet war, mit anatomischen Schaubildern, einem auf einen Ständer montierten Skelett und einem großen Schrank mit Glastüren. Darin befanden sich Instrumente, zusammengerollte Bandagen, Flaschen und Tiegel mit Salben und Medizin. An der rückwärtigen Seite des Büros führte eine Tür in einen kleinen Raum mit einer Pritsche sowie einem Waschbecken. Hier übernachtete Dr. Iverson, wenn er es angesichts des kritischen Zustands eines Patienten für ratsam hielt, nicht nach Hause zu fahren.

Aus diesem kleinen Zimmer kam er jetzt, wie immer akkurat in Gehrock und gestärktem Hemd. Er hatte ein Stethoskop in der Hand und machte ein besorgtes Gesicht. »Miss Conroy, was kann ich für Sie tun?« Vorgestern Abend, nach Verlassen der Gala im Addison zusammen mit Miss Conroy, hatte Dr. Iverson die Kutschfahrt mit der jungen Dame durchaus genossen. Sie hatten gefachsimpelt – fürwahr beeindruckend, ihre medizinischen Kenntnisse! –, und als sie dann die Patientinnen auf der Frauenstation aufsuchten, hatte sich Miss Conroy so professionell verhalten, dass er zu dem Urteil gelangt war, sie könnte es gut und gern mit jedem männlichen Arzt aufnehmen.

»Ich kann auf den Stationen niemanden vom Personal auftreiben, Doktor.«

»Ich weiß«, sagte er. »Sie sind weggelaufen.«

»Weggelaufen?«

»Nachdem auch bei Mrs. Chapelle Kindbettfieber ausgebrochen ist, bekamen es die Pfleger mit der Angst zu tun und haben das Weite gesucht.«

»Mrs. Chapelle! Die wurde doch mit einem gebrochenen Fuß eingeliefert! Dr. Iverson, wie kann es sein, dass sich auch Nicht-Wöchnerinnen infizieren?«

»Ich weiß es nicht, Miss Conroy. Die Situation hat sich plötzlich zugespitzt. Auch Dr. Soames weist Symptome der Infektion auf.«

Hannah war verblüfft. »Das kann doch nicht sein«, flüsterte sie.

»Dann kommen Sie mal mit.«

Hannah erschrak, als sie Dr. Soames in Oberhemd und Hosen auf der Pritsche liegen sah; die Schuhe hatte er ausgezogen, Mantel und Hut hingen auf einem Kleiderständer. Er hatte die Augen geschlossen, sein Gesicht glühte fiebrig.

»Ich habe ihm ein Sedativ verabreicht«, sagte Iverson leise. »Wir lassen ihn erst mal schlafen.«

Sie verließen den Raum wieder, zogen die Tür zu. »Dr. Iverson, wie kann Dr. Soames eine typische Frauenkrankheit haben? Kindbettfieber ist eine Infektion des Uterus.«

»Das ist auch mir ein Rätsel.« Er rieb sich die Stirn. »Ehrlich gesagt, bin ich mir noch keineswegs sicher, dass es sich hier wirklich um Kindbettfieber handelt. Es könnte etwas ganz anderes sein. Aber da sich jetzt bereits zwei weitere Nicht-Wöchnerinnen angesteckt haben, Miss Conroy, halte ich es für angeraten, Dr. Soames erst einmal hier zu belassen.«

Iverson trat an die Bücherwand und überflog die Titel auf den Buchrücken. »In Anbetracht der Katastrophe, die sich meiner Meinung nach abzeichnet, muss ich, um noch Schlimmeres zu verhüten, der Ursache dafür so bald wie möglich auf den Grund kommen. Ich hoffe nur, dass ich die Antwort irgendwo in diesen Büchern finde.«

Hannah hingegen kam eine andere Idee.

45

Sie deutete auf einen Punkt auf Neals Karte. »Die Brookdale Farm liegt hier.«

Sie standen auf den Stufen, die zu ihrem abseits der Collins Street gelegenen roten Backsteinhaus hinaufführte, vor dem ein Messingschild neben der Eingangstür besagte, dass hier *Hannah Conroy, Diplomierte Hebamme und Heilpraktikerin* ihre Praxis hatte. Es war um die Mittagszeit, und Neal war gekommen, um Lebewohl zu sagen.

Er merkte sich den angegebenen Punkt – auf halbem Weg zwischen Melbourne und den Goldminen von Bendigo –, faltete dann die Karte zusammen und steckte sie ein. »Großes Versprechen, dass ich dort anhalte und mir alles mal anschaue.« Die warme Brise spielte mit einer Strähne, die sich aus Hannahs Haar gelöst hatte. Neal strich sie ihr zärtlich hinters Ohr zurück.

Ein beklemmendes Gefühl überfiel Hannah. Neals Berührung, seine Nähe, die Einzelheiten seines Gesichts weckten erneut ihr Verlangen. Aber hier, am helllichten Tag auf einer belebten Straße galt es, Haltung zu bewahren, so schwer ihr das auch fiel. »Wenn du Mr. Samson Jones, den Grundstücksmakler, triffst, dann richte ihm bitte aus, dass ich so schnell wie möglich einen Vertrag mit Mr. Swanswick unterzeichnen möchte.«

Neal beabsichtigte, sich allein auf den Weg zu machen. Seine fotografische Ausrüstung hatte er in einem Einspänner verstaut, ein Ersatzpferd war hinten angekoppelt. Wie lange er wegbleiben würde, war schwer abzuschätzen, was Hannah unwillkürlich daran denken ließ, dass es nicht anders sein würde, wenn sie erst einmal verheiratet waren – auf einen Abschied würde der nächste folgen, immer wieder würde Neal ins Unbekannte aufbrechen.

»Das mache ich«, sagte er leise und schaute ihr in die Augen. Obwohl es ihn drängte, sich auf den Weg zu machen und die Höhle der Hände zu erforschen, und obwohl Hannah schleunigst wieder ins Hospital wollte, brachte es keiner der beiden über sich, als Erster »Lebewohl« zu sagen. Da hatten sie sich nach so langer Zeit, in der Hannah Neal für tot gehalten und Neal verzweifelt nach Hannah gesucht hatte, endlich wiedergefunden, hatten sich die Nacht über einander hingegeben und Zukunftspläne geschmiedet, und jetzt sollten sich ihre Wege erneut trennen.

Aber da gab es noch mehr. Hannah war mit besorgniserregenden Nachrichten aus dem Hospital zurückgekommen. Eine lebensgefährliche Seuche breitete sich auf unerklärliche Weise aus. Sogar einer der Ärzte war bereits davon betroffen. Neal erwog, hier zu bleiben. Wenn sich nun auch Hannah ansteckte? Aber sie bestand darauf, dass er zur Höhle der Hände aufbrach, ehe sich dort Goldgräber über sie hermachten.

Auch Hannah dachte an das Hospital und an die dort drohende Gefahr. Böse Vorahnungen erfüllten sie. Eine nicht einzudämmende lebensbedrohliche Krankheit in Melbourne, und wieder ließ Neal sie allein zurück. Aber sie schluckte ihre Angst hinunter und gestand ihm nicht ein, dass sie mit Bangen ihrer beider Zukunft entgegensah.

Jetzt griff sich Neal in den Nacken und nestelte den Knoten der Lederschnur um seinen Hals auf. Er hatte in den oberen Teil des steinernen Talismans, den ihm Jallara geschenkt hatte, ein kleines Loch bohren lassen und den Stein an der dünnen Lederschnur aufgefädelt, die er nun abnahm, Hannah um den Hals legte und so verknotete, dass der Stein auf dem Spitzenkragen ihres Kleides zu liegen kam, unterhalb des Kehlkopfs.

»Starke Magie«, sagte er. »Er wird dich auf deinem Traumzeitpfad beschützen.« Er drückte sie an sich, küsste sie, raunte ihr einen Segensspruch ins Ohr, schwang sich dann auf den Wagen und dirigierte das Pferd auf die Straße.

Hannah musste ihre ganze Willenskraft aufbieten, um ihn nicht zurückzurufen.

Wieder im Haus, schrieb sie in aller Eile zwei gleichlautende Nachrichten, die eine an Alice, die andere an Blanche, mit denen sie sich eigentlich zum Mittagessen hatte treffen wollen. »Bitte verzeiht, aber ich kann unsere heutige Verabredung nicht einhalten. Im Hospital herrscht Notstand. Aus Angst vor einer drohenden Seuche ist das Personal weggelaufen. Dr. Iverson bedarf meiner Hilfe. Wie lange, ist noch nicht abzusehen. Die Situation ist mehr als alarmierend.«

Nachdem sie Mrs. Sparrow gebeten hatte, dafür zu sorgen, dass die Nachrichten zugestellt wurden, setzte sie sich ihre Haube auf, nahm ihr Cape, griff sich den ledernen Arztkoffer und eine Tasche mit persönlichen Sachen, ließ die Haushälterin noch wissen, dass sie für ein, zwei Tage fortbleiben werde, und machte sich schweren Herzens auf zum Victoria Hospital.

46

Sie ließ ihr Cape und die Haube sowie die Tasche mit ihren persönlichen Sachen in der Garderobe im Erdgeschoss und begab sich als Erstes in die Frauenstation, um nach Nellie Turner zu schauen.

Das Bett war leer, alle Tücher abgezogen, nur die nackte Matratze war zu sehen.

Hannah schaute sich suchend im Saal um, der jetzt, da zwischen einzelnen Betten chlorgetränkte Tücher hingen, gleichsam in einzelne Kabinen unterteilt war. Sie entdeckte zwei weitere leere Betten – beide heute früh noch von Wöchnerinnen belegt.

Sie spürte Dr. Iverson auf der Männerstation auf, wo er sich gerade über einen heftig hustenden älteren Herrn beugte, um dann der weißhaarigen Ehefrau, die neben dem Bett saß, einzuschärfen: »Geben Sie ihm weiterhin Tee, so stark, wie er ihn vertragen kann. Wir müssen diese Blockade lösen.«

Als Iverson Hannah erblickte, schob er sein Stethoskop in die Hosentasche und verließ mit ihr die Station.

»Nellie Turner …«, hob Hannah an.

»Tut mir leid, Miss Conroy. Sie ist vor einer Stunde gestorben.«

»Und die beiden anderen?«

»Sind ebenfalls tot.«

Unter seinen Augen zeichneten sich dunkle Ringe ab. Er trug auch nicht mehr den sonst an ihm gewohnten Gehrock, sondern stand hemdsärmelig und mit Hosenträgern der zutiefst erschrockenen Hannah gegenüber. »Und wie geht es Dr. Soames?«, fragte sie.

»Sein Zustand hat sich kaum verändert. Ich habe seine Frau rufen lassen. Sie ist jetzt bei ihm, um die Kinder kümmert sich ihr Mädchen.« Dr. Iverson bemerkte den mit Kerben versehenen Stein unterhalb von Hannahs Kehle – eindeutig primitiv und sehr ungewöhnlich, schoss es ihm durch den Kopf – und fügte dann hinzu: »Ich habe Mrs. Soames gegenüber nichts von Kindbettfieber erwähnt, da ich noch immer hoffe, dass es sich bei ihm um eine leichte Influenza oder Bronchitis handelt.«

»Hat sich vom Personal wieder jemand blicken lassen?«

»Leider nicht. Stattdessen, Miss Conroy, ist es zu drei weitere Erkrankungen von Nicht-Wöchnerinnen gekommen. Um die kümmert sich Dr. Kennedy. Ein Problem sind natürlich die Besucher. Sie verstehen nicht, was Infektion und Antisepsis bedeuten. Die verdammten Weiber reißen ständig die Fenster auf, weshalb die infizierte Luft umso stärker zirkulieren kann.«

»Dr. Iverson, darf ich Sie um ein Gespräch unter vier Augen bitten? In Ihrem Sprechzimmer? Ich muss Ihnen etwas zeigen.«

Sie durchquerten die Eingangshalle, wo Besucher ein- und ausgingen, beladen mit Decken und Körben voller Essen. Eigentlich eine nüchterne Halle mit gefliestem Boden, leeren Wänden und ein paar Stühlen für ambulante Patienten. Dr. Iverson war nicht nach Australien gekommen, um reich zu werden, sondern um einen Traum zu verwirklichen: ein modernes, fortschrittliches Hospital hinzustellen, eine vorbildliche Einrichtung, die hoffentlich weltweit zur Nachahmung anregen würde. In England wäre das nicht möglich gewesen. Seiner Ansicht nach hing man dort nach wie vor Behandlungsmethoden an, die für einen Mann mit modernen Ideen zu antiquiert waren. Kaum in Melbourne niedergelassen, hatte er öffentlich zur Gründung eines gemeinnützigen Hospitals aufgerufen. Für Spendengelder war man an prominente Geschäftsleute und wohlhabende Grundbesitzer herangetreten – vor allem Blanche Sinclair hatte sich ungemein generös gezeigt –, dann war Ecke Elizabeth und Bourke Street ein Grundstück gekauft und im März 1846 der Grundstein für das Victoria Hospital gelegt worden.

Im Rahmen einer pompösen Zeremonie, an der alle Bürger teilnahmen, waren damals viele Reden geschwungen worden, und Sir Marcus Iverson heimste ohrenbetäubenden Beifall ein, als er sagte: »Vom heutigen Tag an werden Hospitäler nicht länger Einrichtungen sein, in die sich Kranke begeben, um zu sterben, sondern die sie aufsuchen, um gesund zu werden.«

Er hätte sich gefreut, seiner verstorbenen Frau die Einrichtung vorzuführen, die er in diesem neuen Land geschaffen hatte. Blaupausen des Victoria Hospitals verhießen für die Zukunft Erweiterungstrakte, Innovationen – ein Forschungslaboratorium und nicht zuletzt einen Trakt für die Behandlung von Kindern, an dem bereits gebaut wurde. Auf dem Grund um das Hauptgebäude war man dabei, Blumenbeete anzulegen, und für die Rekonvaleszenten sollte ein hübscher Pavillon entstehen.

Alles nach Plan, sagte sich Dr. Iverson. Nur dass jetzt das Projekt wegen dieser geheimnisvollen und nicht einzudämmenden Seuche gefährdet war.

»Dr. Iverson«, platzte Hannah heraus, kaum dass sie sein Sprechzimmer hatten, »ich glaube, ich weiß, wie es zu dieser Infektion kommt, und deshalb auch, wie man verhindern kann, dass sie sich weiter ausbreitet.«

Er hörte aufmerksam zu, als sie ihm von ihrem Vater berichtete und abschließend sagte: »Er fand diese Mikroben in einer Blutprobe meiner Mutter. Seiner Ansicht nach sind sie die Ursache für Kindbettfieber.« Sie öffnete das Portefeuille ihres Vaters und breitete seine Notizen auf dem Schreibtisch von Sir Marcus aus.

Iverson griff nach der Bleistiftskizze, die einem Geflecht aus Beeren ähnelte. Darunter stand *streptococcus,* was er durchaus treffend fand, da das Wort aus dem Griechischen stammte und »verschlungene Ketten von Kugeln« bedeutete. Auch die Anregung, das Blut eines Patienten unter dem Mikroskop zu untersuchen und dann eine Diagnose zu stellen, fand er bemerkenswert, auch wenn er noch nie davon gehört hatte. »Sie schlagen also vor, dass wir dem Beispiel Ihres Vaters folgen und Blutproben untersuchen?« Dr. Iverson war stolz auf das aus Holz und Messing gefertigte Mikroskop, das an prominenter Stelle sein Sprechzimmer zierte. Obwohl er eigentlich keine rechte Verwendung dafür hatte, fand er, dass es der Umgebung eine fortschrittliche Note verlieh.

»Wir sollten es versuchen«, gab Hannah zurück.

Sie gingen hinauf in die Frauenstation, wo sie ohne größeres Aufheben allen Patientinnen etwas Blut abnahmen. Zurück in Dr. Iversons Sprechzimmer, bewies Hannah eine bemerkenswerte Geschicklichkeit in der Handhabung des Mikroskops. Sie legte die einzelnen Objektträger unter die Linse, regulierte die Einstellung, bewegte den Spiegel, bis Licht auf ihn fiel. Jede Blutprobe untersuchte sie, trat dann beiseite, damit auch Dr. Iverson einen Blick darauf werfen konnte.

Alle Proben der infizierten Patienten wiesen eindeutig Streptokokken aus, das Blut von Patientinnen, die nicht an Kindbettfieber erkrankt waren, dagegen nicht.

»Bemerkenswert«, murmelte Iverson, ehe er sich wieder aufrichtete und nachdenklich die Stirn runzelte. Ohne ein weiteres Wort nahm er einen frischen Objektträger aus der Schachtel, stach sich in den Finger und ließ einen Tropfen auf das Glas fallen. Dann regulierte er das Okular und den Reflektor und untersuchte seine eigene Blutprobe. Das Ergebnis fiel zu seiner Zufriedenheit aus. Er nickte. »Es sind keine Mikroben in meinem Blut festzustellen. Ich wollte nur sichergehen. Erhebt sich jetzt also die Frage: Wie sind diese Bakterien in die Blutbahn jener Leute gelangt? Wurden sie aus der Luft eingeatmet? Wenn ja, warum haben sich dann andere nicht damit infiziert? Was hat die, die daran erkrankt sind, empfänglich dafür gemacht? Wenn, wie Sie sagen, Miss Conroy, der Erreger weiterverbreitet wird …«

Er unterbrach sich. Der Blick, den er plötzlich auf die Tür des kleinen Nebenzimmers warf, verriet, dass ihm Dr. Soames in den Sinn gekommen war.

Entschlossen sagte Dr. Iverson: »Das wird es uns bestätigen.« Mit einem frischen Objektträger verschwand er kurz nach nebenan. Als er wieder auftauchte, nicht ohne Mrs. Soames über die

Schulter mit einem Wort des Trosts zu bedenken, verkrampfte sich Hannahs Magen.

Mit angehaltenem Atem verfolgte sie, wie Dr. Iverson den Objektträger unter die Linse schob, das Okular ausrichtete und schweigend das Blut seines jungen Kollegen in Augenschein nahm.

Dann zwickte er die Augen zusammen und richtete sich auf. »Eindeutig Streptokokken festzustellen.«

Langes Schweigen auf beiden Seiten. Durch das offene Fenster drangen Straßengeräusche. In der Frauenstation im oberen Stockwerk spielte eine Ziehharmonika auf. Besucher vertrieben einer bettlägerigen Angehörigen die Zeit.

Zu guter Letzt stieß der steife und ehrwürdige Sir Marcus einen röchelnden Seufzer aus. »Und Sie behaupten, die Jodtinktur Ihres Vaters tötet diese Mikroben ab?«, fragte er.

»An Händen und Gegenständen«, erwiderte Hannah, und dachte an die arme Mrs. Soames, die am Bett ihres Ehemannes Wache hielt, der, ohne dass sie es ahnte, wohl nicht mehr lange zu leben hatte. »Leider«, fügte sie hinzu und beobachtete, wie eine vielköpfige Familie, gefolgt von einem riesigen gelben Köter, lauthals plappernd die Treppe zur Frauenstation hochstieg, »leider *verhindert* Jod nur die Verbreitung der Ansteckung. Ein *Heilmittel* ist es nicht. Und wir kennen noch immer nicht die Ursache. Wie hat sich Nellie Turner überhaupt infiziert? Solange wir das nicht geklärt haben, wird es wohl zu weiteren Erkrankungen kommen.«

»Wir werden dem Schritt für Schritt nachgehen«, sagte Marcus Iverson entschlossen und rieb sich das stopplige Kinn. »Ich werde dafür Sorge tragen, dass an beiden Zugängen zur Frauenstation Schüsseln mit jodversetztem Wasser aufgestellt werden und dass die behandelnden Ärzte regelmäßig die Hände in dieser Lösung spülen.«

Hannah ihrerseits überlegte bereits, wie man Besucher davon abhielt, die Ansteckung weiterzuverbreiten. Ohne Ausnahme von ihnen zu verlangen, sich jedes Mal die Hände zu waschen, vor allem wenn sie, was durchaus vorkam, mehrere Patienten nacheinander besuchten, schien unmöglich zu sein. Schriftlich angebrachte Hinweise würden auch nicht viel bringen, da die meisten dieser Leute weder lesen noch schreiben konnten.

Und unterbinden konnte man ihre Besuche auch nicht. Wer sollte dann die Versorgung der Patienten übernehmen?

Als sich ihre Kutsche dem Hospital näherte, machten sich bei Blanche bereits die bekannten Symptome bemerkbar – ihr Magen krampfte sich zusammen, die Handflächen wurden feucht, der Mund war wie ausgetrocknet, ihr Puls raste. Martha Barlow-Smith, ihre beste Freundin, die neben ihr saß, ahnte nichts von der Panik, die Blanche so unvermittelt überfiel.

Man hätte denken können, die beiden Frauen unternähmen eine sonntägliche Spazierfahrt; stattdessen waren sie unterwegs, um dringend benötigte Hilfe zu leisten. Anders als Alice und ihre Begleiterin Margaret Lawrence, die in der vorausfahrenden Kutsche saßen und, kaum vor dem Hospital angelangt, mit Körben voller Essen und Kleidung ausstiegen, blieb Blanche, als ihre Kutsche anhielt und Martha mit den mitgebrachten Sachen den Fuß auf den mit Planken belegten Bürgersteig setzte, wie angewurzelt sitzen, starrte regungslos zum Eingang des Krankenhauses. Martha wusste nicht, was sie davon halten sollte. Immerhin war es Blanche gewesen, die zu diesem Besuch gedrängt hatte. Gleich nach Erhalt von Hannahs Nachricht, dass das Personal des Hospitals das Weite gesucht habe, stand ihr Entschluss fest, dass sie Hannah unterstützen mussten. »Kommst du, Liebes?«, fragte Mrs. Barlow-Smith.

»Gleich. Geh schon mal vor …« Blanche rang nach Luft. Den Blick auf die bleigefassten Scheiben gerichtet, durch die die hohen Eingangstüren des Krankenhausbaus unterteilt waren, sagte sie sich immer wieder vor: Das ist doch nur ein Gebäude – ohne allerdings verhindern zu können, dass schreckliche Bilder vor ihr auftauchten, wahllos, blitzschnell, ohne Zusammenhang. Sieben Jahre alt war sie damals gewesen und hatte ihre Mutter in ein

Hospital in London begleitet, um Patienten, die niemanden hatten, der sie versorgte, Essen und Kleidung zu bringen. In der überfüllten Eingangshalle war die kleine Blanche unversehens von ihrer Mutter getrennt worden, weshalb sie auf der Suche nach ihr in den Gängen herumgeirrt war und zwangsläufig grässliche, das heißt für ein kleines Mädchen unfassbare Dinge gesehen hatte – ausgemergelte Körper, Unmengen von Blut, Leichen – und sich daraufhin ihre eigenen Schreie in die der Kranken gemischt hatten. Sie wusste nur noch, dass irgendwann jemand sie hochhob, und dann hatte sie die Arme der Mutter um sich gespürt. Seither hatte Blanche immer wieder versucht, die schrecklichen Erinnerungen daran zu vergessen, aber jetzt, da sie vor dem Hospital von Marcus Iverson stand, überfielen sie diese Bilder erneut und mit aller Macht.

Ich bringe es einfach nicht über mich.

Niemals werde ich wissen, wozu ich tatsächlich fähig bin, wenn ich nicht meine Ängste besiege, sagte sie sich dann, als sie sah, wie Alice und Margaret und Martha mit ihren Paketen bereits zielstrebig die Stufen zum Eingang hinaufstiegen.

Sie richtete sich auf, atmete mehrmals tief durch und kletterte aus der Kutsche, folgte den Freundinnen Stufe um Stufe die Treppe hinauf, inständig hoffend, das durchzuhalten, ohne ohnmächtig zu werden. Oben angelangt, verharrte sie abermals wie angewurzelt, unfähig, auch nur einen Schritt weiterzugehen, während die drei anderen längst durch die Türen entschwunden waren.

Wohltätig zu handeln, gehörte zu Blanches vorrangigen Leitsätzen; es war eine Überzeugung, die ihr von klein auf beigebracht worden war. Schon ihre Mutter war für ihre Nächstenliebe und selbstlose Großzügigkeit bekannt gewesen, und Blanche hatte es sich zu eigen gemacht, diese Tradition fortzusetzen. Aber nun, da sie davorstand, es mit ihrer größten Angst aufzunehmen, wurde ihr bewusst, dass wohltätig zu sein, wenn es darum ging, Tanzveranstaltungen zu organisieren, Picknicks und Kunstausstellungen auszurichten, einfach war. Wirklich wohltätig – war sie das eigentlich jemals gewesen? Jetzt jedenfalls galt es, wahre Nächstenliebe unter Beweis zu stellen – sich um die zu kümmern, die in diesem Gebäude in Bedrängnis waren.

Sie dachte an ihre Mutter, dachte daran, was sie für sich selbst ersehnte, nämlich etwas zu finden, was ihr Leben erfüllte, und sie dachte auch an Marcus Iverson, dem sie eine Erklärung schuldete, warum sie bislang das Hospital, das ihm so sehr am Herzen lag, nicht betreten hatte. Blanche atmete nochmals tief durch, straffte die Schultern und griff nach dem Türknauf.

Hannah war im Begriff, die Notizen ihres Vaters und die Objektträger wieder einzusammeln, als sie kurz in die Eingangshalle schaute und ein wohlvertrautes Gesicht durch die Haupttüren kommen sah.

»Alice!«, rief sie.

Sie ließ alles stehen und liegen und rannte der Freundin entgegen, hinter der jetzt zu ihrer Überraschung auch noch Margaret Lawrence eintrat. »Was macht ihr beiden denn hier?«

»Wir *vier*«, berichtigte Alice, denn inzwischen war auch Martha Barlow-Smith aufgetaucht und zu Hannahs Verblüffung kurz darauf Blanche. »Als wir deine Nachricht mit der Absage zum Mittagessen erhielten«, sagte Alice, »und du durchblicken ließest, dass du mit den vielen Patienten allein bist, stand für Blanche und mich fest, dass wir etwas tun mussten, um dir zu helfen. Und dann waren Margaret und Martha nicht davon abzubringen, ebenfalls mitzukommen.«

In diesem Augenblick trat Dr. Iverson aus seinem Sprechzimmer. Er meinte seinen Augen nicht zu trauen, als er in der Eingangshalle die vier Besucherinnen erblickte. Er erkannte Alice und ihre Begleiterin und neben ihnen Martha Barlow-Smith, eine füllige Dame der oberen Gesellschaft, deren Korsettstangen unter dem Mieder ständig knackten. Und dann fiel sein Blick auf die vierte Person in der Gruppe.

Blanche, eine Hand auf den Busen gepresst, schien an der Tür innezuhalten, sich hilfesuchend nach allen Richtungen umzuschauen. War sie krank? Marcus eilte auf sie zu und bemerkte beim Näherkommen, dass ihr Gesicht kreidebleich war und sie überhastet atmete. »Mrs. Sinclair«, sprach er sie an, »Blanche, fehlt Ihnen etwas?« Er sah ihre Begleiterinnen fragend an.

»Sie bestehen darauf, uns zu helfen«, erklärte Hannah.

Er musterte Blanche. »Sie scheinen sich nicht wohlzufühlen«, sagte er und fasste sie am Ellbogen. »Kommen Sie mit in mein Sprechzimmer.«

Blanche konnte kaum noch atmen. In diesem Hospital roch es genauso wie in dem aus ihrer Kindheit – nach Rauch und Chlor und Erbrochenem. Ein Patient hinkte mit Hilfe von Krücken vorbei, ein anderer hockte auf einem Stuhl, den Arm in einer Schlinge. Die gleichen Besucher wie damals, die gleichen Körbe mit Essen. Und von dort aus, wo sie stand, konnte Blanche einen Blick in die Männerstation werfen, sah wie damals reihenweise Betten, in denen die gleichen ausgemergelten, pflegebedürftigen Gestalten lagen.

Die Sinne drohten ihr zu schwinden. Als sie spürte, wie jemand sie am Arm fasste, schaute sie auf die Hand, die sie stützte, hob dann die Augen zu einem gutgeschnittenen, wenngleich besorgten und von echter Betroffenheit gezeichneten Gesicht, das von schwarzem, an den Schläfen silbernem Haar umrahmt wurde.

Marcus.

Sie blinzelte. In Hemdsärmeln, ohne makellosen Gehrock hatte sie ihn noch nie erlebt. Seine Krawatte hing lose herunter. Schatten bedeckten seine Kinnpartie. Blanche erschrak, deutete Marcus' nachlässiges Äußeres doch an, dass die Situation hier im Krankenhaus ernst war. Aber gleich darauf sagte sie sich, dass dies seinen unermüdlichen Einsatz bewies und er alles tat, was nötig war, ohne an sich selbst zu denken. Ein so beruhigender wie tröstlicher Gedanke.

»Tut mir leid«, flüsterte sie und drückte sich die flache Hand auf die Stirn.

»Kommen Sie mit in mein Sprechzimmer«, sagte er leise, und zu Hannah gewandt: »Bitte kümmern Sie sich um unsere Besucher.«

In Iversons Sprechzimmer bemühte sich Blanche, ihre Fassung wiederzugewinnen. Sie lehnte den Brandy ab, den Marcus ihr anbot, und als er sie bat, Platz zu nehmen, blieb sie stehen und sagte: »Marcus, Hospitäler jagen mir Todesangst ein! So, jetzt ist es raus, jetzt wissen Sie es.«

»Das geht vielen so«, sagte er beschwichtigend. »Deswegen braucht man sich doch nicht zu schämen.«

»Aber meine Angst sitzt unglaublich tief. Sie lähmt mich.«

Seine dunklen Augen schauten sie besorgt, aber auch erwartungsvoll an. Dafür spiegelte sich zu Blanches Erleichterung keinerlei Enttäuschung in ihnen, keinerlei Missbilligung oder eine unausgesprochene Schuldzuweisung. Im Stehen und um Haltung bemüht, schilderte sie den Zwischenfall in ihrer Kindheit. »Und das ist der Grund«, schloss sie, »weshalb ich den Rundgang durch Ihr Hospital mit dem Spendenaufruf nicht organisieren konnte. Ich brachte es nicht über mich, auch nur einen Fuß in dieses Gebäude zu setzen. Wie ein Feigling komme ich mir vor.«

Er trat auf sie zu. »Und dennoch sind Sie jetzt hergekommen«, sagte er leise.

»Als besonders mutig kann man das wohl nicht bezeichnen.«

Er lächelte. »Man beweist keinen Mut, wenn man keine Angst hat.«

»Marcus, ich hätte Ihnen gegenüber ehrlich sein sollen, aber es kam mir so dumm vor, und ich wollte nicht, dass Sie schlecht von mir denken. Ich weiß doch, wie viel Ihnen Ihr Hospital bedeutet, und ich habe Sie derart vor den Kopf geschlagen, Marcus. Ich ahnte ja nicht, wie sehr ich Sie mit meiner Absage, die Besichtigung zu organisieren, gekränkt habe. Und dass meine Teilnahme daran so wichtig war.«

»Das war sie. Sie verstehen sich auf Organisation, und ich war mir sicher, dass diese Begehung unter Ihrer Schirmherrschaft erfolgreich gewesen wäre.« Als er jetzt seine Hände auf ihren Arm legte, überlief sie ein wohliger Schauer. Mit einem Mal schien das Sprechzimmer warm und traulich, das Hospital samt seinen Schrecken meilenweit weg. »Blanche, *ich* habe mich idiotisch verhalten! Ich habe mir eingebildet, Sie hätten mich mit Ihrer Weigerung, meinem Hospital zu helfen, brüskieren wollen, aber in Wirklichkeit verhielt es sich so, dass ich unglaublich wütend war, als ich tags darauf erfuhr, dass Sie sich bereiterklärt hatten, Clarence Beechworth für die öffentliche Unterstützung seiner Eisenbahn zu helfen. Das heißt, ich war schlicht und einfach eifersüchtig. Wie Männer eben so sind. Ich habe mich Ihnen gegenüber ungerecht und abscheulich verhalten. Ich weiß nicht, wie Sie mir je verzeihen können.«

»Ich hätte Ihnen meine Ängste offen eingestehen sollen.« Seine Nähe, seine Hände auf ihrem Arm raubten ihr den Atem. Marcus, der sie um Haupteslänge überragte, schaute mit dunklen, brennenden Augen auf sie nieder, sein schwarzes Haar glänzte im Licht der Lampe. Blanche war, als würden ihr erneut die Sinne schwinden, wenngleich diesmal aus einem ganz anderen Grund.

»Und ich hätte dem nachgehen sollen«, brach es aus ihm heraus, »aber mein Stolz verbot mir, Sie nach dem Grund für Ihre Absage zu fragen.« Er senkte die Stimme, der Druck seiner Hände verstärkte sich. »Unsere Freundschaft, meine liebe Blanche, hat mir gefehlt. *Sie* haben mir gefehlt.«

»Ach Marcus«, flüsterte sie.

Er neigte das Gesicht zu ihrem. »Inzwischen weiß ich, meine Liebe, dass mehr dahintersteckte als der Wunsch, von der fähigsten Gastgeberin von Melbourne eine Führung durch mein Hospital organisieren zu lassen. Ich wollte, dass *Sie* Teil meines Hospitals werden. Ich wollte Sie bei der Präsentation der von mir erbrachten Leistung an meiner Seite wissen. Aber jetzt sind Sie ja hier.«

»Ja, das bin ich«, sagte sie, von seinem Blick umfangen, leise. »Und ich werde hierbleiben.«

Er kräuselte die Stirn. »Vielleicht sollten Sie lieber nach Hause fahren. Sie waren einer Ohnmacht nahe.«

»Es geht schon wieder.« Und so war es auch. Der anfängliche Ansturm von Empfindungen und Erinnerungen legte sich nach und nach, neue Energie durchströmte ihren Körper und ihre Seele. Zudem empfand Blanche Marcus' Berührung und seine ausdrucksstarke Stimme als belebend. »Der erste Schritt fiel mir am schwersten. Zudem musste ich schon eine gehörige Portion Überwindung aufbringen. Ab jetzt wird es leichter, ganz bestimmt.«

»Sie sind eine erstaunliche Frau, Blanche Sinclair«, murmelte er und wünschte sich an einen anderen Ort, zu einer anderen Zeit. »Aber jetzt sollten wir uns an die Arbeit machen.«

»Sagen Sie mir, was zu tun ist.«

47

»Alice! Alice, *wo sind Sie?*«

Sie schaute auf, Blanche und Martha fuhren herum, der eine oder andere Patient schrie erschrocken auf. Alle schauten zur Tür am Ende der Station, von wo sie polternde Schritte die Treppe heraufhasten hörten. Wer wagte es, um diese späte Stunde einen derartigen Lärm zu veranstalten?

Als ein junger Mann in Abendanzug und Zylinder hereinstürmte – ein bildhübscher junger Mann, wie allgemein zur Kenntnis genommen wurde, als er durch die Station flitzte –, zogen die Patientinnen ihre Decken bis zum Kinn hoch, wichen die Besucher in den Gängen beiseite.

Wieder rief Fintan lautstark nach Alice.

Sie trat aus einer mit Tüchern abgetrennten Kabine, wo sie eine Patientin gefüttert hatte.

»Da sind Sie ja!« Er packte sie an den Armen, schaute sie von oben bis unten an. »Ist alles in Ordnung mit Ihnen? Sind Sie krank? Sind Sie verletzt?«

Noch ehe Alice antworten konnte, trat Blanche Sinclair vor. »Junger Mann, Sie versetzen die Patientinnen ja in Angst und Schrecken«, wies sie ihn zurecht.

»Oh! Tut mir leid«, stotterte er errötend. »Miss Star, am Theater sagte man mir, dass Sie im Hospital sind.«

»Ich helfe aus.«

Er zeigte sich verblüfft, bis er die anderen erkannte, die sich hinzugesellt hatten: Margaret Lawrence, Alices Begleiterin, sowie Blanche Sinclair, die Initiatorin und Schirmherrin der Gala im Addison. Die vierte war ebenfalls eindeutig eine Lady, auch wenn ihm ihr Name unbekannt war. Verwundert bemerkte er, dass Alice und ihre Freundinnen über ihren Kleidern Haushaltsschürzen trugen und ihre Ärmel hochgekrempelt hatten, so dass ihre entblößten Arme zu sehen waren; weiterhin war das Haar der Damen, wie bei Küchenmädchen üblich, hochgesteckt und unter einem Kopftuch verborgen.

Jetzt, da sich die Vermutung, Alice könnte verletzt oder krank sein, zu seiner Erleichterung als nicht zutreffend herausgestellt hatte, riskierte Fintan einen Blick auf die von Laternen und Kerzen erhellten Reihen von Betten, in denen ausschließlich Frauen lagen, auf die Besucherinnen, die ihrer Kleidung nach der unteren Schicht angehörten und sich neben den Betten aufhielten, den Patientinnen zu trinken gaben oder ihnen das Haar bürsteten. Die Luft war verbraucht und durchsetzt mit beißendem Gestank.

Fintan war noch nie in einem Hospital gewesen. Hier als einziger Mann unter so vielen Frauen zu sein, machte ihn verlegen.

Alice nahm seinen Arm. »Kommen Sie, Mr. Rorke«, sagte sie. »Ich erkläre Ihnen alles.« Und zu Mrs. Lawrence gewandt: »Ich bin gleich wieder da, Margaret, wir bleiben in der Nähe.«

Als sie auf den Gang am Ende der Station traten, meinte sie: »Sie sollten wieder gehen, Mr. Rorke. Hier herrscht Ansteckungsgefahr.«

»Ah, jetzt versteh ich.«

»Was verstehen Sie?«

»Ich möchte Sie nicht beunruhigen, aber vor dem Hospital finden sich immer mehr Leute ein, die Auskunft darüber verlangen, ob ihre Angehörigen hier sicher sind. Dr. Iverson versucht sie zu beruhigen, dennoch scheinen sie aufgebracht zu sein.«

»Umso mehr ein Grund für Sie zu gehen. Bitte.« Alice legte ihm die Hand auf den Arm.

Fintans Blick verdüsterte sich. »Umso mehr Grund für mich zu *bleiben.*«

Um den neugierigen Blicken der Besucher zu entkommen, schlug Alice vor, ein wenig frische Luft zu schnappen. Sie führte Fintan die Treppe hinunter und durch eine Hintertür, die ins Freie führte. Der junge Mann atmete erst einmal tief durch. Der aufdringliche Geruch auf der Station war schier unerträglich gewesen. Er hatte schon befürchtet, sein Hals würde für immer wie zugeschnürt sein. Während die beiden einem schmalen, von Mondlicht und in größeren Abständen von Gartenleuchten erhellten Kiesweg folgten, vorbei an frisch angelegten Beeten und an Büschen, die noch mit Sackleinen umwickelt waren, aber bereits blühten und offenbar bald eingepflanzt werden sollten, klärte ihn Alice darüber auf, dass das, was so beißend roch, Chlor sei, und dass die vier Freundinnen beschlossen hätten, Hannah in einer schwierigen Situation im Hospital beizustehen.

Sie berichtete Fintan über die Arbeit, die sie seit dem Nachmittag im Hospital verrichtete. »Da ich noch nie Kranke gepflegt habe, kannte ich mich zunächst nicht aus. Hannah hat uns eingewiesen.«

Fintan hörte nur mit halbem Ohr zu. Den ganzen Tag über hatte er an Alice gedacht, hatte sich darauf gefreut, sie im Theater wiederzusehen. Als er dann erfuhr, sie befinde sich im Victoria Hospital …

Bis zu diesem Augenblick war er sich nicht im Klaren darüber gewesen, welch tiefe Gefühle er für sie hegte. Sein Engel verletzt oder krank oder möglicherweise noch schlimmer dran! Undenkbar. Aber zum Glück ging es ihr gut, sie war keineswegs krank, verrichtete vielmehr wohltätige Arbeit, ein wahrer Engel, befand er, während er neben ihr herschritt. Er war fest entschlossen, ebenfalls zu bleiben, für den Fall, dass es vor dem Hospital zu einem Tumult kam.

Sie blieben auf dem Kiesweg stehen. »Wirklich bewundernswert, was Sie hier leisten, Alice Star.«

Ihr Herz tat einen Sprung, als sie ihm in die schwarzen Augen schaute. Fintan Rorke wühlte sie auf wie noch kein Mann zuvor. Etwa weil er so unglaublich gut aussah? Oder weil er so hinreißend schüchtern war? Wegen seiner Begabung, lebloses Holz in Kunstwerke zu verwandeln? Oder war es die Tragödie, die er in

Galagandra miterlebt hatte? Es ist dies alles und mehr, ging es ihr durch den Kopf. Fintan bewegte sie in so vieler Hinsicht.

Sie wünschte sich nichts sehnlicher, als all dies zu erkunden.

»Ich leiste nicht so viel wie etwa Blanche. Sie hat uns gestanden, dass sie ihr ganzes Leben lang eine Todesangst vor Hospitälern hatte. Sie hätten sie heute Nachmittag sehen sollen, Fintan. Allein durch die Eingangstüren zu treten kostete sie große Überwindung. Und erst recht, sich den Patientinnen zu stellen. Den ganzen Abend über hat Blanche tapfer gegen ihre Ängste angekämpft. Dabei war es ihre Idee gewesen, herzukommen und Hilfe zu leisten, als Hannah erwähnte, das Personal auf der Station sei weggelaufen. Schon weil Hannah und Dr. Iverson alle Hände voll zu tun haben, um herauszufinden, was der Auslöser für das Fieber ist.«

»Ich dachte immer, schlechte Luft sei schuld daran.« Fintan hätte lieber über etwas anderes gesprochen. Hätte Alice gern in den Arm genommen, sie gestreichelt.

»Es heißt, das Hospital sei auf heiligem Grund und Boden der Aborigines erbaut worden und deshalb vom Unglück verfolgt, ein Fluch laste auf ihm und demzufolge sei eine Seuche ausgebrochen. Ich halte natürlich nichts davon, aber das Personal ist durchwegs irischer Abstammung, und da können Sie sich ja vorstellen, wie abergläubisch diese Leute zuweilen sind.« Sie warf ihm ein neckendes Lächeln zu.

Fintan lächelte ebenfalls, wurde dann aber ernst. »Im Mondlicht sahen Sie noch schöner aus, liebe Alice. Ich begreife nicht, warum Sie nicht verheiratet sind. Oder gibt es da jemanden in Ihrem Leben, und Sie möchten nicht, dass man es erfährt?«

»Da ist niemand.« Sie war noch immer überwältigt von Fintans unerwartetem Auftauchen. Dabei hatte er den ganzen Tag über ihre Gedanken beherrscht. Dass er jetzt neben ihr herschritt, war zu schön, um wahr zu sein. Wie elegant er in seinem Gehrock wirkte (dabei hatte er seinen Hut im Hospital gelassen)! »Lange Zeit habe ich mir eingeredet, dass meine Karriere als Sängerin mein Leben ist, dass ich weder Ehemann noch Kinder brauche und auch keine Liebesromanze. Zu dieser Überzeugung zu kommen war leicht, Mr. Rorke, denn kein Mann hat je mein Herz gestohlen.« Und fügte insgeheim hinzu: bislang.

»Warum reden Sie sich so etwas ein? Es hört sich an, als wären Sie schrecklich einsam.«

»Da ist etwas, was Sie wissen sollten.« Sie zog ein Taschentuch aus dem Bund ihres Rocks. Während Fintan verblüfft abwartete und der Nachtwind im Garten wisperte und die Zweige und Blätter der frisch gepflanzten Ulmen rascheln ließ, fuhr sich Alice mit dem Tuch über ihr rechtes Auge, rubbelte anschließend damit auf Wange und Schläfe herum bis zu ihrem rechten Ohr. Dann hielt sie ihr Gesicht ins Licht einer Gartenlaterne und fragte: »Möchten Sie noch mehr sehen?«

Seine dichten schwarzen Brauen schoben sich zusammen. »Mehr wovon?«

»Fintan, das hier ist mein wahres Gesicht, das Gesicht, das sonst niemand zu sehen bekommt.« Sie deutete auf das Taschentuch. »Alles Fassade.«

Er schaute auf das Tuch. »Alles, was ich sehe, ist ein sauberes Taschentuch.«

Alice hob das Tuch hoch. Wie frisch gewaschen war es.

»Die Schminke«, sagte Fintan lächelnd, »ist wahrscheinlich in der Hitze des Gefechts abgegangen, mal abgesehen von den Temperaturen, die in diesem Gebäude herrschen. Sie haben sich bestimmt mehrmals übers Gesicht gewischt.«

Sie starrte ihn an. Ja, sie hatte sich in Abständen das Gesicht mit einem Handtuch abgetupft, ohne daran zu denken, dass dadurch auch die sorgfältig aufgetragene Schminke entfernt wurde.

»Alice«, sagte er und umfasste ihre Schultern. »Gestern Abend in Ihrer Garderobe ist mir aufgefallen, dass sie immer wieder mit der Hand zu einer Seite Ihres Gesichts hochfuhren. So als wollten Sie etwas verdecken.«

»Aber das mache ich doch schon lange nicht mehr!«

»Diese Geste hat meine Aufmerksamkeit geweckt. Ich habe genauer hingeschaut und gemerkt, dass Ihre Schminke etwas verbarg. Und da verstand ich, worauf sich Ihr Gesang begründet, warum er so viele Herzen bewegt. Mir wurde bewusst, dass Ihr Gesang Ihrer Seele entströmt, Alice. Dass Sie nicht nur Worte oder Noten zum Ausdruck bringen, sondern Ihren eigenen Kummer. Und ich habe mich gefragt, ob nicht vielleicht das, was Sie hier verbergen« – er fuhr ihr zärtlich über Schläfe und Wange – »von selbst erlittenem Leid zeugt.«

Alice schluckte schwer. Dann begann sie hastig, schon aus Angst, ihr Mut könne sie im nächsten Augenblick verlassen, zu erzählen. Sie sprach von dem Feuer auf der Farm, von der Rettung, bei der ihr Gesicht entstellt wurde, von der Zeit, da sie sich als Bettlerin auf der Straße durchgeschlagen hatte, von ihrem Leben bei Lulu Forchette – »Aber mit den Freiern hatte ich nichts zu tun, und gesungen habe ich auch nicht für sie« –, bis alles heraus war und Fintan Rorke der zweite Mensch auf Erden, der um Alices Geheimnis wusste.

»Das macht alles verständlich, liebe Alice. Das ist es, wovon Sie singen. Und Ihr Publikum hört das. Es spürt, dass Sie es direkt ansprechen, jeder Mann, jede Frau fühlt sich von Ihrer Stimme persönlich berührt. Sie verstehen, was andere bedrückt, Alice, ihre Ängste, und Sie bringen ihnen Frieden, weil die meisten von uns eine Lulu Forchette oder ein Galagandra erlebt haben. Sie verfügen über eine Gabe, die wunderbar ist und unendlich viel bewirkt.«

Er legte die Hand an ihre Wange. »Haben Sie wirklich geglaubt, ich würde nichts mehr von Ihnen wissen wollen, sobald ich dies hier gesehen hätte?«, fragte er.

Sie schaute ihm in die Augen und wusste, dass es ihm ernst war. »Nein«, sagte sie. Wenn sie Fintan hatte auf die Probe stellen wollen, um sich Gewissheit zu verschaffen, ob die Gefühle, die er für sie hegte, nicht durch die überschminkten Narben beeinträchtigt würden, musste sie sich jetzt eingestehen, dass sie nicht an Fintan gezweifelt hatte, sondern an sich selbst. War das Selbstbewusstsein, zu dem sie seit dem Vorsingen im Varieté von Sam Glass gefunden hatte, nur eine Vortäuschung falscher Tatsachen gewesen, gegründet auf kosmetische Tricks, Haarteile und Diademe? Bislang hatte Alice dieses neue Selbstbewusstsein nie genauer betrachtet, aber jetzt hatte sie es getan und erkannt, dass ihr Selbstbewusstsein keine Illusion, sondern echt war. Die Narben spielten keine Rolle mehr. Sie hatte nichts mehr zu verbergen.

Fintan umfasste ihr Gesicht. »Alice, Sie sind eine bildschöne Frau. Hat Ihnen das noch niemand gesagt? Ihre Augen sind faszinierend. Ein solches Blau habe ich noch nie gesehen. Diese entzückende Nase, dieser hinreißende Mund. Sie haben so viel mehr vorzuweisen als ein paar abgedeckte Narben. Um Ihr Gesicht dürfte Sie so manche Frau beneiden.«

»Ach Fintan …«

»Liebste Alice«, raunte er und legte seine Hand hinten an ihren Kopf.

Mit Tränen in den Augen sah sie zu ihm auf und erwiderte seinen Kuss – ihr erster wirklicher Kuss, ein langer Kuss, der leidenschaftlicher und gefühlvoller nicht sein konnte.

»Du inspirierst mich«, sagte Fintan voller Überschwang, »herrliche Dinge zu erschaffen, Alice Star. Ich möchte deine anmutige Schönheit aus dem edelsten Holz schnitzen, das es gibt, auf dass sie ewig währt und Zeugnis von meiner großen Liebe zu dir ablegt.«

Wieder küssten sie sich lange, ihre aneinandergeschmiegten Gestalten verschmolzen im Mondlicht zu einem einzigen Schatten auf dem Gartenpfad. So leidenschaftlich gaben sie sich ihrer neu erwachten Liebe und ihren Sehnsüchten hin, dass sie die Gestalten nicht bemerkten, die sich unweit von ihnen im Dunkeln bewegten – die »Heimsucher« dieses heiligen Ortes, die dem Liebespaar im Garten keine Beachtung schenkten.

Kalkweiße Erscheinungen, gespenstische Körper, die sich mit Bumerangs, Woomeras und tödlichen Speeren lautlos anschlichen und auf das steinerne Gebäude zuhielten.

Als Fintan und Alice schließlich doch merkten, dass sie nicht allein waren, fuhren sie auseinander und starrten auf die geheimnisvolle Prozession, die an ihnen vorbeizog, eine gespenstische, schweigende Parade hochgewachsener, schmalgliedriger Menschen mit Gesichtern so schwarz wie die Nacht, die Körper kalkweiß bemalt. Geschmückt mit Federn und Steinen, Tierzähnen und Perlen, schienen die Aborigines einer anderen Welt zu entstammen, einer anderen Zeit. Den Blick unbeirrt vorwärtsgerichtet, zogen sie dahin, ohne das junge weiße Paar, das regungslos dastand und sie erschauernd beobachtete, zur Kenntnis zu nehmen oder zu bemerken. Alice, die Eingeborene bislang nur auf Abbildungen gesehen hatte, fand, dass solche Abbildungen ihnen nicht gerecht wurden. Eine übernatürliche Kraft ging von den dunklen Gestalten mit der uralten Geschichte und den tiefliegenden Augen unter den dichten Brauen aus. Ihr Schweigen war beunruhigend, ihre stete Vorwärtsbewegung auf den Eingang des Hospitals zu bedrohlich. Was um alles in der Welt hatten sie hier zu suchen?

Fintan dachte an die besorgten Weißen, die sich vor dem Hospital versammelt hatten, und erinnerte sich daran, dass Alice gesagt hatte, auf diesem Grund und Boden laste ein Fluch der Aborigines. »Das scheint nichts Gutes zu verheißen«, sagte er. »Wir sollten schleunigst zurückgehen und die anderen warnen.«

48

Die Brookdale Farm entsprach genau Hannahs Beschreibung, bis hin zu der kleinsten Kleinigkeit.

Neal ließ den Anblick dieses herrlichen Anwesens im Outback auf sich wirken, das sich unter einem endlosen blauen Himmel und der mittäglichen Sonne über sanfte Hügel und flache Felder erstreckte. Er lauschte dem Wind, sog tief den Duft der Eukalypten ein und fühlte sich zurückversetzt an einen Billabong inmitten von rotem Sand und niedrigen Bergen. Er schaute auf die weißborkigen Schnee-Eukalypten von Brookdale und sah im Geiste von anderen Schnee-Eukalypten silbrige Blätter auf jenen weit entfernten Billabong rieseln. Er dachte an Burnu und Daku und erinnerte sich wieder an den Geschmack von Kängurufleisch. Er hörte Thumimburees Didgeridoo und gedachte der vor Urzeiten an eine rostfarbige Felswand gemalten Gestalten.

Ihr Name war Jallara, und sie verkörperte die wahre Seele dieses Landes.

Hannahs Buch, *Dieses goldene Land*, dessen Autor »ein Sohn des Outback« war, fiel ihm ein. Ich muss dies hier fotografieren, sagte er sich, als er um das Anwesen herumging, vor dem noch immer an einem Pfosten das Schild »zu verkaufen« hing. Ich muss andere, ähnliche Farmen fotografieren, außerdem solche Flüsse und Berge, von denen in Hannahs Geschichten die Rede ist, auch solche Koppeln und Felder und Unterstände für die Schafschur. Dann können wir eine Neuauflage der Geschichten herausbringen, diesmal mit Fotos, und den Lesern ein umfassendes Bild von Australien vermitteln.

Als er das Haus mit dem steilen Satteldach und der umlaufenden breiten Veranda in Augenschein nahm, stellte er sich bereits die Aufteilung der Räume vor – wo er das Fotoatelier einrichten wollte und wo die Dunkelkammer; er meinte direkt schon, die mit seinen Fotografien ausgeschmückte Eingangshalle vor sich zu sehen und auch Hannahs Privatpraxis – am zweckmäßigsten wohl gleich neben dem Kinderzimmer, damit sie auf Abruf bereit sein konnte. Hier würde sie ihre Handbücher über die Krankenpflege schreiben. Hier würden sie *zu Hause* sein.

Farmarbeiter waren mit Schafen und Pferden beschäftigt und arbeiteten auf den Feldern, aber es gab keine Spur von Samson Jones, dem Grundstücksmakler. Neal vermutete ihn in der Region der Goldminen, auf der Suche nach dem Eigentümer von Brookdale, Charlie Swanswick, und überlegte kurz, ob er einen Umweg machen und auf eigene Faust nach Swanswick Ausschau halten sollte.

Dann aber dachte er an die Höhle der Hände. Er hätte längst dort sein müssen. Zu dumm, dass sein Wagen unterwegs mit einem Rad in ein Schlagloch gerumpelt und infolgedessen die Achse gebrochen war. Er hatte es zwar geschafft, sie zu reparieren, es danach aber für vernünftiger gehalten, die Nacht über ein Lager aufzuschlagen, anstatt im Dunkeln auf einer Straße weiterzufahren, die möglicherweise mit neuerlichen unliebsamen Überraschungen aufwartete. Außerdem hatte er sich die Brookdale Farm ansehen wollen. Noch unentschlossen, ob er sich ein paar Tage Zeit nehmen und Charlie Swanswick suchen sollte oder ob es nicht doch besser war, angesichts der bereits vergeudeten Zeit schleunigst zu den Höhlen aufzubrechen, hörte er ein Pferd über die baumgesäumte Straße näher kommen.

»He, Sie da!«, rief da bereits der Reiter.

Neal trat von seinem Wagen zurück und winkte freundlich.

Der Fremde brachte sein Pferd zum Stehen. »Geht's hier nach Bendigo?«

Neal bemerkte, dass der Mann zusammengerolltes Bettzeug mit einer Spitzhacke und einer Schaufel darin hinter dem Sattel befestigt hatte. »Immer so weiter, in Richtung Norden. Bis Sonnenuntergang erreichen Sie die ersten Lager.«

»Danke, Kumpel.«

Der Mann machte bereits Anstalten, weiterzureiten, als Neal sagte: »Wie wär's mit 'nem Becher Tee? Ich wollte gerade welchen machen.«

»Danke, aber ich bin in Eile. Hab erfahren, dass Goldgräber zu einem Höhlengebiet im Norden der Goldminen unterwegs sind, dorthin, wo der Wald beginnt. Angeblich gibt's dort reiche Quarzformationen. Muss da so schnell wie möglich hin, sonst bleibt für mich nichts mehr übrig.« Er musterte die Ausrüstung auf Neals Wagen. »Und Sie? Wohin sind Sie unterwegs? Was Sie da mitschleppen, sieht mir nicht nach Arbeitsgerät für die Minen aus.«

Neal war mit dem neuesten fotografischen Zubehör aus Deutschland ausgestattet, mit Linsen und Platten, mit denen man unter Verwendung von sogenanntem Blitzlichtpuder auch bei Dunkelheit Aufnahmen machen konnte. Zufällig will ich, sagte sich Neal, zu genau denselben Höhlen, die du und die Goldgräber drauf und dran sind zu verwüsten. »Ich fotografiere hier in der Gegend Stätten, die den Aborigines heilig sind.«

Der Mann rieb sich die Nase und lachte. »Na, das nenn ich Ironie des Schicksals! Sie kommen den weiten Weg hierher, um Abos zu fotografieren, während eine Horde von diesen Burschen gerade Melbourne unsicher macht.«

Neal glaubte nicht recht gehört zu haben. »Eingeborene in der Stadt? Ich dachte, damit sei es vorbei.«

»Ist es auch. Sie halten sich wohlweislich fern. Aber diese Bande da sieht zum Fürchten aus, so als kämen sie aus dem tiefsten Outback. Grimmige Kerle. Etwa hundert an der Zahl, allesamt bewaffnet. Sie fordern ihren heiligen Grund und Boden zurück.«

Galagandra, durchfuhr es Neal. »Wo?«, fragte er. »Welchen heiligen Grund und Boden meinen Sie?«

»Das Hospital.«

»Das Victoria Hospital?«

»Genau das. Soviel ich weiß, haben sie es umzingelt. Drohen

damit, es abzufackeln, mit Mann und Maus. Ich muss jetzt weiter. Viel Glück für Ihre Bilder.«

Ohne einen weiteren Gedanken an die heilige Höhle und die zerstörerischen Goldgräber zu verlieren, lenkte Neal seinen Wagen durch das Eingangstor der Brookdale Farm und stellte ihn im Schatten von Bäumen ab. Dann spannte er das Pferd aus und ließ es grasen, schwang sich auf sein gesatteltes zweites Pferd und hoffte nur, dass seine Kisten und Vorräte von der Straße aus nicht entdeckt wurden. Aber selbst wenn alles gestohlen würde, wäre das nicht weiter tragisch. Wichtiger war ihm, so schnell er konnte nach Melbourne zurückzukehren.

Hannah war in Gefahr.

49

»So viele Leute. Das gefällt mir nicht«, meinte Dr. Iverson, als er zusammen mit Fintan durch die glaseingefassten Türen des Haupteingangs spähte. Annähernd hundert Menschen waren an diesem Spätnachmittag – die Sonne versank eben hinter Melbournes höchsten Gebäuden – vor dem Hospital zusammengelaufen.

Seit das Gerücht von einer grassierenden Seuche, die bereits mehrere Todesopfer gefordert habe, in der Stadt umging, waren besorgte Freunde und Verwandte von Patienten im Victoria Hospital vorstellig geworden. Dr. Iverson hatte Besuche ausschließlich bei denjenigen Patienten gestattet, die kein Fieber hatten, allen aber eingeschärft, nichts anzufassen. Im weiteren Verlauf waren abwechselnd er oder Dr. Kennedy von Zeit zu Zeit am Eingang erschienen, um den Übrigen, die nicht wankten und wichen, zu versichern, dass alles unter Kontrolle sei.

Der unerwartete Auftritt der Aborigines hatte allerdings Verwirrung gestiftet und die Legende in Erinnerung gebracht, dass auf diesem Grund und Boden ein Fluch lag. Panik war ausgebrochen. Allein schon dadurch, dass die Eingeborenen, die mit ihren weiß bemalten nackten Körpern wie Wilde aussahen, nichts anderes taten, als einfach dazuhocken und zum Hospital zu starren, war die Menge zusehends nervös geworden.

In der einfallenden Dämmerung musterte Fintan die Aborigines. Eine unheimliche, beängstigende Szene. Die etwa zwanzig eingeborenen Männer und Frauen jedweden Alters, von blutjung bis uralt, saßen auf der Grünfläche, die sich von der Straße bis zu den Stufen des Hospitals zog. Seit sie sich während der Nacht dort niedergelassen hatten, hatten sie sich, das Gesicht auf das einstöckige Gebäude geheftet, nicht bewegt. Mit ihren Speeren und Bumerangs wirkten sie fürwahr bedrohlich, und die primitiven Muster auf ihren Körpern verliehen ihnen eine furchterregende Aura. »Worauf die wohl warten?«

»Keine Ahnung, Mr. Rorke.« Iverson hatte versucht, mit den Eingeborenen zu verhandeln, aber keinen Erfolg gehabt. Auch die Bemühungen von Dr. Abe Kennedy, der zwei Jahre in einer christlichen Aborigines-Mission verbracht hatte, waren vergeblich geblieben.

Marcus Iverson hatte sich jedoch mit größeren Sorgen herumzuschlagen als mit diesem merkwürdigen Besuch der Eingeborenen. Es war zu drei weiteren Erkrankungen an Kindbettfieber gekommen – auf der Männerstation! Unbegreiflich. Dabei hatte er doch Anweisungen erteilt, um eine Ansteckung außerhalb der Frauenstation zu verhindern, und Blanche Sinclair mit ihrem Talent, in schwierigen Situationen einen kühlen Kopf zu bewahren, hatte dafür gesorgt, dass diese Anweisungen genauestens befolgt wurden. Die einzige Schlussfolgerung, zu der Iverson kam, war, dass die drei Männer mit demselben Verursacher in Kontakt gekommen waren wie der erste Fall, Nellie Turner. Aber wer oder was war das?

Er und Miss Conroy hatten unermüdlich nach der Ursache geforscht, hatten unter dem Mikroskop Wasser-, Bettwäsche-, Essensproben untersucht. Die Mikrobe musste irgendwo anhaften, vielleicht sogar an den Händen der Ärzte, denn wenn die Ansteckungsgefahr durch die Luft verbreitet wurde, warum waren dann keine der freiwilligen Helferinnen oder Besucher oder Ärzte davon betroffen? Das Fieber schien nur die zu befallen, die bereits Patienten waren.

Und welche Verbindung bestand zwischen drei männlichen Patienten und einer frisch entbundenen Wöchnerin, einer Frau mit einer ausgekugelten Schulter und einer mit einem gebrochenen Fuß?

Und was war mit Edward Soames, der unter den besorgten Blicken seiner ihm treu zur Seite stehenden Frau als weiteres Opfer der tödlichen Krankheit seinem Ende entgegendämmerte?

Wenn wir nicht bald dem Übel auf die Spur kommen, überlegte Iverson, der Verzweiflung nahe, breitet sich die Ansteckung bis in die Stadt aus, und dann bekommen wir es mit einer Epidemie zu tun, die unzählige Todesopfer fordern dürfte.

Als er mehrere Personen, vermutlich weitere Angehörige, die sich um die Sicherheit ihrer bettlägerigen Familienmitglieder sorgten, die Stufen zum Hospital hochkommen sah, meinte er: »Ist wohl besser, wenn ich mal mit ihnen rede.«

Die neuen Fälle auf der Männerstation hatten ihn zu drastischen Maßnahmen gezwungen. Um die Verbreitung der Infektion zu unterbinden, hatte er das Hospital für Besucher geschlossen, nur eine Handvoll wurde vorgelassen: Keinesfalls Kinder oder Tiere, und von den wenigen Besuchern auch nur solche, die sich an die Regeln hielten. Manche wollten es sich nicht nehmen lassen, bei jedem Patienten auf der Station vorbeizuschauen, sie zu berühren, ihnen Essen anzubieten, von dem bereits andere Patienten gekostet hatten. Sie bestanden darauf, von einem Bett zum anderen zu gehen, ungeachtet der Gefahr, möglicherweise dadurch die Ansteckung zu verbreiten, und ohne darauf bedacht zu sein, sich jeweils vorher oder anschließend die Hände zu waschen.

»Sie sollten sich ausruhen, Sir Marcus.« Blanche berührte seinen Arm. Sie und ihre Freundinnen hatten den kleinen Kinderflügel, an dem noch immer gebaut wurde, in einen privaten Bereich umgewandelt, abseits von Besuchern und Patienten. Neue Betten und Leintücher waren angeliefert worden, damit sich Freiwillige und Ärzte immer mal wieder kurz zurückziehen und ausruhen konnten. Angesichts von inzwischen zwölf Fällen von Kindbettfieber war allerdings eine Wache rund um die Uhr erforderlich, um eine weitere Verbreitung zu verhindern. Dr. Iverson gestattete sich nicht einmal den Luxus eines kurzen Schläfchens.

Er lächelte Blanche anerkennend zu. Nicht nur weil sie ihre tief verwurzelte Angst im Zaum hielt; sie bewies darüber hinaus ein bewundernswertes Talent, auf der Frauenstation jedem seine Aufgabe zuzuweisen und für ein reibungsloses Miteinander zu sorgen. Obwohl sie nichts von Medizin oder Krankenpflege verstand, besaß sie eine rasche Auffassungsgabe. Eine Einweisung von Miss Conroy, wie man Patienten alle zwei Stunden drehte, um Wundliegen zu verhindern, und schon gab Blanche nicht nur ihr neues Wissen an die anderen Damen weiter, sondern erstellte bereits einen Plan, in welch zeitlichem Abstand und in welcher Besetzung dieser Aufgabe nachzukommen war.

Auch die Familien und Freunde der Patientinnen überwachte Blanche, zeigte ihnen, wie sie sich die Hände zu waschen hatten, sagte ihnen, was sie tun durften und was nicht. Und da Blanche offenbar eine Dame von hohem Stand war und Autorität ausstrahlte, fügten sich die Besucher.

Sir Marcus schaute auf die Grübchen in ihrer Wange, auf das so anmutig geformte, spitz zulaufende Kinn, in ihre mandelförmigen veilchenblauen Augen und wünschte sich, die gegenwärtige Situation wäre eine andere. Wie sehr Blanche ihm das ganze Jahr über gefehlt hatte! Und wie händeringend er sich wünschte, ihr gerecht zu werden!

»Ich werde Sie begleiten, Sir«, sagte Fintan in der Annahme, dass Dr. Iverson mit so vielen Besuchern nicht gut allein zurechtkommen würde.

»Da bin ich Ihnen wirklich dankbar, mein Junge«, entgegnete Iverson, zog seinen schwarzen Gehrock an und begab sich hinaus zu der stetig größer werdenden Menschenmenge, die bereits Lampen und Laternen gegen die einfallende Dunkelheit angezündet hatte. Zu denen auf den Stufen sagte er: »Bitte gehen Sie nach Hause. Ihre Angehörigen und Freunde sind in meinem Hospital gut aufgehoben. Ich gebe Ihnen mein Wort, dass sie jede nur mögliche Pflege erhalten. Uns stehen inzwischen freiwillige Helferinnen zur Seite.«

»Es heißt aber, dass auf diesem Grund und Boden ein Fluch liegt!«, sagte ein Mann. »Und dass eine Seuche ausgebrochen ist, die sich über kurz oder lang über die ganze Stadt verbreitet.«

»Von Seuche kann gar keine Rede sein. Es handelt sich um ein spezielles Fieber, das nur einen kleinen Teil der Bevölkerung befällt. Wir sind weiterhin bemüht, die Ursache dafür zu ergründen und Gegenmaßnahmen zu ergreifen.«

»Wie kommt's dann, dass sich ein Doktor angesteckt hat?«, fragte ein anderer. »Ärzte sollten eigentlich nicht krank werden.«

»Die Schwarzen sind schuld daran!«, plärrte ein Dritter, und ein Chor verängstigter Stimmen schloss sich ihm an.

»Ich bitte Sie«, sagte Iverson. »Die Eingeborenen haben damit nichts zu tun. Das Fieber war schon ausgebrochen, bevor sie hier auftauchten …«

»Aber das war früher mal ihr Land. Sie haben es vergiftet!«

»Zauberkraft haben sie eingesetzt!«

Noch ehe Iverson weitersprechen konnte, brach hinten in der Menge Tumult aus, wurden bereits länger Wartende von neu Hinzugekommenen beim Vordrängeln zur Seite geschubst. Iverson sah zwei bärtige Männer auf sich zu hasten, mit eingestaubten Jacken und Hosen, die ramponierten Schlapphüte voller Schweißflecken. »Wo ist meine Nellie?«, brüllte der Kleinere der beiden, als sie die Stufen erreichten. Er hatte langes schwarzes Haar, das dringend gestutzt werden musste, und einen buschigen Backenbart – typisch für einen Mann, der eben aus den Goldminen kam. Er eilte die Stufen hoch und packte Iverson an den Revers seines Gehrocks. »Wo ist meine Nellie?«, schrie er Sir Marcus an.

Fintan trat hinzu und riss die Hände des Mannes von Iversons Jacke. Das Gesicht des Mannes war vor Kummer verzerrt, sein Bart von Tränen nass. Schmerz und Fassungslosigkeit sprachen aus seinen Augen.

Während Fintan den verstörten Mann auf Abstand hielt, zog Sir Marcus seine Jacke zurecht. »Sir«, sagte er nachsichtig, »wenn Sie mir sagen, wer Sie sind, werde ich …«

»Ich bin Joe Turner, ich bin grade von den Goldfeldern zurück und muss erleben, wie eine Nachbarin meinen neugeborenen Sohn stillt. Mein Bruder hier«, er deutete mit dem Daumen auf seinen Begleiter, der nicht minder verstört wirkte, »Graham, er sagt, dass meine Nellie tot ist. Dass Sie sie haben sterben lassen. Aber das kann ich nicht glauben. Ich will meine Frau sehen!«

Iverson starrte verdutzt die beiden Männer an. Nellie Turner? Dann fiel es ihm ein. Sie war gestern gestorben.

Er fasste nach Turners Arm. »Wenn Sie bitte mit hineinkommen würden, Mr. Turner. Es muss ein Schock für Sie gewesen sein …«

»Sie bringen mich zu meiner Nellie, ja?« Große haselnussfarbene Augen drückten eine stumme Bitte aus. »Ich will ja nicht unhöflich sein, Sir, aber wir müssen das Baby taufen. Er soll Michael heißen, wie Nellies Vater. Aber ohne Nellie geht das nicht. Bitte, darf sie nach Hause?«

Sir Marcus tauschte einen Blick mit Fintan, schaute dann über die Menge, die sich jetzt noch dichter auf ihn zudrängte, um mitzubekommen, weshalb die beiden Neuankömmlinge so erregt waren. »Wirklich, Sir«, sagte Iverson leise, »wir sollten drinnen miteinander reden.«

Turner befreite sich von Fintans Griff. »Ich will aber nicht reden, ich will zu Nellie!« Seine Stimme versagte, und sein Schmerz schien sich über die Menge zu verbreiten.

»Zu *meiner* Frau lässt man mich auch nicht!«, erhob sich eine Stimme und gleich darauf eine weitere: »Seit Mittag warte ich hier, um meine Schwester zu besuchen, aber sie lassen mich nicht rein.«

Alle wandten sich um zu einer älteren Frau mit einem Paisley-Schal über dem Kopf. »Sie kam mit einem gebrochenen Fußknöchel her, und jetzt heißt es, ich darf nicht zu ihr! Was ist, wenn sie tot ist? Was verschweigt man uns?«

Lautes Geschrei erhob sich, jeder wollte wissen, was im Hospital vor sich ging, warum die Aborigines hier waren, ob sie sich alle anstecken würden.

»Ich bin dafür, wir gehen jetzt einfach rein!«, brüllte ein ungemein stämmiger Mann mit Armen so dick wie Feuerholzscheite. »Sie können uns nicht aufhalten!«

»Das kann ich nicht zulassen«, sagte Sir Marcus ruhig, wenngleich mit gebieterischer Stimme, die nichts von seiner eigenen Angst verriet. Wenn sich dieser Mob darauf verständigte, das Hospital zu stürmen …

Unvermittelt preschte Joe Turner, dicht gefolgt von seinem Bruder, zu den Doppeltüren vor, weitere Männer schlossen sich den beiden an.

»Halten Sie ihn auf«, sagte Sir Marcus, aber Fintan war bereits an den Türen und versperrte Joe Turner den Weg. Auf der anderen Seite der Glasscheibe hörte er, wie die Schlüssel in den Schlössern herumgedreht wurden.

»Ich will doch nur meine Nellie besuchen«, flehte Turner. »Ich will doch nur wissen, ob es ihr gutgeht. Unser Baby ist so klein – so winzig – es braucht seine Mutter …«

Wieder verlor Turner die Fassung, schlug schluchzend die Hände vors Gesicht.

»Ich will meine Schwester abholen!«, brüllte ein anderer.

Iverson erkannte den, der gesprochen hatte. Es war ein Kaminkehrer, der täglich kam. »Lieber guter Mann, Ihre Schwester muss im Streckverband bleiben. Die kleinste Bewegung, und ihre Hüfte bricht abermals, und dann kann sie nie wieder laufen.«

»Immer noch besser als an der Seuche zu krepieren!«

Zustimmende wie sorgenvolle Rufe schlossen sich an, und die in der vordersten Reihe hielten weiter auf die Treppe zu, empörten sich darüber, dass Angehörige, Schwestern und Mütter, die wegen eines gebrochenen Fußes oder einer ausgekugelten Schulter ins Hospital gekommen waren, jetzt in einem Sarg aus Kiefernholz gelandet waren.

»Wir schlagen die verdammten Türen ein!«

Starr vor Entsetzen sahen Sir Marcus und Fintan mit an, wie sich eine Meute wutentbrannter Männer gleich einer unaufhaltsamen Flutwelle die Stufen hinauf ergoss.

»Stehen bleiben!«, rief jemand im Befehlston. Diejenigen, die das Geschehen von drinnen, durch die Glasfenster der Haupttüren, verfolgten, sahen Neal Scott hoch zu Ross am hintersten

Ende der Menge auftauchen. Jetzt saß er ab, bahnte sich den Weg zum Eingang. »Was ist hier los, Doktor?«, fragte er, oben angekommen, außer Atem.

»Im Hospital ist eine Seuche ausgebrochen, und bevor unsere Angehörigen sterben, wollen wir sie da rausholen«, warf jemand ein.

»Mr. Scott, wir können keinen einzigen Patienten entlassen«, sagte Iverson leise. »Das Fieber verbreitet sich sonst über die Stadt.«

Neal wandte sich an die Männer, die, die Hände zu Fäusten geballt, näher rückten. »Alle mal herhören. Es gibt keinen Grund, gewalttätig zu werden. Vergesst nicht, dies ist ein Hospital. Kranke liegen hier drin.«

»Sie halten sich da raus«, knurrte der Mann mit den kräftigen Armen. »Haben Sie da drin vielleicht jemand verloren, den Sie geliebt haben?«

»Nein«, sagte Neal, ohne den Mann, der auf ihn zukam, aus den Augen zu lassen. »Aber meine zukünftige Frau hält sich da drin auf, und das würde ich nicht zulassen, wenn ich nicht wüsste, dass sie dort in Sicherheit ist.«

»Zukünftige Frau ist noch lange keine Ehefrau«, murrte ein anderer.

Neal war sich der angespannten Situation bewusst, er sah die wütenden Blicke derer, die sich vor ihm aufgebaut hatten und offenbar beabsichtigten, das Hospital zu stürmen. Er schaute hinüber zu den Eingeborenen. Der Fremde auf der Straße, die an Brookdale vorbeiführte, hatte schamlos übertrieben. Diese Aborigines waren keine hundertköpfige Meute, und das Hospital umzingelt hatten sie genauso wenig wie es ihre Absicht zu sein schien, es abzufackeln. Dennoch eine sonderbare Gruppe, wie Neal befand. Nicht alle gehörten einem Stamm an. Die Jüngeren trugen wie gleichaltrige Weiße Mädchenkleider oder Hosen und Hemden. Wahrscheinlich von einer Mission, so seine Vermutung.

»Wir haben ein Recht darauf, unsere Familien zu beschützen!«, ereiferte sich der stämmige Mann, und die Menge stimmte ihm lauthals zu.

»Los jetzt! Schlagen wir die verdammten Türen ein!«, grölte ein anderer.

»Wir sind zu wenige, um sie zurückzuhalten«, raunte Iverson Neal zu.

»Was haben die denn vor?«, erschrak Fintan und deutete auf ein paar Männer, die jetzt um das Gebäude herumliefen. Gleich darauf rannten Joe Turner und sein Bruder die Treppe hinunter und ihnen nach.

»Gibt es einen Hintereingang?«, erkundigte sich Neal. Falls es diesen Leuten gelang, sich Zutritt zu verschaffen, würde Chaos ausbrechen.

»Ja, den gibt es, und er ist nicht verschlossen. Die Schlüssel sind in meinem Büro. Mr. Scott, wir sollten die Polizei rufen.«

»Dafür dürfte es zu spät sein.«

Sie tauschten einen Blick. »Gehen Sie schon, Doktor«, sagte Neal. »Und du, Fintan, du versuchst, diese Verrückten am Hintereingang abzuwimmeln. Vielleicht hilft dir jemand dabei. Pfleger, Besucher, *wer auch immer.* Ich halte hier die Stellung.«

Er wandte sich der Menge zu. »Alle mal herhören!«, rief er mit erhobenen Händen. »Da drin ist nicht genug Platz für euch alle. Außerdem würdet ihr nur die Patienten verschrecken.«

»Wir haben ein Recht drauf, unsere Angehörigen zu besuchen!«

»Na gut.« Damit schob Neal den aufgebrachten Kaminkehrer beiseite. »Ihr wollt also nach euren Angehörigen schauen, euch überzeugen, dass sie kein Fieber haben? Verstehe ich das richtig?«

»Und ob, Kumpel!«

»Ihr glaubt also wirklich, dass in diesem Gebäude eine ansteckende Krankheit in Umlauf ist?«

»Eine Seuche!«, kam es aus mehreren Kehlen.

»Und ihr nehmt es in Kauf, euch ebenfalls anzustecken?« Er deutete mit dem rechten Arm zu dem säulengeschmückten Eingang. »Ihr wollt hier rein und das Risiko eingehen, euch mit einer unter Umständen tödlich verlaufenden Krankheit zu infizieren?« Er deutete auf einen Mann in seiner Nähe. »Sie, Sir! Wie viele Kinder haben Sie?«

Der Mann verzog das Gesicht. »Was spielt denn das für 'ne Rolle?«

»Weil das besagt, wie viele Münder Hunger leiden müssen, wenn Sie diese Schwelle überschreiten und sich dann anstecken.«

Er blickte auf die direkt vor ihm Stehenden, rief dann über ihre Köpfe hinweg mit so lauter Stimme, dass selbst die, die sich hinten unter einer Straßenlaterne aufhielten, ihn hören konnten: »Wie viele von euch Männern sind bereit, ihre Frauen zu Witwen zu machen? Wie viele von euch Frauen sind bereit, Waisen zurückzulassen? Wie viele von euch wollen Weihnachten nicht mehr erleben?«

Betreten tauschte die Menge verunsicherte Blicke, murmelte Zweifel und Unentschlossenheit.

»Findet ihr das vielleicht vernünftig?«, hakte Neal nach. »Die Ärzte da drin wissen genau, was zu tun ist.«

»Wissen sie nicht!«

»Die haben doch von nichts eine Ahnung!«

»Also gut«, sagte Neal. »Ja, ein paar Patienten haben Fieber, aber das ist unter Kontrolle, und alle anderen Patienten werden entsprechend geschützt.«

»Warum dürfen wir dann nicht rein?«

»Wegen der Ansteckungsgefahr.«

Jetzt erinnerte sich jemand, dass der Amerikaner von seiner zukünftigen Frau gesprochen hatte. »Sie haben doch auch jemanden da drin!«, rief er. »Eine Frau, die Sie heiraten wollen. Sie haben gesagt, Sie machen sich keine Sorgen, dass sie da drin ist. Und Sie haben von freiwilligen Helferinnen gesprochen. Was ist mit *denen*? Können die sich etwa nicht anstecken und dann wieder andere anstecken?«

»Genau!«, pflichtete ein anderer bei. »Und haben *die* etwa keine Ehemänner und Kinder?«

»Beides geht ja wohl schlecht, Kumpel«, schnarrte der Kaminkehrer. »Entweder ist es da drin sicher oder es ist es nicht.«

»Wolln Sie wissen, was ich davon halte?«, schnauzte einer, dessen rote Nase und blutunterlaufenen Augen ihn als handfesten Zecher kennzeichneten. »Meiner Meinung nach haben die da drin von nichts 'ne Ahnung. Alles faule Ausreden, was die uns da auftischen. Ich jedenfalls werde meinen Bruder da rausholen. Er hat sich nur das Bein gebrochen. Ich kann ihn zu Hause pflegen. Hätte ich eigentlich von Anfang an tun sollen.«

Wieder wälzten sie sich die Stufen hoch. Neal machte sich bereits darauf gefasst, dass es zu Handgreiflichkeiten kommen könnte.

In diesem Augenblick öffneten sich die Eingangstüren, und begleitet von lautem Johlen und Zischen der Menge erschien Dr. Iverson. »Ich bin gerade noch rechtzeitig zur Hintertür gekommen«, sagte er zu Neal. »Es wird wohl nicht mehr lange dauern, bis sie mit einem Holzpfahl gegen die Tür rammen. Wir müssen diese Leute irgendwie zur Räson bringen.«

Zusammen mit Joe und Graham Turner kam jetzt auch Fintan von der Rückseite des Gebäudes zurück.

Wieder öffnete sich das Hauptportal. Diesmal war es Hannah, die in die Nacht hinaustrat. »Neal! Ich hatte ja keine Ahnung, dass du hier bist. Jemand sagte mir, dass ...« Und dann sah sie die beiden Turner-Brüder. »Sie müssen Joe Turner sein«, sagte sie zu dem Jüngeren. »Ich habe erfahren, dass Sie hier sind. Ich bin Hannah Conroy. Ich kannte Ihre Frau.«

»Dann sind Sie die Hebamme«, sagte er und wischte sich die Nase am Ärmel. »Nellie hat mir in ihren Briefen von Ihnen erzählt. Dass Sie sehr nett sind, hat sie gesagt. Geht es ihr gut? Darf ich zu ihr?«

»Es tut mir so leid«, sagte Hannah leise und legte ihm die Hand auf die Schulter. »Nellie hat nicht überlebt.«

Turner schluchzte auf. Grenzenloses Mitgefühl überkam Hannah. Trotz seines Barts war Joe Turner ja fast selbst noch ein Kind. »Mr. Turner«, sagte sie beschwichtigend, »Nellie hat nicht gelitten. Sie ist friedlich eingeschlafen.« Obwohl sie höchst ungern zu einer Lüge griff, war dies gelegentlich durchaus angebracht und konnte für den anderen tröstlich sein. Selbst ihr Vater, ein standhafter Quäker, für den Ehrlichkeit oberstes Gebot war, nahm es hin und wieder mit der Wahrheit nicht so genau, um trauernden Angehörigen ein wenig Trost zu spenden.

»Habt ihr das gehört?«, brüllte ein Mann von den Stufen aus über die Menge. »Die haben seine Frau umgebracht! Die Ärmste kam her, um ein Baby zu kriegen, und dann starb sie an der Seuche! So weit werden wir's bei *unseren* Frauen nicht kommen lassen!«

Hannah trat vor, hob die Hände. »Ich bitte Sie, Ruhe zu bewahren! Wir haben alles unter Kontrolle.« Sie stellte sich unter eine Laterne, deren Licht auf ihr weißes Mieder fiel und die weiße Spitzenhaube auf ihrem dunklen Haar wie einen sanften Heiligenschein anmuten ließ, während der dunklere Rock wie eine Wolke ihre Beine umspielte. Hoch aufgerichtet stand sie da, souverän und selbstbewusst. Augenblicklich ruhten die Blicke aller auf ihr, der Aufruhr verebbte, eine spannungsgeladene Stille breitete sich aus.

Auf einmal und zur allgemeinen Überraschung erhoben sich die Aborigines. Erschrocken wich die Menge zurück.

Neal ließ die Eingeborenen nicht aus den Augen, sah ihre Blicke, ihre Gesichter, die nichts verrieten. »Seltsam«, murmelte er, »Hannah, sie schauen alle *dich* an.«

»Mich? Tatsächlich!« Sie musste ihm recht geben. Zwanzig tiefliegende Augenpaare unter dunklen Brauen waren auf sie gerichtet. »Warum das denn?«

»Weiß ich nicht. Du bist die Erste, auf die sie reagieren.«

Lautes Geschrei erhob sich in der Besuchermenge, in der es wie in einem aufgewühlten Meer auf und ab wogte. »Sie werden uns umbringen!« »Abschlachten werden sie uns alle!«

Einer der Männer war bis zur Eingangstür vorgedrungen, wurde aber gerade noch rechtzeitig von Neal gepackt und zurückgerissen. »Aus dem Weg!«, grunzte der Mann. »Nicht genug, dass sie uns verfluchen und durch eine Seuche ausrotten wollen. Jetzt haben sie vor, uns auch noch mit ihren Speeren zu durchlöchern.«

Fintan kam Neal zu Hilfe, und gemeinsam überwältigten sie den aufgebrachten Mann. Iverson hob beschwichtigend die Arme, erntete aber nur lauten Protest. Ohne sich seine eigene Angst anmerken zu lassen, rief er so laut er konnte: »Wir haben nichts von den Eingeborenen zu befürchten! Wenn sie vorhätten, uns umzubringen, hätten sie es längst getan. Wenn Sie einverstanden sind, werden wir sie fragen, was sie wollen. Vielleicht ziehen sie dann ab.«

»Kurzen Prozess sollten wir mit ihnen machen!«, schallte es aus der Menge, gefolgt von johlender Zustimmung.

Neal wandte sich an Hannah. »Bleib du hier, Hannah. Ich will mal sehen, ob ich mich mit ihnen verständigen kann.«

Alle verfolgten gespannt, wie Neal langsam auf die Aborigines zuging, die sich samt und sonders erhoben hatten, schweigend, ohne ein Wort miteinander zu wechseln. Wer mochte den Befehl dazu gegeben haben? Mit gemischten Gefühlen näherte sich Neal der Gruppe, dachte einerseits mit Schrecken an das Massaker in Galagandra, empfand andererseits Bewunderung und Respekt bei der Erinnerung an Jallara und ihr Volk. Er musterte sie – vor allem die mit Ketten und Federn geschmückten weißhaarigen Älteren – und fragte dann auf Englisch: »Wer von euch ist der Stammesführer?«

Lampen und Kerzen in den Fenstern des Hospitals erhellten die Szene. Mit ihrer weißen Bemalung wirkten die Eingeborenen wie Geister aus einer anderen Welt. Für Neal sahen sie eigentlich aus wie Jallaras Volk, aber wiederum auch nicht.

Als er keine Antwort erhielt, versuchte er es mit ein paar Worten in Jallaras Dialekt, Sätze, die ihm Thumimburee beigebracht hatte, die aber nur unter Männern benutzt wurden. Zu seiner Überraschung wandte sich daraufhin ein weißhaariger Älterer ihm zu. Bewegung kam in die Zuschauer, ein Raunen ging durch die Menge, Fäuste wurden geballt, zum Zeichen der Bereitschaft, den weißen Mann zu verteidigen.

Erst als Neal den Satz wiederholte, trat ein Mädchen mit langem, seidig glänzendem schwarzen Haar vor. Sie war barfuß und trug ein einfaches Kleid. »Hallo, Sir, ich bin Miriam. Wir sprechen nicht Ihre Sprache.«

Er schaute in ihr rundes Gesicht, in ihre tiefliegenden schwarzen Augen. Aber es hat geklappt, stellte er befriedigt fest. Diesem alten Knaben ist nicht entgangen, dass ich in einem Dialekt der Aborigines gesprochen habe.

»Ich möchte mich mit eurem Stammesführer unterhalten, Miriam. Kannst du mir dabei behilflich sein?

»Der Vater meines Vaters ist Stammesführer. Ich spreche Englisch. Ich sage, was Vaters Vater sagt.«

Mit allen Zeichen des Respekts richtete Neal daraufhin – auf dem Umweg über das Mädchen – das Wort an den Alten: »Weshalb ist dein Volk hergekommen?«

Nachdem Miriam ihrem Großvater die Frage übersetzt hatte, übersetzte sie auch dessen Antwort: »Er sagt, er kann mit weißem Mann nicht darüber sprechen. Das ist heilig. Tabu.«

Neal überlegte kurz, musterte den weißhaarigen Alten mit dem langen, ebenso weißen Bart, der da vor ihm stand und ihn unter einer dicken Schicht kalkweißer Farbe aus dunklen Augen ansah. »Warum seid ihr aufgestanden, als die weiße Frau aus dem Gebäude kam?« Er deutete auf Hannah, aber seine Frage wurde mit eisigem Schweigen und teilnahmslosem Gesichtsausdruck quittiert.

Er versuchte es mit einem anderen Köder. »Welcher Traumpfad ist dies?«

Auf Miriams Übersetzung hin sah der Stammesführer Neal verwundert an und ließ ihn, während Miriam wiederum seine Antwort übersetzte, nicht aus den Augen.

»Krokodil-Traumpfad«, sagte sie, und Neal zeigte durch ein Nicken an, dass er verstanden hatte.

Er klopfte sich auf die Brust. »Ich bin Thulan.«

Da der Alte mit dem Begriff offenbar nichts anfangen konnte, fügte Neal hinzu: »Miriam, sag dem Vater deines Vaters, dass mein Traumzeitgeist eine Eidechse ist, die der weiße Mann stachliger Teufel nennt. Kennst du das Wort dafür?«

Sie nickte nachdrücklich und sprach mit dem Alten, der daraufhin verblüfft die Brauen hochzog.

Durch diesen Teilerfolg ermutigt, knöpfte Neal sein Hemd auf und entblößte seine Brust. Überraschtes Raunen angesichts der dort sichtbar werdenden Tätowierungen erhob sich unter den weißen Zuschauern. Sie besprachen sich untereinander, stellten Vermutungen über diese unerwartete Offenbarung an – war der Amerikaner von Eingeborenen gefangen genommen und gefoltert worden? –, derweil der Stammesführer der Eingeborenen den Weißen, der sich offenbar einem geheimen Initiationsritus unterzogen hatte, eingehend betrachtete.

Schließlich raffte er sich zu einem Kommentar auf. Fremdartige Silben kamen ihm über die Lippen, Silben, die sich für Neal ähnlich wie Jallaras Dialekt und somit vertraut anhörten und mit denen er dennoch nichts anzufangen wusste. »Er fragt, ob du auf heiliger Wanderung warst.«

»War ich. In der großen Wildnis im Westen. Geister haben in einer Vision zu mir gesprochen.«

Nach Miriams Übersetzung blieb ihr Großvater lange wie versteinert stehen. Der Nachtwind fuhr ihm unter den langen weißen Bart und legte die Narben seiner vor langer Zeit erfolgten eigenen Initiation frei. Aus dunklen Augen, die nichts verrieten, starrte er Neal an.

Zu guter Letzt nickte er zufrieden und sagte etwas, und Miriam übersetzte. »Der Vater meines Vaters sagt, dies ist heiliger Boden, und heiliger Boden ist krank. Krokodil-Geist sehr unglücklich. Wir gekommen für Ritual zur Heilung. Aber weiße Männer müssen fortgehen. Zuschauen tabu.«

Neal warf einen Blick hinüber zu den Zuschauern. Sie trugen moderne Jacken und Hosen, Filzhüte und Tweedmützen, die Frauen lange Kleider und Schals – alle gehörten sie einer anderen Welt an und würden nicht verstehen, was hier vorging. Sie aber dazu zu bringen, das Feld zu räumen, war ein Ding der Unmöglichkeit.

Misstrauen und Argwohn einem geheimen Ritual der Aborigines gegenüber würden sie nur umso entschlossener ausharren lassen.

»Du sagst Männern, sie sollen fortgehen«, wiederholte Miriam. »Krankheit nicht zu heilen, wenn weißer Mann hier.«

Neal überdachte die Situation – auf der einen Seite die Aborigines, die ihren heiligen Boden schützen wollten, auf der anderen Seite verängstigte Weiße, die glaubten, die Eingeborenen hätten ihre Angehörigen krank gemacht.

Als der Stammesführer und sein Volk die Aufmerksamkeit von Neal abwandten, folgte er ihren Blicken und sah, dass sie abermals Hannah fixierten.

»Warum«, setzte er an, »interessiert ihr euch für die weiße Frau ...«, brach aber ab, als sich eine alte Aborigine-Frau vordrängte und nach einem kurzen Wortwechsel mit dem Stammesführer dessen Platz einnahm.

Sie war klein und gebeugt, ihr gewelltes weißes Haar hing ihr bis tief in den Rücken hinunter. Ihr gedrungener Körper war weiß bemalt und mit Ketten behängt, an denen Tierzähne, Federn und Nüsse baumelten. Trotz ihres runzligen Gesichts und des gekrümmten Rückens, der ihr hohes Alter erkennen ließ, entblößte sie beim Sprechen kräftige weiße Zähne.

»Weiße Frau muss kommen«, übersetzte Miriam die hastig geäußerten Worte der Alten.

»Warum?«, fragte Neal.

Als er keine Antwort erhielt, sah er sich zu Hannah um, die gemerkt haben musste, dass sie gebraucht wurde, und sich bereits anschickte, an Neals Seite zu treten. Wieder kam Bewegung in die weiße Menge – aufgeregte und gereizte Bemerkungen waren zu hören. Das Licht von Laternen und Fackeln erhellte angsterfüllte Gesichter. Was hatten die Schwarzen mit der weißen Frau vor?

Neal bemerkte, das der Blick der alten Aborigine auf den wundersamen Stein in der Kuhle von Hannahs Halsansatz geheftet war, dann zu Neal wanderte, den weißen Mann mit den Stammestätowierungen, und wieder zurück zu der weißen Frau mit einem Talisman der Eingeborenen am Hals.

»Neal«, flüsterte Hannah, »was hat das zu bedeuten?«

Miriam mischte sich ein. »Krokodil-Geist sprechen zu Papunya im Traum. Sagen ihr kommen und das Land heilen.«

»Papunya?«, fragte Hannah das ihrer Schätzung nach etwa fünfzehnjährige Mädchen, dem ein kleines christliches Kreuz an einer Schnur auf der Brust hing.

»Papunya ist eine Stammesführerin. Sie ist Mutter von Mutter von meiner Mutter.«

Hannah wandte sich an Papunya: »Ja, hier herrscht eine Krankheit, und weil wir nicht wissen, wodurch sie verursacht wurde, ist es uns auch nicht möglich, sie zu heilen. Kannst du uns helfen?«

Nachdem Miriam übersetzt hatte, nahm die Alte von einer anderen Eingeborenen eine offenbar aus einem Stück Holz geschnitzte große Schale entgegen und zeigte Hannah, was sich darin befand. Miriam übersetzte: »Diese geheiligten Gegenstände kommen vor langer Zeit von diesem Ort. Jetzt wir bringen sie zurück. Boden brauchen diese heiligen Dinge. Wir heilen den Boden, wir schicken fort Krankheit mit Hilfe von heiligen Gegenständen, die dem Boden vertraut sind.«

Hannah erkannte Federn, Knochen, Steine, trockenes Laub, Erdklumpen.

Papunya stellte die Schale neben Hannah auf den Boden und ließ sich von der anderen Eingeborenen jetzt einen langen Holzstab reichen, in den aufwändige Muster eingekerbt waren und von dessen Spitze, jeweils an einer Schnur befestigt, der Schnabel eines Vogels herabbaumelte, der Zahn eines Krokodils, eine hellrote Feder, der verwitterte Streifen einer Schlangenhaut sowie ein Büschel vertrockneter Samenhülsen. Als Papunya den Blick auf das große Backsteingebäude auf ihrem heiligen Boden richtete, konnte Hannah keine Besorgnis in den dunklen Augen erkennen, keinen Zorn, keine Ratlosigkeit. Die Stammesführerin schien die Gegebenheiten abzuwägen, so als versuchte sie, diesen eigentümlichen Störenfried in ihre Welt zu integrieren.

Mit einem nicht zu deutenden Augenausdruck unter gewölbten buschigen Brauen sah sie jetzt Hannah an und sagte etwas. »Papunya fragen, wer du bist, was dein Traumpfad ist«, übersetzte Miriam.

»Mein Traumpfad?« Hannah tauschte einen Blick mit Neal. »Ich bin Hebamme und Heilpraktikerin«, sagte sie dann.

Papunya schloss lange die Augen, und als sie schließlich etwas erwiderte, übersetzte Miriam: »Papunya sagen, du suchen verborgenes Wissen. Sehr wichtiges Wissen für Heilung. Du glauben es verloren, aber es ist nur verborgen. Und es ist ganz nahe.«

»Weißt du, wovon sie spricht?«, fragte Neal Hannah.

»Ich habe nicht die leiseste Ahnung.«

Papunya hob den langen Holzstab und richtete ihn schräg auf das Hospital, so dass die mystischen Anhängsel aneinanderklimperten. Miriam übersetzte die Worte, mit denen die Alte diese Zeremonie begleitete.

»Da drin. Was du suchen, ist dort drin. Krokodil-Geist sagen, du finden verborgenes Wissen. *Du* heilen heiligen Boden.«

»Es tut mir leid, aber ich verstehe immer noch nicht.«

Miriam besprach sich kurz mit der Stammesführerin. »Kann nicht mehr sagen«, erklärte sie dann. »Tabu, von Toten zu sprechen.«

»Von Toten? Von welchen Toten denn? Ich begreife nicht …«

»Fackelt das Hospital ab!«, tönte es aus der Menge, und schon flog ein Ziegelstein durch die Luft und durchbrach laut krachend eines der Fenster an der Vorderseite. Als von innen Schreie hörbar wurden, hämmerte Fintan an die Eingangstüren, wurde eingelassen, und die Türen schlossen sich wieder hinter ihm.

Wie eine Brandung aus menschlichen Leibern wogte es in der Menge, und als Männer und Frauen lärmend zum Sturm ansetzten, angestachelt von der zunehmenden Spannung und dem Misstrauen gegenüber den Eingeborenen und zusätzlich bestärkt, weil ihren Forderungen nicht stattgegeben wurde, beschwor Hannah das junge Mädchen: »Miriam, bitte sag mir, wovon du sprichst. Wer sind die Toten, über die du nicht sprechen kannst?«

Da Miriam beharrlich schwieg, versuchte Hannah es erneut. »Sind es die, die hier im Hospital gestorben sind?«

Sie erhielt keine Antwort. Hannah schaute abwechselnd das Mädchen und die alte Frau an, forschte in ihren Gesichtern, ohne darin etwas anderes als zur Schau getragene Gleichgültigkeit zu entdecken. Bis sie plötzlich eine Stimme aus der Vergangenheit hörte, die Stimme ihres Vaters. »Du musst die Wahrheit über den Tod deiner Mutter erfahren … Ich hätte es dir längst sagen sollen … Der Brief erklärt alles … aber er ist versteckt … suche ihn …«

»Neal«, sagte Hannah, »ich glaube, ich weiß jetzt, wovon Papunya spricht. Ich muss sofort wieder reingehen.«

»Ich komme mit.«

»Nein, du bleibst hier. Beschütze diese Leute. Wenn das, was ich vermute, zutrifft, habe ich es in der Hand, diesem Spuk hier ein Ende zu bereiten.«

Zu den wankelmütigen Weißen sagte sie laut und nachdrücklich: »Bitte bewahren Sie Ruhe. Ich werde in Kürze all Ihre Fragen beantworten.«

Sie hastete die Stufen hinauf, wo Dr. Iverson wie ein Zerberus die Türen bewachte, und als sie die Eingangshalle betrat, sah sie, wie am anderen Ende Alice und Fintan beruhigend auf ein paar Frauen einsprachen, die sich dort an die Wand drängten, während Blanche angesichts des Scherbenhaufens Margaret Lawrence bat, einen Besen und eine Kehrschaufel zu holen und quasi im selben Atemzug ihre Freundin Martha ersuchte, zusammen mit den anderen die Patientinnen auf der Frauenstation, die den Krach sicherlich mitbekommen hatten, zu beruhigen.

Hannah eilte durch den noch eingerüsteten Kinderflügel. Da die Wände erst kürzlich hochgezogen worden waren, roch es in dieser Abteilung, die einem langen Schlafsaal ähnelte, nach Sägespänen und frischem Kiefernholz. Sie griff sich ihre lederne Arzttasche, begab sich damit in Dr. Iversons Sprechzimmer, wo Alice inzwischen beschwichtigend auf Mrs. Soames einsprach, die aus dem Hinterzimmer aufgetaucht war und wissen wollte, was vorgefallen war. »Nicht weiter tragisch«, meinte Alice, »nur eine zerbrochene Scheibe. Schauen wir mal nach, wie es Ihrem Mann geht, ja?«

Hannah drehte das Licht auf dem Schreibtisch hoch und nahm sich klopfenden Herzens das Portefeuille ihres Vaters vor. Verborgenes Wissen ganz nah, sagte sie sich vor, als sie die Schnur löste und den oberen Einbanddeckel beiseitelegte. Etwas, das den heiligen Grund heilt …

War es der Brief?

Bevor sie England verließ, hatte sie das Haus von oben bis unten durchsucht, aber nichts gefunden. Demnach, so ihre Vermutung, befand sich der Brief in dem Portefeuille, bei den wichtigen ärztlichen Aufzeichnungen. Aber auch diese Notizen hatte sie inzwischen Stück für Stück durchgesehen, ohne auf etwas zu stoßen, das einem Brief ähnelte.

Verborgen …

Sie richtete ihr Augenmerk auf die beiden losen Einbanddeckel. Sie waren alt und abgegriffen und wohl einmal miteinander verbunden gewesen. Jeden Zoll des oberen Deckels untersuchte sie, legte ihn, da sie nichts entdecken konnte, wieder beiseite. Der hintere Deckel war noch ramponierter, typisch für ihren Vater, der jeden Shilling dreimal umgedreht hatte. Dann fiel Hannah auf, dass die auf der Innenseite aufgeklebte Schutzschicht unten vorsichtig aufgeschnitten und dann offenbar etwas dazwischengeschoben worden war.

Mit wachsender Erregung angelte sie mit Hilfe des Brieföffners auf Sir Marcus' Schreibtisch etwas heraus, was sich als ein Umschlag entpuppte, auf dem als Absender *Wiener Allgemeines Krankenhaus* angegeben war.

Hannah fühlte sich zurückversetzt zu dem Tag, an dem, vier Jahre nach dem Tod der Mutter, ein Umschlag mit einer ausländischen Briefmarke angekommen war. Ihr Vater hatte sich in seinem Labor aufgehalten, um das neue Mikroskop, das er sich zugelegt hatte, zusammenzubauen. Hannah, damals siebzehn, hatte, als der Postmann an die Tür klopfte, gerade Rosinenbrötchen aus dem Backofen geholt. Der Vater hatte sich mit dem Brief wieder in sein Labor verzogen, und als er es nach einer Weile sichtlich betroffen verließ, gesagt, er müsse zum Friedhof. Da er nach mehreren Stunden noch immer nicht zurück war, hatte sich Hannah auf die Suche nach ihm gemacht und ihn schließlich, über Louisas Grab zusammengesunken, entdeckt, den Brief aus Wien in der Hand und bitterlich schluchzend.

Danach hatte Hannah den Brief nie mehr gesehen, und ihr Vater hatte nie ein Wort darüber verloren, aber in den folgenden beiden Jahren war sein Bestreben, die Rezeptur zu perfektionieren, zur Besessenheit geworden. Was immer in dem Brief stand, hatte seinen Forscherdrang derart angestachelt, dass er Chemikalien an sich selbst ausprobierte, letztendlich zum Nachteil für seine eigene Gesundheit.

Es musste dieser Brief sein, von dem ihr sterbender Vater gesprochen hatte, der Brief, der die »Wahrheit« über den Tod der Mutter offenbarte. Nur war er leider auf Deutsch abgefasst.

Ich werde ihn sofort übersetzen lassen, beschloss Hannah und faltete das Blatt wieder zusammen. Als sie es zurück in den Umschlag schieben wollte, entdeckte sie dort ein zweites Blatt Papier. Sie faltete es auseinander; es schien ein zweiter Brief zu sein, in englischer Sprache. Ein Vergleich der beiden Schreiben miteinander ergab, dass das zweite mit an Sicherheit grenzender Wahrscheinlichkeit die englische Übersetzung des ersten war.

Ein Stoßgebet zum Himmel schickend, dass sich hier die Lösung für die angespannte Situation im und vor dem Hospital abzeichnete, las Hannah mit angehaltenem Atem und bemüht, ihre Hände ruhig zu halten und damit das Flattern des Papiers zu vermeiden, den Brief, der einst ihren Vater so bedrückt hatte.

»Großer Gott«, stieß sie aus, als sie zum Ende kam.

Papunya hatte recht! Die Antwort war immer hier gewesen!

Sie rannte durch die Halle. Kaum tauchte sie vor der Eingangstür auf, wurde sie nicht nur mit Fragen bestürmt, sondern auch von den verzweifelten wie erzürnten Menschen umringt und eingekeilt.

»Können Sie meine Schwester gesund machen?«

»Kann ich meine Mutter mit nach Hause nehmen?«

»Moment ...« Sie war fassungslos.

Hände griffen nach ihr. Jemand wollte ihr den Brief entreißen.

»Halt, ich kann unmöglich ...«

Durch den Ansturm der Leute wurde sie an die Türen gedrängt, man überschüttete sie mit weiteren Fragen, fiel gleich einem Schwarm hungriger Raben über sie her.

Und dann spürte sie zwei starke Arme um sich, die sie beiseitezogen und die Stufen hinunter, außer Reichweite der zornigen Menge. Fintan.

»Wo ist Dr. Iverson?«, keuchte Hannah. »Ich muss ihm das hier zeigen.«

»Er und Neal beschützen die Aborigines.«

»Helfen Sie mir, zu ihnen durchzukommen.«

Hannah fest im Griff, gelang es Fintan, sich den Weg durch die Menschen zu bahnen, deren Johlen und Schreie wie aus einer Kehle zu den Sternen schallten. Inmitten des Gedränges versuchten Neal und Dr. Iverson, einen Angriff auf die Eingeborenen zu unterbinden.

»Aufhören!«, schrie Hannah. »Alle mal herhören! Ich habe die Antwort gefunden! Beruhigen Sie sich doch! Denken Sie an Ihre Angehörigen!«

Fintan machte sich ebenfalls daran, die Aborigines zu beschützen, und zu Hannahs Überraschung jetzt auch Joe Turner und sein Bruder. Als die meuternde Menge schließlich zurückgedrängt war und das Grölen verstummte, verwies Hannah auf den Brief in ihrer Hand. »Hier steht drin«, erklärte sie und schaute über die vor ihr Versammelten, »was die Aborigines uns sagen wollen. Hier ist die Lösung für das Problem, das wir im Krankenhaus haben. Bitte beruhigen Sie sich und lassen Sie uns das tun, was getan werden muss.«

Während die Menge verunsichert abwartete und untereinander skeptische Blicke tauschte, wandte sie sich an Sir Marcus. »Dr. Iverson, ich habe die Antwort. Bitte lesen Sie dies hier. Und sagen Sie mir, ob ich recht habe.«

Schweigen breitete sich aus, alle sahen gebannt auf das Blatt Papier in Dr. Iversons Hand, das von der nächtlichen Brise bewegt wurde.

Dr. Iversons schwarze Brauen schoben sich zusammen, als er das Vorwort von John Conroy ganz oben auf der Übersetzung las: »Ich habe an Fachkundige mehrerer ausländischer Institute geschrieben und ihnen berichtet, dass ich wenige Tage vor Louisas Tod durch Kindbettfieber eine Bäuerin besuchte, die ebenfalls an Kindbettfieber erkrankt war, und dass während dieser meiner Abwesenheit bei Louisa die Wehen einsetzten. Ich kam gerade noch rechtzeitig zur Entbindung nach Hause. Als meine Frau dann an Kindbettfieber erkrankte, war ich entsetzt, denn die Bäuerin und wir wohnen meilenweit voneinander entfernt, wir beziehen unser Wasser aus unterschiedlichen Quellen, und die Farm liegt auch nicht in der Richtung, aus der der Wind zu uns weht. Wie also konnte es bei beiden Frauen zur gleichen Infektion kommen? Mehrere Kollegen, an die ich schrieb, teilten mir mit, einer ganz neuen Theorie zufolge könnten Infektionen über die Hände der Ärzte von Patient zu Patient übertragen werden. Bleibt aber immer noch die Frage: Wie kam es zu der allerersten Infektion? Wenn die Keime der Bäuerin an mir anhafteten – wie hatte *sie* sich damit angesteckt? Ich schrieb also an die zurzeit kompetentesten Fachleute: an die am Wiener Allgemeinen Krankenhaus. Nachstehend deren Antwort.«

Während aller Augen auf Dr. Iverson ruhten und von ganz hinten Auskunft verlangt wurde, worum es eigentlich gehe, las Sir Marcus die Übersetzung der Antwort von Dr. Semmelweis an John Conroy. Dr. Semmelweis schrieb, er habe festgestellt, dass auf einer Station seines eigenen Hospitals die Sterblichkeitsrate bei Kindbettfieber erheblich höher war als auf einer anderen Station. Er sei daraufhin dieser Diskrepanz nachgegangen und habe herausgefunden, dass auf der Station mit der hohen Sterblichkeitsrate Medizinstudenten arbeiteten, auf der anderen Hebammen. Was, habe er sich gefragt, führt zu diesem unterschiedlichen Ergebnis? Was er entdeckt habe, sei verblüffend gewesen.

Als er herausgefunden habe, so Dr. Semmelweis, dass der einzige Unterschied der war, dass die Medizinstudenten, ehe sie die Patienten versorgten, in der Anatomie tätig waren, die Hebammen dagegen nicht, blieb nur der Schluss, dass der Herd für die Infektion im Anatomiesaal zu suchen sei – dass den Händen der Ärzte »Leichenpartikel« anhafteten. Wie er John Conroy schrieb, habe er den endgültigen Beweis dafür erhalten, als sich ein Mitglied des medizinischen Personals im Anatomiesaal versehentlich einen Schnitt zufügte und kurz darauf an Kindbettfieber verstarb.

»Großer Gott«, murmelte Sir Marcus, als er eine noch unten angefügte Bemerkung las. »Ich werde von Zeit zu Zeit«, hatte John Conroy geschrieben, »vom Leichenbeschauer in Maidstone gerufen, um einen Toten zu untersuchen, wenn dieser unter nicht geklärten Umständen verstorben ist. Was mir anhand dieses Briefs aus Wien bewusst wurde, war, dass ich, da ich im Anschluss an eine Autopsie in Maidstone zu der Bäuerin zur Entbindung fuhr, sie also unwissentlich infiziert habe. Zwar habe ich mir vorher die Hände gewaschen, aber offenbar nicht gründlich genug. Und gleich nach der Entbindung der Bäuerin habe ich Louisas Baby entbunden.«

Fassungslos, ungläubig sogar schaute Iverson Hannah an. »Ich weiß nicht recht, was ich dazu sagen soll, Miss Conroy. Als ich mich fragte, was in unserem Hospital zu der Verbreitung der Infektion geführt haben könnte, habe ich nicht an das Zelt gedacht, in dem unsere Pathologie untergebracht ist, weil es abseits vom Haupthaus liegt. Es kommt durchaus vor, dass unsere Ärzte, wenn sie dort zu tun haben, sich im Anschluss daran zur Visite auf die Männerstation begeben. Es scheint so gewesen zu sein, dass sie dann drei Patienten infiziert haben.«

Er rieb sich seine stoppelige Kinnpartie. »Wie dieser Wiener Arzt erwähnt, verstarb jemand von seinem Personal an Kindbettfieber, nachdem er sich in der Pathologie eine Schnittwunde zugezogen hatte. Und da fällt mir ein, dass Dr. Soames kürzlich im Verlauf einer pathologischen Untersuchung das Skalpell ausgerutscht ist und er sich geschnitten hat.«

»Molly Higgins hatte eine offene Wunde«, sagte Hannah. »Und Mrs. Chappelle ebenfalls. Und die drei neuen Fälle auf der Männerstation sind wegen Wunden hier, die nicht heilen wollen.«

Die erwartungsvolle Menge verstand zwar nichts von dem Gespräch, spürte aber, dass, wie die Lady versprochen hatte, eine Aufklärung über die Lage der Dinge bevorstand. »Das ist die Antwort, Miss Conroy«, sagte Iverson. »Die Organismen des Streptococcus gelangen in die Blutbahn. Bei den betroffenen Patienten kam es dadurch zu einer Art Sepsis. Jetzt, da wir die Ursache kennen, können wir die Weiterverbreitung eindämmen.«

Mit lauter und gebieterischer Stimme wandte er sich an die Umstehenden. »Die Gefahr ist gebannt. Wir wissen jetzt, wie es zu der Infektion kommt, und werden Gegenmaßnahmen ergreifen. Die Krankheit wird sich nicht bis in die Stadt ausbreiten, und bis morgen ist auch dieses Hospital wieder absolut sicher. Gehen Sie jetzt nach Hause. Ich verspreche Ihnen, dass sich unsere Türen bald wieder für Sie alle öffnen werden.«

Aber keiner bewegte sich. »Ich gehe nicht eher, als bis ich meine Mary gesehen habe.«

»Und ich gehe nicht ohne meinen Sam.«

»Es besteht nicht länger Anlass zur Sorge«, sagte Marcus. »Wir haben alles unter Kontrolle.«

Ein verärgertes Grummeln zog sich durch die Menge. Dies war nicht die Nachricht, die sie hatten hören wollen. »Beweisen Sie es!«

Hannah, die merkte, dass sich die allgemeine Stimmung nur allzu leicht wieder aufheizen konnte, hob, Ruhe einfordernd, den Arm. »Hören Sie doch zu, was Dr. Iverson sagt. Die Infektion wird abklingen und bald überstanden sein. Sie haben nichts zu befürchten.«

»Wir gehen nicht, basta.«

Hannah besprach sich kurz mit Sir Marcus und rief dann der Menge zu: »Wir haben durchaus Verständnis für Ihre Besorgnis. Deshalb gewähren wir denen, die Angehörige hier drin haben, einen kurzen Besuch. Wir müssen dabei allerdings an die Patienten denken, also kein Drängeln und Schubsen. Stellen Sie sich hintereinander an, dann werden Sie nach und nach vorgelassen. Wenn Sie nach Ihrem Besuch noch immer Ihren Angehörigen oder Freund mit nach Hause nehmen möchten, werden wir sicherstellen, dass er oder sie sich nicht infiziert hat, und Ihnen bei den Entlassungsformalitäten helfen.«

Als sie daraufhin mit skeptischen Blicken bedacht wurde und sah, wie Männer und Frauen sich verunsichert mal in die eine, mal in die andere Richtung bewegten, merkte sie, dass die Leute auf diesen Kompromiss nicht gefasst waren und jetzt, da sie sich durchgesetzt hatten und das Hospital betreten durften, an die Ansteckungsgefahr dachten, die dort schwelte. »Wir werden auch Vorsorge für Ihre eigene Gesundheit und Sicherheit treffen«, ergänzte sie deshalb im flackernden Licht der Lampen, während sich die nächtliche Brise in ihrem langen Rock verfing. »Wir wissen jetzt, wodurch die Infektion ausgelöst und wie sie übertragen wird. Sie können unbesorgt Ihre Angehörigen besuchen.«

Sir Marcus gab Hannah den Brief zurück. »Gut gemacht, Miss Conroy«, sagte er leise. »Ich werde Blanche bitten, für einen geregelten Ablauf des Besucherstroms zu sorgen, und Dr. Kennedy werde ich anweisen, unverzüglich das Pathologiezelt zu versiegeln.«

Dann legte er Joe Turner, auf dessen Gesicht sich unendliche Traurigkeit abzeichnete, die Hand auf die Schulter. »Tut mir schrecklich leid für dich, mein Junge«, sagte er väterlich.

Mit wie zugeschnürter Kehle konnte Turner nur wiederholen, was er den ganzen Abend über vorgebracht hatte. »Dürfte ich jetzt bitte zu meiner Nellie?«

Marcus überlegte kurz, winkte dann Fintan herbei. »Mr. Rorke«, sagte er außer Hörweite der beiden Brüder, »würden Sie bitte veranlassen, dass Nellie Turners Leichnam aus dem Anatomiezelt in einen gesonderten Bereich der Frauenstation gebracht wird? Und dass eine von Blanches Damen dafür sorgt, dass Nellie dann gewaschen und zurechtgemacht ist?«

Zu Joe und Graham gewandt, sagte er: »Bitte kommen Sie mit.

Sie können so lange in der Eingangshalle warten. Ich werde dafür sorgen, dass man Ihnen eine Tasse Tee bringt.«

Während Dr. Iverson die beiden Brüder die Treppe hinaufbegleitete und Neal half, Dr. Kennedy durch die Menge zu lavieren und sie gleichzeitig um Geduld zu bitten, ging Hannah auf Miriam zu, die stumm und aufmerksam das Geschehen beobachtet hatte. »Bitte richte deiner Urgroßmutter aus, dass sie recht hatte. Das verborgene Wissen befand sich tatsächlich in meinem Besitz. Ich habe es gefunden und kann somit die Krankheit auf diesem Grund und Boden heilen.«

Nachdem die Urenkelin übersetzt hatte, fixierte die alte Frau Hannah mit ihrem rätselhaften Blick und erklärte dann durch Miriam den heiligen Grund und Boden für geheilt. Sie rammte ihren hölzernen Stab in die Erde, machte, ohne ein weiteres Wort zu äußern, kehrt und verließ das Gelände, lautlos gefolgt von ihren Gefährten. Alle Umstehenden verfolgten, wie die Aborigines über das noch unbebaute Grundstück zogen, das bald schon zu einer gepflegten Grünanlage umgestaltet werden sollte, und wie Geister, die in ihr übernatürliches Reich zurückkehrten, in die Dunkelheit entschwanden.

Als ein erschöpfter Neal zu Hannah trat, um ihr zu erzählen, dass die Menge Vernunft angenommen hatte, sagte sie: »Mit seinem letzten Atemzug hat mein Vater gesagt, ich müsste die Wahrheit über den Tod meiner Mutter erfahren, sie stünde in einem Brief, der allerdings versteckt sei. Dass ich diesen Brief die ganze Zeit über bei mir verwahrte, davon hatte ich keine Ahnung.«

Sie hielt die Übersetzung so, dass das Licht aus einem der Fenster des Hospitals darauf fiel, und las vor, was ihr Vater ganz am Ende vermerkt hatte: »Somit hat mir Dr. Semmelweis verdeutlicht, dass *ich* den Tod von Louisa verschuldet habe. Denn auch wenn der Streptococcus zu ihrer Erkrankung und in der Folge zu ihrem Tod geführt hat, ist sie letztendlich durch mich gestorben: Die Mikroben wurden von meinen Händen übertragen, waren die Waffen, die ich zu Hause einschleppte. Ich habe Louisa so gewisslich umgebracht, als hätte ich eine Pistole auf sie abgefeuert. Möge sich Gott meiner erbarmen.«

Deswegen also hatte ihn der Brief aus Wien auf den Friedhof getrieben, ans Grab der Mutter, an dem er stundenlang verharrt hatte: um Louisa zu bitten, ihm zu verzeihen.

Nachdem Marcus Iverson die beiden Turner-Brüder der mütterlichen Fürsorge von Margaret Lawrence anvertraut hatte, begab er sich auf die Suche nach Blanche Sinclair. Er entdeckte sie auf der Frauenstation, wo sie Patientinnen für den Besuch von Angehörigen vorbereitete und bereits dort anwesende Familienmitglieder zum Gehen aufforderte, um Platz für den nächsten Schub zu machen. Typisch Blanche, stellte er fest. Sie hatte mitbekommen, was den vor dem Eingang Wartenden zugesagt worden war, und sofort entsprechende Vorkehrungen veranlasst.

Wie sie da in ihrer praktischen Schürze über dem eleganten Kleid, das rotbraune Haar nach Wäscherinnenart unter ein Kopftuch gestopft, geschäftig hin und her eilte, musste sich Markus eingestehen, dass sein flüchtiges privates Interesse für Hannah Conroy nichts anderes gewesen war als der zweifelhafte Versuch, seine Gefühle für Blanche zu unterdrücken. Dabei waren diese Gefühle nie wirklich verebbt, ganz gleich, wie oft er sich immer wieder einzureden versucht hatte, dass sie ihn enttäuscht hatte. Außerdem war ihm zu Ohren gekommen, dass Miss Conroy und der Amerikaner sich einander versprochen hatten und heiraten wollten.

Er ließ Blanche, die nicht bemerkte, dass sie von dem Mann, den sie liebte, beobachtet wurde, nicht aus den Augen. Wie unermüdlich sie sich in den vergangenen vierundzwanzig Stunden eingesetzt, ihre Freundinnen und Besucherinnen zu einem effizienten Team von Krankenbetreuerinnen zusammengeschweißt hatte! Sie hatte sich sogar danach erkundigt, wer von den Besuchern des Lesens und Schreibens kundig sei, und den Frauen, die diese Frage bejaht hatten, die Aufgabe übertragen, alles zu notieren, was am Bett der Patientinnen geschah – wann sie gefüttert, wann ihre Bettpfannen geleert, wann ihre Verbände gewechselt oder sie gedreht wurden –, so dass keiner Hunger leiden musste oder vernachlässigt wurde.

Blanche Sinclair war eine Frau mit erstaunlichem Weitblick. Würde sie auch seinen Plänen für Veränderungen und Verbesserungen im Hospital aufgeschlossen gegenüberstehen?, fragte sich Marcus, vielleicht sogar zusätzlich mit eigenen Vorschlägen aufwarten?

Der arme Dr. Soames fiel ihm ein. Er musste sich um ihn kümmern.

Blanche schaute auf, gerade noch rechtzeitig, um zu sehen, wie Marcus Iverson die Station verließ, noch immer mit aufrechtem Gang und durchgedrückten Schultern, obwohl er zweifelsohne todmüde sein musste und kaum etwas zu sich genommen hatte. Liebe und Bewunderung durchfluteten sie und freudige Erregung bei dem Gedanken, was sich möglicherweise abzeichnete.

Obwohl sie in den zurückliegenden vierundzwanzig Stunden nur hin und wieder etwas geschlafen und lediglich ein paar Kekse geknabbert und mit Tee hinuntergespült hatte, fühlte sie sich quicklebendig. Sogar mehr als quicklebendig: erfüllt von einer *Bestimmung*. Zum ersten Mal empfand sie ihr Wirken in diesem Hospital als genau das, was ihrem Innersten entsprach. Und dass es hier eigentlich nichts gab, wovor man Angst haben musste. Vielleicht war es ja damals gar nicht das Krankenhaus als solches gewesen, was sie so erschreckt hatte, sondern vielmehr das Unbekannte. Als Kind hatte sie ein Krankenhaus als beängstigendes Chaos erlebt, als einen Ort, in dem es drunter und drüber ging. Jetzt aber, da sie sich Überblick über alles verschafft hatte, war ihre Angst wie weggeblasen.

Während sie ihren Damen Anweisungen gab – »Die Stühle dort müssen weg, sonst bleiben Besucher zu lange sitzen und sind unwillig, für andere den Platz zu räumen« –, nahm sie sich vor, sobald sie Zeit dafür fand, über ihre hier geleistete Arbeit und über das, was sie gesehen und gelernt hatte, nachzudenken und sich dann hinzusetzen und Anregungen zu Papier zu bringen.

Sie wollte Vorschläge für Verbesserungen ausarbeiten, die ihr aufgefallen waren, als sie und Alice und Margaret und Martha Patienten gebadet, ihre Wunden verbunden, sie mit Haferbrei gefüttert und ihre Bettwäsche gewechselt hatten – übrigens um einiges zügiger, als wenn diese Verrichtungen Verwandten und Freunden überlassen worden wären.

Ein ganz neuer Aufgabenbereich. Allein der Gedanke daran ließ Blanche schier übermütig werden. Geschultes Pflegepersonal. Nicht die Putzfrauen, die weder lesen noch schreiben konnten und zu kaum mehr angehalten wurden, als die Lampen mit Öl aufzufüllen. Auch nicht so übel beleumundete Krankenschwestern wie die in den Londoner Hospitälern, die den unteren Gesellschaftsschichten entstammten und im Rufe standen, häufig betrunken zu sein und Patienten zu bestehlen. Nein, das Personal, das Blanche vorschwebte, sollte sich aus rundum gut ausgebildeten und motivierten jungen Damen aus angesehenen Familien zusammensetzen.

Die Kriterien dafür werde ich selbst bestimmen, beschloss sie. In Melbourne gibt es viele Frauen aus gutem Hause, die gern einen Beruf ergreifen würden, vor allem, und dafür werde ich sorgen, einen, in dem Leistungen anerkannt und gewürdigt werden. Ich werde persönlich die Bewerberinnen unter die Lupe nehmen und mich vergewissern, dass sie sittlich unbedenklich sind, integer und charakterlich einwandfrei.

Wenn sie einmal darüber gerätselt hatte, wie es wohl sein mochte, sich zu etwas berufen zu fühlen, zu wissen, welcher Lebensweg einem vorgezeichnet war, so wurde ihr jetzt klar, dass sie das eigentlich schon immer gewusst hatte, seit ihrer Jugend, als sie andere Kinder betreut, ihre Spiele überwacht, dafür gesorgt hatte, dass keiner benachteiligt wurde, bei Unstimmigkeiten als Vermittlerin gewirkt hatte.

Ich werde Marcus sagen, dass für jede Pflegerin ein genau geregelter Dienstplan zu erstellen ist, und ich werde auf einem eigenen Büro bestehen und auf einem Gehalt. Ich bin zwar wohlhabend und brauche eigentlich kein Geld, aber es zeugt von

Professionalität, wenn man für seine Leistung bezahlt wird. Und man wird ernst genommen.

Draußen auf der Grünfläche gesellte sich Alice zu Hannah, die gerade einen kleinen Merkzettel studierte. Neal war vollauf damit beschäftigt, die Besucher, die inzwischen einsichtig geworden waren und sich jetzt darauf freuten, ihre kranken Angehörigen, um die sie gebangt hatten, wiederzusehen, dazu anzuhalten, sich hintereinander anzustellen.

»Was du getan hast, war unglaublich mutig, Hannah«, sagte Alice und drückte den Arm der Freundin. »Wahrscheinlich hast du uns dadurch alle gerettet.« Und dann fragte sie: »Hast du Fintan gesehen?«

Neal, der in diesem Augenblick hinzukam, deutete auf den Rohbau des Kindertrakts. »Ich sah ihn dorthin gehen. Er wollte sich offenbar ein paar Latten zusammensuchen, um das zerbrochene Fenster abzudichten.«

Mit geschürzten Röcken eilte Alice in die angegebene Richtung.

»Sie scheint verliebt zu sein«, konnte sich Neal nicht verkneifen anzumerken.

»Das kann ich ihr gut nachempfinden«, meinte Hannah lächelnd. »Wie geht es jetzt eigentlich mit uns weiter, Neal? Brichst du wieder auf zu deiner Höhle der Hände?«

»Nicht sofort.« Er legte seine Hand auf ihren Arm, zog sie an sich und schaute ihr in die Augen. »Auf meinem Ritt zurück nach Melbourne war ich außer mir vor Angst, dich zu verlieren. Ich werde eine Weile hierbleiben, liebste Hannah. Die Höhle kann warten.«

Als sie auf die durch die offenen Türen hell erleuchteten Stufen des Hospitals zugingen, kamen sie an Papunyas Stab vorbei, der noch immer dort stand, wo ihn die alte Frau in die Erde gerammt hatte. Samenkapseln und Federn und Tierzähne bewegten sich leise in der Nachtluft.

»Neal, hast du eine Vermutung, wo Papunyas Volk lebt?«, fragte Hannah.

»Laut Miriam hoch oben im Norden, mehrere Tagesreisen von hier entfernt. Warum?«

»Meines Wissens siedelt kein Stamm der Aborigines unweit der Stadt. Umso erstaunlicher, dass sie von dem Fieber wussten, noch ehe *wir* eine Ahnung davon hatten und sogar noch ehe Nellie Turner eingeliefert wurde, wenn sie, wie du sagst, mehrere Tagesreisen von hier entfernt leben.«

»Ich kann mir das auch nicht erklären.«

Eine Weile hing Hannah diesen Gedanken nach, dann deutete sie auf den geheimnisvollen Stab in der Erde. »Hältst du es für möglich, dass Papunya auf diese Weise ihr Territorium markiert hat?«

Neal sah Hannah an und meinte dann lächelnd: »Oder *deins.*«

Sechs Monate später

»Ich nehm das schon, Mrs. Scott«, sagte die Haushälterin. »Sie sollen doch keine schweren Sachen heben. Nicht in Ihrem Zustand.«

Mit einem Lächeln überließ es Hannah Mrs. Sparrow, die Schachtel, die keineswegs schwer war, die Stufen hinauf ins Haus zu tragen. Ich bin doch nicht krank, hätte sie am liebsten gesagt, ich erwarte nur ein Baby. Aber seit sie ihre Schwangerschaft bekannt gemacht hatte, behandelte sie jeder wie ein rohes Ei.

Sie hielt beim Entladen ihres Wagens inne und schaute sich in ihrem neuen Zuhause um, das nicht länger Brookdale Farm hieß, sondern von ihr und Neal den ursprünglichen Namen zurückerhalten hatte: Warrajinga, was in der Sprache der Aborigines so viel hieß wie »Ort, an dem Regenbogen geboren werden«.

Das Maiwetter hatte der Kleefarm, die auch etwas Vieh und Schafe unterhielt, kühle Herbstwinde und flauschige weiße Wolken beschert. Das Haus selbst präsentierte sich im Sonnenlicht durch den neuen Anstrich in strahlendem Weiß; auch Fenster und Türen waren erneuert und das Satteldach mit Wetterfahnen bestückt worden. Am unteren Ende einer sanft geneigten Grünfläche hatte man einen Teich angelegt, auf dem sich Enten und schwarze Schwäne tummelten. Genau wie in Seven Oaks.

Sie hatten Charlie Swanswick schließlich doch noch ausfindig gemacht, oben auf dem Bendigo-Goldfeld, und er hatte ihnen bereitwillig sein Grundstück verkauft. Ein Anwalt in Melbourne hatte den Vertrag und die Urkunde für die Übereignung aufgesetzt, Neal und Hannah hatten den vollen Preis bezahlt und drei Tage später unter den Schnee-Eukalypten ihres neuen Zuhauses geheiratet. Fintan Rorke diente als Trauzeuge, seine Braut Alice als Hannahs Ehrendame. Dr. Iverson und Blanche Sinclair, inzwischen auf dem besten Wege, Hannah und Neal nachzueifern, hatten wie siebzig weitere Gäste, darunter auch Dr. Soames, der sich wie durch ein Wunder von seinem Kindbettfieber erholt hatte, auf Gartenstühlen der Zeremonie beigewohnt, nicht ohne sich angesichts der sommerlichen Temperaturen immer wieder etwas kühlere Luft zuzufächeln.

Drei Monate war das her, und jetzt zogen sie endgültig ein. Als sie im Haus das vertraute Hämmern vernahm, musste Hannah schmunzeln: Neal, der Schränke für seine neue Dunkelkammer zusammenbaute.

Sie hielt ihr Gesicht in den Wind und dachte daran zurück, wie skeptisch sie in Anbetracht ihrer so unterschiedlichen Berufe einem Leben an Neals Seite entgegengesehen hatte. Nun aber lag alles klar vor ihr: Neal würde von Zeit zu Zeit aufbrechen, um die Naturwunder Australiens zu erforschen und zu fotografieren, und anschließend wieder zu Hannah und nach Warrajinga zurückkehren, während sie, Hannah, mit ihrem Arztköfferchen in ihrem Einspänner über Land fahren würde, gelegentlich auch in die Stadt, um im Hospital nach dem Rechten zu schauen und sich mit Dr. Iverson zu besprechen und danach zu Neal und Warrajinga heimzukehren. Es wird bestimmt ein unkonventionelles Leben, überlegte sie, aber ein erfülltes, ein lohnendes und zweifellos ein an Überraschungen reiches Leben.

Obwohl ihr neues Zuhause auf dem Land lag, hatten sie vereinbart, das Fotoatelier in der Stadt beizubehalten, ebenso Hannahs Praxis, wo sie in Abständen Patienten zu behandeln gedachte. Das Baby sollte jedenfalls auf Warrajinga zur Welt kommen, sein Leben sollte auf der roten Erde dieses neuen Landes beginnen. Einen der Räume hatte Hannah in ein Kinderzimmer umgewandelt und das angrenzende Zimmer in ein Büro, wo sie ihren Leitfaden für die häusliche Pflege, der seit dem Ausbruch von Kindbettfieber vor sechs Monaten überarbeitet worden war, fertigstellen wollte. Wenn sie anfangs Behandlung und Pflege in den Vordergrund gerückt hatte (»Bei einer Ohnmacht: wenn das Gesicht rot ist, Kopf hochbetten; wenn das Gesicht blass ist, Füße hochlegen.«), wollte sie jetzt Maßnahmen zur Verhinderung von Krankheiten mehr Gewicht beimessen und gleich im ersten Kapitel darauf verweisen, dass Sauberkeit oberstes Gebot war. Vielleicht würde in der Einführung des Leitfadens auch die Geschichte von Hygieia, der Tochter des Äskulap, Erwähnung finden.

Endlich verstand Hannah, was ihr Vater mit seinem letzten Atemzug geäußert hatte. Er hatte gemeint, dass der Schlüssel zur Gesundheit nicht Jod war, sondern *Antisepsis*, das Verhindern einer Infektion. Mittlerweile gab es noch so viel mehr, was Hannah erforschen wollte. Warum waren Aborigines, die in der Wildnis lebten, so gesund und widerstandsfähig? Warum kam es bei den Eingeborenen, bei denen Neal gelebt hatte, kaum jemals zu einer Erkrankung? Nach Hannahs Auffassung genügte es nicht, Kranke zu behandeln und Ansteckungen vorzubeugen. Sie wollte die Ursachen für all dies ergründen und probate Heilmittel entwickeln.

Auf der Veranda blieb sie stehen und schaute auf die Bäume, die ihr einst fremd und exotisch erschienen, inzwischen aber vertraut waren. Sie sah das Emu mit seinem wuscheligen grauen Federkleid die Straße entlangtrotten, den Schwarm weißer Kakadus, die rote Erde, den blauen Himmel. Als sie das neue Leben spürte, das sich in ihrem Leib regte, dachte sie an die Menschen, die vor ihr hier gewesen waren und diesen riesigen Kontinent über Jahrhunderte hinweg mit ihren zeitlosen Pfaden kreuz und quer durchzogen hatten – die Vorfahren von Papunya, Miriam, Jallara und ihrem Volk, auch jene aus Galagandra, die kämpfend ihren geheiligten Boden verteidigt hatten. Sie dachte auch an diejenigen, die vor nicht allzu langer Zeit in Australien an Land gegangen waren – an die Merriwethers, die mit besten Absichten hergekommen waren, an Mr. Paterson, dessen Haut sich durch den übermäßigen Genuss von Karotten orangerot verfärbt hatte, an einen jungen Burschen namens Queenie MacPhail, der mit schottischem Whiskey getauft worden war. Alles Neulinge, die sich auf einem uralten Kontinent niedergelassen hatten. Hannah dachte an die letzten Worte ihres Vaters: *Du stehst an der Schwelle zu einer herrlichen neuen Welt.* War dies etwa eine prophetische Vision der Zukunft seiner Tochter gewesen? Jedenfalls gefiel es Hannah, dies so zu deuten.

Als sie den Hufschlag eines Pferdes vernahm und gleich darauf einen Wagen die Einfahrt heraufkommen sah, erkannte sie den Postboten, der hier einmal wöchentlich die Briefe zustellte. »Schön guten Tag auch, Mrs. Scott!«, rief er ihr zu.

Liza Guinness hatte geschrieben und Hannah zur Hochzeit gratuliert. Die Absender der anderen Briefe waren die Gilhooleys, mit denen sie treu Kontakt hielt, sowie weitere Freunde aus Adelaide und aus der Gegend von Victoria. Hannah hatte sie zu einem Besuch auf der Farm eingeladen, auch Liza, sollten sie und ihr Ehemann je nach Australien zurückkehren. Platz gab es genug: Eines der Nebengebäude des Anwesens war zu einem Gästehaus umgebaut worden.

Sie stutzte, als sie unter der Post einen blassblauen Umschlag mit einer fremdartigen Briefmarke entdeckte – einen, wie ihm anzusehen war, mehrfach weitergeleiteten Brief aus Amerika.

Jamie O'Brien!

»Liebe Hannah«, stand da in der vertraut verkrampften Handschrift, »ich denke oft an Dich und hoffe, dass es Dir gutgeht. Kalifornien war ein Glücksfall für mich, denn ich bin hier tatsächlich auf Gold gestoßen. Ich habe in eine Postkutschen-Linie investiert und damit ein hübsches Sümmchen verdient, und jetzt überlege ich, ob ich nicht riskieren soll, auch auf die neue Eisenbahn zu setzen. Ich liebe dieses neue Land, Hannah, es ist unberührt und verwegen, ein Mann kann hier seine Flügel ausbreiten. Auch wenn meine Liebe zu Australien und zu der Frau, die ich einst in einem Rosengarten vor einem Dingo beschützt habe, immer an erster Stelle stehen wird.«

Dem Brief lag ein Foto bei. Hannahs Augen wurden feucht, als sie einen grinsenden Jamie O'Brien vor etwas stehen sah, was der Zugang zu einer Höhle zu sein schien. Darüber ein Schild mit der Aufschrift »Die glückbringende Hannah-Goldmine«.

Hannah drückte den Brief an die Brust, wo sie unter ihrem Mieder den mit magischen Kräften ausgestatteten steinernen Talisman spürte, und dachte an die schicksalhafte Nacht vor sieben Jahren auf Falconbridge Manor zurück. Sie sah sich wieder an Bord der *Caprica* gehen und in ein unbekanntes Land aufbrechen. Jung und unerfahren, mit ein paar Laboraufzeichnungen und einer Handvoll medizinischer Instrumente, war sie mutterseelenallein gewesen, ohne eine genaue Vorstellung von ihrem weiteren Leben. Jetzt aber hatte sie ihre Berufung gefunden. Sie hatte in diesem Land der Neuanfänge ihr Schicksal zielstrebig in die Hand genommen und sah freudig dem Leben entgegen, das vor ihr lag – ihrem Traumzeitpfad, dem sie folgen würde.

Und hier, auf Warrajinga, war sein Anfang – der Traumpfad des Lebens.

Darwin
Mount Ord
937
NOR
TER
Port Hedland
Mount Bruce
1235
WESTERN
AUSTRALIA
Ayers Rock
868
Great Vicoria Deser
S
AUS
Nullabor-Ebene
Galagandra
Perth
Esperance
Albany
0
500
1000 km

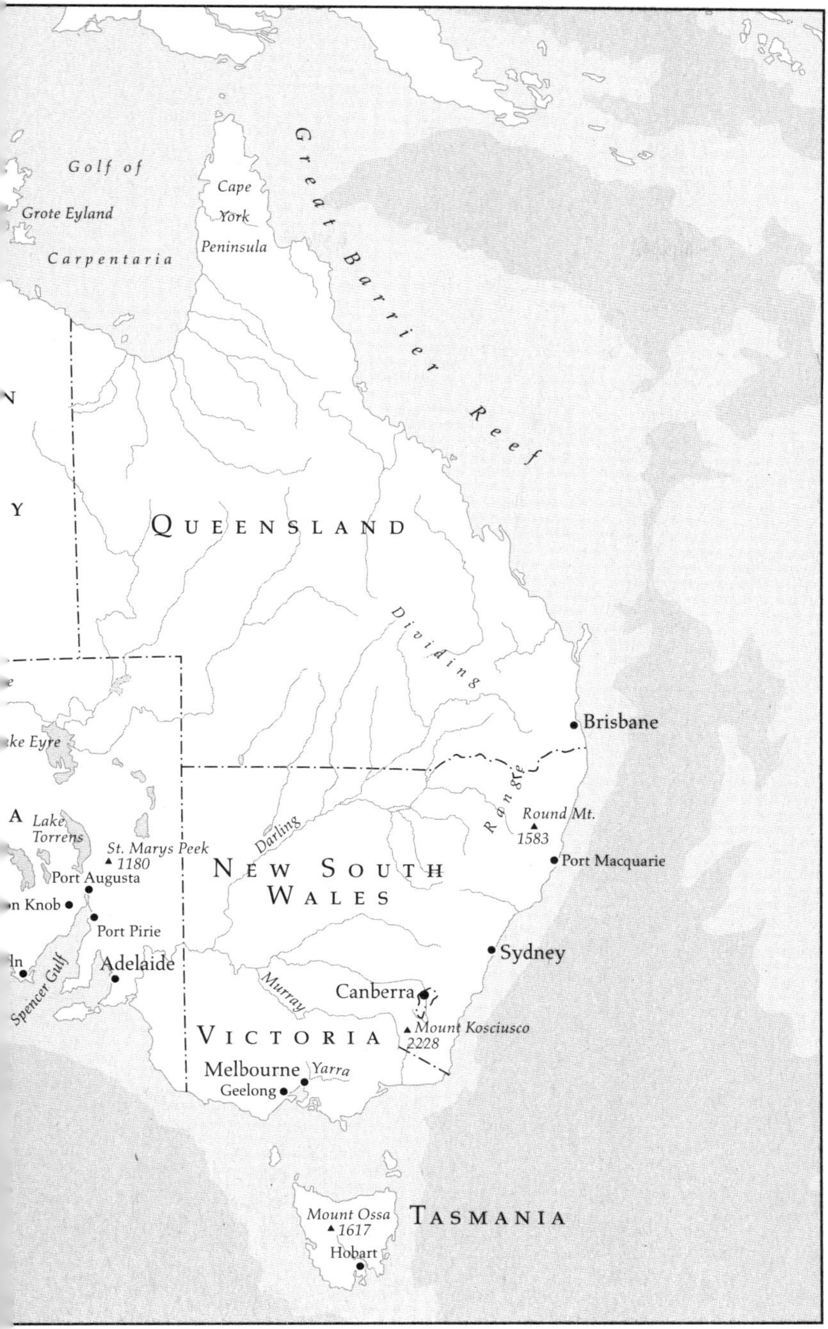

Golf of
Grote Eyland
Carpentaria
Cape
York
Peninsula
Great Barrier Reef
N
Y
QUEENSLAND
Dividing
Range
Brisbane
Round Mt.
1583
Port Macquarie
ke Eyre
A
Lake
Torrens
St. Marys Peek
1180
Port Augusta
n Knob
Port Pirie
Adelaide
ln
Spencer Gulf
Darling
NEW SOUTH
WALES
Sydney
Canberra
Murray
Mount Kosciusco
2228
VICTORIA
Melbourne
Yarra
Geelong
Mount Ossa
1617
Hobart
TASMANIA